FLAME
Flammengold und Silberblut

Man erzählt sich, dass Henriette Dzeik auf einem Floß treibend von Nixen gefunden, von Hexen entführt und in einem Schloss, das an goldenen Ketten hing, von Feen aufgezogen wurde. Sie kämpfte gegen den Drachen, der diesen schönen Käfig bewachte, und erlangte schließlich durch einen Deal mit einem verrückten Flaschengeist die Freiheit. Heute lebt sie mit ihrem dunklen Prinzen und einem furchterregenden Wächterhund in ihrem minimalistischen Palast, wo sie auf Papier all ihre Träumereien wahr werden lässt.

Weitere Titel von Henriette Dzeik:

FLAME
Bd. 1: Feuermond und
Aschenacht

FLAME
Bd. 2: Dunkelherz und
Schattenlicht

Mehr über unsere Bücher, Autor*innen auf:
www.loomlight-books.de

HENRIETTE DZEIK

FLAME

FLAMMENGOLD
UND SILBERBLUT

Liebe Leser*innen,

bevor du erneut in Flames Welt eintauchst, ist es mir ganz wichtig, dich darauf hinzuweisen, dass »Flame – Flammengold und Silberblut« neben expliziten Szenen auch Elemente und Situationen enthält, die triggern können. Diese sind sexuelle und körperliche Gewalt, Mord und Tod, Traumafolgestörungen sowie selbstverletzendes Verhalten. Bitte lies dieses Buch nicht, wenn du denkst, dass diese Themen dich emotional zu sehr aufwühlen könnten.

Für jede Raupe, aus der eines Tages
ein Schmetterling entschlüpft.

»Now you'll never be the same
Once you've felt that burning flame«

Robin Schulz feat. Alida, In Your Eyes

Prolog

TOCHTER DES TODES

Mein Name ist Flame. Ich bin die Tochter des Todes und nicht erfüllter Hoffnungen, auf ewig geplagt und verfolgt von Gefahr und Verderben. Ich habe viele Leben gelebt, Erinnerungen gewonnen und wieder verloren, alle Grausamkeiten der Unterwelt, aber auch die Sonne, den Mond und unzählige Sterne gesehen, die von tausend Träumen singen. Die Schwärze der Nacht ist ein Teil von mir, ebenso die Flammen und die Hitze, die alles zerstören oder die Erde letztendlich heilen können. Heute werde ich die Entscheidung treffen, die einen Neuanfang für diese Welt bereithält und doch das Ende für mich selbst darstellt und alles, was ich bin.

Mein Atem klingt unnatürlich laut in meinen Ohren, während ich auf dem Rücken liegend an die hohe gewölbte Zimmerdecke starre, die keine Antwort auf meine Fragen bereithält. Er ist eingeschlafen, nachdem wir uns zweimal heftig und einmal sanft geliebt haben. Sein herber Geschmack liegt verheißungsvoll auf meiner Zunge, die Berührungen seiner Hände spüre ich noch immer wie knisternde Blitze auf meiner nackten Haut. Sein Arm ist um meine Hüfte geschlungen und sein Duft hüllt mich ein wie ein sicherer Kokon. Ich wende ihm mein Gesicht zu, streiche eine verschwitzte dunkle Haarsträhne aus seiner Stirn, die sofort an ihren Platz zurückgleitet und sich genauso stur verhält wie ihr Herr. Ich lächele leicht, fahre mit dem Daumen über seine vollen Lippen, die mir mittlerweile vertrauter sind als meine eigenen.

Manchmal denke ich, dass kein Glück mir je lang genug vergönnt gewesen ist, um ausreichend davon zu kosten, mein Verlangen endgültig zu stillen. Und doch habe ich Dark gefunden, der mein Licht verehrt, meine Dunkelheit liebt und das Feuer in mir auf eine aufregende Art und Weise fühlt, es zu etwas Wunderbarem macht, vor dem ich mich nicht mehr fürchten muss.

Er hat mir außerdem gezeigt, was es bedeutet, am Leben zu sein. Nicht nur dahinzutreiben, sondern zu fliegen, wenn andere vielleicht laufen würden, und allen Widerständen zu trotzen, so lange zu tanzen, bis die Wolken fortziehen und der Himmel strahlend blau anstatt grau ist. Er ist mein Anker, mein sicherer Hafen, mein Silberschweif am Horizont.

Vor langer Zeit hat er mir ein Geschenk gemacht, sogar mehr als das, denn er hat einen Teil von sich aufgegeben, damit dieser in mir neu erblühen kann. Es kommt mir beinahe so vor, als hätte sich das gesamte Universum zusammengetan, nur um über unser Schicksal zu entscheiden. Denn ich hätte nie die Möglichkeit gehabt, die Oberwelt zu entdecken, wenn Dark mich damals nicht gefunden hätte. Ich hätte niemals wahre Freundschaft und bedingungslose Liebe erfahren, wenn er nicht für mich zurückgekehrt wäre. Und ich hätte meine Erinnerungen endgültig verloren, wenn er mir nicht in die Unterwelt gefolgt wäre, um unser gegenseitiges Versprechen einzulösen, von dem ich selbst nichts mehr wusste. Er hat stets auf mich aufgepasst, ist immer zur Stelle gewesen, um mich zu beschützen, auch wenn er tief im Inneren bereits ahnte, wie der Ausgang sein würde. Er hat all die Zeit mit diesem Schmerz gelebt und ist trotzdem unglaublich furchtlos gewesen.

Dark ist der Grund, wegen dem ich durchgehalten habe, damit nun alles so kommen kann, wie es kommen muss. Für ihn werde ich stark sein und mutig und tapfer. Ich werde so unerschrocken sein, wie der dunkle Wolf an jenem Tag im Nadelwald.

Kapitel 1

RUF DER RACHE

LOST

Mein Körper ist mit dem schwarzen Blut der Spinnen und ihren Sekreten bedeckt. Der Geruch nach Fäulnis und Tod ist allgegenwärtig und ich heiße ihn willkommen, wie einen alten Freund. Unzählige Kadaver liegen zusammengesunken um mich herum, machen den Eindruck, als würden sie mir huldigen. Ich wische mein Schwert an meiner dunklen Hose ab, es hinterlässt dabei kaum eine Spur. Meine Stiefel knarzen, als ich mich in Bewegung setze und mir meinen Weg nach draußen bahne. Geflüsterte Worte dringen vom Korridor in den Saal, in dem ich gewütet habe. Trauer und Hilflosigkeit habe ich im Kampf abgestreift wie einen zerschlissenen Mantel, und nun trage ich eine neue, bessere Haut, eine, die unzerstörbar ist. Meine Stimmung ist düster, trotzdem gut. Ich bin nicht verloren, aber ich habe dennoch nichts mehr zu verlieren. Und genau deshalb bin ich endlich frei.

»Ares hat all das von langer Hand geplant. Candelas Tod und unsere Trauer waren nichts weiter als eine Ablenkung, um uns unaufmerksam werden zu lassen«, raunt Apollo und Yasar flucht leise, während ich in meiner Bewegung erstarre.

»Was sagen wir Lost?«, mischt sich nun Phoibe ein. »Er wird es nicht gut aufnehmen.«

»Ich stimme ihr zu«, murmelt True leise und ich beiße

meine Zähne fest aufeinander, hindere mich selbst daran, nach draußen zu stürmen und eine Szene zu machen. Weil sie kein Recht darauf haben, mir etwas vorzuenthalten, das mich unmittelbar betrifft. Bevor ich eine Dummheit begehe, trete ich durch den Nebel. Ich weiß selbst nicht, wohin ich mich bringe, bis ich die Augen öffne und in Candelas Gemach stehe. Verdammt. Sofort ist da ihr Duft, der mich wie eine bittersüße Folter trifft.

Sommerflieder und Jasmin.

Ich atme durch den Mund, in der Hoffnung, ihm so zu entgehen.

Zwecklos.

Sie ist überall an mir, obwohl sie mich nie wieder berühren wird. Ich starre wie gebannt auf ihr mauvefarbenes Bett, als müsse sie jeden Moment darauf erscheinen. Ihr lodernd rotes Haar im Vergleich zur Einrichtung ein wilder Kontrast. Meine Beine geben unter mir nach und ich lasse mich auf den Sessel sinken, über den ich mich vor nicht allzu langer Zeit noch lustig gemacht habe, weil er wie ausgekotzte Pflaumen aussieht. Mittlerweile wäre ich dazu bereit, ihr einen gigantischen Palast zu errichten, der einzig aus diesen Farben besteht. Wenn ich sie nur zurückbekäme ...

Schwer seufzend lehne ich mich nach hinten, der Samtüberzug ist überraschend angenehm – weich und tröstend. Meine Gedanken verselbstständigen sich, driften ab nach Viridi, wie wir diesen Planeten hinter uns ließen, aufbrachen ins Ungewisse, angetrieben von dem Wunsch auf ein besseres Leben. Doch stattdessen haben uns auch hier Hass und Zerstörung erwartet und dieses Leid, welches viel tiefer geht als der vergangene Schmerz auf unserem Heimatplaneten. Ich frage mich, warum das so ist. Ob ich mit der

Zeit menschlicher geworden bin. Denn je länger ich an der Seite der Sterblichen kämpfte, je öfter ich in den Evakuierungslagern half, je mehr ich mit den jungen Frauen während des Turniers bangte, desto häufiger ertappte ich mich selbst dabei, wie meine Bewunderung für diese Spezies wuchs. Für ihr Können, sich durchzuschlagen, ohne im Besitz magischer Fähigkeiten und übernatürlicher Kräfte zu sein, für ihre Gabe, stets das Gute zu sehen, egal wie aussichtslos eine Situation auch sein mochte – den Kummer zu akzeptieren, ihn ein Teil von dem werden zu lassen, was sie sind und immer wieder aufzustehen, obwohl sie doch wissen, dass sie bald erneut fallen werden. Und vielleicht bin ich auch deshalb menschlicher geworden, weil ich einsehen musste, dass dies nichts ist, wofür man sich schämen muss, dass es manchmal auch stark ist, Schwäche zu zeigen oder Gefühle zuzulassen.

Seit ich denken kann, habe ich mich von anderen abgeschirmt, es war, als würde ich in meiner eigenen Welt leben, als würde ich gefangen sein hinter Glas, weil ich sah, was die anderen taten, ich erahnte, was sie sagten, und manchmal glaubte ich sogar zu wissen, wie sie sich fühlten ... Und dennoch war ich nie wirklich anwesend, nie tatsächlich im Hier und Jetzt, stets mit einem Auge in der Vergangenheit. Als ich am wenigsten damit rechnete, trat Candela in mein Leben, und es war, als würde ich meine selbst auferlegten Fesseln sprengen und endlich erwachen.

Es gab nie etwas, das ich wirklich wollte, und doch lechzte ich mit einem bisher nicht gekannten Verlangen nach diesem Mädchen. Alles in mir sehnte sich nach jedem Teil von ihr. So sehr, dass mir in ihrer Gegenwart die Worte fehlten, ich vergaß zu atmen oder wie mein eigener Name lautete. Sie war meine erste große Liebe, die Art, die man kein zweites Mal finden kann. Ich kralle meine Finger in die Armstützen des Sessels und erinnere mich daran, dass dies nicht der richtige Zeitpunkt ist, um sich gehen zu lassen.

Irgendwann finde ich die Kraft, mich auf dem trügerisch weichen Samt abzustützen und aufzustehen. Meine Glieder fühlen sich schwer und müde an.

Wie ein Traumwandler bewege ich mich in Richtung von Candelas Kleiderschränken, vergrabe wie ein Verrückter meine Nase in den Stoffen, die derart intensiv nach ihr riechen, als hätte sie diese erst vor wenigen Minuten getragen. Schließlich stecke ich eines ihrer Halstücher in meine Hosentasche, nun ganz wie der edle Ritter, der ich nicht bin. Niemals war, niemals sein werde. Ich bin nur derjenige, der alle anderen mit in seinen düsteren Abgrund zieht. Ein letztes Mal atme ich tief durch, ehe ich in großen Schritten ihr Zimmer verlasse und die Tür hinter mir zuziehe. Im Gehen baue ich meine Schutzmauern neu auf, Stück um Stück, Stein auf Stein. Ich blicke nicht zurück, rufe stattdessen den Nebel, der mich zuverlässig einhüllt und die Welt vor meinen Augen verschwimmen lässt.

Dream und Prometheus zucken aufgeschreckt zusammen, als ich mich im Kerker von Yasars Palast neben ihnen materialisiere. Der Titan fängt sich als Erster wieder. »Wir dachten alle, du wärst in Hales Reich zurückgekehrt.«

Ich zucke arglos mit den Schultern. »Um euch den ganzen Spaß zu überlassen?« Ich nicke zu dem Aschehaufen, den sie offensichtlich gerade mit dem Besen zusammenkehren wollten, dessen Stiel Dream in der Hand hält. Am Boden daneben befindet sich eine Schaufel, und ich frage mich, was genau sie vorhaben. Ich denke nicht, dass man ein Loch in den Betonboden buddeln könnte, auch wenn wir wohl stärker als die meisten sind.

Langsam bücke ich mich und hebe die Schaufel auf, drehe sie nachdenklich in meinen Händen hin und her. Mein Blick wandert zu der geöffneten Zellentür und dann zurück zu den beiden Göttern. »Ziva ist fort. Was ist hier noch passiert?«

Dream verzieht das Gesicht, und in diesem Moment wird mir klar, dass sie mir nichts sagen werden. Ebenso wenig wie Phoibe, Apollo, Yasar oder True.

Jedenfalls nicht freiwillig. Und im nächsten Augenblick knocke ich sie mit dem Ende der Schaufel aus. Es ist definitiv das Überraschungsmoment, welches dafür sorgt, dass mir das gelingt. Nacheinander sinken sie zu Boden und kurz überlege ich, ob ich ein schlechtes Gewissen haben sollte, doch dann gehe ich bereits neben Prom und Dream auf die Knie und drücke Zeige- und Mittelfinger meiner beiden Hände gegen ihre Schläfen, nehme ihre Erinnerungen in mich auf, als wären es meine eigenen.

Ich kann ihr Getrappel schon aus weiter Ferne hören, ihre unzähligen schwarzen Augen verfolgen mich noch immer bis ins Reich der Träume.

Übelkeit steigt in mir auf und ich mache auf dem Absatz kehrt, renne zurück und suche Schutz in der Dunkelheit von einer der Nischen, gebärde mich wie ein götterverdammter Feigling. Den Gang behalte ich dabei weiter im Blick, während ich versuche, meine Atmung und meinen Herzschlag zu beruhigen.

Ich warte auf die Spinnen, doch plötzlich höre ich Schritte, die nicht von ihnen stammen. Ein dunkler Lockenschopf passiert meinen Unterschlupf und meine Hand schnellt automatisch hervor, zieht den kleinen Körper ruckartig zu mir heran. Natürlich ist es Flame, die definitiv ein Talent dafür hat, sich in Schwierigkeiten zu manövrieren – die Ärger förmlich anzieht.

»Dream«, bringt sie keuchend hervor, klingt aber nicht wirklich verschreckt oder gar überrascht. »Dich hatte ich vollkommen vergessen.«

Ihre Erwiderung lässt mich die Stirn runzeln und ich lege ihr einen Zeigefinger auf die Lippen, um sie zum Schweigen zu bringen. Vermutlich hatte sie wieder eine ihrer Visionen, was ich manchmal tatsächlich ein wenig unheimlich finde. Auf keinen Fall würde ich mit ihr tauschen wollen.

Nun höre ich wieder das Trappeln der Spinnen und ohne Zögern dränge ich sie noch weiter in die Nische, schirme ihren Körper ab, denn ich habe wirklich keine Lust, dass Dark mich umbringt, sollten diese Viecher sie als spätabendlichen Snack verspeisen. Nacheinander passieren uns fünf riesige Leiber, die genauso schaurig sind wie in meiner Erinnerung und in meinen Träumen. Im ersten Moment ist Flame wie erstarrt, doch sobald die Geräusche verklingen, windet sie sich aus meinen Armen und schiebt sich an mir vorbei. Ich spähe schnell zu beiden Seiten, der Korridor ist wieder verlassen. »Wo willst du hin?«, frage ich ärgerlich.

»Dark hat mir einen Vorsprung verschafft. Er denkt, dass sie Ziva holen wollen. Und so, wie ich verstanden habe, ist Athene sauer wegen des Schildes. Aber den kriegt sie eh nicht mehr zurück.« Ihre Worte klingen ein wenig zusammenhanglos. Ich sehe ihr prüfend in die Augen, das in der Farbe von Ambrosia funkelt mich hell und herausfordernd – der Dunkelheit zum Trotz – kampfeslustig an. An ihren Fingerspitzen tanzen kleine Flammen und für einen kurzen Moment denke ich, dass sie vielleicht die Kontrolle verliert, doch dann atmet sie tief durch und das Feuer *erlischt. Selbstsicher schiebt sie mich erneut beiseite, greift aber gleichzeitig nach meiner Hand und zieht mich mit sich.*

»Lauf«, befiehlt sie mir in einem Ton, der keinen Widerspruch duldet. Ich bin so überrumpelt, dass ich ihr tatsächlich gehorche.

Erleichtert registriere ich, dass wir nicht die Richtung einschlagen, in welche die Spinnen eben verschwunden sind. Ich folge Flame durch die Schwärze der Korridore, an der sie sich kein bisschen zu stören scheint, während ich einige Male stolpere. Schließlich ruft sie doch wieder das Feuer herbei und leuchtet uns den Weg, bis wir die Kellertreppe zu den Verliesen erreichen. Die Stufen sind mit Moos bewachsen und ich will gerade eine Warnung aussprechen, als sie schon darauf wegrutscht. Gerade rechtzeitig kriege ich sie an einem Arm zu fassen und stabilisiere ihren Stand.

»Wo zum Teufel sind die anderen?«, fragt sie mich, während sie nun deutlich vorsichtiger die Treppe vor mir hinabeilt.

»Sie mussten den Donati helfen. Die Spinnen sind in der Überzahl und ihre Bisse giftig.«

Meine Stimme klingt ein wenig gepresst, weil mein Magen allein bei dem Gedanken an diese Biester erneut rebelliert. Schlitternd kommen wir vor den Gitterstäben zum Stehen, die teilweise verbogen oder komplett herausgerissen worden sind. Im Verlies befindet sich ein Mann, dessen Haut an allen sichtbaren Stellen mit Narben übersät ist. Der Gott des Krieges. Über seine Schulter hat er sich Zivas erschlafften Körper geworfen, und kurz keimt in mir die Hoffnung auf, dass sie tot ist, doch dann sehe ich genauer hin und erkenne, dass ihr Oberkörper sich nach wie vor hebt und senkt. Flame ist bereits mit zwei gezückten Dolchen, die beide glutrot leuchten, neben mir in Stellung gegangen. »Sehr clever, Ares«, sage ich, um uns Zeit zu verschaffen. »Aber nicht clever genug. Oder sollte ich besser sagen: nicht schnell genug?«

»Wie dem auch sei«, mischt Flame sich ein. »Du wirst sie nicht mitnehmen.« Um ihre Worte zu unterstreichen, lässt sie ihr Feuer höher lodern.

Mein Blick erfasst nun noch eine weitere Gestalt, die aus dem Schatten des Verlieses tritt. »Was tust du hier?«, frage ich misstrauisch, sehe zwischen Ares und Aphrodite hin und her, während sich ein sehr ungutes Gefühl in mir ausbreitet, das überhaupt nichts mehr mit den Spinnen zu tun hat.

»Sie hat mich angefleht und gebettelt. Gesagt, dass sie alles für mich tun würde, als ich misstrauisch geworden bin ... Und dann hat sie gesungen wie ein Vögelchen. So war es doch, nicht wahr, Liebste? Und plötzlich spiele ich mit in eurem kleinen Spiel.«

»Es tut mir leid«, flüstert Didi, ihr so schönes Gesicht unkenntlich verzerrt.

»Ihr habt doch nicht wirklich gedacht, dass ich euch einfach so davonkommen lasse? Rache ist meine Berufung. Ich brauchte nur noch einen Grund, der euch unaufmerksam werden ließ, euch ausreichend ablenkte, damit ihr die Sicherheit dieser Mauern runterfahren würdet. Es war ein Kinderspiel, in den Kopf des Jungen einzudringen, den Samen der Wut und der Mordlust zu säen und eure kleine Freundin in den Hades zu schicken.«

Ich bin wie erstarrt, kann nicht glauben, was er da gerade sagt. Er hatte all das hier geplant.

»Du hast Candela auf dem Gewissen«, speit Flame ihm die Worte ins Gesicht, die ich nicht einmal denken wollte. Er öffnet den Mund und ich sehe aus den Augenwinkeln, wie Flame den glühenden Dolch in ihrer Wurfhand hebt.

Das ist nicht gut. Überhaupt nicht gut. Ich habe ein ausgeprägtes Gespür für Tragödien, das mir förmlich in beide Ohren schreit,

einfach umzudrehen. Stattdessen steige ich weiterhin die moosbe-
wachsenen Treppenstufen hinab, während ich mit mir selbst und
Yasar hadere, der mich hierhergeschickt hat. An meinen Händen
klebt Spinnenschleim und ich wische sie angewidert an meiner
Hose ab. Dann biege ich um die Ecke und sehe als erstes Dream,
der vor einem Haufen Asche kniet. Einem ziemlich großen, um
genau zu sein. Mein Blick wandert weiter zu Flame, die mit flat-
ternden Augenlidern an der steinernen Wand zusammengesun-
ken ist. Ich eile zu ihr und gehe in die Hocke, fühle nach ihrem
Herzschlag und ihrem Puls, suche ihren Körper nach Verletzun-
gen ab, doch sie ist unversehrt. Trotzdem ist ihre Haut glühend
heiß, als hätte sie vor wenigen Minuten lichterloh gebrannt. Ver-
mutlich steht sie unter Schock.

Ich gehe zurück zu Dream, der wie paralysiert auf die Asche
starrt. »Das sind Aphrodites Überreste«, bringt er schließlich
mühsam hervor. »Ares hat sie dazu erpresst, ihm zu helfen. Er
hat Ziva geholt, und Didi hat sich vor ihn geworfen, um den glü-
henden Dolch abzufangen, den Flame eigentlich auf ihn gewor-
fen hat.«

Plötzlich fühlt es sich an, als wäre die Asche nicht vor mir auf
dem Boden, sondern in meinem Mund, der vollkommen ausge-
trocknet ist, während mein Rachen brennt und die Galle langsam
hinaufkriecht. Schritte ertönen hinter mir, und nun ist es Dark,
der zu uns stößt. Zischend lasse ich meinen angehaltenen Atem
entweichen. Das wird ihm nicht gefallen.

Ich reiße mich von ihren Schläfen los, als hätte ich mich an
ihnen verbrannt. Ihre Körper sind noch immer erschlafft und
an Proms Stirn rinnt Blut hinab. Langsam richte ich mich wieder auf, was meine Knie knacken lässt. Obwohl ich weiß, dass
ich den beiden keinen ernsthaften Schaden zugefügt habe,

fühlt es sich trotzdem wie Verrat an, als ich den Nebel rufe und sie sich selbst überlasse.

Ich lande in meinen Räumlichkeiten und beginne, wahllos Kleidung und Waffen in meinen Rucksack zu stopfen. Die unbändige Wut und andere Emotionen, die Dreams und Proms Erinnerungen in mir ausgelöst haben, dränge ich mit aller Macht zurück. *Später*, sage ich mir stets von Neuem.

Eilig streife ich ein frisches Shirt und eine saubere Hose über, die Zeit für eine Dusche nehme ich mir nicht. Als Letztes stecke ich meinen Wasserschlauch und Candelas Halstuch ein, ehe ich den Reißverschluss zuziehe. Es wird lediglich eine Frage der Zeit sein, bis Dream und Prom aufwachen oder sie jemand findet, und so schultere ich meinen Rucksack, um meine Reise zu beginnen.

Von meiner Unterkunft ist es nicht weit bis zum Ausgang des Palastes. Meine Nerven sind zum Zerreißen gespannt, meine Sinne geschärft, und trotzdem stoße ich einen leisen Fluch aus, als ich mit einer kleinen Gestalt kollidiere. Ich stabilisiere sie an den Oberarmen, und als sie den Kopf hebt, leuchtet mir ein Auge aus dem Gold der Götter entgegen. Flame. Sie sieht schuldig aus. Als hätte sie wieder einmal etwas ausgefressen. Sofort keimt Dreams Erinnerung in mir auf, wie sie Candelas Tod vergelten wollte. Ich beuge mich hinab und küsse ihre Stirn, bevor ich sie loslasse und weitergehe. »Mach keine Dummheiten«, sage ich über die Schulter hinweg zu ihr und weiß dabei ganz genau, dass sie nicht auf mich hören wird. Aber ich werde sie nicht aufhalten. Jeder hat seine eigenen Schlachten zu schlagen.

Energisch stoße ich die Flügeltüren auseinander und trete in die kühle Nachtluft, die sogleich meinen Körper sanft umschmeichelt. Ich bleibe am obersten Treppenabsatz stehen, schließe meine Lider, lege den Kopf in den Nacken und lausche dem Wind, der in meinen Ohren säuselt, bis sich in mir noch etwas anderes zusammenbraut. Ein Ruck geht durch meinen Körper und ich schlage die Augen wieder auf, meine Füße tragen mich wie von selbst die steinernen Stufen hinab, vorbei an dem Brunnen und den Hecken, die nicht länger gepflegt sind, sondern wild durcheinanderwuchern, als wären sie gezwungen, sich an die neuen Umstände anzupassen. Meine Mundwinkel verziehen sich zu einem schiefen Lächeln, während die Welt vor meinen Augen verschwimmt. Die Rache ruft nach mir – was für eine wunderbare Melodie.

Kapitel 2

HITZE DER WELT

FLAME

Ich winde mich vorsichtig aus Darks Armen, wie ich es in letzter Zeit viel zu häufig getan habe. Vom Nachttisch nehme ich mir die Kette mit meinem Medaillon. Der grüne Turmalin fühlt sich kühl und beruhigend auf meiner Haut an, als ich ihn um den Hals lege. Dark schläft währenddessen weiter, ohne sich ein einziges Mal zu rühren.

Weil er mir vertraut.

Weil er sich sicher ist, dass ich ihn nicht noch einmal bei Nacht verlasse, mich nicht noch einmal wie ein Feigling davonschleiche, ohne Lebewohl zu sagen.

Wie sehr er sich in mir täuscht.

Er sieht nicht die Person, die ich wirklich bin, sondern eine bessere Version meiner selbst, an die ich niemals heranreichen werde.

Leise schlüpfe ich in den schwarzen Trainingsanzug, den ich aus Hales Reich mitgebracht habe, und hänge mir den braunen Lederrucksack über die Schulter, dessen Farbe bereits abblättert. Die Stiefel nehme ich in die Hand und werfe einen letzten Blick auf das schmale Bett, das wir uns vor wenigen Minuten noch geteilt haben. Darks Beine sind überkreuzt, seine Hände ausgestreckt, als würde er mich nach wie vor halten, als hätte ich ihn nicht schon unzählige Male verraten. Und nun treffe ich wieder eine Entscheidung, bei der ich nicht an uns und unsere gemeinsame Zukunft denke.

Er hat mir oft versichert, dass wir eine Chance haben, doch ich weiß inzwischen, dass es gelogen war. Trotzdem kann ich ihm deshalb nicht böse sein. Er hat es so sehr versucht – manchmal glaube ich sogar mehr als ich. Erneut mustere ich ihn, präge mir jedes Detail ein, ehe ich aus dem winzigen Zimmer trete und die Tür achtsam hinter mir zuziehe, damit sie lediglich ein kaum hörbares Klicken von sich gibt.

Rasch streife ich meine Stiefel über und laufe den dunklen Korridor entlang. Ich muss Yasars Arbeitszimmer einen Besuch abstatten, bevor ich aufbreche, und hoffe sehr, dass die anderen tief und fest schlafen. Geschickt bewege ich mich in den Schatten, passiere Laveas und Prometheus Zimmer und schließlich die große Halle. Erleichtert, dass mir niemand begegnet, beschleunige ich meine Schritte, als ich plötzlich gegen eine harte Brust pralle.

Autsch.

Ich taumele überrascht zurück, woraufhin zwei Hände mich an den Oberarmen stabilisieren. Mein Gegenüber flucht leise und ich reibe mir die Stirn, ehe ich das Kinn anhebe. Augen in der Farbe von dunklem Waldhonig starren auf mich herab.

Lost.

Verdammt.

Ich fühle mich wie ein Reh im Scheinwerferlicht. Vermutlich wird er mich jetzt zu Dark zurückschleifen, der mich schelten wird wie ein kleines Kind. Für einen kurzen Augenblick wirkt Losts Miene nachdenklich, fast ein wenig schmerzlich. Ohne Vorwarnung beugt er sich zu mir und drückt seine Lippen auf meine Stirn. Etwas überrumpelt stehe ich da, während er sich umdreht und mit langen Schritten den Eingangsbereich durchquert, ehe er die Flügeltüren aufstößt, die nach draußen führen. »Mach keine Dummheiten«, ruft er mir über die Schulter hinweg zu.

Und dann ist er verschwunden.

Einfach so.

Sofort prasseln die Bilder vom Abend auf mich ein, von Ares und Aphrodite und die Erinnerung daran, was gesagt worden ist. Wenn Lost davon weiß ... Nun, er wird nichts Gutes im Sinn haben. Es bereitet mir ein wenig Sorge, dass er alleine loszieht, und ich bin kurz davor, ihm nachzulaufen und zur Vernunft zu bringen, aber dann halte ich mich selbst zurück, weil ich weiß, dass ich meine eigene Aufgabe zu erfüllen habe. Und weil mir auch klar ist, dass ich eigentlich kein Recht darauf habe, mich ihm in den Weg zu stellen, wo er doch mit großer Wahrscheinlichkeit Candelas Tod rächen will. Ich hoffe, dass er den Gott des Krieges leiden lässt.

Im Gegensatz zu Dreams Arbeitszimmer zu Zeiten des Turniers ist Yasars nicht abgeschlossen. Mein Gewissen versetzt mir einen leichten Stich, als ich eintrete und die Tür hinter mir schließe. Eilig gehe ich zum Schreibtisch, auf welchem geordnetes Chaos herrscht: unzählige Pergamentrollen, aufgeschlagene Bücher und beschriebene Papierfetzen liegen darauf herum. Auf der rechten Seite befindet sich außerdem ein kleiner Blumentopf mit Lavendel und eine Ablage bestehend aus drei Etagen, auf der ganz oben ein weiteres Buch und eine goldumrandete Brille liegen. Von der linken Seite taucht eine magische Fackel alles in bläuliches Licht und ich beginne, die Unterlagen systematisch durchzuschauen. Es sind überwiegend Aufzeichnungen und Karten von der Erde, auch davon, wie sie vor über Tausenden von Jahren ausgesehen hat. Und wenn ich nicht so in Eile wäre, dann würde ich mir vermutlich die Zeit nehmen, alles zu betrachten. Stattdessen rolle ich ein vergilbtes Blatt Pergament auseinander und halte dann in meiner Bewegung inne. Langsam lasse ich mich auf den gepolsterten Stuhl sinken, der direkt hinter mir steht.

Die Erde brennt,
alles Leben verglüht,
am wärmsten Punkt
allein Hoffnung erblüht:
Wenn die Tochter der Hölle
ihre Macht erkennt
und die Hitze der Welt
in sich ertränkt.

In geschwungenen Buchstaben ist die Weissagung niedergeschrieben, welche mir bereits aus einer meiner Rückblenden bekannt ist. Neben der Prophezeiung sind einige mit Pfeilen versehene handschriftlich vermerkte Notizen:

Delphi → Mittelpunkt der Erde → Omphalos Stein →
Nabel der Welt → Öffnen → Schlüssel → Elemente → Erde
→ Luft → Feuer → Wasser

Ich rolle das Pergament noch ein wenig weiter aus und entdecke eine gezeichnete Karte. Sie weist den Weg nach Delphi, zum Zentrum der Erde, wo sich Yasars Recherchen nach der heißeste Punkt befindet, an dem der Orakelspruch erfüllt werden muss. Delphi liegt im Land der Zukunft und des Lebens, immerhin, doch mir wird jetzt erst bewusst, dass ich nicht durch den Nebel gehen kann, weil ich nie zuvor dort gewesen bin und auch keine eindeutigen Bilder von dem Ort vor Augen habe. Ich seufze schwer. Yasar direkt zu fragen, ist keine Option, dafür vertraue ich ihm nicht genug … Dann wäre da noch Apollo, aber wenn ich ihn aufsuche, wird er mit ziemlich großer Wahrscheinlichkeit Dark informieren. Erneut fällt mein Blick auf die Notizen. Ich vermute, dass man ein Portal öffnen muss, um zum Mittelpunkt der Erde zu gelangen. Es ist höchst unwahrscheinlich, dass man dort ungehindert hineinspazieren kann. Um das zu tun, benötigt man die vier Elemente als Schlüssel. Ich habe das Feuer – Erde und Luft sind nicht schwer zu beschaffen, doch Wasser … Vor allem welches? Gewöhnliches Brunnenwasser? Das aus einem See? Oder gar aus dem Meer?

In diesem Augenblick muss ich an Cato denken. Er ist derjenige, der jede Art von Wasser heraufbeschwören kann. Er war einst mein bester Freund und hat noch immer etwas gutzumachen, jedenfalls in seinen Augen, obwohl ich ihm längst verziehen habe. Wäre er nicht die perfekte Begleitung? Er ist an niemanden gebunden und außerdem würde er die anderen ganz bestimmt nicht informieren. Ich zögere kurz, doch dann rolle ich das Pergament eilig zusammen und stopfe es zu meinen anderen Sachen in den Rucksack.

»Gut. Du hast noch nicht geschlafen«, sage ich statt einer Begrüßung, als Cato mir die Tür öffnet. Einen Moment lang sieht er ein wenig verdutzt aus, doch dann macht er mir Platz, damit ich eintreten kann. Seine Kleidung ist zerknittert, und da ist definitiv so etwas wie schwarzes Blut auf ihm. Allein bei dem Gedanken an die Spinnen laufen mir eiskalte Schauer über den Rücken.

In einer Hand trägt er ein Glas mit einer bernsteinfarbenen Flüssigkeit, von der er nun einen Schluck nimmt. »Bitte sei nicht betrunken«, seufze ich und mustere sein Gesicht. Unter seinen Augen liegen dunkle Schatten, die wahrscheinlich von der Arbeit in den Evakuierungslagern stammen. Ich frage mich, wann er überhaupt das letzte Mal geruht hat.

»Ich hatte erst einen Drink. Mein Kopf ist klar, keine Sorge.« Er mustert mich kritisch. »Weiß er, dass du hier bist? Mitten in der Nacht?«

Ich schnaube belustigt. »Nein. Und *er* hat auch einen Namen. Aber egal. Ich bin hier, weil ich deine Hilfe brauche, die Zeit drängt.«

Cato legt seinen Kopf in den Nacken und leert das Glas in einem Zug.

Anschließend stellt er es auf einem Wandregal ab und stemmt die Hände in die Hüften. »Lass mich raten: Du willst jetzt schon nach Delphi aufbrechen, weil du vorhast, diesem Irrsinn ein Ende zu setzen. Und natürlich drückst du dich vor dem Abschied und musst mal wieder in einer Nacht-und-Nebel-Aktion verschwinden.« Er sieht mich eindringlich aus seinen sturmgrauen Augen an und wir liefern uns ein stummes Blickduell. Irgendwann zucke ich mit den Schultern und nicke gleichzeitig. Ein schweres Schweigen liegt über uns, ehe ich mich dazu durchringe, die Stille zu durchbrechen.

»Begleitest du mich? Du bist der Einzige, den ich fragen kann.«

Mit beiden Händen reibt er sich über sein Gesicht und fährt sich anschließend durch sein Haar. »Wenn ich das tue, unterzeichne ich praktisch mein Todesurteil, weil er mich mit Sicherheit umbringen wird ... Aber nun gut. Ich bin dabei.«

Ein Lächeln breitet sich in meinem Gesicht aus und ich verspüre echte Erleichterung. »Perfekt. Such zusammen, was du benötigst, und dann brechen wir auf.« Ich setze mich auf einen der Sessel, während Cato Sachen in seinen Rucksack stopft. Tief in meinem Herzen hätte ich nicht damit gerechnet, dass er mir so bedingungslos helfen würde. Aber es fühlt sich gut an – zu realisieren, dass ich in ihm wirklich einen Freund habe, auf den ich mich verlassen kann. Selbst wenn nichts mehr so ist, wie es früher einmal war.

Wenige Minuten später steht er umgezogen vor mir. Er trägt nun ein eng anliegendes schwarzes Shirt, eine dunkle Cargohose und braune Lederstiefel. Er macht sich gut in der Kleidung der Götter, keine Frage. »Wie sieht der Plan aus?«, will er von mir wissen.

Ich öffne den Reißverschluss und hole die Pergamentrolle heraus. »Ich war in Yasars Arbeitszimmer. Hier oben ist die Prophezeiung, darunter befinden sich einige handschriftliche Notizen sowie eine Karte mit der Wegbeschreibung. Wir müssen nach Delphi reisen, zum Omphalos. Und um zum tatsächlichen Mittelpunkt der Erde zu gelangen, benötigen wir die vier Elemente, jedenfalls würde ich das so interpretieren.«

»Und wie genau kommen wir nach Delphi?«, fragt Cato, während er mit zusammengezogenen Brauen die Karte mustert.

Ich reibe mir etwas unschlüssig über den Nacken. »Tja, das weiß ich selbst nicht so genau. Ich meine, wir befinden uns in Yasars Reich und Delphi liegt in seinem Herrschaftsgebiet, das ist schon mal gut. So müssen wir immerhin nicht ans andere Ende der Welt reisen.« Er wirkt nach wie vor nicht gerade überzeugt, weswegen ich eilig weiterrede. »Der Haken ist folgender ... Ich bin nicht in der Lage, uns durch den Nebel dorthin zu bringen. Aber vielleicht könnten wir auf Kerberos reiten?« Mist. In diesem Moment fällt mir ein, dass ich seit dem Spinnenangriff noch gar nicht nach ihm gesehen habe.

»Wie wäre es«, unterbricht Catos Stimme meine Gedanken, »wenn wir stattdessen auf einem Drachen reiten?«

Meine Augen werden groß. »Ladon«, flüstere ich. »Das ist eine großartige Idee. Er ist noch in Hales Reich. Ich kann uns zu ihm bringen und wir brechen von dort aus auf.« Mein Versprechen habe ich gehalten und niemandem das Geheimnis der Drakon verraten. Im Stillen frage ich mich allerdings, wie Cato es finden würde, wenn er wüsste, dass Ladon ein Gestaltwandler ist.

CATO

Als der Nebel sich lichtet, entdecke ich das Meer und höre das Aufschlagen der Wellen. Wie ein Schlafwandler laufe ich darauf zu, knie nieder und tauche meine Hände ein, schöpfe aus dem kühlen Nass – auf dem sich das Licht der Sterne spiegelt – neue Energie. Beinahe kann ich das Salz auf meiner Zunge schmecken und weiß, dass ich zu Hause bin. Am liebsten würde ich nie mehr fortgehen. Doch irgendwann kann ich es nicht weiter aufschieben und erhebe mich, kehre dem Ozean meinen Rücken zu. Ich erspähe Flame in einiger Entfernung, wie sie neben dem Drachen mit den smaragdgrünen Schuppen steht. Sein Hals ist mitsamt dem riesigen Kopf nach unten gebeugt und sie tätschelt seine Hörner. Beim Näherkommen bemerke ich ihren friedlichen und entspannten Gesichtsausdruck, was wirklich nicht häufig vorkommt. Mein Herz zieht sich ein wenig zusammen, weil sie mich in diesem Moment an die Flame erinnert, mit der ich Hand in Hand durch unser altes Dorf gelaufen bin, die unbedarft gewesen ist und meinen Schutz gesucht hat. Dieses Mädchen ist gestorben und manchmal frage ich mich, wie groß mein Anteil daran ist.

»Bereit?«, fragt sie, als sie mich entdeckt, und ich nicke bejahend. »Ladon hat sich bereit erklärt, uns nach Delphi zu fliegen.« Der Drache mustert mich einen Augenblick kritisch, ehe er mir zublinzelt. Ich vermute, dass ich bestanden habe. Flame greift nach meinem Arm und einen Wimpernschlag später sitzen wir auf Ladons Rücken. Die Schuppen bohren sich unangenehm scharf durch den Stoff meiner Kleidung in meine Haut.

»Ich wollte nicht reingehen und riskieren, doch noch entdeckt zu werden, nur um den provisorischen Sattel zu holen, den True gebastelt hat«, sagt Flame entschuldigend und ich brumme zustimmend. »Es wird auch so gehen.«

Während wir uns in die Lüfte erheben, sehe ich eine schmale Gestalt mit langen schwarzen Haaren an einem der hohen Fenster stehen und frage mich, ob die Daimonin des Betrugs über unseren Aufbruch schweigen wird. Für einen kurzen Augenblick überlege ich, Flame auf unsere Beobachterin aufmerksam zu machen, doch dann entscheide ich mich dagegen. Es gibt bereits genug Dinge, über die sie sich Sorgen macht, und soweit ich es beurteilen kann, sind sie und Apate so etwas wie Freundinnen geworden.

Ladon steigt immer höher und die Landschaft fliegt unter uns hinweg, während der Himmel seine Farben ändert und langsam der Tag anbricht.

Nach einer Weile fällt es mir zunehmend schwerer, nach unten zu schauen, weil es in mir ein mulmiges Gefühl verursacht. Deswegen konzentriere ich mich auf die Wolken, die an uns vorbeirauschen. Mein Herzschlag setzt für einige Sekunden aus, als der Drache sich in eine scharfe Kurve legt, um einigen Gebirgsfelsen auszuweichen, und ich kralle mich an Flames Hüfte fest, während sie leise lacht und vollkommen furchtlos zu sein scheint. Wenn ich mich jetzt übergebe, würde ihr das vermutlich die gute Laune austreiben.

Ich räuspere mich, setze mich wieder aufrecht hin und lockere meinen Griff. Warum bei allen Höllentoren habe ich den Vorschlag gemacht zu fliegen? Das war die blödeste Idee aller Zeiten. Ich schließe meine Augen und sofort wird mir noch ein wenig schwindliger, weshalb ich sie sofort wieder aufreiße.

Ich habe selbst stets geglaubt, dass es nichts gibt, dass ich wirklich fürchte.

Doch heute muss ich mir eingestehen, dass ich möglicherweise ein bisschen unter Höhenangst leide. Untertreibung des Jahrhunderts. Etwas zu fest beiße ich die Zähne aufeinander und versuche krampfhaft, mich zu entspannen. Ich will kein götterverdammtes Weichei sein.

FLAME

Ich höre Cato hinter mir erleichtert aufatmen, als Ladon mit dem Sinkflug beginnt, und muss ein Grinsen unterdrücken, wobei er es ja eigentlich gar nicht sehen kann. Wer hätte gedacht, dass der starke und großartige Cato sich vor der Höhe fürchtet? Es überrascht mich, doch andererseits gibt es wohl für jeden von uns etwas, das in der Lage ist, uns in die Knie zu zwingen.

Der Boden kommt immer näher und irgendwann kann ich ein Kolosseum ausmachen, in dessen Mitte ein riesiger Stein thront. »Der Omphalos«, flüstere ich, mehr zu mir selbst als zu meinem Begleiter. In einiger Entfernung erahne ich außerdem einen Tempel und ich bin mehr als froh, dass dieser nicht unser Ziel darstellt. Ansonsten besteht unsere Umgebung überwiegend aus kleineren, aber gepflegten Bauten und Bäumen, die vertrocknete Äste tragen.

Sobald wir in der Mitte des Kolosseums landen und Ladon seine mächtigen Krallen in den Boden gräbt, wird eine Menge Staub und Sand aufgewirbelt. Meine Augen brennen und die trockene Luft lässt mich husten. Ich bin erleichtert, als die Sicht sich klärt, gleichzeitig verschlägt mir der Anblick den Atem: Die abgestuften halb eingefallenen Fassaden, Sitzreihen und Ränge aus Stein, die uns weit überragen, sorgen dafür, dass ich mir unheimlich klein vorkomme.

Ich greife nach Catos Arm und bringe uns durch den Nebel von Ladons Rücken auf den Boden. Wir befinden uns nun auf Augenhöhe mit den Eingängen zur Arena und ich versuche nicht allzu sehr an die Katakomben, Kerker und Käfige zu denken, die sich vermutlich unter uns befinden.

»Danke«, sage ich zu Ladon, gebe ihm schweigend zu verstehen, dass sein Geheimnis weiterhin sicher bei mir ist, und streiche ihm kurz über seine Stirn. Seine Schuppen glänzen und funkeln wild im Licht der kurz zuvor aufgegangenen Sonne. »Warte hier auf uns.« Er neigt leicht den Kopf, sein Gesichtsausdruck bleibt dabei vollkommen reglos.

Cato schiebt seine Hand in meine und ich bin froh, dass er mir Halt gibt, als wir auf den Stein zulaufen. Es ist beinahe gespenstisch still, einzig unsere Atemzüge und unsere federleichten Schritte verursachen leise Geräusche. Ich spüre, wie das Blut in meinen Adern pulsiert, und meinen eigenen Herzschlag, der von innen gegen meine Brust donnert. Fast erscheint es mir, als wäre das hier meine letzte Aufgabe, die finale Prüfung, bevor alles zu Ende geht. Glücklicherweise gibt es dieses Mal keine Zuschauer, welche die Ränge füllen, um all das mit anzusehen.

Wir halten vor dem riesigen Stein, der das Licht der Sonnenstrahlen bricht und bronzefarben schimmert. Er überragt selbst Cato, und ich schlucke hart. Nicht, weil ich Angst habe, sondern einfach, weil trotzdem noch immer ungewiss ist, was mich erwartet. Ich trete einen Schritt näher, entdecke die Einkerbung und die winzige Schale, die sich darin befindet. Ich rolle meine Schultern zurück, entziehe Cato meine Hand und wende mich gänzlich dem Stein zu. »Ich werde zuerst Erde in die Schale schöpfen, diese dann brennen lassen, einen Lufthauch hinzufügen, ehe du es mit deinem Wasser löschst, in Ordnung?«

Er mustert mich mit zusammengezogenen Brauen, nickt aber schließlich, weil er weiß, dass ich ihn unter der Voraussetzung mitgenommen habe, nicht zu widersprechen. Ich japse überrascht auf, als er mich ohne Vorwarnung in seine Arme nimmt und fest an sich zieht. Nach einem Moment des Zögerns erwidere ich seine Umarmung, dann löse ich mich sanft von ihm und trete zurück.

»Versprich mir, dass du es schaffen wirst. Dass du zurückkommen wirst«, fordert er.

Ich lächele zaghaft, lege meine Hand an seine Wange und streiche über die Stoppeln seines Bartes. »Das kann ich nicht und du weißt es. Danke, dass du diesen Weg bis hierher mit mir gegangen bist. Und dass du all die Jahre auf mich achtgegeben hast.« Er lässt den Kopf hängen, als ich meinen Arm senke. Mein Herz zieht sich schmerzhaft zusammen. »Ich habe keine Ahnung, was passiert, wenn ich die Prophezeiung erfülle. Aber ich will, dass du und Ladon so viel Abstand wie möglich zwischen diesen Ort und euch bringt, verstanden? Kehrt in Yasars Reich zurück und informiert die anderen. Und wenn ich nicht zu euch stoße, dann sag Dark ...« In diesem Moment fühlt sich meine Kehle an wie zugeschnürt und ich schließe meine Augen, ehe ich den Kopf schüttele und es aufgebe, den Satz zu vollenden. Eine einzelne Träne läuft dabei meine Wange hinab. Ich wische sie eilig fort.

»Also dann«, sage ich mit kratziger Stimme und bücke mich, grabe meine Finger tief in den Boden, kehre eine Handvoll Erde zusammen, die ich in die Einkerbung lege. Kurz darauf beschwöre ich mein Feuer, lasse es in der Schale tanzen, bevor ich tief Luft hole und sie wieder ausstoße, was die Flammen noch stärker entfacht. Dann trete ich beiseite und mache Platz für Cato, unsere Blicke treffen sich ein letztes Mal. »Du wirst gehen, wie wir es besprochen haben. Du wirst dich mit Ladon in Sicherheit bringen und nicht auf mich warten oder mir folgen«, beschwöre ich ihn eindringlich.

Er flucht, während er seinen Teil der Aufgabe erfüllt. Sein Wasser trifft auf den heißen Stein und ein wütendes Zischen ertönt. Rauchschwaden winden sich gen Himmel und sobald seine Arbeit getan ist, stoße ich ihn zurück, erschaffe eine Feuerwand, damit er mir nicht doch noch hinterhereilen kann. Meine Gedanken verstummen und absolute Stille umgibt mich, als ich allein vor dem Omphalos stehe. Immer mehr Rauch und Nebel bilden sich, fließen schneller und schneller ineinander, bis sich ein großer Strudel vor mir auftut und ich meine Hand ausstrecke. Ein heftiger Sog zerrt und reißt an mir, bis ich den Halt unter meinen Füßen verliere und hineingezogen werde – ins Ungewisse.

Ich lande schwer atmend auf allen vieren, mein Körper fühlt sich an, als hätte man ihn in tausend Stücke zerrissen. Taumelnd komme ich auf die Beine und drehe mich um, beobachte, wie der Strudel verschwindet. Möglicherweise habe ich gerade freiwillig das Portal zu meinem eigenen Grab geöffnet.

Ich nehme mir die Zeit, mich umzuschauen, und stelle fest, dass ich mich wohl in einer Höhle unter der Erde befinde, von deren Decke Stalaktiten wachsen. Von ihren Spitzen tropft eine tiefrote Flüssigkeit, die sich mit einem Zischen in meine Haut brennt und ein wütend dreinblickendes Mal hinterlässt. Vor mir erstreckt sich ein schmaler Gang, der meine einzige Option darstellt, und als mich ein weiterer heißer Tropfen trifft, setze ich mich eilig in Bewegung, unterdrücke den Schmerzenslaut, der mir auf der Zunge liegt. Mit gesenktem Kopf und die Hände um meine Rucksackschlaufen zu Fäusten geballt laufe ich im Zickzack um die Stalagmiten, die mir nun zusätzlich den Weg erschweren und deren Spitzen ebenfalls glühen. Als ich stolpere und mich an einem von ihnen abstütze, um nicht zu fallen, kann ich den Aufschrei nicht länger zurückhalten, während der Geruch von verbrannter Haut in meine Nase steigt. Ich starre auf meine versengte Handinnenfläche, auf das blutrote Fleisch und schlucke heftig, versuche, die Übelkeit nicht Herr über mich werden zu lassen. Ich atme langsam durch die Nase ein und durch den Mund aus, bis ich mich einigermaßen gesammelt habe. Dann stolpere ich weiter. Unterdessen verläuft der Gang immer breiter und verschwindet schließlich gänzlich.

Nun stehe ich an einem See. Er ist gefüllt mit brodelnder Lava und blubberndem Magma. In der Mitte erhebt sich eine kreisförmige Plattform, die mich zu sich lockt. Ich streife meine Stiefel nicht ab, umklammere meine Rucksackschlaufen bloß noch fester und mache den ersten Schritt in den See.

Dann noch einen.

Und noch einen.

Sobald die Lava den Stoff meines Trainingsanzuges umfließt, stoße ich ein Knurren aus. Es ähnelt dem eines verwundeten Tieres, dem ich in dieser Sekunde gleiche. Schweiß bildet sich auf meiner Stirn und rinnt kurz darauf in Strömen meine Wangen und meinen Hals hinab. Trotz des Schmerzes erlaube ich es mir nicht umzukehren. Bald berührt das rote Wasser nicht nur meine Beine, sondern auch meine Hüften, und für einen kurzen Moment denke ich darüber nach, mich einfach fallen zu lassen, den Kampf gegen die Qualen zu verlieren. Aber dann hebe ich meinen Blick, realisiere, wie nah ich schon bei der Plattform bin, und zwinge mich dazu, nicht aufzugeben.

So vieles hat sich in so kurzer Zeit verändert. Ich kämpfe längst nicht mehr für mich allein. Sondern für meine Freunde, die ich nie gesucht, aber dennoch gefunden habe. Ich tue das für jede Frau, jeden Mann, jedes Kind, jeden Vater, jede Mutter, jede Schwester, jeden Bruder, für all diejenigen, die noch lieben und nicht aufgegeben haben. Für alle, die stets an das Gute glauben, daran, dass die Erde noch gerettet werden kann, und für alle, die noch Träume haben, die nicht wollen, dass ihre Hoffnungen niemals wahrwerden. Was wiegt dagegen schon der Traum eines Einzelnen? Ich bin bereit, den meinen zu opfern. Damit so viele andere Wünsche in Erfüllung gehen und diese Welt zu einem besseren Ort machen können.

Ich bewältige den letzten, den *richtigen* Schritt in Richtung der Plattform, während mein Unterkörper längst in Flammen steht. Mit meinen Armen, die sich anfühlen, als wären jegliche Muskeln und Knochen daraus verschwunden, hieve ich mich auf die überraschend kühle Oberfläche und rolle mich auf den Bauch. Meine Wange presse ich auf das unbekannte Material, warte, bis mein Herzschlag sich beruhigt hat und ich in der Lage bin aufzustehen.

Ich bin ein wenig wackelig auf den Beinen, doch ich zwinge mich zu einem stabilen, hüftbreiten Stand, bereit, meine letzte Aufgabe zu erfüllen. Ich erinnere mich an die zahlreichen Opfer, welche die anderen für mich erbracht haben. Daran, wie sie die Relikte beschafft haben, damit ich das Ambrosia bekomme und das hier vielleicht überleben kann. Doch wenn ich mich so umsehe, in dieser Höhle, dann fühle ich mich gefangen. Ich glaube nicht, dass es für mich je einen Weg zurück nach oben gibt.

Ein Ruck geht durch meine Wirbelsäule, als hätte jemand einen Schalter umgelegt, mein Kopf fliegt schmerzhaft in den Nacken und meine Arme heben sich wie von allein, während ich mir ins Gedächtnis rufe, was ich mit Hale, Cato und Ladon in der kurzen Zeit gelernt habe.

Der See um mich herum erwacht zum Leben, wilde Wellen aus Lava und Magma brauen sich zusammen und tauchen alles in Rot und Orange. Hitze rauscht erbarmungslos durch mich hindurch, das Feuer wird Herr über mein gesamtes Sein. Ich atme stickige Luft, jeder Zug, den ich von ihr nehme, reizt meine Lunge, während heiße Tropfen weiterhin meine Haut versengen. Ich versuche, nicht an den Schmerz zu denken, stelle mir stattdessen seine Gesichtszüge vor, so wunderschön, aber irgendwie auch vorwurfsvoll. Ich frage mich, ob er mir jemals vergeben wird. Der Abschied von Dark bleibt mir verwehrt. Doch wenn es ein Leben nach dem Tod gibt, dann wird er mich dort finden. Und auch ich werde niemals aufhören, nach ihm zu suchen.

Ich neige meinen Kopf noch weiter zurück, schließe die Augen, unterdrückte Gefühle drohen mich zu überwältigen. Ein urtümlicher Schrei verlässt meine Lippen. Und dann brenne ich.

Kapitel 3

ADERN AUS FROST

APATE

Ich stehe noch immer an dem hohen Fenster. Seit Ladon sich mit Flame und Cato in die Lüfte erhoben hat, habe ich mich keinen Zentimeter fortbewegt.

Ich hätte sie aufhalten können.

Ich hätte Hale und Phia aufwecken können.

Ich tat nichts dergleichen.

Denn wenn ich eines schon vor langer Zeit gelernt habe, dann, dass manche Ereignisse unausweichlich sind. Man kann vor vielen Dingen davonlaufen, aber niemals vor seinem Schicksal.

Meine beiden Arme sind um meinen Bauch geschlungen, dessen Wölbung ich nicht für immer würde verbergen können. Ich wünschte, dass Prom bei mir wäre oder dass ich den Mut aufbringen könnte, ihm zu sagen, was mit mir nicht stimmt. Oder um es besser zu formulieren: dass seit sehr langer Zeit endlich alles mit mir stimmt. Wegen ihm und dem Leben, das in mir wächst und mir zum ersten Mal so etwas wie Hoffnung schenkt.

Ich starre weiterhin nach draußen, warte darauf, dass etwas passiert. Die Sonne geht langsam auf, doch es bilden sich so viele graue Wolken, dass man die Strahlen kaum erkennen kann. Ich frage mich, wann die anderen Bewohner des Palastes erwachen und wann man in Yasars Reich bemerkt, was geschehen ist. Wir haben noch keine Nachricht erhalten, wie der Angriff ausgegangen ist, doch da sich schlechte Neuigkeiten stets rasend schnell verbreiten, gehe ich davon aus, dass niemand ernsthaft verletzt worden ist.

Ich bin müde und meine Augen werden zunehmend schwerer, trotzdem weigere ich mich, zurück in das Zimmer zu gehen, welches mir zugeteilt wurde. Stattdessen stehe ich weiter da, starre stur nach draußen und denke an die einzige Freundin, die ich in der Oberwelt habe.

Meine Überlegungen schweifen noch weiter ab, als ein Grummeln und Donnern ertönt und der Palast unter meinen Füßen erbebt. Das Fensterglas beginnt zu klirren, zersplittert schließlich gänzlich und ich kauere mich auf den Boden, als ein Scherbenregen sich über mich ergießt. Das Knirschen ignorierend richte ich mich halb auf, rutsche auf blutigen Knien zu der klaffenden Öffnung und starre auf das Meer, das nun tobt, und die Wellen, die immer größer werdend auf mich zurasen.

Etwas braut sich zusammen.

Entweder das Ende der Welt oder ein neuer Anfang.

Ich kann die Wassertropfen schon auf meiner Haut spüren, dennoch bin ich wie erstarrt. Leuchtend grüne Augen schieben sich in mein Sichtfeld, ehe mich grauer Nebel einhüllt.

HALE

2 Stunden zuvor

Unruhig wälze ich mich in meinem Bett hin und her. Einerseits fühle ich mich mies, erneut zurückzubleiben und die anderen kämpfen zu lassen, andererseits bin ich froh, dass ich über Phia wachen kann, auch wenn sie in letzter Zeit nicht den Eindruck erweckt, als würde sie meine Gesellschaft schätzen. Sie weigert sich weiterhin, ein Zimmer mit mir zu teilen, und so bin ich in die Räumlichkeiten nebenan gezogen. Die meiste Zeit über rede ich mir erfolgreich ein, dass ich einfach nur Geduld haben muss, dass es eine Weile dauert, bis sie sich an die neuen Umstände gewöhnt hat. Doch mit jedem Tag wird das Sehnen nach ihr stärker und ich weiß nicht, wie lange ich noch warten kann.

Irgendwann gebe ich den Versuch einzuschlafen auf, schlage die verschwitzten Laken beiseite und trete in den Gang hinaus. In einiger Entfernung sehe ich Apates Gestalt vor einem der großen Fenster stehen und aufs Meer hinausstarren. Kurz ziehe ich es in Erwägung, mich zu ihr zu gesellen, doch dann entscheide ich mich dagegen und bringe mich binnen eines Wimpernschlages in den Eingangsbereich. Die Türen sind geöffnet und draußen im Sand entdecke ich Ladons überdimensional großen Körper ruhen. Ich laufe den Korridor bis zu der schmalen Treppe hinab, die in die Küche führt. Es mag seltsam klingen, aber es ist mein liebster Ort im Sandpalast. Meine Angestellten habe ich bereits vor einiger Zeit entlassen und in die Evakuierungslager gebracht, weshalb die Mahlzeiten mittlerweile recht karg ausfallen. Ich schneide mir eine Scheibe Brot ab und schenke mir ein Glas Wasser ein. Mit beidem setze ich mich an den lächerlich langen Tisch und beginne zu essen. Ich kaue und schlucke gelangweilt, bis nichts mehr übrig ist, und lege schließlich meinen Kopf auf meine verschränkten Hände. Was für eine armselige Gestalt haben die letzten Wochen aus mir gemacht? Alles scheint sich nur noch um Phia zu drehen und manchmal habe ich das Gefühl, mich dabei selbst zu verlieren.

Mit ihrem Bild vor Augen muss ich doch noch eingenickt sein, denn ich erwache davon, dass der Boden bebt und Sand von der Decke rieselt. Fluchend komme ich auf die Beine und lande einen Augenblick später in Phias Zimmer. Lavea und sie sind bereits auf den Beinen und ich greife sie an den Armen, bringe uns in Yasars Reich. Wir tauchen neben dem Brunnen im Garten auf und stolpern über wild wuchernde Wurzeln, die beim letzten Besuch noch nicht da gewesen sind. »Verdammt«, knurre ich. »Ich habe Apate vergessen. Prom wird mich umbringen. Lauft rein und informiert die anderen, dass irgendetwas Seltsames passiert«, weise ich die Frauen an, ehe ich erneut verschwinde.

Die Daimonin befindet sich an exakt derselben Stelle, an der ich sie vorhin gesehen habe. Sie kniet vor dem gesprungenen Fenster, unzählige Scherben bedecken ihren Körper, funkeln wie Kristalle in ihrem tiefschwarzen Haar. Sie regt sich nicht, und fast macht es den Eindruck, als würde sie beten. Ich renne auf sie zu, komme schlitternd auf dem knirschenden Glas zum Stehen und wende der riesigen Welle, die in diesem Augenblick auf uns zurast, den Rücken zu. Bevor das Aufschlagen ertönt, hülle ich uns in Nebel und bringe uns fort.

YASAR

Ich wollte nicht ruhen, aber schließlich hat True mich doch dazu überredet, ins Bett zu gehen. Morgen sieht die Welt schon wieder ganz anders aus, hatte er gesagt, bevor er mich sanft geküsst hat und dann sofort eingeschlafen ist.

Manchmal wünsche ich mir, ich wäre etwas mehr wie er. Frei. Sorglos. Ich seufze schwer und ziehe ihn noch enger in meine Arme, während ich meine Nase in seinem roten Haar vergrabe.

Wir haben den Angriff überstanden. Doch Ares, Athene und Ziva sind längst über alle Berge. Sie ist meine Schwester, meine Verantwortung und irgendwie fühlt es sich deswegen auch an, als wäre all das Unglück, das sie bereits verursacht hat, allein meine Schuld. Ich habe schon früh gewusst, wer sie ist. Dass sie nicht gut oder gar ehrenhaft ist. Und trotzdem habe ich ihr immer alles durchgehen lassen. Bin schlussendlich sogar vor ihr geflohen, doch sie ist mir bis hierher gefolgt. Mir und Dark, den sie auf eine verdrehte Weise zu lieben scheint.

Mir graust es vor dem, was sie mit Ares gemeinsam vollbringen könnte. Plötzlich hat nicht mehr nur die Erfüllung der Prophezeiung Priorität, sondern auch das Aufhalten des Kriegsgottes.

Ich schlucke angestrengt, als ich an Lost denke. Ich weiß noch nicht, wie wir ihm die neuesten Entwicklungen und die wahre Ursache für Candelas Tod am besten beibringen sollen. Nach dem kurzen Gespräch mit Apollo und Phoibe sind wir alle auf unsere Zimmer gegangen und Dream und Prom sollten mittlerweile auch Aphrodites Asche beseitigt haben. Ersterer hat mich über den Chalcedon-Edelstein informiert, was im Kerker geschehen ist, woraufhin ich ihm den Titanen zur Hilfe geschickt habe.

Flame und Dark sind wohlauf, ebenso die Halbgötter und die Frauen, die mit Hale im Sandpalast geblieben sind. Atlas und die überlebenden Donati habe ich zurück in die Evakuierungslager geschickt, um dort zu wachen. Alles ist so weit geregelt. Und trotzdem habe ich ein ungutes Gefühl ... Als würde sich etwas zusammenbrauen. Ich versuche in die Zukunft zu blicken, doch da ist nichts. Zurück bleibt einzig und allein ein pochender Kopfschmerz, der gegen meine Schläfen hämmert. Ich fahre mir über mein verschwitztes Gesicht und richte mich vorsichtig – um True nicht zu wecken – auf, als plötzlich eine Druckwelle über mich hinwegjagt und zurück in die Kissen drückt. Jegliche Luft wird aus meiner Lunge gepresst, während mein Palast erbebt.

AMANDA

Gegenwart

Nach Atem ringend fahre ich hoch, stütze mich keuchend auf dem seidigen Laken meines Bettes ab. Eine Welle der Hitze durchfährt mich, ehe mir eiskalt wird. Ich sehe zum Fenster, das unheilverkündend knackt, während Adern aus Frost daran hinaufkriechen und es schließlich zerspringen lassen. Einen Augenblick lang bin ich wie erstarrt, doch dann schnappe ich mir den Dolch, der stets griffbereit neben mir auf der Matratze liegt, und schwinge meine Beine über die Bettkante, laufe barfuß über die kühlen Fliesen. Die Tür fliegt auf, bevor ich sie erreichen kann, und Miriam steht mit Jules und Eros davor.

»Wir müssen hier raus. Sofort«, sagt sie eindringlich, packt mich am Saum meines Shirts und zieht mich mit sich. Gemeinsam rennen wir den Korridor entlang, während wir gleichzeitig den Gemälden ausweichen, die von den Wänden fallen. Eine erneute Druckwelle wirft uns gänzlich zu Boden und eine schwere Skulptur landet mit einem lauten Knall nur wenige Zentimeter entfernt neben meinem Kopf. Ich ramme meinen Dolch in den Teppich, auf dem ich liege, und stütze mich darauf ab, um wieder auf die Beine zu kommen. Die anderen sind mir nun bereits einige Schritte voraus und ich winke Jules unwirsch zu, bedeute ihm, nicht auf mich zu warten, als er sich fragend zu mir umdreht. Im nächsten Moment stolpere ich über den Rahmen eines Gemäldes und knicke schmerzhaft um, während mein Fußgelenk knirscht. Ich presse die Zähne fest zusammen, stütze mich an einer der Säulen ab und warte darauf, dass der Schmerz abebbt. Die anderen sind inzwischen nicht mehr auszumachen und ich verfluche mich dafür, dass ich stets zu eitel bin, um Hilfe anzunehmen.

Ein weiterer Knall ertönt, als rechts von mir ein prunkvoller Kronleuchter herabfällt und ungebremst zu Boden kracht. Goldsplitter fliegen in alle Richtungen, Staubkörnchen wirbeln auf und tanzen durch die Luft. Ich will gerade weiterhumpeln, als ich die zwei Gestalten entdecke, die aus dem dunklen Korridor auf mich zukommen. Dann erkenne ich Dreams amethystfarbene Augen und Prometheus' honigblondes Haar. Der Gott der Träume schleift den Titanen mehr mit sich, als dass dieser selbst geht. Stirnrunzelnd lasse ich die

Säule los und hüpfe den beiden entgegen. Wortlos schlinge ich mir Proms anderen Arm um meine Schulter und gemeinsam bahnen wir uns den Weg durch das Schlachtfeld, das einst ein schöner Palast gewesen ist.

DREAM

5 Minuten zuvor

Der Boden unter mir bewegt sich, benommen blinzelnd öffne ich die Augen. Auf der Zunge schmecke ich Staub und Asche, und als ich erkenne, auf was für einem Haufen ich da mit meiner Wange liege, springe ich auf, während die Übelkeit mich in Wellen überrollt. Ich taumele einige Schritte, ehe ich mich an den kalten Streben abstütze und meinen Mageninhalt entleere. Ich huste, versuche krampfhaft jedes Aschekörnchen, das einst Aphrodite war, aus mir herauszubekommen. Meine Schläfen pulsieren schmerzhaft, und als ich meinen Hinterkopf abtaste, entdecke ich die riesige Beule, die das verursacht hat. Ich werde Lost umbringen.

Mein Blick wandert zu Prom, der immer noch am Boden liegt. An seiner Stirn klebt getrocknetes Blut, doch die Wunde ist längst verheilt. Ich hocke mich neben ihn, schüttele sanft seine Schulter, während der Palast erneut erbebt. Ich hoffe sehr, dass dies kein weiterer Angriff ist. Der Titan gibt ein unverständliches Gemurmel von sich, während seine Lider flattern. Kurzerhand schiebe ich meine Unterarme unter seine Achseln und hieve ihn hoch.

»Du bist schwer, Alter«, murre ich und versuche uns fortzubringen. Mit all meiner verbliebenen Macht rufe ich nach dem Nebel – und nichts geschieht. Verdammt. Mir bleibt nichts anderes übrig, als sein Gewicht halb auf mich zu legen und loszulaufen. Beim Erklimmen der Treppe stößt sein Kopf versehentlich zweimal gegen die Steinwand, was ihn ein wenig wachzurütteln scheint. Er brabbelt erneut etwas, das ich nicht so ganz verstehen kann, versucht aber immerhin, seine Füße zu bewegen und mir zu helfen.

Je weiter wir vorankommen, desto mehr habe ich den Eindruck, dass Yasars Palast beschlossen hat, in all seine Einzelteile zu zerfallen. Kostbare Gemälde und Skulpturen liegen auf dem Boden, während Putz von der Decke rieselt. Ich zucke zurück, als sich direkt vor uns ein Kronleuchter löst und mit einem lauten Knall zerspringt. Staub wirbelt auf und lässt mich erneut husten, als ich in einigen Metern Entfernung eine der Halbgottfrauen entdecke. Amelia, oder so. Ihr Fuß scheint verletzt zu sein, denn sie hält ihn seltsam angewinkelt und stützt sich an einer Säule ab, doch sobald sie uns ebenfalls entdeckt, kommt sie auf uns zugehumpelt und nimmt mir auf der anderen Seite etwas von Proms Gewicht ab. Während alles um uns herum weiterhin einstürzt, kann ich nur an Lavea denken. Ich hoffe, dass sie in Hales Reich in Sicherheit ist.

LAVEA

Gegenwart

Phia und ich sprinten in den Palast, weichen den Gegenständen aus, die von der Decke fallen und uns scheinbar unter sich begraben wollen. Ich renne ungebremst um eine Ecke und pralle mit Eros zusammen, der vor Miriam und Jules gelaufen ist. »Wo ist Dream?«, brülle ich ihn an, während ich mich an einer Kommode abstütze, deren Fächer mitsamt ihrem Inhalt auf dem Boden verstreut liegen.

»Wir haben ihn nicht gesehen«, sagt Jules und schiebt sich in einer fahrigen Bewegung seine Brille wieder hoch auf die Nase. »Wir haben auch Amanda verloren.«

»Sie ist sehr wohl in der Lage, auf sich selbst aufzupassen«, mischt Miriam sich ein, packt ihn am Arm und zieht ihn an uns vorbei Richtung Ausgang. »Wir müssen weiter. Und wenn ihr keine Todessehnsucht verspürt, dann würde ich euch raten, uns zu folgen.«

Ich tausche einen Blick mit Phia, die mit ihrem Mund eindeutig das Wort *Feiglinge* formt, und gemeinsam laufen wir weiter, während Eros uns noch etwas hinterherruft. »Yasars Zimmer ist zwei Korridore weiter«, japse ich und meine Freundin nickt zustimmend. In diesem Moment wäre es verflucht praktisch, wenn ich durch den Nebel gehen könnte. Eine Vase zerschellt an meinem Ellenbogen und ich stöhne entnervt auf, als ich merke, wie warmes Blut meine Haut hinabrinnt. Trotzdem verlangsamen wir unser Tempo nicht, bis wir schlitternd vor Yasars Tür zum Stehen kommen. Wir hämmern wild dagegen, ehe Phia sie ungeduldig aufstößt. Die Laken sind zerwühlt, als hätte vor Kurzem noch jemand darin gelegen, doch beide Seiten des Bettes sind leer. »Wir müssen sie genau verpasst haben«, seufze ich. »Wer ist noch hier?«

In letzter Sekunde packt Phia mich an der Schulter, als neben mir ein Bücherregal von der Wand fällt, das es wohl geschafft hätte, mich umzuwerfen. »Flame, Dark, Apollo, Phoibe, Prom und Dream müssten noch im Palast sein. Wobei ich denke, dass jeder von dem Lärm geweckt werden sollte.«

»Aber Dream war nicht draußen. Wir müssen uns aufteilen. Lauf du zum Zimmer von Dark und Flame, ich werde nach Dream und anschließend nach Phoibe und Apollo suchen, einverstanden?« Sie mustert mich einige Sekunden kritisch, ehe sie zögerlich nickt. Ich schaue nicht zurück, als ich erneut lossprinte, um Dream zu finden. Ich passiere die Arbeitszimmer und die Bibliothek, biege in den nächsten Korridor ein, als meine Füße an etwas Haarigem hängen bleiben und ich stolpere, mich dabei einmal überschlage. Ich lande hart auf dem Rücken, während jegliche Luft meiner Lunge entweicht und ich für einige Sekunden reglos liegen bleibe. Ganz langsam wende ich meinen Kopf nach rechts, von wo aus mich acht tiefschwarze Spinnenaugen anstarren.

Röchelnd komme ich auf die Knie und robbe zurück, bis mir endlich ein richtiger Schrei gelingt. Erst dann registriere ich den Pfeil, der ihren fetten Leib durchbohrt hat. Ein pflatschendes Geräusch ertönt, als ich meine Hand in einer Pfütze aus dunklem Sekret abstütze. Würgend ziehe ich mich an der Wand hoch, hinterlasse dabei unverkennbare Abdrücke. Beinahe entfährt mir abermals ein Schrei, als sich ohne Vorwarnung ein Arm um meine Taille schlingt. Der Duft nach Zitrone und Rosmarin steigt mir in die Nase. Ich wende meinen Kopf und sehe Eros, der wie so oft ein verführerisches Grinsen im Gesicht trägt. »Hab ich dich.«

DARK

Gegenwart

Ein Déjà-vu der schlechten Art überkommt mich, als ich das Zerspringen von Glas höre, nach der anderen Betthälfte taste und die bereits erkaltete Matratze spüre. Sofort bin ich auf den Beinen, ziehe Hose und Hemd über und schwinge mir den stets gepackten Rucksack auf die Schultern, während ich immer wieder ihren Namen brülle. Ich weiß sehr wohl, dass sie es sich in letzter Zeit angewöhnt hat, bei Nacht hinauszuschleichen, und obwohl der Drang groß gewesen ist, bin ich ihr nie gefolgt. Ich vertraue ihr und will ihr Freiraum gewähren, wenn sie ihn braucht. Aber wo bei allen Göttern ist sie nun und warum bebt Yasars Palast, als würde er jeden Moment zusammenstürzen? In diesem Augenblick fällt die komplette Schrankwand um und ich mache einen Satz zurück. Fluchend laufe ich zur Tür, reiße sie auf und renne direkt in Phia hinein, deren zinnoberrotes Haar verfilzt zu allen Seiten absteht.

»Wo ist Flame?«

»Hast du Flame gesehen?«, reden wir gleichzeitig drauflos. Ich atme tief durch, versuche nicht den Kopf zu verlieren. »Was ist hier passiert? Warum bist du nicht in Hales Reich?«

»Irgendetwas geht vor sich«, sagt sie eindringlich. »Die Erde bebt überall, im Reich der Hoffnung und des Lichts spielt das Meer verrückt und türmt sich zu monströsen Wellen auf. Zu Beginn war es noch heißer als sonst, nun wird es immer kälter.« Erst jetzt bemerke ich die eisigen Temperaturen und dass sich auf meinen Armen eine Gänsehaut gebildet hat.

»Vielleicht ist sie in der Bibliothek«, schlägt Phia vor und ich nicke langsam, verdränge das ungute Gefühl, packe sie am Arm, ehe uns einen Wimpernschlag später graue Schwaden verschlucken.

Wir suchen alle Etagen der Bibliothek ab, schauen in jedem Winkel, jeder Nische nach, ob sie vielleicht irgendwo eingeschlafen ist, doch Flame bleibt verschwunden. Bücher liegen verstreut und teilweise aufgeschlagen in den Gängen, während die meterhohen Regale gefährlich schwanken. Als das erste einzustürzen droht, bringe ich uns in den Kerker, aber auch dieser ist leer. Einzig die Asche liegt nach wie vor da, ebenso zu finden sind Spuren von Blut. Was ist hier geschehen?

Erneut greife ich nach Phias Arm und wir landen in der großen Halle. Unzählige Spinnenkadaver schmücken den Boden und zeichnen ein morbides Bild. Der Gestank ist unerträglich und Flame ist auch hier nicht zu entdecken. Ein Donnern ertönt und dann ein Knacken, vom Ende des Saals kriecht Frost auf uns zu, überzieht die leblosen Leiber mit einer eisigen Schicht.

Phia berührt mich zaghaft an der Schulter. »Wir müssen hier raus.« Ich nicke zähneknirschend, rufe gleichzeitig den Nebel, der mir umgehend gehorcht. Wir landen am Brunnen, dessen sprudelnde Fontäne vor Kälte erstarrt ist. Durchsichtige Zapfen hängen überall herab. Ich folge dem Blick der anderen, die ungläubig auf den Palast starren, der nun von einer eisblauen Schicht überzogen wird. True und Yasar befinden sich ganz vorne, direkt dahinter steht Apollo mit Jules, der seine beschlagene Brille putzt, und Lavea, die ihre Arme um Dream geschlungen hat, der etwas ramponiert aussieht. Prom liegt auf dem Boden, Apate hat seinen Kopf in ihren Schoß gebettet, während Phoibe auf der anderen Seite daneben kniet. Hale, Miriam und Eros schauen prüfend auf die drei hinab und mein Blick wandert weiter, auf der Suche nach Flame, doch sie ist nicht hier. Kerberos sitzt allein vor der gefrorenen Hecke, alle sechs Ohren gespitzt. Als er bemerkt, dass ich ihn anstarre, stößt er ein anklagendes Geheul aus und trottet auf mich zu.

»Wo ist sie? Wo ist Flame?«, frage ich wütend. Und warum zum Teufel fällt niemandem auf, dass sie fehlt?

Dream löst sich von Lavea und wendet sich mir stirnrunzelnd zu. »Ist Flame nicht mehr bei dir?«

»Ich bin in einem leeren Bett aufgewacht«, sage ich mit mahlendem Kiefer.

Ein Räuspern erklingt und ich nehme Yasar ins Visier, der langsam auf mich zugeht. An seine Brust gepresst trägt er mehrere Rollen Pergament. »Ich war noch einmal im Arbeitszimmer, bevor ich in den Garten gekommen bin. Die Aufzeichnungen zu Delphi haben gefehlt. Die Prophezeiung und wie man zum Mittelpunkt der Erde gelangt.«

Meine Augen beginnen zu brennen, ich will schlucken, doch es gelingt mir nicht. Die ungeteilte Aufmerksamkeit aller liegt auf mir und ich hasse es. Ich will brüllen und wüten und die Welt in Stücke reißen. Dann fällt mir ein weiteres Detail auf. »Cato«, bringe ich gepresst hervor. »Auch Cato fehlt.« Das Gefühl des Verrats überkommt mich in eisigen Schauern, lässt das Blut in meinen Adern gefrieren. Ist er es gewesen, mit dem Flame sich in den letzten Nächten getroffen hat? Warum? WARUM?

Mein Blick fällt auf Apate, die zu mir aufsieht und schuldbewusst wirkt. Sofort knie ich vor ihr, nur Proms reglosen Körper als Barriere zwischen uns. Ich packe sie bei den Schultern, muss mich zurückhalten, um sie nicht zu schütteln. »Was. Hast. Du. Gesehen?«

»Ich stand an einem der Fenster in Hales Reich. Ich sah sie fortfliegen auf dem Drachen Ladon gemeinsam mit Cato«, spricht sie mit ihrer glockenhellen Stimme und macht eine ausladende Handbewegung, schließt die gesamte Umgebung mit ein. »Sie hat die Prophezeiung erfüllt.«

Apollo packt mich von hinten und zieht mich zurück, als ich mich auf die kleine Daimonin stürzen will. Ich bin so sehr in Rage, dass ich spüre, wie die Instinkte des Wolfes meinen Körper übernehmen wollen. »Bring mich zu ihr. Bei allen Höllentoren, bring mich sofort zu ihr«, brülle ich meinen Freund an, weil ich selbst nicht den Weg zum Mittelpunkt der Erde kenne. Ich spüre, wie die Fangzähne mein Zahnfleisch durchbrechen und Krallen sich durch meine Fingerspitzen graben, während etwas an meinem Inneren zerrt, als würde mein Herz versuchen herauszuspringen.

In weiter Entfernung entdecke ich eine Flammensäule begleitet von einem Funkenregen in den Himmel schießen, als hätten wir Grund zu feiern – als wäre es ein gottverdammtes Feuerwerk. Und dann ist es, als würde das Licht, das kleine Feuer, das nur wegen ihr in mir brannte, einfach so erlöschen.

CATO

Ich wische mir Ruß und Schweiß aus dem Gesicht, während ich geschockt die Flammensäule anstarre, die aus der Mitte des Kolosseums vor uns in den Himmel schießt. Würde ich jetzt nicht unbedingt für ein gutes Zeichen halten. Warum muss sie immer die Heldin spielen? Ich wäre mit ihr gegangen. Niemand sollte so etwas allein durchstehen müssen. Nachdem sie mich von sich gestoßen und eine Feuerwand entfacht hatte, die sich nicht gerade leicht löschen ließ, war sie wie vom Erdboden verschluckt, als hätte dieser verfluchte Stein sie tatsächlich in sich aufgenommen. Anschließend hat Ladon mich mit seinen Krallen wie ein wehrloses Hündchen geschnappt und außer Reichweite geflogen. In diesem Moment ragt er hoch neben mir auf, folgt mit seinen Augen wie paralysiert dem Funkenregen, der vor uns niederprasselt. Einen seiner monströsen Flügel hat er über mich gelegt und so verhindert, dass ich von den ausgelösten Druckwellen zurückgeschleudert werde.

Plötzlich erlischt die Flammenwand, verschwindet einfach so, als wäre sie nie da gewesen. Stille legt sich über das gesamte Land, kein Geräusch dringt mehr an meine Ohren. Und dann beginnen dicke kristallartige Flocken vom Himmel zu fallen, die sich wie ein Mantel über uns legen, die Erde vor uns sowie das Kolosseum unter einer Schicht aus weißer Watte begraben. Meine Kehle wird eng, als mich eine Erinnerung überrollt, die schon eine Ewigkeit entfernt zu sein scheint.

Wie jeden Tag herrscht trockene Hitze. Selbst das Gestein der Felsen, in denen wir unsere Höhlen gebaut haben und wo wir leben, ist so glühend heiß, dass man erst in später Nacht darin zur Ruhe kommt und manchmal besser ganz unter freiem Himmel schläft.

Ich knie an einem noch nicht gänzlich ausgetrockneten Bachlauf und fülle unseren Wasserschlauch auf, während Flame neben mir hockt und ihre Hände in den kühlenden Schlamm gräbt. Sie grinst mich teuflisch an, fordert mich förmlich heraus, sie auszuschimpfen. Heute ist ihr fünfzehnter Geburtstag und als Ge-

schenk habe ich ihr erlaubt, mich in den Wald zu begleiten. Für gewöhnlich kümmert sie sich gemeinsam mit Jules um unseren Stand auf dem Markt, weshalb sie jedes Mal ganz aus dem Häuschen ist, wenn ich sie dorthin mitnehme, wo Amanda, Miriam und ich jagen gehen. Natürlich ist das nicht, was wir heute vorhaben, denn Flame ist nicht aus demselben Holz geschnitzt wie wir. Auch wenn sie mir manchmal trotzt, so ist sie doch weicher und reiner als der Rest von uns. Und meine Aufgabe ist es, sie abzuschirmen, sie zu beschützen, vor den Schrecken und Grausamkeiten dieser Welt. Ich tue all das längst nicht mehr nur, weil Persephone mich darum gebeten, besser gesagt, es mir befohlen hat. Ich tue es, weil sie mir so unglaublich viel Freude schenkt, sich eingeschlichen hat in mein Herz, in meine Seele, und nun nicht mehr daraus fortzudenken ist.

»Heute bist du es, der grübelt«, neckt sie mich, während ich den Wasserschlauch in ihrem kleinen braunen Rucksack verstaue und sie anschließend hochziehe, mich dabei nicht an ihren schlammverschmierten Händen störe. Dann nehme ich den Korb und wir setzen unseren Weg fort, sammeln Beeren, die bereits vollkommen eingetrocknet sind und sauer schmecken und ihre Fröhlichkeit dennoch kein bisschen bremsen. Flames Mund, Kinn und Wangen sind blau verschmiert und ich lache aus tiefster Kehle, drücke sie von der Seite an mich und merke, wie sie zaghaft unsere Finger miteinander verschränkt. Ich blicke hinab in ihr hoffnungsvolles Gesicht, das noch so verdammt jung und unschuldig ist. Rasch löse ich mich von ihr, bringe ein wenig Abstand zwischen uns. »Wer zuerst zurück bei den Höhlen ist, hat einen Wunsch frei.«

Noch bevor ich den Satz zu Ende gebracht habe, rennt sie los, ihre kurzen Beine bewegen sich überraschend flink und doch hätte sie niemals eine Chance gegen mich. Erneut verziehen sich *meine Mundwinkel zu einem Lächeln und ich folge ihr. »Du hast mich absichtlich gewinnen lassen«, ruft sie mir vorwurfsvoll zu, als ich ihr gemächlich entgegenjogge und sie keuchend an der Felswand lehnt.*

»Bin heute einfach nicht in Form«, lüge ich, ohne mit der Wimper zu zucken. »Und ich wollte unsere Beeren nicht fallen lassen.« Ich stelle den Korb neben mir ab, nehme ihr den Rucksack von den Schultern und hole den Wasserschlauch hervor, um sie davon trinken zu lassen. Wie immer ist sie so gierig, dass die Flüssigkeit über ihr Kinn rinnt und die blau-rote Farbe der Früchte noch großflächiger verläuft. Achtlos wischt sie mit ihrem Hemdsärmel darüber und verursacht damit Flecken, über die Miriam später fürchterlich zetern wird. »Also?«, frage ich neugierig. »Wie lautet dein Wunsch?«

»Man darf es nicht laut aussprechen. Du weißt doch, dass es dann nicht in Erfüllung geht«, belehrt sie mich.

»Blödsinn. Ich zähle nicht. Wir sind praktisch ein und dieselbe Person.«

Ihre sonst so blassen Wangen erröten leicht und ihr bernsteinfarbenes Auge funkelt mich strahlend hell an. »Na schön. Mein sehnlichster Wunsch ist es, einmal im Leben Schnee zu sehen.«

3 MONATE SPÄTER

Kapitel 4

TAUSENDUNDEINE NACHT

LAVEA

Yasars Reich besteht nicht länger aus dem plätschernden Brunnen, dem Singen der Vögel, den farbenfrohen Blumen und dem Zirpen der Grillen, sondern nur noch aus Eis und Schnee. Deshalb müssen wir fortgehen. Wir stehen gesammelt vor dem Palast, als würden wir stumm Abschied nehmen. In den letzten Wochen haben wir nach Flame gesucht – einem Lebenszeichen – und auch nach ihren Überresten, selbst wenn niemand gewagt hätte, diese Tatsache laut auszusprechen. Wir sind noch nicht dazu bereit, einfach aufzugeben. Schon allein bei dem Gedanken an meine Freundin wird meine Kehle eng und ich versuche krampfhaft, die Tränen wegzublinzeln. Sie hat die Prophezeiung erfüllt und die Erde vor dem Untergang, dem Feuer und der Hitze gerettet. Rund um den Mittelpunkt der Erde herrscht nun scheinbar ewiger Winter, doch in den anderen Gebieten ist die Temperatur genau richtig. Yasar und Dream meinen, dass sich alles von selbst einpendeln wird und wir eines Tages sogar wieder die vier Jahreszeiten begrüßen dürfen.

Mein Blick wandert nach rechts zu Dark, der bloß noch ein Schatten seiner selbst ist, eine leere Hülle, die sich durch den Tag bewegt, ohne zu sprechen, zu lächeln, zu weinen oder sonst eine Empfindung zu zeigen. Manchmal denke ich, dass es ihm helfen würde, mit Lost zu sprechen, der sich wegen Candela in der gleichen Situation befindet, doch wir haben ihn seit der Nacht des Angriffs nicht mehr gesehen. Wegen Ares, Athene und Ziva haben wir bisher nichts unternommen und wissen auch nicht, wo sie sich derzeit befinden, weil uns die Suche nach Flame vollkommen vereinnahmt hat. Sie halten sich definitiv bedeckt und das ist uns ganz recht so, weil wir andere Dinge zu regeln haben. Ich stoße meinen angehaltenen Atem aus und weiße Wölkchen bilden sich vor meinem Gesicht.

»Alle bereit zum Aufbruch?«, fragt Yasar und ich greife automatisch nach Dreams Hand. Kurz darauf hüllt der Nebel uns ein, bringt uns an einen anderen, hoffentlich besseren Ort, wo die traurigen Erinnerungen nicht in jeder Ecke lauern, und es immer wieder schaffen, uns in schwachen Momenten niederzuringen.

Als ich die Augen das nächste Mal aufschlage, erkenne ich eine Wüstenlandschaft, die uns umgibt, und spüre den angenehmen Wind, der mit meinen Haaren spielt und sie flattern lässt. Wir stehen vor einer Mauer aus Sandgestein, die von Verzierungen geschmückt wird und um deren Türme sich Efeu und Magnolien ranken. True tritt vor, hebt die Arme, und auf wundersame Weise beginnt das Bild vor uns zu flackern, bis sich ein Durchgang bildet. Dream zieht mich mit sich und gemeinsam schlüpfen wir hindurch. Dabei schaut er zu mir hinab, seine amethystfarbenen Iriden ziehen mich in ihren Bann und ich strauchele leicht. Er lacht leise und presst seine Lippen in einem kurzen, aber innigen Kuss auf meine. Als ich Phia nach Luft schnappen höre, löse ich mich von ihm, um die Ursache für ihre Reaktion zu erfahren.

Einen Moment lang bin ich wie erstarrt.

»Mehr ist mehr, meine Täubchen!«, kommentiert True erfreut. »Willkommen in meinem bescheidenen Heim.« Vor uns liegt der exotischste und gleichzeitig prunkvollste Palast, den ich jemals gesehen habe. Er ist aus rotem Sandstein erbaut und erinnert mich an magische Märchenstunden, meine Vergangenheit, an die Arbeit in der Bibliothek und an die Geschichten der mutigen Scheherazade, die den Sultan tausendundeine Nacht lang in den Bann ihrer Worte zog und in mir vor langer Zeit zum ersten Mal die Sehnsucht nach Romantik und Sinnlichkeit weckte.

Der Palast besteht aus fünf Stockwerken, die von pavillonartigen Aufbauten, großen Kuppeln und Zwiebeltürmchen geschmückt werden. Die Farben dieser Zierden sind wunderbar intensiv und bestehen aus dunklem Violett, tiefem Mitternachtsblau und glänzendem Gold. Unbehaglich richte ich den Gurt meiner schäbigen Umhängetasche, die stetig tropft, weil nach und nach die mitgenommenen Gegenstände aus Yasars eisigem Reich wieder auftauen.

»Folgt mir, meine Täubchen«, ruft True, der schon vorgegangen ist, und wir beeilen uns, um nicht den Anschluss zu verlieren. Der Wüstensand erschwert das Vorankommen und ich frage mich, wie unser Gastgeber es schafft, sich so flink darauf fortzubewegen. »Er hatte schon immer ein wenig Ähnlichkeit mit einem verrückten Dschinn, meinst du nicht?«, höre ich Prom hinter mir Apate zuflüstern, die daraufhin leise kichert.

Ich laufe einen kleinen Bogen, als wir an einer Herde Kamele vorbeikommen, die an einem in den Sand eingelassenen Teich stehen, auf dem bunte Blüten schwimmen. In dieser Sekunde muss ich an Kerberos denken, dem es hier bestimmt gefallen würde. Er ist kurz nach Erfüllung der Prophezeiung verschwunden und ich frage mich häufig, ob er in die Unterwelt zurückgekehrt ist.

Wir erklimmen die Treppe, die mit reich verzierten Fliesen bestückt ist, und laufen schließlich durch den großen Torbogen. Eine richtige Tür existiert nicht und mir fällt auf, dass es auch in den oberen Etagen kein Fensterglas zu geben scheint. Sobald ich das Innere betrete, steigt mir der Geruch von Safran und Zedernholz in die Nase und ich entspanne mich, während ich weiter diese exotische und verschwenderische Umgebung in mich aufnehme.

»Ich wusste, dass es dir hier gefallen würde, liebste Lavea«, zwitschert True, der sich vor uns gestellt hat und mit einer ausladenden Handbewegung um sich deutet. »Noch einmal: willkommen! Es ist mir eine große Freude, euch trotz der bedauerlichen Umstände hierzuhaben. Wir werden neue Energien tanken und dann Pläne schmieden, denn nach allem, was wir durchgemacht haben, werden wir uns nicht kampflos ergeben.« Seine Euphorie überträgt sich leider nicht auf uns und so folgt nur müdes Gemurmel, während Yasar seinem Partner auf die Schulter klopft.

»Danke, dass wir bei dir unterkommen dürfen«, sage ich rasch, damit wir nicht allzu undankbar erscheinen.

»Ich gebe euch eine kurze Einweisung«, ergreift True wieder das Wort. »Auf dieser Etage findet ihr neben dem Empfangsbereich Trainingsmöglichkeiten und einen Wellnessbereich. Auf der zweiten Etage liegen die Bibliothek sowie mehrere Arbeitszimmer. Der Speisesaal, die Küche, ein Musikzimmer und weitere Aufenthaltsmöglichkeiten gibt es auf Etage drei. Darüber befindet sich die Ebene mit den Räumlichkeiten zum Schlafen, es ist ausreichend Platz für alle da und ihr könnt frei wählen, wo ihr euch am wohlsten fühlt.

Ganz oben ist der Tanzsaal sowie ein Aussichtspunkt für besondere Feierlichkeiten. Es gibt auch Personal, hauptsächlich Wüstennymphen, die sich um das Essen, eure Kleidung und die Zimmer kümmern. Sie leben in den beiden Wohnhäusern hinter dem Palast und außerhalb ihrer Arbeitszeit hängen sie gerne in meinen Oasen oder im Wellnessbereich ab. Ich bin ein netter Boss.«

Ich blicke nach rechts und treffe auf Phias tannengrüne Augen, die genauso ungläubig dreinschauen, wie ich mich fühle. Kurz darauf erscheinen zwei Nymphen auf der Treppe, die nach oben führt. Sie haben braune, ein wenig ledrige Haut, schwarzes, aufwendig geflochtenes Haar und sind in weite Gewänder gehüllt. Sie bedeuten uns, ihnen zu folgen, und ich setze mich zögerlich in Bewegung, als ich Dreams Hand an meinem unteren Rücken spüre. Die Wände und Säulen zeigen sich mit farbenfrohen floralen Mustern, die Geschichten vom Paradiesgarten erzählen.

»Heftige Hütte. Warum sind wir nicht schon eher hergekommen?«, murmelt Prom und ich muss ein etwas irres Lachen unterdrücken. Sobald wir auf Ebene vier ankommen, ziehen die Nymphen sich zurück und es ist uns überlassen, einen Raum zu wählen. »Jeder in eine andere Ecke«, brüllt der Titan nun, der bereits ganz am Ende des Ganges ist und eine errötende Apate hinter sich herschleift, ehe er gänzlich aus unserem Sichtfeld verschwindet. Ich frage mich, ob wir seine Worte als Vorwarnung nehmen sollen.

Ich kann mich zwischen all dem Prunk nicht entscheiden und schließlich wählt Dream ein Zimmer für uns aus. Erschöpft lasse ich die versiffte Tasche von meiner Schulter gleiten, drehe mich um mich selbst und betrachte unser neues Heim. Maurische Rundbögen gewähren den Blick nach draußen und reich bestickte Organzavorhänge flattern im Wind, während der intensive Geruch nach Gewürzen in der Luft liegt. Die Wände sind in Schattierungen von Rostrot, Azurblau und Sonnenuntergangsorange gehalten. Handgeknüpfte Teppiche, Seidenkissen und Poufs in Erdtönen bedecken den Boden und laden zum Verweilen ein. Zwei aus Holz geschnitzte Paravents trennen Wohn-, Schlaf- und Ankleidebereich voneinander ab. Das Bett ist ausladend und von schwerem Brokatstoff bedeckt. Ein mitternachtsblauer Baldachin fließt an den Seiten der blattgoldverzierten Pfosten herab, die von zahlreichen weiteren Mustern geschmückt werden. Fackeln hängen von der Decke und Gefäße aus Kupfer und Messing stehen dekorativ auf Kommoden aus Zedernholz.

Es ist ... *viel.*

Ich laufe weiter zum Bad, das ebenfalls offen gehalten ist. Die Wände hier sind jedoch beschmückt mit Fliesen und aufwendigen Keramikmosaiken in warmen Senftönen. Durch einen der Rundbögen trete ich hinaus in den pavillonartigen Anbau, lehne mich gegen das Geländer und starre in die Ferne, wo man das Blau des Meeres erahnen kann. Der Himmel ist orangerot gefärbt, ein sicheres Zeichen dafür, dass die Sonne bald versinken und die Nacht hereinbrechen wird. Das Plätschern von Wasser erklingt und dann höre ich Schritte, die näher kommen. Langsam lasse ich mich zurücksinken, als Dreams Arme mich von hinten umschlingen. Ich lehne mich an seine Brust, mein Kopf ist an seine Schulter gebettet. Er verteilt währenddessen eine Spur sanfter Küsse von meiner Halsbeuge bis hinauf zu meinem Kiefer, ehe er mit einer Hand mein Kinn umfasst, mein Gesicht zu sich dreht und meinen Mund mit dem seinen in Besitz nimmt. Und ich stürze mich in den Kuss wie eine Ertrinkende, lechze nach jeder Berührung, die er mir schenkt.

Als wir uns voneinander lösen, habe ich jegliches Zeitgefühl verloren und über uns funkeln hell die Sterne am beinahe nachtschwarzen Himmel. »Wir haben es geschafft«, flüstere ich Dream zu. »Flame ist es tatsächlich gelungen, die Erde zu heilen. Ich glaube, ich kann es noch immer nicht ganz begreifen.« Ich wende mich ihm nun gänzlich zu und er beginnt, beruhigende Kreise auf meinen Rücken zu zeichnen. »Warum fühlt sich all das hier dann überhaupt nicht wie ein Sieg an?«

Er lässt sich Zeit mit seiner Antwort, seine Stimme klingt ungewöhnlich rau, beinahe belegt. »Weil der Preis, den man dafür gezahlt hat, im Nachhinein manchmal zu hoch erscheint.«

CATO

Es ist wirklich verdammt kalt und es würde mich nicht wundern, wenn demnächst die Hölle gefriert oder Eiszapfen aus meiner Nase wachsen. Ich sitze auf den Stufen des Kolosseums, vor mir prasselt ein kleines Feuer, das mittlerweile keinen Schaden mehr anrichten kann und mich kaum wärmt, während Ladon über mir seine Kreise zieht. Zornig starre ich den Omphalos an, der von einer eisblauen Schicht überzogen ist und mich zu verhöhnen scheint. Ich habe *alles* versucht, um ihn zu öffnen. Ich habe mehrmals die Elemente angewendet, mit einer Axt auf ihn eingeprügelt und über zwei Wochen hinweg hat der Drache ihn mit Feuer attackiert, doch nach wenigen Sekunden war die gesamte Oberfläche immer wieder mit Frost überzogen. In mir hat sich so viel Wut und Frustration angestaut, dass ich überhaupt nicht mehr weiß, wohin damit. Ich frage mich, wo Dark ist und warum er nichts dafür tut, um sie zurückzuholen. Schon vorher konnte ich ihn nicht leiden, aber nun verabscheue ich ihn regelrecht dafür, dass er so schnell aufgegeben hat. Tatsächlich waren Apollo und Prometheus einige Male hier und haben dasselbe probiert wie ich. In dieser Zeit habe ich mich in den Katakomben verkrochen und stumm gehofft, dass sie mehr Glück haben, was leider nie passiert ist.

Ich bin so sehr in meine Überlegungen vertieft, dass ich zusammenzucke, als Ladon neben dem Stein landet und Schnee aufwirbelt. »Die anderen haben heute Yasars Palast verlassen«, informiert er mich mit seiner tiefen Stimme und lässt dabei ein paar Feuerfunken sprühen.

»Und wohin sind sie aufgebrochen?«

»Konnte ihnen schlecht durch den Nebel folgen«, brummt er und ich scharre missmutig mit meinen Stiefelspitzen.

»Vielleicht ist es auch für uns an der Zeit aufzubrechen«, merke ich nach einer Weile an. »Wir haben schon so viel Zeit in Delphi verbracht und sind keinen Schritt weitergekommen.«

»Was schwebt dir vor?«

»Wir könnten Zuflucht im Sandpalast suchen, um an einem Plan für unser weiteres Vorgehen zu arbeiten. Vorausgesetzt, die anderen haben sich nicht ebenfalls für diesen Ort entschieden. Ich habe die Hoffnung, dass die Auswirkungen der Kälte dort nicht so extrem sind wie im Reich der Zukunft.« Ich stoße meinen Atem aus, der vor mir weiße Wolken bildet. »Hier kann ich nicht richtig denken, weil ich das Gefühl habe, der Frost hätte selbst mein Gehirn eingefroren.« Außerdem ist die Aussicht, in einem richtigen Bett zu schlafen, verdammt verlockend. Momentan verbringe ich die Nächte unter Ladons Flügel und wenn die Temperaturen zu unerträglich werden, sogar in den unterirdischen Käfigen, in denen früher die Bestien vor ihren Kämpfen gefangen gehalten wurden. Aber richtig zur Ruhe bin ich schon seit einer Ewigkeit nicht mehr gekommen.

Ich reibe meine nahezu tauben Handinnenflächen aneinander, ein kläglicher Versuch, mich selbst zu wärmen. In dieser Sekunde wünsche ich mir nichts sehnlicher als Gesellschaft, denn nur mit einem Drachen zu sprechen ... Tja, manchmal frage ich mich, ob ich langsam, aber sicher den Verstand verliere. Ich weigere mich, zu den anderen zurückzukehren – denn ich kann mir nicht vorstellen, dass meine Anwesenheit erwünscht wäre, und ich glaube auch nicht, dass ich es ertragen könnte, solange ich keine hundertprozentige Gewissheit darüber habe, was mit Flame geschehen ist.

Ich bin sofort in Alarmbereitschaft, als ein ungewohntes Geräusch an meine Ohren dringt, springe auf und sprinte die Stufen hinauf, wo ich in geduckter Haltung über das oberste Geländer des Kolosseums spähe, während ich Ladon bedeute, in Deckung zu bleiben. In einiger Entfernung erspähe ich eine Reiterin auf einem schwarzen Ross, die über den unberührten Schneeboden jagt. Ihr Haar, das aussieht wie gesponnenes Gold, weht wie eine Fahne hinter ihr her und ihre stolze Haltung lässt sie anmutig, beinahe majestätisch wirken. Sie schaut weder nach links noch nach rechts, was wirklich unvernünftig und äußerst leichtsinnig ist. Ich frage mich, warum jemand wie sie ohne Begleitung reist. Allein der kostbare Pelz, den sie am Leibe trägt, macht sie zu einem Ziel für Diebe und Erfrierende, die nur noch halb am Leben sind.

Sie reitet auf den Tempel zu, der hinter dem Kolosseum liegt und in dem meines Wissens nach das Orakel lebte, bevor Apollo es fortbringen ließ. Und zufällig weiß ich auch, dass sich dort mittlerweile Gesindel herumtreibt, das nicht in den Evakuierungslagern unterkommen wollte. Diese Gruppierungen, die sich ohne Hilfe durchschlagen wollen, gibt es fast überall. Und damit habe ich eigentlich auch überhaupt gar kein Problem. Aber ich denke nicht, dass sie der jungen Frau mit dem Pferd und dem wertvollen Pelz wohlgesonnen sein werden.

Ich weiß selbst nicht so genau, warum ich ihr helfen will, doch im nächsten Moment renne ich auch schon die Stufen hinunter, greife nach meinem Rucksack und klettere auf Ladons Rücken, der sich sogleich vom Boden abdrückt und in die Luft erhebt. »Zum Tempel«, brülle ich ihm zu und er legt sich in die Kurve, wobei ich mich an seinen smaragdgrünen Schuppen festkralle.

Es dauert nicht lange, bis wir direkt über ihr sind und als wir kurz vor Erreichen des Tempels vor ihr landen und sie ausbremsen, atme ich erleichtert auf. Ihr Pferd kommt schlitternd zum Stehen, Schwaden steigen auf aus dem erhitzten Fell und es tänzelt ungeduldig auf der Stelle. Mit einem Satz springe ich auf den schneebedeckten Boden und schlendere auf sie zu. Bevor sie ihrem Ross die Sporen geben kann, greife ich in die Zügel und mustere sie. Aus der Nähe betrachtet glitzern weiße Flocken in ihrem goldenen Haar, aber noch auffälliger sind ihre mandelförmigen Augen und die Farbe ihrer Iriden, die eine ungewöhnliche Mischung aus Orange und Braun vereinen.

Ich drehe mich kurz um, als hinter uns Stimmen ertönen, und entdecke einige Männer in ziemlich verwahrlostem Zustand auf den Stufen der heiligen Stätte. Doch sobald sie Ladon erblicken, treten sie eilig den Rückzug an. Gut so. Die Frau versteift sich merklich, weil auch ihr der gierige Ausdruck in ihren Gesichtern nicht entgangen ist.

»Nichts zu danken, Liebes«, sage ich breit grinsend. Immerhin habe ich sie gerade vor den Barbaren gerettet. Sozusagen, jedenfalls. »Wie lautet dein Name?«, frage ich, als sie nicht reagiert, sondern nur weiter auf mich herabstarrt.

»Mein Name ist Ava«, erwidert sie schließlich und lockert ihre Finger, die um die ledernen Zügel zu Fäusten geballt waren. »Ava von Delphi.«

Ich grinse zufrieden. »Hallo, Ava. Du darfst mich heute deinen edlen Ritter nennen.«

AVA

Mein Herz schlägt rasend schnell und ich versuche, mich irgendwie zu beruhigen, was gar nicht so leicht ist, weil ein Wilder in Begleitung eines Drachens direkt vor mir steht und mir den Weg versperrt. Ich streiche sanft über Nepheles Hals, die beim Anblick des riesigen Tieres mit den Hufen scharrt. Und wer sind überhaupt diese Männer, die unseren Tempel entehren? Wissen sie denn nicht, dass es geweihter Boden ist, auf dem sie sich befinden? Sie haben das Recht, sich dort aufhalten zu dürfen, nicht verdient. Das wird den Göttern nicht gefallen.

»Was hast du hier zu suchen, Ava von Delphi?«, hakt der Fremde weiter nach. Sein dunkelblondes Haar reicht ihm fast bis auf die Schultern und sein Bart ist so dicht und lang, dass schon Eiszapfen darin hängen. Er sieht wirklich ungepflegt aus und es fällt mir schwer, sein Alter einzuschätzen. Seine Augen sind blaugrau wie die stürmische See und trotz seines Tonfalls steht darin eine tiefe Traurigkeit. Unwillkürlich frage ich mich, was ihn quält, doch dann schüttele ich den Kopf, ermahne mich, dass mich das Schicksal dieses Mannes nun wirklich nichts angeht.

»Du hast mir noch nicht einmal deinen Namen verraten«, sage ich im Plauderton, während ich unauffällig in die Falten meines Pelzmantels greife, bis ich die scharfe Klinge meines Dolches spüre.

»Cato«, erwidert er und betrachtet dabei so intensiv mein Gesicht, dass eine leichte Röte meine Wangen hinaufkriecht. Dann schließen sich meine Finger um den Griff und ich stürze mich auf ihn. *Traue niemandem,* hatte mein Bruder mir einst gesagt und die Grundlagen des Kämpfens beigebracht. Obwohl ich sehr behütet aufgewachsen bin, wollte er nicht, dass ich auf den Schutz und die Gnade anderer angewiesen bin.

Ich pralle gegen Catos harten Oberkörper, doch statt umzufallen, wie ich es geplant hatte, bleibt er einfach stehen. Gleichzeitig packt er mich am Handgelenk und drückt so fest zu, dass der Dolch zu Boden fällt und geräuschlos im Schnee versinkt. Aus irgendeinem unerfindlichen Grund sind meine Beine um seine Hüfte geschlungen und seine andere Hand ruht an meinem Schenkel. Sein Mund ist hinter dem buschigen Bart kaum zu erkennen, doch ich bin mir ziemlich sicher, dass er heimlich lächelt.

Plötzlich ertönt ein Surren und dann bricht Nephele neben uns zusammen. Ein Pfeil ragt aus ihrer Flanke und dunkelrotes Blut bildet einen extremen Kontrast zu dem reinen Weiß.

»Nein«, krächze ich, beginne mich zu winden und zu zappeln, versuche mich aus dieser seltsamen Umarmung zu befreien. Mein Pferd stößt ein heiseres Wiehern aus, das mir bis ins Mark geht, doch ich gelange einfach nicht zu ihr. Ich grabe meine Fingernägel in Catos Hals und er flucht laut, doch anstatt mich endlich loszulassen, packt er nur noch fester zu. Dann ist ein Schatten über uns, riesige Klauen schließen sich um uns wie ein lebendiger Käfig und ohne eine weitere Vorwarnung heben wir ab. Ich höre nicht auf, mich zu winden, kratze ihn erneut, bis etwas Warmes an meiner Hand hinabfließt, stoße dabei wütende Schreie aus, aber was ich auch tue, sein Griff bleibt weiterhin eisern und unnachgiebig. »Warum haben sie auf mein Pferd geschossen, nicht auf uns?«

Ich spüre bloß, wie er mit den Schultern zuckt, weil er mich so fest an sich presst, dass ich nicht einmal aufschauen kann. »Vielleicht waren sie hungrig.«

Tränen rinnen nun unaufhaltsam mein Gesicht hinab. »Du widerst mich an«, flüstere ich und dann gebe ich auf.

Kapitel 5

ZERBROCHEN

AVA

Mein Schicksal lag nie wirklich in meiner Hand und es gibt keinen Weg, meiner Bestimmung zu entfliehen. Mein Leben ist unendlich kostbar, denn es ist den Göttern gewidmet. Das wurde mir eingebläut, seit ich zum ersten Mal die heilige Stätte von Delphi betrat, und ich habe es niemals hinterfragt. Vielleicht hat mich Flames Geschichte deshalb so sehr fasziniert. Weil wir beide Schachfiguren sind in einem viel größeren Spiel, wir nie wirklich die Chance hatten zu wählen. Und wenn wir es uns gerade gemütlich gemacht haben, das warme Gefühl in uns erwächst, endlich angekommen zu sein, dann werden wir ins nächste Kästchen geschoben, das noch kalt ist und kahl und uns dazu zwingt, von vorn zu beginnen. Mit dem einzigen Unterschied, dass ich die ganze Zeit sehen konnte, während sie stets in eine unklare Zukunft lief. Jedenfalls bis zu dem Zeitpunkt, als sie ein Stück von Yasars Macht übernahm. An manchen Tagen habe ich sie darum beneidet. Denn Ungewissheit bedeutet auch immer, dass man hoffen kann, weil man denkt, dass das Ende noch nicht geschrieben ist. Es gab Augenblicke, in denen sie eine Freiheit empfunden hat, die ich niemals erfahren werde. Zu sein wie ich, das ist Fluch und Segen zugleich.

Doch seit die Prophezeiung erfüllt wurde, ist auch für mich

alles verschwommen und nicht mehr greifbar. Deshalb habe ich mich zum ersten Mal in meinem Leben widersetzt. Habe allen Anweisungen getrotzt, mich bei Nacht und Nebel aufs Pferd geschwungen und bin geflohen. Zurückgelassen habe ich meine Priesterinnen, die gleichzeitig wie meine Schwestern sind. Ansonsten gibt es nichts mehr, was mich hätte abhalten können.

Stöhnend reibe ich mir über die Schläfen und rolle mich auf die Seite. Vermutlich wäre es schlauer gewesen, zuerst die Augen zu öffnen, denn im nächsten Moment falle ich und schlage hart auf dem Boden auf. Sand rieselt von der Decke auf mich herab und ich setze mich ruckartig auf, ehe ich wankend auf die Füße komme. Ich stehe neben einem pompösen Himmelbett, dessen vorderer Bettpfosten eingestürzt ist und schräg gegen den anderen lehnt. Möbel liegen kreuz und quer im Zimmer, die Schubladen einer Kommode sind weit herausgeschoben und vollenden das chaotische Bild. Es wirkt beinahe, als hätte eine fremde Macht von dem Raum Besitz ergriffen. Eine leichte Gänsehaut kriecht von meinen Unterarmen bis hinauf zu meinem Hals, wo sich meine Nackenhaare aufstellen. Ich drehe mich um und entdecke das Meer und hohe Fenster, deren Glas zersprungen ist. Überall davor verteilt liegen spitze Scherbensplitter, hindern mich daran, näher an den Ozean heranzutreten. Eine kühle Brise umweht meinen Körper und ich reibe meine Handinnenflächen aneinander, während ich immer wieder warmen Atem dagegen hauche. Das hier ist ein verlassener, verlorener Ort, die durchsichtigen Bruchstücke am Boden könnten genauso gut zerbrochene Hoffnungen und Träume sein.

Ich sehe an mir hinab und stelle erleichtert fest, dass ich noch immer meine Kleidung trage, nur der Pelzmantel liegt am Ende des Bettes. Ich streife ihn mir über, ehe ich zu der Tür gehe, die aus den Angeln gehoben wurde – nicht länger ihren Zweck erfüllt –, und trete hinaus in den Flur. Auch hier nehmen die Zerstörungen ihren Lauf: Feine Aquarellzeichnungen sind heruntergefallen und pastellfarbene Muscheln lösen sich von den Wänden, während der dunkelblaue Teppich von Sandkörnern bedeckt ist. Die Fenster am Ende des Ganges sind gesprungen und alles, was ich draußen erkennen kann, ist das Blau des Meeres. Langsam taste ich mich weiter voran, bis ich eine Treppe erreiche, die ich hinunterlaufe.

Irgendwann passiere ich Säulen, hinter denen sich ein großer Platz unter freiem Himmel befindet. Zögerlich trete ich hindurch und entdecke den riesigen Drachen, der träge seinen Kopf anhebt, als er meine Schritte hört. Er blinzelt einige Male, bis er ihn gemächlich sinken lässt, und mein Herzschlag, der sich für einige Sekunden beschleunigt hat, beruhigt sich langsam. Da er keine Anstalten macht, mich wieder mit seinen großen Krallen zu packen und gegen meinen Willen an einen anderen Ort zu bringen, werde ich mutiger und nehme meine Umgebung weiter in Augenschein. Auch hier ist die Luft kühl, doch es liegt immerhin kein Schnee und zwischen den hellgrauen Wolken kann man beinahe die golden schimmernde Sonne erahnen.

Ich bin gut genug unterrichtet worden, um zu wissen, dass ich mich im Land der Hoffnung und des Lichts befinde. Und wenn diese grässlichen Kopfschmerzen nicht wären, die mich seit Erfüllung der Prophezeiung plagen, könnte ich wohl auch mehr sehen als verschwommene Schemen, die aktuell die Zukunft darstellen. Ich bin zuversichtlich gewesen, dass meine Kräfte zurückkehren, sobald ich den heiligen Tempel betrete, doch das werde ich nun vielleicht nie erfahren. Stattdessen wurde mir meine treue Stute genommen und ein Wilder hat mich verschleppt. Obwohl ich zugeben muss, dass ich mir nicht sonderlich entführt vorkomme. Immerhin konnte ich einfach so mein Zimmer verlassen.

»So begegnet man sich also wieder, Ava von Delphi«, erklingt eine amüsierte Stimme, die mich abrupt aus meinen Gedanken reißt. Ich wirbele herum und kann nicht verhindern, dass ich einige Schritte zurückweiche, während *er* auf mich zu schlendert. Ich kneife die Augen zusammen und versuche, die Bilder aus meiner Erinnerung mit dem Mann zusammenzufügen, der nun vor mir steht, doch es will mir nicht so recht gelingen. Seine dunkelblonden Haare sind inzwischen kurz geschoren, ebenso ist der ungepflegte Bart verschwunden, stattdessen blicke ich in ein Gesicht, das breit ist, aber so markant, dass man an seinen Kieferknochen vermutlich eine Messerklinge schärfen könnte. Seine blaugrauen Augen funkeln mich herausfordernd an und ich zwinge mich, keinen weiteren Zentimeter zurückzuweichen. Ich bin groß und dennoch überragt er mich um einen Kopf. »Vorhin konntest du noch sprechen. Hast du jetzt gar nichts mehr zu sagen?«

Empört strecke ich den Rücken durch und stemme meine Hände in die Hüften. »Oh, da gibt es tatsächlich so einiges. Allem voran, dass du ein vollkommen Fremder bist und mich gegen meinen Willen hierhergeschleift –«

»Geflogen.«

»Wie bitte?«, frage ich, verärgert über seine Unterbrechung.

»Wir haben dich hierhergeflogen, nicht geschleift. Dafür solltest du äußerst dankbar sein.« Seine Lippen verziehen sich zu einem arroganten Lächeln und meine Hände ballen sich automatisch zu Fäusten. Kurz denke ich darüber nach, ihm ins Gesicht zu schlagen, aber vermutlich sind seine Knochen härter als meine. Als hätte er meine Gedanken erraten, weitet sich sein schiefes Lächeln zu einem breiten, selbstsicheren Grinsen aus.

Blöder.

Nerviger.

Muskelprotz.

»Du hattest kein Recht darauf, dich einzumischen«, fahre ich fort. »Meine Angelegenheiten gehen dich nichts an und ich habe eine Aufgabe zu erfüllen.«

Er zuckt lässig mit den Schultern und verschränkt die Arme vor der Brust, die es von der Breite her mit einem Baumstamm aufnehmen könnten. »Hat das nicht jeder? Eine Aufgabe, meine ich. Ansonsten wäre unser Dasein auf dieser Erde doch komplett sinnlos.« Ich sehe ihn ein wenig verdattert an und streiche mir zögerlich eine Haarsträhne hinters Ohr. »Du musst sehr hungrig sein«, sagt er, als mein Magen lauthals zu knurren beginnt. »Ich habe in der großen Halle gedeckt und würde mich über deine Gesellschaft freuen.«

»Ich bin beeindruckt. Das war der erste Satz, der gänzlich frei von Sarkasmus ist«, feuere ich zurück, während er sich zutiefst betroffen an sein vermutlich kaltes Herz greift.

»Ich war lange Zeit allein, der Drache Ladon meine einzige Gesellschaft, da musst du es mir verzeihen, wenn meine Manieren etwas eingerostet sind.« Ich verdrehe die Augen, hake mich aber schließlich bei ihm unter und lasse mich zurück in den Palast führen. Ich bezweifle, dass seine Manieren jemals etwas anderes waren als rostig.

Wir laufen nun schweigend und ich stelle fest, dass die untere Etage nicht so stark von den Zerstörungen betroffen ist wie die obere. Und so bestaune ich den ursprünglichen

Zustand des Palastes, bewundere seine Schönheit und Vollkommenheit. Cato führt mich in einen Saal, in dessen Mitte eine lange Tafel steht, die für zwei Personen gedeckt ist. Er bringt mich zu meinem Platz, dabei ist es mir ein wenig unangenehm, als er den Stuhl für mich zurückzieht, damit ich mich setzen kann. Ich bin noch nie einem Mann so nahegekommen, der nicht mein Bruder oder ein Wächter des Tempels ist. Warum ist mir das nicht schon früher aufgefallen? Unruhig spiele ich an der gelben Tischdecke herum, während Cato sich direkt gegenüber von mir niederlässt. Sein Blick ist derart intensiv, dass ich am liebsten wieder aufspringen und schnellstmöglich den Saal verlassen will, um der Situation mit ihm zu entkommen. Er bedeutet Ärger und ... Gefahr. Gleichzeitig verspüre ich dieses Kribbeln und einen Funken Neugierde, die ich nicht weiter entfachen will. Nicht weiter entfachen *darf.*

»Es gibt heute gebratenen Fisch«, unterbricht Cato meine Fluchtgedanken.

»Ich bin durchaus in der Lage zu erkennen, was da auf meinem Teller liegt«, antworte ich gereizt und nehme Messer und Gabel in die Hand. Cato verzichtet darauf und macht sich mit bloßen Fingern darüber her. Trotz des aufpolierten Äußeren – immer noch ein Wilder. Kopfschüttelnd konzentriere ich mich auf meinen eigenen Teller und unterdrücke ein genüssliches Aufstöhnen, als das zarte Fleisch des Fisches auf meiner Zunge zergeht. Wir essen schweigend und trinken schweigend. Er dunkelroten Wein, ich bleibe bei Wasser.

»Hast du die selbst gefangen?«, frage ich schließlich, als nur noch Gräten übrig sind und ich mir satt und zufrieden den Mund an einer Serviette abwische.

»Ja.« Nun liegt seine ungeteilte Aufmerksamkeit wieder auf mir und ich denke nicht, dass mir das besonders gut gefällt.

»Also, wie lauten die Regeln?«

Er runzelt seine Stirn. »Was meinst du?«

»Alles ist an Bedingungen geknüpft. Was muss ich tun, damit du mich gehen lässt?«

»Warum sollte ich dich ziehen lassen, wenn du mir doch vielleicht noch nützlich sein kannst?«

Langsam lasse ich meinen angehaltenen Atem entweichen und lege meine verschränkten Finger vor mir auf den Tisch. »Ich bin niemand. Eine gewöhnliche Priesterin. Es gibt nichts, wobei ich dir helfen könnte.« Lügnerin. Ich bin eine schlechte Lügnerin. Trotzdem recke ich mein Kinn vor, suche seinen Blick, ohne ein einziges Mal zu blinzeln. Mit der rechten Hand beginnt er seinen Kelch zu drehen, sodass die dunkelrote Flüssigkeit sanft hin und her schwingt, fast so, als wolle er mich damit hypnotisieren.

»Eine Priesterin also. Wolltest du deshalb zum Tempel zurückkehren? Und warum bist du allein geritten?«

»Meine Schwestern waren … ängstlich. Aus diesem Grund bin ich ohne sie aufgebrochen. Mein Leben ist den Göttern gewidmet und ich konnte der heiligen Stätte nicht länger fortbleiben.« Meine Augen verengen sich zu Schlitzen, als er den Kopf in den Nacken wirft und in Gelächter ausbricht. Es ist ein angenehmer, dunkler und vibrierender Ton. »Ich verlange nicht, dass du verstehst, was das bedeutet. Trotzdem musst du mich gehen lassen, wenn du sie nicht noch mehr erzürnen willst.«

Gemächlich schiebt er den Teller beiseite und wischt seine Finger an der Tischdecke sauber. »Dann sag mir doch, Liebes, wo deine Götter waren, als die Barbaren dein Pferd getötet haben. Und was wäre mit dir geschehen? Willst du dein Leben tatsächlich von ihrer Gnade abhängig machen?«

Es ist kein besonders angenehmes Gefühl, verspottet zu werden. Im Tempel wird mir stets mit Respekt begegnet. Ich lege meine Handinnenflächen flach auf den kühlen Stoff und beuge mich nach vorn. »Bisher habe ich mich immer selbst gerettet. Ich bin ihnen treu ergeben und erwarte keine Gegenleistung.«

»So aufopfernd, so selbstlos«, sagt er in einem Tonfall, der deutlich macht, dass es in seinen Augen etwas Schlechtes ist. »Man könnte meinen, du seist selbst eine Heilige.« Ruckartig greift er nach dem Weinkelch und leert ihn in einem Zug, ehe er ihn achtlos beiseite wirft, um sich mir auf die Unterarme gestützt entgegenzubeugen. »Bleib ein wenig länger bei mir und vielleicht gelingt es mir, doch noch eine Sünderin aus dir zu machen.«

CATO

Ich sehe Ava von Delphi hinterher, die wutschnaubend den Speisesaal verlässt. Gemächlich strecke ich meine Arme über dem Kopf aus und lasse meinen Nacken knacken. Erneut breitet sich ein Grinsen in meinem Gesicht aus, das ich einfach nicht zurückdrängen kann. Ich hatte schon lange nicht mehr so viel Spaß. Vermutlich kann die Priesterin nicht dasselbe von sich behaupten, denn sie ist eindeutig nicht für meine Scherze zu haben. Trotz ihrer Worte empfand ich ihr Verhalten nicht als besonders untertänig, was mich wundert, wo sie doch eigentlich nichts weiter als eine

Dienerin ist. Irgendetwas ist da im Busch und ich werde herausfinden, was es ist.

Gähnend erhebe ich mich und sammele das Geschirr ein, dann mache ich mich auf den Weg hinunter in die Küche. Es ist wirklich eine Schande, dass Halbgötter nicht dazu in der Lage sind, durch den Nebel zu gehen. Ich komme mir beinahe vor wie ein Hausmütterchen und bin froh, dass niemand Zeuge davon wird, wie ich den Abwasch erledige.

Ich seufze schwer, als ich mir nach getaner Arbeit die Hände abtrockne und nach oben zurückkehre, wo ich mich im Innenhof an Ladon gelehnt auf den Boden sinken lasse.

»Wie geht es nun weiter?« Ich könnte schwören, dass die Säulen des Palastes beim Klang seiner tiefen Stimme erbeben und sich einige Risse durch das Gestein fressen.

»Frag mich etwas Leichteres, alter Freund«, sage ich, während ich seine smaragdgrünen Schuppen tätschele. Ich weiß nicht, warum ihm so viel an Flame liegt und er sich nicht längst aus dem Staub gemacht hat, aber ich bin froh darüber, einen Verbündeten zu haben, auf den ich zählen kann.

Ich gähne erneut, bin fruchtbar müde, denn in den letzten Monaten bin ich kaum zur Ruhe gekommen. Ich weiß, dass wir Pläne schmieden sollten, doch stattdessen fallen meine Lider immer wieder zu und egal wie sehr ich mich bemühe, sie wollen mir einfach nicht mehr gehorchen. Es fühlt sich an, als würde ein bleischweres Gewicht auf mir liegen und ich bin nicht einmal mehr in der Lage, meinen Arm anzuheben oder eine bequemere Position einzunehmen. Einige Male drifte ich fort, doch während meiner Zeit im Kolosseum und beim Kampf gegen die Kälte, habe ich mir antrainiert, nie in einen tiefen Schlaf zu verfallen. Denn Gefahren lauern überall und sie überraschen dich, sobald du dich in Sicherheit wiegst.

Irgendwann liege ich auf der Seite – der Boden, gegen den ich meine Wange presse, fühlt sich unangenehm rau an, aber ich kann nicht die Kraft aufbringen, eine Hand unter mein Gesicht zu schieben. Meine Lider flattern in unregelmäßigen Abständen und um mich herum herrscht Dunkelheit. Trotzdem glaube ich, zwischen den Säulen eine Gestalt erahnen zu können. Es ist nicht die junge Frau, die ich mit mir hergebracht habe. Nein, die Person, die dort steht, ist viel größer und zu breit gebaut. Sie dreht sich zu mir und Mondlicht fällt auf blasse Haut.

Ich weiß, dass in meinem Stiefel ein Messer steckt.

Ich weiß, dass ich nach ihm greifen sollte.

Es gelingt mir nicht.

APOLLO

Es ist das erste Mal, dass ich seit unserer Ankunft die schützenden Mauern von Trues Reich verlasse. Ich wollte Dark überreden, mich zu begleiten, stattdessen hat er nur seine Dunkelheit auf mich losgelassen. Tatsächlich bin ich mir nicht sicher, ob ihm noch zu helfen ist. Flame ist alles für ihn gewesen und nun ist sie fort. Und obwohl allein der Gedanke daran schmerzhaft ist, müssen wir lernen, damit zurechtzukommen. Das Feuer hat sie verschlungen, es gibt keinen Weg zurück. Meine Kehle ist wie zugeschnürt, wenn ich daran denke, dass sie diesen schweren Weg irgendwie doch die ganze Zeit über allein gegangen ist. Weil sie eine Last getragen hat, die sie mit niemandem teilen konnte. Die Vorstellung davon, wie sie sich in ihren letzten Minuten gefühlt haben muss, sorgt dafür, dass mir eiskalte Schauer den Rücken hinablaufen. Und trotzdem habe ich möglicherweise noch ein Ass im Ärmel.

Ich wische meine Augen, die schon wieder feucht geworden sind, an meinem Hemdsärmel ab, ehe ich mich zusammenreiße und den Nebel rufe.

Als er sich wieder lichtet, stehe ich im gesonderten Bereich des dritten Evakuierungslagers. Ich nicke den Donati und Wächtern zu, während ich zwischen den Zelten hindurchlaufe. Vor dem größten stoppe ich, räuspere mich laut, um auf mich aufmerksam zu machen. Mir ist ein wenig mulmig zumute, denn das letzte Mal, als ich sie persönlich sah, war sie noch ein Kind, das ich durch mein Auftauchen zwang, viel zu schnell erwachsen zu werden.

»Orakel?« Ich glaube ein Flüstern zu hören, doch sie bittet mich nicht darum einzutreten. Großartig. »Seherin?«, frage ich erneut. Zeitgleich versuche ich, das unwohle Gefühl zurückzudrängen, das mich überkommt. Ohne länger zu warten, schlage ich den Stoff beiseite. Auf einem bestickten Teppich kniet eine Priesterin in langem Gewand und daneben ist das Orakel – gehüllt in ein reines weißes Kleid, ihr Haupt wie immer bedeckt. In wenigen Schritten bin ich bei ihr, ignoriere den empörten Ausruf der anderen Frau, lüfte den Schleier und blicke – in ein Paar gewöhnlich brauner Augen.

»Ihr seid zu spät, Herr«, flüstert sie mit dünner Stimme.

Ich lasse ihren Schleier los, als hätte ich mich verbrannt. »Was bei allen Höllentoren hat das zu bedeuten?«, knurre ich von oben auf sie herab, spüre, wie das letzte bisschen Hoffnung zwischen meinen Fingern zerrinnt und Kälte von mir Besitz ergreift. Die Priesterinnen beginnen schnelle Worte zu murmeln, die Hände verschränken sie vor ihrer Brust, während sie sich ergeben nach vorne beugen. Angewidert wende ich mich ab, ein harsches Lachen verlässt meine Lippen. »Ihr hattet nur eine Aufgabe ...« Kein Gebet der Welt kann sie jetzt noch retten.

Kapitel 6

ZWEI LIEBENDE

PROMETHEUS

Ihr habt mich vermisst. Stimmts, oder hab' ich recht? Ihr könnt es ruhig zugeben, denn ihr habt mir auch gefehlt. Hier ist wirklich einiges passiert und keiner weiß so genau, wo ihm gerade der Kopf steht. Offensichtlich kann ich froh sein, überhaupt noch einen zu haben, nachdem Lost mir so saftig eins übergebraten hat. Als Souvenir hat er mir eine fette Beule dagelassen. Echt unschön. Hätte auch nicht gedacht, dass der Junge einen derart heftigen Schlag draufhat. Er ist seitdem verschwunden und wurde von niemandem mehr gesehen. Ich hege keinen Groll und hoffe, dass er wohlauf ist. Natürlich hat er uns keine Nachricht hinterlassen, aber ich bin mir ziemlich sicher, dass er Jagd auf Ares macht. Vermutlich wird er den Bastard vor uns finden und dann sollte er ihn besser ordentlich leiden lassen.

Wir sind nun seit genau zehn Tagen in Trues Reich und mal ehrlich: Er hat keine Kosten und Mühen gescheut, damit es uns so richtig gut geht. Ich liege gerade auf dem Bett und schaue mit halb geöffneten Augen durch den maurischen Rundbogen nach draußen, während Apate auf meinem Hintern sitzt und mir den Rücken massiert. Nachdem wir drei Monate lang jeden Tag damit gerechnet haben, dass wir Flame finden oder sie plötzlich wiederauftaucht, weil nie-

83

mand sich eingestehen wollte, dass unser Plan nicht aufgegangen ist – oder zumindest nur zum Teil –, fühlen wir uns ausgelaugt.

Ich seufze schwer und stöhne gleichzeitig genüsslich, während Apates geschickte Finger mich weiter bearbeiten. Anfangs war ich geblendet, schier erschlagen von all dem Prunk und den exquisiten Annehmlichkeiten. Doch mittlerweile fühlt sich hier zu sein an wie ein jämmerlicher Fluchtversuch vor der Realität. Wir haben gemeinsam etwas Bedeutsames vollbracht und trotzdem kann ich es nicht anerkennen. Weil wir sie verloren haben und ich mir deshalb wie ein Versager vorkomme. Denn haben wir nicht indirekt alle zusammen ihren Tod vorbereitet? Ein schauderhafter Gedanke, ich weiß. Ich mag nicht glauben, dass sie wirklich fort ist.

So richtig kann ich auch noch nicht begreifen, dass die Hitze nicht mehr da ist. Dieses Problem war so lange Teil dieser Welt und nun ist es einfach behoben. Es löst Erleichterung, aber auch ein anderes seltsames Gefühl in mir aus, welches ich nicht beschreiben kann. Selbst Yasar wirkt in diesen Tagen ungewöhnlich ratlos. Oder vielleicht ist er auch mitgenommen, weil sein Reich und allem voran seine kostbare Bibliothek größtenteils dem ewigen Eis zum Opfer gefallen sind.

Apollo ist zu einer schwer geheimen Mission aufgebrochen und wollte mir nicht sagen, worum es geht. Weil ich angeblich ein Plappermaul bin. Keine Ahnung, wie er auf diesen Unsinn kommt. Ich habe ihm auch noch nicht verziehen, dass er mir keine Auskunft über Apates Gesundheitszustand geben wollte. Vor ein paar Tagen habe ich ihn mit ihr zusammen aufgesucht. Er hat sie nur mit einem wissenden Blick bedacht und mich anschließend rausgeschickt.

Immer, wenn wir ihn jetzt treffen, sieht er mich mitleidig und sie ein wenig vorwurfsvoll an. Ich kann mir keinen wirklichen Reim darauf machen. Natürlich habe ich versucht, aus ihr herauszuquetschen, was los ist, aber ihre Lippen sind versiegelt. Ich will sie auch nicht zu sehr bedrängen, denn vielleicht sind ihr diese Magenprobleme einfach nur unangenehm und sie will sie deshalb nicht mit mir besprechen. Dafür habe ich wiederum durchaus Verständnis. Und sofort ein schlechtes Gewissen. Vermutlich sollte ich derjenige sein, der sie massiert. »Wie geht es dir heute, Teufelsbraten?«, necke ich sie und kann bildlich vor mir sehen, wie sie hinter meinem Rücken ihre Stirn wegen meines Lieblingskosenamens für sie krauszieht. Dennoch bin ich verunsichert und immer wieder drängt sich die Frage in meinen Kopf: Können Daimonen krank werden? Tut ihr die Oberwelt vielleicht nicht gut? Andererseits lebt sie hier doch schon viel länger als im Hades ...

»Sorg dich nicht um mich«, erwidert sie, dabei entgeht mir das leichte Zögern nicht.

In einer schnellen Bewegung rolle ich mich herum und richte mich auf. Sofort gleiten ihre Finger über meine Schultern, bis sie sich hinter meinem Nacken verschränken. Sanft stupse ich mit der Nasenspitze gegen die ihre, ehe ich mich ihren Wangenknochen widme, zarte Küsse darauf verteile und mich gemächlich zu ihrem Mund voranarbeite. Anstatt das ernste Gespräch zu führen, das ich mir im Kopf zurechtgelegt habe, seufze ich auf, sobald sich ihre Lippen für meine Zunge teilen und ich sie endlich schmecken kann. Meine Hände streichen über ihre Taille, hinab zu ihren Schenkeln und schieben schließlich ihr Höschen beiseite. Meine Berührungen entlocken ihr Geräusche, die mich augenblicklich um den Verstand bringen. Apates Lider zucken und flattern, doch dahinter erkenne ich ihre Augen, die dunkel und gleichzeitig glasig sind vor Lust. Und ich weiß, dass ich längst süchtig bin nach den Momenten, in denen sie sich in meinen Armen fallen lässt. Es erfüllt mich mit Stolz, dass sie mir ihren Körper auf diese Weise anvertraut.

Ihr Stöhnen hallt von den Wänden wider, bis es von den im Wind wehenden Organzavorhängen in die Wüstennacht davongetragen wird. Als Apates Unterleib sich zusammenzieht, schlage ich einen schnelleren Rhythmus an, der wild und nahezu unkontrollierbar ist. Ihre Haut ist unendlich weich, wie die kostbarste Seide, und ich will auf ewig der Einzige sein, der all das von ihr spüren darf.

Ich halte Apates Hand, als wir den pavillonartigen Anbau betreten. Wir sind natürlich wie immer zu spät und ich schenke Lavea ein verschmitztes Lächeln, weil ich weiß, dass sie uns am liebsten rügen würde. Sie ist wirklich furchtbar streng. Keine Ahnung, wie Dream es aushält, mit der Oberlehrerin zusammen zu sein. »Ihr hättet nicht auf uns warten müssen«, merke ich an, während ich Apate den Stuhl zurechtrücke und mich ebenfalls setze.

»Dasselbe habe ich auch gesagt«, erwidert True und greift nach der Schüssel mit Safranreis, von dem ein himmlischer Duft ausgeht. Dennoch gebe ich Couscous und gedünstetes Gemüse auf Apates Teller. Ihr Magen ist derzeit nicht so gut auf die Gewürze zu sprechen. Bei unserem ersten Abendessen hier hat sie alles in meinen Schoß erbrochen. Das war nicht besonders spaßig.

Mir selbst lade ich Lammkeule und diese kleinen Erbsendinger auf, von denen ich nie und nimmer satt werden kann. Währenddessen mustere ich die anderen, die schweigend essen. Apollo ist auf besagter geheimer Mission, Phoibe schmollt, weil er sie nicht mitnehmen wollte, Dark ist ebenfalls nicht anwesend und vermutlich werden Yasar oder Dream ihm später etwas vorbeibringen, das er aber nicht anrühren wird. Jules sieht so verstrubbelt aus wie eh und je und Amanda malträtiert ihr Fleisch derart aggressiv mit dem Messer, dass ich es ihr aus Sicherheitsgründen gerne abnehmen würde. Miriam und Eros sitzen einträchtig nebeneinander, aber da er nur mit einer Hand isst und sie knallrot im Gesicht ist, will ich lieber nicht wissen, was sich unter dem Tisch abspielt. Ich seufze schwer. Junge Liebe ... Sie verfügen einfach über keinerlei Selbstbeherrschung. Zum Glück bin ich aus diesem Alter schon raus.

Bei Hale und Phia herrscht nach wie vor Eiszeit und sie ist überhaupt nicht dankbar, dass er ihr das Leben gerettet hat. Nichtsdestotrotz dackelt er ihr weiterhin hinterher, wie ein ausgesetzter Welpe. Ein Trauerspiel.

Jules räuspert sich und sofort liegt die ungeteilte Aufmerksamkeit auf ihm.

»Amanda und ich wollen in die Evakuierungslager zurückkehren. Wir sind dort mehr von Nutzen als hier im Palast, auch wenn wir deine Gastfreundschaft sehr zu schätzen wissen«, sagt er an True gewandt. Schau an – Apollos Sohn hat echt gute Manieren.

»Warum habt ihr mir nichts davon erzählt?«, mischt Miriam sich mit weit aufgerissenen Augen ein. Amanda mustert sie missmutig und Eros zweite Hand erscheint auf wundersame Weise wieder über dem Tisch. Ich reiche ihm sicherheitshalber eine Serviette.

»Wir sind davon ausgegangen, dass du hierbleiben würdest.«

»Aber das ist doch Unsinn! Wir halten immer zusammen! Natürlich begleite ich euch.«

»Und was ist mit ihm?«

Ich werfe Eros einen mitleidigen Blick zu. Die Tochter der Nike ist ihm ganz offensichtlich nicht freundlich gesonnen. Apollo wäre begeistert. »Ich gehe dahin, wo Miriam ist«, erwidert er kühl und mein Blick wandert zurück zu True, in dessen Augen Herzchen stehen. In Gedanken plant er vermutlich schon die Hochzeit der beiden.

»Nur über meine Leiche«, knurrt Amanda und rammt die Messerspitze in das teure Holz des Tisches.

»Bei allen Göttern, geh in den Trainingsraum, wenn du dich abreagieren musst«, wirft Phia ein, die das Schauspiel abschätzig mitverfolgt hat. »Wir haben keine Zeit für diesen Kinderkram. Candela ist tot, schon vergessen? Und Ares ist schuld. Er und Ziva und Athene laufen in diesem Moment weiter irgendwo dort draußen munter herum. Flame hat sich freiwillig geopfert, aber wir haben noch immer keinen Beweis dafür, dass sie tatsächlich tot ist. Ach ja, dann wären da noch Cato und Lost: Beide sind verschwunden. Also, wie du siehst, haben wir größere Probleme, als dass du ihren neuen Partner nicht leiden kannst.«

»Da stimme ich ihr zu«, sage ich, während ich nachdenklich mit Apates langen Haaren spiele. »Wir müssen eine einheitliche Front bilden. Für solch kleine Streitereien bleibt keine Zeit.« So fühlt es sich also an, die Stimme der Vernunft zu sein. Aufregend.

»Es gibt eine ziemlich einfache Methode, um festzustellen, ob Flame tot ist«, meldet die Daimonin neben mir sich flüsternd zu Wort.

»Wie meinst du das?«, hakt Lavea nach und schiebt ihren Teller von sich.

Apate lässt sich mit ihrer Antwort Zeit, und ich umschließe ihre Finger mit den meinen, als sie wieder an ihren Nägeln knabbern will. Sie kneift mich ein wenig und lässt sich dann ergeben auf ihrem Stuhl zurücksinken. »Nun, wenn Flame die Erfüllung der Prophezeiung nicht überlebt hat, dann müsste sie im Hades sein, in einem der Totenreiche. Auch Gottheiten gehen in die Unterwelt ein und verschwinden nicht einfach so.«

»Das stimmt. Warum habe ich noch nicht daran gedacht?«, murmelt Yasar so leise vor sich hin, als spräche er nur mit sich selbst. Ich verkneife mir anzumerken, dass Dark sie nicht mehr spüren kann. Denn wenn er sie noch auf dieser Erde vermuten würde, hätte er längst Himmel und Hölle in Bewegung gesetzt. Wir können daher nur hoffen, dass er sich irrt. Dass es eine andere Erklärung dafür gibt, weshalb die besondere Verbindung zwischen ihnen abgebrochen ist.

»Ich habe einige Male versucht, mit Lachesis Kontakt aufzunehmen, aber es gelingt mir nicht. Irgendetwas geht im Hades vor sich ...«

Ich versteife mich und sie sieht mich entschuldigend an. Davon höre ich zum ersten Mal. »Du hättest mir davon erzählen sollen«, sage ich ernst, doch sie weicht meinem Blick aus.

Dream flucht leise und reibt sich über sein Kinn. »Also bleibt uns nichts anderes übrig, als in die Unterwelt zu gehen. Wir müssen Dark darüber informieren. Apollo ist nicht hier, er kann uns den Weg also nicht zeigen, von daher ist Dark der Einzige, der weiß, wo sich der Eingang befindet.«

»Ihr vergesst mich«, merkt Apate gelassen an. Ihre glockenhelle Stimme klirrt in meinen Ohren, doch etwas in mir verkrampft sich wegen dem, was sie da indirekt vorschlägt. »Ich kann uns zum Hades bringen.«

»NEIN.«

Alle Blicke wenden sich erschrocken mir zu, und erst jetzt fällt mir auf, dass ich mit der flachen Hand auf den Tisch geschlagen habe. »Kommt nicht infrage. Das ist keine Option. Ich verbiete es dir.«

Mit schräg gelegtem Kopf mustert sie mich aus ihren großen Augen. »Und du glaubst wirklich, dass du mich aufhalten könntest?«

Ich muss ein Grinsen unterdrücken, als Jules, der rechts von ihr sitzt, etwas abrückt. Ich nehme ihr kleines Gesicht in beide Hände und küsse sie leidenschaftlich, bis wir von Dreams Würgegeräuschen unterbrochen werden. »Mein liebster Teufelsbraten«, schnurre ich, als wir uns voneinander lösen. »Du könntest gar nicht mehr ohne mich sein.« Sie zieht ihre Nase kraus, umfasst meine Handgelenke und schiebt mich von sich, während sie sich erneut ihrem Essen widmet und mich geflissentlich ignoriert. Ich begnüge mich damit, einfach wieder mit ihren Haaren zu spielen. Ich mag es, wenn sie eingeschnappt ist. Dann will ich sie bloß noch mehr.

»Eigentlich sind die beiden ja ganz niedlich«, murmelt Lavea Dream zu, der sie daraufhin ungläubig mustert.

»Nicht wahr?«, erwidere ich ungefragt und strecke zufrieden meine Beine aus. »Apate und ich sind ein ganz und gar entzückendes Paar.«

»Dem muss ich zustimmen. Ja, wirklich!«, wirft natürlich True ein. »Und du bist mir zu Dank verpflichtet, immerhin habe ich dich damals auf sie angesetzt.«

Mit einem Klappern lässt die Daimonin ihr Besteck fallen

und wendet sich mir zu. »So ist das also gewesen, ja?« Ehe ich reagieren kann, steht sie auf und schüttet mir ihr Glas Wasser ins Gesicht.

Was zur Hölle???

Dann marschiert sie aus dem Raum, ohne sich noch einmal umzudrehen. Sofort springe ich ebenfalls auf die Füße, doch als ich ihr folgen will, kommt ein fauchender schwarzer Panther auf mich zu. »Ich kann nicht fassen, dass du eine von deinen ätzenden Illusionen auf mich loslässt«, brülle ich ihr hinterher, und obwohl ich weiß, dass alles nur eine Täuschung ist, weiche ich zurück, bis ich wieder brav auf meinem Platz sitze und der Panther verschwindet. »Das war jetzt schon ein wenig übertrieben«, sage ich und schnappe mir eine der zusammengeknüllten Servietten, tupfe mich damit trocken. Als Eros in unterdrücktes Gelächter ausbricht, halte ich in meiner Bewegung inne und mustere den Stoff in meiner Hand.

»Ich wollte dich ja warnen«, gluckst er und wischt sich eine Träne aus dem Augenwinkel. »Aber dann habe ich es mir anders überlegt.« Nun lacht er aus vollem Halse, während Miriam wieder so rot anläuft wie die frisch aufgehende Sonne. Ich stehe auf und pfeffere ihm die Serviette in den Schoß. »Fürchte dich vor meiner Rache, Schmierfinger«, knurre ich und dann trete ich durch den Nebel, um dem Idioten nicht vor allen Anwesenden seinen hübschen Kiefer zu brechen.

Ich lande direkt in unserem Bad, wo ich mich entkleide und in die Wanne steige. Aufgebracht wasche ich mir ungefähr zwanzig Mal das Gesicht und anschließend meinen Körper, bis ich so sauber bin, wie nie zuvor in meinem Leben. Aus dem Augenwinkel sehe ich, wie Apate ihren Kopf hereinsteckt und dann rasch wieder davonhuscht. Ein weiteres Mal lasse ich Wasser über mich laufen, ehe ich aus der Wanne steige und mir eines der weichen Handtücher schnappe, um mich trocken zu reiben. Danach stürme ich ins Schlafzimmer und lasse mich auf die andere Hälfte des Bettes fallen. Apate hat sich neben mir zu einer Kugel zusammengerollt und ich starre missmutig den Baldachin an, als hätte ich nie etwas Interessanteres gesehen.

»True ist ein Schwachkopf«, sage ich, als ich die Stille nicht mehr aushalte. Ich drehe mich auf die Seite und ziehe das kleine Knäuel an meine Brust, atme erleichtert aus, als sie sich nicht gegen meine Nähe wehrt. »Aber ich bin wahnsinnig froh, dass ich es gewesen bin, den er an jenem Tag abgestellt hat, um dir alles zu zeigen und um dich im Auge zu behalten. Du bist in so kurzer Zeit meine ganze Welt geworden ...«, murmele ich mit rauer Stimme, während ich angestrengt schlucke. »Und zwing mich verdammt noch mal nicht dazu, zu wiederholen, was ich jetzt sage.« Ich atme erneut tief durch, vergrabe mein Gesicht an der weichsten Stelle ihres Halses, an der Haut, die so wunderbar nach Erdbeeren und Minze duftet. »Ich liebe dich, Teufelsbraten.«

Am nächsten Morgen ist Apate in einer Stimmung, in der ich sie noch nie zuvor erlebt habe. Sie strahlt so sehr, als hätte ich ihr die Sonne geschenkt.

»Wenn ich das gewusst hätte, dann hätte ich schon eher was gesagt«, necke ich sie und erhalte dafür einen leichten Klaps auf den Hinterkopf, ehe sie mir einen Kuss auf die Schläfe drückt. Ich nutze die Gelegenheit, um sie zu mir heranzuziehen, sie im Arm zu halten, weil so etwas wie Kuscheln mit ihr tatsächlich Spaß macht.

Wir nicken beide noch einmal ein, und erst als die Sonne bereits hoch am Himmel steht, steigen wir aus dem Bett und tapern im Morgenmantel durch den höchsten der maurischen Rundbögen ins Freie – genießen die Aussicht auf den gelben Wüstensand und das azurblaue Meer, das in sehr weiter Ferne liegt. Wie immer steigt mir der Geruch von Safran und Zedernholz in die Nase, der den gesamten Palast einhüllt. Ich taste nach Apates Hand, bis unsere Finger sich miteinander verschränken und sie sich an mich schmiegt, ihr zerzauster Kopf in vertrauter Geste an meinen Arm gelehnt ist.

Sie hat meine Worte noch nicht erwidert und ich weiß, dass wir beide emotional ein wenig verkümmert sind, wie zwei Pflanzen, die kaum gewässert wurden – denen für sehr lange Zeit weder Wärme noch Licht geschenkt worden ist. Doch trotz allem sind wir nicht kaputt.

Kapitel 7

GEHEIMNISSE UND EINSAMKEIT

CATO

Ruckartig fahre ich hoch – mein Körper ist schwer, meine Gedanken benebelt und für einen kurzen Moment weiß ich nicht, wo ich bin. Ich zucke zusammen, als ich mich umdrehe und den smaragdgrünen Drachen hinter mir entdecke. In einer gewohnt trägen Bewegung hebt Ladon den Kopf und mustert mich aus seinen riesigen Augen. »Wilder Traum?«, brummt er in seiner tiefen Stimme, die den Boden unter uns erbeben lässt. Ich massiere mir die Schläfen, während Bilder von einer dunklen Gestalt auf mich einprasseln und mich die Erinnerung an die Hilflosigkeit durchströmt, die ich verspürt habe, weil ich mich nicht bewegen konnte.

»Eher nicht«, murmele ich und komme vorsichtig auf die Füße.

Ich will mich gerade auf den Weg in eines der Badezimmer machen, als von draußen ein ohrenbetäubender Schrei ertönt. Instinktiv zücke ich mein Messer und renne los, bin froh, dass meine Beine mir nun gehorchen. Der lange Gang des Korridors und goldumrahmte Gemälde ziehen an mir vorbei, bis ich endlich durch die große Flügeltür nach draußen trete.

Ava ist im Meer, ihr Kopf taucht immer wieder unter, während sie wild mit den Armen fuchtelt und um Hilfe ruft. Ich nehme mir nicht einmal die Zeit, meine Stiefel auszuziehen, sondern renne direkt weiter, tauche unter und schwimme in ihre Richtung. Mein Messer halte ich weiterhin gezückt, doch mein Puls beruhigt sich, als ich die Wasserschlingpflanze entdecke, die sich mehrfach um ihren Unterschenkel gewickelt hat. Sobald ich nah genug bin, berühre ich die Pflanze, und nach einem widerwilligen Zucken fügt sie sich meinem Willen und zieht sich zurück. In zwei kräftigen Zügen durchbreche ich die Oberfläche, umschlinge mit einem Arm Avas Taille und bringe uns wieder an Land.

Nach Erfüllung der Prophezeiung muss eine Flut gekommen sein, denn das Meer leckt nun an den Stufen des Palastes und von dem einst schönen Strand ist lediglich ein kläglicher schmaler Streifen verblieben. Und wenn man nicht durch den Nebel gehen kann oder zufälligerweise einen Drachen parat hat, dann bleibt einem bloß ein Boot. Ansonsten sitzt man in der Falle.

Als ich den Boden unter meinen Füßen spüre, werfe ich mir Ava über die Schulter und marschiere mit ihr zurück ins Innere. Ich bin überrascht, dass sie sich nicht beschwert, aber vermutlich ist sie zu beschäftigt, mit den Zähnen zu klappern. Ich bringe sie in das Zimmer im Westflügel im unteren Geschoss, welches ich bezogen habe. Es liegt auf der komplett anderen Seite von ihrem – damit ich in der Einsamkeit der Nacht nicht auf die unkluge Idee komme, bei ihr Trost zu suchen. Denn ganz ehrlich: Die Versuchung ist groß. Zuletzt bin ich mit einer Frau im Evakuierungslager zusammen gewesen und seitdem sind bestimmt drei Mondphasen vergangen. Obwohl ich Ava kaum kenne, vermute ich stark, dass sie sich niemals einem unbedeutenden Vergnügen hingeben würde. Trotzdem kann ich nicht aufhören, darüber nachzudenken, wie unglaublich weich sich ihre Haut anfühlt – dass

ihr Körper an genau den richtigen Stellen Rundungen vorzu-
weisen hat und ich wissen will, wie es ist, mit meinen Lippen über jede einzelne von ihnen zu fahren ... Und ich kann
erst recht nicht bestreiten, dass ich im Schutz der Finsternis davon träume, ihr seidiges Haar um meine Finger zu wickeln, als würde ich flüssiges Gold in meinen Händen tragen.

Verdammt.

Versuchung, ich taufe dich Ava.

Ruckartig lasse ich sie herunter, packe jedoch sogleich wieder zu, als ihre Knie unter ihr nachzugeben drohen. Mit einem hilflosen Ausdruck in den Augen blickt sie unter langen
nassen Wimpern zu mir auf und ich bin ungefähr ein Blinzeln davon entfernt, eine Dummheit zu begehen. Während ich
sie noch immer an einem Ellenbogen stütze, greife ich hinter
sie und drehe den Hahn der frei stehenden Badewanne auf,
regele das Wasser auf eine warme Temperatur und setze sie
anschließend mitsamt ihrer Kleidung hinein. »Du musst dich
aufwärmen, sonst holst du dir noch den Tod. Die Zeiten, wo
das Meer warm war, sind vorbei.« Ich werfe ihr einen weiteren prüfenden Blick zu, ehe ich nach nebenan verschwinde
und eines meiner Hemden für sie heraussuche. Später können wir in den anderen Zimmern nach Kleidung für sie suchen. Allem voran Unterwäsche, denn damit kann ich ihr
nicht dienen. Bei dem Gedanken wird mir heiß und kalt zugleich und ich schüttele den Kopf, versuche wieder einigermaßen klar zu werden. Tief atme ich durch, ehe ich das Badezimmer betrete und ihr das Hemd über den kleinen Stuhl
unter dem Waschbecken lege.

»Was ist mit dir?« Avas Stimme ist leise, kaum ein Wis-
pern, sodass ich sie zwischen dem Plätschern des Wassers
beinahe nicht gehört hätte. Mit gerunzelter Stirn wende ich

mich ihr zu und wie sie da zusammengekauert sitzt, mit beiden Armen ihre Knie umschlungen, zieht sich meine Brust schmerzhaft zusammen. Fragend sieht sie zu mir auf, keine abweisenden Mauern umgeben sie. In diesem Moment wirkt sie verloren, wenn nicht sogar zerbrochen und ich verspüre das unleugbare Drängen, sie vollständig zu reparieren. »Du bist auch nass«, reißt sie mich aus meinen Gedanken. »Du solltest dich ebenso aufwärmen.«

Langsam schaue ich nach unten, und erst jetzt bemerke ich den See, der sich zu meinen Füßen gebildet hat. Ich weiß, dass ich es nicht tun sollte, und doch ist es, als hätte eine fremde Macht meinen Körper übernommen, denn es gibt keine Möglichkeit, einfach aufzuhören, als meine Hände erst den einen und dann den anderen Stiefel abstreifen und neben die Wanne stellen. Ich halte ihren Blick fest und mir entgeht nicht, wie sie scharf die Luft einzieht, als ich mein Shirt abstreife und nur noch bekleidet mit meiner Cargohose zu ihr ins warme Wasser steige. Ich strecke meine Beine zu beiden Seiten von ihr aus, während sie in derselben Position wie zuvor verharrt. Vielleicht ist es unhöflich, so zu starren, doch ich kann nicht aufhören, jeden Zentimeter von ihr zu mustern. Ihr nasses Haar wirkt dunkler, hat beinahe die Farbe von Bronze und ihre Wangen sind nicht länger blass, sondern von einer lebhaften Röte überzogen. Schließlich schaut sie als Erste weg und ich räuspere mich, suche nach den passenden Worten, doch es fühlt sich so an, als hätte ich meine Zunge verschluckt.

»Danke. Das hätte ich schon viel früher sagen sollen«, murmelt Ava, während sie eingehend ihre Fingernägel betrachtet. Sie sind gepflegt und kurz gefeilt und glücklicherweise nicht so abgeknabbert wie die von Apate. Keine Ahnung, warum ich ausgerechnet jetzt an die kleine Daimonin denken muss. Sie ist zwar unheimlich, aber eigentlich gar nicht so übel.

»In den Tiefen der Ozeane lauern Wesen, die du dir nicht einmal in deinen schlimmsten Albträumen vorstellen kannst. Außerdem ist auch die Strömung manchmal unberechenbar. Beim Versuch dort rauszuschwimmen, riskierst du dein Leben«, erwidere ich, als meine Stimmbänder mir endlich wieder gehorchen. »Versprich mir, dass du es nie wieder versuchen wirst.« Ich sollte böse mit ihr sein, doch stattdessen wird mein Herz schwer, als ich sehe, wie sie den Kopf hängen lässt.

All das sollte mir vollkommen egal sein. Immerhin habe ich eine Aufgabe zu erfüllen. Ich muss herausfinden, was mit Flame geschehen ist. Für eine Ablenkung dieser Art fehlt mir die Zeit. Und wenn ich es mir recht eingestehe, dann bin ich jetzt schon zu sehr involviert. Ich schöpfe Wasser aus der Wanne und spritze es mir ins Gesicht, reibe mir über die Augen und drücke mit den Daumen gegen meine Schläfen, als könnte mich das aus meiner misslichen Lage retten. In dieser Sekunde realisiere ich, dass ich niemanden mehr habe. Niemanden außer einem Drachen und einer Fremden, die eigentlich gar nicht zu mir gehört.

Zarte Finger umschließen meine Unterarme, zwingen mich, meine Hände wegzunehmen. »Was quält dich, Cato?«

Ich schlucke schwer, ziehe sie näher zu mir heran, bis ihre Lippen nah an meinen sind. »Ich bin auf der Suche«, bringe ich mühsam hervor, weil es sich seltsam anfühlt, mich ihr zu öffnen. Flame ist die Einzige gewesen, bei der ich nie zurückhalten musste, was mir durch den Kopf ging. Jedenfalls, bis ich Mist gebaut habe – und alles den Bach runtergegangen ist. »Ich bin auf der Suche nach Wiedergutmachung und muss dafür jemanden finden.« Unsicher schaue ich auf, als sie mir nicht antwortet, doch Ava ist wie erstarrt. Ihr Blick trifft auf den meinen und ich muss mich zusammenreißen, weil ihre Pupillen so riesig sind, dass ich kaum noch ihre Iriden sehen kann. Ihre Finger halten meine Hände nun in einer festen Umklammerung, doch ihre Stimme klingt noch immer nach ihr, als sie zu sprechen beginnt: »Alle Antworten für den Suchenden liegen in der Einsamkeit, begraben unter unzähligen Schichten von Staub, im hintersten und dunkelsten Winkel – in Regalen aus zerfressenem Holz, die ächzen und wanken und so alt sind, dass sie sich kaum noch auf den Beinen halten können. Und dort lauern sie im Verborgenen, warten voller Ungeduld auf den Beharrlichen, der sie letztendlich findet ... Es empfangen ihn die Art von Geheimnissen, Geschichten und Legenden, deren Existenz längst vergessen ist. Doch nun sind sie bereit, dass jemand sich an sie erinnert.«

AVA

Ich habe Mist gebaut.

Das merke ich leider erst, als der Schleier sich von mir hebt. Die Gelenke meiner Finger knacken, sobald ich Catos Hände freigebe, der mich entgeistert ansieht. Eigentlich wäre es ein Grund zur Freude, dass meine Kräfte sich zurück an die Oberfläche gekämpft haben, denn lange Zeit befürchtete ich, sie gänzlich verloren zu haben. Doch nun wünsche ich mir, es wäre doch nicht passiert. Ich komme mir vor wie eine miese Lügnerin – was ich auch bin. Aber andererseits ist Cato nach wie vor ein Fremder – woher soll ich wissen, ob ich ihm wirklich trauen kann? Er hat mir zwar zweimal das Leben gerettet, aber was heißt das schon in dieser Welt?

Plötzlich kann er gar nicht schnell genug aus der Wanne steigen. Die Nähe, die eben noch vorsichtig zwischen uns erblüht ist – verschwunden. Er schnappt sich zwei Handtücher vom Haken. Eines behält er für sich, das andere schleudert er mir entgegen, ebenso seine Wut. »Du bist keine gewöhnliche Priesterin. Ich warte draußen auf dich, bevor ich mich vergesse. Du hast einiges zu erklären.« Die Tür knallt geräuschvoll hinter ihm zu, und obwohl ich es habe kommen sehen, zucke ich zusammen.

Auf wackeligen Beinen erhebe ich mich und betrete die kühlen Fliesen. Bebend entledige ich mich meiner nassen Kleidung und wringe sie aus, ehe ich sie über den Rand der Wanne hänge und mich abtrockne. Anschließend streife ich das Hemd über, das zu sehr nach Cato duftet, und schelte mich für meinen jämmerlichen Fluchtversuch. Was habe ich mir nur dabei gedacht? Der Palast ist rundherum von Wasser umgeben und ich habe nicht die leiseste Ahnung, wann ich das nächste Stück Land erwarten kann, da sich keines in Sichtweite befindet. Es macht mir Angst, hier festzusitzen, abhängig zu sein von einem Mann, den ich überhaupt nicht einschätzen kann, eingeschlossen zu sein mit einem Drachen mit riesigen Klauen, die mich jederzeit wieder packen und fortbringen könnten.

Ich wappne mich mit drei Atemzügen für Catos Zorn, errichte Stück für Stück meine vertrauten, mich schützenden Mauern. Dann wage ich es, mich ihm zu stellen. Ich durchquere ein Schlafzimmer und gelange in einen kleinen Salon, in dem er auf einem meergrünen Sessel sitzt. Er bedeutet mir, auf dem Sofa gegenüber davon Platz zu nehmen. Sein Kiefermuskel zuckt und in seinen Augen kann ich keinerlei Freundlichkeit erkennen. Sobald ich auf den weichen Stoff sinke, breite ich eine Decke über meinen Beinen aus, weil ich mir in diesem Moment furchtbar nackt vorkomme – was ich irgendwie ja auch bin –, nur bekleidet mit seinem Hemd, welches gerade einmal bis zur Mitte meiner Oberschenkel reicht.

»Was war das eben?«, beendet er unser Schweigen. Ich falte meine zitternden Hände im Schoß, würde die Wahrheit am liebsten auf ewig verschlossen in mir aufbewahren. Andererseits hat es keinen Zweck, sich eine neue Lügengeschichte auszudenken. Der Ausbruch meiner Gabe hat mich bereits verraten.

»Ich bin das Orakel von Delphi, bevorzuge aber die Bezeichnung ›Seherin‹. Bei Orakel denkt man immer an irgendein Tier mit langen Tentakeln, nicht wahr?«, plappere ich, ohne dass ich mich selbst stoppen kann.

Mein Scherz scheint nicht gut bei ihm anzukommen, denn sein Gesicht zeigt keinerlei Regung. »Apollo hat uns gesagt, er hätte das Orakel in Sicherheit gebracht.«

»Nun, das hat er auch. Bevor ich aufgebrochen bin, war ich in einem gesonderten Bereich in einem der Evakuierungslager untergebracht.«

»Du meinst wohl eher *ausgebrochen*.«

Bei seinen Worten verdrehe ich die Augen. Es ist wie ein Reflex, den ich in seiner Gegenwart nicht unterdrücken kann. »Ich war keine Gefangene.«

Er lehnt sich zurück und hebt provokativ eine Augenbraue. »Ansichtssache. Sagtest du nicht gestern erst, dein Leben sei den Göttern gewidmet? Trifft sich doch gut, dass ich ein Halbgott bin. Ich bin mir sicher, dass du mir mit Freuden dienen wirst.«

Für einen Augenblick bin ich wie erstarrt. Ein Halbgott? Andererseits – wie sollte ein gewöhnlicher Mensch an einen Drachen gelangen? »Von wem stammst du ab?«

»Okeanos.«

Ich nicke langsam, erleichtert, dass es immerhin nicht jemand wie Ares ist. »Trotzdem kann ich nicht bei dir bleiben. Ich muss zum Tempel zurückkehren und dort meine Pflichten erfüllen.«

»Dein heiliger Tempel gehört nicht länger dir und deinen Priesterinnen – er wurde von Gesetzlosen eingenommen, falls du diese Kleinigkeit vergessen haben solltest. Du wärst nicht in der Lage, sie zu vertreiben oder dich gegen sie zu verteidigen.«

»Du weißt nichts über mich«, fauche ich zurück.

Er lächelt arrogant. »Ich weiß genug.«

»Ach, ja? Dann lass doch mal hören.«

»Ich weiß zum Beispiel, dass du niemals gegen dein Schicksal aufbegehren würdest. Ich bin mir sicher, dass die Flucht aus dem Lager das erste Mal gewesen ist, dass du dich widersetzt hast. Deshalb bist du der Meinung, stark und mutig zu sein, dabei rennst du doch nur wieder zurück in einen dir schon vertrauten Käfig. Manchmal würdest du dich gern von allem lossagen – doch dann wird dir klar, dass du die Regeln brauchst, die andere dir auferlegen. Weil der Gedanke, frei zu sein, dir verlockend und furchteinflößend zugleich erscheint.«

»Das war ... eine interessante Analyse«, wispere ich nach einem Moment der Stille. »Und was willst du damit bezwecken?«

»Gar nichts. Eigentlich will ich nur darauf hinaus, dass du nun mir gehörst. Deine Fähigkeiten werden mir von großem Nutzen bei meiner Suche sein.«

»Ich gehöre den wahren Göttern. Mit allem, was ich habe, und allem, was ich bin. Keinem dahergelaufenem Halbling.« Die letzten Worte speie ich ihm förmlich entgegen.

»Vorsicht, Seherin. Feuer ist nicht länger etwas Verbotenes, und wenn man damit spielt, kann man sich nur allzu leicht daran verbrennen.«

»Nur über meine Leiche«, erwidere ich aufgebracht.

»Ob du ihr Eigentum bist oder meines – was macht das schon für einen Unterschied?«

Arroganter.

Mistkerl.

Mit seinem Spott will er mich dazu bringen, meine Werte und das, woran ich glaube, zu hinterfragen. Es verletzt mich, dass ihm meine Prinzipien so albern erscheinen. Seit unserem ersten gemeinsamen Essen gibt er mir das Gefühl, dass ich keinen Tag meines Daseins richtig ausgekostet habe. Als hätte die Tinte meiner eigenen Geschichte erst in der Sekunde ein Pergament benetzt, als ich ihn und den Drachen traf. Doch unter keinen Umständen würde ich laut zugeben, dass er mit seinen Andeutungen einen Nerv getroffen hat. Denn ist es nicht die Wahrheit, dass ich nach etwas lechze, das die Mauern meines Tempels mir niemals verschaffen werden?

Mit meinen eigenen und nicht mit fremden Augen zu sehen. Mit meinem Herzen und nicht dem eines anderen zu lieben. Echte Berührungen auf meiner Haut zu spüren, anstatt von Liebkosungen zu zehren, die nicht an mich gerichtet waren. Nichts will ich so sehr, wie diese Sehnsüchte zu stillen. Alles in mir ... verlangt ... nach *Leben*. Und innerlich will ich schreien. Cato ist es gelungen, den Schlüssel zu meiner persönlichen Büchse der Pandora zu finden. Aber es bleibt meine Entscheidung, ob ich sie öffnen werde. Zu diesem Zeitpunkt vertraue ich noch auf meinen letzten Funken Selbstbeherr-schung. Auch wenn ich weiß, dass diese Art der Zuversicht möglicherweise töricht ist. »Apollo wird mich finden – und dann wird er dich bestrafen«, bereite ich meinen verräteri-schen Gedanken ein Ende. Bei meinen Worten bricht Cato in schallendes Gelächter aus und unter dem Stoff der Decke balle ich meine Hände zu Fäusten.

»Ich fürchte weder Apollo noch einen der anderen Götter. Ich will einfach meine beste Freundin finden und du wirst mir dabei helfen. Du musst noch eine Prophezeiung sprechen.«

»So leicht, wie du es dir vorstellst, funktioniert das aber nicht.«

»Gerade eben in der Badewanne ist es doch nur so aus dir herausgesprudelt – es sollte also kein Problem sein, dass du noch etwas Nützliches ausspuckst.«

Plötzlich bin ich nicht mehr wütend oder genervt, son-dern einfach nur furchtbar müde, obwohl ich erst seit ein paar Stunden wach bin. »Ich möchte auf mein Zimmer ge-hen«, informiere ich ihn daher. »Ich muss mich ausruhen.«

Er mustert mich noch einmal, ehe er mich mit einer un-wirschen Handbewegung entlässt. Und es ist genauso, wie ich es gewohnt bin. Vorher hat er mich vielleicht als Frau be-gehrt, doch nun will er mich einzig und allein für seine Ziele ausnutzen – weil ich die Seherin bin. Sonderbar und einsam bis zum Ende.

Kapitel 8

BLUTHUNGER

ZIVA

Von dem steinernen Thron, auf dem ich sitze, geht eine eisige Kälte aus, die in jeden Winkel meines Körpers dringt und mein Innerstes gefrieren lässt. Und ich genieße es, nichts zu fühlen, über jegliche Art von Emotion erhaben zu sein. Denn nur die Erbärmlichen und Schwachen weinen, trauern, lachen und lieben.

Und verlieren.

Mein rechtes Bein baumelt über der Lehne, während mein Ellenbogen auf der anderen Seite ruht, weil hier niemand ist, dem ich Respekt zollen müsste. Ich beobachte die goldene Flüssigkeit, die in dem silbernen Pokal hin und her schwingt, und lausche mit halbem Ohr dem Krächzen der Raben, welche den Abgrund vor der Burg umfliegen. Ich mustere den Saal vor mir, der *noch* leer ist, trotzdem sehe ich vor meinem inneren Auge die Taten, die mich zu diesem Platz geführt haben. Ich sehe, was ich geleistet habe, wie weit ich schon gekommen bin, inhaliere den Stolz und den Triumph, der mich gänzlich ausfüllt.

Ich habe alles für sie gegeben, aber sie haben mich zurückgelassen. Dennoch konnten sie mich nicht kleinkriegen. Ich schnaube belustigt. Haben sie tatsächlich geglaubt, dass sie mich so leicht loswerden können? Dass ihr Handeln – keine

Konsequenzen nach sich ziehen würde? Ich bin ihnen zur Erde gefolgt, habe sie beobachtet für eine lange Zeit, während diejenigen, die ich mitgebracht habe, warten – auf mein Signal, mein Zeichen, das sie aufwecken wird, um mir erneut zu dienen.

Es ist mir nicht gelungen, zum Orakel selbst vorzudringen, doch ich überwältigte eine ihrer Priesterinnen, die sich auf dem Weg ins Archiv befand, und veränderte eine der Schriftrollen, die den neuen Göttern helfen sollte, das Mädchen mit dem Feuer zu finden. Und so wurde Kiana geboren, die sich einschlich, in das Turnier, der es gelang, selbst Yasar, der sich für schlauer als alle anderen hält, an der Nase herumzuführen. Ich hätte auf ewig vorgeben können, jemand anderes zu sein, aber irgendwann wollte ich mich zeigen. Sie sollten sehen, dass ich es bin. Sie mussten fühlen, dass sie mir, obwohl sie Viridi hinter sich gelassen haben, unterlegen sind – dass ich noch immer die Strippen ziehe und ihre Pläne mühelos zu den meinen mache. Natürlich hätte ich meine Trümpfe schon viel früher ausspielen und zu meinem Vorteil nutzen können. Doch ich liebe den Nervenkitzel, etwas bis zum Ende auszureizen, besonders lang von der Unwissenheit anderer zu kosten, die nicht ahnen, dass ihre Königin direkt vor ihnen steht. Mich erneut in ihr Leben zu schleichen, war vielleicht mein größtes Meisterwerk. Ich habe bewiesen, dass ich ihnen nicht nur ebenbürtig bin – sondern drei Stufen über ihnen aufrage. Nichts hat sich geändert. Vor mir können sie sich nicht verstecken.

Und obwohl ich so zufrieden bin, stolz auf das, was ich erreicht habe, blicke ich oft viel weiter zurück, zu Zeiten, die düster für mich waren, in denen ich meine Bestimmung noch nicht kannte. Das kleine Mädchen mit den blassen nichtssagenden Augen, die unstet umherhuschten ... Dieses Mädchen ist immer in meinem Kopf, in meinen Gedanken, und an manchen Tagen ist es, als müsste ich mich selbst – mit jemand anderem teilen. Wenngleich ich es nicht will, mich dagegen wehre, zwingt sie mich, alles mitanzusehen, jeden noch so belanglosen und farblosen Fetzen. Und auch jetzt spüre ich, wie sie sich ungefragt in mich drängt, um die Kontrolle zu übernehmen.

Statt mit ihren Puppen aus Porzellan zu spielen, schnitt sie ihnen lieber ihre Gliedmaßen ab. Ihren Zofen und Gesellschafterinnen stellte sie absichtlich Fallen – und wenn sie sich verletzten, dann saß das Mädchen stets in der vordersten Reihe, Adrenalin durchflutete sie und ließ sie nach mehr lechzen – mehr von den Schreien und den Schmerzenslauten und der berauschenden Macht, die sie beim Anblick ihrer angstverzerrten Gesichter überkam. Wenn sie selbst fiel – häufig auch absichtlich – und sich die Knie aufkratzte, dann weinte sie nicht. Stattdessen beobachtete sie fasziniert die abgewetzte Haut, die blassrosa Striemen, wartete sehnlichst darauf, dass der erste blutrote Tropfen hervorquoll, damit sie davon kosten konnte. Und bald lernte sie, dass sie süchtig wurde, nach diesem metallischen Geschmack auf ihrer Zunge, an ihrem Gaumen, in ihrer Kehle. Manchmal fasste sie sich an die Brust, lauschte dem stetigen Pochen, kräftig und roh – wunderte sich darüber, wie ein Herz in ihr schlagen konnte, mit dem sie sich so gar nicht verbunden fühlte, und nicht selten dachte sie darüber nach, es einfach herauszureißen, sich von diesem Eindringling loszusagen, um endlich frei zu sein.

An sehr verworrenen Tagen, an denen sie ihr Dasein gar nicht ertragen konnte, sie sich absichtlich schnitt – und Zeuge wurde von dieser heißen Flüssigkeit, die durch ihre Adern pumpte –, da sah das Mädchen den Beweis, dass sie doch noch unter den Lebenden weilte. Und jedes Mal war sie enttäuscht und erleichtert zugleich.

Nicht selten wurde sie erwischt und ausgescholten. So lernte sie, dass sie anders war als alle, die sie umgaben – dass diese die Schwärze, die sie antrieb, weder sehen noch nachvollziehen konnten. Mit jedem Tag, den sie älter wurde, meisterte sie es, ihr wahres Wesen ein wenig besser zu verbergen. Doch irgendwann begegnete sie einem Jungen, den eine Aura abgrundtiefer Dunkelheit umgab und dessen Augen gegen diesen Eindruck rebellierten, allen Widersprüchen zum Trotz strahlend hell waren.

Silbrige Hoffnung, hatte sie es damals genannt.

Von diesem Moment an wusste sie, dass eine ganz neue Besessenheit von ihr Besitz ergriffen hatte. Es war das urtümliche Verlangen, mit jemandem verbunden zu sein, der versteht.

Ich zucke zusammen, als das Geräusch von zerspringendem Glas ertönt und mich aus der Erinnerung befreit. Der Kelch liegt am Boden und verwundert starre ich meine Handinnenfläche an, die eine Blutspur ziert. Wie in Trance führe ich sie an meinen Mund, lecke mit der Zungenspitze immer wieder darüber, bis der kleine Schnitt verschlossen ist. Danach stütze ich mich zu beiden Seiten an der Lehne ab und erhebe mich, schenke der Pfütze und den Scherben keinerlei Beachtung, als ich den Thronsaal verlasse. Barfuß laufe ich über das kühle Gestein bis zu einer großen Öffnung, die über dem Abgrund weilt. Meine Haare flattern im Wind, das Kreischen der Raben ist nun deutlich lauter und ich genieße den Ausblick auf die tiefe Schlucht, die kahlen Bäume, die schmucklosen Felsen.

Es war Ares' Idee, das Reich der Vergangenheit und des

Vergessens einzunehmen. Zumindest habe ich es ihm derart geschickt verkauft, dass er es glaubt. Er weiß nicht, dass ich meine Trümpfe vor Beginn des Turniers an diesem Ort versteckt hatte, weil ich dem Mann nahe sein wollte, der einst auf Viridi meinen Weg geebnet hat und dessen Sohn nichts mit ihm gemeinsam zu haben scheint. Ares hat also nicht den leisesten Verdacht, dass unser Aufenthalt hier nicht nur dem letzten Schlag gegen Lost dient, der seine Herzdame verloren hat.

Der Tod der Schönheitskönigin ist kein Verlust für diese Welt. Nicht wenige Male hätte ich sie am liebsten mit bloßen Händen erwürgt, und auch wenn die Vogelungeheuer für Flame bestimmt gewesen sind, so hätte sie doch an jenem Tag der letzten Aufgabe bereits sterben sollen.

Obwohl sein Plan aufgegangen ist, so ist Ares' Rachedurst nach wie vor nicht gestillt. Er sucht Verbündete, die dazu bereit sind, sich auf seine Seite zu stellen. Doch heute Abend wird er zurückkehren und ich bin gespannt, was er dann zu berichten hat. Er will die neuen Götter nicht bloß leiden lassen, er will sie endgültig vernichten.

Er denkt, er könne allein darüber entscheiden.

Wiegt sich in Sicherheit.

Unterschätzt mich.

Wie sie es einst taten.

Wie sie es alle noch immer tun.

Doch letztendlich wird es so kommen, wie ich es wünsche, ich muss nur geduldig warten, bis sie in meine Falle tappen. Lost wird der Erste sein, der erscheint, denn er hat nichts mehr zu verlieren. Ihm wird Dark folgen – er wirkte schon immer unnahbar, als würde er sich einzig um sich selbst kümmern, in seiner Dunkelheit aufgehen. Doch dem ist nicht so.

Ich habe mich damals getäuscht, er ist nicht wie ich. Er würde die anderen retten, sich selbst aufopfern, egal um welchen Preis. Er ist in der Lage zu lieben – nur eben nicht mich.

»Wir sollten Zeus befreien. Ich bin mir sicher, dass wir viele Anhänger gewinnen können, wenn sie von seiner Rückkehr erfahren«, sagt Ares unvermittelt, während wir dabei sind, zu Abend zu essen. »Außerdem können wir die neuen Götter mithilfe seiner Fähigkeiten im Handumdrehen beseitigen.« Bei seinen Worten spucke ich beinahe das zähe Stück Fleisch aus, auf dem ich gerade kaue. Athene mit dem Stock im Arsch – wie ich sie insgeheim nenne – sitzt wie immer mit regloser Miene an der Tafel und pickt in ihrem Gemüse herum, als könne es sie jeden Moment anspringen. Hustend spüle ich mit etwas Wein nach und schlucke angestrengt.

»Ich stimme dir zu«, seufzt die Göttin der Spießigkeit. »Es wird Zeit, dass wieder Normalität einkehrt. Ich bin zwar nicht immer einer Meinung gewesen mit Vater, aber er hat nun wirklich lange genug gebüßt, nicht wahr?«

Nein, nein, nein.

Nein.

Durch den Stoff meines Kleides greife ich nach dem kleinen Ring um meinem Hals, drehe ihn, als könnte ich ihnen allein mit dieser Geste einen Gedanken aufzwingen. Ich bin nicht in der Lage, meine Macht gänzlich auszuschöpfen. Es fühlt sich an, als würden sich unsichtbare Tentakel aus meinem Körper winden, die versuchen, alles gleichzeitig zu kontrollieren. Doch ich muss mich zurückhalten, meine Kraft einteilen – und geduldig sein. Nicht mehr lange …

Neben Athene klickt die Spinne Arachne zustimmend. Das haarige Biest folgt ihr seit jener Nacht in Yasars Palast auf

Schritt und Tritt und es scheint, als würden die beiden nach dreitausend Jahren nun doch noch Freundschaft schließen. Vermutlich duldet Athene sie bloß, weil sie neben der schaurigen Spinne noch schöner erstrahlt. Angeblich kann sie den Fluch nicht von Arachne nehmen. Ich glaube allerdings, dass das gelogen ist. Jedenfalls zählen diese abscheulichen Kreaturen nun zu unseren Verbündeten, wobei sie die meiste Zeit die Dunkelheit der Kerker bevorzugen, ebenso wie der Riese Antaios. Nur ihre Anführerin leistet uns bei jedem Essen Gesellschaft und verdirbt mir dabei den Appetit.

Ich unterdrücke ein schweres Seufzen. »Können wir unter vier Augen miteinander reden?«, bitte ich Ares süßlich, der sofort aufhorcht und den Stuhl nach hinten schiebt.

So verdammt berechenbar.

Gemeinsam verlassen wir den Saal und in der nächstgelegenen Nische drängt er mich gegen die steinerne Wand. Einen Augenblick später presst er seinen Mund auf meinen, dringt so grob mit der Zunge in mich ein, dass mein Kopf nach hinten fliegt und sich ein dumpfer Schmerz ausbreitet.

Das Wichtigste an einem Mann sind, wie ich finde, seine Hände – ich bevorzuge feingliedrige Finger wie die eines Klavierspielers, seine hingegen sind dick und kurz und erinnern mich an missratene Würste. Mit ihnen macht er sich nun an meinem Kleid zu schaffen, schiebt es nach oben und gleitet an der Innenseite meiner Schenkel hinauf zu meiner Mitte. Ich umfasse sein Kinn und drücke ihn einige Zentimeter von mir, als er sich an dem letzten winzigen Stück Stoff zu schaffen macht, das ihn noch von mir trennt. Für den Bruchteil einer Sekunde breitet sich Furcht in mir aus und gleichzeitig spüre ich, wie das kleine Mädchen mein Bewusstsein einnehmen will, doch ich weise sie energisch zurück.

»Ich finde nicht, dass wir Zeus befreien sollten. Er würde dir alles wegnehmen, was du dir so hart erkämpft hast. Er würde dich zurückdrängen, dich kleinmachen. Wozu brauchen wir ihn, wenn die Welt doch dich hat?« Langsam lecke ich über seine Lippen und er interpretiert es als Ermutigung, presst sich enger an mich. »Du bist viel fähiger als er und jeder andere, denn du bist der Gott des Krieges«, fahre ich fort, während ich beginne, mich um seine Bedürfnisse zu kümmern. Wenn Pars schon eingetroffen wäre, müsste ich nicht so viel Energie in Ares investieren.

Zugegeben, meine Gefangennahme nach dem Turnier hätte nicht so lange dauern dürfen. Eigentlich hätte ich viel früher befreit werden sollen. Eine kleine Lücke tat sich auf – in meinem fast perfekten Plan. Das kann passieren. Ich bin ihnen trotzdem einen Schritt voraus. Letztendlich war es wohl eine glückliche Fügung, dass *sie* mich im Verlies besucht hat. Sie, die Ares und Athene, die durch die Taten der neuen Götter unendlich erzürnt waren, auf mich aufmerksam gemacht hat, sodass der Kriegsgott und die Göttin der Strategie mich schließlich befreiten. Mir ist die Enttäuschung in ihren Gesichtern nicht entgangen, als sie mich fanden, als hätten sie etwas Größeres erwartet. Auch sie verstehen nicht, dass meine Kraft im Verborgenen lauert und dass mein Vorteil schon immer darin lag, unterschätzt zu werden.

Ungeachtet ihres Misstrauens gelang es mir, ihr Augenmerk auf Losts Burg zu lenken. Athene war äußerst schwer zu überzeugen, doch Ares konnte ich einreden, dass es ganz wunderbar seinen Plan ergänzen, seine Rache vervollständigen würde. Und sobald ich hier war, erlangte ich endlich meine Trümpfe zurück, konnte den Befehl erneuern, den ich gesprochen hatte, bevor ich vor einem Jahrzehnt Kiana geworden bin. Ich mag geschwächt sein, aber ich weiß auch, dass ich durchhalten werde. Die Tentakel meiner Macht wachsen und breiten sich aus, treiben Pars und diejenigen, die mir aus Viridi hierher gefolgt sind, zusammen.

Sie waren untergetaucht.

Haben sich mit der Menge vermischt.

Schlafend und gleichzeitig wach.

Hungrig.

Wartend – auf meinen Befehl.

Nicht mehr lange und ich werde wieder stark sein.

Schon bald – und niemand wird mehr in der Lage sein, mich aufzuhalten.

Eine Hand umpackt fester meinen Oberschenkel und ich lasse meine Konzentration zurück zum Gott des Krieges schnellen, schenke ihm ein verführerisches Lächeln. Ich bin nicht dumm. Ich halte stets zwei Schwertspitzen in die Feuerglut, verlasse mich niemals allein auf eine. Und warum sollte ich mich nur mit einer Armee zufriedengeben, wenn da plötzlich zwei sind, die ich haben kann?

»Du wurdest geboren, um zu erobern und zu herrschen«, raune ich in sein Ohr und beiße gleichzeitig in seinen Hals, denn ich weiß, dass Schmerz wohl die einzige Sache ist, die wir gemeinsam haben, nach der wir uns beide verzehren. »Warum Zeus dazuholen, wenn du es sein könntest, der auf dem Olymp seinen Platz einnimmt?«, säusele ich weiter.

Seine Bewegungen werden fahriger, bis ich ihm Erlösung schenke und er seine schweißnasse Stirn an meine Schulter lehnt. »Du hast recht«, erwidert er keuchend. »Ich brauche ihn nicht. Die Zeit des alten Herren ist um. Er würde mir bloß wieder Ärger machen. Nun bin ich an der Reihe.«

Seine Finger gehen erneut auf Erkundungstour und ich spüre, dass er schon wieder erregt ist. Ich unterdrücke ein entnervtes Aufseufzen, während er mein Handgelenk umpackt und mich in Richtung seiner Gemächer zieht. Ich laufe trotzdem einen Schritt hinter ihm, starre seinen Rücken an und stelle mir vor, wie befriedigend es sein wird, eines Tages sein Herz zu durchbohren. Er denkt, dass ich sein Spielzeug bin, doch in Wahrheit ist er derjenige, der sich für mich schmutzig macht.

Lost

Die Bergspitze, auf der ich stehe, ist mit Schnee bedeckt, der ebenso meine braunen Lederstiefel gänzlich einhüllt. Weißer Atem bildet sich vor meinem Mund, während ich mit mahlendem Kiefer in die Ferne starre, auf mein verlassenes Reich, das gar nicht mehr so unbewohnt ist, wie ich es zurückgelassen habe. Denn der Feind hat meine Mauern durchdrungen, sich unbemerkt eingenistet wie ein unersättlicher Parasit.

Sie essen meine Speisen.

Sie bewohnen meine Zimmer.

Sie schlafen in meinen Betten.

Sie sitzen auf meinem Thron.

Ares hat mich herausgefordert und nun habe ich ihn endlich gefunden. Uns allen ist schon immer klar gewesen, dass er größenwahnsinnig ist, aber er war stets zu dumm und vielleicht auch zu faul, um wirklich aktiv zu werden. Ursprünglich wollte ich mich lediglich für einige Zeit in meinem Reich ausruhen, Kraft tanken, um meine Suche anschließend fortzusetzen, doch je näher ich meinem Ziel kam, desto deutlicher spürte ich, dass etwas nicht in Ordnung ist.

Ich habe jeden Quadratmeter dieser Erde bereist, doch ich bin nie auf die Idee gekommen, hier nach ihnen zu suchen. Von allen Reichen ist meines das farbloseste und einsamste und es gibt kaum jemanden, der hier freiwillig wohnt. Selbst ich bin in den letzten hundert Jahren kaum hier gewesen, habe meine Zeit lieber im Sandpalast oder bei Yasar verbracht.

Die Burg ist so errichtet, dass sie schwer zugänglich ist. Eine Mauer ist nicht vonnöten, da sie von einer Felsenschlucht eingekesselt wird, welche die meisten Eindringlinge sofort in den Tod führt. Doch wer hartnäckig ist, findet einen Weg.

Ich lasse mich vom Nebel einhüllen und einen Wimpernschlag später durchquere ich das Tal vor dem letzten Berg, hinter dem die tückische Schlucht liegt. Ich passiere einen gefrorenen See, an dessen Ufer ich in die Knie gehe, die eisige Oberfläche mit der Faust durchschlage und mit beiden Händen eine Schale forme, um Gesicht und Hals von meinem kalten Schweiß zu säubern. Grob wasche ich mich vom Schmutz der langen Reise sauber und nutze die Gelegenheit, meinen Wasserschlauch zu füllen. Ich trinke einige Schlucke, wonach sich meine Kehle anfühlt wie zugefroren. Doch es ist mir allemal lieber als die unerträgliche Hitze, die für so lange Zeit davor geherrscht hat. Obwohl ich fokussiert bin und ein Ziel vor Augen habe, frage ich mich häufig, ob Flame wohlauf ist. Denn sie hat es geschafft – sie hat die Prophezeiung erfüllt, daran besteht keinerlei Zweifel. Doch ich muss wissen, ob sie und auch die anderen unversehrt sind. Seufzend richte ich mich wieder auf und blicke in Richtung der steinernen Burg. Es hat keinen Zweck, das Unausweichliche aufzuschieben.

Ich lande im höchsten Turm, von dem ich weiß, dass hier kein bewohnbares Zimmer ist. Einen Moment verharre ich, ohne mich zu regen, lausche, und gehe sicher, dass ich wirklich alleine bin. Als ich kein Geräusch außer meinem eigenen Atem vernehme, streife ich Schuhe und Socken ab, um sie hier stehen zu lassen. Anschließend zücke ich einen Dolch und trete durch die Tür, um über die Wendeltreppe hinabzusteigen. Es ist wie ausgestorben und ich frage mich, ob Ares, Athene und Ziva die einzigen Anwesenden sind.

Erneut überkommt mich eine Welle der Wut und ich muss kurz stoppen, mich davon abhalten, meine Faust gegen die Wand zu donnern. Mit Daumen und Zeigefinger fasse ich mir an die Schläfen, konzentriere mich, überlege, wo ich mich an Ares' Stelle aufhalten würde. Und dann fällt es mir wie Schuppen von den Augen: meine Räumlichkeiten – ein weiterer Akt, um mich zu provozieren.

Ohne mir weiter Gedanken darüber zu machen, ob das nun eine unkluge und kopflose Handlung ist, rufe ich den Nebel und bringe mich in den hintersten Winkel meines Ankleidezimmers. Kleidungsstücke liegen kreuz und quer verteilt, als hätte jemand absichtlich dieses Chaos angerichtet. Ich bahne mir meinen Weg zur Tür und lausche erneut – aus dem angrenzenden Schlafzimmer dringen keine Laute, doch ich kann das Rauschen von Wasser hören. Lautlos zücke ich meine Dolche und einen Wimpernschlag später befinde ich mich im Badezimmer.

Die Art, wie ich Rache nehmen werde, habe ich mir oft und in allen Einzelheiten ausgemalt. Doch niemals habe ich daran gedacht, dass Ares dabei in der Wanne sein und fröhlich Pfeifen würde. Das Überraschungsmoment ist auf meiner Seite und ehe er reagieren kann, bin ich mit einem Handtuch hinter ihm, schlinge es um seinen Hals und drücke ihm die Luft ab. Er beginnt zu zucken und zu strampeln, aber sein massiger Leib findet in der glitschigen Wanne keinen Halt und ich gebe ihn nicht frei. »Ich habe diesen Tag herbeigesehnt«, raune ich in sein Ohr, ziehe das Tuch hinter seinem Nacken über Kreuz noch fester zu, bis er das Bewusstsein verliert. Und dann presse ich zwei Finger an seine Schläfe, verschaffe mir Zutritt zu seiner Erinnerung.

Wie leicht es doch ist, ein kleines Feuerchen zu machen, sogar ganz ohne Magie. Und wie schnell die neuen Götter und die alten Verräter zur Stelle sind, um die nutzlosen Menschlein zu retten. Wobei – über wen sollten wir herrschen, wer würde zu uns beten, wenn sie nicht wären? Selbst ich muss zugeben, dass sie für diese beiden Dinge gut zu gebrauchen sind.

Durch den Nebel bringe ich mich in das Haus hinter der Scheune, welches ich für meine Zwecke auserkoren habe. Zwei Jungen stehen im Wohnzimmer, halten einander in den Armen. Die Mutter legt in der Küche hektisch halb vergammelte Lebensmittel in einen Stoffbeutel, während der Vater mit zwei voll bepackten Rucksäcken die Kellertreppe emporkommt. Warum sie in solch einer brenzligen Situation noch ihr Hab und Gut zusammenpacken müssen, ist mir unerklärlich.

Die Frau töte ich mit einem einzigen Wurfmesser.

Den Vater erwürge ich mit meinen bloßen Händen.

Ich fühle dabei nichts.

Und ist es nicht ironisch, dass das Leben selbst mich abgestumpft hat für den Tod?

Der kleinere Junge schluchzt, der andere ist vor Schock erstarrt. Sie sollten mir dankbar sein für diese Lektion. Ihre Zeit auf Erden ist begrenzt, deshalb sollte man jederzeit bereit sein, sich ohne großes Geheul von anderen loszusagen.

Ich gehe zu den Kindern, schaue auf sie hinab, als wären sie lästige kleine Kakerlaken unter den Spitzen meiner auf Hochglanz polierten Stiefel. »Euren Schmerz habt ihr den Göttern zu verdanken, denjenigen, die dort draußen die großen Retter spielen. Doch stattdessen bringen sie euch nur an einen anderen Ort, an dem ihr ebenso verenden werdet wie eure Eltern. Nun lauft zur Scheune und versteckt euch, vielleicht werden sie euch dort nicht finden.« Ich fasse über meine Schulter und streife den leichten Bogen und die drei Pfeile ab, die ich vorsorglich mitgebracht habe. Ich drücke die Waffe dem größeren Jungen in die Hand und schnalze mit der Zunge, als sich keiner von beiden in Bewegung setzen will. Schließlich kommt der ältere zur Besinnung, greift den anderen am Arm und zerrt ihn mit sich. Den Bogen hält er fest umklammert und meine Mundwinkel verziehen sich zu einem zufriedenen Grinsen. Ich gehe sicher, dass die Brüder auch dorthin verschwinden, wo ich sie haben will, ehe ich mich – getarnt als Donati – wieder ins Getümmel stürze.

Ich nähere mich dem Menschenmädchen, das dem Gott der Vergangenheit das Herz gestohlen hat. Mit ihrem langen Haar, das im Schein des Feuers orange und rot schimmert, ist sie wahrlich eine einzigartige Trophäe. Was für eine Schande, dass sie heute sterben muss. Sie lächelt, als würde sie einer schönen Erinnerung nachhängen.

Es wird wohl ihre letzte sein.

Die angelehnte Schubkarre bei der Scheune kippt um und lenkt die Aufmerksamkeit des Mädchens in diese Richtung. Sie entleert ihren Wassereimer und reicht ihn an ihre Freundin weiter, bevor sie losläuft, um in meine Falle zu tappen.

Ich lande vor ihr in der Scheune, gehe hinter einer der Pferdeboxen in Deckung, während ich meine Fühler nach den Kindern ausstrecke. Dem einen Jungen flöße ich die Furcht meiner vergangenen Opfer ein, dem anderen Jungen einen Teil meiner unerschöpflichen Wut. Es dauert nicht lange, bis die hängende Holztür begleitet von einem unangenehmen Geräusch über den Steinboden gezogen wird und sie ihren Kopf hereinsteckt. Die Luft ist mit jeder Menge Staub angereichert und die Lichtverhältnisse sind so, dass sie kaum etwas erkennen dürfte.

»Komm, kleines Vögelchen«, locke ich in Gedanken. »Komm noch ein wenig näher und besiegele deinen eigenen Untergang.« Als hätte sie mich gehört, öffnet die Tür sich ein Stückchen weiter und sie setzt einen Schritt hinein.

»Hallo?«, ruft sie, und ich erfreue mich daran, wie dünn ihr Stimmchen klingt. Fast so, als hätte sie eine Vorahnung auf das, was ihr bald blüht. Zögerlich macht sie einige Schritte hinein und hält inne, als ein Schaben erklingt. Sofort zieht sie einen Wurfdolch und ich rufe den Nebel, verstecke mich in einer dunklen Nische hinter ihr, während meine schwarze Kleidung sofort mit den Schatten verschmilzt. In einer Ecke neben zwei Birkenbesen kauert der kleine Junge. Er heult schon wieder – oder vielleicht hat er auch gar nicht erst damit aufgehört. Das Mädchen steckt die Waffe weg – großer Fehler – und hockt sich vor ihn. Vermutlich ist ihr Herzlein bereits ganz weich vor Mitleid mit dem armen Kind.

»Hey«, sagt sie, noch immer zaghaft und streckt die Hand nach ihm aus, nur um sie gleich im nächsten Moment wieder zurückzuziehen. Vielleicht habe ich sie falsch eingeschätzt und sie ist doch irgendwie angewidert von der Demonstration dieser Schwäche?

»Kannst du uns zu Daddy bringen?«, fragt der kleine Junge plötzlich und vergisst für einen Augenblick, dass er ja eigentlich die ganze Zeit über heulen muss.

»Uns? Wer ist noch hier?«, erwidert das Mädchen irritiert. Doch nun hat der große Bruder seinen spektakulären Auftritt auf unserer bescheidenen Bühne. Es wird zunehmend besser.

»Zurück von ihm«, ertönt nun seine Stimme und jetzt bemerkt auch das Mädchen ihn. »Weg von meinem Bruder«, fordert er, tritt näher an sie heran, den Bogen bereits gespannt.

»Ich will euch nichts Böses«, sagt sie und erhebt sich, macht langsam zwei Schritte zurück. »Ich bin hier, um zu helfen. Meine Freunde und ich können euch an einen sicheren Ort bringen.«

»Lügnerin«, speit der Junge ihr entgegen, geht vollkommen auf in meiner Wut und seiner Trauer. Seine wild verzerrten Gesichtszüge – ein wahres Meisterwerk.

»Wo sind eure Eltern?« Ich sehe, wie es im Kopf des Mädchens arbeitet: Sie überlegt, ob der Junge wirklich schießen würde, ob sie sich verteidigen sollte.

»Tod. Wegen des Unglücks, welches die Götter über uns brachten. Du bist eine von ihnen!« Der große Bruder spannt den Bogen noch straffer und sie hebt beschwichtigend die Hände.

»Euer Verlust tut mir sehr leid. Glaubt mir, ich verstehe euren Schmerz. Ich bin genauso menschlich, wie ihr es seid. Ihr könnt mir vertrauen«, versucht sie die Situation zu retten.

»Und trotzdem bist du mit ihnen hier? Verräterin!«, brüllt der Junge aufgebracht.

Showdown.

»Hör zu, das Feuer breitet sich unglaublich schnell aus. Kommt mit mir, wenn ihr leben wollt«, redet sie beschwörend auf ihn ein, macht einen Schritt auf ihn zu und versucht, ihn mit einem vertrauenerweckenden Lächeln rumzukriegen.

Keine Chance.

Ich verändere erneut meine Position, um besser sehen zu können.

Der Junge schießt.

Der erste Pfeil bohrt sich in ihren Hals, dringt jedoch nicht allzu weit hinein.

Ich helfe ein wenig nach, sodass der zweite Pfeil sich tief in ihre linke Brust gräbt.

Volltreffer.

Gurgelnde Laute dringen aus dem Mund des Mädchens, als es etwas sagen will. Sie greift sich an die Brust und sinkt auf die Knie. Was für ein Schauspiel.

»Was dauert da so lange, Candela?«, erklingt nun eine neue Stimme. Und ich grinse breit, weil ich weiß, dass er bald hier sein wird. Eiliges Fußgetrappel ertönt, der ältere Junge schnappt sich seinen Bruder, um zu fliehen. Ich sehe den beiden nach, als sie aus der Stalltür verschwinden und bleibe mit dem Mädchen allein zurück. Der Name ihres Liebsten kommt immer wieder in einem gurgelnden Geräusch über ihre Lippen, während sie qualvoll an ihrem Blut erstickt. Und auch wenn Geduld für gewöhnlich nicht meine Stärke ist, stehe ich einfach da, halte mich im Hintergrund, wo mich niemand entdecken kann.

Der edle Ritter lässt nicht lange auf sich warten, aber er ist trotzdem zu spät. Niemand kann jetzt noch etwas für sie tun. Denn sie ist einfach nur ein schwacher Mensch. So unglaublich zart und zerbrechlich. Auch wenn sie dort halb in sich zusammengesunken sitzt – wie eine gebrochene Fee.

Der Gott der Vergangenheit taumelt leicht, flüstert ihren Namen, sobald er sie erblickt. Ihre Lider flattern und auch über ihre Lippen kommt erneut sein Name. Wer hätte gedacht, dass sie dafür noch die Kraft besitzt? »Wir kriegen das hin«, lügt er sie schamlos an, hebt sie auf seinen Schoß, um sie in seinen Armen zu wiegen. Tatsächlich dringt sogar ein Schluchzen aus seinem Mund ... Wie außerordentlich – dramatisch.

Plötzlich steht der Verräter Apollo neben ihm, legt ihm unterstützend die Hand auf die Schulter und ich ziehe mich tiefer in die Schatten zurück. Lost fleht und zetert ungehemmt, versteht nicht, dass ihre Seele längst in der Unterwelt ist. Und ich schaue weiter zu und genieße, meine dunkle Seele ergötzt sich an der allumfassenden Trauer, die den jungen Gott langsam von innen heraus auffrisst. Er war zwar nicht derjenige, der in mein Reich eingedrungen ist, doch letztendlich arbeiten sie alle zusammen. Aphrodite hat oft von Lost geschwärmt, davon, wie endlich Gefühle in ihm aufleben, wie gern sie so etwas wie Candela hätte und das war mir stets ein Dorn im Auge.

Niemals hätte ich geahnt, dass es einmal derart praktisch sein würde, dass sie nie ihren Mund halten kann ... Sie sagte mir, dass er die ganze Zeit über wie ein Traumwandler durch sein tristes unsterbliches Leben gegangen ist, immer mehr im Schlafe als gänzlich wach – doch dann traf er das Menschenmädchen und plötzlich wollte er seine Augen gar nicht mehr vor der Welt verschließen. Sie habe gespürt, dass sich jede Faser seines Herzens nach dem ihren sehnte, er sich nach ihr verzehrte. Alles, was ihm nach Jahrhunderten der Trance geblieben war, wollte er teilen – und zwar allein mit ihr.

Ich habe für gewöhnlich kein gutes Gespür für Emotionen – Wut, Hass, Gier und Missgunst ausgenommen –, doch selbst ich habe erkannt, was für ein wunderbares Potenzial dem innewohnt. Und so machte ich aus ihrer gemeinsamen Geschichte ein Spiel, aus ihrer Liebe eine Tragödie und aus ihrer Zukunft ein schwarzes Nichts.

Ich bin geschwächt, als ich mich von Ares' Geist löse, doch das entsetzliche Grauen, das mich während der Erinnerung überkommen hat, sitzt weiterhin tief in meinen Gliedern. Leicht lockere ich das Tuch und er holt röchelnd Atem. Ich gebe ihm eine Sekunde, denn ich will, dass er bei Bewusstsein ist. Hustend öffnet er die Augen und im selben Moment schlitze ich ihm den Hals auf.

»Du hast sie nicht gebrochen. Niemanden von uns. Und sie ging aufrecht, als sie das Reich des ewigen Schlafes betrat.« Die Wunde beginnt zu heilen und ich wiederhole den Schnitt. Blut quillt aus seinem Mund und er bekommt eine kleine Kostprobe davon, wie es sich anfühlt, daran zu ersticken. In meiner Fantasie und in meinen Träumen hatte ich mir ausgemalt, wie ich ihn foltern würde. Doch mittlerweile weiß ich, dass er meine Zeit nicht wert ist. Ich will einfach nur, dass es vorbei ist. Ich will heimkehren zu meinen Freunden und meine Versprechen einhalten, die ich Candela am Ufer zum Todesreich gegeben habe.

Ich hebe den längeren Dolch an, platziere ihn über seiner Brust. »Das hier ist für Candela. Für die Familie, die Eltern, die ihre Söhne nicht aufwachsen sehen können, und für den Jungen, den du im Kindesalter zu einem Mörder gemacht hast. Auf dass du nie wieder irgendwem Schaden zufügen kannst.« Er bäumt sich in einem letzten Versuch des Widerstandes auf – und ich stoße zu, treffe mitten in sein kaltes Herz.

Der Gott des Krieges ist tot.

Obwohl es mir widerstrebt, den Bastard zu berühren, greife ich unter seine Arme und schleife ihn zur Fensteröffnung. Ohne lange zu fackeln, hieve ich ihn hinauf und stoße ihn anschließend in die Schlucht. Es dauert eine Weile, bis der befriedigende Aufprall erklingt. Das Kreischen von Raben ertönt, als sie sich auf seinen Leichnam stürzen.

Plötzlich fühlt es sich an, als hätte man eine schwere Last von meinen Schultern genommen und Erleichterung breitet sich in mir aus. Vermutlich hätte er es verdient, mehr zu leiden – doch ich bin nicht wie er. Ich muss die Qual anderer nicht in die Länge ziehen und mich daran ergötzen. Und ich bin froh und stolz darauf, mich in dieser Hinsicht von ihm zu unterscheiden. Wenngleich ich mir eingestehen muss, dass die monatelange Suche und der Rachedurst auch als Ablenkung dienten. Nun bin ich gezwungen, mich mit all den nicht verarbeiteten Gefühlen auseinanderzusetzen, die ich tief in mir vergraben hatte.

Ich werfe einen letzten Blick hinunter in die Schlucht und mir wird klar, dass dieser Ort schon lange nicht mehr mein Zuhause ist. Mein Zuhause ist dort, wo meine Freunde auf mich warten. Ich bin bereit heimzukehren. Mein Leben hat eine zweite Chance verdient und Aphrodite hat tatsächlich recht gehabt mit allem, was sie über mich gesagt hat. Was Candela und ich hatten, war selten und besonders. Sie war es, die mich aufgeweckt hat. Die mir gezeigt hat, wie kurz und kostbar unsere Zeit hier sein kann. Unsere Begegnung soll nicht umsonst gewesen sein. Ich werde für uns beide weitermachen.

Doch als mich ein harter Schlag am Hinterkopf trifft und die Welt um mich herum in Schwärze versinkt, ist mein letzter Gedanke, wie schnell der Jäger doch selbst zum Gejagten werden kann.

Kapitel 9

EWIGES EIS

DARK

Die letzten Stunden habe ich in einem der Evakuierungslager verbracht. Nun schlendere ich am Strand entlang, versuche den Kopf freizubekommen, ehe ich in den Palast zurückkehre. Ich starre auf das Meer hinaus und lausche dem Rauschen der Wellen, als ein anderes Geräusch meine Aufmerksamkeit erregt. Ich drehe mich in die Richtung, aus der es ertönt, und nähere mich dem abfallenden Sandwall, der den Palast umgibt. Eine Luke schwingt auf. Normalerweise hätte ich sie nicht bemerkt, da sie die Farbe der Mauer trägt und geschickt mit Muscheln kaschiert wird. Wer schleicht um diese Zeit hier herum? Ich blicke hinauf. Der Turm. »Kleines Monster«, knurre ich, verharre trotzdem an Ort und Stelle. Was hat sie mitten in der Nacht hier draußen zu suchen? Schleicht sie sich häufig raus? Ich kneife die Augen zusammen, doch es ist kein schwarzer Lockenkopf, den ich aus dieser Entfernung erkennen kann. Stattdessen ist es weizenblondes Haar, welches im Mondlicht hell schimmert. Sofort trete ich durch den Nebel.

Für einen Moment wirkt die Göttin, die vor mir steht, überrascht. Doch dann lehnt sie sich lächelnd gegen die Luke. »Sei gegrüßt, Gott der Angst und der Finsternis.«

Ich ziehe die Brauen zusammen. Wir sind uns erst einmal begegnet, und das war bei den Verhandlungen vor zweihundert

Jahren. *Normalerweise lässt Hades nicht zu, dass sie die Unterwelt verlässt. Und es wundert mich, dass sie sich noch an mich erinnern kann.* »Was willst du hier?«

Sie verdreht die Augen. »Das werde ich dir nicht verraten. Liefere mich deinen Brüdern aus oder lass mich gehen.«

»Du würdest dich also nicht gegen uns zur Wehr setzen?«, *frage ich ungläubig. Ich überlege, ob sie nur versucht, auf Zeit zu spielen und in einem Moment der Unachtsamkeit ihre Macht auf mich loslassen wird. Wobei ich nicht einmal weiß, ob sie überhaupt besondere Fähigkeiten besitzt. Außer ihrem grünen Daumen, der während der Zeit in der Unterwelt mit großer Wahrscheinlichkeit schwarz angelaufen ist und nun alles verkümmern lässt.*

Ich schaue erneut hinauf zum Turmzimmer, wo noch immer Licht brennt. Während ich äußerlich entspannt bleibe, arbeitet mein Gehirn auf Hochtouren. Sie hat Flame besucht. Wenn ich mir vorher nicht sicher gewesen bin, so gibt es jetzt keine Zweifel mehr. Zwischen den beiden existiert eine Verbindung.

»Interessant«, *sagt Persephone, die irgendetwas in meinem Blick zu lesen scheint.* »Wie nahe steht ihr euch?«

Ich beiße meine Zähne fest aufeinander und zwinge mein Gesicht zur Regungslosigkeit. Währenddessen verziehen sich ihre Mundwinkel zu einem Lächeln. »Wer hätte das gedacht? Der Gott der Finsternis hat ein weiches Herz.«

Ich schweige beharrlich. Warum fühlt es sich plötzlich so an, als hätte sie den Spieß mühelos umgedreht?

»Du kennst die Prophezeiung?«, *hakt sie nach.*

Ich nicke und fühle mich gleichzeitig wie ein Verräter. Ich hätte sie längst zu den anderen bringen sollen. Ich könnte sie mit meiner Dunkelheit mühelos überwältigen.

»Und bist du bereit, ihr Leben zu opfern? Für die Rettung dieser Welt? Für das größere Wohl?«

Ihre Worte bohren sich in mein Fleisch wie Messerstiche. Als hätten wir eine Wahl ...

»Was weißt du schon von unserem Kampf?«, erwidere ich gepresst.

Sie neigt den Kopf leicht zur Seite und verschränkt die Arme vor der Brust. »Ich weiß zum Beispiel, dass du denkst, dass du ihr nicht trauen kannst. Dass er sie geschickt hat, um ein falsches Spiel mit euch zu spielen. Doch ich sage dir, bei aller Ehre, die ich noch in mir habe: Sie ist rein. Sie trifft keine Schuld.« Sie tritt dicht an mich heran. »Liebst du sie?«

Ich zucke zusammen. Ja, will ich schreien, doch ich tue es nicht.

»Dann überlasse sie nicht ihrem Schicksal. Du kennst es?«

Ich lüge, schüttele den Kopf, während all die Wahrheit auf mich einströmt, der ich zuvor nicht gänzlich bereit war, ins Auge zu blicken. Ich bin wie erstarrt, will nicht, dass sie weiterspricht. Sie tut es trotzdem.

»Ihr Schicksal ist es, bei lebendigem Leibe zu brennen.«

Die Erinnerung trifft mich wie tausend Messerstiche, als ich vor dem Omphalos stehe, der mit einer bläulich schimmernden Eisschicht überzogen ist. Und auch wenn die anderen zu starrköpfig sind, um es zu akzeptieren, so weiß ich doch, dass ich mich hier vor ihrem Grab befinde.

Es ist das erste Mal, dass ich sie besuche.

An dem Tag, an dem ich spürte, wie sie mich endgültig verließ, wie das Band, das uns zusammenhielt, von einer auf die andere Sekunde zertrennt wurde, habe ich aufgehört, ein Kämpfer zu sein. Ich habe aufgehört, stark zu sein und Respekt vor mir selbst zu haben. Ich bin in Hoffnungslosigkeit und Dunkelheit versunken, die mir beide großzügig Zuflucht schenkten.

Den Kopf gegen den eiskalten Stein geneigt, lege ich meine rechte Hand auf die linke Brust, wo mein götterverdammtes Herz nach wie vor schlägt. Ich bin zerrissen und gebrochen, aber auch wütend. Nicht nur, weil sie erneut gegangen ist, ohne Lebewohl zu sagen, sondern auch, weil sie mich hier zurückgelassen und den Tod gewählt hat. Die wichtigen Entscheidungen haben wir nie gemeinsam getroffen. Letztendlich hat sie beschlossen, den Weg allein zu Ende zu gehen, und ich weiß nicht, ob ich jemals in der Lage sein werde, ihr zu verzeihen.

»Ich vermisse dich«, flüstere ich, während meine Augen brennen. Ich bin mir nicht sicher, ob vor Kälte oder wegen des Schmerzes, der mir zu keiner Sekunde Ruhe gönnt. »Es gibt kein Leben für mich – ohne dich.« Mein Körper wird nun von Krämpfen geschüttelt und ich falle nach vorn, umklammere den Stein, der auch mich in seinem eisigen Griff gefangen hält.

Ich hätte dich nicht vergessen. Selbst wenn ich nicht weiß, wer ich bin, wenn ich mich selbst verliere, würde ich dich trotzdem finden. Ich habe deinen Namen, dein Gesicht und deine Augen während der gesamten Zeit im Wald nicht vergessen. Du warst meine Rettungsleine. Du hast dafür gesorgt, dass ich nicht den Verstand verliere, wie Hestia.

Und wenn ich eines weiß, dann, dass egal wie oft sich unsere Wege noch trennen mögen: Ich werde dich immer finden.

»Lügnerin«, knurre ich, während heftige Schluchzer meinen Körper in Besitz nehmen. Es ist das erste Mal in meinem Leben, dass ich weine – vollkommen die Kontrolle über mich selbst verliere und mich gehen lasse. Es ist, als hätte ein Zyklop mich gefressen und halb zerkaut wieder ausgespuckt. Alles tut weh und ich wünsche mir, ich wäre

Lieblingsbücher
fürs Leben

THIENEMANN-ESSLINGER
www.thienemann-esslinger.de

Suchst Du nach neuen Geschichten, die fesseln, begeistern und berühren?

Hier findest Du unsere **Jugendbücher:**

www.thienemann-esslinger.de/
jugendbuecher

Mach mit beim großen **Gewinnspiel** und gewinne tolle Preise!

www.thienemann-esslinger.de/
aktion

thienemannesslinger_booklove

taub. Zum ersten Mal sehne ich mich danach zu vergessen, ebenso wie Flame.

Keine Ahnung, wie lange ich noch im Schnee knie, ehe ich mich aufrappeln kann. Meine Kleidung ist mittlerweile vollkommen durchnässt und meine Zähne klappern. Ich wische mir meine zu langen Haarsträhnen aus dem Gesicht und versuche, mich einigermaßen zu sammeln. Das Verlangen, nach Flame zu suchen, ist groß – und fordernd. Dennoch muss ich auf die Stimme hören, die mir zuflüstert, dass es vergebens wäre. Ihr Feuer ist erloschen. Und ich habe es gespürt. Habe es so sehr gefühlt, als würde man mir meine Eingeweide herausreißen.

Ich balle die Hände zu Fäusten, schüttele mich erneut, als könnte ich den Schmerz loswerden. Ich würde so gern noch ein wenig länger egoistisch sein. Aber ich darf nicht. Denn da ist diese Gefahr, die wegen der Sorge um Flame, der Öffnung des Olymps und der Erfüllung der Prophezeiung komplett in den Hintergrund gerückt ist.

Ziva.

Sie denken, dass sie auf der Erde keine Macht über uns hat. Nicht so wie damals. Nicht so wie auf Viridi. Sie haben die Schrecken verdrängt – vergessen –, begehen erneut den Fehler, sie zu unterschätzen. Wir hätten nicht so lange zögern – nicht so lange warten dürfen. Ich muss mich darum kümmern, bevor es zu spät ist. Es ist unsere Schuld, dass sie hier ist. Und das müssen wir wiedergutmachen. Dieses Mal werde ich nicht versagen. Dieses Mal werde ich herausfinden, was das Geheimnis ihrer Stärke ist. Niemand ist unbesiegbar. Diesen Planeten wird sie nicht bekommen. Und wenn ich untergehe, dann werde ich sie zumindest mit mir zusammen begraben.

Nur eine andere Person weiß von meinem Vorhaben. Und irgendwie finde ich es auch passend, weil es auf eine verdrehte Art und Weise mit uns begonnen hat. Vor vielen Jahren bin ich durch ein Geheimnis in diese Sache hineingestolpert, und obwohl es mich so unendlich viel gekostet hat, würde ich unserer Freundschaft immer wieder dienen. Während die anderen unermüdlich nach Flame suchten, hatten wir ein neues Ziel vor Augen. Um Zivas Vorhaben zu erkennen, mussten wir ihren bisherigen Weg verstehen, und auch wenn es noch unzählig viele Lücken gibt, so konnten wir trotzdem ihren Aufenthaltsort ausfindig machen. Eigentlich hätte ich ihr zugetraut, dass sie sich in meinem Reich einnistet, doch dem ist nicht so. Ich bin erleichtert und gleichzeitig auch ein wenig stolz, dass sie diese Mauern nicht durchdringen konnte.

Tief durchatmend werfe ich einen letzten Blick auf den Omphalos, ehe ich den Nebel rufe, der mich kurz darauf sanft in seine Arme nimmt. Als ich die Augen das nächste Mal öffne, befinde ich mich im Land der Angst und der Finsternis und es fällt mir schwer, nicht daran zu denken, dass meine nächste Heimkehr mit Flame an meiner Seite hätte geschehen sollen. Fahrig streife ich mir trockene Kleidung über und packe eine Tasche mit den nötigsten Sachen. Mental bereite ich mich darauf vor, wer ich in den nächsten Wochen – oder sogar Monaten? – sein werde.

Kannst du diese Rolle noch einmal spielen?, hatte er mich gefragt.

Das »Ja« habe ich nur mit Mühe zwischen meinen Zähnen hervorgequetscht. Ich will es tun – aber gleichzeitig sträubt sich *alles* in mir dagegen. Die Wut und der Hass, der Wunsch nach Rache und dem Ende ihrer Macht sind die einzigen Gründe, die mich davon abhalten, Flame ins ewige Nichts zu folgen. *Nur dieser eine Tanz.* So lautete damals meine Forderung an sie. Und war das wirklich alles, was uns zustand? Durften wir tatsächlich bloß so wenig haben? Nicht mehr – als diesen einen zerbrechlichen Augenblick?

Lost

Mein Kopf dröhnt, als ich die Augen aufschlage. Ich liege auf einer Pritsche, abgestandenes Wasser tropft von der Decke und trifft auf meine Lippen, gelangt auf meine Zunge, wo sich sogleich ein fauliger Geschmack ausbreitet. Angewidert wische ich mit meinem Ärmel darüber, richte mich auf und drehe mich gleichzeitig nach vorn. Es dauert nicht lange, bis mein Blick sich klärt und ich trotz der dämmrigen Lichtverhältnisse meinen eigenen Kerker ausmachen kann. »Du bist ganz schön empfindlich, Prinzessin.«

Mein Kopf ruckt hoch, und als ich Ziva erkenne, die mit ihrem eingefallenen Gesicht durch die Gitterstäbe linst, möchte ich mich am liebsten übergeben. »Du hast mich k. o. geschlagen.« Es ist eine Feststellung, keine Frage und ich werde von Schamgefühl erfasst.

Diese widerliche Schlange.

Sie ist wie eine Zecke, die man nicht aus seinem Fleisch gezogen kriegt. Sie hat uns bereits unsere erste Heimat genommen und nun ist sie uns hierher gefolgt, um ihr Werk der Zerstörung fortzusetzen. Wir waren zu beschäftigt damit, die Prophezeiung zu erfüllen, als dass die Erinnerung an ihre Taten und wozu sie im Stande ist, einfach so verblasst ist. Ziva hat die Fähigkeit, unter dem Radar zu bleiben, bis man sie beinahe vergessen hat. Und dann, wenn man am wenigsten damit rechnet, steht sie plötzlich hinter dir und rammt dir ein Messer in den Rücken. Bereits im Krieg von Viridi durften wir herausfinden, dass sie nicht so leicht zu töten ist, denn weder ein Gift in ihr Getränk zu mischen, noch ihr Herz zu durchbohren, haben je dafür gesorgt, dass wir sie loswurden.

»Es ist wirklich äußerst ärgerlich, dass du meinen Verbündeten und Retter umgebracht hast.« Sie schnalzt mit der Zunge, als wäre ich ein ungezogener kleiner Junge.

»Dich hätte ich auch gern den Raben zum Fraß vorgeworfen«, speie ich angewidert hervor. Ich hätte wachsamer sein sollen, dann würde ich jetzt nicht so in der Klemme stecken. Von rechts ertönt ein Klicken und acht schwarze Augen erscheinen neben Ziva. Ganz unverkennbar eine der Spinnen. Ich dachte, ich wäre in Yasars Reich alle von den Mistviechern losgeworden. Was für ein Jammer.

»Was hast du in meinem Reich – in meiner Burg zu suchen? Abgesehen davon, deinem Wahnsinn nachzuhängen, versteht sich.« Ich brauche Informationen, muss sie zum Reden bringen.

»Oh, das ist lustig«, sagt sie und gibt ein vollkommen irres Gackern von sich. »Ein großes Mundwerk, obwohl ich am längeren Hebel sitze.«

»Ich würde niemals vor dir kriechen.« Plötzlich wird ihr Gesichtsausdruck ernst und sie umfasst mit ihren knochigen Händen einen der Gitterstäbe, presst ihr spitzes Kinn noch weiter hindurch. Einen Wimpernschlag später rufe ich den Nebel – ich kann zwar nicht aus der Zelle raus, aber für das, was ich vorhabe, muss ich das auch gar nicht. Meine Finger gleiten zwischen den Stäben hindurch, umfassen ihren Hals, sodass ich sie hochheben und zudrücken kann. Ein ähnliches Keuchen wie Ares entfährt ihr und ihre blassblauen Augen treten aus den Höhlen hervor. Aufgebrachtes Klicken ertönt, doch die Spinne hat keine Chance, ihr zu helfen. Mein Griff wird noch fester und gerade will ich meine zweite Hand dazunehmen, um auszutesten, ob sie stirbt, wenn man ihr den Hals umdreht, als sie von mir fortgerissen wird. Ich taumele zurück, als ich sehe, wer sie nun mit beiden Armen umschlungen hält.

DARK

Ich gebe vor, dass mir die Gesichtszüge entgleisen, als ich Losts Gestalt hinter den Gitterstäben ausmache. Kurz spiegelt sich Überraschung in meiner Miene, ehe sie zu einer glatten Maske wird. Doch während ich Ziva von den Gitterstäben wegziehe, weiß ich, dass sie es gesehen hat. Sie ist schon immer eine ausgezeichnete Beobachterin gewesen. Ich stütze sie am Unterarm, während ich mit einer Hand ihren Hals untersuche. »Hallo«, raune ich ihr mit einer Vertrautheit zu, die eigentlich nie zwischen uns existiert hat. »Das sollten wir kühlen«, fahre ich fort und streiche federleicht mit dem Daumen über einen tiefroten Abdruck, der sich bereits blau verfärbt. Mit leicht offen stehendem Mund starrt sie mich an und ich genieße diesen kleinen Sieg, dass ich noch immer diese Wirkung auf sie habe. Ihre einzige Schwäche, auf die ich stets zählen kann. Ich schaue weiterhin auf sie hinab, in ihre Augen, ziehe sie in meinen Bann, damit sie mir verfällt – so wie damals, vielleicht sogar noch ein bisschen mehr.

»Willst du mich verarschen? Hol mich hier gefälligst raus, damit wir sie erledigen können!«, flucht Lost und hämmert gegen seine Zellentür. Das ist der größte Gefühlsausbruch, den ich je bei ihm erlebt habe. Allerdings bin ich mir nicht sicher, ob auch er zu dem Schluss gekommen ist, dass Ziva mit in Candelas Tod verstrickt ist, oder er in diesem Moment einfach die ganze Welt hasst.

Ich drücke Ziva an mich und streiche über ihr Haar. Ihre knochigen Finger heben mein Hemd an und schlüpfen darunter, ehe sie mich fest umschlingt. Ich schlucke aufsteigende Galle und eine Erinnerung hinunter, die begraben bleiben sollte, unterdrücke den Drang, Losts Forderung nachzukommen. »Ich begehe nicht zweimal denselben Fehler. Du hast erneut die Seite der Verlierer gewählt. Wir spielen nicht mehr im selben Team«, lasse ich ihn wissen. Ich fahre über Zivas Rücken und sie schnurrt wie eine räudige Katze. »Komm, wir gehen nach oben, Liebste«, flüstere ich ihr zu und sie nickt zustimmend.

Leicht.

Es ist so leicht.

Meine Absicht ist es, all meine Karten vor ihr auszubreiten. Doch wird mir die Kunst gelingen, ein Spiel in einem anderen zu tarnen und zwei Wahrheiten hinter einer Lüge zu verbergen?

Ich höre, wie Lost angewidert ausspuckt, schaue aber nicht zurück, als sie mich bei der Hand nimmt und durch den Nebel führt. Ich nehme an, dass es ihre Räumlichkeiten sind, in denen wir kurz darauf landen. Ich bugsiere sie zum Bett und schlucke, weil es in einem seitlichen runden Turm der Burg steht.

Wieder Erinnerungen. Doch diese sind anders. Schön und schmerzlich.

Sorgfältig schüttele ich die Kissen auf und helfe Ziva, sich hinzulegen. Anschließend setze ich mich und ziehe ihr die

Schuhe aus, bevor ich beginne, ihre Füße zu massieren. Sie stöhnt genüsslich und lässt den Kopf tiefer in die Kissen sinken.

Falsch.

Allein das hier fühlt sich furchtbar falsch an.

Als würde ich *sie* verraten.

»Ich wusste, dass du zu mir kommst«, flüstert Ziva nach einer Weile. Sie liebt es, wenn ihre Pläne aufgehen. »Aber ich hätte nicht gedacht, dass es sein würde, um mich zu retten.«

Ich presse meine Zähne fest zusammen, so sehr, dass mein Kiefer schmerzt, versuche, Widerwillen und auch Reue zu zeigen. Ersteres fällt mir nicht besonders schwer. »Es gibt einiges, was ich dir erklären muss, Liebste. Dafür muss ich ein wenig weiter ausholen.« Sie mustert mich forschend, nickt dann aber. Allerdings fallen mir auch ihre Finger auf, die sie im Saum ihres Rockes versteckt. Licht fällt durch das Fenster und kurz werde ich von etwas geblendet. Einem Spiegel?

»Als ich auf Viridi um deine Hand angehalten habe, war ich zunächst skeptisch. Aber dann lernte ich schnell, dass du die Hälfte warst, die mir schon immer gefehlt hat.« Götter, ich kann nicht glauben, dass ich diese Dinge sage. Und dass sie dabei mit verklärtem Blick an meinen Lippen hängt, als würde sie diese jeden Moment küssen wollen. »Von Anfang an wusste ich, dass ich in deiner Nähe ich selbst sein kann und nichts vor dir verbergen muss. Doch gleichzeitig war ich jung und hatte auch Angst vor meinen eigenen Gefühlen, weil ich nicht damit gerechnet hatte, dich schon so früh zu finden. Ich konnte meine Unsicherheit, die nur mich selbst betraf und nichts mit dir zu tun hatte – das möchte ich dir versichern –, nicht vor den anderen verbergen. Sie nutzten meine Schwäche aus, um mir Zweifel einzuflößen. Und dann ging alles so schnell, der Aufstand und mein eigener Vater, der mich verraten und vor dir schlecht geredet hat. Ich wurde im Kampf verwundet und Hale hat mich gegen meinen Willen aus Viridi fortgebracht.«

»Aber warum hast du nie versucht, zu mir zurückzukehren?«

»Ich habe mich geschämt und war mir sicher, dass du mich nicht mehr wollen würdest. Und kurze Zeit später band mich Apollo durch eine List an Flame und von diesem Tage an war ich ihr verfallen, war auf ungesunde Art und Weise wie besessen von ihr. Doch es war nicht mein freier Wille, und als ich dich in deiner wahren Gestalt vor mir sah, da begann ich, wieder klar im Kopf zu werden. Allerdings konnte ich mich nicht von ihr lösen, bis sie die Prophezeiung erfüllt und die Erde geheilt hat.«

Ziva richtet sich jetzt auf, legt eine Hand an meine Brust. »Und nun hast du sie für mich verlassen?«

»Sie ist tot.« Es kostet mich all meine Kraft, bei diesen Worten keine Miene zu verziehen.

Zivas Hand wandert weiter, hinauf zu meinem Hals, tastet nach meinem Puls. Er geht ruhig und gleichmäßig.

»Du bist weder aufgebracht noch traurig«, stellt sie nach einer Weile fest. Es klingt ein wenig überrascht.

»Ich genieße es, wieder ich selbst und frei zu sein«, erwidere ich. »Man könnte auch sagen, dass ich an ihrer Seite ausgeharrt habe, bis die Bedrohung gebannt und die Hitze besiegt war. Aber nun beginnt unsere Zeit. Du bist die Eine für mich, Ziva. Ich habe mich für *dich* entschieden. Und das hätte ich auch, selbst wenn sie noch am Leben wäre. Es tut mir aufrichtig leid, wie alles gekommen ist. Und ich hoffe, dass du großzügig genug bist, mir eines Tages zu verzeihen.«

Sie lehnt ihren Kopf an meine Schulter und ich atme ihren Lavendelduft ein.

Ich hasse Lavendel.

»Ich kann nicht glauben, wie viele Steine uns in den Weg gelegt worden sind. Aber dass wir jetzt wieder zueinanderfinden, zeigt doch nur, wie sehr wir füreinander bestimmt sind. Du bist mein Seelenverwandter, Liebster.«

Sie ist verrückt, wenn sie das tatsächlich glaubt. Ich fasse ihr unters Kinn, betrachte sie mit schief gelegtem Kopf und überlege, tue so, als würde ich abwägen, ob sie mir all das tatsächlich abkauft. Jeder Gedanke, jede Handlung, jede Berührung, jeder Schritt – ich habe es wochenlang einstudiert. Nichts ist wichtiger, als das zu tun, was sie von mir erwartet. Kontrolle und Vorhersehung ist das, wonach es sie am meisten verlangt. Weil wir ihre Puppen – ihre Schachfiguren sind.

Ich lächele sie liebevoll an und beuge mich dann vor, streife zart ihre Wange mit meinen Lippen. »Natürlich, Liebste. Es ist unser Schicksal, zusammen zu sein. Mein ganzes Leben lang habe ich darauf gewartet, dich zu finden. Diese zweite Chance für uns ist ein Geschenk und dieses Mal möchte ich mir Zeit nehmen, dich ganz neu kennenzulernen. Ich will alles richtig machen und dich auf Händen tragen.« Bei meinen Worten zerfließt sie förmlich in meinen Armen und schmiegt sich noch näher an mich. Und ich erwidere die Umarmung – hingebungsvoll –, tue, was meine Rolle von mir verlangt, während sie in der ihren aufgeht.

Sie und ich in einer Revanche.

Ziva nimmt an, dass ich nichts von ihrem dritten Spieler weiß. Was für eine Überraschung es geben wird, wenn sie – viel zu spät – von dem vierten erfährt, der auf meiner Seite steht. Sie geht davon aus, dass ich Hals über Kopf aufgebrochen bin. Zugegeben, es wäre das, was ich früher getan hätte. Sie denkt, Viridi würde sich wiederholen. Doch dem ist nicht so. Dieses Mal bin ich nicht allein. Dieses Mal war ich nicht zu eitel, von Anfang an um Hilfe zu bitten.

»Ich bin sofort wieder da. Ich werde dir nur etwas zum Kühlen holen«, sage ich und löse mich sanft von ihr, lege ihren Oberkörper vorsichtig ab. Von einem Beistelltisch greife ich mir ein Tuch und rufe den Nebel. Kurz darauf stehe ich am Grund der Schlucht, breite das Tuch aus und schöpfe Schnee hinein. Auch die eisigen Kristalle sind eine unwillkommene Erinnerung. Trotzdem gelingt es mir, mich zusammenzureißen – nicht die Fassung zu verlieren.

»Bist du dir ganz sicher?«, hatte er wiederholt gefragt. »Es ist in Ordnung, wenn du noch nicht so weit bist.«

»Ich bin so bereit, wie ich es nur sein kann«, hatte ich erwidert.

Mit dem Ärmel wische ich mir über meine Nase, die aufgrund der Kälte läuft, und verknote die Enden des Tuches miteinander. Dabei wandert mein Blick nach rechts und ich erstarre, als ich den Körper entdecke, der in einem verdrehten Winkel am Boden liegt. Drei Raben picken an Ares, dem Kriegsgott, als wäre er ihr heiliges Abendmahl. Und ich ... empfinde Genugtuung. Lost hat seine Rache bekommen. Jedenfalls einen Teil davon. Doch friedlich hat er danach nicht gewirkt. Vielleicht sogar noch rastloser als zuvor.

Ich entscheide mich dafür, die Raben ihre Arbeit fortführen zu lassen, und einen Wimpernschlag später stehe ich erneut in dem Turmzimmer. Mir ist klar, dass sie es nicht aus reinem Zufall ausgewählt hat.

Ziva mustert mich noch immer, als wäre sie nicht sicher, ob sie vielleicht träumt. Ich trete zu ihr, schenke ihr ein liebevolles Lächeln, während ich ihr Oberteil zurechtzupfe und ihr das mit Schnee gefüllte Tuch um den Hals lege. Sie hebt die Hand und streicht mir das Haar aus der Stirn, wie Flame es auch so oft getan hat. Dabei erregt ein Armband meine Aufmerksamkeit, das mir zuvor nicht aufgefallen ist. Es sieht alt aus und ist schwarz angelaufen. Irgendetwas daran zieht mich an und stößt mich gleichzeitig ab, verspricht mir große Schmerzen, wenn ich es auch nur berühre. Fast so, als würde das Schmuckstück meine schlechten Absichten erahnen. Ich frage mich, was es damit auf sich hat. »Ich war überrascht, Ares' Leichnam in der Schlucht anzutreffen«, sage ich beiläufig, gelangweilt beinahe. »Ich nehme an, Lost hat ihn doch noch erwischt?«

Sie leckt sich über ihre spröden Lippen und ich muss mich zwingen, nicht wegzusehen. »Ja, das hat er. Und dann habe ich ihn überwältigt und in sein eigenes Verlies gesperrt. Ich war beinahe ein wenig enttäuscht, wie leicht mir das gelungen ist.« Sie verzieht ihre schmalen Lippen zu einem Schmollmund und ich tätschele ihre Wange, als wäre ich stolz auf sie.

Ziva ist eingeschlafen und ich muss mir eingestehen, dass er recht gehabt hat. Natürlich ist sie misstrauisch und dennoch hat sie sich über die Jahrhunderte hinweg so sehr in die Vorstellung von einem Wir hineingesteigert, dass sie nun gar nicht anders kann, als sich auf die Wahrheit meiner Worte zu stürzen und förmlich daran festzuklammern. Vorsichtig rutsche ich von der Matratze, versuche sie dabei nicht zu wecken. Ich werfe einen Blick zurück, vergewissere mich, dass ihre Augen nach wie vor geschlossen sind. Von einer Anrichte greife ich mir eine Karaffe mit Wasser, ehe ich durch den Nebel noch einmal in den Kerker gehe.

Sofort schlägt mir abgestandene Luft entgegen – obwohl es durchaus Fensteröffnungen gibt, die jedoch nicht viel auszurichten scheinen. Ich trete näher an die Gitterstäbe heran, stelle das Wasser auf der anderen Seite auf den Boden und beobachte Lost, der auf einer ächzenden Bank sitzt, die Ellenbogen auf die Knie gestützt. Langsam hebt er den Kopf, an seiner Stirn klebt getrocknetes Blut und sein Gesicht ist wutverzerrt. Ich warte darauf, dass er etwas sagt, doch die laute Stille, die mehr einer Anschuldigung gleicht, hält sich hartnäckig. In einiger Entfernung – am Ende des Ganges – sehe ich schwarze Spinnenaugen, die sich kaum von der Dunkelheit abheben. Doch sie kommen nicht näher, machen keine Anstalten, mich zurückzutreiben. Ich wende mich wieder Lost zu, vergrabe beide Hände tief in meinen Hosentaschen.

»Was ist mit Flame?«, fragt er schließlich mit rauer Stimme. »Weiß sie, dass du hier bist?« Ich gebe ihm keine Antwort. Er steht auf und kommt langsam näher, doch als er meinen Blick einfängt, taumelt er leicht. Für eine Sekunde konnte ich meinen Schmerz nicht verbergen. Aber das muss ich auch nicht. Lost soll glauben, dass ich zu allem bereit bin. »Was auch immer geschehen ist. Sie würde nicht wollen, dass du das hier tust«, sagt er eindringlich.

»Nur die Dummen und Einfältigen nehmen immer wieder denselben Weg, der an ein altbekanntes Ziel führt«, erwidere ich kühl.

Seine Finger umschließen nun die Gitterstäbe, die Kuppen sind abgewetzt, als hätte er versucht, sich damit durch den Stein zu graben. »Wie hast du sie so schnell gefunden?«

Ich zucke mit den Schultern, weiche nicht zurück vor seinem Zorn. »Ich war schon immer der Schlauere von uns beiden, nicht wahr?«

»Für dich ist ein ganz besonderer Platz im Tartaros reserviert«, erwidert er zwischen zusammengebissenen Zähnen und es scheint, als würde die Wut ihn zermürben, ihn langsam von innen heraus auffressen.

»Wer hätte gedacht, dass in dir so viel Kampfgeist und Leidenschaft steckt? Das hättest du Candela damals zeigen sollen, anstatt ihr lediglich schmachtende Blicke zuzuwerfen.« Seine Hand schnellt durch die Stäbe hervor, doch ich mache rechtzeitig einen Schritt zur Seite. »Aber, aber. Du wirst mich doch nicht schmutzig machen wollen«, ermahne ich ihn und verschränke die Arme vor der Brust.

»Lass mich einmal deine Schläfe berühren und dann weiß ich, wer wirklich vor mir steht«, fordert er beharrlich.

»Ich werde meine Gedanken nicht mit dir teilen. Doch so viel kann ich dir sagen: Ich werde nie wieder freiwillig auf der Seite der Verlierer stehen.«

»Ebenso wenig wie ich.«

Meine Mundwinkel verziehen sich zu einem herablassenden Schmunzeln. »Und dennoch sitzt du nun hinter Gittern, gefangen in deinem eigenen Verlies.«

Kapitel 10

SCHACHMATT

DARK

Vergangenheit

Ich stehe auf einer Brücke, deren Mitte sich unter meinen Füßen leicht hinabneigt, als würde sie gegen die Schwerkraft kämpfen. Meine Unterarme sind auf dem Geländer abgestützt, während meine Augen dem Fjord folgen, der sich unter mir entlangwindet. Ich bin umgeben von hoch aufragenden Bergen, deren Spitzen im Sonnenlicht wie Eiskristalle glitzern. Mein Blick wandert nach oben, entlang der Stränge, die bis zwischen die strahlend weißen Wolken des ansonsten azurblauen Himmels reichen, allen Gesetzen der Logik trotzen und das Gewicht der Brücke tragen. Denn das ist Viridi. Umwoben von Legenden und Geheimnissen und Fragen, auf die es keine Antwort gibt, geschmiedet aus Dingen, die nach gewöhnlichen Maßstäben undenkbar sind. Dieser Planet lebt und atmet ... durch Magie. Durch die Kraft der sechs Herrschenden, der *Deum Viventem*. Und wenn Vater sich eines Tages zur Ruhe setzt, dann werde ich das Zepter in die Hand nehmen und einer von ihnen werden. Doch zum jetzigen Zeitpunkt bin ich mir nicht sicher, ob es jemals so weit kommen wird. Weil ich in seiner Wahrnehmung möglicherweise niemals gut genug sein werde. Und ich kann auch nicht mit

Gewissheit sagen, ob das dunkle Volk sich vor mir beugen würde. Ich könnte sie dazu zwingen, bin stark genug. Doch in dieser Hinsicht unterscheide ich mich von Vater. Ich bin nicht wie er – wie die anderen Mitglieder unserer Familie, die an Macht ihren eigenen Wert bestimmen.

Ich seufze schwer, lausche dem Rauschen des Wassers unter mir, während ich versuche, Mutters Rufe zu ignorieren, die nicht will, dass wir zu spät zur heutigen Planetenparade erscheinen. Ich frage mich, wie man sich an einem Ort wie diesem so wenig lebendig fühlen kann. Viridi schäumt beinahe über vor elektrisierender Energie und ich warte schon viel zu lange darauf, dass ein Funke davon auf mich überspringt und ein Feuer in mir entfacht, das Muster aufbricht, dem zu folgen meine Herkunft mich verpflichtet. Und wenngleich unser Planet vielleicht einer der schönsten im ganzen Universum ist – so ist der Zustand äußerer Vollkommenheit niemals mit Glück und Zufriedenheit gleichzusetzen.

Ich lehne zurückgezogen an einer der verzierten Säulen, beobachte das Treiben vor mir und nippe an der durchsichtigen perlenden Flüssigkeit, die sich sanft in dem goldenen Kelch hin und her wiegt. Meine Kehle kribbelt, während ich spüre, wie der Alkohol meinen Hals hinabrinnt und ein wohliges Brennen hinterlässt. Auf Feierlichkeiten wie diesen sollte man vorsichtig mit dem Konsum der Getränke umgehen, ansonsten kann es leicht passieren, dass man am nächsten Morgen mit fehlender Erinnerung erwacht – ganz egal wie trinkfest man ist. Wir sind zu Gast in *Patriam Somnium*, dem buntesten, fröhlichsten und lautesten Ort Viridis. Unsere Heimat unterteilt sich in sechs Gebiete. Neben *Patriam Somnium*, dem Reich der Träume, gibt es *Patriam Veritas*, das Reich der Wahrheit,

Patriam Oculus, das Reich der Zukunft, *Patriam Praeter*, das Reich der Vergangenheit, *Patriam Lux*, das Reich des Lichts, und *Patriam Anxiet*, das Reich der Finsternis, über das mein Vater regiert.

Vollkommen unerwartet ergreift ein Gefühl purer Glückseligkeit von mir Besitz. Mein gesamter Körper wird von Leichtigkeit durchströmt, fast so, als würde ich jeden Moment davonschweben. Ohne, dass ich es verhindern kann, verziehen sich meine Mundwinkel zu einem dümmlichen Grinsen. Im nächsten Augenblick schüttele ich den Kopf und fahre herum. Natürlich blicke ich in Hales feixendes Gesicht. Er ist der Sohn von Valentin und Serena, den Herrschern über *Patriam Lux*. Das lichte Volk ist dazu in der Lage, das Gemüt zu beeinflussen.

Offensichtlich.

Ich verdrehe die Augen und verpasse ihm einen kräftigen Hieb in die Seite, der ihn gespielt aufjaulen lässt. Der Bastard ist verdammt zäh, obwohl er nicht danach aussieht. Da er der Herrscherfamilie seines Reiches angehört, ist die Gabe bei ihm stärker ausgeprägt, und zudem hat er die Macht, die vier Jahreszeiten zu beeinflussen – jedenfalls bis zu einem gewissen Grad. »Nur weil du der Prinz der Finsternis bist, heißt das noch lange nicht, dass du dich unablässig in der dunkelsten Ecke verkriechen musst. Ich hab's nur gut gemeint mit meinem kleinen Stimmungsaufheller«, zieht Hale mich auf. Er ist eine furchtbare Nervensäge.

Immer gut drauf.

Ätzend.

»Geh einfach weiter und tu so, als hättest du mich nicht gesehen«, murre ich und nehme einen zu großen Schluck von meinem Getränk. Sofort huste ich und klopfe mir auf die Brust. Bei jeder dieser götterverdammten Veranstaltungen versuche ich für mich zu bleiben. Leider gelingt es mir kein einziges Mal.

»Ah, du hast ihn gefunden.« Ich stöhne auf, als nun auch noch Dream durch den Nebel zu uns tritt. Kann man nicht mal für eine Sekunde seine Ruhe haben? Er ist der Spross von Lucius und Valeria, den Gastgebern des heutigen Abends und den Machthabern von *Patriam Somnium*. Das träumende Volk ist dazu in der Lage, Botschaften durch Träume zu versenden oder sogar durch sie zu wandeln. Es ist wohl die am meisten unterschätzte Fähigkeit auf Viridi. Viele belustigt diese Gabe mehr, als dass sie sich darüber im Klaren sind, wie viel man über eine Person durch deren Fantasien erfahren kann. Umso wichtiger ist es, seinen Geist verschließen zu können. Ich selbst habe dieses Talent bei Weitem nicht perfektioniert und es wurmt mich, obwohl ich noch jung bin – gerechnet in unsterblichen Jahren.

Nun schlendert Lost, der Erbe von *Patriam Praeter*, zwischen den Säulen hervor. Er ist der Undurchsichtigste von uns allen und derjenige, der die größte Last tragen muss. Sein Vater ist bereits verstorben und um die Umstände seines Todes wird bis heute ein Geheimnis gemacht. Sein frühes Ableben war jedenfalls der Grund, weshalb Lost von seiner Mutter Livia früh in die Regierungsgeschäfte mit eingebunden wurde. An seinem Arm hängt Flora, seine Verlobte, die er kaum eines Blickes würdigt. Es ist eine arrangierte Ehe, die seine Macht festigen soll. Die Hochzeit wird im übernächsten Sommer stattfinden und ich hätte vermutlich Mitleid mit ihm, wenn ich nicht wüsste, dass mir irgendwann dasselbe Schicksal blüht. Flora lächelt uns breit an, während Lost kaum ein Nicken zustande bringt.

Sie hat große Augen, die grün sind wie die Teiche im Reich *Patriam Somnium*, in denen goldgeflügelte Fische ihre Kreise ziehen. Ihre Haare hingegen sind von einem zarten Rosa, wie die Blütenblätter in den zahlreichen Gärten von *Patriam Oculus*. Und alles an ihr strahlt so hell und fröhlich wie die Sonne in *Patriam Lux*, doch Lost schenkt ihr trotz all dieser Reize selten Beachtung und ich frage mich, was der Sinn darin ist, mächtig und unsterblich zu sein, wenn der eigene Wille dennoch für immer eingezäunt und gebändigt – und niemals frei sein wird.

Vergeudete Zeit.

Das ist es, was wir hier tun.

Jeder von uns verschenkt seine wertvolle Lebenszeit.

Jeden Tag verbringen wir im Licht unseres Erbes und unserer Eltern, obwohl wir viel lieber in den Schatten treten würden.

Jeden Tag sagen wir Ja zu Dingen, die wir eigentlich verneinen wollen.

Jeden Tag ziehen sich die unsichtbaren Fesseln, die sich um unsere Körper winden, noch ein wenig fester zusammen. Es gelingt uns nicht, sie abzuschütteln.

Jeden Tag ist es, als würde man uns zwingen zu laufen, obgleich wir tief im Herzen fliegen wollen.

Und vielleicht graust es mich gerade deshalb so sehr, weil kein Ende in Sicht ist. Unser Geburtsrecht hat uns zu Gefangenen gemacht. Und allein deshalb sind wir unsere einzigen Verbündeten an diesem Ort, der ausschließlich aus schönem Schein errichtet worden ist.

Während Flora mit Hale und Dream höfliche Konversation betreibt, starrt Lost in die Ferne, sieht etwas, das uns gänzlich verborgen bleibt. Er ist so grässlich schwermütig, dass es selbst mir Unbehagen bereitet. Keine Ahnung, wie seine Verlobte seine Gegenwart erträgt.

»Die Planetenparade beginnt in weniger als einer halben Stunde«, unterbricht uns Ziva, Yasars jüngere Schwester, die plötzlich neben uns aufgetaucht ist. »Ihr sollt alle auf die Plattform kommen. Wo sind True und mein Bruder?« Während sie spricht, wirft sie mir schmachtende Blicke zu und ich muss mich zwingen, nicht die Augen zu verdrehen. Seit den Feierlichkeiten zur Sonnenfinsternis im letzten Frühjahr ist sie regelrecht besessen von mir. Doch Yasar zuliebe bemühe ich mich, halbwegs freundlich zu ihr zu sein. Sie ist eine seltsame junge Frau. Wenn ich ihr Aussehen und ihre Persönlichkeit in einem Wort beschreiben müsste, würde mir wohl als erstes »blass« einfallen.

»Geht schon einmal vor«, fordere ich die anderen auf. »Ich werde die beiden suchen und komme dann mit ihnen nach.«

»Ich begleite dich«, sprudelt es sogleich aus Ziva hervor.

»Das wird nicht nötig sein«, wiegele ich ab und rufe den Nebel, ehe sie sich an mich hängt wie die nervige Klette, die sie nun einmal ist.

Einen Wimpernschlag später stehe ich im Gästeflügel vom Palast von Dreams Eltern. Lucius und Valeria sind diejenigen, die von allen Herrschern am wenigsten anstrengend sind, weshalb wir unsere Zeit so oft wie möglich hier verbringen. Lustlos schlendere ich von einer Tür zur nächsten und stoße schließlich die gänzlich auf, die bereits einen Spaltbreit geöffnet ist. Im nächsten Moment wünschte ich, ich hätte es nicht getan.

Nur einige Schritte entfernt steht Yasar vor dem Bett und präsentiert mir seinen nackten Hintern. Und glaubt mir, das ist mehr, als ich jemals von ihm sehen wollte. Er bewegt seine

Hüften, stößt sie immer wieder vor und die Geräusche von aufeinander klatschender Haut hallen in dem Raum wider. Mein Blick fällt auf True, der vor ihm auf dem Bett kniet, das Gesicht in ein Kissen vergraben, um seine lustvollen Schreie zu dämpfen.

Plötzlich ertönt ein Keuchen und es ist Ziva, die sich neben mich gedrängt hat. Ich bin so abgelenkt gewesen, dass ich nicht gehört habe, wie sie sich genähert hat. Reflexartig schiebe ich sie beiseite, raus aus dem Türrahmen und versperre ihr die Sicht auf ihren Bruder, der sich mir im selben Moment erschrocken zuwendet.

Yasar ist in unserer Gruppe die Stimme der Vernunft.

Immer ruhig.

Kalkuliert.

Gefasst.

Doch nicht jetzt.

Jetzt stehen seine Haare wild in alle Richtungen ab, sein Atem geht schwer und keuchend, seine Pupillen wirken glasig und seine Wangen sind fleckig und gerötet. »I-ich ich kann das erklären«, stammelt er, während True hastig versucht, sich hinter ihm zu bedecken.

»Ihr werdet auf der Plattform erwartet«, sage ich schlicht, trete zurück und schließe leise die Tür, ehe ich meinen angehaltenen Atem ausstoße. Dann wende ich mich meinem neuen Problem zu. Blassblaue Augen schauen mich schreckgeweitet an. Doch mir entgeht nicht der Funken, das kurze Aufblitzen von etwas anderem. Fast glaube ich, es könnte Schadenfreude sein. Ich schüttele den Kopf und der Ausdruck verschwindet wieder. Ich packe Ziva am Oberarm und zerre sie den Korridor hinunter, dann dränge ich sie hinter der nächsten Ecke in eine der Nischen. »Denkst du, dass du vergessen kannst, was du gerade gesehen hast?«, frage ich scharf.

Sie lächelt mich lieblich an, legt eine Hand auf meine Brust. Ich zwinge mich dazu, sie nicht wegzuschlagen. »Vielleicht«, murmelt sie, während sie die Lider senkt und ihren Blick langsam zu meinem Mund wandern lässt.

Götterverdammt.

Wer hätte gedacht, dass der vernünftige Yasar sich einmal in solche Schwierigkeiten bringt? Das hier ist nicht meine Angelegenheit. Ich könnte mich umdrehen und einfach gehen. Doch ich muss zugeben, dass die Kaltherzigkeit, die durch die Adern meines Vaters fließt, bisher nicht auf mich übergesprungen ist. Yasar hat mir so oft aus der Patsche geholfen, dass ich ihn jetzt unmöglich im Stich lassen kann. Ehe ich es mir anders überlegen kann, schlinge ich einen Arm um ihren Rücken und ziehe sie zu mir heran. Sofort steigt mir der Geruch von Lavendel in die Nase.

Ich hasse Lavendel.

Dann beuge ich mich hinab und presse meine Lippen auf ihre, lasse meine Zunge hervorschnellen und erobere sie in einem stürmischen Kuss, gebe vor, leidenschaftlich zu sein, wobei ich in Wahrheit nicht mehr als Gleichgültigkeit für diese farblose Frau empfinde. Sie drängt sich näher an mich, fährt mit ihren eiskalten Händen unter mein Hemd und die Stränge meiner Muskeln nach, während ich mich merklich anspanne, sie jedoch gewähren lasse.

Das hier bedeutet nichts.

Es ist nichts weiter als ein Dienst für einen Freund.

In ein paar Sekunden ist es vorbei.

Dennoch fühlt es sich an wie eine Ewigkeit.

Nach einer Weile sind meine Lippen beinahe taub.

Leblos.

Als wäre sie ein Parasit, der an mir saugt.

Als würde sie mir jegliche Energie entziehen und mir ihren Willen aufzwingen.

Sanft löse ich mich von ihr und schenke ihr ein charmantes Grinsen. Übelkeit steigt in mir auf und meine Handinnenflächen beginnen zu schwitzen. »Und? Kannst du nun vergessen?«

»Ich weiß nicht, wovon du sprichst«, gibt sie zwinkernd zurück und glättet mein Hemd. Kaum merklich atme ich erleichtert auf. Vermutlich denkt sie, es wäre aufregend, wenn wir ein gemeinsames Geheimnis hüten. Bisher habe ich ihr nicht besonders viel Beachtung geschenkt. Sie ist nie wichtig genug gewesen. Doch gerade ist es, als hätte jemand in meinem Gehirn einen Schalter umgelegt. Ich sehe sie ... und was ich sehe, ist ganz und gar nicht gut. Irgendetwas stimmt nicht mit dieser jungen Frau. Wenn nicht alle meine Nervenbahnen zum Zerreißen gespannt wären, dann würde ich vermutlich über die Gedanken, die mir durch den Kopf schießen, lachen. Und dennoch bin ich mir sicher, dass ich mich nicht irre. Dass mich mein Instinkt nicht täuscht, der mir sagt, dass sich hinter dieser unscheinbaren Hülle ein Monster verbirgt.

Ich streiche eine blassblonde Haarsträhne hinter Zivas Ohr und halte ihr galant meinen Arm hin, den sie sogleich ergreift, bevor ich den Nebel rufe, der uns kurz darauf einhüllt. Sobald wir auf der Plattform landen, von der das Himmelsspektakel zu beobachten ist, kommt uns Pars, Zivas Leibwächter, mit langen Schritten entgegen.

»Wirst du dir die Planetenparade mit mir zusammen ansehen?« Erneut schenkt sie mir einen albernen Augenaufschlag, wenngleich Pars über das Angebot nicht begeistert zu sein scheint. Allerdings ist es nicht ihre Frage, sondern ihr Tonfall, der dafür sorgt, dass sich die Haare in meinem Nacken aufstellen und eine unsichtbare Gänsehaut über meinen gesamten Körper kriecht, während all meine inneren Alarmglocken wild durcheinanderschlagen. Mein Herz pumpt in einem schnellen Rhythmus und ich muss mich zwingen, nicht vor ihr zurückzuweichen. Ich denke, dass ich zum ersten Mal in meinem Leben tatsächlich Panik empfinde. Und ich will mir nicht vorstellen, was passiert, sollte sie eines Tages alles von sich zeigen.

»Meine Familie erwartet mich bereits«, sage ich, als mir auffällt, dass ich ihr noch immer eine Antwort schulde. Ich nehme ihre Hand, um einen federleichten Kuss daraufzuhauchen, ehe ich Pars knapp zunicke. Dann drehe ich mich um und schreite in gemessenem Tempo davon, obwohl alles in mir schreit, Ziva nicht den Rücken zuzukehren. Ich habe ein gutes Gespür für Monster, denn ich bin unter der Hand von einem aufgewachsen. Vaters stählerne Iriden ruhen auf mir, als ich mich zu meinem Volk stelle und mich vollkommen unbekümmert gebe.

»Du solltest dich nicht allein mit Anatolius' Tochter herumtreiben«, sagt er, während wir in Richtung Himmel starren, wo die Planeten ihre finale Position einnehmen.

»Ich habe mich nicht mit ihr herumgetrieben«, erwidere ich schlicht. Aus den Augenwinkeln sehe ich, wie erst Yasar und kurz darauf True auf die Plattform treten.

Der Boden zu unseren Füßen bebt, Donner grollt und Blitze erhellen den Himmel, zucken um das Schauspiel über uns, als wäre es ein einstudiertes Stück. Die Spannung lädt sich zunehmend auf, bis die Wolken sich öffnen, zornige Tropfen unsere Gesichter benetzen und gleichzeitig die Sterne beginnen vom Himmel zu fallen.

YASAR

Die Gesellschaft löst sich langsam auf. Ich zittere am ganzen Leib, doch es rührt nicht von der Kälte des Sternenregens. Fahrig streiche ich mein nasses Haar zurück und wische die Wasserperlen von meiner Oberlippe. True, der neben seinen Eltern steht, wirft mir immer wieder besorgte Blicke zu, doch ich entdecke nicht denjenigen, den ich eigentlich suche.

Dark.

Er hätte das nicht sehen dürfen.

Er hätte *uns* nicht sehen dürfen.

Dieses Uns, das es eigentlich überhaupt nicht geben kann.

Meine Familie verlangt von mir, mich für eine Gemahlin zu entscheiden. Denkt, sie sei großzügig, weil ich selbst auswählen darf, anders als Lost. Sie wissen nicht, dass ich Frauen nicht lieben kann. Dass ich mich in meinen geheimen Fantasien nach Männern sehne. Mich nach *ihm* sehne. So lange habe ich dagegen angekämpft, versucht, diese Abnormalität – wie man es hinter vorgehaltener Hand nennt – abzulegen.

Es ist mir nicht gelungen.

Und nun bin ich verloren.

Ebenso wie er.

True.

Er hat einen Teil von mir zum Leben erweckt, von dem ich dachte, er wäre tot.

Begierde und Verlangen.

Vergnügen und Sehnsucht.

Ich schließe die Augen und beiße so lange auf die Innenseite meiner Wange, bis ich Blut schmecken kann. Der Schmerz bringt mich halbwegs zur Besinnung. Als ich meine Lider öffne, gerät Dark in mein Sichtfeld. Endlich. Wie immer bewegt er sich mit kühler Eleganz und Gleichgültigkeit fort. Wie ein Raubtier auf der Pirsch. Als er mich entdeckt, hält er ruckartig inne. Mit einem Nicken bedeute ich ihm, mir zu folgen. Ich bemerke, dass True sich ebenfalls in Bewegung setzen will, doch ich schüttele den Kopf und verlasse den Saal.

Unsere Schritte klingen unheilvoll in dem verlassenen Korridor, der in den Privatflügel des Palastes führt. Als wir die Tür zu den Gemächern erreichen, die wir nutzen, wenn wir zu Besuch sind, halte ich sie Dark auf und trete nach ihm ein. Natürlich verhält er sich so, als würde dieser Raum ihm gehören, schlendert zu der Kommode und schenkt sich etwas von der bernsteinfarbenen Flüssigkeit aus einer Karaffe ein. »Auch etwas?«, fragt er mich, als wäre er der Gastgeber und zuckt nur gelangweilt mit den Schultern, als ich verneine. Anschließend geht er seelenruhig zum Ecksofa, lässt sich darauf fallen und schlägt die Beine übereinander.

Wunderbar.

Ich atme einmal tief durch und setze mich auf den Sessel vor ihm. Sofort fühle ich mich wie auf einem Verhörstuhl. »Niemand darf davon erfahren«, sage ich gepresst.

Dark nimmt einen bedächtigen Schluck von seinem Getränk, ehe er es sanft auf dem gläsernen Tisch abstellt. »Mit *davon* ist wohl True gemeint«, stellt er fest und ich beiße die Zähne so fest aufeinander, bis sie knirschen. Es klingt beinahe so, als wolle er ihn in Schutz nehmen. »Weißt du, ich bin nicht gerade eine Plaudertasche«, fährt Dark fort. »Von mir wird niemand etwas erfahren.« Er schüttelt den Kopf und lehnt sich zurück, um mich mit dem flüssigen Silber seiner Iriden zu durchbohren. »Hältst du wirklich so wenig von mir?«

»Wir gehören beide einer Herrscherfamilie an. Wir wissen nur zu gut, dass man niemandem trauen kann. Du könntest diese Information zu deinem Vorteil nutzen«, sage ich.

Ein raubtierhaftes Grinsen umspielt Darks Lippen und er kippt den Rest seines Drinks hinunter. »Ich bin nicht mein Vater«, erwidert er ruhig. Ich mustere ihn noch einen Augenblick, bevor ich seufzend in mich zusammensacke und das Gesicht in meinen Händen vergrabe.

»Das zwischen euch ... «, durchbricht Dark nach einer Weile unser Schweigen. »Das kann alles verändern. *Alles.*« Ich lasse die Hände sinken und betrachte ihn. Müdigkeit und Hoffnungslosigkeit kriechen durch meine Adern und lassen meinen Körper schwer wie Blei werden. »Du bringst ihn und dich in Gefahr«, stellt Dark nüchtern fest. Doch ich kenne ihn lange genug, sehe, dass er hinter der Mauer, die er um sich herum errichtet hat, nicht so gleichgültig ist. Wir haben eine verkorkste Freundschaft und dennoch ... zählt sie.

»Ich weiß.«

»Ihr könntet alles verlieren«, zählt er die Fakten weiter auf.

»Ich weiß.«

Dark seufzt schwer. »Verdammt. Niemand kennt die Regeln und das, was von uns erwartet wird, so gut wie du. Wie konnte das passieren?«

Mir ist klar, dass er mich nicht verletzen will, trotzdem versetzen seine Worte mir einen Stich. »Glaub mir, auch ich war überrascht, dass ... « Ich unterbreche mich und sortiere meine Gedanken neu, ehe ich das Kinn anhebe und die Schultern straffe.

»True hat mir die Augen geöffnet, mir gezeigt, was wirklich wichtig ist.«

»Und das wäre?«

»Für sehr lange Zeit dachte ich, dass mein Leben einzig aus Wissen und Logik besteht. Dass jeder Weg und jede Richtung, die ich einschlage, ihrem Nutzen gegengerechnet werden muss. Doch dieses neue Gefühl ... lässt sich weder erforschen noch berechnen. Es bringt alles durcheinander.« Ich balle meine Hände zu Fäusten und presse sie gegen meine pochenden Schläfen. »Verlangen ist eine unbekannte Einheit. Das, wonach man sich am meisten sehnt, ist niemals mit Vernunft zu erreichen – mit Vernunft kann man nicht nach den Sternen greifen.«

ZIVA

Es ist bereits später Abend und ich sitze am Boden meines Zimmers.

Allein.

Freunde habe ich nicht.

Weil sie nicht wollen, dass ich dazugehöre.

Am Rand.

Außen vor.

Mein ganzes Leben lang.

Wütend zupfe ich an den Haaren der Puppe, die auf meinem Schoß sitzt. Immer stärker ziehe ich daran, bis ein befriedigendes Ratschen ertönt und ich das goldene Büschel in meinen Händen halte. Achtlos werfe ich es beiseite und drehe die Puppe, bis ich in ihr perfektes Porzellangesicht blicken kann.

Sie ist schön.

Zu schön.

Schöner als ich.

Und ich will, dass sie dafür leidet. Der Schmerz anderer ist meine Befriedigung – selbst wenn es nur Puppen sind.

Sie hat diese Vollkommenheit nicht verdient.

Ich will, was sie hat.

Ich will immer, was andere haben.

Mein ganzes Leben lang.

Mit einem wütenden Aufschrei schleudere ich ihren leblosen Leib gegen die Wand. Genießerisch ziehe ich die Luft ein, als ich höre, wie sich feine Risse durch das Porzellan fressen.

Nichts ist perfekt.

Nichts ist für immer.

Schönheit ist vergänglich.

Ich lächele.

Von dem Lärm aufgeschreckt, kommt eine meiner Kammerzofen ins Schlafgemach geeilt. »Ich bin zu alt, um mit Puppen zu spielen«, lasse ich sie wissen. Dann erhebe ich mich und gehe in den Baderaum, schlage die Tür hinter mir zu. Ich stelle mich vor den Spiegel und fahre mit beiden Händen die Konturen meines Gesichtes nach. Mein wahres Gesicht. Mein Innerstes nach außen gekehrt. Das ich niemandem zeigen kann.

Weil es sie verschrecken – verstören würde.

Also halte ich es versteckt – verborgen.

Ich lasse meine blassen Augen in einem satten Blauton erstrahlen, schenke meinen Haaren eine aufregende Farbe.

Nur für mich.

In diesem Moment.

Heute ist ein Tag der Veränderung.

Heute hat Dark mich zum ersten Mal gesehen.

Heute hat er mich zum ersten Mal berührt.

Heute hat er zum ersten Mal von mir gekostet.

Er denkt, es war Zufall, dass er loszog, um Yasar und True zu finden.

Er denkt, es war Zufall, dass er sie erwischte.

Summend beginne ich mein Haar zu flechten.

Schönheit ist so leicht.

Schönheit ist etwas, das man stehlen kann.

Macht ist etwas, das man sich aneignen kann.

Überraschung ist etwas, das man von langer Hand planen kann.

Dark glaubt, er habe sich mit dem Kuss mein Stillschweigen erkauft.

Stattdessen wird es genau dieses Geheimnis sein, das unsere gemeinsame Zukunft ebnet.

Unsere Zeit.

Unsere Chance.

Unsere Herrschaft.

Als kleines Mädchen habe ich Schach gegen mich selbst gespielt. Während ich im Garten saß und meinen Bruder und seine Freunde durch die Hecken beobachtete. Und irgendwann begann ich, von Dark als König zu träumen.

Jedes Spiel widmete ich ihm allein.

Die anderen sollten nur Bauern sein.

Eine Ewigkeit schaute ich zu. Doch dann – ganz unbemerkt – setzte ich zum ersten Mal einen Fuß über den Rand. Dann den zweiten. Im Angesicht des Königs vergisst man leicht, dass die mächtigste Figur die Königin ist.

Und ratet mal: Ihr Platz war noch frei.

Ich nahm ihn mir.

Er soll nun der meine für immer sein.

Mit meiner Faust zerschlage ich den Spiegel, katapultiere mich zurück in die Gegenwart. Gierig lecke ich über den roten Fluss, der an meiner zerrissenen Haut hinabrinnt. Benutze dieselbe Zunge, die heute schon den König gekostet hat. Der nahende Sieg ist ein beflügelndes Gefühl – meine Freude wie ein ewiger Rausch. »Schachmatt«, flüstere ich.

Kapitel 11

BLATTGOLD UND SPIEGELSPLITTER

SAPHIRA

Ich knie versteckt hinter dem aus Holz gefertigten Paravent vor einem einst prunkvollen Spiegel, dessen beste Jahre bereits verstrichen sind, wovon seine dunkel angelaufenen Ränder erzählen. Und so kommt es auch mir vor – als wäre bereits alles vorbei, obwohl ich doch am Anfang eines unsterblichen Lebens stehen sollte. Eine unbeschriebene Rolle Pergament vor mir – und doch kann ich nicht die Energie aufbringen, zur Feder zu greifen.

Ich schaue in diesen Spiegel und weiß, dass ich schön bin. In mein langes zinnoberrotes Haar sind goldene Lorbeerblätter eingeflochten, meine grünen Augen sind mit Kohlestift umrandet, lassen mich unnahbar und gleichzeitig geheimnisvoll wirken. Ich streiche eine losgelöste Strähne hinter mein Ohr, was die Reifen an meinem Handgelenk klimpern lässt. Ich trage ein bronzefarbenes Kleid, dessen fließender Stoff eng an meinem Körper hinabfällt und nichts der Fantasie überlässt. Aber was bringt das schon? Dass ich begehrenswert bin und aussehe wie ein Geschenk der Götter ... wenn ich tief in meinem Inneren derart hässlich und verkümmert bin ... mir jeden Tag vorkomme wie eine Diebin, die all das nur gestohlen hat. Von einem Baum, an dem goldene Äpfel wuchsen, die nach Sonnenlicht und Morgen schmeckten.

Manchmal denke ich, dass ich nicht mehr hier sein sollte, weil es sich anfühlt, als wäre ich selbst längst nur noch ein Traum. Eine verdrängte Erinnerung, die jemand unbedacht hervorgeholt hat.

Langsam, als würde es mich die größte Anstrengung kosten, erhebe ich mich, laufe über den weichen Orientteppich, vorbei an Ziergegenständen aus Metall, stoße die reich bestickten Organzavorhänge beiseite und trete nach draußen. Ich stütze mich auf dem Geländer ab, fühle mich wie eine alte Frau, während ich krampfhaft einatme. Doch eigentlich weiß ich, dass auch Luft nicht die beklemmende Enge in meiner Brust lösen kann. Einzig und allein Freiheit wäre dazu in der Lage, mich endgültig zu heilen.

Ein Räuspern ertönt und ich kehre der senffarbenen Weite der Wüste, die bereits im Dunkel der Dämmerung versinkt, den Rücken zu. Hale steht vor mir. Er hat sich ebenfalls herausgeputzt, trägt einen weißen Anzug, der seine hellgrünen Augen noch intensiver strahlen lässt. Er macht einen weiteren Schritt in meine Richtung, und sofort rieche ich Salz und Meer, spüre seine Hoffnung, die mich nicht berührt. Es gab eine Zeit, noch während des Turniers, in der allein ein Blick, ein einziges Wort von ihm mir weiche Knie verursacht und Sehnsucht in mir ausgelöst haben. Jedes Mal, wenn ich ihn ansehe, frage ich mich, warum ich ihn nicht lieben kann. Denn wenn ich in mich hineinhöre, ist da nichts als Leere, die niemand mehr füllen kann.

»Bist du bereit?« Er verbirgt seine wahren Emotionen, doch ich weiß, dass er abschätzen will, in welcher Stimmung ich gerade bin. Zugegeben, ich habe es ihm in letzter Zeit nicht gerade leicht gemacht. Aber ich kann einfach nicht aus meiner Haut. Als ich nicht reagiere, hält er mir den Arm hin und ich hake mich unter. Sofort legt er seine zweite Hand auf meine, als hätte er Angst, dass ich ihm fortlaufen könnte. »Die Sonne müsste bald vollständig untergehen. Die anderen warten oben im Festsaal.« Ich nicke knapp, was er wohl als Zustimmung wertet, sodass er mich kurz darauf mit sich zieht.

Aufwendige Ornamente schmücken die Gänge, durch die wir uns bewegen, aber mittlerweile habe ich mich an dem Prunk mehr als sattgesehen. Deshalb überrascht es mich, dass mir für einen Moment der Atem stockt, als wir schließlich den Tanzsaal betreten. Auch hier ist der Boden mit wilden Mustern gefliest. Was meine Aufmerksamkeit jedoch auf sich zieht, ist das Spiel des Lichts, das sein eigenes Flammenfest zu feiern scheint. Die Wände sind mit Blattgold und Spiegelsplittern verziert, die das Kerzenlicht tausendfach brechen und die Umgebung in eine nahezu magische Atmosphäre hüllen.

Die anderen warten auf einer der pavillonartigen Anbauten vor Stehtischen und mit Kristallgläsern in der Hand. Lavea sieht uns mit gerunzelter Stirn entgegen und ich weiß, dass sie mein Verhalten nicht gutheißt, sie denkt, ich sei undankbar. Und auch ich wünsche mir, Candela hätte diesen Apfel an meiner statt bekommen, würde es ihr am liebsten entgegenschreien. Trotzdem tue ich es nicht. Grabe lediglich meine Fingernägel in Hales Unterarm, recke das Kinn ein wenig weiter vor und schweige. Das einzige Gesicht, das mir fröhlich entgegenblickt, ist das von True. Dieser Abend war natürlich seine Idee. »Wir sind vollständig«, sagt er erfreut, ehe er schwer seufzt. »Nun gut, so vollständig, wie wir eben sein können.«

»Apollo ist noch nicht zurückgekehrt«, übernimmt Yasar und deutet dabei auf den Edelstein, den er um den Hals trägt. »Ich stehe mit ihm in Kontakt, doch nach aktuellem Stand ist das Orakel von Delphi verschwunden und er versucht, sie wieder aufzuspüren.«

»Das ist echt nicht unser Jahr«, grummelt Prom und legt Apate einen Arm um die Schultern, um sie noch näher zu sich heranzuziehen. Mein Blick trifft auf den der Daimonin und wandert dann weiter hinab zu ihrer Hand, die beschützend auf ihrem Bauch liegt, der ungeachtet des locker sitzenden Kleides ganz leicht gerundet ist. Mir fällt es nur auf, weil sie vorher sehr schlank gewesen ist. Meine Augen weiten sich kurz und ich taumele erschrocken zurück, doch Hale ist sofort zur Stelle, um mich zu stützen. Prom – der offensichtlich ahnungslose Teufel – mustert mich lediglich irritiert, bis er seine Aufmerksamkeit wieder Yasar widmet. Ich wende leicht den Kopf und zucke gleichzeitig zurück, als meine Lippen Hales Kinn streifen, das ein wenig stoppelig ist.

»Irgendeine Spur von Dark, Lost oder Cato?«, ergreift Amanda nun das Wort, während ich möglichst unauffällig versuche, wieder einen Schritt nach vorn zu machen, um der Wärme zu entkommen, die der Körper hinter mir ausstrahlt. Der Gott der Angst und der Finsternis ist eines Morgens einfach verschwunden gewesen – ohne uns eine Nachricht zu hinterlassen. Dream ist sein Fehlen aufgefallen, als er ihm Essen bringen wollte. Seitdem ist er nicht zurückgekehrt.

»Nach Cato haben wir nicht gesucht und Dark ... Ich denke, dass er Zeit für sich braucht, um alles zu verarbeiten. Ebenso wie Lost«, erwidert Yasar.

True tappt ungeduldig mit dem Fuß auf den Boden, während er tatendurstig seine Handinnenflächen aneinanderreibt. »Aber um all das soll es ja nun gar nicht gehen. Denn heute schieben wir unsere Probleme ein letztes Mal in den Hintergrund. Heute werden wir tanzen und feiern und vergessen!«

Für einen Augenblick herrscht Stille, die – natürlich – von Prom durchbrochen wird, der in zustimmendes Jaulen ausbricht. Nach einer Weile ergeben sich auch alle anderen und Phoibe drückt Hale und mir ein durchsichtiges Getränk in die Hand. Als ich daran schnuppere, habe ich das Gefühl, mir würde das ganze Gehirn weggeätzt werden. Ich halte mir die Nase zu und kippe es hinunter, wobei mir nicht entgeht, dass Apate mit ihrem Drink die Pflanze hinter sich mit der Flüssigkeit versorgt. Vermutlich wird diese morgen tot sein. Dream verwickelt Hale in ein Gespräch und ich schlendere hinüber zu Phoibe, die mir sogleich ungefragt mein Glas nachfüllt. Ich trinke erneut und genieße, wie mir die Kehle brennt, während sich in meiner Magengegend eine Wärme ausbreitet, die wohlig und angenehm ist. Amanda und Jules gesellen sich zu uns und ich entspanne mich noch ein wenig mehr. Ich weiß selbst nicht warum, doch in der Nähe des tollpatschigen Halbgottes kann ich ein wenig von meiner alten Sorglosigkeit zurückgewinnen.

»Wann brecht ihr auf, um in den Evakuierungslagern zu helfen?«, frage ich und merke kaum, wie Phoibe mir ein drittes Mal nachschenkt.

»Eigentlich wollten wir schon längst weg sein. Aber True hat darauf bestanden, dass wir noch bis morgen bleiben. Wegen den Feierlichkeiten heute und er hat wohl noch etwas Wichtiges zu verkünden. Vermutlich hofft er, uns damit gänzlich zu überzeugen, hier noch ein wenig länger zu verweilen«, erklärt Jules, während Amanda verächtlich schnaubt. »Ich hasse es, mir nutzlos vorzukommen. Wenn True mich noch einmal in eine seiner Oasen mitschleppt, werde ich mich dort übergeben«, fügt sie angewidert hinzu.

»Was ist mit Miriam und Eros? Werden sie euch begleiten?«

Jules schiebt seine zu große Brille wieder nach oben, weil sie die Angewohnheit hat, stets auf seine Nasenspitze hinabzurutschen, und errötet leicht, als er meinen Blick bemerkt.

»Die beiden werden uns begleiten. Aber wir werden uns auf die drei verschiedenen Lager aufteilen und Yasar regelmäßig Bericht erstatten. Aktuell kümmert sich Atlas um alles und vermutlich wird er erleichtert sein, wenn wir dazustoßen.«

Ich trinke einen weiteren Schluck und muss einen aufkommenden Hustenreiz unterdrücken. »Ihn habe ich komplett vergessen. Proms Bruder, meine ich. Wie ist er so?« Ich habe ihn nur einmal flüchtig gesehen und die Erinnerung daran ist ziemlich verschwommen.

»Nicht einmal halb so nervig wie Prometheus«, erwidert Amanda schulterzuckend. »Total schweigsam und in sich gekehrt. Aber vielleicht hat er in den Jahrhunderten der Einsamkeit unter diesem Felsen einfach verlernt, wie man Konversation betreibt.«

»Kann man ihm nicht verübeln«, murmele ich und stelle mein Glas beiseite, weil der Boden unter meinen Füßen sich mittlerweile ein bisschen wackelig anfühlt. Die Musik erklingt inzwischen lauter und es ist Lavea, die an dem mit dunkelgrünem Samt überzogenen Klavier sitzt und eine Melodie anstimmt, die einem drohenden Sturm gleicht. Dream tritt zu ihr, seine Augen glänzen im Kerzenlicht und auch in den Gesichtern der anderen kann ich die verschiedensten Emotionen ablesen. Allen voran Entschlossenheit. Und auch wenn wir vielleicht ein wenig zu lange unsere Wunden geleckt haben, kann ich erkennen, dass wir trotzdem nicht aufgegeben haben.

Eine Hand legt sich an meine Hüfte, eine andere an meinen Unterarm, zieht mich in Richtung der freien Fläche, auf der Eros, Miriam, Yasar und True sich schon als Paare im Kreise drehen. »Tanz mit mir, Phia«, flüstert Hale und ich fühle mich plötzlich so leicht, dass ich ihn dieses Mal nicht von mir stoßen kann. Er führt mich in eine Drehung und ich sinke gegen ihn, überlasse ihm die Führung. Die Spiegelsplitter werfen Licht und Schatten um uns herum, doch mein Blick ist auf Hale fixiert, seine Augen, in denen ich in diesem Moment versinke, als wären sie der weite Ozean selbst. Seine Haut schimmert beinahe golden und er sieht nicht aus, als wäre er von dieser Welt. Immer schneller drehen wir uns, bis die restliche Umgebung gänzlich verschwimmt und wir alleine sind. »Woran denkst du?«, raunt er mir zu, berührt mit den Lippen mein Ohrläppchen, ehe er sanft hineinbeißt und mir ein Keuchen entfährt.

»Trues Worte«, flüstere ich zurück. »Einmal unsere Probleme beiseiteschieben, ein letztes Mal vergessen.« Dunklere Schlieren mischen sich nun mit seinen hellen Iriden und ich glaube, dass ich noch nie zuvor wahre Lust in seinen Augen gesehen habe. Ich spüre, wie wir uns weiterdrehen, Nebel uns dabei einhüllt und der Sturm, den die Klavierklänge heraufbeschworen haben, uns einfach mit sich fortreißt.

Wir werfen eine der Truhen um, als wir in unserem Zimmer landen, doch Hale kickt sie zur Seite, als wöge sie nicht mehr als ein Kieselstein. Dann umfasst er meine Hüften, hebt mich hoch und ich schlinge die Beine um ihn, frage mich, warum wir das hier nicht schon viel früher gemacht haben. Mein Kopf ist wie in Watte gepackt, doch es ist eine gute Art der Betäubung. Wir seufzen gleichzeitig auf, als unsere Lippen sich endlich berühren und ich zulasse, dass seine Zunge mich in Besitz nimmt. Meine Hände fahren über seine Schultern und schließlich zu seinem Hemdkragen. Ungeduldig beginne ich, die Knöpfe zu öffnen, doch er hat andere Pläne. Ich keuche erneut auf, als ich plötzlich die kühle Wand und die hervorstehenden Ornamente an meinem Rücken spüre. Dann fahren seine Finger unter mein Kleid, beschwören einen Pfad aus Gänsehaut herauf. Er flucht laut, als er spürt, dass ich nichts darunter trage. Sein Mund verteilt heiße Küsse an meinem Hals, mein Kopf rollt zurück und stöhnende Laute dringen aus meiner Kehle, als er beginnt, mich in einem süßen Rhythmus zu streicheln und mich an genau den richtigen Stellen berührt, fast so, als könnte er meine Gedanken lesen. Es fühlt sich an, als würde mein Innerstes sich zusammenziehen – nur um kurz darauf in tausend Teile zu zerspringen, bis von mir nichts mehr übrig ist, er nur noch die Scherben von mir hält, als wäre ich einer der lichtbrechenden Spiegelsplitter.

HALE

Phias Brust hebt und senkt sich in einer ungesunden Geschwindigkeit, ihr Atem geht keuchend und ihre schönen Augen sind glasig. Ich will einen Schritt zurückmachen, doch sie klammert sich an mich, als hinge ihr Leben davon ab. Vorsichtig lasse ich ihre Beine hinabgleiten, damit sie stehen kann, doch ihre Knie geben sogleich unter ihr nach. Das ist der Moment, in dem ich ein wenig klarer werde im Kopf. Meine Lust ist nicht verflogen, doch ich bin besorgt. »Wie viele Gläser hattest du?«

Unter halb gesenkten Lidern schaut sie zu mir auf, während ich sie erneut hochhebe und zum Bett trage. Ich lege sie ab und betrachte sie stirnrunzelnd, weil sie noch immer nicht geantwortet hat. »Ausziehen«, fordert sie und sofort werde ich von Lust durchströmt. Mein Blick wandert an ihrem verrutschten Kleid hinab, liebkost jede Rundung ihres Körpers, der mich schon so lange lockt und in Versuchung bringt. »Ich brauche dich heute Nacht, Hale.« Ihre Stimme klingt rauer als sonst. Meine Nasenflügel beben und ich bin kurz davor, die Kontrolle zu verlieren.

»Bist du dir sicher?« Ich muss mich vergewissern, dass sie es nicht bereuen wird. Ohne zu zögern, streckt sie ihre Hand nach mir aus und mein eigener Herzschlag donnert so laut in meinen Ohren, dass ich ihre Antwort gar nicht hören kann. In diesem Augenblick weiß ich, dass ich nehmen werde, was sie mir anbietet. Auch wenn es das Einzige ist, was sie mir jemals schenken wird. Dann werde ich eben bis in alle Ewigkeit davon zehren.

In Sekundenschnelle werde ich meine Klamotten los und widme mich anschließend ihrem Kleid, zerreiße es in der Mitte und streife es über ihre Schultern, entblöße gänzlich die wulstige Narbe, die sich oberhalb ihres Halses bis hinab zu ihrem Schlüsselbein zieht. Sie versteift sich und will sich aufrichten, doch ich drücke sie zurück in die Kissen und folge ihr. »Du bist wunderschön – jeder Teil von dir«, flüstere ich ihr zu, verschließe ihre Lippen mit meinem Mund, während ich gleichzeitig ihre Beine spreize und mit der Handinnenfläche ihren Hügel hinab bis zwischen die samtweichen Falten fahre. Ich weiß, dass ich mich gerade nicht anständig verhalte, dass ich den Raum verlassen sollte, weil sie betrunken ist. Und trotzdem kann ich nicht. Ich spüre ihre Lust, ihr Verlangen nach mir, von dem ich unbedingt kosten muss. Mit aller Selbstbeherrschung, die ich zu diesem Zeitpunkt aufbringen kann, dringe ich vorsichtig in sie ein. Ich fluche erneut, weil sie sich so verdammt gut anfühlt, viel besser noch als in all meinen Fantasien, die sich in meinem Kopf angestaut haben. Doch es verfolgen mich auch andere Bilder, die mich an Tage erinnern, an denen ich an ihrem Bett saß und betete, dass sie endlich aufwachen möge.

Phia löst sich von mir, umfasst mein Kinn und zwingt mich, sie anzusehen. »Du sollst nicht mehr sanft zu mir sein«, wispert sie, fast so, als hätte sie meine Gedanken gelesen. Dann beißt sie in die empfindliche Stelle, wo Schulter und Hals ineinander übergehen, und ich spüre, wie ich in ihr zucke. Sie keucht überrascht auf, als ich mich aus ihr zurückziehe und sie auf den Bauch drehe. Dieses Mal dringe ich tiefer in sie ein, nehme sie so, wie sie es will, und knete dabei ihren Hintern, der mir wie eine Gabe der Götter erscheint. Ihre Hände suchen an einem der Pfosten Halt, während sie sich gegen mich presst, mir zeigt, dass es noch lange nicht genug ist. Ich stöhne, denn es kommt mir vor, als würden Blitze durch meine Adern jagen, die Empfindungen heraufbeschwören, welche derart intensiv sind, dass ich Sterne sehe. Alles an Phia ist wie für mich gemacht, als hätte das Schicksal selbst sie für mich erschaffen, weil meine Ecken zu ihren Kanten passen.

Ich stoße immer schneller und härter zu, bis Schweiß an unseren Körpern glänzt und meine Lunge auf die beste Art und Weise brennt. In dieser Sekunde wünsche ich mir, der Frost wäre dazu in der Lage, die Zeit einzufrieren. Schon sehr lange habe ich mich nicht mehr so lebendig und wie ich selbst gefühlt. Und obwohl es möglicherweise falsch ist, erwächst Hoffnung in mir. Vielleicht habe ich Phia doch noch nicht verloren.

Wärme vermischt sich mit der Lust, die ich verspüre, erfüllt nicht nur meinen Leib, sondern ebenso mein Herz, bei der Vorstellung, dass sie und ich die Zukunft für uns gewinnen können.

Der Orgasmus überrollt mich heftig und ohne Vorwarnung, als ihre inneren Wände sich um mich zusammenkrampfen und ich sie an den Schultern stützen muss, damit sie nicht gänzlich auf die Matratze sinkt. Sobald sie nicht mehr bebt, rolle ich mich mit ihr auf die Seite, lege mein linkes Bein und meinen linken Arm schützend über sie. Phia seufzt zufrieden, als mein Daumen erneut ihre Perle findet, während ich mich vorbeuge und an ihren rosigen Spitzen sauge, um meinen wiederaufsteigenden Hunger zu stillen. Ich habe mich vorhin geirrt. Zum Teufel mit Genügsamkeit. Ich brauche mehr als eine Nacht mit ihr.

SAPHIRA

Als ich die Augen aufschlage, weiß ich sofort, dass die Watteschicht, die mich zuvor eingehüllt hat, verschwunden ist. Das Pochen, welches sich hinter meinen Schläfen ausgebreitet hat, fühlt sich an wie Messerstiche. Ein schaler Geschmack hat sich in meinem Mund ausgebreitet und ich richte mich mühsam auf, robbe zur Kante des Bettes und schaffe es schließlich, auf die Füße zu kommen. Ungelenk taumele ich in Richtung Bad, spritze mir eiskaltes Wasser ins Gesicht und trinke einige gierige Schlucke, ehe ich mir die Zähne mit einer Kräuterpaste putze. Danach steige ich unter die Dusche, drehe an dem vergoldeten Hahn, bis die Temperatur angenehm für mich ist. Ich bin nicht stolz darauf, dass ich winsele wie ein Hund, weil ich so wund bin, und erst jetzt lasse ich zu, dass die Szenen von letzter Nacht auf mich einprasseln.

All die geflüsterten Worte.

Unser keuchender Atem.

Seine Hände, die jeden Teil meines Körpers erforschen.

Das Gefühl, wie er mich gänzlich ausfüllt.

Sein männlicher Duft, den ich nach wie vor auf meiner Haut riechen kann, egal wie oft ich mir mit der Seife darüberreibe.

Bei jeder Erinnerung zieht sich mein Unterleib zusammen und ich spüre, wie sich Hitze in mir sammelt. Ruckartig drehe ich den Hahn zu, breche ihn dabei beinahe ab und stakse zu einem der Handtücher, schere mich nicht um die Pfützen, die ich auf dem Boden hinterlasse, weil ich mich nicht richtig abtrockne. Wie getrieben will ich nach draußen rennen, da meine Brust sich plötzlich wieder viel zu eng anfühlt und der Kopfschmerz mich nur noch verschwommen sehen lässt. Auf meinem Weg pralle ich gegen etwas – jemanden, der mich sogleich bei meinen Schultern packt und meinen Fall verhindert. Das Handtuch hält er allerdings nicht fest, stattdessen hebt er mich hoch und kurz darauf spüre ich die bequeme Matratze des Bettes unter mir. Vertraute Hände fahren über meine nackte Taille, ehe eine leichte Decke über mich gelegt und hochgezogen wird, bis sie meine Brust bedeckt.

Hales Finger gleiten in meinen Nacken und stützen mich, als er ein kühles Glas an meine Lippen führt. »Trink«, ist alles, was er sagt.

Ich schlucke die bittere Flüssigkeit und sinke erschöpft zurück. Es dauert nicht lange und die stechenden Schmerzen verwandeln sich in ein unterschwelliges Pochen. Erleichtert schlage ich die Augen auf und blicke in Hales hellgrüne Iriden. »Mit freundlichen Grüßen von Jules.«

»Sind sie bereits aufgebrochen?«, frage ich bestürzt und rutsche gleichzeitig zurück, bis ich mich in einer einigermaßen bequemen Position gegen den Bettpfosten lehnen kann. Derselbe Bettpfosten, der ... Kurz kneife ich die Lider zusammen, atme tief durch, um mich zu sammeln, bevor ich Hale wieder mein Gesicht zuwende. Er mustert mich kritisch und ich bin überrascht, dieses Mal keine Besorgnis in seiner Miene erkennen zu können. »Sie sind eben aufgebrochen. Du hast sie knapp verpasst.«

Ich nicke mechanisch, ziehe die Decke fester um meinen Körper. Ich warte darauf, dass er noch etwas sagt, doch er blickt mich bloß weiterhin an. Irgendwie habe ich damit gerechnet, dass er sich für das, was passiert ist, entschuldigen würde. Dass es bereuen würde ...

Ich weiß nicht, wie viel Zeit vergangen ist, als er seine Hand ausstreckt und seine Finger auf meinem Oberschenkel spreizt. Es ist, als würde er einen Bann brechen. Ich erstarre – und plötzlich ist die Leere zurück. »Nicht«, murmele ich, umschlinge mich mit beiden Armen, um mich so zusammenzuhalten. Er rutscht zurück an die äußerste Kante des Bettes, kehrt mir den Rücken zu und gibt mir Raum.

»Erkläre es mir«, erwidert er schließlich. Seine Stimme klingt gepresst, als müsse er sich kontrollieren, um die Worte nicht zu brüllen. »Ich will es wirklich verstehen: Was ist nun anders – was hat sich in den wenigen Stunden, in denen du geschlafen hast, verändert?«

Ich schlucke, es fühlt sich an, als wäre ein Kloß in meinem Hals, der immer größer wird. »Es ging um Vergessen.

Ich war nicht mehr taub, sondern wie berauscht. Es war gut. Ich danke dir dafür.«

Er lacht. Es klingt beinahe angewidert. »Und jetzt ist alles wie vorher? Seit du nach deiner Verletzung aufgewacht bist, stößt du mich von dir. Du sagst, du seist taub, doch an manchen Tagen ist es, als würdest du mich hassen.« Ich balle meine Hände zu Fäusten, grabe meine Fingernägel in meine Haut. »Ich muss wissen, woran ich bin. Sag es mir. Du schuldest mir diese Erklärung.« Er betrachtet mich noch immer nicht. Vielleicht traue ich mich deshalb, die Wahrheit zum ersten Mal auszusprechen.

»Du hattest kein Recht dazu, diese Entscheidung für mich zu treffen. Es ist nicht richtig, dass ich noch hier bin. Warum konntest du mich nicht in Frieden gehen lassen? Ich fühle mich nicht mehr wie ich. Alles ist anders. Falsch. Als steckte ich in einer fremden Haut. Jeder Tag ist eine Qual. Mein Körper mag unsterblich sein, doch mein Geist und meine Seele ... Sie sind nicht dafür gemacht.«

Seine Schultern sind verkrampft und ich rücke noch ein wenig weiter von ihm ab, als könne er jeden Moment explodieren. »Du kannst mir also nicht vergeben, dass ich dich gerettet habe? Hättest du dir wirklich gewünscht, dass ich dich von Hades holen lasse?«

»Es wäre richtig gewesen. Der natürliche Lauf der Dinge.«

Für einen Augenblick ist es gespenstisch still. Dann ist er auf den Beinen, wirft eine der Kommoden gegen die Wand, sodass Splitter aus Zedernholz auf uns hinabrieseln und Windlichter aus fein ziseliertem Metall durch das gesamte Zimmer fliegen. Dream steckt den Kopf in unser Zimmer, doch was auch immer er von Hales Gesicht abliest, sorgt dafür, dass er sich sogleich zurückzieht. Schwer atmend wendet sich Hale erneut mir zu – nicht vor Anstrengung, sondern wegen der Wut, die er größtenteils zurückhält. »Ich würde es immer wieder tun. Ich würde dich immer wieder retten. Du warst viel zu jung, um zu gehen. Nichts ist schlimmer als der Tod, wenn man davor noch nicht einmal richtig gelebt hat.«

»Es gibt schlimmere Dinge als den Tod«, widerspreche ich leise. Fragend hebt er eine Augenbraue, und erst jetzt merke ich, wie Tränen meine Wangen hinabrinnen. »Zurückgelassen zu werden. Candela ist fort – und ich bin noch immer hier. Ich sollte bei meiner besten Freundin sein.« Ein Schluchzen bahnt sich den Weg nach oben und ich presse erschrocken eine Hand auf meinen Mund, während mein Körper sich dagegen wehrt und bebt.

Der Hale, der mich seit meinem Aufwachen mit Samthandschuhen angefasst hat, wäre jetzt längst neben mir, würde versuchen, mich zu trösten, selbst wenn ich ihn wieder von mir stoße. Doch dieser Hale scheint nicht mehr da zu sein. Sein Blick ist nun kühl, seine Lippen zu einem dünnen Strich zusammengepresst.

»Ich verstehe, dass du trauern musstest. Dafür haben wir dir alle Zeit gegeben. Ich habe geduldig darauf gewartet, dass du wieder auf die Beine kommst. Aber mittlerweile denke ich, dass es gar nicht so sehr der Verlust ist, mit dem du zu kämpfen hast ... Du hast einfach nur Angst vor all den Möglichkeiten, die sich dir nun bieten. Es ist nicht vorbei – also sei kein Feigling. Candela würde sich wünschen, dass du die Chancen, die sich dir bieten, ergreifst, anstatt dich zu verkriechen und in Selbstmitleid zu versinken.«

Etwas Heißes, Unangenehmes rauscht durch mich hindurch und ich springe auf, nehme eines der Windlichter und schleudere es gegen seine Brust. »Es steht dir nicht zu, so mit mir zu sprechen«, schreie ich ihn an. »Es mag einfach sein, sich jetzt als Held zu präsentieren, der mich gerettet hat. Dabei waren es doch Apate und Prom, die mir den Apfel brachten, die sich in Gefahr begaben, um mich zu retten. Du hast bloß untätig an meinem Bett gesessen. Du hast deine Freunde im Stich gelassen, die dich sehr wohl gebraucht hätten. Also schreibe mir nicht vor, wie ich zu trauern habe!«

Er verschränkt gelassen die Hände hinter dem Rücken, fast so, als würde mein Ausbruch ihn beruhigen. »Wir gehören zusammen. Das weiß ich, weil du dazu in der Lage warst, mich zu brechen«, erwidert er schlicht.

Keine Rechtfertigung.

Keine Ausreden.

»Lass mich dir helfen.«

Ich stoße ein raues Lachen aus. Vermutlich sehe ich in diesem Moment wirklich aus wie eine Verrückte und in früheren Jahren hätte man mich mit meinem flammenden Haar mit hoher Wahrscheinlichkeit auf einem Scheiterhaufen als Hexe verbrannt.

»Mir helfen ... « Ich lasse den Satz unvollständig zwischen uns hängen, während ich zwei Schritte zurückmache, bis ich gegen einen der Pfosten stoße und mich daran festklammere. »Du kannst mich nicht zwingen, *dich* zu lieben«, wispere ich schließlich und spüre dabei, wie die kurzzeitig aufgeflammte Wut aus meinem Körper entweicht. Unsere Blicke verhaken sich ein letztes Mal miteinander. Dann dreht er sich um und geht, lässt mich zurück, ohne noch einmal über die Schulter zu schauen. Es fühlt sich endgültig an, als hätte ich es nun tatsächlich geschafft, dass er mich nicht länger begehrt. Und ganz vielleicht ... tut es doch ein wenig weh.

Kapitel 12

SCHWINDLER UND HEUCHLER

AVA

Ich liege im Bett und starre den schiefen Pfosten und den halb eingestürzten Himmel an. Vier Tage sind vergangen, seit Cato erfahren hat, wer ich wirklich bin. Ich gehe nicht mehr hinunter, um ihm oder dem Drachen Gesellschaft zu leisten. Stattdessen verbringe ich meine Zeit lieber hier und ab und an schlurfe ich missmutig ins Bad, um mich um meine Bedürfnisse zu kümmern. Ansonsten bin ich allein mit meinen trübsinnigen Gedanken.

Cato kommt immer zur Mittagszeit zu mir, bringt mir etwas zu essen und wartet darauf, dass ich eine Prophezeiung ausspucke. Ich enttäusche ihn jedes Mal. Vermutlich ist es auch, weil ich ihm nicht helfen will. Ich wehre mich mit aller Macht dagegen und frage mich, wann ihm der Geduldsfaden reißen wird. Denn auch wenn wir uns noch nicht lange kennen, so ist mir klar, dass er es nicht unbedingt gewohnt ist, hingehalten zu werden.

Ich streiche mein Haar zurück und verziehe angewidert die Mundwinkel, weil es so fettig ist. Nach wie vor trage ich die Sachen, die Cato mir gegeben hat. Seufzend rolle ich mich auf die Seite und bette mein Gesicht auf meine miteinander verschränkten Hände. Meine nackten Beine sind von einer Gänsehaut überzogen, doch ich kann mich nicht dazu aufraffen, die Decke über mich zu ziehen. Sand und Staubkörner tanzen im Sonnenlicht, das durch die zerbrochenen Fenster fällt und es dennoch nicht schafft, mich zu erwärmen.

Ein Klopfen ertönt und ich richte mich auf, rutsche langsam vom Bett und laufe zu der Tür, die Cato provisorisch wieder eingebaut hat. Sie gibt ein ungutes Quietschen von sich, als ich sie öffne, und dann stehe ich ihm gegenüber. Seine Augen sind noch immer gewitterumwölkt und ich lasse enttäuscht die Schultern sinken. Ich hätte nicht gedacht, dass das neckische Funkeln, das mich am Anfang so sehr genervt hat, mir später einmal fehlen würde.

»Seherin«, grüßt er mich knapp, denn seit unserem gemeinsamen Bad in der Wanne, bei dem die Wahrheit ans Licht gekommen ist, bin ich nicht mehr Ava für ihn.

»Halbgott«, erwidere ich kühl, verschränke die Hände vor meiner Brust.

Sein Blick wandert langsam an meinem Körper hinab und plötzlich ist mir ganz und gar nicht mehr kalt.

»Wir werden dir heute etwas zum Anziehen besorgen.«

Ich nicke.

»Funktioniert das Wasser in deinem Badezimmer nicht?«

Irritiert ziehe ich die Nase kraus. »Doch. Wieso fragst du?«

Er beugt sich vor und schnüffelt ungeniert an mir. »Du stinkst.«

»Wenn du nur hierhergekommen bist, um mich zu beleidigen, kannst du gleich wieder gehen.« Ich versuche ihm die Tür vor der Nase zuzuschlagen, doch er streckt sofort den Arm aus und hindert mich mühelos daran. »Ich hasse dich«, lasse ich ihn wissen.

Er lächelt bloß. »Ah, wie ich deine kleinen Lügen vermisst habe.«

Am liebsten würde ich mich auf ihn stürzen und mit geballten Fäusten auf seine Brust trommeln. Leider tue ich es nicht. »Ich mag vielleicht eine Schwindlerin sein, doch du bist ein Heuchler.«

»Wie kommst du darauf?«, fragt er gefährlich leise.

»Ich habe verschwiegen, wer ich wirklich bin. Schuldig. Aber liege ich nicht richtig in der Annahme, dass du zu der Sorte Mann gehörst, die Frauen etwas vormachen, damit sie ihm das Bett wärmen? Hast du mir nicht selbst erst vor Kurzem angeboten, eine Sünderin aus mir zu machen? *Du* würdest mit mir Liebe machen, obwohl ich dir in Wahrheit nichts bedeute. Und wenn du mich wegen dieser Kleinigkeit, die ich nur tat, um mich selbst zu schützen, als Lügnerin bezeichnest, dann macht das aus dir ebenso gut einen Heuchler.«

»Liebe machen?«, wiederholt er meine Worte mit einer hochgezogenen Augenbraue, die ihm sofort einen herablassenden Gesichtsausdruck verleiht.

»Ich genieße all die zügellosen Dinge, die mich daran erinnern, dass ich lebendig bin. Aber du solltest dir gut einprägen, dass ich niemals *Liebe* mache.« Hitze kriecht meinen Hals hinauf und ich weiß – auch ohne in den Spiegel schauen zu müssen – dass meine Wangen feuerrot sind. »Also, schwing deinen kleinen Hintern hier raus. Ich kann nicht länger mit ansehen, wie du vor dich hinsiechst. Auch wenn du momentan mir gehörst, so plane ich doch, dich irgendwann wohlbehalten deinem Herren Apollo zurückzugeben.«

Ich schlucke angestrengt und versuche seinem stechenden Blick auszuweichen, was mir nicht so recht gelingen will. Selbst wenn ich eine schlagfertige Erwiderung parat hätte – was leider nicht der Fall ist –, dann würde sie vermutlich nur stotternd meinen Mund verlassen.

Mit einem genervten Seufzen streckt er die Hand nach mir aus und langsam löse ich meine verkrampften Finger von dem Holz der Tür. Ich zucke zusammen, als sich dabei ein Splitter in meine Haut gräbt, und stoße einen leisen Fluch aus. Sofort umfasst Cato mein Handgelenk und dreht die Innenfläche so, dass sie für ihn sichtbar ist. Der Splitter ist größer, als ich angenommen hatte, und mir wird ein wenig schummrig, als ich sehe, wie das Blut gemächlich hervorquillt. Vielleicht ist es heute einmal gut, dass ich nicht gefrühstückt habe.

Ich presse meinen Mund zusammen und schließe die Lider, warte darauf, dass die aufgestiegene Übelkeit abebbt. Das Reißen von Stoff ertönt, und als ich die Augen wieder aufschlage, hat Cato ein Stück Stoff abgetrennt – von dem Shirt, das ich trage. So schnell, dass ich kaum reagieren kann, zieht er den spitzen Holzsplitter heraus und leckt mit seiner Zunge über meine blutige Handfläche.

Einmal.

Zweimal.

Dann fährt er über seine Lippen, die nun hellrot glänzen.

Ein Ziehen breitet sich in meinem Unterleib aus und ich presse die Oberschenkel zusammen. Ohne ein Wort zu verlieren, verbindet er meine Hand mit dem Stoff und lässt sie anschließend wieder los. Ich bedanke mich nicht. Die Vorstellung, dass er sich um mich kümmert, damit er mich zu einem späteren Zeitpunkt zurückgeben kann, als wäre ich nichts weiter als geliehene Ware, bereitet mir erneut Übelkeit. Er verfügt nicht über gute Manieren, warum sollte ich mich dann noch anständig verhalten?

Auf wackeligen Beinen laufe ich zurück in mein Zimmer und schlüpfe in meine mittlerweile getrockneten Stiefel, damit ich mir nicht auch noch die Fußsohlen an den im Korridor herumliegenden Glasscherben aufschlitze. Die ganze Zeit über spüre ich seinen Blick auf mir, und als ich zu ihm in den Flur trete, berührt er beiläufig meinen unteren Rücken, schiebt mich vorwärts. Und ich wehre mich nicht gegen die Nähe, obwohl ich doch eigentlich wütend bin.

Beschämt.

Ein wenig traurig.

Einsam.

Immer wieder einsam.

Schon seit so langer Zeit.

Und vielleicht sehne auch ich mich danach, dass mir jemand zeigt, wie man sich lebendig fühlt. Doch ich wage nicht einmal daran zu denken, dass ich mir im verborgensten Winkel meines Seins – in dem kein Funken Selbstachtung existiert – wünsche, dass Cato dieser jemand ist.

Nachdem mein Magen einige Male geknurrt hat und ich ihn nicht zum Schweigen bringen konnte, führt Cato mich als Erstes in die Küche. Ich setze mich auf einen der Stühle, während er getrocknete Früchte auf einen Teller stapelt und mir zuschiebt. Sie schmecken nicht mehr besonders gut, aber ich esse trotzdem zwölf Stück hintereinander. Danach geht es mir besser. Ich lehne mich zurück und lege eine Hand auf meinen Bauch, der nun ruhig und einigermaßen zufrieden ist.

»Für heute Abend kann ich wieder Fische fangen«, sagt Cato, der mich die ganze Zeit über mit gerunzelter Stirn beobachtet hat.

Ich trinke einen Schluck Wasser nach und räuspere mich. »Das wäre gut.« Das wäre gut? Und der Preis für die seltsamste Antwort – geht an mich. Keine Überraschung. Plötzlich bin ich nervös, beginne auf dem Stuhl hin und her zu rutschen, während ich abwechselnd meine Finger miteinander verknote, nur um sie dann wieder flach vor mich auf den Tisch zu legen.

»Wie lauten all diese Regeln, nach denen du leben musstest?«

»Du meinst als Seherin?«, frage ich verwundert.

»Ja. Und bitte nicht nur dieses Gefasel von wegen, dein Leben sei den Göttern gewidmet. Ich will Details.«

Eigentlich finde ich, dass er schon genug über mich weiß. Andererseits verspüre ich nach Tagen des Schweigens den Drang zu reden. Und ehe ich es verhindern kann, sprudeln die Worte einfach so aus mir heraus. »Es gibt alte Schriften in meinem Tempel, nach denen ich mich richte. Ich bin außerdem sehr behütet aufgewachsen. Seit meinem achten Lebensjahr hatte ich lediglich Kontakt zu den Priesterinnen, den Wächtern und meinem Bruder. An meine Eltern erinnere ich mich kaum. Es ist mir nicht erlaubt, frei eine Entscheidung zu treffen oder zu leben, wo ich will. Ich bin an die heilige Stätte gebunden. Und ich muss rein bleiben, unberührt, um nicht den Zorn der Götter zu wecken.«

Er stößt einen ungläubigen Laut aus. »Wer hat dir denn diesen Schwachsinn eingetrichtert?«

»Das ist kein Schwachsinn. Ich bin von den Göttern auserwählt. Und ich muss diese Vorschriften einhalten, so wie jede andere Seherin vor mir.«

»Wie hast du deine Gabe erlangt? Liegt sie in deiner Familie? Deine Mutter oder deine Großmutter?«

»Nein, es wird unabhängig davon vergeben. Das Orakel vor mir hat eine Weissagung gesprochen und Apollo hat daraufhin mich und meinen Bruder geholt – wir waren Waisen.«

»Was ist mit deinen Eltern geschehen?«

»Meine Mutter ist bei meiner Geburt gestorben und mein Vater bei einem Jagdunfall.«

»Das tut mir aufrichtig leid.«

Ich zucke mit den Schultern. »Ich kann mich nicht einmal an das Gesicht meiner Mutter erinnern. Natürlich nicht. Ich war schließlich nur ein Baby. Aber auch nicht an das meines Vaters. Er war stets sehr schroff zu mir. Konnte mir nie wirklich vergeben, dass ich die Ursache für Mutters Tod gewesen bin.«

»Es ist nicht deine Schuld. Viele Frauen sterben bei der Geburt ohne die richtige Versorgung.«

»Vermutlich, ja.«

Er sieht mich abwartend an, woraufhin ich meine Augenbrauen fragend hebe. Bestimmt hätte er erwartet, dass ich emotional werde. Aber ich habe mir schon früh abgewöhnt, meine Familiengeschichte zu nah an mich heranzulassen.

»Und wann ist es Zeit, dass ein neues Orakel das alte ablöst?«, wechselt er das Thema und ich entspanne mich etwas.

»Schicksal. Ich werde sehen, wenn es so weit ist.«

»Was passiert mit dir, wenn du nicht länger die Seherin von Delphi bist? Bist du sterblich?«

»Nein. Ich kann ewig existieren – vorausgesetzt niemand tötet mich. Und wenn ich meine Pflicht geleistet habe – die Jahrzehnte oder auch Jahrhunderte andauern kann –, dann bin ich frei.«

»Also ist dein Leben doch nicht für immer den Göttern gewidmet.« Irgendwie klingt er zufrieden, erfreut beinahe.

»Die Geschichte hat gezeigt, dass Seherinnen oftmals Opfer werden – von absonderlichen Ritualen und Entführungen. Viele verstehen nicht, dass die Gabe uns verlässt, sobald wir zu Ende gedient haben.« Ich werfe ihm einen bedeutungsschweren Blick zu. »Für gewöhnlich überleben wir nicht besonders lange, sobald wir einmal frei sind.«

»Und doch bist du geflohen.«

»Ich bin nicht geflohen. Das hatten wir doch nun wirklich schon zur Genüge«, erwidere ich schnippisch. »Ich wollte zurückkehren zu meinem Tempel.«

»Was absolut unüberlegt und leichtsinnig war. Wo ist überhaupt dein Bruder? Du redest stets davon, dass Apollo dich finden wird, aber was ist mit ihm?«

»Amycus führt sein eigenes Leben. Er ist ein paar Jahre älter als ich und vor zwei Jahren losgezogen, um seine Bestimmung, sein Glück zu finden.«

»Bescheuerter Name. Er war die einzige Familie, die du noch hattest – und dann ist er nicht an deiner Seite geblieben?«

Ich reibe mir über den Nacken und zucke ratlos mit den Schultern. »Ich nehme es ihm nicht übel. Der Tempel war nie sein Zuhause. Und ich wünsche mir für ihn, dass er seine eigene Familie gründet. Vielleicht werde ich ihn eines Tages wiedersehen.«

»Wenn er nicht den Feuern zum Opfer gefallen ist«, erwidert Cato ungerührt. Ich habe das Gefühl, dass er meinen Bruder nicht besonders gut leiden kann. »Du sagtest am ersten Abend etwas von Schwestern?«

»Und du stellst heute wirklich eine Menge Fragen.« Ich lege die Stirn in Falten und seufze schwer. Mir fällt keine logische Erklärung ein, warum er plötzlich so interessiert ist. »Ich bezeichne die Priesterinnen als meine Schwestern. Jedoch ist keine von ihnen mit mir blutsverwandt.«

»Schräg.« Nachdenklich verschränkt er die Arme vor der Brust. »Und was macht deine Gabe aus? Yasar und auch Flame können in die Zukunft sehen. Was ist der Unterschied zwischen euch?«

»Der Gott der Zukunft und des Lebens kann nur gezielt sehen. Visionen sich selbst betreffend, aber auch über Personen, die er kennt, berührt, die ihm nahestehen – oder die auf irgendeine andere Art und Weise mit ihm verbunden sind. Flame hat ein Stück von seiner Macht bekommen, weshalb es bei ihr ähnlich ist. Ich hingegen kann alles sehen. Ich kann es nicht steuern oder kontrollieren, auch wenn ich mir das manchmal wünsche. Was ich empfange, kann sich überall abspielen und Menschen, Götter und Wesen betreffen, denen ich niemals zuvor begegnet bin. Meine Schwestern schreiben auf, was ich sehe, und es wird in einem Archiv gesammelt. Wobei ich nicht sicher sagen kann, wie viel davon jetzt noch übrig ist. Ich hoffe, dass Apollo alles Wichtige in Sicherheit bringen konnte.«

Ohne Vorwarnung lehnt er sich abermals über den Tisch und ich weiche ein Stück zurück. »Und was würde passieren, wenn du deine Unschuld verlierst?«

Meine Augen weiten sich und ich schlucke angestrengt, fühle mich aufgrund des erneuten und sehr abrupten Themenwechsels wie ein Reh im Scheinwerferlicht. »Es hätte mich auch gewundert, wenn wir tatsächlich ein ganz normales Gespräch hätten führen können, ohne dass du eine unangenehme Frage stellst.«

Er greift in mein goldenes Haar, wickelt es sich um seine Faust und zieht mich näher zu sich heran, sodass ich seinen Atem auf meinen Lippen spüren kann. »Antworte«, fordert er.

»Wie du dir sicherlich denken kannst, habe ich es nie ausprobiert. Es ist gegen die Regeln.«

»Und ich habe eine Vorliebe dafür, Regeln zu brechen.«

Mein Herz stolpert unbeholfen vorwärts und ich wische meine schwitzigen Handinnenflächen an meinen nackten Schenkeln ab. Er müsste sich bloß noch ein winziges Stück in meine Richtung beugen und er würde mich berühren. Es wäre mein erster Kuss. »Nachdem du geduscht hast, versteht sich. Dein Geruch ist wirklich unerträglich.« Seine Worte sind wie ein Schwall eiskaltes Wasser, das über mir ausgekippt wird. Ruckartig mache ich mich von ihm los und stoße dabei gleich den Stuhl mit um, der mit einem lauten Knall nach hinten umfällt.

»Ich hasse dich«, sage ich mit bebender Stimme, drehe mich um und sehe zu, dass ich aus der Küche verschwinde.

»Dieser Spruch wird langsam alt«, höre ich seine sarkastische Erwiderung, während ich zwei Stufen auf einmal nehmend die Treppe erklimme. Mittlerweile frage ich mich, ob eine höhere Macht ihn zu meiner persönlichen Bestrafung auserwählt hat.

CATO

»Hast du das Mädchen wieder geärgert?«, will Ladon von mir wissen. Ich sitze neben ihm im Innenhof, ein Haufen vergilbter Pergamente auf meinem Schoß. »Du bist immer ekelhaft gut drauf, wenn du gemein zu ihr warst.«

»Sie ist kein Mädchen, sondern das Orakel von Delphi«, korrigiere ich ihn.

»Und wie alt ist sie? Sechzehn?«

Ich erstarre in meiner Bewegung und denke an all die Dinge, die ich zu ihr gesagt habe. »Ich hoffe doch nicht.«

Schläfrig hebt er ein Augenlid an und mustert mich kritisch.

»Schön, ich werde sie später fragen, wie alt sie ist«, murre ich und vertiefe mich wieder in die Schriftrolle. *Alle Antworten für den Suchenden liegen in der Einsamkeit, begraben unter unzähligen Schichten von Staub, im hintersten und dunkelsten Winkel – in Regalen aus zerfressenem Holz, die ächzen und wanken und so alt sind, dass sie sich kaum noch auf den Beinen halten können.*

Die Worte der Seherin spielen sich in einer Art Endlosschleife in meinem Kopf ab. Man muss kein Genie sein, um darauf zu kommen, dass der Ort, auf den sie hinauswill, eine Bibliothek zu sein scheint. Dort lauern die größten und ältesten Geheimnisse – die Frage ist nur, ob sie die in Hales Reich meint oder möglicherweise die von Yasar im Land der Zukunft und des Lebens. Und da dort alles gefroren ist, bezweifle ich, dass besonders viel von den Büchern übrig geblieben ist. Vielleicht werde ich es trotzdem einmal versuchen und dem Palast einen Besuch abstatten.

»Wie lange willst du noch hierbleiben?«, fragt Ladon unvermittelt.

Ich zucke mit den Achseln. »So lange, bis die Seherin etwas Hilfreiches ausspuckt oder wir wissen, wo wir mit unserer Suche nach Flame weitermachen sollen.«

»Wir werden uns nicht ewig vor den anderen verstecken können. Irgendwann werden sie Ava aufspüren. Und dann wirst du einen Haufen Ärger kriegen, Junge.«

»Ich habe keine Angst.«

»Eine gute Portion Respekt hat noch niemandem geschadet.«

»Damit kann ich nicht dienen. Außerdem hast du leicht reden – du liegst die ganze Zeit über bloß auf der faulen Haut und bist keine besonders große Unterstützung.«

»Tut mir leid, aber mir sind irgendwie die Hände gebunden.« Seine Klauen verursachen ein kreischendes Geräusch, als er damit über den Steinboden fährt, und seine riesigen Augen funkeln mich spöttisch an.

»Sehr lustig. Wenigstens bist du mir als Transporttier nützlich.«

»Vorsicht, Jungchen. Denk immer daran, dass ich derjenige bin, der dir jederzeit deinen Hintern versengen kann.«

»Und ich bin derjenige, der in der Lage dazu ist, Feuer zu löschen«, erwidere ich. Gähnend tätschele ich Ladons schuppigen Hals und erhebe mich. »Du scheinst mir gegenüber heute nicht wohlgestimmt zu sein. Deshalb lasse ich dich nun besser allein. Wünsch mir Glück mit der Seherin.« So gut es geht stopfe ich die Pergamentrollen in meine hintere Hosentasche und klopfe mir den Staub ab. Ladons Augen sind schon wieder geschlossen und er würdigt mich keines weiteren Blickes.

Vermutlich wäre es besser, Ava in Ruhe zu lassen. Es sind erst wenige Stunden seit unserem *Gespräch* vergangen. Trotzdem zieht es mich zu ihr. Ich weiß, dass sie in der Lage sein muss, mir bei der Suche nach Flame behilflich zu sein. Sie ist vielleicht sogar mein größter Trumpf. Und das ist der einzige Grund, warum ich wieder den ersten Schritt auf sie zu mache.

Glasscherben knirschen unter meinen Stiefelsohlen, als ich die Treppenstufen erklimme, die mich zu ihrem Korridor führen. Ihre Tür ist dieses Mal nicht geschlossen und so nehme ich es mir heraus, einfach einzutreten. Sie liegt zusammengerollt auf dem staubigen Bett, ihr Haar ist nass, offenbar hat sie sich tatsächlich gewaschen. Zugegeben, ich habe vorhin gelogen. Sie hat kein bisschen gestunken. Leider. Sie riecht immer ein wenig nach Zimt und saftigen dunkelroten Kirschen.

Es wirbelt noch mehr Staub auf, als ich mir den Weg durch den Raum bahne und schließlich neben ihr stehen bleibe. Meine Finger entwickeln ein Eigenleben, strecken sich nach einigen ihrer goldenen Haarsträhnen aus und streichen sie zurück hinter ihr Ohr. Ava starrt weiterhin stur geradeaus und würdigt mich keines Blickes. Sie und der Drache sollten einen Anti-Cato-Club eröffnen. Seufzend setze ich mich neben sie, schlinge einen Arm um ihre Taille und ziehe sie näher zu mir heran. »Du hast noch eine Führung durch den Palast bei mir gut und bei diesem Streifzug besorgen wir dir auch die versprochenen Klamotten.« Noch immer keine Reaktion. Sie scheint echt angepisst zu sein. Ladons Frage kommt mir in den Sinn. »Wie alt bist du, Ava von Delphi?«

Ihr Kopf ruckt herum, fast so, als würde es sie erschrecken, dass ich sie nicht Seherin genannt habe. Nun ja, ich war wirklich nicht besonders nett zu ihr, seit ich herausgefunden habe, wer sie wirklich ist. »Siebzehn.«

Shit. Das ist ziemlich jung. Der Drache hatte recht. »Wie alt warst du, als du Orakel geworden bist?«

»Acht.« Sie richtet sich halb auf und rückt ein wenig von mir ab. »Tun dir jetzt all die schmutzigen Dinge leid, die du zu mir gesagt – oder in meiner Nähe gedacht hast, bevor du wusstest, dass ich die Seherin bin?«

Ich werfe den Kopf in den Nacken und lache schallend. Überhaupt lache ich in ihrer Gegenwart ziemlich oft. »Ab jetzt werde ich mich absolut angemessen verhalten.« Nehme ich mir jedenfalls fest vor ... Sie lupft eine Augenbraue, als würde sie mir nicht glauben. »Wie lange wirst du noch siebzehn sein?«, erkundige ich mich schließlich doch. Keine Ahnung, warum mich das so brennend interessiert.

Ava schnaubt belustigt. »Fünf Wochen. Aber noch einmal:

Es ist mir nicht vorherbestimmt –« Sie schluckt sichtbar und rutscht nun komplett ans andere Ende, steht auf und umrundet das Bett, bis sie sich vor mir befindet. Schweigend sehen wir uns an, und aus irgendeinem Grund wollen sich meine Hände schon wieder nach ihr ausstrecken – dieses Mal jedoch, um ihre Schenkel zu umfassen ... Sie braucht dringend etwas zum Anziehen. Im nächsten Moment springe ich auf – und diese Angelegenheit habe ich nicht gut durchdacht. Ich stoße gegen sie und muss sie gleichzeitig packen, damit sie nicht einfach umkippt. Dabei pressen sich ihre weichsten Stellen gegen meinen Körper und – bei allen Höllentoren, die Götter wollen mich mit diesem Mädchen testen, oder? Ich blicke auf sie hinab und bemerke die leichte Röte, die sich nun auf ihren Wangen abzeichnet. Schnell trete ich einen Schritt zurück und verschränke die Hände hinter meinem Rücken, damit sie nicht wieder auf unzüchtige Ideen kommen.

Verflucht. Ich räuspere mich und deute zur Tür. »Nach dir.« Sie zögert kurz und ich kneife mir in den Nasenrücken. »Du hast recht. Vielleicht sollte ich besser vorgehen«, sage ich mehr zu mir selbst. Meinen Augen ist nämlich auch nicht zu trauen und sie werden garantiert nach unten wandern, zu ihrem Hint... – Stopp. Es gibt drei gute Gründe, warum ich die kleine Ava nicht zu einer Sünderin machen darf.

Erstens, sie ist siebzehn.

Zweitens, sie ist die Seherin. Zwar habe ich tatsächlich keine Angst vor Apollos Zorn, doch ich denke nicht, dass ein bisschen Spaß diesen Stress wirklich wert ist.

Drittens: Ich brauche sie, um Flame zu finden. Sie ist nichts weiter als ein Mittel zum Zweck. Vermutlich fühle ich mich bloß zu ihr hingezogen, da die Aussicht, von einer verbotenen Frucht zu naschen, immer einen gewissen Reiz ausübt. Sobald ich wieder in Richtung Zivilisation unterwegs bin, werde ich mir eine Frau suchen, sie vögeln und alle nervtötenden Fantasien und Gedanken Ava von Delphi betreffend im Keim ersticken. Ja, das klingt nach einem vernünftigen und äußerst sinnvollen Plan.

Ich atme einmal tief durch, ehe ich mich endlich in Bewegung setze. Ihre leisen Schritte folgen mir.

Kapitel 13

DIE ERSTE ART

AVA

Ich weiß, dass ich sonderbar bin. Einfach, weil ich nie besonders oft rausgekommen bin. Stets in meiner eigenen kleinen Welt gelebt habe. Und vielleicht auch, da durch meine Gabe die Geschichten anderer interessanter waren als meine eigene. Doch obwohl ich im echten Leben nicht zahlreiche Vergleichswerte habe, bin ich mir ziemlich sicher, dass Catos Verhalten ebenso seltsam ist. Allerdings habe ich keine Lust, sein Benehmen weiterhin zu analysieren. Ich finde es schrecklich ermüdend, denn ich gelange zu keinem Ergebnis, das mich zufriedenstellt.

In diesem Moment trotte ich brav hinter ihm her, lasse mich von ihm durch den Palast führen. Hier gibt es zu viele Räume, um jeden davon zu betreten, trotzdem zeigt Cato mir ein Musikzimmer, mehrere Aufenthaltsräume sowie die Trainingsetage, die sich ganz unten befindet. Staunend betrachte ich all die Geräte sowie den Parcours, der vollkommen unbeschadet ist. »Ich trainiere jeden Morgen hier«, informiert er mich. »Du kannst dazustoßen, wenn du magst.«

»Ich weiß, wie man sich verteidigt. Amycus hat es mich gelehrt.«

»Nichts gegen deinen Bruder, aber da hat er keine gute Arbeit geleistet.«

»Er ist ein Mensch. Natürlich ist sein Können nicht mit göttlichen Kräften vergleichbar.« Er sieht mich abwartend an. »Schön. Wenn du darauf bestehst.«

»Tue ich«, erwidert er gelassen. »Dann treffen wir uns morgen früh bei Sonnenaufgang.« Ich stoße ein ungehaltenes Schnauben aus. »Kann es kaum erwarten.«

Schon wieder berührt er mich an meinem unteren Rücken – es scheint seine Lieblingsstelle zu sein – und bugsiert mich nach draußen. Ich laufe absichtlich etwas schneller, doch seine Hand bleibt da, wo sie ist. Ich werde ihn einfach nicht los. Es nervt, dass er immer alles bestimmen muss. »Was ist mit den Klamotten, die du mir versprochen hast?«

»Sei nicht so ungeduldig.«

»Das wärst du auch, wenn du seit vier Tagen nur mit T-Shirt herumlaufen würdest.«

»Nur mit T-Shirt?« Plötzlich klingt er viel zu interessiert.

»Unterwäsche natürlich auch. Idiot«, murmele ich, aber nicht allzu leise.

Er lacht bloß ungerührt, bis er abrupt abbricht. »Entschuldige. Schon wieder vergessen, dass du ja noch ein Baby bist.«

»Ich bin weder ein Baby noch ein Kind. Vermutlich ist dir nicht klar, was ich schon alles gesehen habe. Nur weil ich noch keine körperlichen Erfahrungen gemacht habe – und niemals machen werde – heißt das noch lange nicht, dass ich dir unterlegen bin. Ich weiß, dass deine Reise bis hierher nicht einfach war. Und ich finde es bewundernswert, wie sehr du versuchst, deine Freundin zurückzuholen, doch unterschätze auch nicht die Last, die auf meinen Schultern liegt.«

Er ist stehen geblieben und mustert mich prüfend. »In Ordnung«, ist alles, was er nach einer Weile erwidert.

Wir biegen um eine weitere Ecke und ich habe schon längst

wieder die Orientierung verloren, als er mich in einen neuen Raum führt. Alles ist in rosafarbenen Tönen gehalten und für einen kurzen Moment fühle ich mich wie erschlagen. Cato zieht mich einfach weiter, bis wir in einen begehbaren Kleiderschrank gelangen. Dort zerrt er eine Tasche hervor und stellt sie mir vor die Füße. »Pack so viel ein, wie du willst. Die Sachen hier müssten ungefähr deine Größe haben.« Zögerlich entscheide ich mich für eine Hose und schlüpfe hinein. Anschließend nehme ich zwei Trainingsanzüge, Unterwäsche, Socken, weitere Hosen und vier Pullover heraus. Ich komme mir vor wie ein Eindringling. Unauffällig rieche ich an den Anziehsachen. Sommerflieder und Jasmin. Ein mulmiges Gefühl überkommt mich und ich wende mich Cato zu.

»Sieh mich nicht so an«, sagt er angespannt. »Sie braucht die Sachen nicht mehr.« Er wirft noch einige Nachtgewänder hinein, die ich unter normalen Umständen niemals tragen würde.

»Ich denke, das reicht. Ich habe alles, was ich brauche«, murmele ich. Es fühlt sich an, als hätte mir jemand Steine in den Bauch gelegt. Schweigend laufen wir hinaus und ich ziehe leise die Tür hinter mir zu. Erst jetzt bemerke ich die Gänsehaut, die meine Arme vollständig bedeckt. »Glaubst du, es hätte sie gestört?«

»Nein. Das ist das Letzte, worüber du dir Gedanken machen solltest.« Er hat leicht reden. Ich werde die Kleidung einer Toten tragen. Ich seufze schwer.

»Hast du mich jemals gesehen? Wusstest du, dass wir einander begegnen werden?«, fragt Cato plötzlich.

»Seit der Erfüllung der Prophezeiung ist irgendwie alles anders. Es funktioniert nicht so wie vorher, es ist schwerfälliger. Aber nein. Selbst früher habe ich dich nie gesehen. Deine

Rolle schien nicht –« Erschrocken beiße ich mir auf die Unterlippe und bremse mich selbst. Verstohlen linse ich zu ihm hoch, während ich gleichzeitig einem Gemälde ausweiche, das durch den Sturz von der Wand in zwei Teile gebrochen ist. »Wir sollten uns wirklich die Zeit nehmen, hier einmal aufzuräumen«, lautet mein kläglicher Versuch, das Thema zu wechseln. Trotzdem schiebt sich ohne Vorwarnung eine Erinnerung in meine Gedanken, die aus dem Evakuierungslager stammt und die ich vollkommen verdrängt hatte. Ich hielt sie für einen Traum oder zumindest für Bilder, die zu der Zukunft einer anderen gehörten, als ich mit glühenden Wangen aus dem Schlaf schreckte und dabei die Berührung der fremden Zunge regelrecht auf meiner Handinnenfläche spüren konnte. Der Splitter und das Blut ... das Ziehen zwischen meinen Beinen ... das Gefühl, etwas Verbotenes getan zu haben. Ich weiß noch ganz genau, wie durcheinander ich am darauffolgenden Tag gewesen bin, und dass Xena, eine meiner Priesterinnen, mich damit aufgezogen hat. Aber das würde ich Cato niemals verraten. Ich würde vor Scham vergehen.

Er mustert mich mit gerunzelter Stirn. »Wolltest du wirklich sagen, dass meine Rolle nicht wichtig genug gewesen ist und du mich deshalb nicht gesehen hast?«

»Tut mir leid«, erwidere ich ein wenig abwesend. »Das muss ein harter Schlag für dein Ego sein. Ich hoffe, du kannst es verkraften.«

»Und du kannst ziemlich bösartig sein, Orakel.«

»Ich mag es nicht, wenn du mich so nennst.«

»Ich weiß«, sagt er ungerührt.

»Du nervst.«

Er zuckt lässig mit den Schultern. »*Das* beruht auf Gegenseitigkeit.«

Nachdem ich die Tasche mit den frisch erbeuteten Sachen auf mein Zimmer gebracht habe, treffe ich mich mit Cato in der Bibliothek. Sie geht über mehrere Etagen und ist wunderschön. Der Halbgott sitzt an einem alten Sekretär und ich muss ein Schmunzeln unterdrücken, als ich zu ihm trete. »Dieses Bild von dir werde ich für immer in meinem Kopf abspeichern.«

Er schlägt das Buch zu, in dem er gerade gelesen hat, und lehnt sich in dem Sessel zurück. »Ich habe keine Ahnung, wonach ich suche«, gibt er schließlich zu und massiert mit den Daumen seine Schläfen. »Ich hatte gehofft, dass dieser Ort irgendetwas in dir auslösen wird, was mich weiterbringt.«

Zögerlich begebe ich mich zu dem Stuhl, der ihm gegenüber ist, und nehme Platz. Dann ziehe ich die Bücher zu mir herüber, die er offensichtlich ausgewählt hat. *Geschichte der Erde, Ewiges Leben, Unverwundbarkeit – die wahre Bedeutung der Unsterblichkeit* und *Mysterium Delphi* lauten die Titel. »Interessante Auswahl«, sage ich schließlich und schiebe sie wieder zu ihm hinüber. »Ich denke nicht, dass du Komplimente nötig hast, aber ... deine Beharrlichkeit ist bewundernswert, das muss ich zugeben. Allerdings solltest du auch die Option im Hinterkopf behalten, dass ...« Ich atme tief durch und straffe die Schultern. »In dieser Welt scheint aufgrund der göttlichen Macht und Magie so vieles möglich zu sein. Manchmal kommt es einem beinahe so vor, als wäre nichts unerreichbar, kein Problem unlösbar, und auch ich habe schon unzählige überraschende Wendungen erlebt. Trotzdem solltest du dich dafür wappnen, dass Flame es vielleicht nicht geschafft hat. Seit Monaten fehlt jede Spur von ihr, nicht wahr?«

»Woher weißt du, dass es um sie geht? Ich habe ihren Namen dir gegenüber nie erwähnt.«

»Ich bin die Seherin, Cato. Meine Gabe hat mir eine Menge über sie gezeigt. Sie hat mich seit jeher fasziniert. Und so habe ich eins und eins zusammengezählt.«

»Du hast also eine Obsession für meine beste Freundin«, sagt er rau.

Ich ziehe die Nase kraus und schüttele den Kopf. »So würde ich das jetzt nicht formulieren. Warst du in sie verliebt?«, platzt es aus mir heraus. Sehr feinfühlig.

Ich bin beinahe überrascht, als er sich über die Stirn reibt und anschließend den Mund öffnet, um mir zu antworten. »Ich weiß es nicht. Rückblickend betrachtet denke ich, dass ich auf diese Weise mit ihr verbunden sein wollte, weil ich Angst hatte, dass es ansonsten nicht genügt ... dass sie mich eines Tages verlassen würde. Was schließlich auch geschehen ist. Dennoch ist sie mir wichtig. Flame ist meine Familie.« Ich will gerade etwas erwidern, als er mich plötzlich forschend ansieht. »Warte mal. Du hast die Prophezeiung angesprochen. Wusstest du also bereits vor und während des Turniers, dass sie es ist? Dass sie diejenige ist, die sie gesucht haben? Und hättest du das nicht deinem Herrn und Gebieter Apollo mitteilen müssen?«

Ich recke das Kinn vor und verschränke die Arme vor der Brust. »Ich bin dir keine Rechenschaft schuldig, Cato. Einem Außenstehenden zu erklären, wie genau die Gesetze der Weissagung funktionieren, ist so gut wie unmöglich. Mehr werde ich dazu nicht sagen.«

Wir erheben uns gleichzeitig. Ich weiche vor ihm zurück, während er mir weiter folgt. In einem dunklen Winkel stoße ich hinter mir auf Widerstand und dann ist er direkt vor mir, stützt seine Arme links und rechts neben meinem Kopf ab. »Ich wette, ich könnte dich zum Sprechen bringen«, flüstert er mir zu und fährt mit den Lippen über mein Schlüsselbein. Dabei blickt er aus dichten Wimpern zu mir auf, doch seine Augen funkeln nicht schelmisch wie so oft, sondern sind dunkel wie die See kurz vor dem Sturm. In dieser Sekunde sehe ich in die Augen eines Sünders.

CATO

Mein Blick wandert ihren schlanken Hals hinab bis zu der Stelle, die ich eben noch geküsst habe. Ihre nackte Haut ist genauso weich wie in meiner Vorstellung. Ich bin ganz bestimmt nicht bei klarem Verstand, denn es gibt keine logische Erklärung dafür, weshalb ich eine Hand von dem staubigen Regal löse und ihre Taille umfasse. Ich schlucke schwer, weil mir nicht entgeht, wie die Spitzen ihrer Brüste sich deutlich unter dem dünnen Stoff ihrer Kleidung abzeichnen.

Fuck.

Wie von einer fremden Macht besessen neige ich meinen Kopf ein wenig tiefer, verharre wenige Millimeter vor ihr, quäle mich selbst damit, meinem Verlangen nicht umgehend nachzugeben. »Darf ... darf ich?«

In meinen Ohren rauscht es und mein Körper bebt, weil Adrenalin ungehindert meine Zellen flutet, als wollte mein Innerstes mich selbst darin ertränken. Ich kann mich nicht erinnern, mich jemals ... so gefühlt zu haben. Ich gebe stets vor, in der Kontrolle zu sein, doch in dieser Sekunde ist es vielmehr, als würde sie mich lenken. Der Gedanke, dass ich alles tun würde, was Ava von mir fordert, kommt mir in den Sinn, und wäre ich bei Verstand, würde ich aus ihrer Nähe verschwinden und Welten zwischen uns bringen.

» J-ja.« Ihre Antwort höre ich wie aus weiter Ferne, gleichzeitig durchlaufen mich heiße Schauer. Ohne länger zu zögern, umschließe ich ihre linke Brustwarze mit meinen Zähnen, zupfe leicht daran, bis ich endlich zubeiße, daran lecke und sauge, als wäre ich ein Verdurstender und sie die letzte Wasserquelle, die ich auf dieser Erde heraufbeschwöre.

»Götter, Cato.« Ihre Stimme klingt kratzig und gleichzeitig atemlos. Ich bin mir unsicher, was genau ich bei ihren Worten empfinde. Vielleicht ist es Stolz, weil ich die Ursache bin, dass sie sich lustvoll windet.

Ich streichele und knete ihre Brüste, bin abwechselnd fordernd und sanft, während ich mir haargenau einpräge, wie sie auf jede einzelne meiner Berührungen reagiert, denn ich will immer wieder derjenige sein, der dafür sorgt, dass sie sich auf diese Weise verliert. Sie überrascht mich, als ihr ein Schrei entfährt und ihre Fingernägel sich in meine Schultern graben, um mich enger an sie zu ziehen. Noch einmal beiße ich zu – würde am liebsten den Stoff zerreißen. Doch irgendetwas hält mich zurück. Eine nervtötende Stimme in meinem Hinterkopf.

Ruckartig löse ich mich von ihren verführerischen Brüsten. Mit dem Daumen fahre ich über ihre Unterlippe, doch ich küsse sie nicht. Weil ich das nie tue. Was bei allen Höllentoren veranstalte ich hier? »Ich bin kein guter Mann«, raune ich ihr zu, zwinge mich dazu, kühl zu klingen und mich verdammt noch mal zusammenzureißen. »Beim nächsten Mal solltest du Nein sagen.« In einer Sekunde der Schwäche presse ich mich ein letztes Mal gegen sie, entlocke ihr ein weiteres Stöhnen, während sie mich aus glasigen Augen ansieht. Ich will nicht aufhören … aber diese Runde gewinnt mein Verstand.

Fluchend drücke ich mich mit der Hand ab, die nach wie

vor am Bücherregal lehnt, und trete zurück. Gleichzeitig ertönt ein Quietschen und die gesamte Einheit setzt sich in Bewegung, verändert ihren Aufbau, sodass sich hinter Ava ein Gang bildet und sie auf den Hintern plumpst. Ungläubig mustere ich die Stelle, die ich berührt habe und an der zwei silberne geschwungene Flügel angebracht sind, die ich beim Abstoßen einmal umgedreht haben muss.

»Alsooo«, sage ich gedehnt. »Damit habe ich nicht gerechnet.« Ava sitzt noch immer auf dem Boden und wirkt ein wenig orientierungslos, sodass ich sie am Ellenbogen fasse und auf die Füße stelle. Dort, wo sie meine Haut berührt hat, wirkt diese elektrisch aufgeladen. Eilig mache ich vor ihr einen Schritt in den Gang, wobei sich nacheinander mit einem lauten Zischen lodernde magische Fackeln entzünden und Licht in die vorherrschende Dunkelheit bringen. Ich nehme eine der Fackeln aus der Halterung und wende mich noch einmal Ava zu. »Warte hier.«

»Das kannst du so was von vergessen«, informiert sie mich und drängelt sich an mir vorbei.

Großartig.

»Beschwer dich aber hinterher nicht, wenn du von einem Ungeheuer gefressen wirst«, erwidere ich, während ich ihr folge.

»Ich bezweifle stark, dass ich danach noch sprechen könnte.«

Auch wenn mir ihr Gesicht verborgen bleibt, weiß ich doch ganz genau, dass sie in diesem Moment die Nase krauszieht. Das sollte mich vermutlich beunruhigen. »Gut mitgedacht«, sage ich mit einiger Verzögerung und konzentriere mich schließlich auf meine Umgebung.

Der Gang führt uns in einen Raum mit niedriger Decke,

sodass ich mich ein wenig kleiner machen muss. Um uns herum befinden sich Bücher, und als Ava eines berührt, wirbelt so viel Staub auf, dass wir beide husten müssen. Ich ziehe mir mein Shirt über Mund und Nase und bedeute ihr, es mir gleichzutun. Sobald die Sicht wieder besser ist, schaue ich mich weiter um und entdecke zwei Glasvitrinen in der Mitte, in denen ein Buch mit Ledereinband und ein Blatt Pergament luftdicht verschlossen liegen. Ich muss zugeben, dass ich Hale niemals für solch einen Geheimniskrämer gehalten hätte. Dieser versteckte Raum würde vielmehr zu Yasar passen.

Plötzlich stößt Ava einen halb erstickten Schrei aus und ich wirbele zu ihr herum, bin in wenigen Schritten bei ihr. »Was ist los?«

Eine Hand auf ihr Herz gepresst, deutet sie in die rechte obere Ecke, an der ein Drachenkopf prangt. Ich trete noch näher. Es ist ein verdammt noch mal echter Drachenkopf in der Farbe von Amazonit. Die Lider sind geschlossen, worüber ich froh bin. Ich strecke die Hand aus und streiche über die Schuppen, die eiskalt sind – ganz anders als die von Ladon.

»Du solltest ihn nicht berühren«, flüstert sie hinter mir und ich lasse meinen Arm langsam sinken.

»Ich schätze, wir sind gerade einem Geheimnis auf die Spur gekommen«, stelle ich trocken fest, gehe zurück zu den Vitrinen und wische den Staub ab, damit ich erkennen kann, was auf der zerfledderten Pergamentrolle steht. »Das kann man ja kaum lesen«, murre ich und beuge mich so weit vor, dass meine Nasenspitze beinahe das Glas berührt. Kurz darauf drängt Ava mich mit ihrem Ellenbogen ein Stück beiseite, um meinen Platz einzunehmen.

»Vielleicht solltest du dir eine Brille besorgen, alter Mann.« Ich schnaube verärgert, doch verstumme sogleich, als sie zu lesen beginnt. »»An den Beharrlichen, den Finder: Vor sehr langer Zeit, als es weder Pergament noch Feder, weder Leben noch Tod in den Formen, wie wir sie kennen, gab, ging ein Stern im Universum in Flammen auf. Aus diesem einen Stern entstand die Sonne und aus den Himmelskörpern und Staubteilchen, die sie umschwirrten, bildete sich ein ganzes System aus Planeten, die ebenso nur sie umkreisten, den Mittelpunkt allen Seins, den am hellsten glühenden Stern, der keinem anderen gleicht. In den frühesten Aufzeichnungen über die Entstehung und Geschichte der Welt werden die Urgötter als Erstgeborene bezeichnet. Sie galten als Verkörperung der Grundbausteine und umfassten Erde, Luft, Wasser, Himmel, Tag, Nacht und Unterwelt. Sie wurden als unsere Vorfahren gefeiert und verehrt. Tempel und Pyramiden wurden errichtet, um ihnen zu huldigen. Ihnen und den Göttern, die folgten.«« Ava schluckt merklich, wirft mir einen unsicheren Blick zu und ich streiche über die Haut an ihrem Arm, wo sich feine Härchen zu einer Gänsehaut aufgerichtet haben. Aufmunternd nicke ich ihr zu, woraufhin ihre Augen zurück auf das Pergament wandern. »»Dabei waren es in Wahrheit doch die Drakon, welche die Welt noch vor den Urgöttern bevölkerten und aus denen alles weitere Leben entstand. *Sie waren die erste Art.*««

HALE

Ich stehe in Yasars Büro, ein voll bepackter Rucksack hängt über meiner Schulter. Die letzte Nacht war die schönste meines Lebens, der Morgen danach der grausamste, als hätte man langsam mein Herz herausgerissen. Das mag pathetisch klingen und vielleicht ist es das auch – doch in diesem Moment, wo der Schmerz noch so frisch ist und roh, fällt mir keine andere Umschreibung ein. Ich habe Phia den Rücken zugekehrt und nicht zurückgeblickt. Stundenlang bin ich anschließend durch die Wüste gewandert, ehe ich einen Entschluss gefasst habe. Und deshalb bin ich nun hier. Es ist nicht so, dass ich dem Gott der Zukunft und des Lebens Rechenschaft schuldig bin, doch ich möchte nicht einfach verschwinden, wie Lost oder Dark, ohne jeden Hinweis über meinen Verbleib. Endlich schaut Yasar von seinen Unterlagen auf, um mir seine Aufmerksamkeit zu schenken. Seine Augenbrauen wandern in die Höhe, als er meinen Rucksack entdeckt.

»Ich brauche etwas Abstand und Zeit für mich allein«, informiere ich ihn. »Ich werde für eine Weile in den Sandpalast zurückkehren. Wenn sich ein Auftrag für mich ergibt oder ihr Hilfe braucht, weißt du ja, wie du mich erreichen kannst.« Ich greife unter mein Shirt und hole den Chalcedon-Edelstein hervor, durch den sich Schlieren in allen Blautönen ziehen.

Yasar reibt sich über die Stirn und nickt langsam. Er fragt nicht nach dem Grund oder nach Saphira und das rechne ich ihm hoch an. »True wird beleidigt sein, wenn du dich nicht persönlich von ihm verabschiedest.«

»Darauf kann ich keine Rücksicht nehmen«, erwidere ich. »Ich möchte eine große Abschiedsszene vermeiden.«

Er mustert mich noch einmal, bevor er erneut nickt. Dann steht er auf, umrundet den Schreibtisch und nimmt mich in den Arm, während er mir auf den Rücken klopft. Es ist ein wenig schräg, weil es etwas Väterliches an sich hat. »Pass auf dich auf.«

Ich ziehe die Schlaufen meines Rucksackes nach und laufe zur Tür. »Du auch.« Dann drücke ich die Klinke hinunter und trete in den Flur, der verlassen vor mir liegt, weil es schon so spät ist. Dream und Prom erledigen etwas, worin ich nicht eingeweiht bin, weil ich an der Versammlung heute früh nicht teilgenommen habe. Die Frauen sind längst im Bett. Auch ich fühle mich müde und ausgelaugt, wobei dieser Umstand eher geistiger statt körperlicher Ursache ist. Auf meinem Weg nach draußen begegne ich einigen Wüstennymphen, die rasch mit gesenktem Haupt an mir vorbeihuschen. Ich bin froh und enttäuscht zugleich darüber, Phia nicht noch einmal zu begegnen. Seufzend trete ich durch den höchsten Rundbogen ins Freie und spüre grobkörnigen Sand unter meinen Stiefelsohlen. Ich laufe bis zur Mauer, und als das Bild vor mir zu flackern beginnt, weiß ich, dass Yasar mir in diesem Moment einen Gang aus diesem Reich öffnet. Ich schließe die Augen, mache einen weiteren Schritt, und lasse meine Freunde hinter mir.

AVA

Ich stehe auf den Stufen, die zum Sandpalast führen, und schaue auf das Meer und die Sonne, die langsam darin versinkt. Ab und an taucht Catos Kopf zwischen den Wellen auf, ehe er wieder verschwindet. Ein kühler Wind neckt mich und ich schlinge meine Arme ein wenig fester um mich. Noch immer kann ich kaum begreifen, welchen Schatz wir im hintersten Winkel der Bibliothek gefunden haben. Cato ist der Meinung, ich hätte ihn dorthingeleitet, und ich weiß nicht so recht, was ich davon halten soll. Ich denke eher, dass es Zufall war. Dabei sollte ich selbst doch am besten wissen, dass in dieser Welt niemals etwas ohne Grund geschieht.

Er beginnt nun in meine Richtung zu schwimmen, weshalb ich das Handtuch auseinanderfalte, das ich zuvor an meine Brust gepresst hatte. Ich beobachte das Spiel seiner kräftigen Arme und Schultermuskeln, während er sich weiter voranarbeitet, bis er stehen kann. Mir wird heiß und kalt zugleich, als er sich aufrichtet und Wasserperlen seinen nassen Oberkörper hinablaufen, dabei vom Bund seiner tief sitzenden Hose aufgefangen werden.

Die Entdeckung des geheimen Raumes hat die Erinnerung an das, was davor in der Bibliothek geschehen ist, ganz und gar zurückgedrängt. Da ich allerdings auch jetzt nicht vorhabe, mich meinem Schamgefühl hinzugeben, straffe ich meine Schultern und schaue ihm mit erhobenem Kinn entgegen. Als er sich unmittelbar vor mir befindet, reiche ich ihm das Handtuch und nehme ihm gleichzeitig das kleine Netz ab, in dem vier Fische zappeln. Ich versuche nicht daran zu denken, was gleich mit ihnen passieren wird und erklimme die Stufen.

Im Eingangsbereich halte ich unschlüssig an und wippe unruhig mit den Fußballen auf und ab, warte darauf, seinen warmen Körper hinter mir zu spüren. Ich erstarre mitten in der Bewegung, als direkt vor mir Nebel aufkommt und sich eine männliche Gestalt materialisiert, deren Umrisse ich nur erahnen kann. Ich will gerade nach Cato rufen, doch noch bevor ich den Mund öffnen kann, steht er bereits neben mir und hat einen Arm um meine Schultern gelegt. Ich frage mich, warum er nicht beunruhigt ist, überhaupt nicht den Eindruck vermittelt, als würde er uns verteidigen wollen.

Die Sicht wird klarer, und nun kann auch ich den Mann erkennen, der bloß wenige Schritte von uns entfernt steht und uns ungläubig mustert. Er ist ein wenig größer als Cato, aber nicht ganz so kräftig. Sein Haar ist mittelblond und etwas zerzaust, über seiner Schulter trägt er eine Tasche, deren Henkel er zusätzlich mit der anderen Hand stützt. Ich schnappe nach Luft, als seine Iriden sich förmlich in meine bohren. Sie sind leuchtend grün und so intensiv, wie ich sie noch nie zuvor gesehen habe. Catos Griff um meine Schulter verstärkt sich und er macht einen Schritt auf den Fremden zu. Ein lautes Poltern ertönt, als Ladon versucht, den Kopf vom Innenhof hereinzuzwängen und die Sandsäulen einige Risse bekommen.

»Tja, willkommen an der rebellischen Front, der Vereinigung aus einer Schwindlerin, einem Heuchler und einem grummeligen Drachen. Interessiert?«, fragt Cato gelassen. Ladon schnaubt abfällig und sofort schirmt Cato mich mit seinem Körper ab, als ein paar Feuerfunken durch die Luft fliegen. »Vorsicht, alter Freund«, mahnt er den Drachen, während er mich in Richtung des Korridors schiebt, der auf mein Zimmer führt. »Geh dich hübsch machen für den Herrn des Hauses«, befiehlt er mir. Ich bin so überrumpelt von seinen Worten, dass ich ihm tatsächlich gehorche.

Kapitel 14

REBELLISCHE FRONT

AVA

Ich lasse mir Zeit dabei, mich fertig zu machen, wasche gründlich meinen Körper und auch mein Haar, obwohl das eigentlich gar nicht nötig wäre. Das Wasser schafft es zwar nicht, meine Sorgen fortzuspülen, dennoch fühle ich mich ein wenig klarer, als ich den goldenen Hahn zudrehe und beginne, mich mit einem weichen Handtuch trocken zu reiben. Nachdem meine Haare nicht mehr tropfen, bändige ich sie zu einem seitlich geflochtenen Zopf, der über meine linke Schulter fällt. Anschließend schlüpfe ich in eine weiße Hose und in ein dunkelgrünes Oberteil, über das ich noch meinen Mantel ziehe, weil die Sonne untergegangen ist und der Palast nicht für kühlere Temperaturen gebaut wurde. Zähneklappernd reibe ich meine Handinnenflächen aneinander, bevor ich meine Stiefel überstreife und tief durchatme.

Der Herr des Hauses.

Noch ein Gott.

Ein richtiger Gott.

Kein Halbgott wie Cato.

Auch wenn ich sie so oft vor meinem inneren Auge gesehen habe, so bin ich in echt lediglich Apollo begegnet.

Als kleines Mädchen.

Verschwommene Erinnerungen.

Ich presse jeweils zwei Finger gegen meine Schläfen, um meinen Herzschlag zu beruhigen, welcher derart schnell vorwärtspresscht, dass mir furchtbar schummerig wird. Das Pochen in meinen Ohren gewinnt ebenfalls an Lautstärke, während ich auf den Boden sinke, meine Stirn gegen die Knie lehne und versuche, mich von meiner eigenen Panik nicht niederringen zu lassen. Das ist wohl, was passiert, wenn man die Ereignisse verdrängt, um sich nicht mit ihnen auseinandersetzen zu müssen.

Beinahe mein ganzes Leben lang bin ich nur eine stille Beobachterin gewesen. Stets in sicherer Entfernung zum Hauptgeschehen. Doch plötzlich bin ich mittendrin – befinde mich nicht mehr in den schützenden Armen meines Tempels. Heillos überfordert von all den Eindrücken und Cato, der ... der Dinge mit mir anstellt, die ich mir selbst nicht erklären kann. Für die ich zuvor nie empfänglich gewesen bin. Gegen die ich mich nun wehren müsste. Weil sie dem widersprechen, was ich bin.

Es ist so seltsam, von jemandem gesehen zu werden. Auf diese Weise.

Mit Begehren im Blick.

Es wäre vermutlich die richtige Entscheidung, die Beine in die Hand nehmen. Den Drachen oder den neuen Gott anzuflehen, mich nach Hause zu bringen. Aber in mir ist der Wunsch zu bleiben. Bei einem Mann, der manchmal so tut, als würde er sich sorgen, nur um mich im nächsten Moment wieder bloßzustellen. Ich weiß, dass sein Verhalten mich in manchen Situationen abstoßen sollte. Stattdessen bin ich neugierig, verwirrt und ... ein wenig fasziniert.

Falsch.

So unendlich falsch.

Ich weiß nicht, wie lange ich mich vorsichtig hin und her geschaukelt habe, bis meine Atmung und mein Herzschlag sich beruhigen, vor meinen Augenlidern keine dunklen Flecken mehr tanzen und ich endlich die Kraft aufbringe, mich an der Kommode neben mir hochzuziehen. Fluchend begutachte ich meine weiße Hose, die nun Schlieren aus grauem Staub zieren. Ich klopfe sie ab, trotzdem bleibt ein kleiner Abdruck. Unschlüssig betrachte ich die anderen Kleidungsstücke, die ich zur Auswahl habe, ehe ich resigniert den Kopf schüttele und nach draußen marschiere. Vielleicht wird Cato es als einen kleinen Akt der Rebellion werten. Gut so.

Ich habe mich so sehr an das Knirschen von Glas gewöhnt, dass es beinahe eine beruhigende Wirkung auf mich ausübt, als ich über die Scherben zur Treppe laufe. Meine Hand gleitet das raue Geländer hinab, während ich eine Stufe nach der anderen nehme. Mittlerweile kommt mir der Palast schon gar nicht mehr so groß und undurchsichtig vor und ich finde den Weg ohne die üblichen Orientierungsprobleme. Ich passiere den Innenhof, der unter dem freien Sternenhimmel liegt und winke Ladon zu, der nur träge mit den Augenlidern zuckt. Ihm muss furchtbar langweilig sein. Er bewegt sich bloß zweimal am Tag, wenn er losfliegt, um außerhalb nach essen zu jagen.

Vor dem Speisesaal halte ich noch einmal inne und atme erneut tief durch. Warum muss ich so furchtbar aufgeregt sein? »Wir wissen, dass du dort stehst«, ertönt Catos Stimme, die von den hohen Wänden widerhallt.

Großartig.

Überhaupt nicht peinlich.

Gar kein Problem.

Ich straffe die Schultern und trete zögerlich ein. Meine Knie fühlen sich so weich an, dass eines sofort unter mir nachgibt und dafür sorgt, dass ich stolpere – glücklicherweise aber nicht falle. Trotzdem entfährt mir ein erschrockener Laut und ich spüre, wie Hitze meine Wangen hinaufkriecht. Ich denke nicht, dass der Abend zu diesem Zeitpunkt noch schlimmer werden kann. Dann blicke ich in die Gesichter der Männer.

Cato hat keinen Anstand, deswegen grinst er ganz ungeniert. Der fremde Gott hingegen ist deutlich besser erzogen und versucht immerhin sein Lächeln zu unterdrücken – was ihm nur mäßig gelingt. Vermutlich denkt er, ich sei mit zwei linken Füßen geboren. Ich zucke zusammen, als er einen Wimpernschlag später neben mir auftaucht und meinen Arm wie selbstverständlich bei sich unterhakt, um mich zu meinem Platz zu führen. Dort angekommen zieht er den Stuhl für mich zurück und ich lasse mich kraftlos niedersinken, während er mich an den Tisch heranschiebt, ehe er sich ebenso wie Cato gegenüber von mir hinsetzt. Er verschränkt die Hände unter seinem Kinn und mustert mich interessiert aus seinen hellgrünen Augen, die mir eine Gänsehaut bereiten.

»Ich hätte meinen Palast von dem Schutt der Zerstörung befreit und dich herzlich empfangen, wenn ich gewusst hätte, was ich für hohen Besuch erwarte.« Er wirft Cato einen ernsten Blick zu. »Damit meine ich nicht dich, Sohn des Okeanos«, merkt er tadelnd an, bevor er sich wieder mir zuwendet. Ich muss mich zusammenreißen, um nicht unruhig auf meinem Platz hin und her zu rutschen. »Apollo sucht schon überall nach dir. Du bist sehr kostbar für uns.«

Bei seinen Worten zucke ich zusammen, während Cato

sich merklich versteift. »Woher weißt du es?«, fragt er angespannt.

Der fremde Gott mustert uns nun beide eingehend, ehe er den Kopf schräg legt und glucksend zu lachen beginnt. Es klingt ein wenig eingerostet. »Das ist jetzt nicht wahr«, bringt er mühsam hervor und wischt sich eine Träne aus dem Augenwinkel. Sein Leben muss in letzter Zeit wirklich traurig gewesen sein, wenn er das hier spaßig findet. »Du hast sie hierhergebracht, ohne zu wissen, wer sie ist? Da wäre ich gern dabei gewesen.«

Cato legt seine geballten Fäuste auf den Tisch und ich lehne mich automatisch ein wenig zurück. »Wie hast du sie erkannt?«

»Sie ist die Seherin von Delphi. Obwohl sie jung ist, umgibt sie eine alte und mächtige Aura.« Bei seiner Umschreibung ziehe ich die Nase kraus. »Bitte sag mir nicht, dass du es bei ihr versucht hast«, fügte er hinzu und klingt ein wenig besorgt. »Ich glaube nicht, dass Apollo besonders erfreut darüber wäre.« Ich starre schweigend vor mich hin, spiele mit einer der Servietten und warte darauf, dass Cato etwas erwidert. »Bei allen verfluchten Göttern, du kannst ihn nicht ein Mal in der Hose lassen, oder?«

Und sofort fühlen meine Wangen sich wieder glühend heiß an. Ich räuspere mich und zerknülle den Stoff in meinen Händen. »Es ist nichts dergleichen passiert. Cato hat mich auf dem Weg zum Tempel abgefangen und hierhergebracht. Er hat mich vor den Heimatlosen beschützt, die sich in Delphi herumtreiben und von denen ich nichts wusste. Ich bin ihm zu großem Dank verpflichtet. Er hat stets respektiert, dass mein Leben den Göttern gewidmet ist.« Die Halbwahrheiten kommen mir so leicht über die Lippen, dass ich beinahe erschrocken bin. Plötzlich schaben Stuhlbeine über den Boden, verursachen dabei ein unangenehmes Geräusch, sodass ich aufblicke.

Cato steht ruckartig auf, sein Besteck fällt klappernd auf den Tisch, während er sich rückwärtsgehend von uns entfernt, dabei jedoch einzig mich ansieht. »Es war ein anstrengender Tag. Ich haue mich aufs Ohr. Vor dir sitzt ein waschechter Gott. Das hast du dir doch die ganze Zeit gewünscht, nicht wahr? Niemals würdest du dich mit einem Halbblut zufriedengeben.« Dann dreht Cato sich um und verlässt den Saal. Die schwere Tür donnert er mit einem lauten Knall hinter sich zu.

»Der Junge scheint ein paar Komplexe zu haben. Wer hätte das gedacht?« Ich räuspere mich unbehaglich, und kurz überlege ich, ihm hinterherzulaufen, entscheide mich dann jedoch dagegen. »Mein Name ist übrigens Hale«, fährt er fort, und erst jetzt fällt mir wieder ein, dass ich ganz und gar nicht alleine bin.

Zögerlich betrachte ich ihn, dieses Mal bekomme ich beim Anblick seiner intensiven Iriden immerhin keinen Herzinfarkt. »Ava«, murmele ich und nehme den Weinkelch entgegen, den er soeben für mich gefüllt hat. Dabei streifen sich unsere Finger und dann bin ich nicht mehr aufgewühlt und verwirrt, sondern vollkommen ruhig, beinahe entspannt. Seltsam. Ich trinke einige Schlucke und genieße, wie sich eine wohlige Süße in meinem Mund ausbreitet. Hale nippt ebenfalls seelenruhig an seinem Kelch und scheint über Catos Ausbruch kein bisschen besorgt zu sein. »Die Unsterblichkeit geht immer mit Unmengen von Dramen einher«, informiert er mich.

»Kannst du Gedanken lesen?«, frage ich unbehaglich.

»Nein. Aber die Stimmung anderer beeinflussen.«

»Also hast du gerade ... bei mir?«

»Yep. Tut mir leid. Angewohnheiten lassen sich schlecht ablegen«, erwidert er schulterzuckend.

Ich trinke einen weiteren Schluck. Mein Kopf fühlt sich neblig an und es wäre klug gewesen, vorab etwas zu essen. »Ich habe es mir ziemlich oft vorgestellt«, sage ich schließlich.

»Dir was vorgestellt?«

»Einem Gott zu begegnen.«

»Aber Apollo?«, fragt Hale irritiert.

»Habe ich nur einmal gesehen. Als er mich geholt hat. Ich war noch ein Kind. Danach hat er bloß über die Wächter, Donati oder Briefe mit mir kommuniziert. Wenn ich eine Prophezeiung gesprochen habe, wurde sie niedergeschrieben und von meinen Priesterinnen ins Archiv gebracht. Ich habe ihn nie angetroffen.« Es überrascht mich selbst, wie verletzt meine Stimme dabei klingt. »Und deshalb habe ich mir stets ausgemalt, wie es wäre ... einen von euch zu treffen. Nicht nur vor meinem inneren Auge, sondern in der Wirklichkeit. Ich habe mir immer vorgestellt, es wäre zu einem besonderen Anlass – einem großen Fest. Doch nun sitzt du hier vor mir und wirkst so normal.«

»Enttäuscht?«

»Ein wenig«, sprudelt es aus mir heraus, während ich mir gleichzeitig die Hand vor den Mund schlage. »Das war unhöflich. Entschuldige.«

»Keine Sorge. Ich bin nicht beleidigt. Tatsächlich finde ich es sehr erfrischend. Auch ich hätte mir die Seherin anders vorgestellt. Und wenn ich gewusst hätte, wie einsam du in deinem Tempel bist und wie schlecht Apollo sich um dich kümmert, dann wäre ich dich ab und an besuchen gekommen.«

Ein Kichern entfährt mir, was sich kurz darauf zu einem echten Lachen ausdehnt. Der Wein war wirklich keine gute Idee. Obwohl mir schon lange nicht mehr so leicht zumute gewesen ist. »Cato war der Meinung, dass ich vor Ehrfurcht erzittern würde, wenn ich einem echten Gott begegne«, vertraue ich ihm an, als ich mich wieder einigermaßen beruhigt habe.

Hale schenkt mir nach und ich halte ihn nicht auf. »Das scheint ein wunder Punkt für ihn zu sein. Ich habe ihn stets sehr beherrscht erlebt. Und selbstbewusst. Sein menschlicher Teil hat ihn zuvor nie großartig beschäftigt, würde ich meinen.«

»Keine Sorge, aus Erfahrung kann ich sagen, dass sein Selbstbewusstsein noch immer ausreichend vorhanden ist«, erwidere ich.

»Was ist dann das Problem?«

Ich seufze schwer. »Wir hatten des Öfteren die Diskussion, dass er mich nicht einfach mit sich nehmen kann. Dass ich eine Aufgabe zu erfüllen habe und dem Zweck der *richtigen* Götter dienen muss.« Ich kaue an meiner Unterlippe und drehe den Stiel des Kelches zwischen Daumen und Zeigefinger hin und her, während die dunkelrote Flüssigkeit seichte Wellen schlägt und mir beim Zusehen ein wenig schwindelig wird. »Ich habe ihm deutlich gemacht, dass er mich nicht behalten kann. Dass ich nicht ihm gehöre.«

»Das stimmt auch, schließlich bist du kein Gegenstand. Aber trotzdem ... Autsch ... Schätze ich.«

»Er hat mir in dieser kurzen Zeit mehr wehgetan als ich ihm.« Der Satz verlässt so hastig meinen Mund, dass ich es nicht schaffe, ihn zurückzuhalten. Entschieden schiebe ich das Glas von mir. Der Teller mit dem Fisch ist nach wie vor unberührt, ehrlich gesagt sieht er auch nicht unbedingt verlockend aus.

»Tja, er ist ein richtiger Herzensbrecher.«

Ich verdrehe die Augen. »Mein Herz habe ich ihm nicht geschenkt. Es ist nur ... Er ist so ...« Ich schüttele den Kopf und sortiere meine Gedanken. »Er sorgt einfach dafür, dass ich nach so kurzer Zeit alles infrage stelle, was mein bisheriges Leben ausgemacht hat.«

Der Saal wird inzwischen nur noch von einigen Fackeln beleuchtet, ansonsten sitzen wir in vollkommener Dunkelheit.

»Das muss nicht unbedingt etwas Schlechtes sein. Jeder gelangt irgendwann einmal an diesen Punkt. Dennoch solltest du vorsichtig mit ihm sein. Ich kenne bloß eine Person, die ihm wirklich die Welt bedeutet, und selbst sie hat er verletzt.« Hale reibt sich mit beiden Händen über sein Gesicht und unterdrückt ein Gähnen. »Wir sollten ebenfalls schlafen gehen. Ich verspreche, dass ich uns morgen etwas Vernünftiges zum Essen besorge. Ich bin auch kein großer Fan von Fisch.«

»Bist du sicher, dass du keine Gedanken lesen kannst?«

»Positiv«, erwidert er schmunzelnd. »Aber ich habe deinen Magen grummeln gehört.«

Einen Wimpernschlag später steht er direkt neben mir und zieht mich samt Stuhl zurück, ehe er mir die Hand reicht, um mir aufzuhelfen. »Daran muss ich mich erst noch gewöhnen«, sage ich und spüre, wie mein Puls rast.

»Ich kann dich durch den Nebel auf dein Zimmer bringen, wenn du mir sagst, wo du untergebracht bist.«

»Laufen wäre mir ehrlich gesagt lieber.«

Er lacht leise. »Einverstanden.«

Dieses Mal hake ich mich von allein bei ihm unter. Er hat wirklich erschreckend gute Manieren. Ich weiß gar nicht, wie ich damit umgehen soll. »Warum bist du so ruhig und freundlich geblieben, wo wir es uns doch uneingeladen in deinem Palast gemütlich gemacht haben? Jeder andere an deiner Stelle wäre wohl stinksauer gewesen«, sage ich, während wir durch den verlassenen Korridor schlendern.

»Zugegeben, im ersten Moment bin ich auch nicht erfreut gewesen. Aber dann ist mir eingefallen, dass wir gerade größere Probleme haben. Außerdem haben wir uns bereits die ganze Zeit gewundert, wo Cato abgeblieben ist.«

»Es war nicht leicht für ihn, so lange allein zu sein. Nur mit Ladon, meine ich.« Wir erklimmen die Stufen und ich höre das vertraute Knirschen von Glassplittern unter meinen Sohlen.

»Das Ausmaß der Zerstörung ist übler, als ich es in Erinnerung hatte«, murmelt er mehr zu sich selbst.

»Wir hätten richtig aufräumen sollen, wo wir schon dein Zuhause in Beschlag genommen haben«, sage ich verlegen, als wir vor der Tür zu meinem Zimmer stehen bleiben. Ich drücke die Klinke hinunter und schlüpfe hinein, bevor ich mich wieder zu ihm umdrehe. »Tja, also dann. Vielen Dank für den Begleitschutz.«

»Gute Nacht, Ava. Und schöne Träume.«

Er hat beinahe die Treppe erreicht, als mir etwas einfällt und ich einen Schritt aus dem Türrahmen heraus mache. »Warte. Darf ich dir noch eine Frage stellen?«

Er lächelt leicht und nickt. Seine Augen leuchten förmlich in der Dunkelheit, fast so, als würden sich Glühwürmchen darin verstecken. Der Mond fällt von hinten auf seine

Gestalt, verleiht seiner Haut einen ungewöhnlichen Schimmer. Und vielleicht realisiere ich erst in diesem Moment, wer da eigentlich vor mir steht.

»Wie fühlt es sich an, durch den Nebel zu gehen? Wie fühlt es sich an, wenn man jeden Ort auf dieser Welt besuchen kann? Wenn niemand einen aufhalten kann?«

»Das war aber mehr als eine Frage.« Langsam kommt er zurück zu mir, studiert mich mit demselben Blick, mit dem er mich vorhin bereits bedacht hat. »Es fällt mir schwer, das Gefühl zu beschreiben. Ich glaube, es ist intensiver und aufregender, wenn man es zum ersten Mal erlebt. Für mich ist es seit langer Zeit genauso leicht, wie einen Atemzug zu nehmen. Und ja, wenn gerade keine Katastrophe naht und ich mir selbst nicht im Wege stehe, dann kann mich tatsächlich niemand aufhalten. Vollkommen losgelöst sein und ohne Regeln leben, mich jeden Tag neu entscheiden.«

Eine Weile verharren wir stumm in der Dunkelheit, starren einander an, das Licht des Mondes wie ein Hoffnungsschimmer.

»So stelle ich mir Freiheit vor«, wispere ich. Mit einem leisen Klicken schließe ich die Tür.

Meine Lider gehorchen kaum meinem Willen, als ich am nächsten Morgen von den ersten Strahlen des Tages gekitzelt werde, und auf meiner Zunge liegt ein pelziger Belag. Ich massiere meinen Kopf, noch bevor ich die Augen aufschlage, und schwöre mir selbst, nie wieder auch nur ein Glas Wein anzurühren. Stöhnend rappele ich mich auf und stolpere in Richtung Badezimmer, wo ich mich erfrische. Anschließend geht es mir ein wenig besser.

Catos seltsamer Abgang und das Gespräch mit Hale kehren nur fetzenweise zurück, während ich mich in einen der beiden hautengen Trainingsanzüge zwänge. Ein unangenehmes Pochen breitet sich hinter meiner Stirn aus, als ich mich nach unten beuge, um meine Stiefel anzuziehen. »Götter«, fluche ich leise vor mich hin und taumele aus meiner Tür. Durch die zersprungenen Fenster sehe ich die Sonne, die sich träge aus dem Meer erhebt, und frage mich, warum zum Teufel ich nicht länger geschlafen habe.

Ich laufe die Treppe hinunter und den Korridor entlang, fühle mich in dem Chaos, das um mich herum in dem Palast herrscht, wohl und geborgen. In den wenigen Tagen ist dieser Ort mehr zu einem Zuhause geworden als der Tempel oder die einfache Hütte, in der ich mit Vater und Amycus gelebt habe, es je gewesen sind. Natürlich hätte ich den Morgen und den Vormittag in meinem Bett totschlagen können, doch ich weiß, dass Cato vermutlich schon in den Trainingsräumen ist, auch wenn sein Angebot von gestern vielleicht nicht mehr steht. Diese ganze Situation ist so was von kaputt. Meine Aufgabe, meine Bestimmung – alles ist immer so klar gewesen. Doch seit Flame die Prophezeiung erfüllt hat, ist für mich nichts, wie es vorher war. Als hätte sich dadurch auch mein Leben vollkommen verändert und ungefragt einen Richtungswechsel vorgenommen. Früher konnte ich jederzeit sehen. Heute erhalte ich kleine Fetzen, kann kaum in die Zukunft blicken. Zu spüren, wie ich die Kontrolle über meine Gabe verliere, ist furchteinflößend.

Aus irgendeinem Grund beginne ich zu rennen, als würde das etwas bringen. Werde schneller und schneller, während die zerbrochenen Gemälde, die von den sandbestrichenen Wänden rutschen, in meinen Augenwinkeln an mir vorbeifliegen. Schließlich erreiche ich die Trainingshalle, stütze mich auf meinen Knien ab und versuche, wieder zu Atem zu kommen. Tatsächlich gerät meine Entschlossenheit für einige Sekunden ins Wanken und ich spiele mit dem Gedanken, einfach wieder umzudrehen. »Sei kein Frosch«, flüstere ich mir selbst Mut zu, während ich im Stillen überlege, wie weit ich dem Wahnsinn bereits verfallen bin, dass ich Selbstgespräche führe. Dann richte ich mich auf, trete vor und stoße die Flügeltüren auf.

Ich entdecke Cato sofort. Er hängt an einer Stange aus Metall, zieht seinen muskulösen Körper daran hoch, als wöge er nichts. Perlen aus Schweiß rinnen seinen nackten Rücken hinunter und ich versuche angestrengt den Kloß, der sich in meinem Hals gebildet hat, hinunterzuschlucken. Mehr oder weniger erfolgreich rede ich mir ein, dass ich das hier nur tue, um stärker zu werden. Es gibt nichts in dieser Welt, das wichtiger ist, als für sein eigenes Überleben sorgen zu können. Nicht von anderen abhängig zu sein. Ich mache einen weiteren zaghaften Schritt in seine Richtung. Ich weiß, er hat mich längst gehört. In diesem Augenblick lässt er die Stange los und federt seine Landung geschmeidig ab, ehe er sich zu mir umdreht. In seinen Iriden braut sich ein Sturm zusammen, während er seine Hände an einem Tuch abwischt und auf mich zu schlendert.

Verdammter Frosch.

Cato ist die personifizierte Versuchung. Selbst seine Makel wirken nicht abschreckend, sondern anziehend auf mich. Allerdings scheint ihm bei meinem Anblick nicht dasselbe durch den Kopf zu gehen, denn er vermittelt nicht den Eindruck, als wäre er mir wohlgesonnen.

»Was willst du hier?« Seine Worte klingen wie ein Fluch

und innerlich wappne ich mich für den verbalen Schlagabtausch, der mich erwartet.

»Gestern hast du mich zum Training eingeladen. Wobei es wohl eher ein Befehl gewesen ist.«

»Ich dachte, es versteht sich von selbst, dass ich diese Absicht zurückgezogen habe. Und jetzt verschwinde.«

»Nein, das versteht sich nicht von selbst. Ich bleibe.«

»Erstaunlich. Ich habe angenommen, du wärst noch immer bei Hale und würdest ihm mit größter Ehrfurcht die Füße küssen.«

»Sei kein Arsch, Cato.«

Er lächelt arrogant. »Dabei ist das doch meine herausragendste Eigenschaft.«

»Immerhin bist du ehrlich zu dir selbst.« Ich zucke ergeben mit den Schultern und gehe zu der Laufbahn, welche die Geräte und den angelegten Hindernisparcours umrundet. In gemäßigtem Tempo jogge ich los, denn nun, wo mir kein Pferd mehr zur Verfügung steht, muss ich dringend an meiner eigenen Kondition arbeiten. Es sei denn, ich werde wieder in meinen Tempel eingesperrt. Dann würde das keine besonders große Rolle mehr spielen. Doch daran will ich jetzt nicht denken.

CATO

Ich tue so, als würde ich Ava nicht beachten, während ich auf den Boxsack einprügele, um meine Emotionen in den Griff zu kriegen. Sie weiß nicht, dass es ein verdrehter Test von mir gewesen ist, sie am vorigen Abend mit Hale allein zurückzulassen. Offensichtlich hat sie ihm nicht erzählt, dass ich die

Manieren von einem Höhlenmenschen besitze. Zwar ist sie mir nicht hinterhergelaufen, trotzdem ist sie heute früh zu mir gekommen. Nicht zu Hale. Er scheint ihr nicht den Kopf verdreht zu haben, obwohl sie die Götter in ungesunder Weise anzuhimmeln scheint, ihnen ihr Leben verschrieben hat. Einerseits will ich all diese verwirrenden Empfindungen in die verborgenste Ecke meines Seins verbannen, andererseits ist da diese beharrliche Stimme in meinem Hinterkopf, die immer wieder wispert, dass sie zu mir gehört.

Nur zu mir.

Mein.

Irritiert lasse ich die Fäuste sinken und gebe es auf, so zu tun, als wäre sie Luft. Ihr goldener Zopf wippt auf und ab und ich versuche nun nicht mehr, meinen Blick davon abzuhalten, weiter hinabzuwandern, um ihre Rundungen zu bewundern, die in dem engen Trainingsanzug wie der Gesang einer Sirene auf mich wirken. Fluchend richte ich meine Hose, die sich in diesem Moment ungefähr zwei Nummern zu klein anfühlt. Das sollte mich eigentlich nicht beunruhigen, denn es ist alles bloß Lust. Oder? Ich seufze schwer, ehe ich mich in Bewegung setze und zu ihr aufschließe.

Die rechte Hand hat sie in ihre Seite gestützt und ihr Gesicht ist vor Schmerzen verzogen, obwohl sie gerade erst bei ihrer vierten Runde ist. Reiner Zufall, dass ich mitgezählt habe. »Du könntest eine Pause einlegen«, schlage ich äußerst hilfreich vor. Vehement schüttelt sie den Kopf und schaut stur geradeaus. Nachdem sie eine weitere Runde durchgehalten hat, dabei jedoch hechelt wie ein Hund, kann ich mir das Trauerspiel nicht weiter ansehen. »Achte auf deine Körperhaltung. Rücken gerade, Schultern zurück«, weise ich sie an. »Drei Laufschritte durch die Nase einatmen und dann durch den Mund wieder drei Schritte ausatmen. Außerdem solltest du deine Bauchmuskeln trainieren und beim Laufen gezielt anspannen.« Ich warte auf eine schnippische Antwort, doch stattdessen bremst sie abrupt ab und rollt sich auf dem Boden zusammen, während ihre Brust sich in einem halsbrecherischen Tempo hebt und senkt. Ich hocke mich neben sie und streiche eine Haarsträhne aus ihrer Stirn, als ein Räuspern sie zusammenzucken lässt.

Hale.

Fantastisch.

»Die rebellische Front macht keinen besonders chancenreichen Eindruck«, stellt er nüchtern fest.

Ich blicke in Avas orange-braune Augen. »Ich habe dir nichts versprochen.«

Sie lächelt traurig. »Nur all die schlechten Dinge.«

Kapitel 15

DER PAKT

HALE

Ich schätze, seine Antwort war nicht wirklich an mich gerichtet. Es ist zwar eine nette Abwechslung, dass es seit langer Zeit einmal nicht um mein eigenes Drama geht, aber dennoch ... Ich wollte einfach nur meine Ruhe haben. Alleine sein und durchatmen können. Aber daraus wird wohl vorerst nichts. Ich kann nicht fassen, dass Apollo wie ein aufgeschreckter Gockel in der Weltgeschichte herumrennt, seine heilige Seherin sucht, während Cato – der Schlawiner – sie sich einfach so gekrallt hat. Ich sollte Apollo wirklich informieren ... Aber vielleicht lasse ich mir damit noch etwas Zeit.

Während die beiden mich ausblenden, sich anschmachten, als wären sie vollkommen allein, nehme ich die Trainingshalle in Augenschein. Der Aufbau des Parcours ist unverändert und in dieser Sekunde erscheint es mir, als wäre es erst gestern gewesen, dass ich Flame hier trainiert habe. Als ich noch ahnungslos gewesen bin, wen ich da vor mir habe. Wie viel sich seitdem getan hat ...

Es ist nicht mehr lange bis zur ersten Aufgabe und ich treibe die Mädchen in meinem Team jeden Tag an ihre Grenzen, versuche jetzt schon etwas aus ihnen herauszukitzeln, das ein Hinweis darauf sein könnte, dass sich in ihnen eine größere Macht verbirgt.

Die Trainingszeit teilen wir uns heute mit Dream und seinen Kandidatinnen, wobei er eigentlich nur Augen für Lavea hat. Irgendetwas an ihr scheint ihn weichzukochen, doch ich kann mir nicht vorstellen, dass sie hier große Chancen hat. Es ist nicht klug von ihm, sein Herz an sie zu hängen. Zumal das Mädchen eine Heidenangst vor ihm zu haben scheint und bereits zu zittern beginnt, wenn er sie bloß beruhigend an der Schulter berührt.

Mein Blick wandert zurück zu Kiana und Flame, die schon wieder die Köpfe zusammengesteckt haben und eifrig miteinander tuscheln. Ernsthaft? Kiana scheint alle Disziplinen bereits recht gut zu beherrschen, Flame hingegen ... Ich sehe durchaus Potenzial, doch sie hat nie zuvor trainiert oder gekämpft, wurde stets in Watte gepackt. Sie ist nicht ganz so zart wie Lavea, denn sie hat einen stärkeren Geist. Trotzdem muss sie härter trainieren, um an die anderen heranzureichen – oder sie gar zu schlagen.

»Tratschen könnt ihr heute Abend im Damensalon«, rüge ich die Mädchen, scheuche sie auf und lasse sie zehn Runden im Parcours absolvieren, bis sie sich kaum noch auf den Beinen halten können. Als ich mir sicher bin, dass sie die Botschaft verstanden haben, erkläre ich gemeinsam mit Dream die Stunde für beendet.

Statt wie die anderen nach draußen zu laufen, registriere ich, wie Flame auf einen Schemel sinkt, ihren Fuß langsam streckt und dabei das Gesicht verzieht. Bei einem der Parcoursdurchläufe ist sie umgeknickt, aber da sie sich nicht beschwert hat, bin ich davon ausgegangen, dass nichts passiert ist.

Ich greife in den Eimer mit dem kühlen Wasser, der immer in der Halle bereitsteht, hole ein Tuch hervor und wringe es aus. Anschließend laufe ich zu Flame und gehe vor ihr in die Hocke. Sie macht eine unwirsche Handbewegung, und erst jetzt bemerke ich, dass Kiana und Lavea an der Tür auf sie gewartet haben und mich misstrauisch mustern. Ich verdrehe die Augen, als sie wider-

willig verschwinden, und wende mich erneut Flame zu. Zischend
zieht sie die Luft ein, als ich ihren Knöchel abtaste und anschlie-
ßend das feuchte Tuch um ihren Fuß schlinge.

»Nichts Ernstes«, teile ich ihr mit und streiche sacht über ih-
ren Unterschenkel, was sie zurückzucken lässt. Sofort lasse ich
meine Hand sinken. »Ich verstehe ...« Ich sehe sie zerknirscht an
und setze mich neben sie auf den Boden.

»Hale, tut mir leid, aber ...«

»Nein, mir tut es leid. Ich gebe zu, dass ich dich mag. Ich
glaube, jeder hier hat dich sofort in sein Herz geschlossen.«

»Abgesehen von Candela und Saphira ...«, versucht sie die
unangenehme Situation zu lockern, doch ich sehe ihr an, wie
unwohl sie sich fühlt.

»Die zählen doch gar nicht«, gehe ich auf ihre Worte ein und
kann förmlich spüren, wie sie erleichtert aufatmet. Gleichzeitig
kann ich nicht verhindern, dass Phia sich ungefragt in meine Ge-
danken schleicht. Sie habe ich nicht in mein Herz geschlossen.
Vielmehr ist es, als würde sie in meiner Gegenwart daran nagen.
Ihr zinnoberrotes ungezähmtes Haar, ihre tannengrünen Augen,
die immer so kampfeslustig funkeln ... bringen mich um den Ver-
stand. Doch ich habe nicht vor, wie Dream zu enden. Flame wäre
eine gute Ablenkung für mich. Ich mag sie. Wir könnten einander
helfen. Nicht den Fokus zu verlieren. Aber ich habe unterschätzt,
wie sehr sie sich bereits an Dark gebunden hat. Auch wenn sie
es sich selbst zu diesem Zeitpunkt noch nicht eingestehen kann,
weil es zu beängstigend ist.

Konzentriert ziehe ich das Tuch um Flames Knöchel zusam-
men und verknote die Enden miteinander. »Und ich gebe zu, dass
ich meine Freude daran habe, Dark zur Weißglut zu treiben«,
sage ich rasch und vor allem, um meinen Überlegungen Phia be-
treffend zu entfliehen. »Ich kenne ihn schon sehr lange. Und ich

kann mich nicht daran erinnern, dass er eine Frau jemals so an-
gesehen hat.«

Ich unterdrücke ein Fluchen, als ich aufblicke und Tränen in
Flames Augen erkenne. Doch ich bin nicht derjenige, der ihr die-
sen Schmerz nehmen, sie trösten kann. Und sie ist auch nicht die-
jenige, die mich von der Schwere befreien kann, die auf meinem
Brustkorb liegt, seit mich diese tannengrünen Iriden zum ersten
Mal gefangen nahmen.

»Warum könnt ihr euch eigentlich nicht leiden? Du und Dark,
meine ich«, fragt Flame, nachdem wir eine Weile schweigend ne-
beneinandergesessen haben. Seufzend erhebe ich mich, strecke
ihr die Hand entgegen und ziehe sie auf die Füße, ehe ich mög-
lichst arglos mit den Schultern zucke, während ich mich inner-
lich anspanne.

»Wir sind so unterschiedlich wie Sommer und Winter, Tag und
Nacht, wie Feuer und Eis. Uns wird so schnell nichts zusammen-
bringen können.«

Ein dumpfer Knall ertönt und ich werde zurück in die Gegenwart katapultiert. Ich schüttele etwas benommen den Kopf,
als könnte ich so die Erinnerung loswerden, und beobachte
Cato, der gerade dabei ist, die Gewichte zurück an ihren Platz
zu räumen. Ava hat sich ebenfalls aufgerappelt und streicht –
scheinbar nervös – nicht vorhandene Falten an ihrem Trainingsanzug glatt. Es wundert mich, dass sie schon wieder fit
ist. Selbst mein Kopf brummt noch ein wenig von dem vielen
Wein, den ich getrunken habe, mit dem Ziel, mein Innerstes
zu betäuben und Phia zu vergessen.

Die beiden kommen nun auf mich zu und mir fällt endlich wieder ein, weshalb ich ursprünglich hier aufgetaucht
bin. »Ich habe etwas Anständiges zu essen besorgt. Das Wet-

ter ist schön, wir können im Innenhof bei dem schläfrigen Drachen essen.«

Ava stößt ein zustimmendes Geräusch aus und Cato schnaubt belustigt. »Sag bloß, du findest, ich hätte dich nicht gut versorgt ...«

»Ich bin einfach nur kein großer Fan von Fisch«, wiederholt sie meine Worte von gestern und klingt immer noch ein wenig außer Atem. Sie scheint wirklich eine miese Kondition zu haben. Andererseits könnte es auch an einem gewissen Halbgott liegen.

Kurzerhand fasse ich sie am Unterarm und bringe uns durch den Nebel. Catos empörtes Gesicht verschafft mir durchaus ein wenig Genugtuung. Aber solche Kleinigkeiten wird er nun ertragen müssen, nachdem er es sich in meinem Palast gemütlich gemacht hat, als wäre es sein eigener.

Sobald sie den gedeckten Tisch erblickt, stürzt Ava sich auf das frische Brot, den Käse und die Trauben, die dort auf uns warten. Im nächsten Moment erscheint Cato zwischen den Säulen und ich muss ein bisschen grinsen, weil ich mir ziemlich sicher bin, dass er gerannt ist. Obwohl er gestern einen dramatischen Abgang gemacht hat, will er tief im Herzen doch nicht, dass ich mit ihr allein bin. True würde vermutlich längst anzügliche Kommentare machen, doch ich belasse es bei einem wissenden Blinzeln. »Du sahst nicht so mitgenommen aus wie sie«, erkläre ich achselzuckend und deute auf Ava, die zu beschäftigt mit dem Essen ist, um uns Beachtung zu schenken.

»Ich wusste nicht, dass sie *so* hungrig ist«, murmelt er zerknirscht.

Ich klopfe ihm auf den Rücken und deute auf die beiden freien Stühle. »Setzen wir uns.« Sobald wir Platz genommen haben, greife ich mir ein paar Trauben und beobachte, wie Cato ebenfalls ordentlich zulangt. Ich frage mich, wann sie das letzte Mal eine vernünftige Mahlzeit hatten. »Es wäre besser, wenn du nicht so hastig schlingst«, informiere ich Ava, die sich noch mehr Brot in den Mund schiebt. »Sonst kommt alles wieder raus.«

Ertappt schaut sie zu mir, kaut und schluckt angestrengt, ehe sie sich in ihrem Stuhl zurücksinken lässt. »Jetzt ist mir schlecht«, stellt sie so überrascht fest, dass ich schon wieder lächeln muss. Vorsichtig ziehe ich ihren Teller weg und schiebe ihn an den Rand.

»Das Essen läuft nicht weg. Du kannst später noch einen Nachschlag haben.« Sie nickt zufrieden und gießt sich aus der bauchigen Karaffe Wasser in ihr Glas. Aus den Augenwinkeln sehe ich, dass Cato sie dabei beobachtet, wie sie es an ihre Lippen führt und trinkt. Seufzend nehme ich mir eine weitere Traube. Das kann ja noch interessant werden. Oder einfach nur in einer Katastrophe enden.

»Ich würde gern noch einmal in allen Einzelheiten von dir hören, wie du Cato in die Arme gelaufen bist«, fordere ich Ava schließlich auf.

Bedächtig wischt sie sich die Hände an einer der Servietten ab, dann verschränkt sie ihre langen Beine zu einem Schneidersitz. »Ein paar Wochen vor Erfüllung der Prophezeiung wurden meine Priesterinnen und ich von einigen Donati in einem separaten Bereich in einem der Evakuierungslager untergebracht«, beginnt sie zu erzählen. »Zu diesem Zeitpunkt funktionierte meine Gabe wie gewohnt. Wir gingen dort weiterhin unseren Aufgaben nach. Ich blickte in die Zukunft – und meine Priesterinnen schrieben es auf.« Sie atmet tief durch, während sie unbewusst mit ihrem geflochtenen

Zopf spielt. »Dann befreite Flame die Erde von den Qualen der Hitze, wir haben es alle bemerkt. Ich denke, man konnte es auf der ganzen Welt spüren. Und plötzlich war alles anders. Ich konnte nichts mehr sehen – fühlte mich leicht und schwer zugleich. Als ich es nicht länger ertrug und kein Gott meine Gebete erhörte, bin ich auf eigene Faust aufgebrochen, um zu meinem Tempel zu gelangen. Zwei meiner engsten Vertrauten halfen dabei, mich rauszuschmuggeln, doch es wäre zu riskant gewesen, wenn wir alle aus dem Lager geflohen wären. Also ritt ich allein auf meinem Pferd. Drei Tage, ohne eine richtige Pause einzulegen, weil ich mich nicht getraut habe, in der Wildnis zu ruhen.« Cato gibt ein wütendes Geräusch von sich, doch sie ignoriert ihn, spricht einfach weiter. »Es war unheimlich, durch die verlassenen Siedlungen zu reiten. Nie zuvor habe ich solch eine Stille erlebt. Und dann kam der Schnee. Es war das erste Mal, dass ich welchen sah. Im Nachhinein kommt mir die Reise beinahe unwirklich vor. Als hätte ich bloß geträumt.« Ava atmet tief durch und kneift die Augen zusammen, fast so, als müsste sie sich konzentrieren, weil sie kein Detail vergessen will. »Je näher ich Delphi kam, desto mehr war der Boden von den weißen Kristallen bedeckt. Ich war müde und durchgefroren, mein Pferd war erschöpft und sein Fell von kaltem Schweiß durchtränkt. Dennoch gestattete ich uns keine Pause. Wir erreichten die Stadtgrenze, ritten an der Ruine des Kolosseums vorbei, ich erblickte meinen Tempel – so nah. Und dann ging alles ganz schnell. Ein riesiger smaragdgrüner Drache stürzte sich vom Himmel und landete vor uns, schnitt uns den Weg ab. So traf ich auf Cato und Ladon. Wegen des Adrenalins sind meine Erinnerungen vermutlich verschwommen, ich weiß nur, dass wir geredet haben, ich wollte, dass Cato mich durchlässt. Doch er blieb stur, weil Heimatlose den Tempel eingenommen hatten. Diese erlegten mein Pferd. Ladon reagierte schnell, schloss seine Klauen um Cato und mich und flog davon. Ich ließ mein Pferd sterbend zurück.«

»Du hättest nichts mehr für sie tun können«, mischt der Halbgott sich nun ein, sein Gesicht ist angespannt und ein Muskel zuckt an seinem Kiefer. Ava schüttelt den Kopf und kommt wieder im Hier und Jetzt an.

»Wie haben sich deine Fähigkeiten entwickelt, seit du hier im Sandpalast bist?«, hake ich nach. »Ist alles wieder beim Alten?«

Sie versteift sich ein wenig, ehe sie in sich zusammensackt. »Nein. Seit wir hier sind, habe ich einzig eine Sache vorausgesagt. Aber es gleicht mitnichten meinen früheren Kräften. Vielleicht ist etwas kaputtgegangen.«

»Vielleicht hast du deine Bestimmung aber auch einfach erfüllt«, merkt Cato in gelangweiltem Tonfall an, als würde er sie absichtlich reizen wollen. »Und wirst demnächst ausgetauscht.«

Kurz darauf reißt sie eine der Trauben vom Stängel und wirft sie nach ihm. Er blinzelt einige Male, während mein Blick zwischen ihnen hin und her schnellt. Als sie nach der nächsten Traube greifen will, beugt er sich blitzschnell nach vorn und greift sie am Handgelenk.

»Du solltest doch am besten wissen, was für ein wertvolles Gut Essen in Zeiten wie diesen ist. Also spiel nicht damit«, sagt er kühl. Ava antwortet nicht, starrt ihn lediglich an. Keiner der beiden scheint dazu bereit, als Erstes klein beizugeben.

Ich räuspere mich.

Unangenehm.

»Geh auf dein Zimmer, Seherin«, schnurrt Cato und lässt sie los. »Die erwachsenen Personen am Tisch haben wichtige Dinge zu bereden.« Sie springt so schnell auf, dass die Stuhlbeine über den Boden schaben und dabei ein grauenvolles Quietschen von sich geben. Ihre Wangen sehen erhitzt und gerötet aus. In ihren Augen liegt ein verdächtiger Glanz und mein Magen zieht sich zusammen, als sie sich ohne ein Wort umdreht und nach draußen hastet. Für einen Moment herrscht Stille, weil wir nur den Geräuschen ihrer wütenden Schritte lauschen, bis in weiter Ferne eine Tür zuknallt. Mit zusammengezogenen Brauen wende ich mich dem Übeltäter zu.

»Das hast du ja großartig hingekriegt.«

»Ich muss sie ab und an daran erinnern, wo ihr Platz ist.«

»Oder dich daran, dass du sie nicht haben kannst«, erwidere ich.

»Sie ist noch ein Kind.«

»Sie hat aufgehört, ein Kind zu sein, als sie zur Seherin wurde. Das weißt du genauso gut wie ich. Aber sieh das jetzt bitte nicht als Ermutigung.«

»Keine Sorge. Die Seherin bedeutet mir nichts.«

Ich verschränke die Hände hinter dem Kopf und lasse meinen Rücken knacken. »Langsam kann ich wirklich nachvollziehen, warum Flame dich damals verlassen hat, um ein neues Leben zu beginnen.«

Cato bleckt seine Zähne. Ich hoffe, dass er nicht auf die Idee kommt, nach mir zu schnappen wie ein tollwütiger Hund. »Das war unter der Gürtellinie.«

»Nach deinen Maßstäben nicht, ehrlich gesagt«, kontere ich und beginne, die nicht aufgegessenen Nahrungsmittel zurück in den vorgesehenen Beutel zu räumen. »Du hast eine sehr gewöhnungsbedürftige Art, einer Frau zu zeigen, dass du sie magst.«

»Wie schon gesagt: Sie bedeutet mir nichts. Ich brauche sie nur vorübergehend. Das ist alles.«

»Sicher«, murmele ich gedehnt und reibe mir über die Stirn. Es nutzt nichts, mit ihm darüber zu diskutieren. Keine Ahnung, was dem Jungen alles zugestoßen ist, aber auf emotionaler Ebene ist er die reinste Katastrophe. Noch deutlich schlimmer als Dark, was wirklich eine beachtliche Leistung ist. »Nun gut, es gibt noch einige andere Punkte, die wir klären sollten«, wechsele ich schließlich das Thema.

CATO

Hale, der heilige Samariter. Würg. Am liebsten würde ich seinen Kopf zu dem stinkenden Käse in den Stoffbeutel stecken, damit er endlich Ruhe gibt.

Eigentlich ist er gar kein so übler Kerl – wenn er nicht gerade versucht, mich zu belehren, oder sich in meine Angelegenheiten einmischt. Die Sache mit Ava kann ich nicht einmal mir selbst erklären, weshalb ich mit ihm ganz sicher nicht über sie reden werde. Ich nehme einen letzten Schluck Wasser und knalle anschließend das Glas mit ein wenig zu viel Schwung zurück auf den Tisch. »Schieß los.«

»Wie kam es dazu, dass du allein mit Flame aufgebrochen bist? Erzähl mir, was in dieser Nacht geschah.«

Ich stoße meinen unbewusst angehaltenen Atem aus und verschränke die Arme vor der Brust. Ich wusste, dass ich irgendwann darüber reden muss. Dass die anderen Fragen an mich haben und ich mich nicht auf ewig vor ihnen verstecken kann. Für einen kurzen Augenblick schließe ich die Lider. Dann lasse ich die Erinnerung zu. »Ich kämpfte gemeinsam mit Apollo und Lost gegen die Spinnen. Wir bekamen nicht mit, was im Verlies vor sich ging, weil wir alle Hände voll zu tun hatten. Wir schlugen uns gut. Irgendwann schickte Lost mich weg, weil fast alle Spinnen erledigt waren und ich noch nicht wieder ganz bei Kräften war, noch immer erschöpft von der Arbeit im Evakuierungslager und vom Löschen der Feuer. Er sagte, dass er es ab jetzt alleine schafft. Also ging ich. Auf meinem Zimmer war meine Müdigkeit plötzlich wie fortgeblasen. Ich schenkte mir ein Glas Whiskey ein und nahm auf einem Sessel Platz, wartete darauf, dass das Adrenalin aus meinem Blutkreislauf verschwand. Ich bin mir nicht sicher, wie viel Zeit verging, bis es an der Tür klopfte. Ich stand auf und öffnete. Es war Flame. Sie bat mich, ihr zu helfen. Und ich konnte ihr den Wunsch, mit ihr zu gehen, nicht abschlagen. Sie hat mir vertraut, mich allen anderen vorgezogen. Es war ein gutes Gefühl. Sie weihte mich in ihren Plan ein und brachte uns in dein Reich. Von hier aus flogen wir mit Ladon nach Delphi, zum Mittelpunkt der Erde. Durch Aufzeichnungen aus Yasars Arbeitszimmer wusste sie, was zu tun ist. Mithilfe der vier Elemente öffneten wir den Stein – um genauer zu sein, ein Portal. Danach sperrte sie mich hinter einer Wand aus Flammen aus und ging allein hindurch. Ihr Feuer war so stark, wie ich es nie zuvor erlebt habe. Ich kam mit meinen Wasserkräften nicht dagegen an. Und so sah ich sie zum letzten Mal.« Ich schlucke schwer und starre gedankenverloren auf den Boden. »Ladon brachte mich aus dem Kolosseum und schirmte mich mit seinen Flügeln vor den Flammen und dem Funkenregen ab. Einen derartigen Sog ... habe ich nie zuvor verspürt. Als würde die Welt tatsächlich untergehen. Und dann begann es zu schneien. Vor vielen Jahren sagte sie mir, dass es ihr sehnlichster Wunsch sei, einmal im Leben Schnee zu sehen. Und als die dicken weißen Flocken vom Himmel fielen, fühlte es sich an wie Abschiednehmen.«

Ich schenke mir Wasser nach, obwohl ich in diesem Augenblick wohl etwas Stärkeres bräuchte. »Warum bist du nicht zurückgekehrt?«, fragt Hale.

»Als ob das irgendwer gewollt hätte. Dark hätte mich einen Kopf kürzer gemacht, so viel ist klar.«

»Für Dark kann ich nicht sprechen, aber ich kann dir versichern, dass ich Flames Entscheidung verstehe. Sie war es leid zu warten. Und es war richtig, dass du ihr geholfen hast. Es ist gut, dass sie nicht alleine war.«

Ich fahre mit einer Hand durch mein kurz geschorenes Haar. »Vielleicht werden wir eines Tages wieder alle gemeinsam an einem Tisch sitzen. Wenn Gras über die Sache gewachsen ist.«

»Deine Entscheidung«, erwidert er ruhig.

»Ich habe gesehen, wie ihr Yasars Reich verlassen habt. Wo halten die anderen sich momentan auf?«, frage ich.

»Jules, Amanda, Eros, Miriam und Atlas sind in den Evakuierungslagern. Apollo sucht ironischerweise Ava. Lost und Dark sind verschwunden, wir haben keinen Kontakt zu ihnen. Sie müssen auf ihre Art mit der Trauer fertig werden. Lavea, Dream, Phoibe, Yasar, True, Phia, Prometheus und Apate sind im Land der Wahrheit und der Wirklichkeit. So lautet jedenfalls die Kurzfassung.«

Ich mustere ihn prüfend. »Es wundert mich, dass du Saphira, nachdem du so für sie gekämpft hast, einfach zurückgelassen hast. Was ist passiert?«

»Phia hat ihre Entscheidung getroffen. Und ich muss das

akzeptieren. Ich bin hergekommen, um den Kopf frei zu kriegen. Ich habe realisiert, dass ich sie in den letzten Monaten über alles andere gestellt habe. Über meine Freunde, meine Aufgaben, über mich selbst. Das war weder richtig noch gesund, doch ich war blind vor Liebe.« Fast beneide ich ihn darum, wie leicht er über seine Gefühle sprechen kann, ohne dass es ihm unangenehm zu sein scheint.

»Ich kann nicht glauben, dass alles umsonst gewesen ist. Die Beschaffung der Relikte. Die Öffnung des Olymps. Denkst du, sie ist wirklich fort?«, fragt Hale schließlich.

»Nein«, antworte ich fest. »Nein, das denke ich nicht. Vielmehr habe ich das Gefühl, dass wir etwas übersehen, uns ein entscheidendes Puzzleteil fehlt.«

Der Gott der Hoffnung beugt sich zu mir. »Hast du etwas gefunden?« Ich erinnere mich an Avas Worte, an den Raum im hintersten Winkel der Bibliothek und an die vergilbte Pergamentrolle, deren Inhalt mir nicht mehr aus dem Kopf gehen will. Aber was hat all das mit meiner Suche nach Flame zu tun? »Vielleicht«, erwidere ich schließlich.

Kapitel 16

SALZMAGIE

SAPHIRA

Wir haben uns in dem großen leeren Raum im untersten Geschoss versammelt. Ich habe mir angewöhnt, barfuß durch den gut temperierten Palast zu streifen, doch hier sind die Fliesen so ungemütlich und kalt, dass ich es bereue, keine Stiefel zu tragen. Ich presse meine Zähne aufeinander, um sie daran zu hindern aufeinanderzuklappen, und versuche mich mit meinen eigenen Händen zu wärmen. Lächerlich. »Die Beschwörung ist eine Form der schwarzen Magie. Du weißt, was ich davon halte«, ruft Yasar aufgebracht.

Ich unterdrücke ein Aufseufzen und weiß, dass es den anderen genauso geht. Diese Diskussion führen Yasar und True schon seit Tagen, doch heute sieht es ganz danach aus, als würde Letzterer seinen Willen bekommen. Da wir praktisch jeden Meter dieser Erde nach Flame abgesucht haben, bleibt als logische Schlussfolgerung eigentlich nur noch die Unterwelt. Da Apate die Moiren jedoch nicht erreichen kann und Prom nicht will, dass sie selbst in den Hades geht – und wir anderen auch nicht besonders scharf darauf sind – kam True auf die grandiose Idee, eine Beschwörung durchzuführen. An dem Morgen, an dem die Halbgötter und Eros in die Evakuierungslager aufbrachen und ich Hale endgültig von mir stieß, weihte True alle, die blieben, in seinen Plan ein. Er knallte

234

ein schwarzes, angefressen aussehendes Lederbuch auf den Tisch und sagte: »Dschinn sind allwissende Wesen. Sie sind in der Lage, jede Frage zu beantworten und jeden Wunsch zu erfüllen. Sie werden uns sagen können, was mit Flame geschehen ist.«

Prom hatte daraufhin lediglich triumphierend dreingeschaut, Apate ein »hab ich dir doch gesagt« zugeraunt und ist sofort Feuer und Flamme gewesen. Wir anderen eher weniger. Lavea hat unverhohlen Angst und ich weiß nicht so recht, was ich davon halten soll. Obwohl in einer Welt wie dieser eigentlich nichts unmöglich ist, glaube ich nicht daran, dass man Geister beschwören kann. Die toten Seelen leben in der Unterwelt und von dort kann sie niemand retten.

»Prom und ich sind nicht umsonst durch die Salzwüste gegangen, um dieses verdammte Zaubersalz zu beschaffen, das wir für diesen Hokuspokus benötigen«, mischt Dream sich ein. Das ist allerdings wahr. True hat den Aufwand, der dafür betrieben werden musste, ein wenig unterschätzt.

»Wir ziehen das jetzt durch«, stimmt Prom zu. »Ich bin schon ganz aufgeregt.« Er wackelt albern mit den Augenbrauen und Apate knufft ihn in die Seite, was ihn dazu veranlasst, sich zu ihr hinabzubeugen und sanft ihre Lippen zu küssen. Automatisch drängt sich Hale in meine Gedanken und ich wende mich Phoibe zu, die mich versteht, weil auch sie alleine ist. Keine Ahnung, wie lange Apollo noch nach dem Orakel suchen will.

Einige Male bin ich kurz davor gewesen, Yasar zu fragen, wohin Hale gegangen ist, doch dann habe ich immer wieder einen Rückzieher gemacht. Tief im Herzen ist mir bewusst, dass ich mein Recht verspielt – und keinerlei Anspruch darauf habe, mich in sein Leben einzumischen. Ich dachte, dass ich nach einem endgültigen Schlussstrich Erleichterung verspüren würde, aber irgendwie ist da vielmehr Traurigkeit. An manchen Tagen fällt es mir schwer, überhaupt noch aufzustehen.

»Hilfst du uns, die Kerzen aufzustellen?«, reißt Laveas zarte Stimme mich aus meinen Gedanken. Ich blicke in die Mitte des Raumes und sehe erst jetzt, dass das Pentagramm beinahe fertig ist. Die Männer streuen die Salzränder nach, während True aus dem schwarzen Buch die Anweisungen gibt. Es ist ein Kreis, in dem sich ein Stern mit fünf Zacken befindet, der wiederum das innere Fünfeck einschließt. Ich nehme Lavea einige Kerzen ab und gemeinsam platzieren wir sie jeweils an den Spitzen sowie die größte in der Mitte.

»Wo sind die Freiwilligen, die sich mit mir in den Salzkreis stellen?«, fragt True mit geröteten Wangen, während er das Buch an seine Brust drückt. Er sieht aus wie ein Kind an Weihnachten.

Nach einem Moment des Zögerns macht Dream den Anfang und postiert sich in einem der Zacken. Prom will ihm folgen, doch Apate umfasst seinen Hemdsärmel und zieht ihn mit sich an den Rand des Spektakels. Phoibe und ich tauschen einen Blick, ehe wir uns in Bewegung setzen und ebenfalls in den Salzkreis treten. Lavea gesellt sich eilig zu Apate und Prom, sodass Yasar mit einem gequälten Seufzen den letzten Platz einnimmt. Nun steht jeder von uns in einer der fünf Sternenspitzen. »Vermutlich wird es sowieso nicht funktionieren«, murmele ich ihm aufmunternd zu, während mein Blick zu Prom gleitet, der in sicherer Entfernung schmollt, weil er lieber mitten im Geschehen wäre.

»Als Erstes müssen wir uns an den Händen fassen«, sagt True und legt das aufgeschlagene Buch vor sich auf den Marmorboden. Die Seiten sind genauso schwarz wie der Leder-einband, doch die Schrift ist strahlend weiß. Zu meiner Linken nimmt Phoibe meine Hand, meine rechte strecke ich nach Yasar aus, bis er sie ergreift.

Sobald wir alle miteinander verbunden sind, nickt True zufrieden. »Ich werde jetzt anfangen, die Beschwörung zu lesen. Lasst einander nicht los und bleibt die ganze Zeit über im Salzkreis, bis ich etwas anderes sage.

Wenn der Dschinn erscheint, kann jeder von uns eine Frage stellen. Wählt sie mit Bedacht.«

Obwohl ich mir nicht vorstellen kann, dass es klappen wird, fühlen sich meine Handinnenflächen auf einmal schweißnass an. Die Sonne steht bereits tief am Himmel und in der Halle herrscht dämmriges Licht. Warum konnten wir diese Beschwörungssache nicht bei Tageslicht abhalten?

»Ich kann nicht glauben, dass ich bei so einem Schwachsinn mitmache«, murmelt Yasar vor sich hin und ich drücke mitfühlend seine Hand. Das hier ist wirklich nicht gerade sein Fachgebiet.

»Irgendwie muss ich gerade daran denken, was Dark und Flame auf Delos widerfahren ist, und bin plötzlich richtig froh über meinen Platz in der hinteren Reihe«, merkt Prom wenig hilfreich an.

Lavea erbleicht und Dream schaut ihn erbost an. »Danke für deine aufbauenden Worte, Idiot.« Manchmal streiten die beiden sich wie zwei ungezogene Bengel.

»Lasst True endlich anfangen, sonst sind wir morgen noch hier«, mischt Phoibe sich ein und bringt sie damit tatsächlich zum Schweigen. In meiner Magengegend breitet sich ein Ziehen und Kribbeln aus und ich fühle mich genauso wie vor einer der Aufgaben während des Turniers. Und als ich glaube, dass ich die Spannung, die sich in mir aufbaut, kaum mehr ertragen kann, fängt True endlich an zu lesen. Die Worte stammen aus einer alten Sprache, die ich nicht verstehe, und klingen holprig aus seinem Mund. Er liest Zeile um Zeile und ich starre auf die Kerze im Fünfeck, warte darauf, dass sie sich entzündet.

Nichts geschieht.

Ein leichter Lufthauch umfährt mich, doch das kann auch von draußen kommen. Trues Stimme wird lauter, die Worte düsterer und eine Gänsehaut kriecht von meinen Armen bis hinauf zu meinem Nacken, wo sich die winzigen Härchen aufstellen. Ich schließe die Augen und zerquetsche beinahe Yasars und Phoibes Hände, die beide einen grunzenden Laut von sich geben. Vermutlich hätte ich vorher schon ein wenig ängstlich sein sollen, dann würde ich jetzt bei Lavea stehen. Ich versuche, mich abzulenken, zähle in meinem Kopf bis hundert und summe gleichzeitig stumm eine Melodie, die ich am Abend zuvor gehört habe. Erst nach einer halben Ewigkeit bemerke ich, dass niemand mehr etwas sagt, und öffne meine Augen. True schaut unschlüssig in die Runde, das Buch liegt noch immer aufgeschlagen vor ihm. »Tja«, sagt er und blickt bekümmert drein. »Da hat wohl irgendetwas nicht gepasst.«

»Was ist los bei euch, ihr Schnarchnasen?«, ruft Prom, weil die Frauen und er sich noch weiter zurückgezogen haben.

»Es funktioniert nicht«, brüllt Dream zurück. Seufzend lassen wir unsere Hände los und ich wische meine möglichst unauffällig an meiner Leinenhose ab.

»Erst auf mein Kommando, hatte ich gesagt«, zetert True, schnappt sich das Buch und marschiert aus dem Salzkreis.

»Das ist jetzt echt frustrierend«, sagt Prom, der nun wieder näher kommt. »Aber du hast schön vorgelesen, True. Hat mir echt gefallen. Du warst richtig in deinem Element. Ich dachte wirklich, dass jeden Moment etwas passieren muss.« Ich presse meine Lippen fest zusammen, um einen möglichst ernsten Gesichtsausdruck beizubehalten, als True den Saal verlässt und man förmlich Dampf aus seinen Ohren aufsteigen sehen kann.

»Räumt hier auf«, befiehlt Yasar, ehe er ihm folgt.

»Und?«, fragt Prom in die Runde, wobei der Schalk in seinen Augen aufblitzt. »Wollen wir gehorchen?«

Dream vergräbt seine Hände in den Hosentaschen und tritt ebenfalls aus dem Kreis. »Nö. Weißt du, wie viel Arbeit es ist, das ganze Salz aufzukehren? Das kann bis morgen warten.« Er gähnt herzhaft. »Ich bin müde. Wir sollten schlafen gehen.« Ich stoße einen zustimmenden Laut aus und verlasse gemeinsam mit Phoibe das Pentagramm.

»Prom macht zwar seine üblichen Scherze, aber ich fand es trotzdem super unheimlich«, flüstert Lavea, die sich sogleich zu uns gesellt.

»Wie geht es jetzt für uns weiter?«, will Apate wissen. Prom legt eine Hand an ihre Taille und zieht sie dicht zu sich heran. »Uns wird schon etwas einfallen. Der Gedanke, in der Unterwelt nach Flame zu suchen, ist gar nicht so schlecht, auch wenn ich nicht will, dass du gehst. Vielleicht könnten Apollo und ich uns auf den Weg machen und jemand anders übernimmt die Suche nach dem Orakel.«

»Und wir müssen endlich die Sache mit Ziva, Ares und Athene klären, bevor es eine böse Überraschung gibt«, merke ich an. Dream nickt zustimmend, während wir den Saal verlassen und uns auf den Weg zu unseren privaten Räumen machen.

Prom pfeift währenddessen fröhlich vor sich hin und

scheint von der Niederlage kein bisschen betrübt zu sein. »Ich sag ja immer: Und wenn die Welt heute nicht untergegangen ist, dann leben wir auch morgen noch.« Im nächsten Augenblick schnappt er sich Apate und verschwindet mit ihr im Nebel. Eines Tages wird dieser Typ uns alle in den Wahnsinn treiben. Wenn es nicht schon längst geschehen ist.

PROMETHEUS

Als Apate und ich in unserem Zimmer ankommen, fallen wir sofort ins Bett. Wir sind beide zu faul, um uns noch etwas zu essen zu machen. Trotz der fehlenden Hauptspeise gönnen wir uns aber immerhin einen Nachtisch.

Meiner ist süß und ihrer salzig.

Sehr poetisch, ich weiß.

Während ich ihr übers Haar streiche und zärtlich ihre Schulter küsse, gehen ihre Atemzüge bereits ruhig und gleichmäßig. Durch meine gemeinsame Jagd mit Dream nach dem bescheuerten Salz sind wir einige Tage getrennt gewesen. Ich hätte nicht gedacht, dass mir das so viel ausmacht. Und der Gedanke, sie bald schon wieder zu verlassen, um in die Unterwelt zu gehen, behagt mir nicht sonderlich. Doch noch weniger würde es mir gefallen, wenn sie geht oder mich begleitet. Ihr Gesundheitszustand hat sich gerade erst gebessert und die Kräuter, die Apollo ihr gegeben hat, scheinen zu helfen. Sie hat sogar an Gewicht zugelegt und das beruhigt mich sehr. Ich schlinge einen Arm um Apate und kuschele mich noch enger an sie, ehe ich die Augen schließen kann. Langsam überkommt auch mich die Müdigkeit und ich erlaube meinen Träumen, mich davonzutragen.

Als ich das nächste Mal träge die Lider öffne, sitzt Apate aufrecht im Bett. Ein Blick zu den wehenden Organzavorhängen bestätigt mir, dass es noch mitten in der Nacht sein muss. Ich streichele ihren unteren Rücken und will sie wieder zu mir ziehen, doch sie schüttelt den Kopf. Nun bin ich ebenfalls hellwach. »Ist dir wieder schlecht? Soll ich dich ins Bad bringen?«

Beruhigend legt sie mir eine Hand aufs Knie. »Nein. Es ist nur ... Etwas hat mich geweckt.«

Ich sehe mich in unserem Zimmer um und runzele die Stirn. »Hier sind nur wir.«

KNALL!

Der Boden beginnt zu beben und es hört sich an, als würde unter uns jemand ein Feuerwerk veranstalten. »Okay, vielleicht hattest du recht«, gebe ich zu. »Du bleibst hier.« Einen Wimpernschlag später stehe ich im Flur und kollidiere beinahe mit Phia und Dream, die ebenfalls herausgerannt kommen. Gleichzeitig ertönt ein wildes Heulen, das um unsere Ohren saust. Die Ziergegenstände auf den Kommoden an der Wand beginnen zu klappern und zu Boden zu fallen.

Nicht cool.

Dream und ich wechseln einen einzigen Blick, bevor wir den Nebel rufen und uns nach unten in die Empfangshalle bringen. True und Yasar sind bereits da und Letzterer sieht echt angefressen aus. Mein Mund klappt auf, als ich das Pentagramm bemerke, welches nicht mehr ruhig und friedlich daliegt. Die Kerzen fallen um wie Dominosteine, sorgen dafür, dass die Linien aus Salz lichterloh zu brennen beginnen. Schritte ertönen und dann bremsen Phoibe, Phia und Lavea abrupt neben uns ab, starren genauso entgeistert wie wir das Schauspiel vor uns an. »Was an *räumt hier auf* war bitte schön falsch zu verstehen?«, stellt Yasar uns zur Rede.

»Als wenn das irgendetwas genutzt hätte«, erwidert Dream gereizt und deutet auf die Flammen. »Wir sollten besser Wasser holen. Jetzt könnten wir den flüchtigen Sohn des Okeanos gut gebrauchen.« Seine Worte lösen True aus seiner Erstarrung und er rennt nach draußen, vermutlich zum Brunnen. Die Frauen folgen ihm und auch der Gott der Träume schließt sich ihnen an.

»Da waren's nur noch zwei«, sage ich zu Yasar. »Also, Kumpel, was machen wir, wenn der Dschinn jetzt außerplanmäßig hier aufkreuzt? Willst du dann die Fragen stellen oder soll ich?«

Anstatt mir zu antworten vergräbt er lediglich sein Gesicht in beiden Händen. »Ich hätte mich niemals darauf einlassen sollen«, murmelt er.

Ich klopfe ihm aufmunternd auf den Rücken. »Sieh es positiv, ist immerhin nicht dein Haus. Glück im Unglück, würde ich sagen.« Plötzlich ertönt ein Kreischen, das so ohrenbetäubend laut ist und bis ins Mark geht, dass es uns beide in die Knie zwingt.

Halleluja!

Als ich das Gefühl habe, mein Kopf müsste jeden Moment zerspringen, hört es endlich wieder auf. Ein Blick auf das Pentagramm zeigt, dass die Flammen erloschen sind. Man könnte meinen, es wäre nichts geschehen, allerdings ist das Salz nun schwarz statt weiß, die Kerzen sind vollkommen abgebrannt und ihr Wachs schlängelt sich in feinen Linien durch den gesamten Raum.

»Der Spuk ist schon wieder vorbei«, informiere ich Phia, die mit dem ersten Eimer Wasser hereinkommt.

Ihr Augenmerk richtet sich sofort auf das schwarze Salz. »Oder es hat gerade erst begonnen.«

»Ich will nicht wissen, was für ein Quacksalber dieses Buch verfasst hat«, sage ich zu Dream und beobachte dabei True, der ein wenig verzweifelt aussieht, während er die Seiten umblättert. Vermutlich sucht er das Kapitel mit der Überschrift *Anzeichen für die Anwesenheit eines Dschinns*. Als er das erste Mal mit seiner Beschwörungsidee ankam, hatte ich irgendwie ein spaßigeres Bild in meinem Kopf. So kann man sich eben täuschen.

Yasar will gerade beginnen, die Überreste zusammenzukehren, als True ihn mit einem lauten Ausruf innehalten lässt. »Sicherheitshalber würde ich das erst einmal so lassen, wie es ist.«

»Wozu soll das gut sein?«, hakt Phia nach.

True räuspert sich verlegen. »Dschinn sind aus Feuer geschaffene Rauchwesen, man sagt, dass sie daher unsichtbar sind.«

Lavea schaut mit großen Augen auf das Pentagramm. »Das heißt, er könnte gerade hier sein?«

»Das ist durchaus möglich«, erwidert True. »Willkommen, Dschinn. Wir haben dich gerufen, damit du uns eine Frage beantwortest«, fügt er lauter hinzu.

Erwartungsvoll starren alle den Kreis an.

Nichts geschieht.

»Er scheint nicht besonders gesprächig zu sein«, merke ich vorsichtig an.

»Ich denke nicht, dass er anwesend ist«, sagt Phoibe nach einer Weile. »Aber vielleicht solltest du trotzdem die Formel aufsagen, die ihn in seine Welt zurückschickt.«

Unbehaglich tritt True von einem Bein auf das andere. »Also, damit habe ich mich ehrlich gesagt noch nicht auseinandergesetzt. Dieses Buch ist ganz schön verwirrend und ich verstehe auch nicht alles, was darin geschrieben steht.«

»Und wie hast du dich dann darin zurechtgefunden?«, fragt Yasar, der sein Gesicht noch immer in beiden Händen vergraben hat und mit seinen Nerven am Ende zu sein scheint.

»Anhand der Zeichnungen. Sehr schöne Abbildungen sind das.«

Ich kann mir ein Kichern nicht verkneifen. Das wird ja zunehmend besser.

»Wie gesagt, es ist durchaus möglich, dass er unter uns ist und nicht auf sich aufmerksam macht. Dschinn sind clevere Wesen«, fährt True fort. »Das Gute ist, dass er das Pentagramm unmöglich verlassen kann. Immerhin haben Dream und Prom das allerbeste Salz für die Beschwörung beschafft. Seid also unbesorgt, wir sind vollkommen in Sicherheit.«

Ach du heiliger Zyklopenpimmel. Aus den Augenwinkeln bemerke ich Dreams bestürzten Blick. Ich räuspere mich und reibe mir über den Nacken. Das könnte jetzt unangenehm werden. »Tja, also was das betrifft ... Es könnte sein, dass wir nicht allzu viel Salz abbauen konnten. Es war wirklich schwer aufzutreiben. Und wenn man den Zeitdruck berücksichtigt und ihn im Verhältnis zu der Menge sieht, die wir beschaffen sollten –«

»Ich ahne Übles«, murmelt Lavea vor sich hin.

Da hat sie ausnahmsweise mal recht. Nach Unterstützung suchend schaue ich Dream an, auf dessen Wangen sich eine leichte Röte ausgebreitet hat. »In der Salzwüste gab es mehr Sand als Salz. Es könnte daher durchaus sein ... möglicherweise ...«, stottert er. Wie immer ist der Gott der Träume keine besonders große Hilfe.

»Bei allen Göttern«, falle ich ihm ins Wort. »Wir haben das verdammte Salz mit Sand gestreckt. Schuldig.«

Unangenehme Situation.

Wirklich höchst unangenehm.

Die anderen erdolchen uns förmlich mit ihren vorwurfsvollen Blicken und ich bin froh darüber, dass Apate ausnahmsweise auf mich gehört hat und auf unserem Zimmer geblieben ist.

»Das ist eine Katastrophe«, sagt True schließlich, wobei seine Stimme unnatürlich hoch klingt. »Die reinste Katastrophe.«

»Es ist wirklich enttäuschend, dass man euch nicht die kleinste Aufgabe anvertrauen kann«, sagt Yasar mit ernster Miene, was mich die Augen verdrehen lässt.

»Es ist allerhöchstens enttäuschend, dass du Sand für Salz gehalten hast, Herr Oberprofessor-Schlaumeier-meine-Nase-ist-in-einem-Buch-festgewachsen.«

Phoibe, die Streitschlichterin, fühlt sich natürlich sofort dazu verpflichtet, dazwischenzugehen. »Das Kind ist bereits in den Brunnen gefallen und diese Diskussion führt zu nichts. Wir sollten positiv denken und vorerst davon ausgehen, dass kein Dschinn unter uns ist. Lasst uns versuchen, die letzten Stunden bis zum Morgengrauen zu schlafen, und dann weitersehen. Wir können jetzt sowieso nichts ausrichten, weil niemand versteht, was in Trues Gruselbuch tatsächlich steht.«

»Ich stimme dir zu, Phoibe«, lenkt Yasar überraschend schnell ein. »Trotzdem sollte jemand hierbleiben, das Pentagramm im Auge behalten und die anderen alarmieren, falls sich etwas Ungewöhnliches tut.« Dream will sich freiwillig melden, doch Lavea zupft an seinem Ärmel und schüttelt den Kopf. Immer ist sie so furchtbar schreckhaft. Mich zieht es zu Apate, doch ich weiß, dass sie die paar Stunden auch allein zurechtkommen wird. »Ich übernehme die erste Wache.« Fast glaube ich, das schwarze Sand-Salz-Gemisch bei meinen Worten herausfordernd Knistern zu hören.

Kapitel 17

ZUM ERSTEN MAL

PROMETHEUS

Die Zeit bis Sonnenaufgang vergeht langsam und zäh. Das schwarze Salz und ich, wir liefern uns nach wie vor ein Blickduell. Doch irgendwann verliere ich das Interesse, weil es sich nicht zu einer riesigen Gestalt formt und versucht mich anzugreifen.

Gähn.

Dieser Gegner ist meiner nicht würdig.

Viel lieber würde ich jetzt mit Apate unanständige Dinge tun, anstatt hier meine Zeit zu vergeuden. Ich habe Dream damit beauftragt, sie auf den neuesten Stand zu bringen und ihr zu sagen, wo ich abgeblieben bin.

Stöhnend strecke ich mein Knie aus und lasse meine Halswirbelsäule knacken. Ich bin wirklich zu alt für diese Dramen. Vielleicht würden wir uns – wenn all das hier vorbei ist – ein hübsches Häuschen bauen und unsere Unsterblichkeit in vollen Zügen genießen. Vor Erfüllung der Prophezeiung wäre ich niemals auf die Idee gekommen, mir so etwas auszumalen. Doch mittlerweile erwische ich mich immer öfter dabei, wie ich voller Vorfreude in die Zukunft blicke. In eine gemeinsame Zukunft. Mit einer Frau, die eigentlich eine Daimonin ist und tatsächlich das Zeug dazu hat, mich auszuhalten. Diese Tatsache löst Euphorie in mir aus. Ich bin ein richtiger Glückspilz.

Als endlich die ersten Sonnenstrahlen einfallen, treten Lavea und Dream ein, um mich abzulösen. »Es ist nichts vorgefallen«, informiere ich die beiden. »Hast du nach Apate gesehen?«

Dreams Augen weiten sich, ehe er verlegen in eine andere Richtung schaut. »Unsistdaetwasdazwischengekommen«, nuschelt er.

Ich stehe auf und klopfe mir Staub von der Hose. »Dazwischengekommen, soso.« Laveas Wangen laufen kirschrot an und das ist mir Antwort genug. »Tja, dann. Viel Spaß hier unten«, sage ich und rufe den Nebel. Einen Wimpernschlag später lande ich vor unserem Zimmer und öffne die Tür. »Bin wieder da, Teufelsbraten!« Ich laufe über den weichen Orientteppich ins Schlafzimmer. Das Bett ist benutzt, aber verlassen. Stirnrunzelnd gehe ich durch den Rundbogen auf den Balkon, in der Erwartung, dort ihre kleine Gestalt zu sehen und ihr dunkles Haar, das im Wind weht.

Fehlanzeige.

Mein Herz beginnt immer schneller zu schlagen, als ich sie auch im Bad nicht finden kann. Gerade will ich erneut zu unserem Bett laufen, da fällt mein Blick auf die hölzerne Kommode neben dem Eingang, auf der ein zusammengefalteter Zettel liegt. Ein ungutes Gefühl überkommt mich, während ich ihn aufhebe und auseinanderfalte.

Prom,

bevor ich dir begegnet bin, war ich immer einsam und verloren und ständig auf der Suche. Als wir uns zum ersten Mal trafen, hast du mich gefürchtet und versucht mitsamt deinem quietschenden Stuhl von mir abzurücken (Ich will nicht zu sehr darauf herumreiten, denn wir wissen beide, wie lächerlich das aussah).

Und auch wenn mir früher nichts mehr schmeichelte als Furcht, so wollte ich doch, dass du mich nicht meidest wie all die anderen. Ich wollte, dass du mich siehst – und nicht vor mir zurückschreckst. Dieses Verlangen war befremdlich und neu und aufregend.

Obwohl ich dich schon in der ersten Nacht in mein Bett einlud, wusste ich von Anfang an, dass du mir mehr bedeutest. Diese Anziehung konnte ich mir nicht sofort erklären, doch bald lernte ich, dass wir gleich sind, wenn auch auf unterschiedliche Weise: Wir tragen beide ein unsichtbares Schild vor uns her und legen es niemals ab. Deines ist aus Humor und Leichtigkeit gemacht, das meine aus Schrecken und Unnachgiebigkeit. Unser Innerstes allerdings ist aus Verlust geformt und mit Leid gefüllt. Was uns quält, ertragen wir still und leise, bis es vorübergeht, oder eben auch nicht. Es ist etwas, das keiner von uns abstreifen kann.

Wir reden nicht allzu viel über die Vergangenheit, die uns zu den Wesen gemacht haben, die wir heute sind. Ich stamme aus der Unterwelt, wo der oberste Grundsatz lautet, dass man niemandem trauen darf außer sich selbst, weil jede Schwäche, die du zeigst, irgendwann gegen dich verwendet wird. Ich war nicht darauf vorbereitet, dich zu treffen ... Die eine Person, mit der plötzlich alles anders ist ... Und auch wenn du es nicht wusstest, so warst du doch die einzige Schwäche, die ich mir jemals erlaubte zu haben. Ich hoffe, du verstehst, weshalb ich dir zuvorkommen muss und dich nicht in den Hades gehen lassen kann. An den Ort, welcher der Ursprung meines Leidens ist ...

Es gibt noch eine weitere Sache, die ich dir in diesem Brief mitteilen muss, weil ich nicht den Mut aufbringen konnte, es dir persönlich zu sagen.

Unser Kind, dein und mein, wächst in diesem Augenblick in

mir. Die Entscheidung zu gehen, mag egoistisch sein, weil ich meinen Wunsch, dich nicht zu verlieren, über die Sicherheit unseres Kindes stelle. Ich bin mir dieser Schuld bewusst.

Dennoch bitte ich dich – mit allem, was ich habe, und allem, was ich bin: Folge mir nicht. Du hast bereits so viel für mich getan. Nun lass mich das für unsere Zukunft tun. Denn wenn dir etwas zustieße, könnte ich nicht weitermachen.

Vor einigen Tagen sagtest du mir, dass du mich liebst ... Ich hatte nie wirklich eine Familie. Ich hatte noch nie jemanden, der diese Worte zu mir sagt. Ich hatte noch nie jemanden, der mich von innen wärmt. Ich bin noch nie jemandem begegnet, bei dem die Aussicht auf für immer viel zu kurz erscheint ... Obwohl dieser vorübergehende Abschied schmerzt, so weiß ich doch, dass du der Erste sein wirst, der mich vermissen wird. Und nenn mich verrückt, aber ich freue mich darauf, auch dieses Gefühl zum ersten Mal mit dir zu erleben.

Ich verspreche dir hiermit, dass wir zu dir zurückkehren werden. Du hast nie eine Erwiderung eingefordert, doch ich will, dass du Folgendes weißt:

Wir lieben dich mehr.

Apate

Plötzlich verschmiert die Tinte, mit der ihr Name geschrieben worden ist, und ich starre verwundert auf das Blatt Papier. Immer mehr Flüssigkeit scheint sich darauf auszubreiten, bis man ihre Unterschrift kaum noch lesen kann. Langsam lasse ich den Brief sinken, fasse mir ins Gesicht. Erschrocken ziehe ich die Hand zurück.

Wasser.

Wasser kommt aus meinem Auge.

Nein, aus beiden.

Tränen.

Dicke Tropfen rollen meine Wangen hinab und fallen zu Boden.

Sie ist zu keiner Sekunde krank gewesen.

Geräuschvoll kräusele ich die Nase, drehe mich im Kreis, ehe ich den Brief erneut lese.

Und danach noch einmal.

Dann denke ich daran, wie wir Apollo aufgesucht haben. Wie er mich nach draußen geschickt hat, als wäre ich ein kleiner Junge. All die mitleidigen Blicke der anderen. Wie konnte ich so blind sein? Ihr gerundeter Bauch ... stammt nicht davon, dass sie das Essen wieder bei sich behalten kann.

Die Erinnerungen strömen auf mich ein und heiße Wut beginnt in meinen Adern zu brodeln. Eine Sekunde später stehe ich im Flur und brülle mir die Seele aus dem Leib. »SCHWINGT EURE VERLOGENEN ÄRSCHE HIERHER UND ZWINGT MICH NICHT, EUCH ALLE EINZELN HERAUSZUSCHLEIFEN.« Es dauert nicht lange und Phoibe und Phia tapsen mit halb geöffneten Lidern aus ihren Zimmern. Kurz darauf folgen Yasar und True. »ICH MEINE AUCH DICH, ARSCHLOCH DER TRÄUME!« Lavea und Dream tauchen einen Moment später auf und ich stürze mich auf ihn, schleudere ihn gegen die Wand und verpasse ihm einen Kinnhaken. »DAS IST DEINE VERFLUCHTE SCHULD!«, brülle ich immer wieder, will mich in der Raserei verlieren und nicht in meiner Verzweiflung. Ein Augenblick der Unachtsamkeit genügt jedoch und Dream rammt mir seine Faust gegen die Nase. Ich spucke Blut vor seine Füße, dann werde ich von hinten gepackt.

»Was bei allen Gorgonen ist dein verdammtes Problem?«,

fragt Yasar, während er mich vom Gott der Träume weg-
zieht.

Ich wende mich ihm zu und schleudere ihm den Zettel gegen seine Brust. »Lies ihn vor. Laut«, befehle ich. Er zögert
kurz, doch dann faltet er ihn auseinander und kommt meiner
Aufforderung nach. Mit jedem Wort, das seinen Mund verlässt, werden die anderen stiller, nur durchbrochen vom un-
kontrollierten Schnaufen meiner Atemzüge.

»Du solltest nach ihr sehen«, sage ich zu Dream, als Yasar
geendet hat. »Du hattest es mir versprochen.«

»Es tut mir aufrichtig leid, Prom. Aber du weißt genauso
gut wie ich, dass ich sie nicht hätte aufhalten können.«

»ABER ICH HÄTTE IHR FEHLEN NICHT ERST STUN-
DEN SPÄTER BEMERKT. ICH HÄTTE SIE EINHOLEN KÖN-
NEN. JETZT IST SIE FORT. MIT UNSEREM KIND. SIE GEHT
IN DIE UNTERWELT MIT UNSEREM KIND UND DENKT,
ICH BLEIBE TATENLOS HIER!« Ich raufe meine Haare und
kneife die Augen zusammen. »VERDAMMT!« Ich greife nach
einem der Windlichter und schmettere es gegen die Wand,
sodass es in kleine Glassplitter zerspringt und mein Inneres
widerspiegelt.

Zerrissen.

Zerstört.

Für immer verloren.

Sie hat gesagt, dass sie nicht weitermachen könnte, wenn
mir etwas zustieße. Hat sie überhaupt nicht daran gedacht,
dass ich auch nicht mehr ohne sie sein kann?

Ich atme tief durch und sammele mich, ehe ich mich Yasar widme. »Du musst mit Apollo Kontakt aufnehmen. Er soll
mir den Weg zur Unterwelt zeigen.«

Ich sitze im Salon auf der obersten Etage. Mit beiden Händen halte ich den Brief fest und starre vor mich hin. Phoibe und Phia haben sich zu mir gesetzt und eine Decke um die Schultern gelegt. True hockt mir gegenüber und durchblättert einen Haufen esoterischer Bücher, während Dream und Yasar im Arbeitszimmer sind und versuchen Apollo zu erreichen. Lavea hat sich zur allgemeinen Überraschung dazu bereit erklärt, allein das Pentagramm im Auge zu behalten. Es geschehen doch noch Wunder.

»Habt ihr es alle gewusst?«, frage ich schließlich unvermittelt. »In welchen Umständen sie ist?« Phoibe drückt meinen Unterarm und True nickt knapp. Mein Blick wandert zu Phia, die betreten zu Boden schaut. »Das war beschissen von euch.« Mein Ton ist scharf, aber immerhin verspüre ich nicht mehr den Drang zu schreien.

»Ich wollte mich nicht einmischen«, erklärt Phia. »Diese Sache geht schließlich nur euch beide etwas an.«

True seufzt schwer und streicht eine der Buchseiten glatt. »Vielleicht ist es auch ganz gut, dass sie in diesem Augenblick nicht hier ist.«

Ich runzele die Stirn. »Was willst du damit sagen?«

»Ich muss zugeben, dass ich doch ein wenig blauäugig an diese Beschwörung herangegangen bin. Wenn hier ein Geist ist, der möglicherweise keine guten Absichten hegt, ist es sogar besser, wenn sie dieser Gefahr nicht ausgesetzt ist.«

»Ich bezweifele, dass es in der Unterwelt sicherer ist.«

»Immerhin kennt sie sich dort aus«, wirft Phia ein. »Sie weiß, was dort auf sie zukommt. Unser Problem hier ist das Unbekannte, welches ein größeres Risiko darstellt.«

»Da stimme ich ihr zu«, sagt True. »Aber wir verstehen auch alle, dass du aufgebracht bist. Bloß solltest du eventuell in Betracht ziehen, ihr erst zu folgen, wenn hier alles geregelt ist.« Ich beiße die Zähne fest zusammen und schüttele den Kopf. Der Gott der Wahrheit zuckt mit den Schultern und deutet auf das aufgeschlagene Buch. »Ich habe hier eine interessante Stelle gefunden, welche auf die Dschinn eingeht. Ich kann uns vorlesen, als kleinen Zeitvertreib.« Er sieht mich fragend an und ich weiß, dass es seine Taktik der Umstimmung ist. Ich antworte nicht, doch er fängt trotzdem an zu sprechen. »»Dschinn sind unsichtbare Rauchwesen, die aus Feuer entstehen. Sie lieben die Wärme und meiden die Kälte. Ihr Lebensraum befindet sich zwischen den Welten und sie erscheinen nur, wenn man sie mit den richtigen Versen beschwört. Unterschieden wird zwischen lichten und dunklen Dschinn. Die einen erfüllen deine Wünsche, wissen eine Antwort auf jede Frage und können dich reich und glücklich machen. Die dunklen Dschinn hingegen sind böse Geister, die den Körper ihrer Opfer übernehmen und irgendwann zu ihrem eigenen machen, sodass der ursprüngliche Herr und Besitzer erst innerlich verkümmert und anschließend verstirbt. Da man nie voraussagen kann, welche Art von Dschinn erscheint, ist die Beschwörung verboten und zählt als schwarze Magie.«« Er endet mit einer dramatischen Pause und klappt geräuschvoll das Buch zu.

»Und auf diese Fakten stößt du erst jetzt?«, fragt Phia ungläubig.

»Nun ja, mir war schon bewusst, dass ein gewisses Risiko besteht. Yasar hat mich das schließlich keine Sekunde vergessen lassen. Aber ich dachte, uns allen wäre es das wert, wenn wir nur endlich herausfinden, was mit unserer kleinen Flamme geschehen ist.«

»Jeder weiß, wie wichtig Flame mir ist«, sage ich nach einer Weile. »Ich habe sie von Anfang an ins Herz geschlossen. Und ich werde weiterhin dabei helfen, herauszufinden, was mit ihr passiert ist. Dennoch liegt meine Priorität jetzt bei Apate.« Ich vergrabe mein Gesicht in den Händen. Fuck. »Ich muss zu ihr.«

Phoibe streicht mir beruhigend über den Rücken. »Du wirst sie bald wiedersehen.«

In diesem Moment treten Dream und Yasar durch einen der Rundbögen und steuern auf uns zu. Ihre Mienen sind verschlossen und ernst und verheißen nichts Gutes. Phia rückt ein Stück zur Seite, damit die beiden sich zu uns setzen können. »Und? Wie ist die Lage?«

»Die positive Nachricht ist, dass wir Apollo erreichen konnten. Wir haben ihn auf den neuesten Stand gebracht und er kommt, um zu helfen.« Yasar wirft mir einen entschuldigenden Blick zu. »Seiner Ansicht nach wäre es jedoch am klügsten, wenn wir vorerst alle hier im Palast bleiben, denn es ist durchaus möglich, dass sich der Geist – sofern denn wirklich einer da ist – an einen von uns geheftet hat. Sicherheitshalber werden wir einen Exorzismus durchführen. Wir warten daher auf Apollo, der alles, was dafür nötig ist, herbringen wird. Er wird außerdem Kontakt zu Hekate aufnehmen, um sich eine zweite Meinung zur Vorgehensweise einzuholen. Wenn alles erledigt ist, wird er mit dir in den Hades gehen.«

Ich merke deutlich, wie Phoibe sich neben mir anspannt. »Keine Sorge«, sage ich zu ihr. »Er muss mich nur bis zur Höllenpforte bringen, nicht mit mir hineingehen.« Erneut wende ich mich Yasar zu. »Wann wird Apollo hier sein?«

»Wenn alles gut geht, vier Tage.«

»Das ist zu lange. Bis dahin kann ihr schon wer weiß was zugestoßen sein.«

»Es tut mir aufrichtig leid, Prom«, ergreift nun Dream zum ersten Mal das Wort. »Aber das ist zum jetzigen Zeitpunkt die beste und schnellste Lösung.« Mir ist klar, dass er recht hat. Falls mir ein bösartiger Dschinn im Nacken sitzt, sollte ich ihn Apate nicht als Souvenir mitbringen. Und vier Tage sind – jedenfalls nüchtern betrachtet – nicht allzu lang.

Mir gegenüber verschränkt Phia die Arme vor der Brust. »Was machen wir, bis Apollo hier eintrifft?«

»Das Pentagramm im Auge behalten«, erwidert Yasar. »Wir wechseln uns alle fünf Stunden ab. Ansonsten werden Dream und ich ein Konzept zur Auflösung der Evakuierungslager ausarbeiten. Es wird Zeit, dass die Menschen in ihre Dörfer zurückkehren. Eigentlich wollten wir warten, bis die Angelegenheit mit Ares geklärt ist, aber die Lager bieten mit der Vielzahl an Menschen auf engstem Raum eine zu große und vermutlich auch verlockende Angriffsfläche.« Er stößt einen besonders schweren Seufzer aus. Langsam könnte ich darüber eine Strichliste führen. »Was Flames Verbleib betrifft, hoffe ich natürlich, dass Apate in der Unterwelt Antworten findet. Ansonsten kann sich jeder von euch die Bücher in Trues Bibliothek auf Etage zwei ansehen. Die Sammlung ist zwar nicht so umfangreich wie die meine, aber für kleinere Recherchen sollte es genügen.« Bei seinen Worten rümpft True ein wenig beleidigt die Nase, widerspricht ihm jedoch nicht.

Erneut breitet sich Schweigen aus und ich lasse mich gegen das weiche Polster sinken. Meine Gedanken wandern zu Apate, wobei meine Brust sich schmerzhaft zusammenzieht. Sie fühlt sich auf nicht gerade angenehme Weise viel zu eng an. Ich vermisse sie mit jeder Faser meines Seins – genauso, wie sie es vorausgesagt hat. Erst jetzt kann mein Verstand begreifen, was ich in den letzten Stunden erfahren habe. Zugegeben, ich verspüre leichte Panik. Denn heilige Daimonenbabys: Ich werde Vater.

Kapitel 18

KLÄNGE DER UNTERWELT

APATE

Ich bin vollkommen außer Atem, als ich das Tor erreiche. Bis zu den Schutzzaubern bin ich durch den Nebel gereist und von diesem Punkt an gelaufen. Die Geräusche des Waldes habe ich niemals zuvor als Bedrohung empfunden, doch dieses Mal war alles anders. Jedes Knacken, jedes Rascheln, jedes Säuseln hat mich zusammenzucken und meine Hände augenblicklich über meinen Bauch gleiten lassen. Ich trage ein weites Gewand, welches meinen aktuellen Umstand noch kaschieren kann. Die Frage ist nur, wie lange? Ich rolle meine Schultern zurück und hebe die Hand, um die Illusion, die ich vor Monaten erschaffen habe, aufzuheben. Die Moiren konnten von dieser Barriere nicht aufgehalten werden, alle anderen jedoch schon. Es beunruhigt mich, dass ich Lachesis nicht erreicht habe. In der Unterwelt ist sie meine einzige Vertraute und ich weiß, dass irgendetwas vorgefallen sein muss.

Nachdem der Eingang wieder frei ist, lege ich den Schleier der Unsichtbarkeit über mich und beginne, die enge Felsspalte hinabzuklettern. Je weiter ich hinabsteige, desto lauter wird die Melodie, die dunklen Trommelschläge, das Wehklagen der Toten. Eine Gänsehaut breitet sich auf meinen Armen aus und ich zwinge mich dazu, ruhig weiterzuatmen, bis ich endlich festen Boden unter meinen Füßen spüre. Langsam lasse ich den Felsen los und wische meine Handinnenflächen an dem Stoff meiner Kleidung ab. Dabei versuche ich, nicht an mir selbst hinabzusehen, denn obwohl ich mich noch fühlen kann, ist es auch mir nicht möglich, durch den Schleier der Unsichtbarkeit zu blicken. Es ist unheimlich, und das eine oder andere Mal habe ich bereits darüber nachgedacht, was passieren würde, wenn ich ihn irgendwann einmal nicht mehr abstreifen könnte.

Gefangen in meiner eigenen Illusion.

Energisch schüttele ich den Kopf und drehe mich um. Unzählige Fackeln erhellen die Höhle, stehen im extremen Gegensatz zu der Masse der Toten, die auf die Gondeln zuhalten und dabei grau und farblos wirken. Seit ich diesen Ort zuletzt betreten habe, sind Jahrhunderte vergangen. Ich bin immer davon ausgegangen, dass Rache der einzige Grund wäre, jemals hierher zurückzukehren. Wer hätte gedacht, dass mein Dasein solch eine Wendung nimmt? Ich ganz bestimmt nicht.

Eigentlich hätte mein Leben vielversprechend beginnen sollen, auch ich wäre eine Prinzessin der Unterwelt gewesen. Der einzige Haken ist, dass ich es nur zur Hälfte bin. Denn meine Mutter Nyx, Urgöttin der Nacht, hat sich von einem niederen Daimon schwängern lassen, der ganz und gar nicht ihr Ehemann war. Und Erebos war darüber nicht sonderlich amüsiert. Er tötete meinen leiblichen Vater und ließ Nyx mich austragen. Schon am Tag der Geburt gab sie mich fort. Ich kam dorthin, wo alle Bastarde und Waisen aufwuchsen, in eine heruntergekommene Hütte nahe der Feuergruben, wo man kaum Luft holen kann, ohne dabei zu ersticken.

Ich verdränge die Gedanken an meine Vergangenheit und laufe zu einer der goldenen Gondeln. Ein Toter dreht sich zu mir um, fast so, als hätte er meine Anwesenheit gespürt.

Rasch springe ich auf und lasse diejenigen, die auf die schwarzen Gondeln warten, hinter mir. Da ich mich nicht unbedingt sofort in Hades' Zentrum vorwagen möchte, beschließe ich, mein Glück zuerst beim Haus der Moiren zu versuchen.

Das Geschlecht der Schicksalsgöttinnen existiert bereits seit Anbeginn der Zeit. Nicht vielen ist bewusst, dass es nie dieselben sind. Alle siebenhundert Jahre werden aus einer göttlichen Verbindung Drillinge geboren, die das Mal des Lebensbaumes auf dem Schulterblatt und die Gabe des Schicksals in sich tragen. Wenn ihre Zeit abgelaufen ist, versiegt ihre göttliche Kraft. Danach sind sie zwar nicht mehr unverwundbar, aber dennoch mit ewigem Leben und ewiger Jugend gesegnet. Oder verflucht – je nachdem, wie man die Unsterblichkeit betrachtet.

Als das Flusskreuz in Sicht gerät, laufe ich nach vorn zum Bug und springe auf eine diagonal vorbeifahrende Gondel über. Ohne ein Geräusch zu verursachen, bewegt sie sich über den Styx, und es dauert nicht lange, bis der wackelige Steg und das heruntergekommene Häuschen zu sehen sind. Erneut balanciere ich bis zur vordersten Kante und warte den perfekten Moment ab, um auf das moderige Holz zu treten. Als es so weit ist, halte ich mich am Geländer fest und hoffe, dass der Steg nicht unter mir zusammenbrechen wird. Er macht wirklich keinen besonders vertrauenerweckenden Eindruck. Ich beeile mich, ihn hinter mir zu lassen, und kann erst wieder aufatmen, sobald ich vor der Eingangstür stehe, die ein wenig schräg in den Angeln hängt. Dann schließe ich die Augen und befreie mich von meiner eigenen Illusion, ehe ich anklopfe. Ich bin überrascht, als sofort Schritte erklingen, die Tür aufgerissen wird und ich in Hypnos' zitronengelbe Iriden starre. Mit hochgezogenen

Brauen schaut er zu mir hinab. »Mit dir habe ich nicht gerechnet, kleine Halbschwester.«

»Große Halbschwester«, korrigiere ich automatisch. Das Aufeinandertreffen mit ihm ist ein wenig schräg, weil er geboren wurde, nachdem ich die Unterwelt längst verlassen hatte. Tatsächlich ist das hier erst unsere zweite Begegnung.

»Dabei bist du so winzig. Als große Schwester kann ich dich leider nicht ernst nehmen.« Im selben Moment tritt Lachesis neben ihn und stößt ihm ihren Ellenbogen in die Seite. Ihre Augen weiten sich überrascht, als ihr Blick zu meinem Bauch und dann wieder zu meinem Gesicht wandert. Vermutlich kann sie durch ihre Schicksalskräfte irgendetwas spüren. So viel zum Thema Verstecken. Das hat ja ganz wunderbar funktioniert.

»Darf ich reinkommen?«, frage ich, plötzlich unsicher. Umgehend treten die beiden beiseite und ich mache zwei Schritte über die Schwelle. Der Raum ist karg eingerichtet, doch der Boden ist mit Pergamentrollen übersät. Lachesis deutet in Richtung des alten Tisches und wir setzen uns auf die Stühle, die darum verteilt stehen.

»Weiß er, dass du hier bist?«, fragt sie, sobald wir sitzen.

»Wen meinst du?«, frage ich scheinheilig zurück.

»Prometheus.«

Hypnos schaut irritiert zwischen uns hin und her. »Was hat der Titan denn mit ihr zu tun?« Sofort legt sich meine Hand auf die leichte Rundung meines Bauches. Hypnos folgt der Bewegung. Sein Mund öffnet sich, aber scheinbar fehlen ihm die Worte, denn es kommt kein Ton heraus. Blöde, verräterische Hand.

»Ich erwarte sein Kind.« Zum ersten Mal spreche ich diese Tatsache laut aus.

»Das sind überraschende Neuigkeiten«, stellt er fest, nachdem er sich offenbar gesammelt hat. »Ich weiß nicht, ob ich mich darüber freuen soll. Auf jeden Fall bin ich noch zu jung, um Onkel zu werden.«

»Du bist dreihundertfünfzig Jahre alt«, erinnert Lachesis ihn genervt und schüttelt den Kopf.

Er lehnt sich zurück und stützt sich mit einem Ellenbogen auf der Stuhllehne ab. »Man ist immer nur so alt, wie man sich fühlt.«

»Also«, sage ich unschlüssig und sehe mich im Raum um. »Was treibt ihr beiden hier?«

»Dies und das«, erwidert er gelangweilt, und wenn Lachesis nicht so blass wäre, dann wäre mir die leichte Röte, die nun ihre Wangen überzieht, überhaupt nicht aufgefallen. »Die Frage ist wohl eher, weshalb du uns besuchen kommst«, lenkt Hypnos das Gesprächsthema zurück auf mich. »Müssen wir wieder jemanden für dich hier unten einquartieren?« Was den Tod angeht, ist er wirklich abgestumpft.

»Es geht eher darum herauszufinden, ob bereits jemand von uns hier ist«, erwidere ich ruhig. Und dann beginne ich zu erzählen. Von der Nacht, in der wir endgültig Abschied von Candela nahmen. Von Ares' Angriff und Zivas Befreiung. Von der Erfüllung der Prophezeiung. Der erfolglosen Suche nach Flame. Davon, dass unsere Gruppe den Zusammenhalt verliert.

Ich rede so lange, bis meine Stimme rau und heiser ist und Lachesis mir ein Glas Wasser bringt. Ich trinke in großen Schlucken, ehe ich weiterspreche, über die Kälte und den Schnee, der nun im Land der Zukunft und des Lebens vorzufinden ist, dieses Gebiet zu ewigem Eis erstarren ließ. Als ich schließlich geendet habe, schauen die beiden mich aus weit aufgerissenen Augen an.

»Bei der Medusa und all ihren fiesen Schlangen«, murmelt Lachesis, während Hypnos lediglich den Kopf schüttelt. »Und ich dachte, wir in der Unterwelt hätten Probleme.«

»Wieso?«, hake ich nach. »Was ist denn los? Auf meinem Weg hierher schien mir alles normal zu sein. Außer, dass ich von der Oberwelt aus keinen Kontakt zu dir aufnehmen konnte.«

Hypnos beißt sich auf die Unterlippe und starrt durch das verschmutzte Fenster nach draußen in Richtung Fluss. »Du erinnerst dich daran, dass Dark uns den Gürtel der Semele überlassen hat, bevor er die Unterwelt verließ?«

Ich nicke. Eigentlich hat er mir gehört und Dark hat ihn, ohne es mit mir abzusprechen, einfach weitergegeben.

»Ich kontrolliere Hades seitdem. Doch offenbar hat das auf Dauer ein paar üble Nebenwirkungen. An vielen Tagen ist er vollkommen verwirrt und manchmal überhaupt nicht mehr ansprechbar. Probehalber habe ich den Gürtel einige Male abgenommen, doch selbst dann verbessert sein geistiger Zustand sich nicht.«

»Glaubst du, dass er sterben wird?«

Hypnos zuckt seufzend mit den Schultern. »Keine Ahnung. Jedenfalls hofft Nyx darauf. Wir können ihn jetzt auch keinen Erben mehr bestimmen lassen, da mittlerweile durchgesickert ist, wie unzurechnungsfähig er momentan ist.«

»Also ist Mutter euer größtes Problem? Und Erebos?«

»Ja. Sie sind die ältesten und zusammen auch die mächtigsten Götter der Unterwelt. Das Reich des Nebels und der Nacht ist zudem das größte Gebiet. Wir sind auf der Suche nach einer Lösung, aber uns sind einfach die Hände gebunden. Flame, eine direkte Nachfahrin, wäre die Einzige, die als Nachfolgerin nicht angefochten werden dürfte.«

»Sie kann nicht einfach so verschwunden sein«, ergreift nun Lachesis das Wort. »Ich habe ihr Schicksal gesehen und es war nicht der Tod, solange sie mit dem Gott der Angst und Finsternis zusammenbleibt.«

»Sie sind seit Erfüllung der Prophezeiung voneinander getrennt. Wir haben monatelang nach ihr gesucht – erfolglos.«

»Es wundert mich ehrlich gesagt, dass er noch nicht hier unten ist, um alles auseinanderzunehmen, wie beim letzten Mal«, wirft Hypnos ein.

»Er sagt, dass er sie nicht mehr spüren kann. Dass die Verbindung, die sie vorher zueinander hatten, einfach fort ist.«

Lachesis erhebt sich, um die Gläser abzuräumen, und wirkt dabei sehr nachdenklich. »Wenn Flame in die Unterwelt zurückgekehrt wäre – tot oder lebendig –, dann hätten wir das bemerkt. Hypnos und Thanatos übernehmen die Aufgaben im Richtzimmer und teilen die Toten den jeweiligen Reichen zu.«

»Es ist zwar nicht unmöglich, aber doch höchst unwahrscheinlich, dass wir sie übersehen haben«, ergänzt Hypnos, während er seine langen Beine ausstreckt und versucht, auf dem für ihn viel zu kleinen Stuhl eine bequeme Position einzunehmen.

»Es könnte also durchaus sein, dass sie gerade in einem der Totenreiche ist?«, hake ich beharrlich nach.

»Ich glaube es zwar nicht, aber ja. Täglich betreten Tausende von Verstorbenen die Unterwelt, und wenn sie nicht auf sich aufmerksam macht und wir einmal nicht konzentriert waren ...«

Lachesis kehrt zu ihrem Platz zurück und beginnt mit ihren dunklen Haarsträhnen zu spielen. »In dieser Welt sollte man immer davon ausgehen, dass nichts unmöglich ist.«

»Und wäre es machbar, in allen Totenreichen nach ihr zu suchen?«

Hypnos seufzt schwer. »Wir können in meinem Reich nachsehen. Auch Charon und Thanatos werden nichts dagegen haben. Tartaros kann ich nicht richtig einschätzen. Nyx und Erebos hingegen würden uns niemals Einlass gewähren.«

Nachdenklich knabbere ich an meinen Fingernägeln und scharre mit meinen Stiefelsohlen über den staubigen Boden. »Ihr sagtet, dass Flame die Einzige wäre, die unangefochten an Hades' Stelle treten könnte. Nichts ist wichtiger in der Unterwelt als die Verbundenheit durch Blut und sie ist die rechtmäßige Erbin der Krone der Unterwelt.« Beide nicken zustimmend und schauen mich abwartend an. »Was wäre also«, sage ich langsam, »wenn Flame hier wäre, um ihren Platz einzufordern?« Hypnos runzelt die Stirn, sein Gesicht ein einziges Fragezeichen. Ohne zu zögern, schließe ich die Augen und ziehe eine Illusion über mich. Das vertraute Kribbeln breitet sich von meinen Ohren bis hinab zu meinen Zehenspitzen aus. Als ich die Lider öffne, starrt Hypnos mich mit heruntergeklappter Kinnlade an, während sich Lachesis' Mundwinkel zu einem Lächeln verziehen.

Flankiert von Hypnos und Thanatos laufe ich über den blutroten Samtteppich, mit dem die Flure in Hades' Palast ausgelegt sind. Dämonische Wächter stehen an jeder Ecke und beäugen uns misstrauisch. Ich trage ein nachtschwarzes Cape, dessen Kapuze ich mir tief ins Gesicht gezogen habe. Die Gerüchteküche wird schon bald brodeln, doch meinen offiziellen

Auftritt habe ich erst heute Abend. Der dunkle Rhythmus der Unterwelt begleitet uns bei jedem Schritt, während das Licht der Fackeln und die Schatten sich miteinander vermengen, an den grauen Wänden einen geheimnisvollen Tanz aufführen. Wir erreichen unser Ziel, eine doppelflügelige Tür, und auf ein Handzeichen von Hypnos nehmen die Wächter ihre gekreuzten Speere beiseite, um uns Einlass zu gewähren. Wir gelangen in den geräumigen Empfangsbereich, von dem drei weitere Zimmer abgehen. Hypnos deutet geradeaus und ermutigt mich mit einem Nicken voranzugehen. »Wir warten hier. Ruf einfach, wenn du uns brauchst.«

Ich schlage meine Kapuze zurück und spüre dabei, wie die wilden Locken, die eigentlich zu Flame gehören, meine Wangen kitzeln. Ehe ich es mir anders überlegen kann, drücke ich die Klinke herunter und betrete das Schlafgemach des Königs der Unterwelt. Der unangenehme Geruch von abgestandener Luft schlägt mir entgegen und mein Blick wandert zum Bett, in dem eine halb aufgerichtete Gestalt liegt. Mein erster Weg führt zu den bodentiefen Fenstern, die ich alle öffne. Außerdem ziehe ich die Vorhänge nur so weit zurück, damit niemand hereinschauen kann. Anschließend nähere ich mich Hades, der mich unter halb gesenkten Lidern anschaut, jedoch keine Reaktion zeigt. Vorsichtig schiebe ich einen Stuhl heran und setze mich.

Seine Wangen sind eingefallen und tiefe Falten zieren seine Stirn. Die Decke ist bis über seine Brust gezogen, sein Hals ist frei und ich zucke beinahe zusammen, als ich die schlaffe Haut sehe, die von Altersflecken übersät ist. Ich hole zischend Luft und greife nach dem Glas, das auf dem Nachttisch steht. Zögerlich führe ich es an seine Lippen, bis er endlich den Mund öffnet und einige gierige Schlucke trinkt. Kurz darauf öffnen sich seine Augen komplett und er wendet mir mit einem Ächzen – als würde es ihn die größte Anstrengung kosten – sein Gesicht zu. Ich muss mich zwingen, nicht zurückzuzucken, als ich die zahlreichen geplatzten Adern bemerke, die beinahe sein gesamtes Auge rot färben.

»Hallo«, flüstere ich schließlich, trotz des mulmigen Gefühls in meinem Magen. »Hallo, Vater.«

Sein Blick wandert unstet im Raum umher, bis er wieder auf mir landet. Es liegt keinerlei Erkennen darin. »Alles endet. Nichts ist ewig. Leben und Tod. Hand in Hand«, stammelt er mühsam, während er versucht, sich noch weiter aufzusetzen. »Jeder Geist. Jede Seele. Zerbrochen und gefangen in der Unendlichkeit.« Thanatos steckt seinen Kopf herein und ich hebe hilflos die Schultern.

Plötzlich umfasst Hades mit seinen knochigen Fingern meinen Unterarm, was mich erschrocken zusammenfahren lässt. Für einige Sekunden fokussiert er mein Gesicht. »Persephone«, murmelt er dabei unentwegt vor sich hin. Ich verändere die Form, das Wesen meiner Illusion, und dann sitzt die Königin der Unterwelt vor ihrem sterbenden Mann. Meine Hand zittert, als ich sie auf seine Finger lege, die meinen Arm noch immer umklammern. »Tartaros. Du. Hättest es mir sagen müssen. Nicht von mir«, murmelt er zusammenhanglos vor sich hin. »Nicht von mir. Eine von ihnen.«

Ich atme tief durch. Es gibt hier nichts mehr zu verlieren. Er ist kaum noch bei Sinnen. »Wo ist Flame?«, frage ich ihn eindringlich. »Wo ist Flame, wenn sie im Hades und in der Oberwelt nicht zu finden ist?«

Seine Finger packen meinen Arm noch fester, graben sich beinahe in mein Fleisch. »Hell und rein. Nicht schwarz, sondern weiß. Nicht rot, sondern golden.«

»Wo ist sie?«, wiederhole ich meine Worte. »Wo ist Flame, wenn sie im Hades und in der Oberwelt nicht zu finden ist?«

Ein Krächzen entfährt ihm, sein Mund klappt unkontrolliert auf und zu, als würde er etwas sagen wollen, doch seine eigene Sprache gehorcht ihm nicht. Erneut hebe ich das Glas an seine Lippen, beuge mich noch näher zu ihm.

»Sag es mir«, beschwöre ich ihn, unsere Hände zu einer eisernen Faust verschränkt. Eine fremde Macht schüttelt seinen Körper und seine Augäpfel rollen nach hinten, während Speichel sein Kinn hinabläuft. Er holt Luft und es hört sich an, als wäre es das letzte Mal.

»Selige«, röchelt er. »Bei den Seligen. Nicht den Verdammten.«

Hades' Brust ist regungslos. Sie hebt und senkt sich nicht. Ich will seine Finger von mir lösen, doch sie sind so verkrampft, dass ich mich unmöglich von ihnen befreien kann. Es dauert jedoch nicht lange, bis Hypnos und Thanatos neben mir stehen. Einem von beiden gelingt es, mich aus der Umklammerung des Königs zu befreien. Ich erhebe mich und stolpere einige Schritte zurück, während die Absurdität der Situation in jede meiner Poren sickert. Hypnos fasst sich ein Herz und streicht über Hades' Lider, bis sie geschlossen sind. Dann zieht er die Decke so weit nach oben, dass der gesamte Körper bedeckt ist.

Stöhnend lässt Thanatos sich auf den Stuhl fallen, auf dem ich bis vor wenigen Minuten noch gesessen habe.

»Sollten wir etwas sagen?«, frage ich unschlüssig.

Thanatos schlägt die Beine übereinander und lehnt sich zurück. »Er ist kein Mann, den irgendwer vermissen wird. Aber im Vergleich zu Nyx war er definitiv das kleinere Übel.«

»Das habe ich nicht gemeint.« Ich unterdrücke ein Schaudern und reibe mir über die Arme. »Das, was hier passiert ist, kann nicht von dem verzauberten Gürtel ausgehen. Es muss eine andere Ursache haben.«

Hypnos fängt an, in dem Raum auf und ab zu gehen, rauft sich dabei die Haare. »Wir sind noch nicht bereit, um gegen Nyx anzutreten. Niemand darf erfahren, dass Hades tot ist.«

Ich ändere meine Illusion und schlüpfe erneut in Flames Gestalt. »Darüber haben wir doch schon gesprochen. Es bleibt alles beim alten Plan. Heute gebe ich öffentlich bekannt, dass ich die Regierungsgeschäfte übernehme, bis Hades wieder auf den Beinen ist.«

»Es sieht aber nicht so aus, als wenn er demnächst noch einmal irgendwohin laufen würde«, merkt Thanatos trocken an.

»Das braucht vorerst niemand zu erfahren. Ich kann seine Gemächer mit einer Täuschung versehen, oder auch nur diesen Raum.«

»Und was ist, wenn du wieder in die Oberwelt zurückkehrst?«, hakt Hypnos nach. In diesem Moment sehen sie mich tatsächlich an, als wäre ich die Antwort auf all ihre Fragen. Zum ersten Mal fühle ich mich vielleicht ein wenig wie die große Schwester, die ich für sie hätte sein sollen. Wenn unsere Familie nicht vollkommen verkorkst wäre.

»Ich werde euch beide zu meinen Vertretern ernennen. Mein Wort wird über dem von Nyx und Erebos stehen.«

»Wir ziehen das wirklich durch«, murmelt Thanatos. »Und wir müssen uns etwas wegen des Geruchs überlegen. Er stinkt jetzt schon bis zum Styx.«

Hypnos hält endlich an und betrachtet mit gerunzelter Stirn den unter der Decke verborgenen Leichnam. »Ich werde

Lachesis nach ihren Räucherstäbchen fragen. Meint ihr, es steigt bald sein Geist aus dem toten Körper auf? Wird er genauso in eins der Reiche eingehen oder ist er einfach ... fort?«

Ich wische meine Hände an dem dunklen Stoff des Capes ab, ehe ich aufstehe und die Vorhänge wieder komplett zuziehe. »Ich weiß es nicht. Hades war die Essenz der Unterwelt. Ich kann mir nicht vorstellen, dass er wie die anderen mit den schwarzen Gondeln fährt.« Unschlüssig verharre ich im Raum und rufe mir seine letzten Worte in Erinnerung. »Habt ihr gehört, was er gesagt hat?«

Thanatos schüttelt den Kopf. »Er hat so sehr geröchelt, dass man draußen kaum etwas verstehen konnte. Außerdem hat sich sein Zustand täglich rapide verschlechtert. Er redete bloß noch wirr.«

Ich streiche eine von Flames verirrten Locken hinter mein Ohr und verschränke schließlich meine Hände über meinem Bauch. Auch in dieser Gestalt ist die Wölbung deutlich zu spüren. Es gelingt mir kaum, sie mit der Illusion zu verbergen. »Ich fragte ihn, wo Flame ist, wenn sie weder unter den Lebenden noch den Toten weilt.« Ich suche Hypnos' Blick und fixiere seine zitronengelben Iriden, die der Dunkelheit trotzen und hell schimmern. »Er sagte, bei den Seligen und nicht bei den Verdammten.«

Kapitel 19

ILLUSION UND TÄUSCHUNG

APATE

»Bei den Seligen«, wiederholt Thanatos mit hochgezogenen Brauen.

»Ich sage dir, der alte Zausel hat auf den letzten Metern Schiss bekommen vor der Strafe für all seine grausamen Taten. Klar würde er lieber zu den Seligen aufsteigen, als sich vor dem Jüngsten Gericht verantworten zu müssen.«

»Wir wollen Flame genauso sehr finden wie du, Schwesterherz«, fügt Hypnos hinzu. »Aber glaube uns, dass wir in den letzten Monat ausreichend Zeit mit ihm verbracht haben, um ehrlich sagen zu können, dass er mehr und mehr dem Wahnsinn verfallen ist.«

Nachdenklich kaue ich an meinen Fingernägeln, bevor ich zustimmend seufze.

»Wir müssen jetzt los, Nyx ist vermutlich bereits im Saal und hält eine ihrer Hetzreden«, sagt Hypnos. »Also, um das noch einmal zusammenzufassen: Wir gehen zuerst rein. Dann hast du deinen großen Auftritt, erklärst dich zur Herrscherin, bis es Hades besser geht, und ernennst uns zu deinen Stellvertretern. Mutter wird kochen – ich kann es kaum erwarten. Und ab morgen werden wir die Reiche nach der richtigen Flame durchsuchen.«

Thanatos klopft zustimmend auf das Holz des Stuhles,

dann erhebt er sich und läuft mit uns Richtung Tür. »Verdammter Zyklopenkot«, murmelt er dabei vor sich hin. »Der König der Unterwelt ist tot. Und jetzt müssen wir, ein Haufen Kids, den Laden übernehmen. Wenn das rauskommt, ist hier im wahrsten Sinne des Wortes die Hölle los.« Weder Hypnos noch ich widersprechen ihm.

Nachdem ich eine Täuschung um das Zimmer gewebt habe, schlage ich die Kapuze hoch und wir lassen die Räumlichkeiten hinter uns. »Er ist nicht besonders gut bewacht gewesen. Es wundert mich, dass Mutter noch nicht selbst versucht hat, ihn umzubringen«, flüstere ich, während wir uns dem Saal nähern und nun einen Gang aus Feuer entlangschreiten.

»Außer uns und den Moiren wusste niemand, wie schlecht sein Zustand tatsächlich war«, erklärt Thanatos und hält gleichzeitig mein Handgelenk fest, weil ich schon wieder an meinen Nägeln knabbern will. Die Geste erinnert mich an Prom und ich beiße mir fest auf die Unterlippe, um keinen Laut von mir zu geben. Die meiste Zeit versuche ich, alle Gedanken an ihn zu verdrängen, aber wenn es doch passiert, tut es weh. Schrecklich weh. So habe ich mich noch nie zuvor gefühlt. Als würde von innen etwas an mir nagen, während man mir gleichzeitig einen Dolch in die Brust rammt.

Ich versteife mich, als wir die Stimmen vernehmen, die aus dem großen Saal dringen. »Der Verfall der drei Herrschergötter dieser Welt. Poseidon ist vor zweihundert Jahren gestorben und selbst Zeus ist besiegt. Wenn ihr mich fragt, war es nur eine Frage der Zeit, bis auch Hades von seinen Kräften verlassen wird.« Beim Klang ihres gackernden Lachens würde ich mich am liebsten übergeben.

»Wir gehen jetzt vor«, flüstert Hypnos mir zu und drückt

leicht meine Schulter. Und so bleibe ich zurück, während meine Halbbrüder eintreten.

»Guten Abend, Mutter«, sagt Thanatos. Ich frage mich, ob ich die Einzige bin, die den Spott aus seiner Stimme heraushören kann. »Ich sehe, du läufst gerade zu deiner Höchstform auf.« Das Scharren von Stuhlbeinen ertönt, als sie sich setzen.

»Was gibt es Neues von Hades? Hat er vor, uns demnächst einmal wieder mit seiner Anwesenheit zu beehren?«, fragt Erebos mit seiner dröhnenden Stimme.

»Er muss sich noch ein wenig erholen, Vater«, erwidert Hypnos gelassen. »Dafür gibt es andere erfreuliche Neuigkeiten, die ich euch heute überbringen möchte.«

»Was für Neuigkeiten, Junge?«

»Am besten überzeugt ihr euch gleich selbst davon.«

Mein Auftritt.

Ich straffe die Schultern, schlage erneut die Kapuze zurück und durchquere den Saal. Als Erstes gleitet mein Blick über die große Tafel, an der sich Tartaros, Charon, Hypnos, Thanatos, Erebos und Nyx befinden. Bei Letzterer gerät mein Herz für eine Sekunde aus dem Takt, ehe ich das Kinn hervorrecke und meinen Gang fortsetze. Zu meiner Überraschung registriere ich, dass weitere Tische im Hintergrund belegt sind, an denen die Hohedaimonen mit ihren Familien sitzen. Während ich zu dem Thron schreite, der am Kopfende steht, könnte man eine Stecknadel fallen hören. Im nächsten Moment ertönt erneut das Scharren von Stuhlbeinen, mit dem einzigen Unterschied, dass es dieses Mal zahlreiche sind und sich alle Anwesenden im Saal erheben.

Ich erreiche den Thron und blicke jedem der Götter in die Augen. Dann wende ich mich den Daimonen zu und neige leicht den Kopf, bevor ich Platz nehme. Die anderen folgen meinem Beispiel. »Es freut mich, euch alle so wohlauf zu sehen«, sage ich mit frostiger Stimme. »Vater hat mich herbeordert, damit ich bis zu seiner Genesung das Zepter in die Hand nehme. Ich habe aktuell einen Auftrag in der Oberwelt zu erfüllen, doch selbstverständlich bin ich auf seinen Wunsch hin zurückgekehrt. Das ist alles, was ihr zur jetzigen Lage wissen müsst. Des Weiteren erkläre ich Hypnos und Thanatos zu meinen Stellvertretern und räume ihnen jegliche Entscheidungs- und Handlungsbefugnis in eigenem Ermessen ein.«

»Soso. Die verlorene Prinzessin ist mal wieder heimgekehrt.« Nyx speit mir die Worte beinahe entgegen. Ich lehne mich zurück und trommele gelangweilt auf den Eisentisch. »Als ich dich das letzte Mal sah, hast du einen Wurfstern nach mir geschleudert und dich davongeschlichen, während deine Verlobungsfeier in vollem Gange war. Und wo ist er denn, dein Ehemann? Hat die richtige Hochzeit überhaupt stattgefunden?«

Ich atme flach durch die Nase ein, während ich die Wut zügele, die ich beim Anblick meiner Mutter empfinde. Glücklicherweise hat Hypnos mich bestens auf diese Situation und mögliche Anschuldigungen ihrerseits vorbereitet. »Ich bin dir keine Rechenschaft schuldig, Göttin der Nacht. Erinnere dich, wo dein Platz ist«, weise ich sie kühl zurecht. »Du hast mich angegriffen, als ich auf Hades' Anweisung hin die Unterwelt verließ, da ich etwas von höchster Dringlichkeit für ihn erledigen musste, etwas, das er niemandem sonst anvertrauen konnte. Mit deinem Verhalten hast du dich gegen die Krone gewendet. Du kannst froh sein, dass Hades dir das durchgehen ließ. Denn in meinen Augen war es Hochverrat.« Ich lehne mich in dem Thron zurück und schlage die Beine übereinander. Ich habe absichtlich Hades' Thron ausgewählt, nicht den kleineren, der für die Gattin oder die Prinzessin bestimmt ist. Nyx' Gesicht ist dunkelrot vor Zorn und ich weiß, dass meine Provokation gelungen ist.

Sie will diesen Platz.

Und ich bin einfach so hereinspaziert und habe ihn mir genommen.

»Lügnerin«, zischt sie schließlich und ich höre einige der Anwesenden erschrocken nach Luft schnappen.

Langsam lege ich jeden einzelnen Finger flach auf das kühle Material. »Du sprichst mit der Erbin der Unterwelt.« Meine Stimme klirrt in der vorherrschenden Stille wie Eis. Im nächsten Moment steht der Tisch in Flammen. Rasend schnell schießen sie in die Höhe bis zur Decke des Saales und lecken an den Knochen, aus denen dieser Palast erbaut ist. Die anderen springen entsetzt zurück, weil sie denken, Hitze zu spüren, dabei ist all das nichts als eine weitere Illusion.

Denn *ich* bin die Täuschung in Person.

Mit einem Fingerschnippen lasse ich das Feuer versiegen, einzig ein wenig Rauch hängt noch in der Luft. Thanatos schenkt mir ein verschwörerisches Augenzwinkern und ich verziehe die Mundwinkel zu einem halben Lächeln. Zum ersten Mal glaube ich, so etwas wie Furcht in dem Blick meiner verhassten Mutter zu erkennen.

Gelangweilt betrachte ich für alle sichtbar meine Hand, die eben noch lichterloh in Flammen stand. Natürlich ist sie unversehrt. »Willst du damit sagen, Nyx, dass mein Erbe und alles, wozu ich fähig bin, eine Lüge ist? Nun, es steht dein Wort gegen meine Taten. Aber wie wäre es, wenn wir das Volk entscheiden lassen?«

Ich wende mich den Daimonen zu, die alles aus erster Reihe mitverfolgt haben. »Die Urgöttin bezichtigt mich der

Unwahrheit, doch habe ich nicht ausreichend gezeigt, welches Blut in meinen Adern fließt? Hört ihr nicht ...«, ich mache eine dramatische Pause und lege meine rechte Hand auf meine linke Brust und fasse mit der anderen hinter mein Ohr, »in welchem Rhythmus mein dunkles Herz in dieser und in jeder anderen Nacht schlägt?« Ich breite die Arme aus und Flammen lodern aus meinen Handinnenflächen empor, während die Fackeln an den Wänden noch mehr Feuer fangen. »Ist euch das nicht genug?« Ich strecke meine Arme gänzlich über mich, werfe den Kopf in den Nacken und nun beginnt das Feuer, sich zu winden, ja, beinahe zu tanzen, im selben Takt wie die schaurige Melodie, »IST EUCH DAS WIRKLICH – NICHT GENUG?«, rufe ich. »ODER WOLLT IHR MEHR?« Kurz darauf lasse ich einen Funkenregen auf uns niederprasseln, der auf dem Boden zu Asche zerfällt.

Einen Augenblick lang herrscht vollkommene Stille. Dann brechen die Daimonen in Jubelschreie aus, klopfen mit ihren Kelchen gegen die Tische und stampfen zustimmend mit ihren schweren Füßen, sodass schwarze Asche aufwirbelt und sich mit den Feuerfunken vermischt, die nach wie vor durch die Luft fliegen und den Saal erhellen. Sie wollen keine Vernunft oder Logik, sie brauchen einfach bloß jemanden, der sie begeistert. Sie mobilisiert. Ich schenke Nyx ein kühles Lächeln. Diese Runde ging an mich.

Natürlich endet all das in einer Party. Etwas anderes hätte ich, um ehrlich zu sein, auch gar nicht erwartet. Ich unterdrücke ein Gähnen und frage mich, ab wann es möglich ist abzuhauen, ohne dass es unhöflich wirkt. Plötzlich legt sich eine Hand auf meinen Rücken, und als ich mich umdrehe, steht Hypnos neben mir. »Wann hast du vor, die anderen anzusprechen, dass du ihre Reiche betreten willst? Thanatos und ich sind natürlich einverstanden und Charon hat auch nichts dagegen. Es bleiben also noch Tartaros, Nyx und Erebos.«

Ich seufze und stelle das Wasserglas ab, an welchem ich eben noch genippt habe. »Vielleicht kannst du es bei Letzteren probieren und ich gehe zu Tartaros?« Früher ist mir der Mann mit den langen weißen Haaren und der überdimensional großen Hakennase immer unheimlich gewesen, aber im Vergleich zu Nyx erscheint er mir wie das kleinere Übel.

Hypnos betrachtet mich, als würde er mich genau durchschauen, nickt aber schließlich. »Wünsch mir Glück mit Mutter Miststück«, sagt er ergeben und eilt davon. Mir entfährt tatsächlich ein leises Glucksen und ich schlage schnell die Hand vor den Mund, obwohl ich nicht davon ausgehe, dass uns jemand belauscht hat. Suchend schaue ich mich um und entdecke Tartaros kurz darauf in der hintersten Ecke, wo er mit einem der Hohedaimonen in ein Gespräch vertieft ist.

Geschickt schlängele ich mich zwischen den Feiernden hindurch und lächele dabei so huldvoll wie möglich. »Meine Herren«, grüße ich, als ich schließlich bei den beiden ankomme. Der Daimon verbeugt sich sofort und macht sich vom Acker, offenbar wirke ich doch ein wenig furchteinflößender, als ich dachte. Die Feuershow scheint einen bleibenden Eindruck hinterlassen zu haben. »Wollen wir ein paar Schritte gehen?«, frage ich Tartaros. Komischerweise fällt mir erst jetzt wieder ein, dass Hades ihn im selben Atemzug mit Persephone genannt hat. Was hätte sie ihm sagen sollen? Und was ist nicht von ihm? Oder sind auch diese Worte nur seinem wirren Geist entsprungen gewesen?

Ich registriere überrascht, wie der Gott des grausamen Todes mir seinen Arm reicht, und hake mich bei ihm unter. Es dauert nicht lange, bis wir aus dem Knochenpalast treten und uns im Freien befinden. Langsam schlendern wir weiter, den Blick auf die herrenlosen Gondeln gerichtet, die lautlos über den schwarzen Fluss gleiten. Schließlich stoppen wir und wenden uns einander zu.

»Also, Prinzessin. Warum wolltet Ihr mich sprechen?« Seine dunklen Augen glitzern im Schein der Fackeln, welche die Stufen zum Palast säumen und zu uns herüberstrahlen. Ich denke, allem voran Neugierde darin ablesen zu können.

»Ich möchte gern die einzelnen Reiche besichtigen, um mir ein Bild der aktuellen Lage zu verschaffen, da ich auf unbestimmte Zeit Hades' Aufgaben übernehme.«

»Ihr wollt das Reich des grausamen Todes betreten«, wiederholt er meine Worte und streicht sich nachdenklich über seinen Bart. »Und sucht Ihr nach etwas Bestimmtem?«

»Nein«, erwidere ich mit fester Stimme. »Es gibt keinen besonderen Anlass.«

Er neigt den Kopf leicht zur Seite und betrachtet mich eingehend. Beinahe fühlt es sich an, als könne er durch mich hindurchsehen. »Ich muss natürlich einige Vorbereitungen treffen, wenn ich so hohen Besuch erwarte. Sagen wir also in drei Tagen? Ich nehme Euch am Tor zu meinem Reich in Empfang. Hypnos oder Thanatos sollen Euch begleiten.« Mit diesen Worten verneigt er sich knapp vor mir, ehe er an mir vorbeitänzelt, auf der Kaimauer entlangbalanciert und leichtfüßig auf eine der Gondeln springt. Sein Körper wirkt in diesem Augenblick so jung und flink, dass ich mich frage, ob das Aussehen des alten Mannes lediglich eine Fassade ist. Irritiert schaue ich ihm nach, bis seine Gondel aus meinem Blickfeld verschwindet, und wende mich wieder dem Palast zu. Hypnos kommt gerade die Stufen hinabgelaufen. Seinem Gesichtsausdruck nach zu urteilen, hat er keine positiven Neuigkeiten zu überbringen.

Hypnos und ich sitzen in einer der Gondeln, die uns zu Flames ehemaligem Apartment bringt. Müde reibe ich mir über die Augen, während ich die weißen Umrisse einer Hand im Wasser des schwarzen Flusses entdecke, die vermutlich nach mir greifen würde, sollte ich mich ein wenig zu weit über den Rand lehnen. Ein beunruhigender Gedanke. Ich seufze schwer und versuche eine halbwegs bequeme Position einzunehmen, in der mein Rücken nicht schmerzt. Nyx und Erebos wollen mir natürlich keinen Zutritt in ihr Reich verschaffen, was ein ärgerliches Hindernis darstellt. Dafür müssen wir uns also eine Lösung einfallen lassen.

»Selbst wenn wir jedes Reich der Unterwelt betreten, wie genau sollen wir Flame überhaupt aufspüren?«, fragt Hypnos nach einer Weile.

Darüber habe ich auch schon einige Male nachgedacht. »Ich habe leider absolut keine Ahnung«, erwidere ich wahrheitsgemäß und kann nicht verhindern, dass ich ein wenig frustriert klinge. »Wir werden uns etwas einfallen lassen«, schiebe ich nach. Ein kläglicher Versuch, uns Mut zu machen. »Da Tartaros um drei Tage Zeit gebeten hat, können wir doch davor dein Reich sowie das von Thanatos und Charon abarbeiten, oder? Und für Mutter Miststück werden wir uns noch etwas einfallen lassen.« Es löst eine ungeahnte Befriedigung in mir aus, diesen Namen für sie zu verwenden.

»Wir sind gleich da«, sagt Hypnos und erhebt sich. Erst jetzt sehe ich den Steg, der langsam näher kommt. Glücklicherweise ist dieser in einem deutlich besseren Zustand als der vor dem Haus der Moiren.

Hypnos springt als Erster an Land und reicht mir dann die Hand, um mich hochzuziehen. Dankbar lächele ich ihn an und streiche mein Cape glatt. Anschließend folge ich ihm in die Gasse und zum Eingang des Gebäudes. Ich bin überrascht darüber, wie modern alles hergerichtet ist. »In Hades' Zentrum wohnen überwiegend Hohedaimonen, ihre Familien, Wächterdaimonen und die Harpyien, die ebenfalls zum Schutz dienen. Die Etage, auf der Flames Apartment liegt, steht ansonsten leer. Die niederen Daimonen bewohnen neben den toten Seelen alle anderen Reiche – abgesehen von meinem.«

Ich runzele die Stirn. »Warum leben sie nicht in deinem?« Wir steigen auf die magische Plattform, die sich kurz darauf in Bewegung setzt.

»In meinem wartet nur der Schlaf und dieser reizt die Daimonen nicht sonderlich.«

»Das hatte ich nicht bedacht«, erwidere ich. »Es erscheint mir, als wäre eine Ewigkeit vergangen, seit ich das letzte Mal hier gewesen bin. Die Ordnung und Gepflogenheiten – wenn es denn überhaupt welche gibt – sind mir mittlerweile vollkommen fremd.«

Die Plattform hält geräuschlos an und vor uns tut sich ein düsterer Korridor auf. Hypnos legt mir eine Hand auf den Rücken und schiebt mich vorwärts. »Dafür hast du ja uns, Schwesterherz.«

Wir biegen um eine Ecke und ich frage mich, wann wir endlich da sind, als ich einen massigen Leib entdecke. Einen Schrei ausstoßend springe ich zurück und zücke gleichzeitig meinen Dolch, den ich sicherheitshalber bei mir trage, obwohl ich keine Kämpferin im eigentlichen Sinne bin. Nach und nach entfachen sich die Fackeln, welche die Wände säumen, und nun ist auch sichtbar, wer dort vor uns liegt.

»Kerberos, mein Junge«, stößt Hypnos erleichtert aus und beugt sich hinab, um einen seiner Köpfe zu kraulen. »Schön, dass du uns auch mal wieder mit deiner Anwesenheit beehrst.«

»Er ist aus der Oberwelt verschwunden, einige Tage, nachdem die Prophezeiung erfüllt worden ist. Wir hatten angenommen, dass er hierher zurückgekehrt ist«, erkläre ich. Mein Herz zieht sich zusammen, als ich mir vorstelle, wie lange er bereits auf seine Herrin wartet. Langsam kommt der Höllenhund auf die Pfoten und schüttelt sich. Er ist viel zu groß für den schmalen Gang. Misstrauisch beäugt er mich und schnuppert an mir. Ich sehe aus wie die Prinzessin der Unterwelt, doch er weiß, dass ich nicht sie bin. Zaghaft strecke ich die Hand nach ihm aus und er stupst mit seiner Schnauze dagegen. Ich bete, dass er nicht vorhat, sie in einem Bissen zu verschlingen.

»Erinnerst du dich?«, frage ich. »Du hast mich auf deinem Rücken getragen. Ich bin hier, um nach deiner Herrin zu suchen.« Zögerlich nähert er sich noch ein wenig und winselt leise, ehe er alle drei Köpfe hängen lässt. Ich kann nicht länger an mich halten, überwinde den letzten Abstand zwischen uns und schlinge beide Arme um seinen massigen Leib. »Wir werden sie finden«, wispere ich. Im nächsten Augenblick gibt er ein Heulen von sich, das bis ins Mark geht und vermutlich in der gesamten Unterwelt bis in den Tartaros zu hören ist.

Hypnos räuspert sich. »Vielleicht sollten wir jetzt lieber reingehen.« Er kramt einen Schlüssel aus seiner Hosentasche und öffnet die Tür, vor der Kerberos gelegen hat.

Es ist ein hübsches, überraschend gemütliches Zimmer mit einem angrenzenden Turm, in dem sich ein rundes Bett befindet. Außerdem gibt es ein ausreichend großes Badezimmer sowie einen Balkon mit Blick auf den Acheron. Die Laken sehen so weich und bequem aus, dass ich nicht anders kann, als zielstrebig zum Bett zu laufen und mich daraufallen zu lassen. Ich lege meine Hände auf den Bauch, während mein Kopf nach hinten sinkt und ich ausgiebig gähne. Hypnos setzt sich neben mich auf einen Samtsessel und Kerberos versucht seinen riesigen Körper so gut es geht in unserer Nähe unterzubringen. Ich beobachte ihn eine Weile, bis ich mich so ruckartig aufrichte, dass beide zusammenzucken.

»Wir haben doch gerade in der Gondel darüber gesprochen, wie wir Flame aufspüren sollen, falls sie sich in einem der Reiche befindet«, sage ich aufgeregt und muss mich zwingen, meine Finger nicht zum Mund zu führen, um an meinen Nägeln zu kauen. Stattdessen deute ich auf Kerberos. »Wir können ihn mitnehmen. Er wird sie finden, wenn sie dort ist, nicht wahr?«

Hypnos' Augen werden groß, ehe er in einer Siegespose die Faust gen Zimmerdecke reckt. »Du bist ein Genie, Schwesterherz!«

Kapitel 20

EIN LEBEN FÜR DEN TOD

SAPHIRA

Es ist mitten in der Nacht, trotzdem kann ich nicht schlafen. Durch die abwechselnde Bewachung des Pentagramms ist mein Rhythmus vollkommen durcheinandergeraten und so starre ich hellwach vom Bett aus durch den Rundbogen hinauf zum Vollmond, der schneeweiß und zuverlässig strahlt. Noch zwei Tage, bis Apollo eintrifft, und wir können es kaum erwarten. Obwohl wir uns innerhalb des Palastes frei bewegen dürfen, fühlen wir uns alle gefangen.

Eingesperrt.

Je mehr Zeit vergeht, desto paranoider werden wir, ungeachtet der Tatsache, dass bisher nichts Ungewöhnliches geschehen ist. Wenn ich in der kleinen Bibliothek gesessen habe und in ein Buch vertieft gewesen bin, haben die Seiten sich manchmal von alleine umgeblättert, und es war, als würde ein kalter Luftzug über meine Schulter fahren. Da es hier jedoch keine Fenster gibt, kann es durchaus der Wind gewesen sein. Ich streiche eine meiner roten Haarsträhnen zurück, die sich aus dem geflochtenen Zopf gelöst hat, und drehe mich auf die Seite. Meine Hände lege ich unter die Wange und winkle dabei die Beine an, bis ich mich sicher und geborgen fühle. In der Dunkelheit der Nacht muss ich an Hale denken. Jetzt und jedes Mal.

An seine geflüsterten Worte und wie seine schwieligen Handinnenflächen über meine Hüften gleiten, wie seine Bartstoppeln über die weiche Haut meiner Schenkel streifen und wie seine weichen Lippen mich berühren. Ich stoße einen Fluch aus und ziehe die leichte Decke über meinen Kopf. Ich habe genau bekommen, was ich wollte. Was ich *dachte* zu wollen. Ich wickle den weichen Stoff noch enger um mich und stoße einen erstickten Schrei aus.

Ich vermisse Candela.

Und Flame.

Von beiden weiß ich, dass ich mich ihnen hätte anvertrauen können. Dass sie verstehen würden. Mich nicht als unentschlossen und undankbar abstempeln würden, wie Lavea es tut. Aber sie sind nicht hier. Von einer weiß ich, dass ich nie wieder die Möglichkeit haben werde, mit ihr zu sprechen. Bei der anderen ... steht die Rückkehr in den Sternen.

Unter dem Schutz der Decke rolle ich mich schließlich erneut zusammen wie eine Katze und beginne leise zu zählen. Nach einer Weile werden meine Glieder schwer und meine Augen fallen von alleine zu. Ich lächele leicht, fühle mich schläfrig und warte darauf, dass meine Träume mich holen. Gerade als ich denke, jeden Moment davongetragen zu werden, höre ich über mir ein lautes Stampfen und Trampeln. Es klingt fast so, als würden mindestens fünfzig Feierwütige im Festsaal über mir das Tanzbein schwingen.

»Das soll wohl ein schlechter Scherz sein«, murre ich und strampele mich von der Decke frei. Rasch schwinge ich meine Beine über die Bettkante, streiche mein luftiges Nachthemd glatt und schlüpfe in meine Sandalen. Dann eile ich nach draußen und stolpere beinahe über Prom, der auf dem Boden sitzt und die gegenüberliegende Wand zu hypnotisieren scheint. Ich berühre ihn an der Schulter und er zuckt zusammen, ehe er mich verärgert ansieht. Derweil werden die Schritte über uns immer lauter. »Hörst du das? Sind die anderen auch wach?«

Mit gefurchter Stirn beäugt er mich. »Bis auf Yasar, der unten Wache hält, ist niemand außer uns wach. Es ist totenstill hier, Saphira. Geh wieder ins Bett.«

»Willst du mich auf den Arm nehmen?«, flüstere ich nun, um die anderen nicht zu wecken, wobei es mir vollkommen schleierhaft ist, wie sie bei diesem Lärm überhaupt schlafen können. »Ich gehe nachschauen, was da los ist«, informiere ich ihn schnippisch und eile in Richtung Treppe. Ich bin nicht verrückt. Und ich vernehme ganz eindeutig Geräusche.

»Du bist eine grässliche Nervensäge, hat dir das schon mal jemand gesagt?«, fragt Prom, der mir doch gefolgt ist. »Kein Wunder, dass –« Er bricht ab und räuspert sich mit betretener Miene. »Tut mir leid. Ich denke, dass ich zum ersten Mal in meinem Leben unter Liebeskummer leide, und das lässt mich irgendwie gehässig werden.«

Ich seufze und erklimme weiterhin eine Treppenstufe nach der anderen.

»Schon verziehen. Ich verstehe, wie sehr sie dir fehlt«, sage ich schließlich.

»Und ich verstehe, wie sehr *er* dir fehlt«, erwidert er unverblümt.

»So viel Aufmerksamkeit hätte ich dir gar nicht zugetraut«, gebe ich ehrlich überrascht zurück.

»Du meinst in Anbetracht der Tatsache, dass ich nicht mitgekriegt habe, dass meine eigene Frau unser Kind in sich trägt? Ich habe nicht einmal eine Ahnung davon, wie weit sie ist.«

Ich bleibe stehen und lege ihm eine Hand auf die Schulter. »So habe ich es nicht gemeint. Doch die Zeit mit ihr hat dich verändert.« Spielerisch pikse ich ihm in die Brust. »Versteckt sich da etwa ein Herz?«

»Haha«, erwidert er trocken. »Sehr lustig, Saphira.«

»Und habe ich richtig gehört, dass du sie als ›deine Frau‹ bezeichnet hast?«

»Ja, ausnahmsweise hast du keine eingebildeten Geräusche gehört.«

Meine Augen werden groß. »Also wirst du sie fragen? Vor ihr auf die Knie gehen?«

Sichtlich empört stemmt er die Hände in die Hüften. »Ich werde ein Mann sein und ihr das Angebot unterbreiten. Auf keinen Fall werde ich vor ihr kriechen.«

Kopfschüttelnd setze ich mich wieder in Bewegung. »Ich habe mich geirrt, du hast noch seeehr viel zu lernen. Regel Nummer eins«, sage ich und strecke dabei den Zeigefinger in die Luft. »Ohne Kniefall kein Ja.« Ich laufe weiter und je näher wir dem Saal kommen, desto deutlicher vernehme ich wieder das Stampfen und Trampeln. Wer weiß, wann Prom sich zuletzt die Ohren geputzt hat. Oder ob er es überhaupt jemals in seinem unsterblichen Leben getan hat. So richtig kann ich mir das nicht vorstellen. »Regel Nummer zwei«, fahre ich ungerührt fort, »Romantik ist niemals albern oder unmännlich. Passe dich den Bedürfnissen einer Frau an. Es wird dich nicht umbringen oder gar der Lächerlichkeit preisgeben.« Mittlerweile bin ich in einen schnellen Laufschritt verfallen, weil ich es gar nicht erwarten kann, die Unruhestifter auf frischer Tat zu ertappen. Vielleicht sind es die Wüstennymphen, die langsam außer Rand und Band geraten, weil True ihnen alles durchgehen lässt. »Regel Nummer drei: Sage niemals –« Meine Stimme erstirbt und ich bleibe abrupt stehen, was dafür sorgt, dass Prom mich anrempelt und ich einige Schritte nach vorn taumele. Nun befinde ich mich im großen Festsaal. Und er ist leer.

Geschockt drehe ich mich im Kreis.

Einmal.

Zweimal.

Dreimal.

Plötzlich werde ich bei den Schultern gepackt und gezwungen anzuhalten. »Phia?« Prom schaut mich prüfend an. »Wir sind allein.«

Ich schüttele seine Hände ab und mache einen Schritt zurück. »Ich habe mir das nicht eingebildet. Sie sind hier rumgelaufen. Ich schwöre es dir.« Mit beiden Händen fahre ich mir durchs Haar und ziehe daran.

Vorsichtig, als wolle er mich nicht verschrecken, tritt Prom wieder näher zu mir heran. »Ich glaub dir, dass du diese Dinge gehört hast, Phia. Lass mich dich auf dein Zimmer bringen. Du hast in letzter Zeit nicht viel Schlaf abbekommen und bist mit Sicherheit erschöpft.«

»Du denkst also, dass meine Sinne mir einen Streich gespielt haben?« Ein heftiger Windstoß geht durch die Rundbögen und mein Nachthemd bauscht sich auf, während sich auf meinen Oberarmen eine Gänsehaut bildet. Mit einem Seufzen zieht Prom seine Jacke aus und legt sie mir über die Schultern. Dann schiebt er mich sanft vorwärts.

PROMETHEUS

Ich habe mir einen von den unbequemen Zedernholzstühlen ans Bett herangezogen und meine Füße auf der Kante abgelegt. Mit vor der Brust verschränkten Armen starre ich zu den flatternden Vorhängen, während ich Phia, deren Brust sich nun ruhig hebt und senkt, immer wieder einen prüfenden Blick zuwerfe. Sie ist tough und hätte es niemals laut ausgesprochen, doch ich weiß auch so, dass sie Angst hat. Auf dem Weg nach unten hat sie angefangen, mit den Zähnen zu klappern und sich des Öfteren umgedreht. Diese Situation ist für keinen von uns leicht. Das ewige Warten darauf, dass etwas passiert, kann einen leicht in den Wahnsinn treiben. Glücklicherweise ist es nicht mehr lange, bis Apollo zu uns stoßen und uns aus dieser misslichen Lage befreien wird. Und dann werde ich Apate die Hölle heißmachen. Weil sie einfach so gegangen ist. Ich hätte es niemals für möglich gehalten, doch mittlerweile ist der Wunsch, sich mit ihr niederzulassen, beinahe übermächtig geworden. Es ist ziemlich ärgerlich, dass ich bisher nie auf die Idee gekommen bin, einen eigenen Palast zu errichten. Das wäre jetzt wirklich praktisch. Von der Idee mit dem Haus bin ich inzwischen wieder abgewichen ... Zu klein. Andererseits würde es keiner der anderen bemerken, wenn wir einen Flügel in einem ihrer Prunkbauten beziehen. So viel Platz kann man gar nicht alleine nutzen. Irgendwie gefällt mir der Sandpalast sehr gut. Es ist ein heller und fröhlicher Ort, an dem einige meiner besten Erinnerungen hängen. Und Hale wird sich bestimmt über unsere Gesellschaft freuen. Der arme Hund. Ich frage mich, ob er und Phia noch eine Chance haben oder es endgültig vorbei ist. Götter.

So langsam verwandle ich mich in ein richtiges Waschweib. Meine eigenen Gedanken sind mit unheimlich.

Plötzlich nehme ich aus den Augenwinkeln eine Bewegung wahr und wende meinen Kopf zum Ausgang, der in den Flur führt. Ich sehe gerade noch, wie hellblonde Haarsträhnen um die Ecke verschwinden. Ich blinzele zweimal und bin mir nicht mehr so ganz sicher, ob ich mir das eben nicht eingebildet habe. Auch ich könnte eine ordentliche Mütze Schlaf vertragen. Trotzdem stehe ich auf und verlasse das Zimmer. Im Flur schaue mich um, doch ich kann niemanden entdecken.

»Hallo«, sage ich in die Stille hinein und klinge dabei wie ein Volltrottel. Ich will mich gerade wieder umdrehen, als von rechts ein Kratzen ertönt. »Nicht cool«, murre ich, während ich gleichzeitig mein Messer zücke und in die Richtung laufe, aus der das Geräusch kommt. Ich biege ab und glaube, einen Schatten auszumachen, der sich die Treppe runterbewegt. Ich reibe mir über die Augen, und was auch immer ich gesehen habe, ist fort. Ein ungutes Gefühl übermannt mich und ich renne los. Dabei fällt mir ein, dass mir auch andere Mittel zur Verfügung stehen, und so rufe ich den Nebel herbei, der mich kurz darauf einhüllt und innerhalb eines Wimpernschlags an den Ort meiner Wahl bringt. Ich lande direkt vor dem Pentagramm vor einer der getrockneten Pfützen aus Wachs. Alles wirkt ruhig und unauffällig und mein rasender Puls verlangsamt sich. In einiger Entfernung sitzt Yasar, sein Kinn ruht auf seiner Brust und aus seinem Mund dringen leise Schnarchgeräusche.

Großartig.

Ich schlendere zu ihm und stupse ihn mit einer Fußspitze an. Sofort schreckt er hoch und stößt sich dabei den Hinterkopf an einer der Mosaikfliesen. »Was ist passiert?«, ruft er und versucht umständlich auf die Beine zu kommen. Ich greife ihm unter den Arm und helfe ihm, sich aufzurichten. Trotzdem schwankt er leicht und sein Blick schweift orientierungslos durch die Gegend, bis er sich endlich klärt.

»Du bist bei deiner Wache eingenickt«, informiere ich ihn.

»Kann ja mal passieren. Soll ich dich ablösen?«

»Das wäre sicherlich eine gute Idee«, erwidert er zerstreut und klopft sich den Staub von der Hose.

»Alles in Ordnung mit dir?«, hake ich nach und reibe mir über den Nacken, weil ich das Gefühl habe, dass mich dort etwas berührt. Vermutlich hat Phia auf mich abgefärbt und jetzt werde ich auch ganz paranoid.

»Ja, ich bin nur erschöpft. Danke, dass du meine Schicht übernimmst.«

»Kein Problem.« Kurz ziehe ich es in Erwägung, ihm von dem Vorfall im Festsaal zu erzählen und ihm zu erklären, warum ich ursprünglich hergekommen bin, doch dann bremse ich mich. Es gibt keine handfesten Beweise. Die letzte Zeit hat unsere Nerven einfach ein wenig überstrapaziert. Und ich glaube ehrlich gesagt auch an keinen Geist oder Dschinn oder sonst irgendwas, das hier sein Unwesen treibt. Ich werde die Füße stillhalten und auf Apollo und Hekate warten, die mit ihrem Hokuspokus die anderen beruhigen wird, damit ich danach endlich zur Unterwelt aufbrechen kann, um meine Frau zu holen. Und unser Daimonenbaby. So was von schräg. Ich weiß nicht, ob ich mich jemals daran gewöhnen werde.

»Erhol dich gut«, sage ich zu Yasar, ehe er im Nebel verschwindet.

Sobald ich alleine bin, ist es verlockend, sich auf dem Boden niederzulassen und gegen die Wand zu lehnen. Tatsächlich widerstehe ich diesem Drang jedoch und beginne auf und ab zu laufen, um mich wachzuhalten. Irgendwann lullt mich der geräuschvolle Rhythmus meiner Stiefelsohlen auf dem Marmorboden vollkommen ein, und es ist, als würde eine fremde Macht mich antreiben, sodass es mir unmöglich wäre, stehen zu bleiben, selbst wenn ich es wollte. Und so geht es beständig weiter, während meine Gedanken in der Unterwelt sind – bei der Frau, die ich liebe.

Was für eine beschissene Situation.

Obwohl sich meine Beine unermüdlich fortbewegen, fühlen sich meine Lider schwer an, und nach einer Weile kostet es mich die größte Anstrengung, sie überhaupt noch offen zu halten. Trotzdem stoppe ich erst, als mich etwas am Hinterkopf trifft. Irritiert schaue ich mich um. Auf dem Marmorboden liegt einer der Ziergegenstände aus ziseliertem Metall, der eigentlich – wenn ich mich richtig erinnere – auf eine der Kommoden im Eingangsbereich gehört. Mit gerunzelter Stirn beuge ich mich nach unten, um ihn aufzuheben und zucke zurück, als es sich plötzlich vor meinen Augen zu Rauch auflöst. Die Schwaden winden sich nach oben, verflechten sich miteinander und bilden einen ungezähmten Strudel. Ich bin wie erstarrt. Ein Zischen ertönt, und obwohl ich den Rauchschwaden wirklich ungern den Rücken zukehren möchte, wende ich mich dem Pentagramm zu. Und als ich sehe, wie das schwarze Salz auf mich zufließt, als wäre es zum Leben erwacht, ziehe ich erstmals in Betracht, dass etwas Größeres als Einbildung und Schlafmangel hinter der Sache stecken.

Verdammter Mist.

Zischelnd und pfeifend kriecht das Salz weiter auf mich zu und ich mache einen Schritt zur Seite, während ich mich frage, was zum Teufel mir das Messer bringen soll, welches ich in diesem Moment in der Hand halte.

Gar nichts.

Ich habe offiziell ein Problem. Oder besser gesagt – wir haben ein riesengroßes Problem. Ich sollte die anderen warnen. Ja genau, ich habe nur ihr Wohlergehen im Sinn und tue das nicht, weil ich einfach nur Schiss habe.

Ich drehe mich um und renne los. Keine Ahnung, warum ich nicht den Nebel rufe. Es ist, als wäre ich blockiert. Ich rase durch den Eingangsbereich und auf die Treppe zu, wo ich immer drei Stufen auf einmal nehme, so lange, bis ich auf Etage vier ankomme und in jedes der Zimmer reinbrülle. »Alle aufwachen. Angriff! Alle aufwachen! Ich wiederhole: Angriff! Alarmstufe Rot! Attacke durch Zöpfchen-Rauch und Kriecher-Sand! Schwarzer Sand auf freiem Fuß!« Wie lange brauchen die, um aufzuwachen? Langsam gehen mir die Ideen aus. Und ich möchte ungern in fremde Schlafzimmer hineinplatzen. Man mag es kaum glauben, doch ich besitze manchmal doch so etwas wie Schamgefühl. Wo das herrührt? Fragt mich nicht!

Ich will gerade umdrehen und den Flur erneut entlangrennen, als Yasar, True, Phoibe und Dream endlich aus ihren Rundbögen treten. »Was soll dieser Lärm?«, fragt Letzterer mürrisch und ich muss zugeben, dass seine amethystfarbenen Augen gerade tatsächlich sehr unheimlich aussehen. Ich erzähle ihnen die Kurzfassung, behalte dabei aber die Treppe im Auge und rechne die ganze Zeit über damit, die schwarzen Körner zu entdecken.

»Warum hast du vorhin nichts von alledem gesagt?« Yasar wirkt ziemlich sauer. Also so wie immer, jedenfalls wenn es um mich geht.

»Willst du damit etwa sagen, dass Lavea ganz allein unten geblieben ist, während du abgehauen bist?«, fragt Dream ungehalten.

Ich betrachte ihn mit hochgezogenen Brauen an und frage mich, ob auch er von einem Metallstück getroffen worden ist. »Was genau meinst du?«

»Sie hatte Schicht. Keine Ahnung, was du da gemacht hast, aber als ich ins Bett gegangen bin, ist sie hinuntergelaufen, um das Pentagramm zu bewachen.«

»Heute Nacht war meine Schicht«, mischt Yasar sich ein. »Aber ich wurde müde und Prom hat mich abgelöst.«

»Ich bin Lavea nicht begegnet«, ergänze ich. Dream blickt sich noch einmal um, bevor er den Nebel ruft. Zumindest sehe ich, wie er die Augen schließt und sich konzentriert. Nichts geschieht. Genauso wie bei mir vorhin. Der Gott der Träume flucht, ehe er uns stehen lässt, über den Korridor und die Stufen hinabbrennt. Phoibe folgt ihm.

»Ich weiß nicht, ob das eine besonders clevere Idee ist«, murmele ich. »Vermutlich ist Lavea einfach bloß in der Bibliothek eingeschlafen.« Ebenso wie Flame ist sie eine absolute Leseratte. Man findet sie stets dort, wo es Bücher gibt. Doch als ich nun an die kleine Flamme denke, an ihre frechen Grübchen und die unzähmbaren Locken, wird mir ganz schwer ums Herz. Ich reibe mir über die Stirn und unterdrücke ein frustriertes Stöhnen. »Ich schaue mal nach Saphira«, informiere ich True und Yasar. »Viel Glück bei der Zähmung des schwarzen Salzes.« Ich lasse die beiden stehen und Yasar murmelt irgendetwas von Sand und allein meine Schuld. Alter Miesepeter. Konnten wir ja nicht wissen, dass diese kleine Mischung so verboten ist. Diesen Fehler wird er uns wohl auf ewig unter die Nase reiben.

Kopfschüttelnd betrete ich Phias Zimmer, laufe mit den schmutzigen Stiefeln über den schönen Teppich und erstarre, als ich das Himmelbett entdecke – an dem Lavea sitzt.

Das Bild, wie ein blonder Haarschopf um die Ecke verschwindet, taucht vor meinem inneren Auge auf und ein fauliger Geschmack breitet sich in meinem Mund aus, als sie sich nach vorn beugt und Saphiras Gesicht berührt, welches unnatürlich blass aussieht. Mitten in der Bewegung stockt sie und richtet ihren Blick auf mich. Ich muss mich selbst daran hindern, einen Schritt zurückzuweichen. Ihre Iriden sind so schwarz wie ihre Pupillen.

Nicht cool.

Gar nicht cool.

Ich frage mich, ob Yasar und True noch im Flur stehen und ob ich um Hilfe schreien sollte. Lavea legt den Kopf leicht schräg, ehe sie aufsteht und auf mich zukommt. Es sieht beinahe so aus, als würde sie schweben, ihre Füße berühren kaum den Boden. Phia ist nach wie vor regungslos und ich weiß nicht, wie ich die Sache regeln soll. Der Nebel gehorcht mir nicht mehr.

»Lavea, Liebes, was machst du denn hier drin?«, sage ich mit laut erhobener Stimme und verhalte mich dabei total unauffällig. Von draußen ertönen Schritte und dann sind Yasar und True mit uns im Raum. Der Gott der Wahrheit und der Wirklichkeit geht sofort wieder rückwärts durch den Rundbogen. »Ich hole Dream.« Tja, das ist vermutlich eine gute Idee.

Lavea hält direkt vor Yasar und mir an. Dann schnüffelt sie. Das Mädchen *schnüffelt* an uns. Hallo? Dann deutet sie auf Phia. »Sie schläft so ruhig und friedlich«, sagt sie schließlich in einem Ton, der mir in den Ohren klirrt. »So still.« Als sie beginnt, uns zu umrunden, laufen mir eiskalte Schauer die Wirbelsäule hinab. Es kommt mir vor, als würde sie mit uns spielen, als wären wir ihre Beute.

Was nun, Schlaumeier?, frage ich Yasar in Gedanken.

»Ihr riecht so gut«, schnurrt Lavea, oder jedenfalls das, was in diesem Augenblick in ihr wohnt. Ihre zarten Finger legen sich um meinen Hals und fangen an, ihn zu streicheln. »Nach Leben und Unsterblichkeit.« Als sie über meine Brust fahren will, umfasse ich sanft ihr Handgelenk, während ich versuche, nicht in diese riesigen schwarzen Augen zu starren. Mit dem Daumen fahre ich beruhigend über ihre Handinnenfläche und lächele ihr zu. »Gleich kommt jemand, der noch viel besser riecht als wir«, sage ich schmeichelnd. Unauffällig werfe ich einen Blick in Richtung Flur. Dream soll sich verdammt noch mal beeilen. Eine besessene Lavea ist definitiv eine gruselige Lavea. Als Nächstes streckt sie ihre Hand nach Yasars Haaren aus, die ihm mittlerweile beinahe bis über die Schultern fallen, und zieht fasziniert daran.

Nach einer gefühlten Ewigkeit erscheint endlich Dream und stürzt sich sogleich auf sie. Er scheint sich nicht vor ihr zu gruseln, sondern nimmt ihr Gesicht in beide Hände und mustert prüfend ihre Augen. »Was ist mit dir?« Statt einer Antwort schnüffelt sie nun an ihm, schmiegt ihr Gesicht gegen seine Finger, ehe ihre Zunge hervorschnellt und über die Kuppen leckt. Ich denke ehrlich darüber nach, den Raum einfach zu verlassen. Aber dann fällt mir Phia ein und dass ich nach ihr sehen muss. »Was habe ich zu dir gesagt, als wir zum ersten Mal miteinander sprachen?«, fragt Dream und lenkt meine Aufmerksamkeit wieder auf sich und Lavea. Sanft hebt er ihr Kinn an. »Am magischen Lagerfeuer. Was habe ich zu dir gesagt? Wie lauteten meine ersten Worte?«

Wir warten.

Sie schweigt.

Dream streicht mit dem Daumen über ihre blasse Wange. »Ich mochte den Mond schon immer lieber als die Sonne«, flüstert er so leise, dass wir ihn beinahe nicht verstehen können. Dann drückt er seine Stirn gegen ihre, was dafür sorgt, dass ihre Augen nach hinten rollen und sie in seinen Armen zusammensackt. Er legt sie auf dem weichen Teppich ab, ehe er sich an sie kuschelt, ihren Körper mit dem seinen abschirmt und die Lider schließt.

»Er hält Lavea in seinem Reich der Träume gefangen, um den Dschinn zu bekämpfen. Dort ist er ihm überlegen, denn Dream hat nirgendwo mehr Macht als in dem Land, das er aus Gedanken und Fantasien erschaffen hat. Alles an diesem Ort folgt seinem Willen«, kommentiert True, und die Erklärung sorgt dafür, dass mir ein Licht aufgeht.

Yasar holt die Kette mit dem Chalcedon-Edelstein unter seinem Hemd hervor. Es ist vermutlich kein guter Zeitpunkt, um ihm zu sagen, dass ich meinen bereits verloren habe.

»Ich werde Apollo kontaktieren«, sagt er und läuft nach draußen.

Zurück bleiben True und ich. Gemeinsam starren wir Lavea und Dream an, die sich nicht mehr rühren. »Was passiert, wenn es ihm trotzdem nicht gelingt, den Dschinn zu bezwingen und von Lavea zu lösen? Es ist ja nicht gerade so, dass wir Erfahrung mit solchen Wesen haben ...«, merke ich skeptisch an. »Können wir denn gar nichts tun? Gibt es keine andere Möglichkeit?«

True zieht die Schultern nach oben und öffnet eine der Schubladen der Kommode aus Zedernholz und holt eine Decke hervor, die er über den beiden ausbreitet. Nun wirken sie tatsächlich wie ein tragisches Liebespaar. »Keine, die ich gerne ausprobieren möchte«, erwidert er etwas verspätet. »Es ist sicherer, auf Apollo zu warten.«

Ein Stöhnen ertönt, und erst jetzt erinnere ich mich erneut, dass ich schon längst nach Phia hätte sehen sollen. Schwerfällig richtet sie sich in ihrem Bett auf, was dafür sorgt, dass True und ich uns endlich in Bewegung setzen.

»Ich fühle mich, als wäre eine Herde Kentauren über mich hinweggetrampelt«, murrt sie, während sie sich die Schläfen massiert. Als sie Dream und Lavea auf dem Fußboden entdeckt, kneift sie die Augen zusammen und legt die Stirn in Falten. »Was ist denn hier passiert?«

»Lavea ist vermutlich von einem Dschinn besessen und hat dich beim Schlafen beobachtet. Jedenfalls, als ich reingekommen bin. Und dann hat Dream sie mit ins Reich der Träume genommen, um das Wesen dort mit seinen Superkräften fertigzumachen«, fasse ich zusammen.

Phia flucht leise, steht rasch auf und streift sich einen Morgenmantel über.

»Sei froh, dass du es verpasst hast«, murmelt True und schaut unschlüssig auf seine Hände.

»Vielleicht sollten wir Phoibe suchen«, schlage ich vor. »Sie ist nicht mit Dream zusammen zurückgekehrt.«

»Geht ihr zwei«, sagt True. »Ich bleibe hier und behalte die beiden im Auge.«

Phia ist bereits auf dem Weg in den Korridor. Deshalb nicke ich ihm nur knapp zu und hefte mich an ihre Fersen. Da mir der Nebel noch immer nicht gehorchen will, legen wir den Weg im Laufschritt zurück. Ich frage mich, wo die Wüstennymphen abgeblieben sind, die um diese Uhrzeit für gewöhnlich durch den Palast huschen.

»Phoibe«, ruft Phia neben mir, noch bevor das Pentagramm in Sichtweite gerät. »Phoibe!« Eine Antwort erhält sie nicht.

Wie von selbst beschleunigen wir unser Tempo, rennen um eine Ecke und kommen im Erdgeschoss schliddernd zum Stehen. Der schwarze Sand formt nicht länger das Fünfeck, den Stern und den Kreis, sondern Worte. Über der Schrift befinden sich höhenversetzt fünf Kerzen. Sie sehen seltsam aus, als hätten sie sich von selbst wieder zusammengesetzt, nachdem sie doch eigentlich geschmolzen waren.

Vier von ihnen brennen.

Eine ist aus.

Ich trete näher, um die krakelige Schrift besser lesen zu können. *Spielt mit uns,* heißt es dort. *Ein Leben für den Tod. Und den Tod für eine eurer Fragen.*

Kapitel 21

DAS SPIEL

SAPHIRA

»Das ist ja jetzt schon sehr dramatisch«, merkt Prom neben mir an. Er klingt eher spöttisch als belustigt, was ziemlich ungewöhnlich für ihn ist. Ich werfe einen letzten Blick auf die Schrift und die Kerzen und versuche meine Angst vor dem Unbekannten zurückzudrängen.

»Komm schon«, sage ich. »Wir müssen Phoibe finden.«

»Den anderen sollten wir auch Bescheid geben«, erwidert er seufzend. Ehe ich es verhindern kann, holt er mit dem Fuß aus und tritt gegen eine der Kerzen, die zwar davonrollt, jedoch nicht ausgeht. »Ich bin ein unsterblicher Titan«, sagt Prom und wischt nun über das Salz, welches das Wort ›Spiel‹ gebildet hat, bis es nicht mehr leserlich ist. »Und das halte ich von eurem Schwachsinn. Wir werden euch in den Hintern treten.« Anschließend dreht er sich um und stapft davon.

Aus den Augenwinkeln sehe ich, dass die umgefallene Kerze sich von alleine wieder aufgerichtet hat. Wie ein Feigling mache ich auf dem Absatz kehrt und renne Prom hinterher. Mein ganzer Körper ist von Gänsehaut übersät und ich presse die Zähne fest aufeinander, damit sie nicht erneut klappern. Am liebsten würde ich ihn bitten, meine Hand zu halten, aber andererseits will ich auch nicht wie eine Memme dastehen.

Sobald ich zu ihm aufgeschlossen habe, ist der Drang, sofort alle Mauern zu durchbrechen, die mich von der Außenwelt trennen, nicht mehr ganz so groß.

Trotzdem kann ich es mir nicht verkneifen, noch einige Male über die Schulter zu schauen. Meine Haare sind zu einem hohen Dutt gebunden und ich habe schon wieder dieses unangenehme Gefühl, als würde etwas über meinen Nacken streifen. Ich schlucke schwer und ziehe den Morgenmantel noch enger um mich.

»Ich bin wütend«, informiert Prom mich, als wir die Stufen erklimmen. »Echt richtig und weltbewegend wütend. Ich weiß nicht, wann ich das letzte Mal so viel laufen musste. Es nervt.«

Unbeholfen klopfe ich ihm auf den Rücken. »Du darfst mir gerne etwas von deiner Wut abgeben.« Er antwortet lediglich mit einem undefinierbaren Schnauben und so schweigen wir, bis wir Etage zwei erreichen und Yasars Arbeitszimmertür aufstoßen. Er sitzt – wie sollte es anders auch sein – vor einem aufgeschlagenen Buch. Vor dem mit den schwarzen Seiten und der weißen Schrift, wie ich überrascht feststelle. Allerdings entgeht mir nicht, dass er mehrere lose Pergamentrollen unter dem Schreibtisch verschwinden lässt, als hätten wir ihn bei etwas ertappt. Trotzdem zuckt er nicht zusammen, als die Tür mit einem lauten Krachen gegen die verzierten Wandfliesen knallt und Prom sich vor ihm aufbaut.

»Unten beim Pentagramm ist etwas geschehen. Diese Geister-Körper-Schmarotzer haben uns herausgefordert, mit ihnen zu spielen. Außerdem haben sich aus dem zerlaufenen Wachs auf wundersame Weise fünf Kerzen gebildet, von denen vier brennen. Ach ja, und Phoibe ist verschwunden!«, zählt er dramatisch auf.

Ruhig schlägt Yasar das Buch zu und schiebt es beiseite. »Ich hatte mit Apollo Kontakt. Er ist jetzt auf direktem Weg hierher. Solange warten wir.«

Als ich bemerke, wie Prom schwerfällig Atem holt, weiß ich, dass er kurz davor ist, die Kontrolle zu verlieren. Einen Augenblick später fegt er den schwarzen Lederband sowie einige weitere Ordner vom Tisch. Mit beiden Händen stützt er sich auf der Holzplatte ab und beugt sich über Yasar. »Ich kann das nicht mehr hören. Warten. Geduldig sein. Warten. Ausruhen. Kraft tanken. Und schon wieder warten.« Er hebt beide Arme in die Luft. »Was ist nur aus uns geworden? Ein Haufen Loser. Unsere Freundin hat sich für diese Welt geopfert und was machen wir nun damit? NICHTS. Apate hat das Richtige getan. Sie ist losgezogen und hat gehandelt. Sogar Lost und Dark und Cato machen vermutlich Sinnvolleres als wir.« Er schlägt mit der Hand auf einen der Teeuntersetzer, der sofort durch die Luft katapultiert wird. »Scheiß auf Warten. Scheiß auf das alles hier.«

Yasar schiebt langsam den Stuhl zurück und steht auf. »Wieso beruhigst du dich nicht erst einmal?«

»ICH. WILL. VERDAMMT. NOCH. MAL. ZU. MEINER. FRAU.« Der Gott der Zukunft und des Lebens schaut mich an, als würde er stumm meine Hilfe anfordern, doch ich schüttele den Kopf. Ich bin auf Proms Seite. Er hat ausgesprochen, was ich bereits die ganze Zeit über fühle. Dass wir zu wenig tun. Meine Kehle wird eng. Genau das habe ich Hale gesagt. Vielleicht hätte ich mit Amanda und Jules in die Evakuierungslager gehen sollen.

»Deine Macht ist dir schon halb entglitten«, fährt Prom gepresst fort. »Du weißt doch nicht einmal, was die anderen Götter treiben. Möglicherweise sind sie längst auf Ares' und

Athenes Seite. Von Ziva will ich gar nicht erst anfangen. Wir wirken schwach – sie wird denken, dass sie uns überlegen ist.« Er deutet auf den am Boden liegenden Lederband. »Und nicht jede Lösung findest du in einem deiner staubigen Bücher. Bei allen Gorgonen. Wach endlich auf.« Nach diesen Worten dreht er sich um und stürmt nach draußen.

Yasar reibt sich über sein Gesicht. »Ihr versteht ni–« Er unterbricht sich und schüttelt den Kopf, ehe er erneut zum Sprechen ansetzt. »Ich habe nicht gelogen. Apollo wird wirklich jeden Moment hier sein. Und er bringt Hekate mit. Sie wird einen Kältezauber sprechen. Dschinn sind aus Feuer geschaffene Rauchwesen. Sie verabscheuen nichts mehr als Kälte.«

Ich seufze schwer. »Dann sollten wir vielleicht einfach wieder in deinen Palast umziehen. Nirgends ist es eisiger als dort.«

»So einfach ist das nicht und das weißt du auch«, erwidert er streng.

»Und ich bin nicht mehr deine Schülerin«, erwidere ich.

Langsam beginnt er die Sachen einzusammeln, die zu Boden gefallen sind. »Das ist mir klar.«

»Dann hör auf, mich so zu behandeln.« Energisch mache ich auf dem Absatz kehrt und folge Prom in den Korridor. Ich bin überrascht zu sehen, dass er lässig mit einem Bein an die Wand gelehnt auf mich wartet.

»Das hat verflucht gutgetan, oder?«, fragt er mich mit einem verschmitzten Grinsen.

»Sollten mich deine Stimmungsschwankungen beunruhigen?«, frage ich mit hochgezogenen Brauen zurück.

Nachdem wir Phoibe gefunden haben, die glücklicherweise keinem Dschinn zum Opfer gefallen ist, versammeln wir uns erneut in meinem Zimmer. Die Dämmerung ist bereits eingetreten und schon bald wird sich die Nacht selbst über Trues Palast ausbreiten. Lavea und Dream haben wir mittlerweile in mein Bett gelegt. Sie wirken wie erstarrt. Es ist ein friedliches und gleichzeitig unheimliches Bild. Von Weitem erscheint es, als würden sie eng umschlungen schlafen, doch wenn man etwas näher herantritt, kann man ganz deutlich die Schweißtropfen sehen, die sich auf Dreams Stirn abzeichnen. Gerade wiederholt Prom noch einmal die Worte, die unten aus Sand geformt worden sind. »Spielt mit uns. Ein Leben für den Tod. Und den Tod für eine eurer Fragen.«

»Und dann noch die fünf Kerzen«, ergänzt Phoibe. »Für die fünf Personen, die in den fünf Sternenzacken des Pentagramms standen. Also ist diese Anzahl an Dschinn hier?«

Ich setze mich auf die äußerste Kante des Bettes und ziehe die Beine an.

»Mich würde eher interessieren, ob sie uns damit wirklich sagen wollen, dass einer von uns sterben muss, damit sie unsere Frage beantworten.«

»Das klingt jedenfalls ganz danach«, murmelt True, der immer wieder – vermutlich unbewusst – die Decke glatt streicht.

Es wundert mich ehrlich gesagt, dass Phoibe so ruhig bleibt, doch bei genauerer Betrachtung kann man erkennen, wie sie ihre Hände im Schoß knetet und die Lippen zu einer schmalen Linie zusammengepresst sind.

»Dann gibt es für uns überhaupt keine Möglichkeit, eine Antwort zu erhalten«, stellt Prom fest. »Es sei denn, jemand von uns hat freiwillig Lust zu sterben.« Er schüttelt ärgerlich den Kopf. »Und was ich mich schon die ganze Zeit frage:

Warum zum Teufel können sie schreiben und unsere Sprache sprechen?«

»Dschinn sind sehr intelligent und anpassungsfähig«, springt True sofort ein.

»Götter, sag bloß nicht, dass du sie jetzt noch verteidigen willst«, erwidert Prom und verzieht angewidert die Mundwinkel.

»Vielleicht meinen sie mit ›Tod‹ auch einfach nur das Zwischenuniversum, aus dem sie kommen. Vielleicht wollen sie die Plätze tauschen«, fährt True ungerührt fort. Das klingt jetzt auch nicht viel verlockender ...

»Zurück zu den Kerzen«, mischt Yasar sich zum ersten Mal ein, der das schwarze Lederbuch unter seinen Arm geklemmt hat und an einem der vier Bettpfosten lehnt. »Ihr habt gesagt, es sind fünf. Allerdings brennen bloß vier. Eine ist aus. Möglicherweise hat es Dream bereits geschafft, den Geist in Lavea zu beseitigen. Also steht es eins zu null für uns. Das heißt aber nach wie vor, dass alle anderen hier irgendwo sind. Es muss nicht jedes Mal so sein, dass sie sofort in den Körper eindringen, doch sie können andere Streiche spielen oder Schlimmeres anrichten.«

Ich tausche einen einvernehmlichen Blick mit Prom. Auch er ist vermutlich der Meinung, dass es nichts Gruseligeres gibt, als die Fremdbesetzung des eigenen Körpers durch einen Geist. »Was schlägst du also vor?«, frage ich schließlich.

»Du kennst meine Meinung. Apollo wird jeden Moment eintreffen. Er weiß, wie dringlich unsere Lage ist. Solange sollten wir zusammenbleiben und uns nicht voneinander trennen.«

TRUE

Es ist mitten in der Nacht. Entgegen Yasars Zuversicht ist Apollo noch immer nicht eingetroffen. Die anderen sind nach langen geflüsterten Gesprächen endlich eingeschlafen. Ich hingegen nicht. Ich bin wach. Weil ich Angst habe vor der Dunkelheit und meinen Träumen. Sie wären voller Schwere, Bedauern und Schuld. Das hier war meine Idee. Es lag in meiner Verantwortung, alles in Ordnung zu bringen. Doch natürlich musste Yasar die Zügel in die Hand nehmen. Weil er mir nichts zutraut und von Anfang an dagegen gewesen ist. »Ich habe es dir ja gleich gesagt«, schreien mir seine Augen förmlich entgegen – jedes Mal, wenn er mich ansieht.

Ich dachte, es wäre ein guter Einfall. Immerhin haben wir doch nichts mehr zu verlieren. Ich bin ungeduldig und niemand, der hundert Jahre lang Pläne schmieden muss, bevor er handelt, wie mein Partner. Ich fasse einen Entschluss – und dann setze ich ihn um. Ich will wissen, was mit Flame geschehen ist. Und ich weiß, dass es den anderen ebenso ergeht. Doch seit wir das Land der Zukunft verlassen haben, sind wir nicht weitergekommen. Vermutlich wäre es am besten gewesen, wenn wir den blöden Omphalos einfach in die Luft gesprengt hätten, doch Apollo meinte, dass es nichts gebracht hätte, weil er nur als Portal diene und es rein gar nichts nutzen würde, ihn einfach zu zerstören. Na ja, man hätte es wenigstens versuchen können. Manchmal denke ich, dass Flame es war, die unsere Gruppe gewissermaßen geeint hat. Denn ich kann mich nicht daran erinnern, dass der Zusammenhalt je stärker war als zu dem Zeitpunkt, wo wir ihr das Ambrosia beschaffen wollten. Und nun, da sie fort ist ... brechen wir immer mehr auseinander. Vielleicht war es aber auch Candelas Tod, der unseren Verfall eingeleitet hat.

Mein Leben lang haben mich die Geisterwelt und vor allem die Dschinn fasziniert und ich war der Überzeugung, dass wir durch die Beschwörung Antworten erlangen, die uns Hoffnung schenken und uns für ein gemeinsames Ziel erneut zusammenschweißen. Leider ging diese Sache nach hinten los. Trotzdem – der Einzige, der mir wirklich böse zu sein scheint, ist Yasar. Nicht einmal Prom ist mir gegenüber nachtragend, obwohl er jeden Grund dazu hätte.

Seufzend stehe ich auf und trete durch den maurischen Rundbogen in den Pavillon. Im Licht des Mondes glänzen und schimmern die goldenen Zwiebeltürmchen miteinander um die Wette. Das hier ist ein reiner und schöner Ort gewesen, doch jetzt fühlt es sich ganz und gar nicht mehr danach an. Als die Hoffnungslosigkeit mich zu überrollen droht, stütze ich mich auf dem Geländer ab und lasse meine Stirn dagegensinken. Tief und langsam atme ich ein und aus. Obwohl die anderen hier bei mir sind, komme ich mir ... alleingelassen vor. Einsamkeit ist ein tückisches Leiden, das sich heimlich an dich hängt und in die tiefsten Abgründe deiner Seele zieht, an dunkle Orte, die du eigentlich niemals betreten wolltest. Doch wenn du erst einmal dort bist ... führt kein Weg so leicht zurück.

Tränen laufen meine Wangen hinab und ich wünschte, Yasar wäre neben mir – nicht drei Meter entfernt – und würde mich halten. Würde sehen, dass ich nicht immer fröhlich sein kann. Dass ich an manchen Tagen erfüllt bin von einer Traurigkeit, in der ich beinahe zu ertrinken drohe. Und manchmal denke ich, dass er abgeschreckt sein würde, wenn er wirklich alles von mir sehen könnte.

Das Schöne und das Hässliche.

Untrennbar miteinander vereint.

Denn auf die eine oder andere Weise sind wir doch alle nur eine Version, die wir vorgeben zu sein. Bloß die wenigsten sind mutig genug, ihren Kern – ihr Innerstes – nach außen zu kehren, frei und sie selbst zu sein.

Ich gehöre nicht dazu.

Meine Glieder schmerzen, als ich mich aufrichte, um wieder hineinzugehen, und mein Rücken knackt, während ich mich strecke. Müde blinzele ich, als mein Blick über die Oasen und den Wüstensand streift und schließlich an der Mauer zu meinem Palastgelände hängen bleibt, hinter welcher ich zwei Gestalten erahnen kann.

Eine fuchtelt wild mit den Armen und ich glaube ein entferntes Rufen zu hören. Es müssen Apollo und Hekate sein. Ich schließe meine Augen, strecke meine Macht aus, um einen Durchgang in der Mauer, welche nur Yasar und mir gehorcht, zu öffnen. Als ich nicht das gewohnte Ziehen verspüre, stoße ich einen frustrierten Fluch aus. Auch meine Fähigkeit wird – genau wie die der anderen – einfach unterdrückt. Es ist, als hätte man mir sämtliche Energien abgedreht. Ohne weiter über eine andere Lösung nachzudenken, wende ich mich um und durchquere das Zimmer. Dabei fällt mir auf, dass weder Yasar noch Phoibe auf ihrem Platz sind. Suchend schaue ich mich nach Saphira um – vergeblich. Es kann doch nicht länger als ein paar Minuten, allerhöchstens eine halbe Stunde gewesen sein, die ich draußen am Geländer gelehnt habe. Übelkeit drückt mir auf den Magen, als ich an das Gespräch vorhin denken muss.

Dream, Saphira, Yasar, Phoibe und ich.

Wir standen in den Sternenzacken.

Wir sind die fünf Spieler.

Die Dschinn sind clever. Dream haben sie durch Lavea herausgefordert ... Die Frage ist nur, was sie sich für uns überlegt haben. Ich muss so schnell wie möglich zum Tor gelangen, um Apollo und Hekate hereinzulassen. Trotzdem rüttele ich vorher an Prometheus' Schulter, der halb in sich zusammengesackt vor einer der Truhen sitzt. Ich habe ihn kaum berührt, als sein Messer schon an meiner Kehle liegt. Wie nett. »Ein Wunder, dass du nicht bemerkt hast, wie die anderen sich hinausgeschlichen haben«, sage ich.

Etwas orientierungslos sieht er mich an. »Was ist los?«

»Ich muss Apollo und Hekate hereinlassen. Sie stehen am Tor. Geh du die anderen suchen. Keine Ahnung, wo sie sich rumtreiben.« Immerhin liegen Dream und Lavea noch brav in ihrem Bett. Eine Sorge weniger, obwohl ich sie ungern unbewacht hier zurücklasse. »Los jetzt«, mahne ich Prom eindringlich, der endlich auf die Beine kommt. Gemeinsam laufen wir nach draußen. »Viel Glück«, rufe ich ihm zu, ehe ich in einen Sprint verfalle und zusehe, dass ich schnellstmöglich den Ausgang erreiche.

PROMETHEUS

Ich irre durch die Korridore des fünfstöckigen Palastes und rufe immer wieder ihre Namen.

Phia.

Phoibe.

Yasar.

Keine Antwort.

In jeder Hand halte ich ein Messer, bereit, mich zu verteidigen. Geister kann man nicht mit einem Messer töten. Ich weiß. Und trotzdem gibt mir das kühle Metall ein Gefühl von Kontrolle und Sicherheit.

Irgendwann lande ich wieder ganz unten, mache einen großen Bogen um die geschriebenen Worte aus Sand und Salz und durchquere den Trainingsbereich. Es herrscht eine gespenstische Stille. Es ist zu ruhig.

Andauernd drehe ich mich um.

Niemand folgt mir.

Jedenfalls niemand, den ich sehen könnte.

Die Gänsehaut, die zu einem ständigen Begleiter geworden ist, breitet sich abermals auf meiner Haut aus, frisst sich in meine Adern und lässt das Blut darin zu Eis erstarren. Kurz halte ich inne, als ein Plätschern ertönt. Und dann ein Schrei. Yasar. Ich habe noch nie einen solchen Laut aus seinem Mund gehört.

Urtümlich.

Roh.

Angsterfüllt.

Ich renne los. Aus dem seichten Plätschern werden lautere Geräusche von tosendem Wasser, und als ich den Pool erreiche, schlagen Wellen übereinander – versuchen den Gott der Zukunft und des Lebens zu ertränken. Es scheint beinahe, als würde eine unsichtbare Kraft an seinen Füßen ziehen und ihn daran hindern, wieder die Oberfläche zu durchbrechen.

Ich lasse beide Messer fallen und tauche mit einem Kopfsprung in das kühle Nass des Pools. Mit offenen Augen schaue ich in Yasars panisches Gesicht. Erst jetzt fällt mir ein, dass er Wasser fürchtet. Jedenfalls die Tiefe des Meeres – weil die wilde See keinem seiner Gesetze folgt –, doch auch dieses kleine Becken? Ich schlinge einen Arm um seinen Körper und will mit ihm nach oben schwimmen. Doch nun hält auch mich etwas zurück. Nicht ganz so stark – aber ich kann es dennoch spüren.

Sein Leben könnte die Antwort sein, höre ich plötzlich eine Stimme in meinem Kopf. *Überlasse ihn mir – und erlange das Recht, jede Frage zu stellen, die dir auf dem Herzen liegt. Ich kann dir jeden Wunsch erfüllen. Jeden Traum. Keine Sehnsucht ist zu weit entfernt. Und – ah, wenn ich das richtig sehe – willst du in die Unterwelt. Ich kann dich dorthinbringen. Zu ihr. Zu deiner ganz speziellen Sehnsucht. Kein Tag, der euch mehr trennen kann. Das ist es, was du willst, nicht wahr?*

Es ist, als würde mich langsam etwas Warmes von innen heraus auftauen.

Sicherheit und Verlangen.

Es kann so einfach sein. So leicht, sich an erste Stelle zu setzen. GIB IHN MIR.

Ich spüre eine außergewöhnliche Süße auf meiner Zunge, die nach Versprechungen schmeckt. Doch ich zucke vor mir selbst zurück, als mir klar wird, dass ich es tatsächlich in Erwägung ziehe. »Nein«, blubbert es schließlich aus mir hervor und ich kann nicht verhindern, dabei Wasser zu schlucken. »Du kriegst weder ihn noch meine Frage. Den Tod dagegen – den kannst du gern behalten.«

Es ist, als würde ein gespanntes Seil nachlassen, und wir schnellen an die Oberfläche. Hustend, spuckend und keuchend bringe ich uns an den Rand des Beckens. Eine letzte große Welle prasselt auf uns nieder, doch ich bin stark genug, um uns beide zu halten. Mein Körper zittert vor Kälte, als ich Yasar aus dem Pool auf die Fliesen hebe und anschließend selbst hinausklettere. Ich übe Druck auf seinen Oberkörper aus und kurz darauf erbricht er einen Schwall Wasser.

Ebenfalls hustend richtet er sich auf, woraufhin ich erleichtert zurücksinke.

APOLLO

Unruhig laufe ich vor der Mauer auf und ab. Es ist schon einige Zeit vergangen, seit True uns entdeckt hat. Sein feuerrotes Haar kann man selbst auf die Entfernung hinweg erkennen. Hekate steht regungslos neben mir wie eine Statue. Auf ihrer Schulter sitzt wie immer eine Eule. »Er hätte längst hier sein müssen«, murmele ich vor mich hin. Hekate schaut skeptisch nach oben und ich halte mir eine Hand vor die Augen, als Sandkörner zu uns herüberwehen. »Kannst du das Portal selbst öffnen?«, hake ich nach.

»Es wäre wohl besser, wenn ich mir meine Kräfte für die eigentliche Aufgabe aufheben würde.« Die Göttin der Zauberei klopft mit den Fingern die Mauer ab und flüstert Worte vor sich hin, mit denen ich rein gar nichts anzufangen weiß. Um ehrlich zu sein, gelten meine Gedanken in diesem Augenblick vor allem Phoibe. Ich hätte sie nicht so lang allein lassen dürfen. Die Suche nach der Seherin hat mich komplett vereinnahmt, und trotzdem konnte ich sie bisher nicht finden. Sie ist noch jung und meine Verantwortung. Und wir brauchen sie. Das hier hätte nicht geschehen dürfen. Schon gar nicht in Zeiten wie diesen. Seit Flame die Prophezeiung erfüllt hat, ist die Erde zwar von der Hitze geheilt, doch ansonsten fühlt es sich an, als wären wir alle vom Pech verfolgt.

Gerade, als Hekate mich bittet, einen Schritt zurückzutreten, wandert mein Blick wieder an den Zwiebeltürmchen hinauf. Mein Herz bleibt für einen Augenblick stehen, als ich

Phoibes Haarschopf erkenne, der die Farbe des Mondes hat. Sie steht auf der Aussichtsplattform – viel zu nah am Abgrund. Ich brülle ihren Namen. Doch der Wind trägt meine Stimme nicht bis zu ihr. Verdammter Mist. »Öffne das Portal«, fordere ich die Göttin der Zauberei auf. »SOFORT!« Von meinem Standpunkt aus beschwöre ich Phoibe leise flüsternd. »Geh nicht weiter. Geh nicht weiter. Geh nicht weiter.« Nach einigen Sekunden öffnet sich endlich ein Durchgang. Doch es ist nicht Hekate, die das bewerkstelligt hat. Stattdessen ist es True, der uns Einlass gewährt. Eilig folgen wir seinem Wink und treten durch die Mauer.

Der Gott der Wahrheit ist voller Wüstensand und der Boden vor uns sieht aus, als hätte ein Sturm gewütet. Überall verteilt liegen die verdrehten Körper seiner Nymphen, deren ledrige Haut blutig und aufgeschürft ist. Ihre Augen sind schreckgeweitet und ihre Münder, aus denen Sand hervorquillt, als wären sie daran erstickt, sind weit aufgerissen. Ich frage ihn nicht, was sich hier zugetragen hat, sondern sprinte einfach los. Phoibe hat bereits ein Bein über das Geländer geschwungen und ich höre den Schrei einer anderen Frau. Phia.

SAPHIRA

Phoibe bewegt sich vor mir her wie in Trance. Ihr Blick ist starr geradeaus gerichtet und ihre Beine marschieren in einem energischen und festen Takt, fast so, als wäre sie ein Donati, ein Krieger, und nicht die sanfte Göttin der Morgenröte. Warum habe ich noch gleich gedacht, dass es eine gute Idee sei, ihr allein zu folgen und die anderen schlafen zu lassen? Einmal habe ich ihren Namen gesagt, daraufhin hat sie mich so unheimlich angesehen, dass ich es kein weiteres Mal versuchen möchte. Fieberhaft überlege ich, wie ich sie zum Stoppen bringe. Derweil erklimmt sie unermüdlich eine Treppenstufe nach der anderen und ich merke erst viel zu spät – als wir schon am Festsaal vorbei sind –, dass ihr Ziel die Aussichtsplattform ist. Als sie die letzte Stufe hinter sich lässt und durch den Rundbogen tritt, der ins Freie führt, fasse ich mir ein Herz, greife nach dem Saum ihres Kleides und will sie aufhalten. Fauchend fährt Phoibe zu mir herum und ich weiche erschrocken zurück.

Großartig.

Ich hebe beschwichtigend beide Hände und sie setzt ihren Weg fort, als hätte ich sie überhaupt nicht unterbrochen. Ihr Haar hat selbst in der Dunkelheit dieselbe Farbe wie der Mond und leuchtet strahlend hell. Schön. Zum ersten Mal denke ich, dass Phoibe wirklich außergewöhnlich schön ist. Und dass Apollo mir den Hals umdrehen wird, sollte ihr etwas zustoßen.

Sie steht nun direkt am Geländer und stützt sich mit ihren feingliedrigen Händen darauf ab. Langsam reicht es mir und ich beschließe, mich einfach auf sie zu stürzen, halte jedoch inne, als ein mir bekanntes Geräusch erklingt. Ein raues Lachen. Ich werde geschubst, falle zu Boden. Wimmernd rolle ich mich ab, um dem Angriff zu entgehen. Doch als ich wieder aufstehen will, trifft mich eine Stiefelspitze in den Magen und ich sacke zurück. Ich schaue in Kianas hassverzerrte Augen. Irgendwo in den Tiefen meines Unterbewusstseins ist mir klar, dass Kiana nicht mehr ist. Sie nur eine Täuschung und eine Hülle war. Und trotzdem steht sie jetzt vor mir. Mein Puls rast und ich sehe Sterne vor meinen Augen tanzen, als sie ihren diamantbesetzten Dolch hebt – und auf mich niedersausen lässt. Sie zieht die Klinge über meine Kehle hinunter zu meiner Brust und ich weiß, dass eine Narbe zurückbleiben wird – wenn ich überlebe. Schreie, die ich nicht zurückhalten kann, rollen wellenartig über meine Lippen, und als Kianas Gesicht dicht über meines gebeugt ist, sie mich mit beiden Händen an den Schultern packt, um mich von der Klippe zu stoßen, fallen plötzlich eiskalte Tropfen vom Himmel herab. Ich schnappe hektisch nach Luft und greife mir an den Hals – doch ich spüre nicht das warme Nass von Blut. Stattdessen kann ich Salz auf der Zunge schmecken. Kianas Erscheinungsbild flackert, ehe es ganz verschwindet, und dann ist Prom vor mir.

»Alles okay?«, fragt er. Ich nicke und aus meinem Mund kommt ein unverständliches Krächzen, während er mir auf die Füße hilft. Nur ein paar Schritte entfernt hebt Yasar Phoibe von dem Geländer und unten – mitten in der Wüstenlandschaft – steht Hekate mit in den Himmel gestreckten Armen da und lässt Salzregen auf uns niederprasseln. Gleichzeitig zieht ein Rauch durch die Luft, der nach Wacholder und Thymian und weißem Salbei riecht.

Eilige Schritte ertönen und schließlich treten Lavea und Dream durch den Rundbogen. Apollo ist ihnen dicht auf den Fersen. Als er Phoibe erblickt, entspannt sich seine gesamte Haltung. In wenigen Schritten ist er bei ihr und zieht sie in eine feste Umarmung, bevor er sanft ihre Stirn küsst.

Prom tritt näher und klopft ihm auf die Schulter. »Gut gemacht. Obwohl du uns ganz schön hast zappeln lassen«, sagt er und wackelt dabei gewohnt albern mit den Augenbrauen.

»Gott sei Dank. Der Prometheus, den wir kennen, ist zurück«, murmelt Yasar, doch wir können ihn alle hören.

»Apollo, der Geisterjäger«, fährt Prom begeistert fort. »Wie gefällt dir das, alter Freund?«

Apollo schüttelt resigniert den Kopf und vergräbt sein Gesicht an Phoibes Schulter. »Euch kann man keine Sekunde alleine lassen, oder?« Einen Wimpernschlag später steht True neben uns und zwinkert uns zu.

»Und?«, fragt Yasar, während er ihm einen Arm um die Schultern legt.

Der Gott der Wahrheit lächelt matt. »Alle Kerzen sind aus.«

Kapitel 22

NEBELREICH

APATE

Ich ziehe mein nachtschwarzes Cape noch ein wenig enger um meinen Körper, während wir mit dem Rücken gegen die Wand gepresst auf der Kaimauer stehen und die Gondel beobachten, die Nyx und Erebos in ihr Reich bringen wird. Kerberos lauert in geringer Entfernung am Flussufer und ich bedenke ihn mit einem vorwurfsvollen Blick, als er leise knurrt. Morgen treffe ich mich mit Tartaros, um in das Reich des grausamen Todes zu gehen, und allein bei dem Gedanken daran wird mir ein wenig unwohl zumute. Die letzten beiden Tage waren wir im Reich des ewigen Schlafes, im Reich des friedlichen Todes und im Reich der Schatten. In keinem konnte Kerberos Flame aufspüren und ich bin jedes Mal frustriert in das Turmzimmer über dem Acheron zurückgekehrt.

Heute Nacht schleichen wir uns in das Reich des Nebels und der Nacht, denn Nyx würde uns niemals freiwillig Zutritt gewähren. Das hat sie sehr deutlich gemacht. Thanatos und Hypnos, die mich begleiten – oder die ich begleite, je nachdem, wie man es auslegt –, wollten anfangs, dass ich bei Lachesis bleibe. Weil es zu gefährlich sei. Aber keine Chance. Ich will das Reich sehen, in dem ich hätte aufwachsen sollen.

Sobald zwei weitere Gondeln zwischen uns und den Urgöttern liegen, setzen wir uns vorsichtig in Bewegung. Thanatos hält die ganze Zeit über meinen Unterarm gepackt, als wäre ich ein kleines Kind, doch ich lasse ihn gewähren, weil ich weiß, dass es ihn beruhigt und er sich lediglich sorgt. Ein ungewohntes Gefühl, das ich bisher einzig von Prometheus kannte.

Der Eingang zum Reich des Nebels und der Nacht ist nicht so einladend wie beispielsweise die Flügeltüren zu Hypnos' Reich, stattdessen ist da nur grauer Stein, der von grünem Moos bewachsen ist. Es erscheint mir beinahe wie ein riesiges Grab. Thanatos' Griff wird noch ein wenig fester und ich konzentriere mich wieder darauf, einen Fuß vor den anderen zu platzieren. Wir balancieren weiter auf der Kaimauer entlang, unsere Körper im Schatten versteckt, sodass uns niemand entdecken kann. Ich zucke zusammen, als sich der Stein mit einem Grollen in Bewegung setzt und zur Seite schiebt, um der Gondel Platz zu machen. Nun ist Eile geboten. Kerberos watet in den Fluss und kommt zu uns herübergeschwommen. Die toten Seelen, die Verlorenen, die überall im Fluss treiben, weichen vor ihm zurück. Sobald er bei uns ist, lasse ich mich vorsichtig auf seinen Rücken gleiten, beuge mich – so weit es mir möglich ist – flach nach vorn und schlinge beide Arme um einen seiner Hälse. Hypnos und Thanatos steigen gänzlich ins Wasser, schwimmen selbst, auch wenn es riskant ist. Flankiert von meinen Halbbrüdern nähern wir uns der Gondel von Nyx und Erebos, und als wir sie beinahe erreicht haben, werfe ich die Illusion der Unsichtbarkeit über uns.

Ich halte den Atem an, als wir gleichauf mit ihnen sind und wische mir den Schweiß von der Stirn, weil es mich große Anstrengung kostet, uns alle zu verbergen. Normalerweise ist das etwas, was ich im Schlaf beherrsche, und die Tatsache, dass es mir nun schwerfällt, bereitet mir Sorge. Ich weiß, dass mein Körper von mir verlangt, mich auszuruhen, doch ich will gleichzeitig diese Mission erfüllen. Ich will meinen Beitrag leisten und nicht klein beigeben. Genau wie Prometheus kann ich verdammt stur sein.

Ich kralle mich noch ein wenig fester in Kerberos' Fell, als wir durch den Zwischenraum, den der Grabstein geschaffen hat, neben der Gondel von Nyx und Erebos hindurchschwimmen. Ich erwarte beinahe, dass ein Alarm losgeht und wir enttarnt werden, doch nichts dergleichen geschieht. Ein Lächeln breitet sich in meinem Gesicht aus, das niemand sehen kann, dabei streichele ich sanft Kerberos' Hals. Die Urgötter fahren weiter, während wir ans Ufer schwimmen und an Land gehen. Als ich sicher bin, dass sie außer Hör- und Sichtweite sind, nehme ich die Illusion von uns. »Willkommen im Reich des Nebels und der Nacht«, flüstere ich.

In der Unterwelt herrscht stets Dämmerung. Hier ist die Sicht allerdings noch schlechter, alles wirkt düsterer, dunkler, hoffnungsloser. Bisher sind wir niemandem begegnet, was ungewöhnlich ist. Ich frage mich, wie groß dieser Ort ist und wo die Toten sich aufhalten. In den letzten beiden Tagen habe ich gelernt, dass es ihnen immer unterschiedlich ergeht, dass jedes Reich anders ist. Bei Hypnos finden sie den ewigen und friedlichen Schlaf, aus dem sie nie mehr erwachen werden. Bei Thanatos verwandeln die Seelen sich in hell schimmernde Quallen, die durch die Lüfte schweben, nur noch eine Erinnerung an das, was einmal war, und etwas, das nie wieder sein wird. Nie wieder lachen, weinen, atmen, singen, tanzen, kämpfen, verlieren – oder sich verlieben. All das endet, wenn in der Oberwelt ihr Herz aufhört zu schlagen und sie das Tor zur Unterwelt durchschreiten.

Charons Reich ist von allen, die ich bisher gesehen habe, das trostloseste, denn dort werden die Toten zu körperlosen Schatten, und diejenigen, die draußen in den Flüssen treiben, werden niemals Ruhe finden.

»Wir müssen weiter, damit du im Morgengrauen rechtzeitig zu deinem Treffen mit Tartaros erscheinst«, reißt Hypnos mich aus meinen Gedanken.

Er und Thanatos sind dabei, ihre Kleidung auszuwringen, ich tue es ihnen gleich. Mein Cape und die Hose, die ich trage, sind vom Wasser des Kokytos durchweicht, ansonsten bin ich glücklicherweise trocken geblieben. Noch einmal schauen wir uns um, doch von Nyx und Erebos fehlt jede Spur und der Stein, durch den die Gondeln fahren, ist verschlossen.

Hypnos geht voran, danach folgen Thanatos und ich, Kerberos bildet das Schlusslicht. Die Beschaffenheit des Bodens am Flussufer ist morastig, trotzdem wächst darauf hohes Gras, welches uns das Vorankommen erschwert. Immer wieder bleibe ich mit den Stiefeln stecken und einmal verliere ich fast gänzlich den Halt. Irgendwann hat Thanatos' Mitleid seinen Höhepunkt erreicht und er hebt mich erneut auf Kerberos' Rücken.

»Wir hätten im Fluss bleiben sollen«, murrt Hypnos vor uns, der in diesem Augenblick etwas von dem Gestrüpp mit seinem Schwert absäbelt. Ich will gerade erwidern, dass die beiden auch auf eine der Gondeln aufspringen können, als der Fluss plötzlich in einem See mündet. Ein Weg aus Steinen führt darüber hinweg und dahinter liegt – »Ein Friedhof«, spricht Thanatos meine Gedanken laut aus. »Wie originell.«

»Ich kann einfach nicht glauben, dass ihr nie hier gewesen seid«, sage ich kopfschüttelnd.

Hypnos' zitronengelbe Augen funkeln mich trotz der Dunkelheit an. »Keine Sorge, Mutter Miststück mag uns kein bisschen lieber als dich. Wir haben seit unserer Geburt mit unserem daimonischen Kindermädchen in Hades' Zentrum gelebt.«

Als wir die Steine erreichen, will ich sicherheitshalber von Kerberos absteigen, um den Weg zu Fuß zu bestreiten, doch der Höllenhund hat ganz andere Pläne. In großen Sätzen bringt er uns über den See und ich kann nichts weiter tun, als mich an seinem dichten Fell festzukrallen.

Während meine Brüder sich mit den glatten Steinen abmühen, rutsche ich von Kerberos' Rücken und klopfe ihm sanft den Hals. Dann nutze ich die Zeit, um mich umzusehen. Vor uns liegt eine freie Fläche, in einiger Entfernung grenzt ein hoher stählerner Zaun, der sich mit vereinzelten Mauerstücken abwechselt, den Friedhof ein. Erneut wende ich mich dem Höllenhund zu. »Kannst du sie spüren?«, frage ich ihn eindringlich. Er legt die Ohren an, wirft die Köpfe in den Nacken und stößt ein einstimmiges Heulen aus. Allerdings klingt es eher warnend als erfreut, was ich als weniger gutes Zeichen werte.

»Sei still, oder willst du, dass wir entdeckt werden?«, schimpft Hypnos leise mit ihm, als er uns erreicht. Thanatos ist ihm dicht auf den Fersen und wischt stöhnend seine Stirn am Saum seines Hemdes ab. Wie überall in der Unterwelt ist es auch hier sehr warm.

»Ich glaube, er hat eine Fährte aufgenommen«, informiere ich die beiden und ignoriere das flaue Gefühl in meiner Magengrube. »Möglicherweise sind wir auf der richtigen Spur.« Ich laufe los und Kerberos stößt erneut ein Heulen aus, das in einem Winseln endet.

»Er macht gerade aber nicht den Eindruck, als würde er dort reingehen wollen«, merkt Thanatos an, woraufhin ich die Augen verdrehe.

»Es ist das erste Mal, dass er überhaupt reagiert. Wir sollten also unbedingt diesen Friedhof betreten«, halte ich dagegen und stapfe los. Kerberos und meine Brüder folgen mir.

»Manchmal frage ich mich, ob er sie wirklich finden könnte«, murmelt Hypnos, der nun neben mir geht.

»Wenn es jemand kann, dann er«, erwidere ich zuversichtlich. Von der Seite werfe ich ihm einen prüfenden Blick zu. »Die Unterwelt ist unsere einzige verbleibende Option. Immerhin haben wir in den ersten drei Monaten nach Erfüllung der Prophezeiung jeden Platz in der Oberwelt nach ihr abgesucht.«

»Und wann glaubst du, wird dein Prometheus hier auftauchen, dich über seine Schulter werfen und zurück nach oben bringen?«

»Er wird auf mich warten. Ich habe ihm einen Brief hinterlassen und ihn darum gebeten. Er weiß, dass es besser so ist. Ich will nicht, dass er am selben Ort wie Nyx und Erebos ist.«

»Sie würde durchdrehen, wenn sie wüsste, dass du hier bist.« Bei seinen Worten überprüfe ich die Illusion, die Flames Aussehen an mir aufrechthält, und stoße dann meinen angehaltenen Atem aus.

Mittlerweile haben wir das Tor erreicht. Vor uns wabern Nebelschwaden durch die Luft und ich kann kaum erkennen, was dahinter liegt. Automatisch strecke ich beide Hände aus und Hypnos und Thanatos ergreifen sie. In meinem Rücken spüre ich Kerberos' Anwesenheit, wie seine Nüstern warme

Luft in meinen Nacken pusten. Meine Anspannung löst sich langsam, bevor wir endlich eintreten.

Wir laufen nun durch einen Tunnel, die Decke ist nach oben hin abgebröckelt und ich erkenne ganz deutlich die Risse, die sich durch das Gestein fressen. Ich kann nur hoffen, dass er unserem Besuch noch standhalten wird. Obwohl ich zum jetzigen Zeitpunkt keine Angst verspüre, ist mir mulmig zumute, und ich bin froh, als wir wieder ins Freie treten. Auch an diesem Ort sind die Nebelschwaden allgegenwärtig, doch das Erste, das ich höre, ist das Rauschen eines Flusses. Der Kokytos muss hier weiterfließen und einen Weg aus dem See und durch den Zaun gefunden haben. Ich würde gern eine Illusion aus Licht erschaffen, aber ich weiß, dass es keine besonders clevere Idee wäre. Wir wissen nicht, was hinter dem Nebel lauert.

Durch den Schleier erkenne ich, dass die Umgebung wild und naturbelassen wirkt. Unzählige Gräber sind ohne System angeordnet. Wie der große Stein, der den Eingang zu diesem Reich bildet, sind diese groß und majestätisch und von grünem Moos bewachsen. Baumwurzeln breiten sich wie ein Spinnennetz über dem Boden aus und zeichnen ein unzähmbares Muster. Das Gefühl der Melancholie wird zunehmend stärker, während ich alle Eindrücke in mich aufnehme.

Vorsichtig, um nicht zu stolpern, setze ich einen Fuß vor den anderen. Von unserem Hauptweg gehen mehrere verschlungene Pfade ab, die zu weiteren Gräbern führen. Einige Male drehe ich mich zu Kerberos um, der ab und an leise knurrt, doch dann wieder verstummt. Ich bin mir nicht sicher, was ich davon halten soll.

»Wo sind die Toten?«, flüstere ich, erhalte aber keine Antwort. Ruckartig bleibe ich stehen und drehe mich um die eigene Achse. Erst jetzt bemerke ich, dass meine Hand von keiner anderen mehr gewärmt wird, dass beide sich kalt und einsam anfühlen. Ich strecke meine Fingerspitzen aus und streife eine der dicken Nebelschwaden, die sich weder auflöst noch die Sicht für mich freigibt. Egal wohin ich sehe – nichts als weiße Schlieren. Langsam spüre ich, wie die sich in mir ausbreitende Panik in jede meiner Poren kriecht, und ich schaffe nicht, sie gänzlich zurückzudrängen.

Keine Ahnung, was ich mir dabei denke, doch mein Fluchtinstinkt übernimmt die Kontrolle und ich renne los. Es ist eine dumme und kopflose Entscheidung, mir ist klar, dass ich fallen könnte. Trotzdem beschleunige ich mein Tempo und aus den Augenwinkeln sehe ich die Gräber an mir vorbeifliegen, während ich meinen eigenen Herzschlag in den Ohren hören kann und mein Puls rast. An einer hohen Eiche halte ich inne, schmiege mich gegen ihren rauen Stamm, versuche meinen stoßartigen und keuchenden Atem unter Kontrolle zu kriegen. Hier hängt der Nebel nicht so tief und ich erkenne, dass ich mich in der Mitte eines Mausoleums befinde, welches mich umrundet. Ich schaue nach oben zu einer Kuppel, der sich die Äste des mächtigen Baumes beugen mussten und nun über die Decke kriechen, irgendwo Halt finden wollen.

Ich presse meine Hand auf die Brust und zwinge meinen Herzschlag, sich zu beruhigen. Von meinem jetzigen Standpunkt erstrecken sich zwischen den Säulen des Mausoleums vier Wege. Doch ich habe keine Ahnung, welcher mich hierhergebracht hat. Obwohl ich nun durchaus Furcht empfinde, lockt es mich zu den Grabkammern, in die Dunkelheit. Zu dem Verlangen, der Faszination nachzugehen, die bezeugt, dass für das menschliche Leben alles endlich ist. Glücklicherweise gewinnt mein gesunder Verstand erneut die Oberhand und ich entscheide mich für einen der Pfade, der mich aus diesem Kreis herausführt.

Sofort verdichtet sich der Nebel und ich taste mich vorsichtig an den Gräbern entlang. Mit Mühe halte ich einen Fluch zurück, als ich über eine der Wurzeln stürze. Im letzten Moment schaffe ich es, mich auf allen vieren abzufangen. Kurz lasse ich meinen Kopf hängen und schelte mich für meine eigene Unachtsamkeit, ehe ich den Blick wieder hebe – und mich Auge in Auge mit einem Totenkopf wiederfinde. Sein Kiefer ist weit auseinandergerissen, als wäre derjenige, zu dem er einst gehörte, mit einem angsterfüllten Schrei gestorben. Er muss von einem Daimon sein, denn die Menschen, die in die Unterwelt hinabsteigen, befinden sich nicht mehr in ihrem ursprünglichen Körper. Zum ersten Mal frage ich mich, ob dieser Ort wirklich das ist, wofür wir ihn gehalten haben.

Vorsichtig richte ich mich auf und klopfe mir den Schmutz von den Handinnenflächen, bevor ich einige Male beruhigend über meinen Bauch streiche. Ich stecke ziemlich in der Klemme, weil ich vollkommen die Orientierung verloren habe, doch ich bin noch immer nicht verzweifelt genug, um nach den anderen zu rufen. Deshalb beschließe ich, tapfer zu sein und weiterzulaufen, während ich noch wachsamer bin als zuvor.

Irgendwann verwischen die Gräber, die schief aus dem Boden wachsen, zu einer einheitlichen Masse und ich ziehe mein Cape noch enger um mich, da ich trotz der Wärme zu frieren beginne. Der Friedhof erscheint mir geradezu endlos und ich bin mir sicher, dass wir nur einen winzigen Teil von dem Reich zu sehen bekommen, über das Mutter und Erebos herrschen. Ich bin so darauf konzentriert, kein weiteres Mal zu stolpern, dass ich zusammenzucke, als ein lauter Gong ertönt. Ein Schauer läuft mir bei dem dunklen Ton, der sich dreimal wiederholt, den Rücken hinab. Die Stunde der Toten hat begonnen.

Plötzlich liegt eine seltsame Stimmung in der Luft und ich verstecke mich hinter einem der Grabsteine. Nach einem tiefen Atemzug linse ich wieder hervor, und was ich dort sehe, lässt mein Herz erneut einen Schlag aussetzen. Wie Traumwandler treten die Toten zwischen den Gräbern und aus den Nebelschwaden hervor, folgen dem Nachhall des Gongs. Einen Augenblick lang zögere ich, doch dann reihe ich mich ein. Ich lege Flames Erscheinungsbild ab und tausche es gegen das meine, wobei ich mich blasser, durchscheinender mache, um nicht mehr lebendig auszusehen. Immer mehr stoßen zu uns, und bald kommt es mir vor, als wären wir eine Armee der Toten. Ich bin so damit beschäftigt, das Geschehen zu beobachten, dass ich heftig zusammenzucke, als mich jemand an den Schultern berührt.

»Nicht umdrehen.« Es ist Hypnos, der mir diese Worte zuflüstert.

»Dieser Ort ist ein Labyrinth«, raune ich zurück und muss mich dazu zwingen, ihm vor Erleichterung nicht mein Gesicht zuzuwenden.

»Wir haben uns aufgeteilt, um nach dir zu suchen. Thanatos muss mit dem Höllenhund ganz in der Nähe sein.«

»Hat Kerberos irgendwelche weiteren Anzeichen gegeben? Dass sie hier sein könnte?« Ich spüre förmlich, wie Hypnos hinter mir den Kopf schüttelt.

»Nein. Bei unseren Reichen war es leicht, weil sie überschaubar sind und wir uns auskennen. Aber dieses hier – wer weiß, ob wir überhaupt an der richtigen Stelle suchen.

Wir haben keine Ahnung, wie weitläufig dieses Land tatsächlich ist.«

Ich unterdrücke ein Seufzen. Er spricht genau das aus, was ich befürchtet habe. In der Unterwelt gibt es kein System, keine Regeln – aber jede Menge Geheimnisse.

Der unheimliche Zug bewegt sich stetig vorwärts, bis wir den Tunnel durchqueren, der zu dem Tor führt, welches wir zu viert betreten haben. Und dann vernehme ich die ersten Klagelaute, die so herzzerreißend sind, dass es mich bis tief in meine Seele trifft. Trotzdem will ich weiterlaufen, doch stattdessen schließen sich Hypnos' Finger um mein Handgelenk und ziehen mich aus der Masse. Erst jetzt entdecke ich Kerberos und Thanatos, die in einiger Entfernung bei der Böschung stehen, die am äußersten Rande des Sees wächst. Am liebsten würde ich zu ihnen rennen, aber dann bildet sich vor uns ein Durchgang und mein Blick fällt auf drei Frauen, die am Ufer verharren, die Verstorbenen auf die Knie zwingen und das Wasser des Kokytos trinken lassen.

Der Fluss des Wehklagens.

Der dafür sorgt, dass man sich erinnert, den Schmerz des Todes noch einmal durchleben muss, um für seine Sünden zu büßen. Und die Frauen mit den leuchtend roten Haaren, den langen grazilen Gliedmaßen und den Flügeln, die aussehen wie das Gefieder eines Raben, sind die Erinnyen selbst – die Personifizierung der Rache. Sie sind Töchter der Gaia, der Legende nach kennen sie keine Gnade. Es sind Alecto, die Unerbittliche, Megaira, die Zornige, und Tisiphone, die Vergeltende. Bisher hatte ich das Glück, ihnen nicht begegnen zu müssen – und ich wünschte, es wäre dabei geblieben.

Ich schätze die Entfernung ab, doch selbst wenn wir Kerberos vor ihnen erreichen, so könnte er nicht mehr als zwei von uns tragen, um schnellstmöglich zu fliehen. Außerdem sind die Rachegöttinnen wegen besagter Flügel selbstverständlich dazu in der Lage zu fliegen. Wir sind in der schwächeren Position.

»Nutze deine Illusion«, sagt Hypnos eindringlich. »Hülle uns in deinen Mantel der Unsichtbarkeit.«

Doch ich bin wie gelähmt, als eine eiskalte Stimme das Wehklagen der Toten durchschneidet. »Halt.«

Ein einziges Wort.

Und alle um uns herum erstarren.

Eine der Frauen hebt mit nur einem Flügelschlag vom Boden ab und landet federleicht vor uns im hohen Gras. Ihr Gesichtsausruck ist eine eiserne Maske der Unerbittlichkeit und ich weiß, dass die stahlgrauen Augen, die mich in diesem Moment durchbohren, die von Alecto sind. »Ihr seid hier, obwohl ihr es nicht sein solltet.« Sie mustert mich eindringlich und ich frage mich, ob sie weiß, wer ich bin. Gerade bin ich froh, dass ich nicht Flames Hülle trage. Ihr Blick huscht weiter zu Hypnos und ihre Lippen verziehen sich zu einem arroganten Lächeln. »Der Herrscher des ewigen Schlafes. Wie außerordentlich ... ermüdend.«

»Ironie aus deinem Mund – wie außerordentlich ... erfrischend.« Überrascht registriere ich, dass Thanatos neben uns getreten ist.

»Lange nicht gesehen, Allie«, fügt er hinzu. Beinahe sieht es so aus, als würden sich ihre schwarzen Federn sträuben. Thanatos schenkt ihr ein freches Blinzeln und ich rechne jede Sekunde damit, dass sie auf ihn zuspringt und ihm den Kopf abreißt. Stattdessen macht sie lediglich einen Schritt zurück und deutet auf die Steine, die einen Weg über den See bilden.

Ihre Schwestern sind hinter sie getreten und eine berührt sie am Arm. Alecto allerdings hat bloß Augen für Thanatos.

»Wir werden euch nicht aufhalten.« Sie wirft einen Blick auf meinen Bauch und ich lege schützend die Hand darauf. »Unser Verlangen nach Rache richtet sich nicht gegen Kinder.« Ich mustere sie wie paralysiert – die Frau, über die ich Schreckensbilder in zahlreichen Büchern gesehen habe, doch Hypnos hebt mich unvermittelt hoch und setzt mich auf Kerberos' Rücken. Dann gibt er ihm einen Klaps auf die Schulter, sodass er sich mit großen Sätzen von den Erinnyen entfernt.

»Wenn du dich jemals wieder fallen lassen willst, dann weißt du, wo du mich findest, liebste Allie«, höre ich Thanatos noch sagen, ehe der Gegenwind seine Stimme fortträgt. Ich stoße ein Seufzen aus. Das sind Informationen, die ich nicht unbedingt hätte erfahren müssen.

Wir verweilen hinter dem See, bis meine Brüder uns eingeholt haben, und waten schließlich in den Fluss, weil wir uns nicht erneut mit dem Morast herumschlagen wollen. Ich sitze weiterhin auf dem Rücken des Höllenhundes, während die Jungs neben mir herschwimmen und immer wieder den Gondeln ausweichen müssen, die uns entgegenkommen. Mich wundert, dass keine einzige in unsere Richtung unterwegs ist, was meinen Verdacht bestätigt, dass dieses Reich, das der beiden Urgötter, noch viel größer ist, als wir uns vorstellen können.

»Allie, also«, durchbreche ich irgendwann die Stille.

»Bitte lass jetzt nicht die große Schwester raushängen. Das wäre wirklich super schräg.«

Empört runzele ich die Stirn, doch die ungewohnte Neugierde lässt sich einfach nicht unterdrücken. »Du schläfst mit einer der Rachegöttinnen?«

»Du hast ein Baby mit dem Typen gemacht, der sein halbes unsterbliches Leben an einem Felsen hing und von einem Adler ausgeweidet wurde?«

»Das war unter der Gürtellinie«, gebe ich ruhig zurück.

»Aber bei ihm ist alles noch in einem Stück?«

»Thanatos!« Ich klinge dabei so streng, dass ich mich vor mir selbst erschrecke. Trotzdem straffe ich die Schultern. »Sei kein Feigling und beantworte meine Frage.« Er schweigt einen Augenblick und ein verkniffener Zug liegt um seinen Mund, während er sich in kräftigen Zügen durch das Wasser bewegt.

»Ein einziges Mal.«

Kapitel 23

ERBIN DER NACHT

PROMETHEUS

Sie hat mich gebeten, ihr nicht zu folgen. Aber mal ganz unter uns: Wir wissen doch alle, dass ich nie mache, was man mir sagt. Sobald mir jemand etwas verbietet, muss ich genau das sofort tun. Deshalb sind Apollo und ich längst in der Unterwelt. Na ja, Phoibe ebenfalls. Sie ließ sich einfach nicht abschütteln und will nach diesem abscheulichen Dschinn-Drama nicht noch einmal von ihm getrennt sein. Kann ich ihr irgendwie auch nicht verübeln.

Jetzt, da ich hier bin, kann mich jedenfalls nichts und niemand davon abhalten, Apate und unser Daimonenbaby zu retten. Ich hoffe, dass es ein Mädchen wird. Bis vor ungefähr einer Woche hatte ich gar keine Ahnung, wie sehr ich mir eine Miniaturgruselpuppe wünsche. Nun aber schon – verrückt, oder?

Wir befinden uns auf einer der goldenen Gondeln und vor uns sitzt – Lachesis. Die Moire mustert uns argwöhnisch aus ihren kornblumenblauen Augen. Auf wundersame Weise ist sie aufgetaucht, nachdem wir durch das Tor zum Hades hinabgestiegen sind – fast so, als hätte sie unsere Ankunft erwartet. Unheimlich. Ich habe ehrlich versucht, ein Gespräch mit ihr in Gang zu bringen, doch sie ist mindestens so schreckhaft wie Lavea – wenn sie nicht gerade von einem

330

bösen Geist besessen ist. Mannomann, das werden wir alle nicht so schnell vergessen. Nach dem Aufwachen war Lavea allerdings wieder sie selbst. Dream ist es also wirklich gelungen, den Dschinn zu besiegen und den besetzten Körper seiner Liebsten zu befreien.

»Wo fahren wir hin?«, starte ich den neuen Versuch, ein Gespräch zu beginnen. Natürlich bin ich wirklich an der Antwort interessiert. Ich kann diese Schicksalsgöttin nicht einschätzen und habe keine Lust, mich plötzlich in einer der Feuergruben wiederzufinden. Wäre echt ärgerlich. Ich meine, irgendwie schaffe ich es stets, mich aus brenzligen Situationen herauszuschlängeln, aber solch ein Umweg muss dann doch nicht sein. Schließlich bin ich hier für mein Happy End.

»Zu Apates Unterkunft. Sie muss vor Kurzem von einer ... Unternehmung zurückgekehrt sein und bereitet sich jetzt für ihr nächstes Treffen vor«, flüstert die Moire mir so leise zu, dass ich sie fast nicht verstehen kann.

»Wo kommt Apate her und wohin zum Teufel will sie gehen?«, frage ich aufgebracht. Die Vorstellung, dass Apate in ihrem Zustand kreuz und quer durch die Unterwelt reist, gefällt mir gar nicht. Sofort zieht Lachesis die Schultern hoch und lehnt sich von mir weg. Ich hab's euch ja gesagt. So was von schreckhaft.

Phoibe, die mit Apollo hinter mir hockt, steckt ihren Kopf nach vorn und lächelt der Moire mütterlich zu. »Und gibt es hier unten eine Spur von Flame?« Sofort überkommt mich ein schlechtes Gewissen. Ja, möglicherweise hätte ich diese Frage längst stellen sollen. Immerhin ist die kleine Flamme meine Priorität Nummer drei. Gleich nach Apate und unserem entzückenden Daimonenbaby.

»Nein. Keine Spur.«

»Du denkst also nicht, dass Flame hier ist?«, hakt Phoibe nach.

Lachesis schüttelt den Kopf.

»Glaubst du, dass sie trotzdem tot ist?«

Lachesis schüttelt erneut den Kopf. Himmel. Warum sind alle, die aus der Unterwelt stammen oder dort leben, so verkorkst?

»Und warum vermutest du, dass sie noch unter den Lebenden weilt?« Phoibe kann echt beharrlich sein. Dabei schafft sie es, gleichzeitig beruhigend zu klingen. Ich fühle mich bereits ganz entspannt.

»Ihr Schicksal war es«, flüstert die Moire und holt sich damit meine volle Aufmerksamkeit zurück, »die Unterwelt zu verlassen und zu leben. Sie und der dunkle Gott – sind miteinander verbunden. So sehr. So selten.« Ihr Blick ist in die Ferne gerichtet und auf meinen Armen bildet sich eine Gänsehaut. »Keiner kann ohne den anderen sein. Beide leben – oder beide sterben.«

Ich spüre, wie sich nun auch Apollo zu mir lehnt und mich in die Seite pikst. »Du schnappst dir Apate und danach verschwinden wir von hier. Wir müssen die Seherin finden und auch Dark, bevor er etwas Dummes anstellt.« Ich nicke zustimmend. Ich habe ebenfalls nicht vor, länger als nötig zu bleiben.

Nach einer Weile gerät ein Steg in Sicht, Lachesis erhebt sich und zeigt uns damit, dass wir am Ziel angekommen sind. Neben einem der Pfeiler steht ein Mann mit verstrubbeltem Haar, das ungefähr die Farbe einer schlammigen Pfütze hat. Als wir ihn erreichen, tritt er vor und streckt Lachesis seine Hand entgegen, um ihr aus der Gondel zu helfen. Sobald wir ebenfalls festen Boden unter den Füßen haben, drängt sie sich hinter ihn und mustert uns weiterhin misstrauisch.

»Ich bin Thanatos«, stellt er sich vor. »Und du musst der edle Ritter sein, der Apate vor uns retten will.«

Ich hebe spöttisch meine Brauen und er folgt meinem Beispiel. »Habe nur die Rüstung vergessen. Es muss also ohne gehen. Wenn du so freundlich wärst, mir den Weg zu weisen?« Glücklicherweise scheint er nicht wirklich an einem Gespräch interessiert zu sein und geht voran.

»Wir warten hier auf dich«, ruft Phoibe mir gluckenhaft hinterher. Ich drehe mich halb um und winke ihnen ein wenig umständlich zu. Als hätte ich meine Eltern mitgebracht. Schräg.

Lachesis ist irgendwo in den Schatten der Häuserreihen verschwunden, von wo aus sie uns vermutlich noch immer beobachtet. Thanatos stößt die große Eingangstür auf und wir betreten einen prunkvollen Empfangsbereich. Auf den Sitzgelegenheiten lauern einige Daimonen und Harpyien in ihrer menschlichen Form, was ein äußerst gewöhnungsbedürftiges Bild für mich ist. Ich bin erleichtert, dass sie sich nicht besonders für mich zu interessieren scheinen, und steige hinter Thanatos auf eine Plattform, die wenige Zentimeter über dem Boden schwebt und sich kurz darauf in Bewegung setzt.

»Ihnen entgeht nichts«, informiert er mich, als hätte ich meine Gedanken laut ausgesprochen. »Sie sind sehr aufmerksam, auch wenn es nicht immer so wirkt. Ich weiß nicht, wie viel Zeit euch bleibt, bis es alle wissen. Wir bekommen nicht sehr häufig Besuch aus der Oberwelt.«

»Warum das wohl so ist ...«

Thanatos stößt ein entnervtes Schnauben aus und schweigt, bis er mir bei der nächsten Etage bedeutet auszusteigen. Wir verlassen die Plattform, folgen dem Gang, der eine Abzweigung nimmt – und stehen vor Flame.

»Was zur Hölle?«, schnaufe ich und taumele einen Schritt zurück. Doch als sie ihre Finger zum Mund hebt, um an einem ihrer Nägel zu kauen, weiß ich Bescheid. »Ich will dich sehen«, fordere ich und kann nicht glauben, dass es das Erste ist, was ich zu ihr sage, nachdem wir so lange getrennt gewesen sind. Erst jetzt fällt mein Blick auf den Mann, der neben ihr steht. Er hat verwirrend gelbe Iriden und seine Hand liegt an ihrem Rücken. »Wenn du sie nicht wegnimmst, hacke ich sie dir ab«, informiere ich ihn. Ist doch nett von mir, dass ich ihn vorwarne. Apate scheint anderer Meinung zu sein, denn sie wirft den beiden einen entschuldigenden Blick zu und zieht mich in eines der Apartments.

»Fünfzehn Minuten«, ruft Thanatos uns hinterher und ich zeige ihm über die Schulter den Mittelfinger.

Mit einem Knall trete ich die Tür zu und dann sind wir allein. Ich umfasse ihr Gesicht, woraufhin endlich die Illusion verblasst, sodass mich ihre großen dunklen Puppenaugen ansehen. Ihr Haar fällt in Wellen bis zu ihrer Hüfte und sie knabbert nervös an ihrer vollen Unterlippe. Sanft lege ich meine Hand an ihren Hals und fahre mit dem Daumen ihren Wangenknochen empor. In diesem Moment habe ich vollkommen vergessen, warum ich sauer auf sie bin. Ihre langen Wimpern senken sich, doch ich hebe ihr Kinn an, bringe sie dazu, mich weiterhin anzuschauen.

»Ich dachte, wir hätten uns darauf geeinigt, dass du in der Oberwelt auf mich wartest«, flüstert sie schließlich.

Ich lache rau. »Das hast *du* für uns beschlossen. Ich habe dem nicht zugestimmt, Teufelsbraten. Du kannst doch nicht ernsthaft von mir verlangen, dass ich wie ein Loser zu Hause sitzen bleibe, während du dich hier in Gefahr begibst.« Ich küsse mich an der Linie ihres Kiefers entlang und entlocke ihr damit ein leises Stöhnen. »Dieser Brief«, raune ich, ehe ich sanft über die Wölbung ihres Bauches streiche. »Unser Baby bringt wohl die dramatische Ader in dir zum Vorschein, nicht wahr?« Sie stößt ein ersticktes Lachen aus und vergräbt ihre Stirn an meiner Brust. Meine Hände wandern zu ihren Schenkeln, ehe ich sie hochhebe und zu dem runden Bett trage, von dem aus man einen wunderbaren Blick über die ganze Stadt hat. Doch für mich zählt allein sie. Vorsichtig setze ich mich und sie macht es sich auf meinem Schoß bequem, ihre Beine sind um meine Hüften geschlungen und ihre Finger hinter meinem Nacken verschränkt. Ich reibe meine Nase an ihrer Schläfe, bevor ich einen weiteren sanften Kuss auf die Stelle gebe.

»Warum hast du es mir nicht gesagt? Hattest du nicht das Gefühl, mit mir über alles reden zu können?«, frage ich ernst. Und es ist tatsächlich das offensichtlich fehlende Vertrauen, welches mir in den letzten Tagen am meisten zu schaffen gemacht hat. Sie gräbt ihre kurzen Nägel in meine Haut, aber ich zucke nicht davor zurück. Selbst dann nicht, als der Druck sich verstärkt. Erneut versteckt sie ihren Kopf an meiner Schulter und ich beginne behutsam ihr Haar zu streicheln. »Ich weiß, dass deine Vergangenheit Spuren hinterlassen hat. Und dass du nicht über alles von damals mit mir reden kannst. Noch nicht. Aber ich will, dass du nichts vor mir verheimlichst, das auch mich betrifft.«

Langsam hebt sie den Kopf und in ihren Augen schimmern Tränen. Es bricht mir beinahe das Herz, gleichzeitig zwinge ich mich dazu, meinen ernsten Gesichtsausdruck aufrechtzuerhalten. »Es tut mir leid«, wispert sie schließlich und ich wische die Tränen fort, die nun über ihre Wangen laufen.

»Keine Geheimnisse mehr, was uns betrifft«, fordere ich. »Und lauf nie wieder davon. Ich bin immer für dich da. Für euch.«

»Keine Geheimnisse mehr«, wiederholt sie, als wäre es ein Schwur.

Ich ziehe sie noch ein wenig enger an mich und wickele eine ihrer Haarsträhnen um meine Finger. »Ich will nicht, dass du jemals wieder das Gefühl haben musst, mir etwas verschweigen zu müssen. Es gibt nichts, was mich dazu bringen könnte, nicht mehr mit dir zusammen sein zu wollen.« Meine Stimme wird rau und bricht, ich muss mich räuspern, damit ich weitersprechen kann. »Eine Unendlichkeit habe ich darauf gewartet, dir zu begegnen.« Ihre Augen werden noch ein wenig größer als sonst und ich kann nicht anders, als meine Hand zärtlich an ihre Wange zu legen.

»Ich habe auch auf dich gewartet«, erwidert sie schließlich. Und dann küsse ich sie endlich, die Frau, die mir die Welt bedeutet und die mich trotz all meiner Makel lieben kann. Wir halten uns eng umschlungen, unsere ganze Sehnsucht und Leidenschaft in dieser einen simplen Berührung, die mein Herz in Flammen setzt.

Als wir uns voneinander lösen, verharren unsere Münder dicht beieinander, weil sie – genauso wenig wie wir – jemals wieder getrennt voneinander sein wollen. Ich öffne meine Lider und schaue in ihre dunklen Iriden, die ich für den Rest meines Lebens sehen möchte, wenn ich am Morgen im Licht der ersten Sonnenstrahlen die Augen aufschlage. »Sei meine verdammte Märchenprinzessin und verbring deine Ewigkeit mit mir.«

APATE

Ich fühle mich tatsächlich wie eine Prinzessin, als ich Proms Hand haltend zu meinen Brüdern in den Flur trete. Mittlerweile habe ich ihn über die Familienverhältnisse aufgeklärt und er möchte niemandem mehr ein Körperteil abhacken. Unauffällig werfe ich einen Blick auf meine Finger, wo nun ein Diamant seinen Platz gefunden hat, der aussieht, als würde er aus Rauch bestehen.

Mein *für immer.*

Ein Lächeln breitet sich auf meinem Gesicht aus und ich reibe über meine Nase, die mich verdächtig kitzelt.

»Es sind wohl Glückwünsche angebracht«, sagt Hypnos.

Thanatos grinst verschmitzt. »Herzzerreißend.« Ich boxe ihm spielerisch an die Schulter, während Prom sich damit begnügt, ihm die Zunge herauszustrecken. Ich denke nicht, dass er jemals wirklich erwachsen wird.

Als wir die Plattform am Ende des Korridors besteigen, räuspert Hypnos sich und mustert mich auffordernd. Es dauert einen Moment, bis ich verstehe und rasch die Illusion über mich werfe.

»Was genau hast du vor?«, fragt Prom alles andere als begeistert.

»Ich habe eine wichtige Verabredung.«

»Mit wem?« Er beäugt mich vorwurfsvoll, als wolle er mich an unsere Abmachung erinnern. Keine Geheimnisse mehr.

»Wir haben vier Reiche auf Flames Anwesenheit durchsucht, bisher gibt es allerdings keinerlei Hinweise«, erkläre ich.

»Nur noch eines ist übrig? Welches ist es?«

Ich hole tief Luft, weil ich weiß, dass ihm meine Antwort nicht gefallen wird. »Das von Tartaros.«

Die Plattform hält auf der untersten Etage und Prom beginnt zu fluchen.

»Das kann ich nicht zulassen.«

»Du kannst mich begleiten, aber nicht aufhalten«, erwidere ich beharrlich, während wir den Eingangsbereich durchqueren. Sein Griff um meine Hand verstärkt sich und seine Lippen sind zu einer schmalen Linie zusammengepresst. Überrascht bleibe ich stehen, als ich auf dem Steg Phoibe und Apollo entdecke. Bei meinem Anblick weiten sich ihre Augen, doch ich lasse kurz mein wahres Erscheinungsbild aufflackern, und ihre Hoffnung erlischt. Ich nehme es ihnen nicht übel.

Phoibe schließt mich in ihre Arme. »Er war außer sich vor Sorge um dich.«

Sogar Apollo, der sich mir gegenüber stets reserviert verhalten hat, drückt mich kurz an sich und meine Lippen verziehen sich zu einem schelmischen Grinsen. »Schau mich nicht so an«, murmelt er. »Ich finde dich trotzdem noch unheimlich.«

Nun kann ich ein richtiges Lachen nicht mehr zurückhalten und klopfe ihm auf den Rücken. »Ich bin froh, dass alles beim Alten ist.«

»Ich unterbreche ja nur ungern«, mischt Thanatos sich ein, »aber wir müssen jetzt wirklich los.«

Ich nicke und wende mich Prom zu. »Begleitest du mich?«

»Natürlich.«

»Wir sind auf dem Weg zum Reich des grausamen Todes, wo wir noch nicht nach Flame gesucht haben«, erkläre ich Phoibe und Apollo.

»Lachesis glaubt nicht, dass sie überhaupt hier ist«, wirft Letzterer ein.

»Ich werde es dennoch überprüfen«, halte ich dagegen.

Entschlossen stelle ich mich an den Rand des Stegs und dann ist Prom bei mir, um mir in die Gondel zu helfen.

Die Fahrt verläuft überwiegend schweigend. Einzig Hypnos und Apollo unterhalten sich leise miteinander. Obwohl ich mich ein wenig schuldig fühle, dass ich nicht sofort mit Prom zurückkehre, bin ich neugierig darauf, was mich bei Tartaros erwartet – so viele Legenden ranken sich um den Ort, von dem angeblich kein Lebender jemals zurückgekehrt ist. Vermutlich sollte mich der Gedanke daran nicht in Euphorie versetzen.

Nach einer Weile müssen wir aufstehen und Prom hebt mich auf seine Arme, um mit mir auf die nächste Gondel überzuspringen. Nun fahren wir auf dem Pyriphlegethon, der einzige Fluss der Unterwelt, der die Farbe von Feuer hat.

Ehrfürchtig betrachte ich die Flüssigkeit und muss mich beherrschen, nicht die Hand auszustrecken – was definitiv schmerzhaft enden würde. Wir fahren stetig weiter hinab, weil das Reich des grausamen Todes am tiefsten Punkt der Unterwelt liegt und somit auf der untersten Ebene zu finden ist. Als meine Glieder sich schon ganz steif anfühlen, gelangen wir schließlich in eine Höhle, und ganz am Ende kann ich Tartaros an seinem langen weißen Bart erkennen. Neben ihm entdecke ich zu meiner Überraschung Kerberos.

Mit hochgezogenen Brauen betrachtet Tartaros die Reisetruppe, die ich mitgebracht habe. »Freunde aus der Oberwelt?«, fragt er.

»Ja«, erwidere ich, während Prom mich dabei unterstützt,

von der Gondel zu steigen. »Tut mir leid, dass ich dich nicht vorgewarnt habe.«

Die anderen springen nach uns auf den steinigen Untergrund und ich strecke die Hand aus, um Kerberos hinter seinen großen Ohren zu kraulen. Er stößt ein zufriedenes Brummen aus. Sobald wir alle an Land sind, stelle ich Phoibe, Apollo und Prometheus vor, die sich nicht sonderlich wohl in ihrer Haut zu fühlen scheinen. Tartaros bedenkt sie mit einem wissenden Lächeln – wobei man das unter seinem Bart nicht so leicht ausmachen kann – und streicht mit der Handinnenfläche über das schwarze Gestein der Höhle, bis sich ein Gang auftut.

»Nach euch«, sagt er und so treten wir ein in das Reich, um das sich die grausamsten Geschichten dieser Erde ranken.

Ein Schwall warmer Luft stößt uns entgegen. Das Erste, was ich feststellen muss, ist, dass es heiß ist. Wahnsinnig heiß. Ich sehe Prom an, dem schon jetzt Schweißperlen auf der Stirn stehen. Wir folgen dem Gang, sind nach wie vor umgeben von schwarzem Gestein, und landen schließlich in einer Höhle, die der zum Eingang des hiesigen Reiches ähnelt, bis auf den Unterschied, dass sie ungefähr fünfzigmal so groß ist. Sie ist wie ein eigenes riesiges Gewölbe. Überall um uns herum brennen Feuerstellen und davor befinden sich Daimonen, die Waffen schmieden. Außerdem gibt es einen riesigen Übungsplatz, von dem aus wilde Rufe und das Aufeinanderschlagen von Metall ertönen.

»Das hier ist kein Ort für Familien«, sagt Tartaros, der meinen suchenden Blick bemerkt hat. Bisher habe ich tatsächlich nur Männer und keine einzige Frau entdeckt. »Sondern ein Ort für Krieger.«

»Bereitet ihr euch auf einen Krieg vor?«, fragt Apollo wachsam.

Tartaros wendet sich ihm zu. »Sag du es mir.«

»Wo sind die Toten?«, frage ich, um die Situation zu entschärfen. Ehrlich gesagt hätte ich dieselben Klagelaute wie im Reich des Nebels und der Nacht erwartet. Tartaros deutet auf den roten Fluss, der sich auch hier hindurchwindet und feuerspuckend seinen eigenen Weg bestimmt. Ich schlucke. Das ist mir Antwort genug. Ich werfe Kerberos einen prüfenden Blick zu, doch dieser lässt sich bloß von Phoibe den Hals kraulen und gibt keinerlei Anzeichen, dass etwas Ungewöhnliches vor sich geht.

Plötzlich teilt sich die Menge der Daimonen, um einem von ihnen Platz zu machen. Er ist groß – und ich meine wirklich groß –, denn als er vor uns anhält, überragt er Prometheus um mindestens einen Kopf. Die Haut an seinen Armen und seiner Brust ist von wilden Mustern überzogen, die eine Geschichte zu erzählen scheinen. Er ist lediglich bekleidet mit Hosen und Stiefeln und sein Körper ist von Ruß bedeckt. Seine Haare sind schwarz und zu Zöpfen geflochten, seine Wangenknochen hoch und seine Kinnpartie stark. In der rechten Hand trägt er ein schwarzes Schwert mit einem silbernen Griff. Bei genauerer Betrachtung kann man die feinen Narbenlinien ausmachen, die sich verblassend über jede freie Körperstelle ziehen.

»Das ist Cashel. Meine rechte Hand«, sagt Tartaros.

Cashel deutet eine leichte Verbeugung an. »Prinzessin.«

Ach ja. Da war ja was. Ich nicke ihm so huldvoll wie möglich zu. »Es freut mich, dich kennenzulernen.« Prom gibt ein seltsames Geräusch von sich und ich könnte schwören, dass er versucht, ein Lachen zu unterdrücken. Ich denke darüber nach, ihm meinen Ellenbogen in die Rippen zu rammen, doch das wäre sicherlich nicht sehr ... äh ... hoheitsvoll.

»Cashel wird euch herumführen und alles erklären. Ich bin zu alt für solch weite Wanderungen«, fährt Tartaros fort. In seinen Augen blitzt dabei der Schalk und ich glaube ihm kein Wort. Die anderen folgen Cashel, und Prom ist so sehr auf den Krieger fixiert, dass er mich sogar loslässt. Unmittelbar darauf steht Tartaros direkt neben mir, hält mir seinen Arm hin und ein Déjà-vu überkommt mich. »Hast du Zeit für eine Geschichte?«

Mir entgeht nicht, dass er die Höflichkeitsfloskeln abgelegt hat. Es klingt ein wenig wie eine Herausforderung. Ich weiß, dass ich mich Prom und diesem Cashel anschließen sollte. Dass es dumm und leichtsinnig ist, Tartaros zu vertrauen, den ich weder richtig kenne noch durchschaue. Doch wie von selbst streckt sich meine Hand nach ihm aus, und als ich mich gänzlich bei ihm unterhake, werden wir vom Nebel verschluckt.

Sobald ich das nächste Mal die Augen öffne, befinden wir uns vor einem breiten Tunnel, in dessen Mitte der Pyriphlegethon fließt. »Du kannst durch den Nebel gehen«, ist das Erste, was ich sage, als ich meine Stimme wiedergefunden habe. Eigentlich dachte ich, dass nur Hades selbst und die Moiren in der Unterwelt dazu in der Lage sind. Daher auch das Gondelsystem.

»Es lauern überall Geheimnisse. Vor allem dort, wo man sie am wenigsten erwartet«, erwidert er munter.

Misstrauisch sehe ich mich um, doch hier ist niemand außer uns. »Was ist das für eine Geschichte, die du mir erzählen willst?«, frage ich schließlich.

Tartaros legt seine Hand auf meine, die an seinem Unterarm ruht, und führt mich an dem roten Fluss entlang zu einem mir nicht bekannten Ziel.

Je weiter wir laufen, desto mehr nähern wir uns einer Art Öffnung, an welcher der Fluss hinabzustürzen scheint wie ein Wasserfall. Einige Schritte vor dem Abgrund halten wir an und ich nehme die Umgebung in mich auf. Unter uns liegt eine Schlucht, deren Grund ich von diesem Punkt aus unmöglich erkennen kann. Die Decke läuft nach oben hin spitz zu und ich habe das Gefühl, als wäre ich im Inneren eines Vulkans, der jeden Moment echtes Feuer spucken könnte.

»Das ist der Ort, um den sich all die Mythen und Legenden ranken. Das hier ist Tartaros, der allein aus der Furcht der Erzählungen erwachsen ist.«

»Aber wo sind diejenigen, die im ewigen Höllenfeuer schmoren und endlose Qualen leiden?«

Er tätschelt meine Hand und seufzt schwer. »Es gibt sie nicht.«

Ungläubig schaue ich in die Tiefe. »Das heißt, Menschen und Götter gleichermaßen – fürchten sich vor etwas, das in Wahrheit überhaupt nicht existiert?«

»Oh, also wir stehen direkt davor. Ich würde sagen, dass es durchaus existiert. Sie fürchten etwas, von dem sie nur glauben sollen, dass es gefährlich ist. Der schaurigste Ort der Unterwelt wurde allein aus Worten erschaffen.«

»Zu welchem Zweck sollte man sich diese Mühe machen?«

Seine dunklen Augen funkeln, als er auf eine Zeichnung an der gegenüberliegenden Wand deutet, die mir zuvor überhaupt nicht aufgefallen ist. Es sind zwei geschwungene Flügel, die auf dem schwarzen Gestein beinahe weiß erscheinen. Sie sind so realistisch dargestellt mit den unterhalb liegenden Bögen und den feinen Linien der Membran, dass es mir beinahe so vorkommt, als würden sie sich bewegen und sich jede Sekunde in die Lüfte erheben.

»Um etwas zu verbergen«, sagt er schlicht. Ich wende mich erneut Tartaros zu, der mich eingehend mustert. »Genau wie du«, sagt er dann.

»Was meinst du damit?«, frage ich irritiert.

»Ich habe mich immer gefragt, ob du eines Tages heimkehren wirst, Erbin der Nacht.«

Kapitel 24

VERSUCHUNG

AVA

Ich sitze an einem Schreibtisch in der Bibliothek. Von meinem Platz aus habe ich einen guten Blick auf Hale und Cato, die sich gemeinsam über eine der Schriftrollen gebeugt haben, die aus dem geheimen Raum stammt. Ich beobachte, wie Cato mit einer Hand über seinen Nacken reibt, und blättere eine Seite von meinem Buch um, obwohl ich doch eigentlich gar nicht lese. Immer wenn ich ihn ansehe und vor allem, wenn wir uns in der Bibliothek befinden, muss ich an jenen Nachmittag zurückdenken. Wie es sich angefühlt hat, von ihm berührt zu werden. Sein Körper so verboten dicht an meinem. Am liebsten würde ich die Zeit zurückdrehen und den Moment wieder und wieder erleben. Ich seufze schwer und schlage das Buch derart energisch zu, dass die Männer ihre Köpfe heben und zu mir nach oben schauen.

Mist.

Ich bin eine verzweifelte, dumme Gans, die ihre Gefühle und Gedanken ganz und gar nicht im Griff hat. Ich winke ihnen zu – was mit Sicherheit komplett albern aussieht – und erhebe mich, um das Buch zurück ins Regal zu räumen. Mittlerweile hat sich zwischen uns eine Art Routine eingespielt.

Im Morgengrauen stehen wir auf. Dann treffen wir uns

in der Halle im Erdgeschoss, wo Hale mich trainiert. Cato macht in dieser Zeit sein eigenes Ding, kann es sich aber natürlich nicht verkneifen, ab und an eine muffelige Bemerkung einzuwerfen. Anschließend frühstücken wir gemeinsam. Meistens besorgt Hale etwas, und ich bin sehr dankbar dafür, dass nicht mehr jede Mahlzeit aus Fisch oder dem getrockneten sauren Obst besteht. Den Vormittag nutzen wir, um den Palast wieder einigermaßen herzurichten. Inzwischen sieht es tatsächlich nicht mehr überall so aus wie auf einem Schlachtfeld. Die restliche Zeit verbringen wir in der Bibliothek – Cato hat Hale vor einigen Tagen eingeweiht. Seitdem arbeiten wir auf Hochtouren daran, den Geschehnissen auf den Grund zu gehen. Ich lese und recherchiere und versuche, mich von einem gewissen Halbgott abzulenken.

Jedenfalls war selbst Hale ganz überrascht von dem Raum, der ihm auch nicht bekannt gewesen ist. So kam heraus, dass er diesen Palast nicht errichtet hat, sondern dass er früher Poseidons Hauptsitz war und Zeus sich hier manchmal mit einer seiner zahlreichen Geliebten vergnügte, während Hera daheim wie eine Furie tobte. Trotzdem können wir nicht mit Gewissheit sagen, ob ihnen die Sammlung über die Drakon gehörte oder ob der Sandpalast nicht noch viel älter als die Götter dieser Erde ist.

Cato wartet immer noch darauf, dass ich eine Prophezeiung spreche, doch seit dem Vorfall in der Badewanne ist rein gar nichts mehr passiert. Manchmal habe ich das Gefühl, dass er mich am liebsten packen und schütteln würde, bis ich ihm eine zufriedenstellende Antwort geben kann. Am Anfang dachte er, dass ich sein Ass im Ärmel bin. Doch mittlerweile erscheint es mir, als wäre ich nichts weiter als eine Last für ihn, die er gerne abwerfen würde.

Nachdem ich das Durcheinander, das die meiste Zeit auf dem Schreibtisch herrscht, einigermaßen gebändigt habe, laufe ich die Treppenstufen hinab. Dabei fahre ich mit einer Hand über das kühle Geländer, welches mit Muscheln und Verzierungen geschmückt ist. Hale ist nach wie vor auf die Schriftrolle konzentriert, doch Cato starrt mich an.

Ich starre zurück.

Keiner von uns beiden sagt etwas.

Überhaupt nicht unangenehm.

Sobald er mich auf diese Weise betrachtet, vergesse ich beinahe, wie man einen Fuß vor den anderen setzt oder sinnvolle Worte formt. Dann ist da einfach nur sein spöttisches Lachen in meinem Kopf, sein mittlerweile vertrauter Geruch in meiner Nase, das Gefühl seiner fordernden Lippen auf meiner Brust und die selbstbewusste Berührung seiner Hand an meinem unteren Rücken.

Er ist überall an mir.

Wenn man ihn fragen würde, wäre in seinen Augen vermutlich nichts zwischen uns passiert. Aber für mich ... Für mich hat all das eine Bedeutung.

Als ich vor Hale und Cato zum Stehen komme, tut Letzterer so, als hätte er meine Anwesenheit noch gar nicht bemerkt, und vertieft sich abermals in die Schrift, von der ich weiß, dass er sie gar nicht lesen kann. Lächerlich.

Ich räuspere mich und sofort liegt Hales Aufmerksamkeit auf mir. »Ich bin müde«, sage ich und klinge dabei wie das kleine Mädchen, für das Cato mich hält.

»Du wirst nicht mit uns zu Abend essen?«

Ich schüttele den Kopf. »Heute nicht.«

Rückwärtsgehend entferne ich mich von den beiden, und als Cato langsam den Blick hebt und mich damit förmlich

durchbohrt, muss ich mich dazu zwingen, nicht einfach los-
zurennen. Stattdessen drehe ich mich um und laufe in einem
gemäßigten Tempo zu der schweren Tür, stoße sie auf und
schließe sie leise hinter mir.

Im Korridor herrscht eine gespenstische Stille und die wenigen Fackeln an den Wänden sind die einzige Lichtquelle.
Trotzdem ist es eine heimelige Atmosphäre, die mich umgibt,
und so lasse ich mir Zeit und bewundere die Gemälde, die
nun wieder an der Wand hängen und nicht mehr auf dem Boden verstreut sind. Auch ist dieser nicht mehr komplett mit
Sand übersät und man kann den dunkelblauen samtenen Teppich sehen, der den Gang entlang ausgerollt ist. Ich passiere
den großen Festsaal, das kleinere Speisezimmer und den Eingangsbereich. Abrupt stoppe ich, als mir die Flügeltüren auf-
fallen, die weit geöffnet sind. Kurz überlege ich, nach Hale
und Cato zu rufen, doch dann entdecke ich den majestätischen Drachenkopf, der aus dem Meer auftaucht. Eilig laufe
ich zu ihm und die Eingangstreppe hinab, an deren unters-
ter Stufe das Wasser leckt.

»Du kannst schwimmen«, stelle ich atemlos fest und klinge
dabei furchtbar aufgeregt. Die Männer haben mir verboten,
mit Ladon über das Thema unserer Recherchen zu sprechen
oder ihm gar von dem geheimen Raum zu erzählen. Dabei
frage ich mich, wieso. Ob sie denken, dass er nicht vertrau-
enswürdig ist oder etwas zu verbergen hat?

Ich strecke die Hand aus und der Drache drückt seine warmen Nüstern dagegen, seine rauen Schuppen berühren meine
weiche Haut. Seine smaragdgrünen Iriden mit den goldenen
Sprenkeln funkeln im Licht der untergehenden Sonne und
seine großen Schwingen treiben ausgebreitet auf der Wasser-
oberfläche, als hätte ein Künstler sie gemalt. Langsam taucht

er seinen Kopf ins Meer. Nachdem er ihn ruckartig wieder herausgezogen hat, rieselt Regen auf mich herab.

»Na warte«, rufe ich empört und springe zu ihm in das kühle Nass. Eigentlich fühle ich mich in Anbetracht der unendlichen Weite des Ozeans immer ein wenig ängstlich und verloren, doch mit dem riesigen Drachen an meiner Seite komme ich mir nahezu unverwundbar vor. Mit beiden Händen spritze ich Wasser in seine Richtung, ehe ich einige kräftige Züge mache und mich von den Stufen des Palastes entferne. Als ich mit meinen Füßen versuche den Sandboden zu berühren, ist es schon viel zu tief, weshalb ich ins Leere paddele. Doch dann ist Ladons Flügel da und ich ziehe mich ungelenk an ihm hinauf, bis ich auf seinem Rücken liege. Dort breite ich meine Arme aus und wende mein Gesicht den letzten Sonnenstrahlen zu, während der Drache unter mir auf den seichten Wellen hin und her schaukelt.

»Ladon?«, frage ich nach einer Weile. Er gibt ein Brummen von sich, was ich als Aufforderung ansehe weiterzusprechen. »Darf ich dich bei Tagesanbruch auf deinem morgendlichen Flug begleiten?«

»Wenn Cato uns erwischt, dann sagst du ihm, es war deine Idee«, antwortet er umgehend mit seiner grollenden Stimme.

»Feigling«, ärgere ich ihn und drehe mich auf den Bauch, um mit dem Zeigefinger seine Schuppen nachzuzeichnen, während die Sonne hinter mir gänzlich im Meer versinkt.

Als das Wasser schwarz ist, ebenso wie die Nacht, und ich schon schläfrig bin, dreht Ladon seinen Kopf zu mir und stupst mich vorsichtig an. »Zeit, in den Palast zurückzukehren«, sagt er und streckt seinen Flügel in Richtung der Stufen aus. Gähnend umarme ich seinen mächtigen Hals, ehe ich auf die Beine komme und leicht wankend über die ledrige Membran balanciere. Als Ladon sich in die Lüfte erhebt, um über das Dach in den Innenhof zu fliegen, prasselt erneut Regen auf mich nieder und auf meinem Gesicht breitet sich ein seliges Lächeln aus. Manchmal ist das Leben einfach schön.

Aber leider nur so lange, bis ich um die Ecke biege und beinahe in Cato hineinrenne. Drohend ragt er über mir auf und mustert mein Erscheinungsbild. Die nassen Haare und meine triefenden Klamotten. Erst jetzt wird mir bewusst, wie kalt mir ist. Ich kann kaum meine Finger strecken, weil sie so sehr schmerzen, und meine Füße fühlen sich unangenehm taub an.

»Ein neuer Fluchtversuch?«, fragt er gelangweilt. Sein glühender Blick jedoch spricht eine ganz andere Sprache. Er lässt ihn von meinem Gesicht hinabwandern, zu meinem Oberkörper, wo sich meine Brüste sehnend unter dem dünnen Stoff meines Shirts abzeichnen. Rasch verschränke ich die Arme davor, was ihm ein arrogantes Lächeln entlockt. Hatte ich bereits erwähnt, dass ich ihn hasse?

»Du solltest an deiner Strategie arbeiten«, informiert er mich und vergräbt seine Hände in den Taschen seiner Cargohose.

»Danke für den Rat«, erwidere ich kühl. »Aber ich wollte einfach nur eine Runde schwimmen.« Ich will mich an ihm vorbeidrängen, doch sofort streckt er einen Arm aus und hindert mich daran weiterzugehen. Seine Finger streifen dabei wie zufällig meinen Hals und ich ziehe scharf die Luft ein, während ein ganzes Feuerwerk mein Innerstes in Flammen aufgehen lässt. Bis heute habe ich keine Erklärung dafür gefunden, warum er diese Wirkung auf mich hat. Warum ich ihm nicht widerstehen kann ...

»Ich hatte dich vor dem Meer gewarnt«, sagt er beinahe gefährlich ruhig.

Danach berührt er meine Wange und ich zucke zusammen, als sein Daumen über mein Kinn fährt und es schließlich anhebt. »Deine Lippen sind blau und du bist eiskalt.« Aus seinem Mund klingen die Worte wie eine Anschuldigung.

»Es geht mir gut. Und es war auch nicht gefährlich, weil Ladon bei mir war.«

Er presst die Zähne fest aufeinander und ich weiß, dass er gerade etwas zurückhält, das er mir nur allzu gerne an den Kopf werfen würde. Im nächsten Moment umfasst er meinen Ellenbogen und zieht mich mit sich. Er macht so große Schritte, dass ich Schwierigkeiten habe, mit ihm mitzuhalten, und seine Finger graben sich schmerzhaft in meine Haut.

»Du tust mir weh«, informiere ich ihn, als er mich die Treppen sozusagen hochschleift, und erst da lockert er seinen Griff, wird aber nicht langsamer oder lässt mich gar los. Schweigend schiebt er mich in mein Zimmer und dann in das geräumige Bad, wo er sich ein Handtuch schnappt und beginnt mich trocken zu reiben, als wäre ich ein nasser Hund. Danach läuft er in mein Zimmer, zerrt eine Stoffhose und einen weiten Pullover aus der Schublade einer Kommode und schleudert sie mir entgegen, ehe er die Badtür geräuschvoll hinter sich schließt.

Sehr freundlich.

Zähneklappernd schäle ich mich aus der tropfnassen Kleidung, trockne mich noch einmal ab und streife dann die Sachen über, die Cato für mich rausgesucht hat. Obwohl er so wütend ist, war es eine intime Geste, die dafür sorgt, dass meine Wangen heiß werden, und der Tatsache trotzen, dass mir furchtbar kalt ist. Ich werfe noch einen Blick in den Spiegel, betrachte meine zerzausten und aufgeladenen Haare, die aussehen, als hätte ein ganzer Schwarm Vögel darin genistet. Dann kratze ich meinen Mut zusammen und öffne die Badezimmertür.

Cato sitzt auf meinem Bett, den Rücken zu mir gedreht. Vorsichtig gehe ich zu ihm und nehme neben ihm Platz. Er schaut mich nicht an und ich will die Hand nach ihm ausstrecken, stoppe jedoch mitten in der Bewegung. *Ich bin kein guter Mann. Beim nächsten Mal solltest du Nein sagen.*

Die Erinnerung an seine Worte sorgt dafür, dass ich ans andere Ende der Matratze robbe und unter die Bettdecke schlüpfe. Ich klopfe mein Kissen zurecht und umschlinge es mit beiden Armen, lege meinen Kopf darauf ab, der mittlerweile müde und schwer ist. Als meine Augen bereits zufallen, spüre ich, wie er sich bewegt und eine Hand an meine Hüfte legt, die sich förmlich durch das Leinen brennt. Es ist, als würde ein Blitz durch meinen Körper jagen und plötzlich bin ich wieder hellwach. Ich winde mich unter der Berührung und seine Hand wandert ein wenig weiter nach links, wo sie auf einer Stelle liegen bleibt, der kein Mann jemals zuvor so nahegekommen ist. Ich weiß, dass ich ihn rausschicken sollte. Dass meine Regeln mir heilig sind und das hier gegen alles spricht, was mir für gewöhnlich wichtig ist. Jedoch rücken meine Bedenken immer weiter in den Hintergrund und am liebsten würde ich ihn anbetteln, ihn anflehen, den Stoff beiseitezuziehen, damit uns nichts mehr trennt. Ein einziges letztes Mal der Versuchung nachgeben, die Cato für mich darstellt. Nur noch ein *einziges* Mal, damit ich ihn danach endlich aus meinem Kopf verbannen kann.

Ich keuche, als er mit dem Daumen über diese eine Stelle fährt, an der mein Sehnen am stärksten ist. Und gerade, als ich mich ihm fordernd entgegenrecken will, erhebt er sich ruckartig. Ich rechne damit, dass er den Raum fluchtartig verlassen wird, doch stattdessen bleibt er einige Schritte entfernt vom Bett stehen. In meinem Zimmer herrscht Dunkelheit, nur das einfallende Licht des Halbmondes sorgt dafür, dass ich seine Umrisse ausmachen kann. Vielleicht finde ich deshalb den Mut, die Decke zurückzuschlagen und meine Hand unter den Bund meiner Hose gleiten zu lassen. Ein Wimmern entfährt mir bei der Vorstellung, dass es seine Finger sind, die meinen Slip beiseiteschieben und dort weitermachen, wo er kurz zuvor aufgehört hatte.

»Ava.« Seine Stimme klingt rau und belegt. »Was tust du da?« Meine Lider flattern, doch ich kann ihm nicht antworten, bin zu sehr mit Lust erfüllt und von Verlangen getrieben. So, als würde ich mich selbst nicht bremsen – nicht aufhören können. Nie zuvor habe ich einer Versuchung nachgegeben – und mich dabei so lebendig gefühlt.

Das Geräusch seiner schweren Sohlen nähert sich und ich schreie auf, als ich den Druck und das Tempo, mit dem ich über die elektrisierende Stelle reibe, noch einmal erhöhe. Er wispert erneut meinen Namen und dann sinkt die Matratze hinab, als er sich neben mich legt. Sanft berührt er meine Hand und zieht sie unter dem Bund meiner Hose hervor. Unsere Blicke treffen sich im Schein des Mondes und im Licht der Sterne, als er meine Finger zu seinem Mund führt, an ihnen saugt und jeden Tropfen meiner Lust für sich beansprucht. Dann leckt und küsst er die empfindsame Haut an meinem Handgelenk und ich beobachte ihn mit leicht geöffneten Lippen, wünsche mir, dass sie es wären, die diese Liebkosung erfahren.

Nach einer Weile bin ich mir nicht einmal mehr sicher,

ob mein Körper überhaupt noch mir gehört, weil es mir vorkommt, als könnte meine Seele schweben. Cato rückt näher zu mir heran, umfasst einen meiner Schenkel und schiebt ihn seitlich nach oben, sodass mein Knie angewinkelt ist. Sämtliche Luft wird aus meiner Lunge gepresst und die Zeit steht für einen Augenblick still, als er mit seinen Fingerspitzen federleicht über meinen Bauch streicht und sie schließlich den Bund meiner Hose anheben, um darunterzugleiten.

»Was deine Götter wohl dazu sagen würden ...«, raunt er dicht an meinen Hals und wohlige Schauer rieseln meinen Körper hinab. »Bist du wirklich bereit, die Bestrafung hierfür in Kauf zu nehmen?«

Statt auf seinen Sarkasmus zu reagieren, dringt ein weiterer Schrei aus meinem Mund, als er mich endlich richtig berührt. Wie von selbst schlinge ich ein Bein um seine Hüfte und vergrabe mein Gesicht an seiner Schulter, während er mir gibt, wonach ich mich seit Tagen verzehrt habe. Helle Blitze zucken vor meinen Augen und meine Kehle ist so trocken, als wäre ich stundenlang durch die Wüste geirrt. Und es würde mich nicht wundern, wenn diese gestohlene Zeit mit Cato tatsächlich nicht mehr als ein Trugbild ist. Wenngleich ich jeden Augenblick auskosten will, jede Sekunde, die ich mit ihm teile, unendlich wertvoll ist, so weiß ich doch, dass die Realität mir ganz dicht auf den Fersen ist.

Mit den Lippen streife ich sein Kinn, doch er dreht sich weg, sodass ich ihn nicht küssen kann. Frustriert hebe ich sein Hemd an und fahre mit meinen Nägeln über seinen nackten Rücken, hinterlasse meine Spuren, weil ich will, dass er sich morgen noch daran erinnert. Weil ich mir in diesem Moment nichts sehnlicher wünsche, dass das zwischen uns – zwischen ihm und mir – viel mehr ist als nur eine Illusion.

Und vielleicht auch, weil ich ihn am liebsten auf eine Art markieren würde, die jeder sehen kann. Ich verändere den Winkel meiner Hüfte, und als seine Berührungen noch intensiver werden, erscheint es mir, als würde ich von der Klippe des höchsten Berges dieser Erde stürzen – und trotzdem spüre ich keinen Funken Furcht in mir.

Am nächsten Morgen schlage ich die Augen auf und liege allein in meinem Bett. Ohne mich bewegt zu haben, erinnert mein Körper mich deutlich daran, was vor wenigen Stunden geschehen ist, und ich frage mich, ob der Ritt auf einem Drachen eine kluge Entscheidung ist. Andererseits ist es eine willkommene Abwechslung und ich verbiete meinen Gedanken, in diese eine Richtung abzudriften. In der Luft hängt nach wie vor sein Duft und ich drücke stöhnend mein Gesicht in das weiche Kissen.

Irgendwie schaffe ich es aufzustehen, und während ich in die Badewanne steige, spielen sich die Szenen von letzter Nacht in Endlosschleife in meinem Kopf ab. Ich bin mir nicht sicher, ob es die Dunkelheit war, die Cato schließlich dazu gebracht hat, die Grenze zu überschreiten, die er zuvor zwischen uns gezogen hatte. All die geflüsterten Worte und Berührungen ... Seufzend vergrabe ich mein Gesicht in beiden Händen. Was habe ich bloß getan? Dennoch ist es keine Scham, die in mir erwächst, sondern das Verlangen nach mehr. Das Verlangen nach etwas, das ich überhaupt nicht haben darf.

Was deine Götter wohl dazu sagen würden ...

Ich kann Catos dunkle Stimme so deutlich hören, als wäre er in diesem Moment neben mir. Eine Gänsehaut breitet sich von meinem Nacken über meinen ganzen Körper aus, weil ich mir einbilde, seinen kühlen Atem an meinem Hals zu spüren.

Fluchend springe ich auf, rutsche dabei fast aus und trockne mich eilig ab. Trotzdem gelingt es mir nicht, meinen Erinnerungen und Gedanken zu entfliehen.

Da das Handtuch von gestern nicht getrocknet ist, bin ich noch immer halb nass, als ich mir eines der luftigen Kleider überstreife, von dem ich dachte, dass ich es niemals tragen würde. Aber allein die Vorstellung, jetzt eine enge Hose tragen zu müssen, erscheint mir ganz und gar nicht verlockend. Rasch binde ich meine Haare zu einem nachlässigen Zopf, ehe ich mein Zimmer verlasse und in Richtung des Innenhofes laufe.

Es ist ein seltsamer Anblick, dass Ladon mich ausnahmsweise nicht schläfrig blinzelnd erwartet, sondern bereits in den Startlöchern steht. »Du bist spät dran, Ava«, grollt er mir entgegen und ich mache einen albernen Hofknicks vor seiner mächtigen Gestalt.

»Es tut mir aufrichtig leid, mein Herr«, sage ich. »Ich musste mich für unseren Ausflug zurechtmachen.«

Ladon rollt mit seinen Augen und streckt mir seine schlangenartige Zunge entgegen. Lächelnd umrunde ich ihn und laufe über seinen ausgestreckten Flügel, um von dort aus auf seinen Rücken zu klettern. Vor seinem Höcker mache ich es mir bequem und kralle mich in den Schuppen fest, als er sich, kaum dass ich einen festen Sitz habe, kräftig vom Boden abstößt und in die Lüfte erhebt. Es dauert nicht lange, bis der Palast mir winzig klein erscheint, und mir entfährt ein Freudenschrei, als Ladon sich in eine Kurve legt und über das Meer rast. Es gibt wenige perfekte Momente im Leben, doch dieser ist ganz bestimmt einer davon.

Kapitel 25

DRACHENBLUT

CATO

Ob ich sauer bin, als Ava nicht wie gewohnt zum Training erscheint?

Ja.

Ob ich innerlich zu kochen beginne, als ich sie auch nicht in ihrem Zimmer oder sonst wo in diesem verdammten Palast finden kann?

Noch einmal: ja.

Wütend stampfe ich durch den Korridor und sehe in jedem einzelnen dieser gottverfluchten, verlassenen Zimmer nach, während Hale die Bibliothek nach ihr durchsucht.

Letzte Nacht war ... Fuck.

Ein Versehen?

Nein.

Ich wusste ganz genau, was ich da tue.

Bei ihr bin ich mir da allerdings nicht so sicher. Ihr verschleierter Blick, mit dem sie mich angesehen hat, während sie sich unter den Berührungen meiner Hand gewunden und nach mehr verlangt hat ... Dieser Anblick ... war verdammt noch mal das Schönste, was ich jemals gesehen habe – und hat sich somit unwiderruflich in mein Gedächtnis eingebrannt. Ich werde niemals vergessen können, wie sie auf meiner Zunge geschmeckt hat, so wie sich die ersten Sonnenstrahlen eines Frühlingsmorgens auf der Haut anfühlen. Wenn ich so weitermache, dann wird Ava von Delphi eines Tages mein Untergang sein. Daran besteht aus meiner Sicht keinerlei Zweifel mehr.

Nachdem sie ihren Höhepunkt erreicht hat, hat sie sich noch enger an mich geschmiegt und ist in meinen Armen eingeschlafen. Es hat mich die größte Selbstbeherrschung gekostet, nicht meine Stiefel auszuziehen und die Decke über uns auszubreiten, sondern aufzustehen und ihr Zimmer zu verlassen.

Fuck.

Ich fahre mir mit beiden Händen durch mein kurz geschorenes Haar und drehe mich im Kreis. Wo zur Hölle kann sie sein? Und was ist, wenn ihr dieses Mal ein Fluchtversuch geglückt ist? Allein bei der Vorstellung wird mir übel und ich balle meine Hände zu Fäusten. Ich bin kurz davor, nach Hale zu rufen, als lautes Flügelschlagen ertönt und das Geräusch von Krallen zu hören ist, die quietschend über Steine kratzen. Ohne zu zögern, renne ich los und brauche nicht lange, bis ich den Innenhof erreiche.

Dort steht Ladon mit hocherhobenem Haupt, und Ava – die ein strahlendes Lächeln im Gesicht trägt – ist gerade dabei, von seinem Flügel zu rutschen. In Sekundenschnelle bin ich vor ihr und fange sie auf. Ein überraschter Laut entfährt ihr, als ich sie über meine Schulter werfe und mit ihr durch die Säulen hinein in den Palast laufe. Natürlich müssen wir auch an Hale vorbei, der mir lediglich kurz zunickt, ehe er zu dem Drachen geht. Ausnahmsweise hält er sich zurück und versucht nicht, sich in meine Angelegenheiten einzumischen.

Ich stoße die erstbeste Tür auf und lande in einem Zimmer mit Schreibtisch und einem marineblauen Sofa. Nicht gerade sanft lege ich sie darauf ab, sodass sie auf den Polstern noch einmal auf und ab hüpft, und baue mich schließlich mit vor der Brust verschränkten Armen vor ihr auf. Langsam kommt sie auf die Füße und stellt sich dann auf das Sofa. Meine Mundwinkel zucken leicht, als sie versucht, ärgerlich auf mich hinabzublicken.

»Was sollte das denn gerade?«, fragt sie und ihre Stimme bebt vor Wut.

Gut so.

»Die angemessene Reaktion auf deinen Ausflug, den ich dir nicht gestattet habe. Ich hatte angenommen, dass du nach gestern Abend endlich akzeptiert hast, dass du mir gehörst.« Ich schenke ihr ein träges, aber vielsagendes Lächeln. »Falls du dich daran erinnerst.« Wie ferngesteuert streiche ich eine ihrer Haarsträhnen zurück, die im Sonnenlicht an gesponnenes Gold erinnern und mich magisch anziehen. »Aber davon gehe ich aus. Es hat den Eindruck gemacht, als wäre es die beste Nacht deines Lebens gewesen, kleine Seherin. Richtig oder falsch?«

Kurz ist sie wie erstarrt. Dann stößt sie einen wilden Schrei aus und stürzt sich auf mich. Mit beiden Händen trommelt sie gegen meine Brust. »Du.« *Schlag.* »Mieser.« *Schlag.* »Nerviger.« *Schlag.* »Ätzender.« *Schlag.* »Selbstverliebter.« *Schlag.* »Halbgott-Arsch.«

Als sie erneut ausholt – dieses Mal sogar mit Anlauf –, fange ich ihre Fäuste ein. »Das genügt. Du solltest übrigens auf meine Augen, meine Nase oder meine Weichteile zielen, wenn du mir wirklich wehtun willst. Hat Hale, der *wahrhaftige* Gott, dir das nicht beigebracht?« Sie schnaubt aufgebracht und lässt sich zurück auf das Sofa sinken, wo sie ihre Beine zu einem Schneidersitz verschränkt und den Kopf stur nach unten senkt. Sie erinnert mich an einen Stier und ich frage mich, ob sie gleich noch einmal auf mich losgehen wird. Ganz sicher fühle ich mich auf jeden Fall nicht. »Halbgott-Arsch«, wiederhole ich ihre Worte. »Interessant.« Ich setze mich vor ihr auf den Tisch, der ein ungutes Knarzen von sich gibt, und beuge mich zu ihr. »Wo warst du?«

Sie schweigt beharrlich.

»Antworte mir.«

Ruckartig hebt sie den Kopf und schenkt mir einen verächtlichen Blick. »Warum sollte ich?«

»Weil du –« Ich stocke kurz. »Mir gehörst«, wiederhole ich meine lahme Begründung von gerade eben. Eigentlich hatte ich sagen wollen *zu* mir.

»Ich gehöre meiner Bestimmung und meinen Überzeugungen. Und du bist von keinem der beiden Punkte ein Teil.« Meine Brust zieht sich zusammen und ich betrachte ihre angespannten Gesichtszüge. *Was ist mit letzter Nacht?*, würde ich sie am liebsten anbrüllen, doch ich tue es nicht. Die Maske, die ich trage, ist vollkommen entspannt, beinahe regungslos. Und ich weiß, dass ich sie damit in den Wahnsinn treibe. »Du hast mich nicht geküsst«, platzt es schließlich aus ihr heraus, was immer noch keine Antwort auf meine verdammte Frage ist.

Ich seufze abgrundtief. »Ich küsse nicht.«

Ihre Augen werden groß und sie sieht mich an, als würde mit mir etwas nicht stimmen. Ausgerechnet sie ... »Niemals?«, hakt sie nach.

»Niemals.«

»Noch nie?«

»Noch nie«, bestätige ich.

»Warum nicht?«

Himmel. »Weil es mir keine Befriedigung verschafft.« Und weil es mir … zu intim erscheint. Intimer als jede andere körperliche Berührung.

»Geht es dir immer nur darum, wenn du mit einer Frau zusammen bist?«

»Ja.«

»Und wenn du jemanden treffen würdest, mit dem es anders wäre?«

»Du hast deine Regeln, *Seherin*. Und ich habe meine«, erwidere ich kühl.

Aus einem mir unerfindlichen Grund breitet sich ein siegessicheres Lächeln in ihrem Gesicht aus. »Gestern hast du unbefriedigt mein Bett verlassen. Wie viele Ausnahmen wirst du also noch für mich machen, *Heuchler*?«

Touché.

Es ist später Nachmittag und wie immer sitzen Ava, Hale und ich in der Bibliothek.

Gähn.

Ich bin mir so sicher gewesen, dass Ava früher oder später eine Prophezeiung sprechen wird, die uns weiterbringt. Doch es passiert: nichts. Und das wird langsam zu einem echten Problem. Schon einige Male bin ich kurz davor gewesen, mit Ladon ein Gespräch zu führen. Immerhin müsste er auf jeden Fall eine Erklärung für die Inhalte in dem versteckten Raum haben. Aber irgendetwas hält mich zurück. Er hat mir das Leben gerettet und ich weiß, dass ich ihm vertrauen sollte. Trotzdem glaube ich mittlerweile nicht mehr an Zufälle.

Prom und Apate schleppen einen Drachen an. Flame trägt Feuer in sich, über das sonst niemand auf dieser Erde verfügt.

Flame erfüllt die Prophezeiung. Der Drache bleibt bei mir. Ava spricht von einem weltbewegenden Geheimnis. Wir finden gemeinsam einen verborgenen Raum. In dem es – Überraschung – um die Drakon geht, die nichts anderes als Drachen sind. Seufzend lehne ich mich zurück, wobei Ava mich mit einem vorwurfsvollen Blick bedenkt. Manchmal ist sie eine fruchtbare Streberin. Keine Ahnung, woher sie die Ausdauer nimmt, ein Buch nach dem anderen zu lesen, ohne auch nur eine Pause zu machen.

Lustlos stehe ich auf und schlendere in die hinterste Ecke, wo besagter verborgener Raum liegt. Ich drehe an dem Flügel-Symbol und das eingestaubte Regal setzt sich in Bewegung. Aufgrund der niedrigen Decke marschiere ich in leicht gebückter Haltung durch den Gang, der in die separate Bibliothek führt. Die Bücher, die wir herausgenommen und schon durchgesehen haben, liegen in Stapeln auf den beiden wacklig aussehenden Tischen. Insgesamt macht es den Eindruck, als würde hier gerade ein Umzug stattfinden. Bei dem Chaos würde Yasar vermutlich durchdrehen.

Bedächtig schaue ich mich in dem Raum um, doch aus irgendeinem Grund werde ich immer wieder von dem Drachenkopf angezogen, dessen Schuppen die Farbe von Amazonit haben. *Du solltest ihn nicht berühren,* höre ich Avas geflüsterte Worte, fast so, als wäre sie in diesem Augenblick bei mir. Gruselig. Natürlich strecke ich dennoch meine Hand aus und fahre über die rauen Schuppen. Irgendwie fühlt sich die ganze Sache ein wenig instabil an, und als ich den Druck minimal erhöhe, ertönt ein ungutes Knacken.

Mist.

Ich will mich gerade bei dem armen Kerl entschuldigen, dass ich derjenige war, der ihm zum zweiten Mal den Hals gebrochen hat, als der Drachenkopf zur Seite schwenkt und die Sicht auf einen Hohlraum in der Wand freigibt.

Vollkommen überrumpelt starre ich hinein und weiß nicht, was ich davon halten soll. Vermutlich wäre es sinnvoll, Hale und Ava zu rufen.

Stattdessen greife ich in die Öffnung und hole eine vergilbte Pergamentrolle hervor, die der in der Glasvitrine ähnelt. Ganz vorsichtig – aus Angst, dass sie jeden Moment zu Staub zerfallen könnte – berühre ich sie nur mit den Fingerspitzen und trage sie anschließend zum Tisch, wo ich zwei Bücherstapel beiseiteschiebe und das Pergament auseinanderrolle. Es überrascht mich, dass ich nicht sofort von Schriftzeichen erschlagen werde, die ich nicht lesen kann.

Allerdings handelt es sich bei dem, was ich hier vor mir sehe, nicht um einen schwer lesbaren Text, sondern um Zeichnungen. Von Drachen, ihren Krallen, ihren Flügeln, von Feuer – und von Menschen. Doch all das zieht nicht so sehr meine Aufmerksamkeit auf sich, wie die an die Ränder gekritzelten Worte.

Drakon = Mischwesen
Damit ist nicht nur gemeint, dass sie die Merkmale mehrerer Tierwesen vereinen, sondern auch, dass sie ihre Gestalt wandeln können.

Immer wieder lese ich die Notiz, aber so richtig will ihre Bedeutung nicht in mein Gehirn sickern. Stattdessen überrollt mich ungefragt eine Erinnerung, die ich eigentlich schon längst vergessen hatte.

Der Boden, auf den meine Wange gepresst ist, fühlt sich unangenehm rau an, aber ich kann nicht die Kraft aufbringen, eine

Hand unter mein Gesicht zu schieben. Meine Lider flattern erneut, um mich herum herrscht Dunkelheit, dennoch glaube ich, zwischen den Säulen eine Gestalt erahnen zu können. Es ist nicht die junge Frau, die ich mit mir hergebracht habe. Nein, die Person, die dort steht, ist viel größer und zu breit gebaut. Sie dreht sich zu mir und Mondlicht fällt auf blasse Haut.

Ich weiß, dass in meinem Stiefel ein Messer steckt.

Ich weiß, dass ich es greifen sollte.

Es gelingt mir nicht.

Ich kneife meine Augen zusammen, während ich einen weiteren Erinnerungsfetzen zusammenfüge.

Ruckartig fahre ich hoch – mein Körper ist schwer, meine Gedanken benebelt, und für einen kurzen Moment weiß ich nicht, wo ich bin. Ich zucke zusammen, als ich mich umdrehe und den smaragdgrünen Drachen hinter mir entdecke. In einer gewohnt trägen Bewegung hebt Ladon den Kopf und mustert mich aus seinen riesigen Augen. »Wilder Traum?«, brummt er in seiner tiefen Stimme, die den Boden unter uns erbeben lässt.

Wilder Traum ... Am Arsch.

Mir wird ein wenig mulmig zumute, während ich mir vorstelle, dass Ladon bei Nacht durch den Palast geschlichen ist und uns möglicherweise beim Schlafen beobachtet hat. Obwohl – er hat eigentlich nie einen psychopathischen Eindruck auf mich gemacht. Aber man weiß ja nie.

Ich nehme das Pergament und schiebe es zurück in die Öffnung, ehe ich den Drachenkopf bei den Hörnern greife und das Geheimfach wieder verschließe.

Mit langen Schritten verlasse ich den Raum und drehe am Ausgang einmal an dem Symbol, sodass sich das Wandregal erneut in Bewegung setzt. »Bin sofort wieder da«, rufe ich Hale und Ava zu, die sowieso nicht auf mich achten, weil sie so sehr ins Lesen vertieft sind. Beim Laufen lege ich mir immer wieder neue Sätze zurecht, die ich Ladon an den Kopf werfen werde, sobald ich ihn erwische. Leider muss selbst ich zugeben, dass ich allein in Gedanken wie eine betrogene Ehefrau klinge. Seufzend bleibe ich stehen und kehre wieder um. Ich sollte noch eine Nacht darüber schlafen, ehe ich etwas tue, das ich im Nachhinein bereue.

»Das ist eine bescheuerte Idee«, informiere ich Hale, der gerade dabei ist, die Teller mit den Speisen auf den Tisch zu stellen. Seit meiner Entdeckung bin ich ausnehmend schlecht gelaunt. Ausgerechnet heute kam Hale auf die Idee, dass uns allen ein schöner Abend guttun würde. Und dafür müssen wir uns natürlich in Schale werfen, unseren Bart stutzen und uns für ein paar Stunden absolut zivilisiert benehmen. Ich denke, letztere Bemerkung war hauptsächlich an mich gerichtet.

Ich gieße mir statt des süßen Weines ein halbes Glas von der bernsteinfarbenen Flüssigkeit ein und trinke sie in einem Zug. Für gewöhnlich kann ich Alkohol nicht besonders viel abgewinnen, aber in dieser Sekunde genieße ich, wie die Flüssigkeit meinen Hals hinabrinnt und sich in meiner Magengegend eine wohlige Wärme ausbreitet. Ava ist noch immer nicht hier und ich frage mich, was sie so lange treibt.

Das Musikzimmer, in dem wir uns befinden, gehört zu den wenigen Räumlichkeiten, die vollkommen unbeschadet geblieben sind. An der Wand gibt es eine Bar sowie eine großzügige Sitzecke mit zwei langen Sofas, in der Mitte sind die Instrumente aufgereiht und am Fenster mit Ausblick auf das Meer steht ein Tisch, der Platz für vier Personen bietet.

»Hast du in letzter Zeit etwas von den anderen gehört?«, frage ich Hale und nicke zu dem Chalcedon-Edelstein. Ich besitze meinen zwar noch, trage ihn jedoch nicht mehr um den Hals. Vielleicht, weil ich auch überhaupt gar nicht kontaktiert werden wollte, nachdem alles den Bach heruntergegangen ist. Es kommt mir vor, als wäre seitdem eine Ewigkeit vergangen.

Plötzlich ertönt das Rascheln von Stoff und wir wenden uns beide der Flügeltür zu. Ava ist im Eingang aufgetaucht und sieht – wie sollte es anders sein – wie eine Göttin aus. Ihr Haar fließt in Wellen ihren Rücken hinab, ihre Arme sind mit Reifen in derselben Farbe geschmückt und sie trägt ein langes rüschenbesetztes blassrosa Kleid, das fächerartig zu Boden fällt. Unter normalen Umständen würde ich eine sarkastische Bemerkung machen und es als albern abstempeln, doch stattdessen schlucke ich schwer und stelle mein Glas mit einem ungeplant lauten Knall auf der Glasoberfläche des Tisches ab. Ihr Blick fängt sofort den meinen ein und es fühlt sich an, als wären wir allein in diesem Raum.

Nur sie und ich.

»Du siehst zauberhaft aus«, dringen Hales Worte wie aus weiter Ferne an mein Ohr.

Schleimer.

Käseköpfiger Schleimer.

Ava jedoch scheint sein Kompliment zu gefallen, denn sie errötet leicht. Und ich ... ich räuspere mich unbeholfen und nicke ihr knapp zu.

Großartig.

Hale und sie beginnen ein Gespräch, doch ich höre ihnen kaum zu. Im Licht der Kerzen wirken Avas Gesichtszüge weich und jung und so verdammt unbeschwert.

Sie ist wunderschön.

Ich schiebe etwas von den angerichteten Speisen in meinen Mund, ohne etwas zu schmecken. Versehentlich beiße ich mir auf meine Zunge, ohne etwas zu spüren. Ich lausche den Klängen der Musik, die irgendwann angestimmt worden ist, doch vernehme dabei nichts.

»Cato?«

»Cato?«

»Erde an Cato?«

Es ist Ava, die mit ihrer Gabel vor meinen Augen herumfuchtelt, als ich benommen blinzele.

»Ist alles in Ordnung mit dir? Du sahst irgendwie weggetreten aus.«

Ich schenke mir Wasser ein und nehme einen großzügigen Schluck. »Alles bestens«, erwidere ich dann.

»Hale und ich haben uns darüber unterhalten, was wir als Erstes tun, sobald wieder Ruhe eingekehrt ist.«

Ich zucke mit den Schultern. »Darüber habe ich mir bisher keine Gedanken gemacht. Es scheint noch zu weit entfernt zu sein. Was sollte es also schon bringen?«

Ava mustert mich eindringlich. »Hoffnung, natürlich.« Klar, dass sie so etwas sagt. Sie schaut mich weiterhin an, als würde sie wollen, dass ich ihr widerspreche.

»Darf ich um diesen Tanz bitten?« Hale ist aufgestanden und hält Ava seine Hand hin. In diesem Moment hasse ich ihn. Oder beide, weil sie seiner Aufforderung nachkommt.

Erst jetzt fällt mir auf, dass die Tasten des Klaviers sich wie von Geisterhand bewegen. Netter Trick. Als die beiden sich zu drehen beginnen, erhebe ich mich und laufe zum Fenster. Ich schaue hinaus aufs Meer, auf dessen Oberfläche sich der Mond spiegelt, und beobachte die seichten Wellen, auf denen heller Schaum liegt. Avas Worte beschäftigen mich. Denn für mich gibt es nur das Jetzt. Die Suche. Kein Morgen und kein Danach.

Ich glaube nicht, dass ich jemals zur Ruhe kommen könnte, wenn ich Flame nicht finde. Die Person, die mich trotz meiner Defizite und Eigenheiten am besten kennt. Sie sollte meine Zukunft sein. Mit ihr an meiner Seite hatte ich alles. Und dann – in nur einer Nacht – war alles fort. So musste ich auf die harte Tour lernen, dass etwas, von dem ich dachte, dass es mir gehört, dass ich einen Anspruch darauf habe, niemals *Mein* gewesen ist.

Mein Blick wandert zurück auf Ava. Sie lacht über etwas, das Hale ihr ins Ohr geflüstert hat. Automatisch spanne ich mich an. Ich will nicht, dass die Geschichte sich wiederholt. Deshalb muss ich früh genug loslassen. Da ich die beiden nicht unterbrechen will, gehe ich – ohne mich zu verabschieden – zur Tür und trete hinaus in den Flur. Einige magische Fackeln leuchten mir den Weg und es herrscht eine angenehme Stille. Ich verspüre keinerlei Müdigkeit und beschließe, mir noch ein wenig die Beine zu vertreten. Obwohl ich jeden Morgen trainiere und manchmal auch schwimmen gehe, fehlt mir die Bewegung.

Ich passiere den Innenhof, der leer ist, weil Ladon sich auf der Jagd befindet und hoffentlich nicht, weil er gerade ebenfalls in den Korridoren herumschleicht. Schließlich lande ich vor der muschelbesetzten Flügeltür, die auf die Treppe hinausführt. Ich stoße sie auf und trete ins Freie, wo ich mir die Schuhe abstreife, meine Hose hochkrempele und mich auf eine der unteren Stufen setze. Ich seufze zufrieden, als ich meine Füße knöcheltief ins Wasser halte und der Wind und die Wellen mir leise Worte zuflüstern.

»Es ist unhöflich, einfach so zu verschwinden, ohne sich zu verabschieden.« Ich drehe mich um und entdecke Ava im Eingang der geöffneten Tür. Langsam nähert sie sich mir und rafft dann ihr Kleid zusammen, um sich ebenfalls auf einer der Stufen niederzulassen. »Hale und ich hatten uns auf einen schönen gemeinsamen Abend gefreut.«

»Dreier sind einfach nicht so mein Ding«, erwidere ich trocken und forme mit meinen Händen Wasserbälle, die ich über den Ozean springen lasse.

»Das heißt, du hast das schon einmal ausprobiert?« Ava klingt beinahe neugierig und prompt entgleitet mir einer der Bälle und zerspringt direkt vor uns, sodass wir beide nass werden. Fluchend wische ich mir das Gesicht ab, ehe ich mich ihr zuwende.

»Das ist nichts, was ich mit dir besprechen werde.« Daraufhin murmelt sie etwas, das sich verdächtig nach verklemmt anhört. Nein, das kann man von mir definitiv nicht sagen.

Missmutig starre ich auf meine Füße, als plötzlich ein lautes Platschen ertönt. Als Nächstes sehe ich Avas Kopf, der wieder aus dem Wasser auftaucht und ihr Kleid, das sich um sie herum aufbauscht. Sofort bin ich auf den Beinen. »Komm da raus. Ich meine es ernst.« Ich habe das Gefühl, dass sie absichtlich so häufig im Meer badet, seit ich es ihr verboten habe.

Sie stößt ein helles Lachen aus und entfernt sich mit einigen Schwimmzügen von mir. »Komm du doch zu mir herein.« Es sind nicht bloß ihre Worte, sondern auch ihr herausfordernder Ton, der dafür sorgt, dass ich mir in einer raschen Bewegung das Hemd abstreife und ins Wasser springe. Ich tauche bis zu ihren Füßen und ziehe daran – um sie zu ärgern – und durchbreche anschließend die Oberfläche. Für mich ist es noch nicht zu tief und ich kann den weichen Sand zwischen meinen Zehen spüren.

»Blöd, wenn man nicht stehen kann, oder?«, necke ich

sie, während ich dabei zusehe, wie sie albern auf der Stelle paddelt. »Das ist ein echt schräger Verführungsversuch. Du machst gerade keine besonders gute Figur.«

»In nassem Zustand ist das Kleid schwerer als gedacht«, gibt sie mürrisch zurück. »Und es ist auch kein Verführungsversuch.«

Nachdem ich den Anblick eine Weile ausgekostet habe, packe ich sie an den Hüften und ziehe sie zu mir, sodass sie ihre Arme um mich legen und sich an mir festhalten kann. So in etwa hatte sie sich das vermutlich vorgestellt, selbst wenn sie es nicht zugeben will.

»Ich denke nicht, dass ich in mein altes Dorf zurückkehren würde«, sage ich schließlich.

Ein Lächeln breitet sich auf ihrem Gesicht aus, als sie die Antwort auf ihre Frage von vorhin ausmacht. »Und wo würdest du dann hingehen?«

»Irgendwohin, wo das Meer in greifbarer Nähe ist. Wo ich den Ozean riechen und das Aufschlagen der Wellen hören kann.« Ich streiche über den Ausschnitt an ihrem Rücken und sie erschauert.

»Also gefällt es dir an diesem Ort ganz gut?«

Ich überlege nicht lange. »Ja.«

Sie nickt zufrieden und legt ihre Wange an meiner Schulter ab, während sie ihre Beine um meine Hüfte schlingt.

»Und für was würdest du dich entscheiden?«, frage ich.

»Du meinst, sobald du so gnädig bist, mich gehen zu lassen?« Mein Griff um ihre Taille verstärkt sich, doch ich schweige. »Ich werde meine Schwestern aufsuchen, damit wir gemeinsam den Tempel der heiligen Stätte von Delphi zurückerobern.«

Ihre Antwort sorgt dafür, dass ich mit dem Kiefer mahle

und innerlich zu Eis erstarre. Sie erwägt nicht einmal ... Ja, was eigentlich? Freiwillig in meiner Nähe zu bleiben? Ach, fuck. »Du würdest weitermachen wie bisher? Keine Veränderungen? Keine Abenteuer?«, bohre ich trotzdem nach.

»Das hier ist ein Abenteuer. Jedenfalls für mich«, flüstert sie. Der Mond erhellt ihre Iriden, die nun wie orangefarbene Mohnblüten leuchten.

»Wenn wir an meinem Geburtstag noch zusammen sind«, fährt sie langsam fort, »darf ich mir dann etwas wünschen?«

Mit meinen Daumen zeichne ich Kreise auf ihren unteren Rücken und genieße das Gefühl ihrer weichen Haut unter meiner Berührung. »Was wäre das für ein Wunsch?«

»Einen Kuss. Deinen *ersten* Kuss.«

Ich erstarre in meiner Bewegung.

»Du hast etwas von mir bekommen, das für immer dir gehören wird.«

»Und nun forderst du eine *Gegenleistung*?«, frage ich verächtlich. Ich löse ihre Arme von meinem Hals und wate aus dem Meer. Als ich meine Stiefel aufhebe und mein Hemd über eine Schulter lege, werfe ich noch einen Blick zurück. Das Kleid liegt bauschig um sie herum auf dem Wasser und es sieht beinahe so aus, als würden ihr Körper und ihr goldenes Haar engelsgleich dazwischenschweben.

Ich schrecke hoch, weil ich ein Geräusch gehört habe. Nachdem ich mich in meinem Zimmer umgezogen habe, bin ich zu aufgewühlt gewesen, um schlafen zu können. Nach einer weiteren Wanderung durch den Palast bin ich schließlich in der Bibliothek gelandet und offenbar auf einer aufgeschlagenen Buchseite eingenickt. Müde reibe ich mir über meine Augen und sehe von der Empore, wo ich an einem der

Schreibtische sitze, nach unten. Die Bibliothek ist nur gering beleuchtet, doch ich kann ganz eindeutig Ava erkennen, die noch immer ihr durchnässtes Kleid trägt. Langsam stehe ich auf und sie schaut zu mir hoch. Dann setzt sie sich in Bewegung. Der Stoff raschelt bei jedem Schritt, mit dem sie sich der Treppe, die zu mir hinaufführt, nähert. Ich frage mich, ob sie ein schlechtes Gewissen hat und auch nicht schlafen konnte, doch irgendetwas an ihrer Körperhaltung wirkt fremd auf mich. Und als sie schließlich direkt vor mir stehen bleibt und ihren Kopf hebt, weiß ich auch, wieso. Ihre Pupillen sind dunkel und riesig. Genau wie an jenem Tag, als sie zum ersten Mal für mich in die Zukunft geblickt hat.

Sie wirkt starr und ich zögere, weil ich mir nicht sicher bin, ob ich sie in diesem Zustand berühren darf. Ohne Vorwarnung streckt sie eine Hand nach mir aus und umfasst meinen Unterarm. Ihr Griff ist fest. Viel fester als sonst.

»Ava?«, frage ich vorsichtig, doch sie lässt mich nicht los. Vorsichtig streiche ich über ihre Haut und sofort stellen sich die feinen Härchen auf ihrem Arm auf, der meinen gepackt hat. Ihre Pupillen hingegen fixieren mich ausdruckslos. Und dann beginnt sie zu sprechen:

Das Feuer erlischt,
die Aufgabe ist erfüllt –
denn der sterbliche Tod
hat sie letztendlich geholt.

Gefilde des Vergessens,
schaurige Schwärze,
Ufer des Styx,
Thron aus Knochen – leer besetzt.

Die Prinzessin der Unterwelt,
Herrscherin der Seelen,
Gebieterin der Daimonen
und aller Verstoßenen
ist niemals heimgekehrt.

Darum wisse,
dass am anderen Ende der Welt;
wo die Sonne das azurblaue Wasser küsst,
wo Grau und Gold miteinander tanzen,
ein Herzschlag kräftig pulsiert.

An einem Ort,
der schon längst vergessen geglaubt,
so grausam und schön zugleich
wie nirgendwo sonst untrennbar vereint –
Persephones Tochter noch immer wacht,
in ihren Adern das Blut der Drachen entfacht.

Kapitel 26

UNSTERBLICHE FLAMMEN

APATE

Wir befinden uns am Grund des unterirdischen Vulkans vor einem Baum, der gänzlich schwarz ist, ebenso seine Blätter. Dahinter liegt ein kleiner See, der von der Farbe her der des Pyriphlegethons gleicht. »Du willst mir also sagen, dass dies der Ort ist, an dem einst Drachen lebten?«

Tartaros nickt und deutet auf den Teich. »Alle Gewässer, die du in meinem Reich antriffst, sind aus dem gekochten Blut der Toten und den niemals erlöschenden Flammen der Drakon gemacht.« Er geht zu dem Baum und pflückt ein schwarzes Blatt, welches im nächsten Moment zu Staub zerfällt. Im selben Augenblick wirkt die Oberfläche des Teiches wie ein Spiegel. »Und das hier ist ein Portal, von dem kaum jemand etwas weiß. So hat Persephone damals Flames Flucht ermöglicht.« Der Gott des grausamen Todes verschränkt die Arme hinter dem Rücken und lächelt traurig. »Ich denke, nun ist ein guter Zeitpunkt, um die versprochene Geschichte zu erzählen.«

Ich schlage die Kapuze meines Capes zurück und sehe ihm direkt in die Augen. Er erwidert meinen Blick. Dann wendet er sich erneut dem schwarzen Baum zu und fängt zu sprechen an. »Nach dem Urfeuer, als die Gottheiten noch nicht auf dieser Erde wandelten und die Welt lediglich aus Wasser bestand, bildeten sich kleinste Organismen. Bald gab es nicht nur ein einziges großes Meer, sondern viele Ozeane, und kurz darauf wurde das begehbare Land geboren. Von da an dauerte es nicht lange, bis die ursprüngliche Art entstand, aus der sich alles weitere Leben entwickelte. Und so wurde das erste und längste Zeitalter eingeläutet. Das Zeitalter der Drakon. Sie besiedelten alle Lebensräume und waren die Herrscher dieser Welt. Trotzdem waren sie bekannt für ihre reinen Seelen. Sie waren keine Kämpfer. Und als die Götter begannen, untereinander ihre Schlachten auszutragen, zogen sie sich zunehmend zurück. Sie lebten in einem Himmelsschloss mitten in den höchsten Wolken und führten ein friedliches Leben. Ihre Existenz geriet allmählich in Vergessenheit und bloß wenige konnten sich noch an sie erinnern. Zeus war einer von ihnen. Er war es auch, der Kronos besiegte und die Erde zwischen sich und seinen Brüdern in die Unter-, Ober- und Überwelt aufteilte.«

»Und die Überwelt –«

»Der Olymp wurde einst von den Drakon errichtet, genau. Die Lüfte und der Himmel gehörten ihnen. Wozu sollten Götter ein Himmelsschloss brauchen mit einer riesigen Plattform, die dazu gedacht ist, dass geflügelte Wesen darauf landen können?«

»Aber warum hat Zeus die Drakon so sehr gehasst?«

»In seiner Vorstellung gab es keinen Platz für die Drakon, für eine Art, die seiner eigenen überlegen war. Er war schon immer gut darin, seine Gegner auf schmutzige Weise loszuwerden. Deshalb plante er einen Hinterhalt, schaffte es so, die majestätischen Geschöpfe beinahe vollkommen auszurotten.«

»Wie ist ihm das gelungen?«, hake ich nach, während ich Neugierde und Grauen zugleich empfinde.

»Manche sagten mir kurz nach ihrer Ankunft, es sei ihm mithilfe eines Verräters gelungen.«

»Und sie haben wirklich hier gelebt?«

Er nickt bestätigend und streicht sich über seinen langen weißen Bart. »Hades war verärgert über die Aufteilung der Welt. Es hat an seinem Stolz gekratzt. Er war der Meinung, da er der Älteste von den dreien ist, hätte ihm der Himmel zugestanden – ebenso den Drakon, die Geschöpfe der Lüfte sind. Er wollte Rache üben an seinem gierigen Bruder und bot den Drakon einen neuen Lebensraum an, um sich zu erholen.«

»Tartaros«, flüstere ich.

»Hades hat von allen Herrschern der Unterwelt einzig mir vertraut. Und so schuf ich einen separaten Platz im Reich des grausamen Todes und benannte ihn nach mir. Wir flochten Mythen um den tiefsten und fürchterlichsten Ort der Erde und machten eine Legende daraus. Eine Legende, die besagt, dass kein Lebender den Tartaros je verlassen hat. Dass es die größte Bestrafung ist, die man erhalten kann. Wir sprachen von Höllenqualen.«

»Damit niemals jemand nach diesem Ort suchen wird«, stelle ich fest.

»Richtig. Doch Hades hatte nicht nur gute Absichten. Er sah die Drakon als seine ganz persönliche Geheimwaffe an, die er zum rechten Zeitpunkt gegen Zeus verwenden wollte. Er wollte, dass die gesamte Welt seinen Zorn zu spüren bekommt. Er wollte sie erzittern lassen – und zum Einsturz bringen.«

»Was meinst du damit?«

»Er war es, der den heißen Krieg überhaupt erst ausgelöst hat. Der Erdkern hätte sich auf die eine oder andere Weise sowieso erhitzt, doch die Drakon, deren innerste Essenz das

Feuer ist und die derart nah am Kern gelebt haben ... Sie haben den Prozess unwissentlich beschleunigt und es erst bemerkt, als es bereits zu spät war. Der Krieg brach aus, allerdings weigerten sie sich zu kämpfen. Zuerst war Hades erbost, doch die Gefangennahme von Zeus stimmte ihn gnädig. Er dachte, dass er sich lediglich in Geduld üben müsse, bis sie bereit wären, gemeinsam mit ihm den Himmel zu erobern, denn allein könnte er es nicht mit den verbliebenen und den neuen Göttern aufnehmen. Hades war nie jemand, der unüberlegt ein Risiko eingehen würde. Alles musste stets gut durchdacht sein.«

»Aber wann verließen die Drakon die Unterwelt? Und wo sind sie jetzt?«

»Etwa hundertneunzig Jahre nach dem heißen Krieg hatte sich ihre Art vollständig erholt und sie brachen auf in ein neues Leben. Wo dieses stattfindet, kann ich dir nicht sagen.«

»Aber wie sollte sich hier eine ganze Art erholen?« Ich mache eine allumfassende Handbewegung. »Ich meine, dieser Ort ist groß. Ja – riesig, sogar. Aber ich kenne einen Drachen – Ladon. Und ich kann mir nicht vorstellen, dass hier mehr als maximal fünfzig seiner Spezies Unterschlupf finden konnten.«

»Ah«, sagt Tartaros und schenkt mir dieses Mal ein echtes, fröhliches Lächeln. »Da habe ich wohl ein nicht ganz unwichtiges Detail ausgelassen. Sie sind Mischwesen und vereinen die Attribute anderer Reptilien, Vögel und Raubtiere. Mit dieser Bezeichnung ist jedoch nicht nur gemeint, dass sich die Merkmale mehrerer Tierwesen in ihnen wiederfinden, sondern auch, dass sie ihre Gestalt wandeln können. Denn was die meisten Aufzeichnungen über die früheste Zeitrechnung verbergen, ist, dass die ersten Drakon auch Menschen waren.«

Bei seinen Worten weiten sich meine Augen und ich kann nicht verhindern, dass meine Hand zu meinem Mund wandert und ich beginne, an meinen Fingernägeln zu kauen. »Ich kann nicht glauben ... all das ...«, murmele ich vor mich hin, während meine Gedanken rasen.

»Es gibt so viele vergessene Geschichten, Erbin der Nacht«, sagt er und zwinkert mir zu. Damit hat er wohl nicht ganz unrecht.

»Aber was hat das mit unserer Suche nach Flame zu tun?«

»Keine Sorge, meine Liebe. Wir nähern uns dem Finale.« Erneut verschränkt er seine Hände und fängt an, auf und ab zu gehen. »Kurz nachdem die Drakon in die Unterwelt kamen, stahl Hades Persephone und nahm sie zu seiner Frau. Er trug sie auf Händen und errichtete ihr einen Garten, dessen Schönheit die der Oberwelt widerspiegelte. Trotzdem konnte er sie damit nicht glücklich machen und es gab keinen Tag, an dem sie ihm ein Lächeln schenkte. Sie hielt ihn für einen Barbaren und wollte nichts mit ihm zu tun haben. Aus diesem Grund beschloss Hades, ihr eine weitere gute Seite von sich zu zeigen. Er erzählte ihr von den Drakon und von seinen wohltätigen Absichten, um sie zu beeindrucken und ihr Vertrauen zu gewinnen. Von da an gab es kein Halten mehr. Persephone wollte sie täglich sehen und immer, wenn sich einer von ihnen verwandelte und in die Lüfte erhob, brachte sie am Abend ein Lächeln zu Hades nach Hause.«

»Also gab es genau drei Personen, die von diesem Ort hier wussten?«

»Nicht ganz. Es waren Hades, Persephone, Flame und ich. Ich muss zugeben, dass ich später auch Cashel eingeweiht habe.« Ich nicke und versuche meinen Verstand um all die Informationen zu wickeln, die in den letzten Minuten auf mich eingeprasselt sind. Flame hatte davon gewusst? Aber sich nicht erinnern können, weil sie zweimal ihr Gedächtnis verloren hat.

»Hades ernannte Persephone zur Botschafterin der Drakon, damit er sich wieder mehr auf seine eigentlichen Aufgaben konzentrieren konnte, und so nahm sie sich der Sache an und erstattete ihm täglich Bericht. Sie verbrachte sehr viel Zeit im Tartaros mit den Drakon, fühlte sich ihnen zugehörig, weil auch sie ihrem Zuhause entrissen worden waren. Hades' Plan ging nicht auf. Seine Frau entfernte sich immer mehr von ihm, statt dass sie sich einander annäherten. Doch erst nach dem heißen Krieg, als Hades ganz und gar unausstehlich wurde, verliebte Persephone sich in den König der Drakon.« Mein Fingernagel gibt ein reißendes Geräusch von sich und der metallische Geschmack von Blut breitet sich auf meinen Lippen aus, während die Geschichte mich in einem eisernen Griff gefangen hält. In mir ist nur noch das Gefühl von Begierde – das Verlangen, endlich zu erfahren, wie es weitergeht. »Flame ist nicht Hades' Tochter. In ihr fließt das alte und mächtige Blut der königlichen Linie der Drakon.«

Geschockt lasse ich die Hand sinken. »Also ist sie auch nicht die Prinzessin der Unterwelt – die Tochter der Hölle –, wie es in der Prophezeiung vorausgesagt wurde? Ist deshalb etwas schiefgegangen?«, frage ich mit zittriger Stimme.

»Oh, sie ist selbstverständlich die Prinzessin der Unterwelt. Denn Persephone war zum Zeitpunkt der Empfängnis und der Geburt die rechtmäßige Königin der Unterwelt. Sie ist ebenso die Tochter der Hölle, wie du die Erbin der Nacht bist, daran besteht keinerlei Zweifel.«

»Dann wurde die Prophezeiung korrekt erfüllt?«, hake ich eindringlich nach.

»Das wurde sie. Und ist es nicht ironisch, dass die Drakon erst zu dem Unglück beitrugen – und dann die Retterin hervorbrachten?«

»Das ist ... in der Tat ...« Ich breche ab und schüttele den Kopf. »Warum ist Persephone nicht gleich mit den Drakon gegangen, als diese die Unterwelt verlassen haben?«

»Sie hatte Angst und wollte Flame, die noch ein kleines Mädchen war, eigentlich vor einem Leben auf der Flucht beschützen. Doch kurz nachdem sie fort waren, fand Hades heraus, dass Flame nicht seine leibliche Tochter ist. Und plötzlich sah Persephone keinen anderen Ausweg mehr.«

»Aber warum ging sie nicht mit ihr?«

»Persephone wollte verhindern, dass Hades Flame folgt. Sie versprach ihm, ein weiteres Kind auszutragen, das ganz und gar seines wäre.«

»Und?«

»Es blieb bei dieser einen Schwangerschaft.«

Für einen Moment lasse ich die Informationen sacken. Ich versuche fieberhaft die richtigen Schlüsse zu ziehen, doch ich erkenne einfach nicht, worauf er hinauswill. »Was bedeutet das für unsere Suche?«, frage ich schließlich. »Und kann Flame auch die Gestalt eines Drakon annehmen?«

»Nein, das halte ich für sehr unwahrscheinlich. Wenn, dann hätte sich diese Fähigkeit längst zeigen müssen. Zu deiner anderen Frage: Ich nehme an, ihr seid hierhergekommen, weil ihr dachtet, dass Flame – falls sie bei der Erfüllung der Prophezeiung gestorben ist – in die Unterwelt eingehen müsste. Und das würde auch Sinn ergeben, schenkte man den Gerüchten Glauben, die Zeus vor langer Zeit in die Welt gesetzt hat. Dass die Drakon götterfeindliche Ungeheuer seien und noch dazu eine Verkörperung des Teufels. In Wahrheit

380

jedoch sind sie im Besitz der reinsten Seelen, weshalb selbst die Schlange im Paradies als Drakon dargestellt worden ist.«

»Das Paradies?«, wiederhole ich.

Tartaros lächelt. »Das Paradies.«

Ich wische mir das Blut von den Lippen und beobachte ein schwarzes Blatt, welches langsam von dem Baum in den See der niemals erlöschenden Flammen hinabsegelt. »Bei den Seligen. Nicht den Verdammten«, flüstere ich.

Beide Arme um mich geschlungen warte ich am Ufer des Blutsees darauf, dass Tartaros die anderen zu mir bringt. Wir müssen die Unterwelt schnellstmöglich verlassen, denn er sagt, dass es vorerst zu gefährlich für mich sei, noch länger zu bleiben und zu riskieren, dass meine Illusion auffliegt. Vor allem wegen Nyx. Deswegen sollen wir das Portal benutzen und anschließend zurück in die Oberwelt gelangen. Ich kann immer noch nicht fassen, was für eine Wendung das alles in der Kürze der Zeit genommen hat.

Als Erstes taucht Tartaros mit Phoibe und Apollo auf, nur um wenige Sekunden darauf mit Prom an seiner Seite zu erscheinen. Dessen rechtes Auge ist geschwollen und er sieht wirklich, wirklich sauer aus. »Er wollte sich mit Cashel anlegen«, informiert Apollo mich.

»Was sollte das?«, stellt Prom mich sofort zur Rede. »Du warst mehrere Stunden fort! Niemand wollte uns sagen, was los ist.« Er wirft Tartaros einen wütenden Blick zu, ehe er auf mich zukommt und mich von oben bis unten abtastet.

»Mir geht es gut. Es tut mir leid.«

»Es tut dir leid???«

Ich nicke stumm.

»Tut *mir* leid, aber das reicht wirklich nicht aus. In einem

Moment reden wir noch über Vertrauen und im nächsten verschwindest du einfach. Ich habe mir verdammt noch mal Sorgen um dich gemacht.« Ich schätze, ich habe diese Standpauke verdient.

Tartaros pflückt unterdessen drei schwarze Blätter, zerbröselt sie in seiner Hand und wirkt relativ unbeeindruckt von der Szene, die sich ihm bietet. »Ihr müsst jetzt aufbrechen«, sagt er ruhig und warnt mich mit den Augen, nur diejenigen in die Geschichte einzuweihen, von denen ich weiß, dass das Geheimnis bei ihnen gut aufgehoben ist. »Springt in den See, sobald die Asche die Oberfläche berührt. Ihr landet innerhalb der Schutzzauber im Wald. Sobald ihr diese durchquert habt, könnt ihr den Nebel rufen. Aber diese Prozedur ist euch ja vertraut.« Er streckt seine Hand über den niemals erlöschenden Flammen aus. »Bereit?«

Mir entfährt ein erschrockener Laut, als Prom mich ohne Vorwarnung auf seine Arme hebt, bevor er sich neben Apollo und Phoibe an den See stellt. »Ich konnte mich gar nicht von Hypnos und –« Ehe ich meinen Satz beenden kann, lässt Tartaros die Asche hinabsegeln. In letzter Sekunde schmiege ich mein Gesicht gegen Proms Brust, als er in das Portal hineinspringt.

PROMETHEUS

Apate fest an mich gedrückt lande ich glücklicherweise auf meinen Füßen, während Apollo unsanft auf den Hintern fällt. Phoibe hilft ihm kichernd wieder auf. Wir befinden uns tatsächlich – genau wie Tartaros versprochen hat – im Wald, der an den Eingang des Hades grenzt.

»Wir müssen uns beeilen«, sagt Apate und zappelt in meinen Armen hin und her, damit ich sie runterlasse.

»Das kannst du vergessen«, informiere ich sie. »Ich lasse dich ganz bestimmt nie wieder los. Hinter mir liegen die schlimmsten Stunden meines Lebens.« Sie sieht mich aus großen Augen an. Ich seufze schwer. »Na schön, bis auf diesen einen Moment, als du mir dein *für immer* versprochen hast«, sage ich und neige leicht meinen Kopf, um sanft ihre Stirn zu küssen. Sie schlingt ihre Arme um meinen Hals und richtet sich ein bisschen höher auf, damit sie Apollo und Phoibe betrachten kann.

»Es gibt einiges, von dem ich euch berichten muss. Benutze den Chalcedon, um mit Yasar Kontakt aufzunehmen. Wir müssen Ladon und Persephone finden«, sagt sie eindringlich an Apollo gerichtet, der kurz darauf den Stein unter seinem Hemd herausholt und an seine Lippen führt. Und während wir loslaufen, beginnt Apate zu erzählen: von der Art der Drakon, dem Mythos Tartaros, den gesponnenen Lügen, dem unterirdischen Vulkan und der Rolle von Persephone, die niemals Hades' Kind in sich getragen hat.

»Und sie haben es vor allen verheimlicht?«, fragt Phoibe ungläubig.

»Außer Tartaros, Persephone und Hades wusste zu Beginn niemand von den Drakon. Und es hätte deutlich Hades' Machtposition geschwächt, wenn die Wahrheit ans Licht gekommen wäre, dass er über keinen Erben verfügt.«

Apollo lässt den Stein sinken und schüttelt sprachlos seinen Kopf. »Ich fühle mich ...«

»Als ob ein Zyklop in dein Gehirn gekackt hätte?«, schlage ich hilfreich vor. Er nickt begeistert, offenbar überrascht von der Genauigkeit meiner Worte seine Gefühlslage betreffend.

»Das heißt, Flames Feuer ist –« Phoibe zwickt sich nachdenklich in den Nasenrücken.

»Drachenfeuer«, bestätigt Apate.

»Und die Erde hat sich nur wegen ihrer Art erhitzt?«, hakt Apollo nach.

Die Daimonin in meinen Armen schmiegt sich etwas näher an mich und gähnt ausgiebig. Vermutlich verschwindet das Adrenalin langsam aus ihrem Blutkreislauf. »Nein. Tartaros sagt, dass die Hitze sowieso schon da war, doch die Drachen, die für so lange Zeit am Erdkern lebten, haben die Sache beschleunigt«, erklärt sie.

Plötzlich bleibt Apollo stehen und fasst sich an die Schläfen, ehe er erneut nach dem Edelstein greift. Dann entfernt er sich einige Schritte und wir beobachten ihn gebannt dabei, während ich noch immer die Informationen verdaue und mich frage, was wohl als Nächstes geschehen wird.

»Haltet euch fest«, sagt der Gott der Heilkunst, als er den Stein wieder unter den Stoff seines Hemdes gleiten lässt.

»Du klingst wie ein altes Waschweib«, sage ich, doch er ignoriert meine Aussage.

»Ich konnte Yasar nicht erreichen, dafür aber Hale. Und ratet mal, wer bei ihm ist: Wochenlang renne ich wie ein aufgeschreckter Gockel durch die Weltgeschichte, suche überall meine Seherin und was ist – Cato hat sie. Der Drache ist auch bei ihm und sie haben es sich alle hübsch gemütlich gemacht in seinem Sandpalast.« Er schnauft aufgebracht. »Wenn ich genau darüber nachdenke, bin ich froh, dass Hale mir die Details erspart hat. Ich will gar nicht wissen, was Cato noch so angestellt hat.«

»Ich kann ihn eigentlich recht gut leiden«, werfe ich ein. Der Junge verfügt auf jeden Fall über eine gesunde Portion

Selbstbewusstsein. In seiner Haut würde ich jetzt allerdings nicht unbedingt stecken wollen.

»Wir müssen zusehen, dass wir den mit Schutzzaubern versehenen Bereich hinter uns lassen und zum Sandpalast gelangen«, sagt Apate und schnalzt mit der Zunge, fast so, als wäre ich ein Gaul, den sie antreiben muss.

Kapitel 27

DER PRINZ DER DRAKON

AVA

Als ich zu mir komme, liege ich auf einem Sofa und Cato kniet davor, während er vor sich hinmurmelt und wie getrieben Worte auf eine Pergamentrolle kritzelt. Dann wandert mein Blick weiter zu Hale, der zwischen den Regalen auf und ab geht, laut die Titel vorliest und schließlich ein dickes in Leder gebundenes Buch in die Hand nimmt.

»Wiederhol noch mal die letzte Hälfte«, sagt er. Ich bin froh, als ich realisiere, dass er damit Cato meint, der daraufhin zu sprechen beginnt:

> *Darum wisse,*
> *dass am anderen Ende der Welt;*
> *wo die Sonne das azurblaue Wasser küsst,*
> *wo Grau und Gold miteinander tanzen,*
> *ein Herzschlag kräftig pulsiert.*
>
> *An einem Ort,*
> *der schon längst vergessen geglaubt,*
> *so grausam und schön zugleich*
> *wie nirgendwo sonst untrennbar vereint –*
> *Persephones Tochter noch immer wacht,*
> *in ihren Adern das Blut der Drachen entfacht.*

Seufzend rollt Cato das Pergament zusammen. »So müssen wir immerhin nicht ans andere Ende der Welt«, murrt er. »Das hat Flame zu mir gesagt. Manchmal hat sie wirklich einen sehr ausgeprägten Sinn für Humor.«

»Das tut einem Miesepeter wie dir doch ganz gut«, erwidere ich mit rauer Stimme, woraufhin er einen erschrockenen Laut ausstößt. »Götter. Wie lange bist du schon wach?«

»Nicht lang.«

Er mustert mich intensiv und alles in mir fängt an zu kribbeln. »Du bist kein besonders gutes Orakel. Deine Sprüche reimen sich nicht mal.«

»Sag ich ja, Miesepeter«, stelle ich trocken fest und richte mich langsam auf. Ich schaue an mir hinab und mir wird klar, dass ich nichts weiter als ein Hemd und zu große Socken trage.

»Du bist in der Bibliothek aufgetaucht wie eine Schlafwandlerin und hast unserem Miesepeter hier einen ganz schönen Schrecken eingejagt«, informiert Hale mich.

»Du hattest noch das nasse Kleid an und ich wollte nicht, dass du dir den Tod holst«, verteidigt er sich.

Hale klopft Cato in einer gönnerhaften Geste auf die Schulter. »So kennen wir ihn, unseren ritterlichen Peter.«

Ich schlage mir lachend die Hand vor den Mund, während der Sohn des Okeanos nur genervt das Gesicht verzieht und aufsteht. »Der Witz ist jetzt schon abgenutzt.«

Ich zwinge mich zu einer ernsten Miene und greife nach der Pergamentrolle, um alles lesen zu können. »Ich habe also eine Prophezeiung gesprochen.« Nachdenklich runzele ich die Stirn, während ich die Worte immer und immer wieder überfliege, ehe sich ein Lächeln in meinem Gesicht ausbreitet. »Flame lebt.« Die beiden nicken und zucken gleichzeitig unschlüssig mit den Schultern. Sehr hilfreich. »Aber was liegt am anderen Ende der Welt?«, frage ich nach einer Weile.

Hale räuspert sich. »Ich habe dazu eine interessante Stelle gefunden.« Er blättert einige Buchseiten um, ehe er zu lesen beginnt. »Das Elysion, auch genannt die ›Elysischen Gefilde‹ oder die ›Insel der Seligen‹, liegt am äußersten Ende der Welt im Okeanos, noch jenseits des Ortes, wo die Sonne untergeht. Es ist das Gegenteil des Hades und das Licht zu seiner Dunkelheit. Nirgendwo blühen prachtvollere Blumen, nirgendwo wachsen saftigere Früchte, nirgendwo pulsiert das Leben nach dem Tod mehr als auf dem sagenumwobenen Elysion.«

»Also ist es doch ein Ort für Verstorbene?« Cato reibt sich frustriert über die Stirn.

»Das würde ich nicht sagen«, erwidert Hale. »Denn die Prophezeiung spricht von einem Herzschlag und davon, dass sie einzig ihre sterbliche Hülle abgestreift hat. Sie hat zwar das Ambrosia getrunken, doch möglicherweise hat es lediglich dafür gesorgt, dass ihr Körper ihren eigenen Kräften standhalten kann. Und vielleicht ... hat erst durch den Flammentod ihr unsterbliches Leben begonnen.«

»Können wir vielleicht auch noch einmal über die Schlusszeile reden?«, frage ich, während ich das Pergament zusammenrolle. »Dass in ihren Adern das Blut der Drachen entfacht wurde?«

Cato setzt sich neben mich auf das weiche Sofa und stützt seinen Kopf in beiden Händen ab. »Der geheime Raum. Die Drakon. Der Text, den du mir vor einigen Tagen vorgelesen hast. Jetzt ergibt doch endlich alles einen Sinn.«

Ähm ... Ach ja? Ich warte auf die Erleuchtung. Und warte ... und warte ... Ich gebe es auf. Zu mir will sie nicht kommen.

Ohne Vorwarnung springt Cato auf und zieht mich mit sich hoch.

»Folgt mir. Ich muss euch etwas zeigen.« Ich bin gezwungen zu rennen, um mit ihm Schritt halten zu können, während er zu dem verborgenen Raum läuft und das Symbol umdreht, woraufhin die Bücherregale sich bewegen. Er umfasst erneut meinen Arm und bedeutet Hale, sich zu beeilen. Dann scheucht er mich weiter durch den Gang, bis wir bei der Vitrine zum Stehen kommen. »Lies es noch einmal vor«, fordert er mich auf. Irritiert wechsele ich einen Blick mit Hale, doch dann beuge ich mich seinem Wunsch.

»An den Beharrlichen, den Finder: Vor sehr langer Zeit, als es weder Pergament noch Feder, weder Leben noch Tod in den Formen, wie wir sie kennen, gab, ging ein Stern im Universum in Flammen auf. Aus diesem einen Stern entstand die Sonne und aus den Himmelskörpern und Staubteilchen, die sie umschwirrten, bildete sich ein ganzes System aus Planeten, die ebenso nur sie umkreisten, den Mittelpunkt allen Seins, den am hellsten glühenden Stern, der keinem anderen gleicht. In den frühesten Aufzeichnungen über die Entstehung und Geschichte der Welt werden die Urgötter als Erstgeborene bezeichnet. Sie galten als Verkörperung der Grundbausteine und umfassten Erde, Luft, Wasser, Himmel, Tag, Nacht und Unterwelt. Sie wurden als unsere Vorfahren gefeiert und verehrt. Tempel und Pyramiden wurden errichtet, um ihnen zu huldigen. Ihnen und den Göttern, die folgten. Dabei waren es in Wahrheit doch die Drakon, welche die Welt noch vor den Urgöttern bevölkerten und aus denen alles weitere Leben entstand. Sie waren die erste Art.‹«

Wie auch beim ersten Mal, als ich diese Worte las, breitet sich eine Gänsehaut auf meinem ganzen Körper aus. Cato, der sich nach wie vor benimmt, als würde ihn eine fremde Macht antreiben, läuft zu dem Drachenkopf, der in der gegenüberliegenden Ecke hängt, packt ihn an den Hörnern und ehe ich protestieren kann, reißt er ihn halb von der Wand ab.

Oder auch nicht. Denn im nächsten Moment schwingt der Kopf beiseite und offenbart ein Geheimfach. Daraus holt Cato eine weitere Pergamentrolle hervor, die er vor uns ausbreitet. Darauf sind Zeichnungen zu erkennen und gekritzelte Notizen, die von Mischwesen und Gestaltwandlern handeln.

»Wie lange wusstest du hiervon schon?«, fragt Hale kühl.

Cato ignoriert ihn und läuft wie getrieben in dem engen Raum auf und ab, dabei gestikuliert er wild mit den Händen. So aufgeregt habe ich ihn noch nie gesehen. »Die Drakon waren die erste Art. Aber sie waren Mischwesen. Sie waren dazu in der Lage, eine menschliche Gestalt anzunehmen, und nur deshalb konnten auch die echten Menschen entstehen.«

»Ich dachte, Prometheus hätte sie aus Ton geformt«, murmelt Hale und wirkt dabei glatt ein wenig enttäuscht.

»Den Blödsinn hast du ihm doch nicht wirklich abgekauft«, sagt Cato augenverdrehend. »Er erzählt viel, wenn der Tag lang ist.«

»Die Drakon waren also der Ursprung allen Seins. Und sie verfügen über Feuer. Möglicherweise sogar über das Feuer von dem Stern, der im Universum in Flammen aufging und aus dem sich alle weiteren Planeten formten und das Leben entstand«, sinniert Hale.

»Und Flame soll dieses Feuer besitzen?«, hake ich nach.

»Wenn sie von der ersten Art, der alten Blutlinie abstammt – warum nicht?«

»Ich könnte es Persephone nicht verübeln«, wirf Hale ein. »Falls sie mit jemand anderem als Hades das Bett geteilt hat.«

»Davon ist wohl auszugehen«, erwidere ich. »Wie sollte sonst das Drachenblut in ihre Adern gelangen?« Nervös verschränke ich meine Finger miteinander und schaue dann zu den beiden auf. Mein Kopf fühlt sich nicht gut an. Als würde er gleich platzen.

»Das erklärt ebenfalls die Sache mit dem sterblichen Tod. Weil die Drakon zur Hälfte Menschen sind. Wenn Persephone und Hades ihre Eltern wären, würde es keinen Sinn ergeben, weil sie dann von Geburt an durch und durch göttlich gewesen wäre«, sprudelt es nur so aus Cato hervor.

Plötzlich reißt Hale die Augen auf, als würde ihm ein Licht aufgehen. »Ladon! Ladon ist ein Mensch?!«

»Gestaltwandlerisches Mischwesen«, gebe ich wenig hilfreich von mir.

»Ich habe ihn noch nicht zur Rede gestellt«, gibt Cato zu. »Ich musste es selbst erst einmal verdauen.«

»Du hättest uns trotzdem früher an deinen Entdeckungen teilhaben lassen sollen«, rüge ich ihn. Ich will gerade vorschlagen, Ladon zu suchen, um mit ihm zu sprechen, als Hale sich an seine rechte Schläfe fasst und in einer fahrigen Bewegung einen Edelstein unter seinem Hemd hervorholt, der an einer Kette hängt. Dann legt er ihn an seine Lippen und schließt die Augen. Mit einem riesigen Fragezeichen im Gesicht wende ich mich an Cato, der mir mit einer Geste zu verstehen gibt, dass ich mich ruhig verhalten soll.

Es vergeht eine halbe Ewigkeit, bis Hale seine Lider öffnet und uns mit einer entschuldigenden Miene bedenkt. Ein ungutes Gefühl überkommt mich.

»Apollo hat mich gerade kontaktiert. Er war mit Phoibe, Prometheus und Apate in der Unterwelt. Sie haben über Umwege dasselbe herausgefunden wie wir. Ich musste ihm sagen, dass ihr hier seid. Sobald sie die Schutzmauern, die den Wald in der Nähe des Eingangs zum Hades umgeben, durchdrungen haben, machen sie sich auf den Weg hierher. Apollo versucht außerdem, Yasar zu erreichen, der mit den anderen ebenfalls herkommen soll.«

Cato stößt einen Fluch aus und greift erneut nach meiner Hand. Wie von selbst verschränken sich unsere Finger miteinander. »Wir müssen zu Ladon. Sofort.« Hale seufzt schwer, ehe er seine Hand auf unsere legt und den Nebel ruft.

Wir landen im Innenhof, wo der Drakon mit eingerolltem Schwanz in der Sonne sitzt – uns jedoch nicht träge anblinzelt, sondern geradezu wachsam entgegenblickt. »Wir wissen es«, platzt es aus Cato heraus.

Ladon schnaubt und Hale schiebt mich hinter sich, als davon ein Funkenregen aus Feuer ausgelöst wird.

»Sagt es«, fordert Ladon mit seiner tiefen Stimme. Cato und Hale schauen irritiert drein, doch dieses Mal schalte ich schneller.

»Du gehörst zur Art der Drakon. Du kannst deine Gestalt wandeln und eine menschliche Form annehmen.« Es sieht beinahe so aus, als würde er mir zuzwinkern, ehe sein Körper sich in einer schmerzhaft aussehenden Weise zu verformen beginnt. Der Prozess dauert lediglich wenige Sekunden, die mir jedoch wie Stunden erscheinen, und dann steht tatsächlich ein Mann vor uns. Er ist riesig. Verdammt riesig, sodass Hale neben ihm beinahe wie ein kleiner Junge wirkt, was irgendwie absurd ist. Und überirdisch gut aussehend. Seine Augen sind groß und von langen Wimpern umrahmt. Seine Iriden haben dieselbe Farbe wie seine smaragdgrünen Schuppen und darin tanzen goldene Sprenkel. Ich will vortreten, doch Cato schiebt mich sofort wieder zurück.

»Das hat ja ziemlich lange gedauert«, merkt Ladon an und mustert uns der Reihe nach.

Hale verschränkt die Arme vor der Brust. »Du hättest es uns auch einfach sagen können. Es wäre genügend Zeit dafür gewesen.« Ladon grummelt etwas und ich kann nicht aufhören, ihn anzustarren. Das ist so was von... bizarr. Ich bin auf seinem Rücken herumgekrabbelt und habe seine Nüstern getätschelt.

»So einfach ist das nicht«, sagt er. »Zeus hat vor langer Zeit meine Verschwiegenheit mit einem Bann besiegelt. Eine Weile nach seiner Gefangennahme und nachdem seine Macht sich endgültig von der Erde zurückzog, war ich zwar endlich in der Lage, den Garten der Hesperiden zu verlassen, dennoch ist es mir bis heute nicht möglich, das Schweigen über meine Art zu brechen. Außerdem bin ich bei Nacht so oft in meiner menschlichen Gestalt herumgeschlichen, dass ich gehofft habe, Cato würde mich entdecken und die richtigen Schlüsse ziehen. Aber er scheint nicht besonders schnell zu sein.«

»Wieso bist du nicht zu den anderen zurückgekehrt?«, fragt Hale, während Cato und ich unisono »Die anderen?« rufen. In fünf Sätzen berichtet er uns etwas genauer, was Apollo ihm über die Geschehnisse in der Unterwelt mitgeteilt hat.

»Du meintest, sie wären zu demselben Schluss wie wir gekommen«, sagt Cato vorwurfsvoll. Ich nicke zustimmend. »Dabei wissen sie noch viel mehr als wir.«

Hale reibt sich müde über die Augen. »Das können sie uns ja auch im Detail berichten, sobald sie hier eintreffen.«

Ich wende mich erneut Ladon zu, der dasteht, als hätten wir ihn zu einem Verhör vorgeladen. Unsicher starre ich seine

Beine an. Sie sehen überraschend normal aus. Muskulös geformt. Cato stößt mir einen Ellenbogen in die Seite. Ich sammele mich und deute auf den Tisch wenige Schritte entfernt von uns, an dem drei Stühle stehen. »Wir könnten uns setzen«, schlage ich vor.

Es überrascht mich, als die anderen dem sofort nachkommen und Cato mir sogar anbietet, mich auf seinen Schoß zu setzen. Ich lehne etwas irritiert ab und schwinge meinen Hintern auf die kühle Tischplatte. »Also, warum bist du nicht bei den anderen Drakon? Wo auch immer sie sich aufhalten ...«, nehme ich den Faden wieder auf, sobald sich alle einigermaßen beruhigt haben.

»Ich bin dort nicht mehr willkommen. Der Grund, warum Zeus es überhaupt geschafft hat, die Drakon zu überwältigen, war ein Verräter in den eigenen Reihen.« Er holt tief Luft, ehe er sich mir direkt zuwendet. »Ich war dieser Verräter.«

Nachdem Ladon mit seiner Version der Geschichte geendet hat, herrscht an unserem Tisch betroffenes Schweigen. Sie handelte davon, wie es ist, ein Prinz der Drakon zu sein. Wie es ist, stark und ungezähmt, aber trotzdem nicht gänzlich frei zu sein. Wie es ist, die Liebe seines Lebens zu finden – und sie anschließend zu verlieren. Denn bei einem verbotenen Ausflug vom Himmelsschloss hinunter auf die Erde, in ein göttliches Herrschaftsgebiet, wurde seine Frau gefasst – ebenso sein Junge. Beide waren in ihrer menschlichen Form und zu angsterfüllt, um sich zu wandeln. Zeus nahm sie als Geiseln gefangen und erpresste Ladon, damit er ihm half, die Drakon zu besiegen. Er verlangte von ihm, ihn ein Mal auf seinem Rücken reiten zu lassen und mit zum Himmelsschloss zu nehmen, damit er später selbst in der Lage war, diesen Ort durch den Nebel zu finden. Ladon ließ sich auf den Handel ein, um seine Familie zu retten.

Und so überfiel Zeus mithilfe anderer Gottheiten und Krieger den Olymp, ermordete wie ein Feigling beinahe eine ganze Art, die nichts ahnend zu Bett gegangen war, weil sie sich des Himmels zu sicher gewesen ist. Auch hielt der Göttervater seinen Teil der Abmachung gegenüber Ladon nicht ein und tötete seine Frau und sein Kind. Ihre Leichname hat er nie gesehen, doch sie haben ihm ihre Schuppen gezeigt, die sie ihnen bei lebendigem Leibe abzogen, nachdem man sie in ihrem Verlies gefoltert und zur Wandlung gezwungen hatte. Mir ist speiübel, während sich Ladons Worte wie in Dauerschleife in meinem Kopf wiederholen.

»Wie hast du es derart lange ausgehalten?«, frage ich schließlich. »So allein? Hast du wirklich nie nach ihnen gesucht?«

»Nein. An mehr als tausend Tagen habe ich darüber nachgedacht, mir das Leben zu nehmen. Doch dann habe ich mich daran erinnert, dass der Tod nur der leichte Ausweg wäre. Meine Strafe sollte die ewige Einsamkeit sein.« Sein Blick ist nun in die Ferne gerichtet, seine Körperhaltung angespannt. »Außerdem wusste ich nicht – seit jenem Ereignis –, wie viele überhaupt noch von uns übrig sind. In besonders stillen Momenten dachte ich, dass ich tatsächlich der Letzte bin, der überlebt hat, was rückblickend betrachtet wirklich absurd ist. Doch dann erfuhr ich von der Prophezeiung und dem Mädchen, das Feuer in sich trägt. Mir war klar, dass eine Macht in diesem Ausmaß kein Geschenk der Unterwelt ist. Und als ich ihr das erste Mal begegnete, da wusste ich, dass ich nicht der Einzige bin.«

»Hast du dich ihr offenbart?«, fragt Hale.

»Ja. Einige Nächte vor Candelas Beerdigung. Der Bann hat mich in ihrer Gegenwart nicht zurückgehalten, weil sie vom selben Blut ist wie ich.«

»Und warst du ehrlich zu ihr?«, hake ich nach.

Schuldbewusst senkt er den Blick. »Nein. Anfangs hatte ich geglaubt, dass sie vielleicht doch mehr weiß. Leider hat sich diese Hoffnung nicht bestätigt, weshalb ich in meinen Erzählungen sehr viel ausgelassen habe. Und sie hat nicht nachgebohrt, wofür ich ihr sehr dankbar war.«

Hale mustert ihn ernst. »Wolltest du ihr jemals die ganze Wahrheit sagen?«

Ladon nickt bestimmt. »Das wollte ich. Ich hatte angenommen, dass uns etwas mehr Zeit bleibt. Nun weiß ich, dass es töricht von mir war. Ich hätte von Anfang an ehrlich mit ihr sein müssen. Doch dann war sie fort – und es war zu spät. Aufgrund des Fluches waren mir die Hände gebunden. Es war mir nicht möglich, euch darin einzuweihen. Jedes Mal, wenn ich es versucht habe, fühlte es sich an, als würde man mir meine eigene Zunge in den Rachen stecken.«

Ich will meine Hand nach ihm ausstrecken, aber Cato hält mich zurück. »Wir vermuten, dass sie auf der Insel der Seligen ist. Weißt du, wo das ist?«

Ladon schüttelt den Kopf, ehe er die Lippen zu einem schmalen Strich zusammenpresst. »Ich kenne die Geschichten. Eine Zeit lang war ich wie besessen von diesem Ort ... Wegen ihnen ...« Wieder schaut er in die Ferne, mit seinen Gedanken vermutlich bei seiner Familie. »Aber wenn die Drakon in der Unterwelt Zuflucht gefunden und sich dort nahezu vollständig erholt haben ... An eurer Stelle würde ich sie aufsuchen. Wenn irgendwer von den Ältesten überlebt hat, werdet ihr dort mit großer Wahrscheinlichkeit Antworten finden.«

Nervös nage ich an meiner Unterlippe. »Warum ist das Elysion bloß für Drachen?«

»Weil sie die einzigen Geschöpfe mit einer wirklich reinen Seele sind. Die Hölle wurde für die Götter, Daimonen und Menschen geschaffen«, erklärt Ladon und zuckt ein wenig zusammen. »Auf mich trifft das mit der reinen Seele eher weniger zu.« Nun lasse ich mich nicht von Cato zurückhalten und berühre vorsichtig seinen Arm. »Hättest du eines Tages König der Drakon werden sollen?«

Ladon schüttelt den Kopf. »Nein. Ich hatte einen älteren Bruder, Lemos. Wenn er lebt, ist er nun der Anführer.«

Cato lehnt sich seufzend zurück und verschränkt die Arme vor der Brust.

»Also, wir machen uns auf die Suche nach den Drakon, damit sie uns den Weg nach Elysion zeigen können. Aber wo finden wir sie?«

Unsere Aufmerksamkeit richtet sich auf Ladon. »Ich kann euch nichts versprechen«, sagt er zögerlich. »Aber es gibt durchaus einen Ort, an dem sie sich aufhalten könnten.«

Cato klopft auf den Tisch. »Dann brechen wir auf. Wir dürfen keine Zeit verlieren.«

»Das geht nicht«, wirft Hale ein. »Ich habe Apollo versprochen, dass wir hier auf sie warten. Die Nacht ist bereits hereingebrochen und ich schlage vor, dass wir uns alle noch einmal hinlegen, bis die anderen eintreffen. Es war ein ereignisreicher Tag, Ava ist bestimmt sehr erschöpft.« Am liebsten würde ich sagen, dass ich nach den jüngsten Ereignissen kein bisschen müde bin, doch ich halte den Mund und sehe Cato abwartend an.

»Du hast recht. Es ist nur fair, wenn wir über das weitere Vorgehen gemeinsam entscheiden«, gibt er schließlich nach. Misstrauisch verenge ich meine Augen zu Schlitzen. Hale hingegen sieht zufrieden aus, erhebt sich, und wünscht uns eine gute Nacht. Keine Ahnung, wie er jetzt schlafen kann.

Mein Blick schnellt zurück zu Cato. Ich glaube ihm kein Wort. »Hale benimmt sich seit dem Gespräch mit Apollo seltsam«, stelle ich fest.

»Er ist besorgt. Denn wenn Apollo, Phoibe und Apate herkommen, wird sicherlich auch Yasar mit der anderen Hälfte unserer Truppe bald eintreffen. Phia wird ebenfalls dabei sein.«

»Seine Geliebte?«

Cato lacht laut auf. »Ja, so in etwa. Aber das solltest du sie vielleicht besser nicht hören lassen.« Ich stehe auf und streiche das Hemd glatt, welches ich vor Aufregung mit meinen Fingern vollkommen zerknittert habe. Catos Augen verweilen ein wenig zu lange auf meinen nackten Beinen und ich merke schon wieder, wie meine Wangen heiß werden.

»Also gut«, sage ich lahm. »Ich gehe ebenfalls ins Bett.« Dann wirbele ich herum und laufe los, sehe schleunigst zu, dass ich im Palast verschwinde. Ich mache ein paar extra geräuschvolle Schritte, ehe ich mich zurückschleiche und hinter einer der breiten Säulen verstecke. Dabei unterdrücke ich einen Fluch, als ich mich an einer der Muscheln schneide, und linse durch eine der Öffnungen hindurch. Trotz der Dunkelheit kann ich Catos und Ladons Gestalt gut ausmachen. Letzterer ist derjenige, der noch immer den Kopf hängen lässt.

Die beiden Personen, die du am meisten liebst, retten – und dafür alle anderen verraten ... Ich hätte diese Entscheidung nicht treffen wollen.

»Niemand ist unfehlbar«, durchbricht Catos Stimme irgendwann die Stille.

»Und egal wie schwer die Schuld sein mag, die auf deinen Schultern lastet ... Ich werde trotzdem stets dein Freund sein.« Ich spüre, wie meine Nase zu kitzeln beginnt und sich in meinen Augen brennende Tränen sammeln. »Wie war ihr Name?«

Ladon gibt einen gequälten Laut von sich. »Fayna. Und unser Junge hieß Adeon.« Ich wische mir über die nassen Lider und atme tief durch.

»Ich kann verstehen, was du für sie getan hast«, gibt Cato zu.

»Ich wünschte, ich könnte nach wie vor Liebe fühlen, wenn ich an sie denke«, gesteht Ladon. »Aber seit Jahrhunderten sind da nichts als Reue und Schmerz.« Erneut verfallen die beiden in Schweigen, bis der Drakon sich erhebt und – die Hände hinter dem Rücken verschränkt – zum Mond hinaufblickt. »Du willst diese Reise antreten, ohne auf die anderen zu warten, oder?« Ich kann Catos leise Antwort nicht hören, doch ich glaube zu erkennen, wie er nickt. »Ich kann nicht versprechen, dass sie wirklich dort sind. Aber ich werde dich zu dem Ort fliegen, an dem ich sie vermute. Und ich will, dass du weißt, dass du auch mein Freund bist.« Er strafft die Schultern. »Es wird Zeit, mich meiner Vergangenheit zu stellen.«

Cato steht ebenfalls auf und die beiden machen etwas, das wohl eine männliche Umarmung sein soll. »Ich hole meinen Rucksack, damit wir aufbrechen können. Brauchst du auch etwas?«

Ladon schüttelt den Kopf und kurz darauf verschwindet Cato auf der anderen Seite zwischen den Säulen. »Du kannst rauskommen, Ava.« Ertappt zucke ich zusammen und verlasse mein Versteck. Vorsichtig nähere ich mich Ladon.

»Tut mir leid, dass ich gelauscht habe.«

»Du willst mitkommen«, stellt er nüchtern fest.

»Ja.«

»Er wird dich nicht lassen.«

»Das ist nicht seine Entscheidung.«

Ladon seufzt schwer und nimmt meine Hand in seine. »Das müsst ihr unter euch ausmachen.« Einer Eingebung folgend trete ich näher und schlinge beide Arme um seine Mitte. »Ich hab dich lieb«, flüstere ich. Er gibt ein rumpelndes Lachen von sich und tätschelt meinen Hinterkopf. »Ich hätte nicht mit dir im Wasser spielen sollen. Jetzt denkst du, dass ich dein Haustier bin.« Ich drücke ihn noch einmal ganz fest, ehe ich mich von ihm löse und wir den Mond und die Sterne über uns betrachten.

»Das hätte ich mir eigentlich denken können«, durchbricht Catos Stimme nach einer Weile die Idylle der Nacht. Aus dem Augenwinkel sehe ich, wie Ladon sich entfernt und uns Raum gibt.

»Du kannst nicht ohne mich gehen«, sage ich und deute anklagend auf seinen Rucksack.

»Ava. Diese Reise wird womöglich gefährlich. Am Ende wärst du nur eine unnötige Last für uns.«

Ich schlucke schwer, doch dann recke ich mein Kinn vor. »Aber du weißt, wie nützlich ich sein kann. Es wäre dumm von dir, mich zurückzulassen.« Es ärgert mich selbst, wie verzweifelt ich klinge und dass ihm diese Tatsache mit Sicherheit nicht entgeht.

Er schaut mich an, doch sein Ausdruck ist hart und emotionslos. »Ich war von Anfang an ehrlich zu dir. Ich habe dir nichts vorgemacht. Und jetzt, wo Apollo auf dem Weg hierher ist, denke ich, dass es an der Zeit ist, dich ihm auszuhändigen.« Ich bringe Abstand zwischen uns und umschlinge mich selbst mit beiden Armen. Plötzlich ist mir furchtbar kalt.

»Dein Platz ist nicht an meiner Seite.« Mit jedem Wort, das seinen Mund verlässt, splittert mein Herz ein wenig mehr.

»Ich dachte, wir wären ein Team.« Leider kann ich nicht verhindern, dass meine Stimme bebt.

»Wir sind nichts dergleichen, *Seherin*. Du hast deinen Zweck für mich erfüllt und nun habe ich keinerlei Verwendung mehr für dich.« Seine Miene zeigt noch immer keine Regung, während alles in mir zerbricht und ich nicht mehr weiß, wie mein Körper sich überhaupt noch zusammenhalten kann.

»Nimm mich mit«, wispere ich, nein, flehe ich ihn an, während ich durch den Tränenschleier kaum noch etwas erkennen kann.

Plötzlich ist er direkt vor mir, streicht mit seinem Finger eine Träne fort und ich schluchze auf, als ich die Berührung seiner rauen Haut auf meiner spüre. Und dann liegen seine Lippen direkt auf meinen.

Federleicht.

Zärtlich.

Aber nicht zögerlich, als er meinen Mund für sich beansprucht.

Ich dränge mich gegen ihn und gebe ihm ... alles. *Alles*, was in diesem Moment noch von mir übrig ist.

Kapitel 28

EINES TAGES

APOLLO

Ich stehe vor der verschlossenen Tür und hebe meine Faust, um anzuklopfen. Die Geräusche, die zu mir nach draußen dringen, sorgen dafür, dass meine Brust sich schmerzhaft zusammenzieht. Die Laute eines gebrochenen Herzens. Zaghaft lasse ich meine Hand wieder sinken. In diesem Augenblick schwöre ich mir, dass ich Cato umbringen werde.

»Wenn du nicht reingehst, dann tu ich es«, droht Phia, die neben mir steht, als wäre sie bereit, in einen Kampf zu ziehen.

Wir sind alle vor einer Stunde im Sandpalast eingetroffen, wo wir uns gegenseitig auf den neuesten Stand gebracht haben. Es war keine besonders nette Überraschung zu entdecken, dass Cato die Harpyie gemacht hat und natürlich nicht auf uns gewartet hat. Oder der Drakon. Wie auch immer. Ich seufze abgrundtief.

»Ich mach das schon«, informiere ich Phia. »Geh du dich lieber um deinen eigenen Kram kümmern.« Hale und sie haben sich mehr oder weniger gut ignoriert und sich nur heimlich Blicke zugeworfen, sobald sie dachten, der andere schaue gerade nicht hin. Trotzdem muss ich zugeben, dass es ein gutes Gefühl ist, dass wir alle wieder zusammen sind. Na ja, zumindest fast alle.

Ich atme noch einmal tief durch, ehe ich die Klinke hinunterdrücke und eintrete.

Ava. Eine junge Frau, die ich zuletzt als kleines Mädchen gesehen habe. Die ich gemieden habe, weil ich mich schämte. Weil ich ihr eine Last aufgebürdet habe, die kein Kind tragen sollte, und sie zwang, viel zu schnell erwachsen zu werden. Sie befindet sich zusammengerollt auf dem Bett und trägt ein zu großes Hemd, das definitiv *ihm* gehört. Ebenso wie dieses Zimmer. Vorsichtig nähere ich mich und nehme auf der Matratze Platz. Normalerweise gehöre ich nicht zu der unbeholfenen Sorte, doch in diesem Moment habe ich keine Ahnung, was ich tun soll. Ava hebt leicht den Kopf und ihre geröteten und verquollenen Augen weiten sich. Sie will sich aufsetzen, doch ich lege ihr beruhigend eine Hand auf die Schulter. Dann ziehe ich die zusammengeknüllte Decke vom Ende des Bettes heran und breite sie über ihr aus.

»Hallo«, flüstert Ava und ihre Stimme klingt rau und kratzig. Als hätte sie vor Schmerz geschrien. »Er ist fort.«

»Ich weiß«, erwidere ich ruhig.

»Ich wollte mit ihm gehen.« Sie schaut mich an und ich frage mich, ob sie denkt, dass ich ihr nun all ihre Sünden aufzählen werden. »Mein Leben ist den Göttern gewidmet«, redet sie weiter, als wäre es ein Mantra. »Aber in den letzten Wochen habe ich mich nicht so verhalten.«

»Wie hast du dich denn verhalten?«

»Als würde mein Leben mir gehören«, flüstert sie so leise, als wären diese Worte etwas Verbotenes. Ein Kloß bildet sich in meinem Hals und ich falte meine Hände im Schoß. Phoibe würde dieses Gespräch viel besser meistern als ich. Warum musste ich ihr Delphi damals noch mal wegnehmen? Ganz blöde Idee.

»Hale hat mir bereits erzählt, dass du denkst, unberührt bleiben – auf jegliche Freuden verzichten zu müssen«, sage ich, ohne sie dabei betrachten zu können. In meinem Kopf ist sie nach wie vor das Mädchen von vor neun Jahren. Schwer, das loszuwerden. »Ich gebe zu, dass die Regeln, die du aus den alten Schriften und von den älteren Priesterinnen erlernt hast, etwas überholt sind. Sie waren ursprünglich dazu gedacht, dass die Seherinnen sich einzig auf ihre Begabung konzentrieren und es keinerlei Ablenkung gibt.« Ich streiche ihr eine Haarsträhne aus der Stirn und sie gibt ein leises Schniefen von sich. »Ich will, dass du weißt, dass dein Leben in erster Linie immer nur dir gewidmet ist. Und niemandem sonst. Keinem Gott, keiner höheren Macht, keinem Mann. Nur dir.« Eigentlich stimmt das nicht so ganz, aber mal ehrlich: zum Teufel mit diesen überholten Regeln. Von Anfang an habe ich sie als echte Person und nicht bloß als das Orakel wahrgenommen. Noch ein Grund, weshalb ich mich von ihr ferngehalten habe. Manchmal bin ich ein richtiger Feigling.

Ava wischt sich über die Augen und nickt langsam. »Werden meine Schwestern und ich nun in unseren Tempel zurückkehren?«, fragt sie nach einem Moment des Schweigens.

Ich schüttele den Kopf. »Vorerst wirst du bei uns bleiben.« Ich war in den letzten Wochen voller Sorge um sie und werde sie kein weiteres Mal im Stich lassen. Leider fallen mir sogleich Yasars Worte ein und mein Innerstes zieht sich erneut zusammen, weil ich die Frage eigentlich lieber nicht stellen will. »Als er gegangen ist ... Hat er da noch etwas gesagt? Irgendetwas, das für uns wichtig sein könnte?« Sie schüttelt den Kopf, mit nichts anderem habe ich gerechnet. Sie nimmt ihn trotz allem in Schutz. Wir haben noch sehr viel zu bereden, doch ich denke, dass ich es für heute bei einer letzten Frage belassen werde. »Was ist das zwischen dir und ihm?«

Ava zögert kurz und rollt sich erneut enger zusammen, fast so, als würde sie sich in ein unsichtbares Schneckenhaus zurückziehen. »Wenn Cato bei mir ist ... ergibt alles einen Sinn und gleichzeitig auch nicht. Seit ich ihm begegnet bin, ist nichts mehr so, wie es vorher war.« Mit beiden Armen umschlingt sie eines der Kissen und drückt ihre Nase dagegen. »Vielleicht will ich ihn nur so sehr, weil ich von Anfang an wusste, dass ich ihn eigentlich gar nicht haben kann.«

SAPHIRA

Ich lungere schon wieder vor der Tür des neuen Mädchens herum. Apollo hat sie am späten Vormittag in ihr Zimmer gebracht und mittlerweile ist es früher Abend. Nun bin ich hier, um sie zum Essen zu begleiten. Ich kann mir vorstellen, dass es seltsam für sie sein muss, plötzlich so viel Gesellschaft zu haben. Immer wieder schaue ich mich um, aus Angst, dass Hale jeden Moment um die Ecke kommen könnte. Ich weiß einfach nicht, wie ich mich – nach allem, was zwischen uns passiert ist – ihm gegenüber verhalten soll. Er hat mir gefehlt. Aber jetzt, wo wir wieder zusammen an einem Ort sind, kann ich mich einfach nicht dazu durchringen, den ersten Schritt zu machen. Obwohl mir klar ist, dass definitiv ich an der Reihe bin. Ich seufze schwer. Manchmal glaube ich, dass wir nur in meiner Fantasie gut füreinander sind.

Als ich irgendwann tatsächlich Schritte höre, spanne ich mich automatisch an. Es ist jedoch lediglich Lavea, die um die

Ecke biegt, dieses Mal ganz ohne Dream, der ihr seit den Vorkommnissen in Trues Palast wie ein Schatten folgt. Sie sieht blass aus und trägt noch dazu ein weißes Kleid, welches ihr bis zu den Knöcheln reicht, es allerdings nicht schafft, ihre zerbrechliche Figur zu kaschieren. Von uns allen haben sie die Geschehnisse am meisten mitgenommen und unter ihren Augen liegen dunkle Schatten.

»Es fühlt sich seltsam an, wieder hier zu sein, nicht wahr?« Sie schenkt mir ein zittriges Lächeln, als sie mich erreicht.

»Geht mir genauso«, erwidere ich. »Es kommt einem vor, als wäre eine Ewigkeit seit dem Turnier vergangen, dabei waren es doch eigentlich erst ein paar Monate.«

»Wie ein anderes Leben.« Sie schaut zu der gegenüberliegenden Tür. »Ist sie da drin?«

»Ja. Apollo hat ihr gesagt, dass ich sie abhole.« Lavea beginnt, ihr Haar gedankenverloren zu einem losen Zopf zu flechten, und ihr Blick driftet an mir vorbei. Das passiert öfter, seit Dream sie ins Reich der Träume mitgenommen hat. Dann ist es so, als würde sie sich einfach ausklinken. Vorsichtig streiche ich ihr über den Arm. »Bist du in Ordnung? Wieso ist Dream nicht bei dir?«

»Wir hatten einen Streit«, gibt sie unumwunden zu. »Ich hasse es, dass mich alle wie ein rohes Ei behandeln, hinter meinem Rücken tuscheln, als würde ich es nicht hören können.« Ihre Hände beben nun so sehr, dass sie nicht weiterflechten kann. »Das mochte ich schon immer am meisten an dir, Phia. Dass du geradeheraus bist und kein Blatt vor den Mund nimmst. Es tut mir leid, dass ich dich wegen deines Verhaltens Hale gegenüber verurteilt habe. Es ist deine Angelegenheit. Und ich habe kein Recht darauf, mich einzumischen.« Ich strecke beide Arme aus und ziehe sie in eine feste Umarmung. »Ich will nicht behandelt oder berührt werden, als wäre ich zerbrechlich. Schon gar nicht von Dream. Er denkt, ich sei das schwächste Glied. Dass ich deswegen zugänglich war für den Dschinn. Dabei will ich doch nichts weiter, als ihm ebenbürtig zu sein.«

Ich fasse sie an den Schultern und zwinge sie so, mich anzusehen. »Du bist stark, weil du nach wie vor hier bist. Und du musst dich niemandem unterlegen fühlen, nur weil du dich erholen musst. Daran ist nichts Verwerfliches.« Sie drückt meine Hand und ich reiße mich zusammen, damit sie nicht bemerkt, dass auch ich besorgt um sie bin. Ich will gerade ein paar aufmunternde Worte aussprechen, als die Tür aufschwingt und die Seherin in den Flur tritt.

Für einen Moment vergesse ich zu atmen, weil ich das Oberteil und die Hosen, die sie trägt, kenne. Dann kommt sie näher und ich bin froh, dass sie nicht den Geruch verströmt, den ich erwartet habe. Ihre Augen sind rot gerändert und die Haut in ihrem Gesicht fleckig, aber sie scheint trotzdem um einiges fitter zu sein als Lavea.

»Ihr müsst meine Eskorte sein«, begrüßt sie uns und ich stoße mich von der Wand ab.

»Ich bin Phia und das hier ist Lavea«, stelle ich uns vor. Lavea schenkt Ava ein scheues Lächeln und ich unterdrücke ein Grinsen. Manche Dinge ändern sich eben nie und irgendwie ist das doch auch ganz gut so. Ich bin mir sicher, dass der Aufenthalt im Sandpalast geprägt sein wird von Déjà-vus.

»Cato hat von dir erzählt«, sagt Ava zu meiner Überraschung. Apollo hatte mir zuvor mehrfach eingebläut, dass sein Name auf keinen Fall genannt werden darf, deshalb bin ich überrascht, dass sie ihn von sich aus erwähnt.

»Was hat er denn erzählt?«

»Dass du und Hale ...?« Unsicher schaut sie mich an und überlegt vermutlich gerade, ob sie zu weit gegangen ist.

»Wir sind kompliziert«, kürze ich die Sache ab.

»Schade«, murmelt Ava, vermutlich mehr zu sich selbst. Da sie nicht den Eindruck macht, als würde sie sofort wieder anfangen zu weinen, wage ich mich etwas weiter vor. »Und was ist mit dir und Cato passiert?« Lavea wirft mir einen vorwurfsvollen Blick zu, doch ich zucke lediglich mit den Schultern. Eben fand sie es doch noch gut, dass ich so geradeheraus bin.

»Wir sind nichts«, erwidert Ava rasch. »Es war alles nur in meinem Kopf.« Die Bedeutung dieser Worte zu ergründen, überlässt sie uns und läuft vor uns her in den gedeckten Speisesaal. Sie scheint sich bestens im Sandpalast auszukennen.

Am Tisch sitzen bereits Apate, Prom, Apollo, Phoibe, Yasar und True. Dream und Hale stehen daneben und sind in eine Unterhaltung vertieft, doch Ersterer unterbricht sich sofort, als seine amethystfarbenen Augen sich auf Lavea heften. Ich gebe ihr einen kleinen Schubs in seine Richtung und schaue dann unschlüssig zu Hale. Er nimmt mir die Entscheidung ab, indem er zu Ava geht und sie kurz in die Arme schließt. Danach flüstert er ihr noch etwas zu, doch ich kann nicht verstehen, was es ist. Die beiden nehmen neben Yasar Platz, True und ich auf der anderen Seite neben Prom. In diesem Moment hat er definitiv die Erlaubnis dazu, mich aufzuheitern. »Wie geht es dir?«, frage ich und beuge mich zu Apate rüber, die sich über ihren Bauch streicht, dessen Rundung man nun deutlich erkennen kann. Ich frage mich, ob sie ihn zuvor mit einer ihrer Illusionen kaschiert hat.

»Bestens.«

»Bloß etwas müde von ihrem kleinen Ausflug«, murrt Prom, während er ihr Brot und Käse auf den Teller legt und Wasser einschenkt. Es ist wirklich niedlich, wie er sich um sie kümmert. Der gebändigte Titan. Ich beginne zu kichern und er wirft mir einen befremdlichen Blick zu. Etwas fröhlicher nehme ich mir ebenfalls eine Scheibe von dem Brot und verschlucke mich glatt daran, als ich bemerke, dass Hale mich beobachtet. Plötzlich weiß ich nicht mehr, was ich mit meinen Händen anfangen oder wie ich sitzen soll. Ich fühle mich vollkommen befangen. Mit einem leichten Lächeln auf den Lippen widmet er sich wieder seinem eigenen Essen. Peinlich.

»Und wo wart ihr, bevor ihr hierhergekommen seid?«, fragt Ava nach einer Weile in die Runde.

»Wir waren in Trues Reich – im Land der Wahrheit und der Wirklichkeit«, erwidert Prom.

»Hat es euch dort nicht mehr gefallen?«

»Nun ja«, übernimmt Dream gedehnt. »Wir hatten dort ein kleines Geisterproblem, und nachdem Hekate mit ihrem Werk fertig war, wirkt der Palast von innen jetzt mehr wie eine Salzgrotte.«

Prom nickt zustimmend. »Ich habe das Endergebnis nicht gesehen, aber ich stelle es mir nicht sehr wohnlich vor.«

»Es ist nun auch mehr ein Friedhof.« Die Worte stammen ausgerechnet von Lavea. »Was denn?«, fragt sie, als sie unser Schweigen bemerkt. »Den Anblick der toten Wüstennymphen wird so schnell keiner von uns vergessen.« Ich schaue möglichst unauffällig zu True, der ein wenig grün im Gesicht geworden ist. Armer Kerl. So hatte er sich unseren Aufenthalt in seinem Palast garantiert nicht vorgestellt.

»Ist Hekate sofort wieder aufgebrochen?«, versucht Phoibe

die Situation irgendwie zu retten. Yasar legt sein Besteck ab und faltet die Hände unter seinem Kinn.

»Ja. Sie wollte Persephone nicht länger als nötig alleine lassen.«

»Weiß sie von Flame?«, hake ich nach. »Und was treiben die beiden überhaupt?«

»Sie hatten etwas geahnt – aber Gewissheit hat sie erst, wenn Hekate mit den Informationen zu ihr zurückkehrt.« Er hat meine zweite Frage gehört, aber offensichtlich beschlossen, nicht darauf zu antworten.

»Wir müssen unbedingt mit Persephone sprechen«, mischt Apate sich ein.

»Hekate ist im Besitz eines Chalcedon-Edelsteins, trotzdem wird Hale morgen ebenfalls aufbrechen, um sich ihnen anzuschließen«, erklärt Yasar.

Obwohl ich es nicht will, schaue ich anklagend zum Gott der Hoffnung und des Lichts. *Warum weiß ich davon nichts?*, will ich am liebsten fragen, auch wenn ich eigentlich kein Recht darauf habe, über seine Angelegenheiten informiert zu werden.

»Und was ist mit Cato?«, fragt Lavea. »Lassen wir ihn einfach so ziehen?«

»Vorerst – ja«, erwidert Apollo und meidet es, in Avas Richtung zu sehen. »Wir vertrauen ihm, was Flame betrifft. Er wird alles in seiner Macht Stehende tun, um sie zurückzuholen. Wenn es einen Weg gibt, wird er ihn finden.«

Unzufrieden schaue ich die anderen an. »Und was machen wir in dieser Zeit?«

Dream trommelt mit den Fingern einen unruhigen Rhythmus auf die Tischplatte. »Wir müssen endlich das Ziva-Ares-Athene-Problem lösen.«

»Und nach Dark und Lost suchen. Ich mache mir wirklich Sorgen um sie«, ergänzt Apollo.

Seufzend lasse ich mich in meinem Stuhl zurücksinken. Klingt nach einem Kinderspiel. Mein Blick wandert zu Yasar, der in seinem Essen herumstochert, und ich frage mich, weshalb er zu alldem so gar nichts zu sagen hat. Fast scheint es, als würde er versuchen, sich unsichtbar zu machen.

AVA

Ich sitze auf den kalten Stufen des Palastes. Nach dem gemeinsamen Essen bin ich zuerst in der Bibliothek gewesen und habe sogar den geheimen Raum betreten. Doch so ganz allein mit dem Kopf des Drakon wurde es mir doch ein wenig zu unheimlich. Auf dem Weg nach draußen bin ich unfreiwillig noch Zeuge eines Gesprächs geworden, das mich eigentlich überhaupt nichts anging.

»Was willst du von mir hören, Hale?«, hatte Phia aufgebracht gefragt.

»Ich will wissen, was du fühlst.«

»Wieso musst du mich immer so drängen?«

»Wie viel Zeit soll ich dir noch geben? Wie viel Abstand brauchst du, damit du Klarheit bekommst?«

»Ich weiß es nicht.«

»Du bedeutest mir viel, Phia. Aber ich kann nicht ewig auf dich warten.«

»Was soll das schon wieder heißen?«

»Ich reise morgen ab. Verbring diese Nacht mit mir oder lass es bleiben.« Dann ist er in einem der Zimmer verschwunden und ich bin mit hochrotem Kopf den Korridor in die entgegengesetzte Richtung geflüchtet. Keine Ahnung, wie Phia sich letztendlich entschieden hat. Ich wünschte nur, Cato würde mich so sehr wollen, wie Hale Phia will.

Schwer seufzend schaue ich auf das schwarze Meer, auf dem sich ein Halbmond und die Sterne spiegeln. Ich frage mich, wo Cato ist und ob er in diesem Moment dasselbe Himmelsbild betrachtet wie ich. Ob er in diesem Moment auch an mich denkt. Daran, dass er mir seinen ersten Kuss geschenkt hat.

Es sind naive Gedanken, die mich beschäftigen. Doch in der kurzen Zeit, die wir miteinander verbracht haben, hat er mein gesamtes Weltbild – ja, sogar mein Bild über mich selbst – so sehr durcheinandergewirbelt, dass es nie wieder so sein wird wie vorher. Und ich frage mich, ob man diese eine Person, die alles für einen verändert, wirklich nur einmal im Leben trifft. Was für eine traurige Vorstellung, weil meine Chance bereits so gut wie verstrichen wäre.

Es ist eine impulsive Entscheidung, als ich meine Schuhe abstreife und mich – ohne auch nur eine Sekunde zu zögern – ins Wasser gleiten lasse. Ich weiß, dass Cato es nicht gutheißen würde. Vielleicht tue ich es gerade aus diesem Grund. Vielleicht überwinde ich deshalb meine Angst vor der unergründlichen Schwärze der See bei Nacht. Weil er mich verlassen hat und mir nun nichts und niemand mehr wehtun kann.

Während ich begleitet von den Geräuschen der Wellen auf den Halbmond zuschwimme, verspreche ich mir selbst, dass ich nie wieder um Zuneigung oder Liebe betteln werde. Dass ich mir selbst mehr Wert bin, als vor einem Mann im Staub zu kriechen. Und wenn unsere Wege sich eines Tages erneut kreuzen, dann wird Cato es sein, der vor *mir* in die Knie geht.

Kapitel 29

KÖNIGIN

YASAR

Vergangenheit

Mit beiden Händen halte ich Trues Gesicht, während ich ihn küsse, mich in ihm – in uns verliere. Über uns liegt die tiefschwarze Nacht, lediglich die Planeten Rubrum und Flavo drehen sich in weiter Ferne, als würden sie miteinander tanzen. True knabbert auf meiner Unterlippe, saugt sie zwischen seine Zähne und ich stöhne auf, während ich ihn gleichzeitig tiefer in die Hecken des Nordgartens von *Patriam Oculus* dränge, der bekannt ist als das Labyrinth Viridis.

Wie getrieben reiße ich mir die Kleidung vom Leib und er tut dasselbe. Die geheime Zeit mit ihm ist mein Ventil. Der Grund, weshalb ich es schaffe, in den verbleibenden Stunden des Tages jemand anderes zu sein.

Sobald wir beide vollständig entkleidet sind, stürze ich mich erneut auf ihn, bin voller Ungeduld, weil ich in jeder Sekunde, die wir zu weit entfernt voneinander verbringen, davon träume, ihn zu berühren, seine Haut dicht an meiner zu spüren. Ich beiße in die weichste Stelle seines Halses, während meine Finger über seine Brust, seinen Bauch streichen, ihn erkunden, als täten sie es zum ersten Mal. Seine Muskeln beben unter der Berührung meiner Hände und Aufregung durchfährt mich, weil ich diese Wirkung auf ihn habe. »Ich liebe dich«, wispere ich in sein Ohr, während nun auch er beginnt, mich weiter zu erforschen. Mein Kopf rollt in den Nacken und ich stöhne, bin nicht mehr in der Lage, auch nur einen klaren Gedanken zu fassen. Blitze durchzucken mich und ich erschauere, in dem Moment, als unsere Körper sich vereinen.

Genau das hier ... ist alles, was ich brauche. Mehr als ich mir jemals zu wünschen gewagt habe. Eine Träne löst sich aus meinem Augenwinkel, rinnt meine Wange hinab, die True sachte fortküsst. Die Geste ist federleicht und so unendlich sanft, dass ich beinahe den Verstand verliere. »Du bist mein Universum«, flüstert er schließlich und ich blicke hinauf zu Rubrum und den Sternen, wünsche nichts sehnlicher, als dass dieser Augenblick auf ewig hält. Es soll niemals enden. Dieses Glück, von dem ich dachte, dass ich es niemals finden werde.

Ich weiß nicht, wie lange wir anschließend zwischen den Hecken im Gras liegen und einander an den Händen halten. Mit ihm ist es nie genug. In seiner Nähe bin ich niemals satt. Es ist nur so, dass ich keine Wahl habe. Ich seufze schwer, als ich sehe, wie unsere Umgebung immer heller wird und somit den Tag ankündigt. Umständlich erhebe ich mich, klopfe die Erde ab und fange an, meine Sachen überzustreifen. Fragend schaue ich True an, der sich nur halb aufgerichtet hat, sich ansonsten allerdings überhaupt nicht rührt. »Alles in Ordnung?«, frage ich und halte in meiner Bewegung inne.

Er räuspert sich, als hätte er einen Frosch im Hals, ehe er aus seinen wunderschönen tiefblauen Augen zu mir aufsieht. »Ich will nicht mehr ... ich will ...« Ich runzele die Stirn, denn für gewöhnlich hat True kein Problem damit auszusprechen, was ihm durch den Kopf geht. »Ich möchte es meinen Eltern sagen«, lässt er die Bombe platzen.

Darauf war ich nicht vorbereitet. Entgeistert starre ich ihn an. »Wie bitte?«

»Ich hasse es.« Es ist das erste Mal, dass True in meiner Gegenwart Wut zum Ausdruck bringt. »Ich *hasse* es«, wiederholt er, »dass wir uns einzig in dunklen Ecken treffen können. Dass alle unsere Berührungen in Heimlichkeit geschehen, du stets darauf achtest, mich in Gesellschaft anderer nicht einmal anzusehen. Das macht mich krank. Es verletzt mich. Ich zerbreche daran – jeden Tag ein bisschen mehr, nur damit du mich dann in aller Abgeschiedenheit wieder zusammensetzen kannst. Du drehst dich nach jedem unserer Treffen um und gehst, ohne zurückzublicken. Und bemerkst nie, was du dabei hinter dir lässt – mich. Mich inmitten eines Scherbenhaufens.« Es fühlt sich an, als wäre ein Felsbrocken auf meine Brust gefallen, denn ich kann mich weder rühren noch atmen. »Ich will uns nicht mehr verstecken«, sagt True mit rauer Stimme. »Wo es doch das Beste ist, was mir jemals widerfahren ist.«

»Du bist auch das Beste, was mir jemals widerfahren ist. Zweifle niemals daran«, bringe ich mühsam hervor.

»Dann lass es uns offen zeigen«, beschwört mich True.

Ich raufe meine Haare und betrachte ihn ungläubig. »Das geht nicht.«

»Warum nicht? Wovor hast du so sehr Angst?«

»Ich habe Angst davor, alles zu verlieren!«

»Was ist denn *alles*?«, ruft True aufgebracht. »Außer uns gibt es nichts, was meinem Leben wirklich Bedeutsamkeit schenkt. Nichts, was mein Herz so schnell schlagen lässt wie deine Gegenwart.« Er ringt einen Augenblick, bevor er tief durchatmet und mich schließlich mit seinem Blick gefangen nimmt. »Du, Yasar. Du bist mein ganzes Leben. Die Zeit mit dir ist das Einzige, was wirklich für mich zählt. Uns wurde mit der Geburt die Unsterblichkeit geschenkt, doch auch sie kann enden. Niemand ist unbezwingbar. Ich bin nicht so hochmütig zu denken, dass uns tatsächlich die Ewigkeit zu Füßen liegt. Und wenn ich eines Tages die Lider für immer schließe, dann will ich nichts bereuen – nichts vermissen. Ich will jede Sekunde bis dahin mit dir verbringen.«

»True.« Ich wünschte, ich wüsste, was ich erwidern soll. Noch nie habe ich darüber nachgedacht, dass er so viel mutiger ist als ich.

»Mein Name? Das ist alles?«, fragt er verächtlich. Bei seinen Worten krümme ich mich innerlich.

»Ich kann dir jetzt keine Antwort geben, die dich zufriedenstellt«, erwidere ich gepresst.

»Dark weiß von uns. Er schämt sich nicht für uns. Er akzeptiert uns. Und auch die anderen würden sich daran gewöhnen. Herrgott, noch mal. Du bist der Erbe von *Patriam Oculus*, dem Land der Zukunft. Diese alten, rückschrittlichen Regeln kann man ändern.«

»Du weißt gar nicht, wovon du da redest«, platzt es aus mir heraus, ich kann es einfach nicht zurückhalten. »Unsere Eltern würden uns verstoßen. Wir wären eine Schande und eine Enttäuschung für sie. Keiner von uns kann wirklich einschätzen, was für Ausmaße diese Entscheidung hätte.«

»Dann sollen sie uns doch verstoßen«, brüllt True zornig und ich sehe mich hektisch um, während er sich ankleidet.

»Lass uns heute Abend noch einmal in Ruhe miteinander sprechen«, versuche ich ihn zu beschwichtigen.

»In einer dunklen Ecke?«, fragt er schnaubend. »Nein, danke. Ich habe nicht vor, für immer dein schmutziges Geheimnis zu bleiben. Ich verdiene es, im Licht geliebt zu werden.« Er schenkt mir einen traurigen Blick, ehe er sich umdreht und in einem der schmalen Gänge zwischen den dichten Hecken verschwindet.

TRUE

Angetrieben von meiner Enttäuschung und Verzweiflung irre ich durch das Labyrinth und suche den Ausgang. Alles hier drin sieht verdammt noch mal gleich aus. Meine Sicht wird von Tränen verschleiert, die in wütenden Strömen meine Wangen hinablaufen und zu Boden tropfen. Ich schere mich nicht darum, sie fortzuwischen. Ich liebe Yasar. Und ich weiß, dass er der Einzige ist, für den ich jemals all das fühlen kann. Aber wie soll es weitergehen, wenn ich stets derjenige bin, der ein Stück mehr von sich gibt? Ich brauche ein Zeichen von ihm, das mir Sicherheit gibt. Ich wünsche mir den Beweis, dass er bereit ist, genauso hart für uns zu kämpfen wie ich. Ich will, dass er mir zeigt, dass all das nicht nur ein Traum gewesen ist.

Ein gutturaler Laut dringt aus meiner Kehle, als wäre ich ein Tier. Die Vorstellung, ihn tatsächlich zu verlieren, verursacht mir mehr als bloß Schmerzen. Es ist, als würde man meine Organe, Knochen und Sehnen unwiderruflich auseinanderreißen.

Als ein lautes Knacken ertönt, fast so, als wäre jemand auf einen Ast getreten, bleibe ich abrupt stehen und reibe mir mit den Handinnenflächen Wangen und Augen trocken und ziehe geräuschvoll die Nase hoch. Erst eine Sekunde darauf wird mir klar, dass das vermutlich blöd gewesen ist.

Tollpatschig.

Unmittelbar darauf erscheint Pars, der Leibwächter von Yasars Schwester, zwischen zwei Hecken. Wir befinden uns in einer Art Halbkreis und in der Mitte ist ein Beet angelegt. Doch er ist nicht allein. Hinter ihm zähle ich fünf Custodi. Irritiert ziehe ich die Brauen zusammen. Sie sind Mitglieder der Garde meines Vaters und schwer bewaffnet.

Kurz darauf treten meine Eltern zu uns, ebenso Anatolius, der Herrscher über *Patriam Oculus*, Yasars Vater. Bei ihrem Anblick schlucke ich schwer. Es kann nichts Gutes bedeuten. In ihren Gesichtern stehen Ekel und Abscheu. Mutter schluchzt.

»Vater«, murmele ich Hilfe suchend.

Cassius schüttelt den Kopf. »Du bist nicht mein Sohn.«

Jeglicher Optimismus, den ich vorhin gegenüber Yasar versprüht habe, wird einfach so erstickt. Er hatte recht. Ich war naiv zu glauben, wir könnten gemeinsam die Regeln ändern und Viridi zu mehr Freiheit verhelfen. Ich atme tief ein, sammele so viel Luft, wie ich nur kann, ehe ich aus tiefster Kehle brülle: »SIE WISSEN ES. LAUF.« Gut möglich, dass Yasar noch in der Nähe ist. Tausend Gedanken rasen durch meinen Kopf. Hat Dark uns verraten? Doch warum ist er dann nicht hier? Was hat Pars, ein einfacher Leibwächter, mit dieser Angelegenheit zu tun?

»Ergreift ihn«, sagt Anatolius und erst in diesem Moment fällt mir wieder ein, dass ich die Fähigkeit besitze, durch den Nebel zu gehen. Als mich bereits die grauen Schwaden umgeben, rieselt plötzlich ein schlangengrünes Pulver auf mich hinab und ich schreie erschrocken auf, als meine Knie unter mir nachgeben und ich ins Gras falle. Eine Schuhspitze tritt gegen meine Schulter und ich werde auf den Rücken gerollt, während ich mich kaum mehr regen kann. Schließlich beugt Pars sich über mich.

Widerliche Ratte.

»Wo ist Yasar?«, fragt er. Speichel läuft an seinem Kinn hinab, tropft auf mich nieder. Saure Galle steigt in mir auf und ich würge.

»Schafft ihn fort«, ertönt nun die Stimme von Vater, während Mutter weiterhin schluchzt. Gerade hasse ich sie. Schwach. Sie war schon immer schwach unter Vaters unerbittlicher Hand.

Ich will sie fragen, was sie jetzt mit mir vorhaben, doch meine Zunge fühlt sich dick und schwer in meinem Mund an. Es muss ein Gift sein, mit dem sie mich bestäubt haben. Bevor ich einen weiteren Gedanken fassen kann, werde ich unter den Armen gepackt und in eine halb aufrechte Position gebracht. Dann ist Anatolius' Gesicht ganz dicht vor meinem.

»Du hast mir meinen Jungen genommen. Meinen Erben. Der meinem Reich wiederum Erben schenken sollte. Doch du hast ihn verdorben, unbrauchbar gemacht«, zischt er mich an. »Ihn mit deinen widerlichen Fantasien verpestet. Seinen Geist und seinen Körper. Und nun musst du dafür bezahlen.« Er hebt bereits die Hand und ich rechne mit einem Schlag, schließe die Lider und will es stumm über mich ergehen lassen. Doch seine Faust sollte mich nicht treffen. Stattdessen höre ich einen lauten Aufprall und dann schlingen sich zwei vertraute Arme um meinen Oberkörper.

»Hab ich dich«, flüstert Yasar in mein Ohr, wobei kleine Schauer meinen Rücken hinabrieseln.

Ich öffne die Augen und sehe Dream in wenigen Schritten Entfernung auf dem Beet aus Rosen stehen, die genauso weiß sind wie sein Haar. Seine amethystfarbenen Iriden strahlen hell und um ihn herum liegen die in den Schlaf gezwungenen Körper meiner Angreifer.

Unser Freund klopft sich sein Hemd sauber und tritt Pars' schlaffes Bein von den Blumen. »Träumt schlecht, ihr Wichser«, sagt er, und wenn ich könnte, dann würde ich meine Mundwinkel zu einem Lächeln verziehen. Nicht alle sind gegen uns.

DARK

Vor einigen Wochen habe ich nicht geglaubt, dass mein Dasein noch unerträglicher werden könnte.

Ich habe mich geirrt.

Flankiert von Vater und seinem obersten Berater stehe ich vor der mit Efeu umrankten Flügeltür, die in den Palast von *Patriam Oculus* führt. Ich bin davon ausgegangen, dass ich noch etwas Zeit hätte, bis ich an eine Frau gebunden werde, die ich niemals lieben kann.

Auch in diesem Punkt habe ich mich geirrt.

Mit einem Ächzen werden die Türen von innen aufgezogen und der Höllenmarsch beginnt. Ich zwinge mich dazu, einen Fuß vor den anderen zu setzen, doch alles in mir sträubt sich dagegen. So muss es sich anfühlen, zu seiner eigenen Hinrichtung geführt zu werden. Ich konzentriere mich auf meine Atmung und auf die Blumen, die sich von der Decke und über die Wände hinab wie Teppiche ausbreiten und alles in einen frühlingshaften Duft hüllen. Bunte Vögel sitzen auf schmalen Zweigen und zwitschern fröhlich vor sich hin, fast so, als wären sie in Feierlaune.

Vaters Hand legt sich an meinen Rücken, als wir den großen Saal betreten, in dem man uns bereits erwartet. »Mach mich stolz«, raunt er mir zu und gesellt sich dann zu Anatolius und Nova. Ich unterdrücke ein abfälliges Schnauben. Vor wenigen Wochen sollte ich mich noch von Ziva fernhalten, doch jetzt, wo sie kurz davor ist, große Macht zu erlangen, treibt er mich in ihre Arme. Glücklicherweise sind nur wenige anwesend, um dieses Ereignis zu bezeugen. Mein Blick gleitet zu meiner Verlobten, die sich vor dem Thron aufhält und in ein weißes Gewand gehüllt ist. Es scheint, als könne sie die Hochzeit kaum erwarten. In ihre blassen Haare ist ein Kranz aus Vergissmeinnicht geflochten und sie sieht mir schüchtern entgegen, während sie unruhig ihre Finger ineinander verknotet. Meine Füße tragen mich noch vier weitere Schritte, bis ich direkt vor ihr bin. *Du hast mich unterschätzt,* verhöhnen ihre Augen mich.

Ich lächele sie an, was vermutlich mehr dem Blecken von Zähnen gleicht, doch glaubt mir, ich würde sie nicht einmal fressen wollen. *Was auch immer du vorhast,* gebe ich stumm zurück, *ich werde dich aufhalten. Du hast kein Recht darauf, das Leben der einzigen Freunde, die ich habe, zu zerstören.*

Ich versuche, nicht darüber nachzudenken, dass vor mir die Frau steht, die True und Yasar verraten hat. Die Frau, die ihren eigenen Bruder geopfert hat. Und habe ich nicht auch ein wenig Schuld daran? Wäre ich mir meiner selbst nicht sicher gewesen, *so* sicher, dass ich sie um den Finger gewickelt habe, dann hätte ich Yasar gewarnt.

Verdammt.

Hinter Ziva hat sich Pars aufgebaut, der ätzende Leibwächter, vielmehr ihr Schatten, der den Anschein macht, als würde er mir gern die Kehle durchschneiden. Keine Ahnung, was er für ein Problem hat. Er kann sie gerne haben. Stattdessen bin ich es, der nun, in diesem Moment, vor ihr ein Knie beugt. Ich hole eine rote mit Samt umzogene Schachtel hervor und lasse sie aufschnappen. Sie gibt den Blick frei auf einen Ring, der von einem blassblauen Diamanten geschmückt wird. Er ist genauso langweilig wie ihre farblosen Augen. Ihre Persönlichkeit, eingefangen in einem Stein.

»Ziva«, sage ich mit fester Stimme, weil mir nichts anderes übrig bleibt. Ich wusste schon immer, dass Vater eines Tages eine Gemahlin für mich wählen würde. Doch ich hätte niemals gedacht, dass sie es sein würde. In wenigen Wochen von einem Niemand zu jemandem, der über das Schicksal Viridis mitbestimmt. Oder vielleicht ... war sie schon viel länger da – unbemerkt, im Schatten. Und nun lacht sie innerlich. Lacht über uns alle und vor allem über mich.

Vater räuspert sich vernehmlich und ich balle die eine Hand, die ich hinter meinem Rücken halte, zur Faust. »Erbin von *Patriam Oculus* und Beschenkte von *Patriam Veritas*«, spreche ich weiter und habe das Gefühl, jeden Augenblick meine eigenen Worte erbrechen zu müssen. »Erweise mir die Ehre, meine Frau zu werden, und wage mit mir den Schritt, unsere drei Reiche miteinander zu vereinen, damit wir Seite an Seite mit bestem Wissen und Gewissen über das sehende, das ehrliche und das dunkle Volk herrschen können.«

Ich habe meinen Satz kaum beendet, als sie schon »Ja, Liebster« haucht und mich zu sich hochzieht. Sie hat es ziemlich eilig, den Ring an den Finger zu bekommen, steckt ihn sich beinahe selber an.

Oft bin ich gleichgültig, an vielen Tagen genervt. Doch ihr

gegenüber ... da empfinde ich bloß Hass. Ich lächele trotzdem, als unsere Familien verhalten applaudieren, weil alles andere nicht vornehm wäre. Währenddessen ergreife ich Zivas Hand und drücke meine Lippen kurz darauf, schmecke sofort Lavendel und muss mich selbst daran hindern, den Mund zu verziehen.

HALE

Ich vergnüge mich mit einer der Küchenmägde in meinem Zimmer.

Was soll ich sagen?

Ich mag Frauen.

Ich mag, dass sie warm sind und weich, dass sie sinnliche Rundungen haben, die sich perfekt an meinen Körper schmiegen.

Ich mag die Laute, die sie ausstoßen, wenn ich ihnen Vergnügen bereite, und wie sie meinen Namen gurren, ihre Stimmen rau und voller Verlangen.

Ich mag, wie ich mich fühle, wenn ich in ihre Wärme eindringe, fast so, als würde ich auf Wolken reiten.

Ich bin ein sehr körperlicher Mensch. Daraus mache ich kein Geheimnis. Und ganz ehrlich: Man muss seine Freiheit in vollen Zügen genießen, solange sie einem bleibt. Vor zwei Tagen hat Dark um Zivas Hand angehalten und ich wette, dass er jetzt bereut, stets mit einer abweisenden Miene durch unsere Paläste gewandelt zu sein und die Frauen, die sich ihm bei jeder Gelegenheit an den Hals warfen, achtlos links liegen gelassen zu haben. Zugegeben, eigentlich weiß ich nicht, ob in seinem Kopf gerade Platz für solche Gedanken ist.

Dark und Ziva.

Hallo?

Vielleicht hätte mich mal jemand vorwarnen können, dass Viridi demnächst vor die Hunde geht.

Von der Tür ertönt ein Klopfen und ich fluche, während ich schneller in die Frau vor mir eindringe und die Kommode dabei immer heftiger gegen die Wand schlägt.

»Sir«, ruft mein Berater durch die geschlossene Tür. Ich ignoriere ihn. »Sir!«

Klopf, klopf.

»Eure Eltern erwarten Euch im Versammlungszimmer.«

Kurz herrscht Schweigen und die Frau in meinen Armen schnurrt, während sie genüsslich an meinem Ohrläppchen knabbert und unsere Bewegungen wild und unkontrolliert werden.

»Sir«, erklingt die Stimme meines Beraters erneut – inzwischen sichtlich angesäuert.

»Götter, Fergus, leg dir ein eigenes Leben zu«, schnauze ich ihn an, ehe die Frau lustvoll stöhnt und ich zuckend und fluchend Befriedigung erlange. Mit einem freundlichen Lächeln ziehe ich mich zurück und streiche ihr eine verschwitzte Haarsträhne aus dem Gesicht. »Das hat Spaß gemacht, Liebes.« Natürlich weiß ich ihren Namen nicht, aber ich bilde mir auch nicht ein, dass ich ihr in irgendeiner Weise wichtig wäre.

Sie strahlt mich an und zwinkert mir neckisch zu. »Fand ich auch.«

»Wie du hörst, wird bereits nach mir verlangt.« Sie nickt eilig und ich küsse ein letztes Mal ihre Wange, ehe ich die Hose hochziehe, mein Hemd glätte und vor ihr salutiere, was ihr ein Lachen entlockt. »Nimm dir so viel Zeit, wie du brauchst«, sage ich und trete aus der Tür.

Unglücklicherweise werde ich sofort mit Fergus' grimmigem Gesicht konfrontiert. Er bläht die Nasenflügel, als könne er riechen, was ich gerade Ungehöriges getan habe. »Sir«, mahnt er mich. »Wir müssen uns nun wirklich beeilen. Die Versammlung hat bereits vor einer halben Stunde begonnen.«

Ich verdrehe die Augen. »Du verdirbst mir meine einzigen Freuden des Tages. Wegen dir bin ich jetzt total gestresst.« Fergus rümpft erneut die Nase und ich schüttele den Kopf. »Du solltest dich auch mal richtig locker machen«, schlage ich vor und zwinkere ihm verschwörerisch zu. »Ich könnte da etwas arrangieren.«

»Ich bin nicht wie Ihr, Sir«, erwidert er schnaubend. »Ich kann mich zügeln.«

Ich seufze schwer. »Das muss grauenvoll sein. Frustrierend und einsam.« Allein bei der Vorstellung von Enthaltsamkeit schüttelt es mich. »Es ist nicht verwerflich, ein wenig Zerstreuung zu suchen. Seinen natürlichen Bedürfnissen nachzugehen.«

»Dieses absurde Gespräch ist unter meiner Würde, Sir«, lässt Fergus mich wissen.

»Kündige deinen Dienst«, flehe ich ihn an und stelle mir dabei vor, wie ich den ganzen Tag anstellen kann, was ich möchte, ohne, dass er mit erhobenem Zeigefinger hinter einer Ecke auftaucht und mich zu meiner nächsten Pflichterfüllung schleift. Plötzlich packt er mich am Ohr und zieht mich daran mit sich, zwingt mich, schneller zu laufen. »Autsch, bist du vollkommen von Sinnen?«

»Ich habe alle Sinne beisammen, Sir.«

»Götter, du bist so ein Snob«, erwidere ich, während ich ihm stolpernd folge. Doch es dauert nur einen Moment, bis

sich erneut ein schelmisches Grinsen in meinem Gesicht ausbreitet. »Hygiene ist dir sehr wichtig, oder Fergus?«

»Ja, Sir.«

»Dann fühle ich mich dazu verpflichtet, dir zu sagen, dass
schon halb Viridi genau dieses Ohrläppchen, das du gerade
berührst, im Mund gehabt hat.« Es dauert keine Sekunde, bis
er es loslässt und hektisch ein Tuch hervorkramt, um seine
Finger daran abzuwischen. Gut gelaunt zucke ich mit den
Schultern. »Ein kleiner Fetisch von mir.«

Den restlichen Weg legen wir schweigend zurück, doch
sein eingeschnapptes Schweigen hängt laut zwischen uns.
»Du, Fergus?«, frage ich schließlich, als er die Faust bereits
erhoben hat, um an die Tür zum Versammlungszimmer zu
klopfen.

»Ja, Sir?«

Blitzschnell springe ich vor und drücke ihn fest an mich,
während er erschrocken quiekt, als wäre er eine kleine Kröte.
»Hab dich lieb, Kumpel.«

»Ihr stinkt«, gibt er gepresst zurück und ist dabei ungefähr so anschmiegsam wie ein Stück Holz. Beruhigend tätschele ich seinen Rücken.

»Ich habe mich seit drei Tagen nicht gewaschen.«

Lost

Flora und ich liegen im Bett ... und es passiert ... nichts.

Es ist nicht so, dass ich sie nicht anziehend finde. Ganz im
Gegenteil. Sie ist die schönste Frau in Viridi. Zart wie eine
Blume. Und ich würde sie zerbrechen. Sie vertrocknen las-
sen. Sie braucht jemanden, der ihr Sonne schenkt. Licht und

Zuneigung. Alles Dinge, zu denen ich nicht in der Lage bin. Schon immer ist in mir dieser dunkle und einsame Ort, angefüllt mit Traurigkeit und Selbstzweifeln, an den ich niemanden mitnehmen möchte.

Es reicht, wenn ich ihn jeden Tag ertragen muss.

Es reicht, wenn ich selbst mich jeden Tag aushalten muss.

Ich frage mich, weshalb sie der Verlobung damals zugestimmt hat. Sie kann unmöglich dieses trostlose Leben an meiner Seite wollen. Zögerlich werfe ich ihr einen Blick von der Seite zu, doch sie ist ganz vertieft in das Buch, das sie gerade liest. Mit ihren Zähnen beißt sie sich auf die pfirsichfarbene Unterlippe, ihre langen Wimpern werfen Schatten auf ihre Wangen, die dennoch gerötet sind und so ... lebendig.

Alles an Flora ist voller Leben.

Kurz muss ich die Augen schließen. Mir entweicht ein Stöhnen, als ich meinen Hinterkopf gegen das Bettende sinken lasse.

»Lost?« Selbst ihre Stimme hat eine ganz eigene, vollkommene und wunderbare Melodie. Jemanden wie sie habe ich nicht verdient.

Langsam hebe ich die Lider und sehe in ihre grünen Augen. Wie von selbst streckt sich meine Hand nach ihr aus und ich streiche die Sorgenfalte glatt, die sich auf ihrer Stirn gebildet hat. Dann greife ich unter mein Kopfkissen und hole die Blume hervor, die ich heute für sie gepflückt habe. Vorsichtig, als könne ich sie verschrecken, stecke ich ihr die Pfingstrose ins Haar. »Wunderschön«, flüstere ich. Für einen kurzen Moment verhaken sich unsere Blicke ineinander, ehe ich zurück auf meine Hälfte des Bettes rutsche.

Ich wünschte, ich könnte sie an mich heranlassen.

Ich wünschte, sie könnte mein Herz berühren.

Es ist nicht ihre Schuld.

Denn eigentlich bin ich derjenige, der nicht kann. Ich kann es einfach nicht zulassen, mich für jemanden zu öffnen. Mich jemandem zu zeigen. All die Abgründe, aus denen ich mich tagtäglich wieder zwinge, emporzuklettern.

Nun ist sie es, die seufzt. Ich kann es bis in jeden der Abgründe in mir hören.

Ich will gerade das Licht löschen, als die Tür ohne Vorwarnung auffliegt. Mir fällt nur einer ein, der so dreist sein würde. »Hale«, knurre ich, und als ich die Beine aus dem Bett schwinge, steht er bereits im Schlafzimmer. Ich schaue über die Schulter zu Flora, die eilig und mit weit aufgerissenen Augen die Decke hochzieht. Augenblicklich packe ich meinen Freund am Arm, um ihn in den Wohnbereich zu bringen. »Du kannst hier nicht einfach so reinplatzen«, sage ich wütend.

Hale schnaubt belustigt. »Bei was hätte ich euch denn erwischen sollen? Bei der Berechnung, wie viele Meter Abstand zwischen euch liegen müssen? Sei froh, dass ich ab und an vorbeikomme und dich ablenke, damit du nicht jeden Abend zweifelnd im Bett liegen und deine Existenz bedauern musst.« Er versucht noch einen Blick in unser Schlafzimmer zu erhaschen und erntet dafür einen kräftigen Schlag auf den Hinterkopf. »Autsch«, beschwert er sich. »Ihr seid heute alle so gewalttätig. Vielleicht solltest du gemeinsam mit Fergus einen Zölibat-Verein gründen. Echt. Das ist nicht gesund.«

»Komm zum Punkt«, gebe ich zähneknirschend zurück. »Was willst du hier um diese Uhrzeit?«

Hales Miene klärt sich und sein Gesichtsausdruck wird überraschend ernst. »Ich habe heute etwas herausgefunden.«

»Die Verlobung zwischen Dark und Ziva? Davon weiß ich schon.«

Mein Freund schüttelt bedauernd den Kopf, bevor er seinen Ton senkt und seine Stimme nicht mehr als ein Flüstern ist. »Es geht um Yasar und True. Die Sache wird noch unter Verschluss gehalten, doch ich habe gerade eben in einer Versammlung davon erfahren. Ihr rechtmäßiges Erbe wurde ihnen abgesprochen. Sie verstecken sich in *Patriam Somnium*. Dreams Familie hat sie aufgenommen und die Tore des Reiches für alle anderen verschlossen. Unsere Berater sagen, es könnte Krieg geben, wenn sie die beiden nicht übergeben, damit ihnen der Prozess gemacht werden kann. Götter, ich kann nicht glauben, dass sie uns nicht kontaktiert haben und ich es über meine Eltern erfahren musste.«

Ich höre seine hastig ausgesprochenen Worte, doch ich verstehe sie nicht. »Jetzt mal langsam. Was redest du da? Aus welchem Grund soll Yasar und True ein Prozess gemacht werden? Warum verlieren die beiden ihr Erbe?«

Hale sieht mich traurig an. »Weil sie einander lieben.«

ZIVA

Der Plan der Königin ist aufgegangen. Eigentlich wollte ich vorerst nur einen Bauern schlagen. Doch dann ist True gleich mit in die Falle getappt. Er und mein Bruder verstecken sich in *Patriam Somnium*, wo Lucius und Valeria ihnen Unterschlupf gewähren. In unseren Kreisen werden sie mittlerweile als Verräter geächtet. Ich dagegen bin aufgestiegen, bin nun die Erbin von zwei Reichen – *Patriam Oculus* und *Patriam Veritas*. Und bald wird noch ein drittes dazukommen: *Patriam Anxiet*. Ich werde niemals den Moment vergessen, in dem Dark um meine Hand angehalten hat. Ich bin nicht dumm, weiß, dass es auf Drängen seines Vaters hin geschah, der angetrieben wird von Macht und Gier. Auch wenn Dark noch widerwillig ist, bin ich mir sicher, dass wir füreinander geschaffen sind. Wir sind uns so ähnlich – er und ich. Ich kann es bereits vor Augen sehen. Ganz Viridi – wird uns zu Füßen liegen. Drei Reiche sind noch lange nicht genug. Deshalb ist es an der Zeit, ein weiteres Opfer zu bringen. Und dafür muss ich mich an den dunkelsten Ort unseres Planeten begeben.

Nigrum Silvam.

Der Wald, in dem die Toten weilen – wohin man zum Sterben geht. Aber ich bin bereit, einen Teil von mir aufzugeben.

Alles hat seinen Preis.

Irina, meine Zofe, las mir einst jeden Abend die Geschichten und Legenden von Viridi vor. Doch wie viel Wahrheit in ihnen steckt, entdeckte ich erst, als einer der Herrscher heimlich meine Hilfe erbat und ich seine Tagebücher nach seinem Tod vor gefräßigen Flammen bewahrte, die sein eigener Sohn, der auch versuchte, mich alles vergessen zu lassen, entfacht hatte. Aber er war nicht gründlich genug, dachte gar nicht daran, die schwarze Tinte meiner eigenen Aufzeichnungen auszulöschen. Und seitdem hungere ich nach *Immortalem*, dem Armband, das den Träger wahrhaftig unantastbar werden lässt, sodass ich dem Tod auf ewig widerstehen kann. Das dafür sorgt, dass kein Gift mich jemals hinraffen kann. Ich träume auch von *Cogitatio*, dem Spiegel, der unverwundbar macht, sodass kein Monster und kein Angreifer zu mir durchdringen und mich verletzen kann. Ich begehre *Originem*, die Krone der Schöpfung, mit der man das Unmögliche erschaffen kann, sowie *Exitium*, das Schwert, mit dem man alles zerstören kann. In manchen Momenten lechze ich nach

Votum, der magischen Uhr, welche dir jeden Wunsch erfüllt. Doch am meisten sehne ich mich nach *Imperium*, dem Ring der Überzeugung, der mir die Kraft des Willens verleiht und dafür sorgt, dass mir ganze Armeen folgen werden.

Laute Schritte ertönen vor meiner Tür, reißen mich unsanft aus meinen Gedanken. Ein eiskalter Schauer läuft mein Rückgrat hinab und mein Herzschlag schnellt für einen Augenblick in die Höhe, doch dann erinnere ich mich daran, dass es Pars sein muss, der mich abholt. Rasch werfe ich meinen Mantel über, binde mein Haar zu einem Zopf und trete nach draußen. Prompt kollidiere ich mit Pars' stahlharter Brust und seine Arme schlingen sich um meine Hüfte, wandern noch ein wenig tiefer, ich erschrecke allerdings nicht.

Nicht mehr.

Nie wieder.

Damals hat er sich freiwillig gemeldet, mein Wächter zu werden, und ich habe mich geehrt gefühlt. Er war der Erste, der wirklich etwas mit mir zu tun haben wollte. Kurz darauf fand ich heraus, warum. Großvater sagte einst zu mir, man solle seine Freunde nah bei sich behalten, doch seine Feinde noch näher. Da ich keine Freunde habe, fällt es mir leicht, mich an seinen Rat zu halten.

FLORA

»Bald wirst du die Gemahlin eines *Deum Viventem* sein«, sagt Mutter stolz, während sie meine Haare kämmt. Ich nicke lächelnd, versuche meinen Augen einen begeisterten Glanz zu verleihen.

Ich scheitere.

»Du wirst eine wunderschöne Braut sein«, zwitschert Mutter.

Wunderschön.

Als ich klein war, nannte man mich das schönste Mädchen Viridis. Ich wurde erwachsen und man betitelte mich fortan als die schönste Frau Viridis. Schon mein ganzes Leben lang werde ich gelobt, ja sogar gepriesen für etwas, an dem ich nicht den geringsten Anteil habe.

Wunderschön.

Die Erinnerung seiner Stimme ist so laut und klar, dass sich eine Gänsehaut auf meinen Armen ausbreitet.

Doch ist das wirklich alles?

Alles, was mich ausmacht?

Alles, weshalb er mich gewählt hat?

Wegen einer Hülle, die nichts von dem preisgibt, was in mir ist? Allein der Gedanke stimmt mich traurig.

»Es ist wirklich eine Ehre, dass Ziva dich heute zum Tee eingeladen hat, nicht wahr?«, plappert sie munter weiter.

»Ja, Mutter«, erwidere ich brav. Die Wahrheit ist, dass ich Ziva unheimlich finde. Ich verstehe nicht, wie jemand so Nichtssagendes wie sie über drei Reiche herrschen soll. Es ist absurd. Vielleicht sogar gefährlich.

Ich weiß nicht viel.

Aber stille Wasser sind tief.

Und wenn man nicht aufpasst, kann man in ihnen untergehen.

Ich lächele und nicke, während Mutter mich hochscheucht und mir in ein Kleid hilft. Aus ihrem Mund kommen unablässig Worte, sie will einfach nicht aufhören und ich reibe mir müde über die Schläfen. Schon so lange sehne ich mich nach jemandem, der nicht oberflächlich ist. Nach jemandem, mit dem ich reden kann. Wirklich reden. Ich will jemanden, der mehr sieht als das, was ich von außen bin. Ich dachte, dass ich diesen Jemand in Lost gefunden hätte. Und jetzt, wo ihm meine Hand versprochen ist, dringe ich nicht zu ihm vor. Er lässt mich nicht hinein. Zeigt mir nichts von sich, das von Bedeutung ist. Weist mich zurück.

Seit Hale vor zwei Wochen unangekündigt in unser Schlafzimmer gestürmt ist und erzählt hat, was mit Yasar und True vorgefallen ist, verbarrikadiert er sich die meiste Zeit über in seinem Arbeitszimmer. Bei Nacht schleicht er sich fort. Sie behaupten, *Patriam Somnium* sei verschlossen. Ich glaube jedoch nicht, dass das für jeden von uns gilt. Irgendetwas geht dort vor sich. Der Umbruch ist nah. Die Frage ist nur, welche Seite mein zukünftiger Gemahl dann wählen wird ... Wenn er sich für seine Freunde entscheidet, wird das womöglich unser Untergang sein.

Ich knabbere auf meiner Unterlippe und wappne mich für das Gespräch mit Ziva. Es würde Lost nicht gefallen. Er mag sie nicht. Ebenso wie ich. Aber ich hatte keine Möglichkeit, ihm zu sagen, dass ich sie aufsuche. Er ist selbst schuld, wenn er nie da ist, denke ich beinahe trotzig. Andererseits: Es ist ja bloß ein Tee. Was kann da schon schiefgehen?

»Es ist Zeit«, sagt Mutter aufgeregt und zupft ein letztes Mal an meinem Kleid und meiner Frisur herum, obwohl beides tadellos sitzt. Auch ich betrachte im Spiegel meine Haare, in der die Pfingstrose steckt, die Lost für mich gepflückt hat. Sie ist bereits verwelkt.

»Viel Spaß, Schätzchen. Und berichte mir anschließend genau, wie es gelaufen ist.« Sie kneift mir in die Wangen und blinzelt ein paar Tränen fort. »Ich bin so voller Freude, dass du dieses Leben führen darfst.«

»Ich weiß, Mutter«, sage ich und lächele sie liebevoll an. Mein Vater ist kurz nach meiner Geburt gestorben. Er war ein angesehener General, hat uns nach seinem Tod jedoch kaum Geld hinterlassen. Sie hat sehr viel von sich selbst aufgeben müssen, um uns beide durchbringen zu können. Ich schließe sie fest in die Arme. »Danke.« Dann raffe ich meine Röcke, wende mich ab und laufe nach draußen, wo ein Wächter wartet, der mich nach *Patriam Oculus* bringen wird. Er nickt mir zu und ich lege meine Hand in seine. Über die Schulter schaue ich in Mutters glückliches Gesicht. Ich habe alles bekommen, was sie sich je für mich gewünscht hat. Oder vielmehr, was sie für sich selbst gewollt hätte.

Als der Nebel sich lichtet und ich die Augen öffne, stehe ich in einem offenen Empfangsbereich. Der Wächter verneigt sich leicht und bedeutet mir, in den angrenzenden Bereich zu gehen, während er sich zurückzieht. Ich folge seiner Anweisung und setze mich zögerlich in Bewegung. Staunend sehe ich mich um, denn alles ist deutlich bunter und prunkvoller, als ich es von *Patriam Praeter* gewohnt bin.

»Da bist du ja«, ertönt Zivas Stimme und ich zucke ertappt zusammen. Als wäre es verboten, die eindrucksvollen Malereien an den Wänden zu betrachten.

»Vielen Dank für die Einladung«, sage ich höflich und meine Mundwinkel verziehen sich zu einem geübten Lächeln.

Ziva führt mich in einen großzügigen Salon. Überrascht stelle ich fest, dass wir hier vollkommen alleine sind. »Mir ist aufgefallen, dass wir beide uns noch nie so richtig unterhalten haben, und da dachte ich, dass wir das unbedingt ändern müssen.«

Weil du bei jeder Veranstaltung einsam und still in der Ecke stehst. Diese Wahrheit spreche ich natürlich nicht laut aus.

434

Obwohl ich es wirklich gern täte. In ihrer Gegenwart fühle ich mich einfach nicht wohl. Ich unterdrücke ein Seufzen. »Ja, das finde ich auch.«

Sie kichert. »Jetzt, wo wir so etwas wie Schwägerinnen werden.«

Irritiert hebe ich die Augenbrauen. »Lost und du seid nicht miteinander verwandt«, rutscht es mir heraus, ehe ich es verhindern kann.

»Du bist lustig«, gackert sie und in diesem Moment würde ich am liebsten vor ihr zurückweichen. Trotzdem sollte ich mich gut stellen mit der Frau, die mit ihrem Gemahl bald über drei Reiche herrschen wird. Deshalb nicke ich ihr dankend zu, als hätte ich es als Kompliment aufgefasst. »Komm, wir setzen uns«, schlägt sie vor und führt mich zu dem großen Sofa in der Mitte des Raumes. »Tee?«

Innerlich verdrehe ich die Augen. *Dafür bin ich hier.* »Ja, bitte.«

Sie schenkt mir eine Tasse ein und mein Blick wandert zum Fensterbrett, auf dem aneinandergereiht eine Sammlung Porzellanpuppen sitzt. Sie starren mich an und ich starre zurück. Fast erscheint es mir, als würden ihre regungslosen Augen mich warnen wollen. »Hier, für dich«, gewinnt Ziva meine Aufmerksamkeit zurück.

»Das riecht aber gut«, lobe ich.

»Ich habe die Kräuter selbst in einem unserer Gärten gepflückt«, erwidert sie.

Dann nehme ich die randvoll gefüllte Tasse, die sie mir schon die ganze Zeit entgegenhält. Im nächsten Moment entfährt mir ein Schreckenslaut, weil mich etwas Spitzes schneidet und mir die Tasse entgleitet, wie in Zeitlupe zu Boden fällt. »Es tut mir furchtbar leid«, wispere ich. »Normalerweise bin ich überhaupt nicht so ungeschickt.« Ich will mich bücken, um die Scherben aufzuheben, als eiskalte Finger meinen Unterarm umfassen. Irritiert schaue ich zu Ziva auf, die wie paralysiert meine Handinnenfläche anstarrt, aus der hellrotes Blut hervorquillt.

»Alles hat seinen Preis«, flüstert sie. Dann beginnen die ersten Tropfen zu fallen. Ich will mich zurückziehen, nach einem Tuch greifen, doch ihr Griff ist unerbittlich, beinahe schmerzhaft. Das Blut tropft auf einen Ring, der an ihrem mittleren Finger steckt. Der Ring ist schwarz, so schwarz wie der *Nigrum Silvam*. In seiner Mitte ist ein Edelstein in Form einer Träne eingefasst. Es wirkt, als würde der Ring selbst weinen, als drei Tropfen meines Blutes in ihn sickern. Mir wird schwindelig und ich sehe nur noch verschwommen. »*Sanguis*«, höre ich Zivas Stimme wie aus weiter Ferne. »*Sanguis. Accipit. Imperium. Fove.*«

Plötzlich leuchtet mein Sichtfeld auf. Ein Ruck geht durch meinen Körper.

Gedanken fließen in meinen Kopf.

Gedanken, die eigentlich gar nicht mir gehören.

Gedanken, die sich festsetzen.

Gedanken, die vielleicht doch meine eigenen sind.

Ich setze mich aufrecht hin, sehe wieder scharf.

Ziva mustert mich lächelnd. »Hallo, *Freundin*. Sei stolz auf dich. Du darfst heute mein Anfang sein.«

Kapitel 30

IMMORTALEM

DARK

Gegenwart

Ich hätte nicht gedacht, dass ich irgendwann einmal einen Leichnam für Ziva wegschaffen würde. Dass ich mich überhaupt noch einmal mit ihr auseinandersetzen müsste.

Ares' von den Krähen angefressener und halb verwester Körper stinkt. Und zwar abscheulich. Ich ziehe mir mein Hemd über die Nase und versuche, einfach nicht zu atmen. Eigentlich dachten wir, die Natur würde die Sache schon regeln, doch dann kam ein Sturm, wehte den kompletten Schnee weg und zum Vorschein kam – dieser Mistkerl. Selbst im Tod bereitet er einem bloß Ärger.

Wenn es Athene nicht gäbe, die noch immer auf die Rückkehr ihres Bruders wartet, hätten wir das Problem überhaupt nicht. Fluchend hebe ich weiter eine Grube aus und bete, dass die Spitze meiner Schaufel nicht an dem harten Boden abbrechen wird. Ab und an sehe ich mich um, kontrolliere, dass ich wirklich alleine bin. Denn man weiß nie, wann einem eine von Arachnes vielbeinigen Untergebenen auflauern wird.

Noch ein Grund, weshalb ich diesen Ort hier hasse.

Es kommt mir vor, als wäre ich bereits Jahre hier.

Jeden Tag gebe ich alles, um endgültig Zivas Vertrauen zu gewinnen.

Und trotzdem ist mir nicht klar, was ihre tatsächlichen Absichten sind. Abgesehen von den offensichtlichen natürlich ... Eine neue Hierarchie begründen und ganz oben an der Spitze stehen, wo alle anderen zu ihr aufsehen. Und ganz bestimmt hat sie auch eine Strafe für uns im Kopf.

Das Übliche eben, wonach sich Verrückte so sehnen. Sie wollte über Viridi herrschen und nun will sie auf der Erde dasselbe erreichen. Sie will um jeden Preis beweisen, dass sie uns immer einen Schritt voraus ist und dass es keinen Ort gibt, an den wir vor ihr fliehen können. Dass sie bereit ist, das gesamte Universum zu durchqueren, nur um mit uns vereint zu sein. Ihre Besessenheit von uns kennt keine Grenzen. Dabei gibt es eigentlich bloß drei Dinge, die ich wirklich dringend herausfinden muss.

Erstens: Auf welche Art ist sie uns überlegen?

Zweitens: Kann sie uns tatsächlich so gefährlich werden wie damals auf Viridi?

Drittens: Wie kann ich sie töten?

Das Armband, welches ich an meinem ersten Abend hier bei ihr entdeckt habe, zieht immer wieder meine Aufmerksamkeit auf sich, und ich bin mir mittlerweile sicher, dass es sich um einen magischen Gegenstand handelt. Den Spiegel hält sie weiterhin versteckt, doch ich werde sie dazu bringen, mir ihre Kräfte zu offenbaren. Jeden Abend mische ich ihr Kräuter für einen tiefen Schlaf in ihr Getränk, damit sie sofort einschläft. Anders als Gift scheint das bei ihr zu wirken. Einmal habe ich sogar versucht, das Armband von ihrem Handgelenk zu lösen, um es genauer zu untersuchen. Vergeblich. Es sitzt so fest, als hätte man es mit ihrer Haut zusammengeschweißt. Und das erweckt mein Misstrauen noch mehr. Gleichzeitig empfinde ich Aufregung. Denn was ist, wenn die Gegenstände der Schlüssel zu ihrem Untergang sind?

Sobald das Loch im Boden tief genug ist, stoße ich Ares' Körper hinein und beginne, die Erde zurückzuschaufeln. Als mein Werk vollbracht ist, werfe ich die Schaufel achtlos beiseite und bringe mich durch den Nebel in das Zimmer, welches ich mir mit Ziva teile. Ihre trüben Augen verfolgen jede meiner Bewegungen, während ich mir mein schmutziges Hemd abstreife und zu ihr gehe, um ihre Stirn zu küssen.

»Ist alles erledigt?«

»Natürlich«, erwidere ich mit einem charmanten Zwinkern und laufe in das angrenzende Badezimmer. Es kostet mich jedes Mal größte Überwindung, die Tür nicht abzuschließen. Bisher ist sie mir nie gefolgt. Meistens, weil der Trank schnell seine Wirkung zeigt. Doch heute stand ihr Glas nahezu unberührt auf ihrer Seite des Bettes.

Obwohl ich kein gutes Gefühl bei der Sache habe, ziehe ich mich aus und steige unter die Dusche. Ich wasche zuerst meine Hände, dann meine Haare, die mir inzwischen fast bis auf die Schultern reichen, und dann den Rest meines Körpers. Ich weiß genau, zu welchem Zeitpunkt sie sich dem Badezimmer genähert hat. Doch ich lasse mir nichts anmerken. Sie bleibt im Türrahmen stehen, saugt meinen Anblick förmlich in sich auf, bis ich mir ein Handtuch greife und es um meine Hüften schlinge.

Sie lächelt mich an und ich lächele zurück.

So langsam wird es zum Problem, sie auf Abstand zu halten. Bisher bin ich jedem übermäßigen Körperkontakt aus dem Weg gegangen. Keine Ahnung, wie lange ich sie noch hinhalten kann. »Du musst müde sein«, sage ich, während sie mich mit schräg gelegtem Kopf betrachtet. »Ich bring dich ins Bett.« Widerwillig dreht sie sich um und geht zurück ins Schlafgemach. Rasch streife ich mir ein frisches Shirt und eine Hose über, ehe ich ihr folge. Ich schüttele ihr Kissen auf und schlage die Laken zurück, helfe ihr, sich hinzulegen, und decke sie zu. Es ist mittlerweile zu einer festen Routine geworden.

»Leg dich zu mir«, bettelt sie, und alles in mir schreit Nein, während ein Ja meinen Mund verlässt. Es ist wie früher auf Viridi. Ich umrunde das Bett und strecke mich auf meiner Seite der Matratze aus, halte ihr den Arm hin, damit sie sich an mich kuscheln kann. Wie eine Klette heftet sie sich an mich und gräbt ihre Nägel in meine Haut. Ich weiß, dass sie darauf hofft, Blut zu sehen. Ihre Obsession, die sie vor mir nicht verstecken kann.

»Du hast mir eine Armee versprochen«, murmelt sie und ich registriere erfreut, dass sie schläfrig klingt. Vollkommen verrückt, aber schläfrig. Sie faselt ständig davon. Von ihrer Armee. Trotzdem sagt sie mir nicht, was genau sie mit ihr anfangen will. Und mal ehrlich: Warum sollte ihr irgendwer folgen? Wobei ich genau dasselbe damals auch gedacht habe. Und dann ging alles furchtbar schief.

»Du bekommst deine Armee«, erwidere ich ruhig und wirke dabei tatsächlich überzeugend. Sie denkt, dass ich Ares' Arbeit fortsetze, dass ich für sie Krieger und andere Gottheiten rekrutiere, während sie hier Tag ein Tag aus auf der faulen Haut liegt. Aber das kann sie vergessen.

Wenngleich ich sie streichele und vorgebe, meine gesamte Aufmerksamkeit ihr zu widmen, grübele ich darüber nach, wie es ihr gelungen ist, auf unserem Heimatplaneten solche Massen zu mobilisieren. Ob es vielleicht ein Zauber gewesen ist und sie selbst eine Macht der Überzeugung beherrscht. Es gab eine Zeit, in der sie sich auf Viridi oft fortgeschlichen hat. Und wenn sie wiederkam, waren ihre Schuhe stets kohlrabenschwarz gefärbt. Es gelang ihr nicht immer, die dunklen Fußspuren gänzlich zu verwischen. An den Morgen danach wirkte sie noch blasser als sonst, ihre Hände zitterten und sie schien nicht ganz bei sich zu sein, ungeachtet der Tatsache, dass sie trotz ihrer körperlichen Schwäche zunehmend mehr Verbündete auf ihre Seite zog.

Eines Nachts folgte ich ihr – zum *Nigrum Silvam*, dem Todeswald. Ich konnte ihn nicht betreten, es war wie eine unsichtbare Barriere, die mich zurückgehalten hat. Danach suchte ich Hale auf, weil ich spürte, dass die Dinge begannen, mir zu entgleiten. Vermutlich wäre Yasar die bessere Anlaufstelle gewesen, doch er, Dream und True hatten ihre eigenen Probleme – ebenso Lost. Trotz der Vergangenheit und der Gegenstände will mir mein gesunder Verstand weismachen, dass sie auf der Erde nicht dieselbe Macht, nicht dasselbe Hexenwerk ausüben kann.

Sanft fahre ich durch ihr Haar. Nichts daran fühlt sich richtig an. Weil es zu dünn ist und kein bisschen lockig.

Jeden Tag liege ich neben der falschen Frau.

Schlafe neben ihr ein.

Wache neben ihr auf.

Und in meinem Kopf – hinter einer doppelt verriegelten Tür – wartet immer Flame auf mich. An diesen Ort gehe ich, wenn ich glaube, dass ich all das hier keine Sekunde länger ertragen kann. Und dann rieche ich ihren Duft nach Vanille und Orangenöl, höre ihr herausforderndes Lachen, spüre die Berührung ihrer kleinen Hände und sehe ihre einzigartigen Augen und das Grübchen, welches sich auf ihrer rechten

Wange bildet, wenn sie verlegen ist. Jeden Tag sehne ich mich danach, sie zu halten, mit ihr zu sprechen, über eine schöne Zukunft, die wir nicht mehr haben werden. Dann greife ich an mein Herz, welches träge schlägt, frage mich, warum sie mich nicht mitgenommen hat. Manchmal nagt aber auch das schlechte Gewissen an mir. Weil ich vielleicht zu sehr an mich – und zu wenig an sie gedacht habe. Lost hatte die Möglichkeit, Candela vor dem Reich des ewigen Schlafes noch einmal zu sehen, sich richtig zu verabschieden.

Ich habe das nicht getan.

Nicht einmal versucht.

Stattdessen habe ich mich von Wut, Verzweiflung, Trauer und Verlust auffressen lassen. In all meiner Dunkelheit kann ich kein einziges Licht mehr ausmachen. Und bis auf diesen einen Ort in meinem Kopf ist da nichts als Leere, weil die Verbindung fort ist und ich sie nicht mehr fühlen kann. Nie wieder.

Die Burg schläft noch und das dumpfe Geräusch meiner Stiefelsohlen ist das Einzige, was die vorherrschende Stille durchbricht. Ich wähle stets diese Zeit, um in den Kerker zu gehen. Denn die Spinnen haben sich gerade zur Ruhe gelegt und Athene und Ziva erwachen nicht, bevor die Sonne hoch am Himmel steht. Wobei im Reich der Vergangenheit und des Vergessens beinahe immer dichte graue Wolken jegliches Licht absorbieren.

Ich steige die enge Wendeltreppe hinab und nehme anschließend den Schlüsselbund vom Haken, um das eiserne Schloss zu öffnen. Dann trete ich ein und sehe wie üblich Lost, der auf seiner Pritsche liegt und an die Decke starrt, von der Wasser auf ihn hinabtropft.

Tropf, tropf, tropf.

An seiner Stelle wäre ich vermutlich längst durchgedreht.

»Du weißt schon, dass du die Pritsche an eine andere Stelle schieben könntest«, sage ich mit einem sarkastischen Unterton und werfe ihm durch die Streben einen Laib Brot zu, während ich die Karaffe mit Wasser auf seiner Seite der Zelle auf den Boden stelle. Geschickt fängt er das Brot auf und setzt sich aufrecht hin. Obwohl er schon seit mehr als drei Wochen in Gefangenschaft lebt, sieht er nicht mitgenommen aus. Sein Shirt spannt mehr als zuvor über seiner Brust und ich gehe davon aus, dass er täglich trainiert. Da ich ihn regelmäßig mit Essen versorge, erscheinen seine Wangenknochen alles andere als eingefallen. Er beißt in sein Brot und kaut genüsslich, ehe er mich interessiert mustert.

»Wie läuft's?«

Das fragt er jedes Mal. Ich antworte ihm nicht.

»Wie lange will Ziva mich hier unten festhalten? Es wird langsam ein wenig öde.«

Da muss ich ihm zustimmen. Ich ziehe einen schmuddeligen Schemel heran, hocke mich darauf und versuche nicht daran zu denken, wie lange er schon hier steht und wer ihn bereits alles benutzt hat. Und vor allem – für was. Brrrr.

»Teilst du das Bett mit ihr?«

Seine Frage trifft mich vollkommen unvorbereitet. Für einen kurzen Augenblick versteife ich mich, bevor ich mich an meine Rolle erinnere. »Ja.«

Lost lässt das Brot sinken und sieht – angewidert aus. Scheint so, als hätte ich ihm den Appetit verdorben. »Du schläfst mit ihr? Nachdem du Flame verloren hast? Ich glaube dir nicht, dass du über sie hinweg bist. Immerhin denke ich jeden Tag an Candela.«

Ich seufze genervt und strecke meine Beine aus. »Die Vergangenheit kann man nicht ändern, man muss sie akzeptieren. Ich habe meine Bedürfnisse und Ziva ist in der Lage, diese zu stillen.« Die Lüge schmeckt bitter auf meiner Zunge, doch ich schenke ihm ein arrogantes, zufriedenes Grinsen.

Normalerweise hält Lost Abstand, dieses Mal allerdings nähert er sich den Gitterstäben, bis er dicht davor anhält »Was auch immer dein Plan ist, Dark. Du musst das hier nicht tun. Wir finden einen Weg. Wir sind nicht mehr auf Viridi. Sie hat nicht dieselbe Macht über uns wie damals. Nimm Kontakt zu den anderen auf. Lass mich frei. Lass uns dir helfen.«

»Du redest wirr«, unterbreche ich seine beschwörenden Worte in einem schneidenden Tonfall.

»Ich weiß, dass du mir etwas vorspielst. Wenn ich dir egal wäre, würdest du nicht jeden Morgen in den Kerker kommen. Du sehnst dich nach Normalität, nach jemandem, mit dem du reden kannst. Weil du dich allein mit Athene, Ziva, den Spinnen und einem hirnlosen Riesen ebenfalls wie gefangen fühlst. Es ist ein einziges Irrenhaus, habe ich recht?«

Hat er. Aber das werde ich ihm nicht sagen. Ich erhebe mich und gehe. »Vielen Dank für dieses aufschlussreiche Gespräch«, sage ich und schlage die Eisentür hinter mir zu. Als ich die letzte Stufe der Wendeltreppe erreicht habe, halte ich inne, weil ich beinahe mit Athene zusammenstoße. Arachne, die sich an unseren Tagesrhythmus angepasst hat, verharrt klickend neben ihr. Eigentlich fehlt nur noch, dass die Göttin ihr eine Leine anlegt. Eine bizarre Vorstellung.

»Du verbringst ziemlich viel Zeit dort unten«, sagt Athene, wobei ihr Misstrauen mir gegenüber deutlich hervortritt. Bestimmt hat sie ihre Meinung längst mit Ziva geteilt.

»Wir wollen doch nicht, dass er uns wegstirbt«, sage ich

lächelnd. »Wer weiß, wozu wir ihn am Ende noch gebrauchen können.« Ich nicke ihr unverbindlich zu. »Einen schönen Tag noch.« Dann setze ich meinen Weg fort. Erfreulicherweise muss ich ihre Gesellschaft lediglich bei den gemeinsamen Abendessen ertragen und dafür kann ich mich meistens zusammenreißen.

Ich spüre ihren Blick auf meinem Rücken, als wäre eine Zielscheibe darauf angebracht, bis ich um die nächste Ecke biege. Angespannt stoße ich meinen Atem aus, ehe ich mich durch den Nebel auf den halb ausgebauten Dachboden bringe. Es ist der einzige Platz in dieser Burg, an dem ich meine Ruhe finden kann. Hinter einem zerschlissenen Wandvorhang und provisorisch angebrachten Holzbrettern habe ich mir einen Arbeitsplatz eingerichtet, von dem niemand weiß. Ziva und Athene wären sich zu fein, hier hochzukommen in diese staubige Rumpelkammer, und das ist mein Glück.

Stirnrunzelnd betrachte ich die Unterlagen, die ich aus Ares' Arbeitszimmer habe mitgehen lassen. Darunter ist eine große Karte, in die er Nadeln gesteckt hat. Ich gehe davon aus, dass er dort bereits war, um Verbündete zu finden. Trotzdem habe ich noch nicht herausgefunden, was er mit ihnen ausgemacht hat. Bisher stand jedenfalls keine Armee vor der Burg, worüber ich heilfroh bin. Außerdem hat er den Olymp mit roter Farbe eingekreist und ich frage mich, ob der große Plan war – oder immer noch ist, sich dort niederzulassen. Offensichtlich war dem Gott des Krieges überhaupt nicht klar, dass das Himmelreich längst wieder geöffnet ist. Es scheint, als hätte Zeus die Gegenstände seiner Kinder ohne ihr Wissen zu Schüsseln gemacht. Leider gibt es keine schriftlichen Aufzeichnungen und ich überlege, ob Ares mit seinem Gehirn, das vermutlich nicht größer als eine Erbse war, überhaupt schreiben konnte. Ungeduldig fahre ich mit meinem Stift über das Papier, während ich fieberhaft nachdenke. Was übersehe ich?

Und immer wieder die Ungewissheit, was der Gott des Krieges in Ziva erkannt hat, dass er sie unbedingt bei sich haben wollte. Wenn Yasar bei der Versammlung der Götter ihre Verlegung nicht erwähnt hätte, dann wäre er vermutlich nie auf die Idee gekommen, sie zu befreien. Oder?

Ich beschließe, dass es Zeit wird, eine Antwort auf meine drei Hauptfragen zu erhalten. Und ich finde, dass heute ein guter Tag ist, um damit anzufangen.

Es ist Abend und wir sitzen an der lächerlich großen Tafel. Athene schiebt wie üblich in unerbittlich gerader Haltung ihr Essen von einer Ecke des Tellers in die andere. Ihr Äußeres sieht immer aus wie geleckt und ich frage mich, wie viele Stunden sie damit zubringt, sich so zurechtzumachen. Mit ihrer goldenen Gabel füttert sie Arachne ein Stück von dem Reh, welches ich vorhin erlegt habe. Nur mit Mühe kann ich dabei ein Würgen unterdrücken. Die zahlreichen knopfartigen Augen der Spinne sind unermüdlich in Bewegung, suchen die Umgebung ab. Vermutlich ist sie zuverlässiger als Kerberos. Sofort versetzt mein eigener Gedanke mir einen Stich.

Ich nehme einen Schluck von meinem Wasser und lege Ziva eine Hand auf ihren Oberschenkel, was sie mit einem begeisterten Lächeln quittiert.

»Was hast du gleich gesagt, wann Ares heimkehren wird?«, fragt Athene geziert, während sie auf einem winzigen Stück Brot herumlutscht. Manchmal wundere ich mich, warum sie überhaupt mit uns hier ist. Vermutlich, weil jemand wie sie einfach keine Freunde hat. Allerdings behauptet sie, mit Artemis und Hera in Kontakt zu stehen, ich kann nur hoffen, dass sie nicht bald zu uns stoßen werden.

»Nicht mehr sehr lange«, erwidert Ziva zuckersüß.

»Ich kann nicht glauben, dass er für so eine lange Mission aufgebrochen ist, ohne sich von mir zu verabschieden.« Und *ich* kann nicht glauben, dass die Göttin der Strategie wirklich so dumm ist. Müde reibe ich mir über die Stirn und unterdrücke ein Gähnen. Ich weiß, ich sollte mich mehr anstrengen, statt einfach bloß sarkastisch zu sein, doch an manchen Tagen fällt es mir schwer. Korrigiere, an *allen* Tagen fällt es mir schwer, weil das hier tatsächlich ein Irrenhaus ist, dessen Bewohner ich nicht ernst nehmen kann. Es ist leicht, in meiner Rolle arrogant zu sein.

Plötzlich ertönt ein schleifendes Geräusch und anschließend ein Kreischen, welches ich nie zuvor gehört habe. Unmittelbar darauf beginnt Arachne wie wild mit ihren Fangzähnen zu klicken und dann fluten ihre Spinnen den Saal.

Überraschung.

»Irgendetwas stimmt nicht«, sage ich zu Ziva, während ich aufspringe und zwei Messer zücke. Eines reiche ich ihr. Dabei schaue ich besorgt und gleichzeitig schockiert drein. »Wir werden angegriffen. Bleib du hier und geh auf keinen Fall raus«, füge ich dramatisch hinzu. Sie öffnet den Mund, doch ich rufe bereits den Nebel und lande in der Waffenkammer, wo ich mir eines der Langschwerter von der Wand nehme. Dann setze ich mich auf den Stuhl – und warte.

Ziva hat seit jeher dafür gesorgt, dass andere sich die Hände für sie schmutzig machen. Aber nun werde ich herausfinden, was sie wirklich kann. Auf welche Art sie überlegen ist.

Von oben dringen weiterhin Schreie zu mir nach unten und ich höre das hektische Trappeln von tausend Spinnenbeinen. Entspannt lehne ich mich zurück und schließe die Augen. Heute schlage ich zwei Fliegen mit einer Klatsche. Ein Gegner weniger. Bald muss ich nicht mehr jede Nacht Sorge haben, dass sie angekrabbelt kommen und mich in einen Kokon wickeln, um mich als eine ihrer Speisen zu konservieren, wie sie es mit Dream gemacht haben. Keine besonders angenehme Vorstellung. Die Spinnen waren mir seit meiner Ankunft ein Dorn im Auge, doch ich habe eine Weile gebraucht, um mir einen Plan zurechtzulegen. Schließlich soll ich Zivas Misstrauen lediglich an den richtigen Stellen wecken.

Als ich das Gefühl habe, dass genug Zeit verstrichen ist, gehe ich zu dem frei stehenden Waschbecken, träufele mir warmes Wasser auf Gesicht und Hals, bis es aussieht, als würde Schweiß an mir hinabrinnen. Dann trete ich hinaus auf den Flur und zu dem Leichnam des ersten Mongolischen Todeswurmes. Wirklich sehr hässliche Tiere. Die jedoch wahnsinnig gerne Spinnen verspeisen. Mit meinem Schwert fahre ich durch sein Fleisch und verteile etwas von seinen Sekreten auf meinem Körper. Ekelhaft, aber notwendig. Dann renne ich los in Richtung des Saals, in dem sich das Drama abspielt.

Keuchend bleibe ich zwischen den Flügeltüren stehen und stütze mich auf den Knien ab, ehe ich in den Saal hineinhumpele. Spinnenleiber liegen kreuz und quer und regungslos verteilt auf dem Boden, einzig Arachne scheint noch am Leben zu sein, hat sich neben einer wimmernden Athene in eine der Ecken gekauert. Ziva hingegen hat sich mit einem ausgestreckten Spiegel in der Hand vor dem monströsen Wurm aufgebaut, der vollkommen erstarrt zu sein scheint. Von hinten nähere ich mich ihm und schlage ihm mit einem Hieb den Kopf ab. Für einen Augenblick wankt er hin und her, ehe er in sich zusammensackt. Sofort bin ich bei Ziva.

»Alles in Ordnung?«, frage ich eindringlich, obwohl ich sehe, dass sie vollkommen unversehrt ist. Das wiederum ist – interessant. Rasch lässt sie den kleinen Spiegel in den Falten ihres Kleides verschwinden und wirft sich mir in die Arme.

»Ich hatte solche Angst«, säuselt sie.

»Es waren drei von ihnen hier in der Burg. Deswegen konnte ich nicht früher wieder bei dir sein.« Sie muss nicht wissen, dass zwei von ihnen schon lange tot gewesen sind. Und dass ich es überhaupt erst war, der sie hierhergebracht hat. Für mein kleines Experiment. Ziva schaut mich unschuldig aus ihren blassblauen Augen an, ehe sie auf Zehenspitzen ihre spröden Lippen auf meine presst. Ich wusste, dass es irgendwann passieren würde. Es ist trotzdem widerlich. Ich reiße mich zusammen und lege eine Hand an ihre Hüfte, lasse sie gewähren.

Auf welche Art ist sie uns also überlegen? Sie kann kämpfen, wenn es darauf ankommt. Das hat sie im Turnier gezeigt. Aber das ist auch nicht, was ich erfahren wollte. Sie hat heute erneut bewiesen, dass sie sich nicht die Hände schmutzig macht, wenn es nicht zwingend notwendig ist. Dass sie sich lieber im Hintergrund hält und von dort die Fäden zieht, bis sie es nicht mehr länger ertragen kann und selbst ins Licht treten muss. Eigentlich wollte ich bezeugen, wie sie das Armband benutzt. Doch es scheint der Spiegel zu sein, mit dem sie sich Angreifer vom Leib halten kann. Außerdem bebt ihr Körper und Schweißtropfen stehen auf ihrer Stirn. Und somit hat sie mir ein weiteres Geheimnis verraten. Sie ist mehr geschwächt, als ich dachte. Es strengt sie an, die Gegenstände zu nutzen, und vielleicht wird sie sich selbst mit ihrer Gier nach Macht zerstören.

Schon lange hege ich die Vermutung, dass sie mehr aus dem *Nigrum Silvam* mitgebracht hat als nur schmutzige Fußabdrücke. Es kann kein Zufall sein, dass ihr Einfluss sich nach ihren nächtlichen Ausflügen so rasend schnell ausgeweitet hat, dass Hunderte bereit waren, ihrem Wort zu folgen. Der Spiegel und das Armband summen vor Magie – vor dunkler Magie. Und ich muss herausfinden, welche Mächte sich noch dahinter verbergen.

Ich muss herausfinden, wie ich ihr Spiegel und Armband abnehmen kann.

Ich muss herausfinden, wie ich beides zerstören kann.

Ich muss herausfinden, wie ich sie schlussendlich töten kann.

ZIVA

Ich sitze aufrecht in unserem Bett. Die Nacht ist längst hereingebrochen und hat den Mantel der Stille, die ich so sehr hasse, über die Welt gelegt. Ich bin kein bisschen müde. In letzter Zeit habe ich genug geruht. Dark liegt neben mir. Seine Brust hebt und senkt sich in gleichmäßigem Takt. Er schläft tief und fest. Ich hoffe, ihm hat seine eigene Medizin geschmeckt.

Genießerisch fahre ich durch sein Haar, ziehe daran, bis einige Strähnen nachgeben – ziehe noch ein wenig fester, bis ein zartes rotes Rinnsal seine Stirn hinabläuft, als wäre es ein kleines Bächlein. Ich beuge mich über ihn, lasse meine Zunge über seine Haut fahren, bis ich endlich die Essenz seines Lebens schmecken kann. Es wäre so leicht, einige Tropfen Blut auf den Ring fallen zu lassen, den ich an einer langen schmalen Kette um den Hals und unter meiner Kleidung trage. Ich weiß nicht, weshalb ich so lange zögere, ihn zu benutzen. Mir ist klar, dass es eines Tages geschehen muss. Möglicherweise hofft ein winziger Teil – ein sehr naiver Teil in mir, dass er tatsächlich zu mir zurückgekehrt ist. Und obwohl er und die anderen meine Puppen sind, so ertrage ich den Anblick aus starren Augen doch nicht. Ich habe Angst davor, dass meine silbrige Hoffnung für immer versiegt.

In diesem friedlichen Moment, in dem ich gerade noch seine Essenz auf meiner Zunge schmecke, drängt sich das Mädchen erneut in meine Gedanken, nimmt ungefragt alles in mir ein. Ich bin so überrascht, dass ich mich nicht wehren kann. Es ist nun mehr als Teilen. Sie ist ich und ich bin sie.

Es ist der Abend meines elften Geburtstags, deshalb durfte ich heute länger aufbleiben. Von meinem Zimmer aus kann ich den nachtschwarzen Himmel und die leuchtenden Sterne betrachten. Ich möchte nicht, dass es schon zu Ende ist. Warum kann nicht jeden Tag Geburtstag sein?

Ich seufze schwer, während ich höre, wie meine Zofe Irina hinter mir meine Kissen aufschüttelt. Als sie meinen Namen sagt, laufe ich widerwillig zum Bett und lasse mich von ihr zudecken. Ich versuche, möglichst damenhaft dazuliegen, weil Mutter sagt, dass es von mir erwartet wird, doch sobald Irina mir eine Gute Nacht gewünscht und das Zimmer verlassen hat, strampele ich mich frei, zerknautsche das Kissen und rolle mich auf die Seite. Auf dem Nachttisch brennt noch eine Kerze und daneben sitzt die hübsche Porzellanpuppe, die Großmutter mir geschenkt hat. Vorsichtig greife ich nach ihr und lege sie neben mich.

Heute war auch deshalb ein guter Tag, weil Mutter kein einziges Mal mit mir geschimpft und Vater ganze zwei Stunden lang Zeit mit mir verbracht hat, ohne dass uns jemand gestört hat. Sogar Yasar hat mich zum Spielen zu seinen Freunden mitgenommen und so musste ich sie nicht aus der Ferne beobachten. Dark hat mir einen Ball gereicht und dabei haben sich unsere Fingerspitzen berührt. Allein bei dem Gedanken daran kribbelt es so sehr in meinem Bauch, als wären darin Hunderte von Ameisen unterwegs.

Ich kichere leise.

Plötzlich ertönt ein Knarzen und ich sehe, wie die Tür zu meinem Schlafgemach aufschwingt. »Du musst mir heute keine Geschichte vorlesen«, sage ich, weil ich denke, dass es Irina ist. Statt meiner Zofe tritt mein neuer Leibwächter ein. Der Raum scheint viel zu klein für ihn zu sein. Automatisch lächele ich, doch als die Tür ins Schloss fällt, er nähertritt und ich im Schein des Kerzenlichts den Ausdruck in seinem Gesicht erkennen kann, durchströmt mich ein kaltes Gefühl. Es ist das erste Mal in meinem Leben, dass ich weiß, dass etwas Schlimmes passieren wird. Ich ziehe das Laken bis zu meinem Kinn, während mein Körper erstarrt. Nacheinander legt er seine Waffen ab.

Meine Lippen bewegen sich, doch kein Wort formt sich.

In wenigen Sekunden steht er direkt an meinem Bett.

Mein Mund öffnet sich, aber kein Schrei dringt hervor.

Er zieht an den Zöpfen, die Irina am Morgen mit Mühe geflochten hat.

Grob.

So sehr, dass einige der Strähnen nachgeben müssen. Er reißt mir ganze Büschel heraus.

Dann kommt der Moment, in dem die Ameisen sterben.

Jede einzelne von ihnen.

Meine Augen brennen, trotzdem weine ich nicht. Und fast glaube ich, dass am grausamsten die Stille ist.

Stille.

Stille

Stille.

Ich wende meinen Kopf zur anderen Seite und schaue in die Augen von Großmutters Porzellanpuppe.

Sie ist starr.

Perfektion.

Sie ist alles, was ich nun nicht mehr bin.

Ich schaue sie weiter an.

Will mit ihr tauschen.

Will haben, was sie hat.

Erst als ich das erneute Klicken der Tür vernehme, erwache ich aus meiner Trance. Mit einer Hand taste ich nach der warmen Flüssigkeit, während ein metallischer Geruch in meine Nase steigt. Mein Blick wandert zurück zu der Puppe, ihr schönes Gesicht noch immer erhellt vom Kerzenlicht. Langsam streiche ich mit zwei Fingern über ihre Wangen, über ihre Stirn und hinterlasse rote Male.

Warum nur ich?

Ich würde sie gerne bluten sehen.

Keuchend reiße ich mich selbst aus der Erinnerung. Schwer atmend stütze ich mich auf den Knien ab, starre zwischen meine Schenkel, während ich das Mädchen, diese bemitleidenswerte Kreatur zurückdränge, mich darauf konzentriere, was wirklich wichtig ist. Dark, Yasar, Hale, Lost, True und Dream ... Sie alle haben mir gehört. *Ich* habe sie zuerst erblickt. Ich habe Viridi für sie erobert. Und womit danken sie es mir? Mit Verachtung.

Hatte ich erwähnt, dass ich noch immer gern mit meinen Puppen spiele? Und an manchen Tagen muss ich sie einfach für mich bluten sehen.

Vergnügt kichere ich.

Meine Bestimmung ist es zu herrschen.

Ich kann niemals wieder jemandes Puppe sein.

Niemand anderes hat das Recht, Entscheidungen zu treffen, die sich auf mich auswirken.

Dafür hätten *sie* es gut bei mir gehabt.

Sicher und geborgen.

Ich habe die Zügel für sie lang gelassen ... Sie hätten zufrieden sein sollen.

Stattdessen haben sie mich enttäuscht.

Mich verraten.

Mich von sich geschoben.

Weil ich stets bloß Yasars kleine Schwester war.

Wenn sie wüssten ...

Einer von ihnen hat mir Hoffnung gemacht.

Nur um mich später ebenfalls fallen zu lassen.

Ich habe alles dafür getan, damit sie mein Innerstes nicht erkennen müssen.

Damit sie sich nicht fürchten – so wie ich.

Es hat nicht gereicht.

Sie sind entkommen.

Nicht weit genug.

Denn sie können nirgendwo hingehen, wo ich sie nicht finden würde.

Meine Puppen.

Weil wir zusammengehören.

Auch wenn sie es noch nicht wissen.

Aber ich kann es ihnen bald zeigen.

Ans Ziel gelangt, wer geduldig ist.

Und ich muss zugeben, seit ich den ersten Atemzug voll Erdenluft eingeatmet habe, kann ich verstehen, weshalb sie diesen Ort auserkoren haben.

Viridi wirkt dagegen klein und unbedeutend.

Das hier ist mehr.

Größer.

Bedeutsamer.

Ich werde auch diese Welt erobern.

Ich bin die Summe dessen, was mir in meinem bisherigen Leben widerfahren ist. Und ich bin einen weiten Weg gegangen, um heute hier sein zu können.

Energisch stehe ich auf und laufe ins Badezimmer, ziehe die Tür hinter mir mit einem leisen Klicken zu. Sobald ich alleine bin, entfache ich eine Kerze, wende mich meinem Spiegelbild zu.

Ich atme tief durch und lasse los.

In meiner Familie wird die Gabe der Zukunft und der Formwandlung weitergegeben. Letzteres habe ich geerbt. Ich bin nicht wie Dark, der die Gestalt eines Tieres annehmen kann. Nein, ich kann einfach nur meine äußeren Merkmale verändern, kann das Aussehen jeder beliebigen Person annehmen. Und was ich jetzt im Spiegel sehe – eine Haut von tiefen Falten durchzogen und mit Altersflecken bedeckt –, das bin ich.

Alles hat seinen Preis.

Macht hat ihren Preis.

Und ich habe meine Schönheit und ewige Jugend dagegen getauscht.

In das Antlitz einer gebrechlichen, hässlichen Frau.

Ich rede mir ein, dass es nicht schlimm ist. Schließlich will ich nicht aus Porzellan sein.

Ich will nicht starr und schön sein.

Ich will nicht wie meine Puppen sein.

Und natürlich kann ich es hinter meiner Gabe verstecken. Doch nicht in jeder Stunde des Tages bin ich dazu in der Lage. Manchmal bin ich müde und erschöpft. Und manchmal, wenn ich mich betrachte, schrecke ich vor dem zurück, was aus mir geworden ist. Dann bereue ich, diesen Handel eingegangen zu sein.

Mein Blick gleitet zu dem schwarz angelaufenen Schmuckstück, welches um mein Handgelenk gewickelt ist: *Immortalem* – das Armband der Unsterblichkeit. Ich drehe an dem feinen dunklen Material, das sich um meine Kette windet: *Imperium* – der Ring der Überzeugung. Ich greife in die Falten meines Rockes und fühle die glatte Oberfläche von *Cogitatio* – dem Spiegel der Unverwundbarkeit.

Für diese Gegenstände habe ich meinen Preis gezahlt.

Habe Macht gegen Schönheit aufgewogen.

Und all das, nur für *meine* Puppen.

All das, damit ihnen niemals etwas Böses widerfährt.

Ich habe mein Leben für sie gegeben.

Und nun fordere ich die ihren als Pfand zurück.

Epilog

METAMORPHOSE

FLAME

Vergangenheit, 15 Jahre zuvor

Ich kralle mich an Mommys Hand fest, während wir auf der Gondel sitzen, die über Wasser fährt, welches wie lebendiges Feuer knistert. Sie hat Vater versprochen, dass wir während seiner Abwesenheit den Palast nicht verlassen werden. Ich habe es ganz genau gehört. Immer muss sie sich seinen Regeln widersetzen. Ich werde nichts verraten, aber er hat überall seine Augen und Ohren – das hat er mir selbst mit drohendem Unterton gesagt. Und wenn er von unserem Ausflug erfährt, dann wird er furchtbar wütend sein.

Ich weiß, was Mommy macht, an welchem Ort sie am liebsten ist. Denn innerhalb der Palastmauern spiele ich oft mit Kerberos Verstecken und Finden. Natürlich gewinne immer ich – weil ich so klein und wendig bin und er nicht einmal mit einem seiner riesigen Köpfe in die schmalen Ecken passt. Nicht selten suche ich mir einen Unterschlupf in Schränken oder Bettkästen, unter Tischen oder hinter langen schweren Vorhängen, die staubig sind und muffig riechen. Und manchmal – natürlich nicht absichtlich – belausche ich dann das eine oder andere Gespräch. Ich kann nicht weghören, selbst wenn ich mir ganz viel Mühe gebe, denn ich habe eine Schwäche für Geheimnisse, weil eine unstillbare Neugierde in mir wohnt.

So habe ich erfahren, dass in der Unterwelt nicht nur Götter, Daimonen und die toten Seelen wohnen. Nein, am tiefsten Punkt des Hades gibt es noch ganz andere Geschöpfe. Wenn Mommy von den Drakon spricht, ist ihre Stimme hell und fröhlich. Dann sind ihre Augen nicht glasig, sondern haben einen schimmernden aufgeregten Glanz. Es sind die einzigen Momente, in denen sie nicht traurig ist. Wenn hingegen Vater von den Drakon redet, sind seine Worte von Misstrauen erfüllt. Er braucht sie – aber er vertraut ihnen nicht. Vater sagt stets, dass Vertrauen etwas ist, dass man eigentlich niemandem schenken darf.

»Wir sind gleich da«, reißt Mommy mich aus meinen Gedanken und ich lächele tapfer. Ich will keine Angst haben. Auch nicht vor Vaters Zorn. Denn nur wenn man stark und mutig ist, können aus Träumen die Art von Abenteuer erwachsen, die das eigene Dasein lebenswert machen. Das sagt Tartaros jedes Mal, ehe er mir durch meinen Lockenkopf wuschelt und Nyx ein abfälliges Schnauben von sich gibt.

Die Gondel gleitet nun in das Innere einer Höhle und ganz am Ende wartet ein hoch gewachsener Mann auf uns, dessen Arme so dick wie Baumstämme und mit dunkler Farbe bemalt sind. Jemandem wie ihm bin ich nie zuvor begegnet. Trotzdem sieht er so aus, wie ich mir Krieger immer vorgestellt habe. Unbeugsam.

»Cashel«, begrüßt Mommy ihn, während er uns beide an einem Oberarm packt und aus unserem Gefährt hebt, als wögen wir nichts.

»Wir hatten heute eigentlich nicht mit dir gerechnet«, sagt er mit einem warnenden Unterton in seiner Stimme. Mommy flüstert ihm etwas zu, das ich nicht verstehen kann, und dann streicht er mit der Hand über das schwarze Gestein hinter sich, bis sich ein Gang für uns auftut. Staunend und mit weit aufgerissenen Augen folge ich den beiden ins Innere. Normalerweise ist es ruhig in der Unterwelt, bis auf die dunklen Rhythmen, die durch das gesamte Reich vibrieren. Doch hier sind sofort das Durcheinander von Stimmen und die Klänge von Schmiedearbeit und Kämpfen zu hören.

Es herrscht Chaos.

Schönes Chaos.

Keine Ordnung.

Ich fühle mich sofort wohl. Ich mag es, wenn es etwas zu beobachten gibt.

Erneut umschließt Mommy meine Hand mit der ihren und dann folgen wir dem Mann namens Cashel. Die Arbeiter verstummen und verneigen sich vor uns, sobald sie uns erblicken. Und ich frage mich, wie Mommy sich so sicher sein kann, dass uns von ihnen niemand an Vater verraten wird. Trotzdem bemühe ich mich um einen sorglosen Gesichtsausdruck, verdränge die Tatsache, dass mir ganz und gar nicht wohl zumute ist. So ist es immer, wenn man mir viel Aufmerksamkeit schenkt. Doch irgendwann widmen sich die Daimonen wieder ihren Tätigkeiten und ich kann endlich durchatmen, muss nicht mehr die Luft anhalten, sodass ich mich auch nicht mehr so fühle, als würde ich jeden Moment platzen.

Wir gehen weiterhin am Fluss entlang, der ein stetiges Zischen von sich gibt, welches nicht gerade freundlich klingt. Das eine oder andere Mal muss ich ausweichen, um der heißen blubbernden Flüssigkeit zu entgehen, die durch die Gegend spritzt. Nach einer Weile beginnen meine Füße zu schmerzen, denn ich bin es nicht gewohnt, weite Strecken zu laufen. Entweder nehme ich eine der Gondeln oder reite auf Kerberos, doch meist sind meine Möglichkeiten sowieso auf den Palast begrenzt. Vater hat andauernd Angst, dass mir etwas zustoßen könnte. Selbst vor meinem Zimmer stehen Tag und Nacht zwei Wächter und ich frage mich, wie viel Mommy gezahlt hat, damit sie heute wegsehen. Deshalb betrachte ich die Unterwelt meist nur von meinem schönen Balkon aus, der gemacht ist aus den weiß glänzenden Knochen der Toten, die mir manchmal Geschichten von der Endlichkeit zuflüstern.

Es vergeht noch einige Zeit, bis wir einen weiteren höhlenartigen Eingang erreichen. Und je näher wir kommen, desto klarer kann ich eine riesige Gestalt ausmachen, die dort auf uns wartet. Meine Augen weiten sich, gleiten über den gehörnten Kopf, seine goldenen Augen und über die schwarzen Schuppen und dann zu den riesigen Schwingen. Ohne Vorwarnung nimmt Mommy mich hoch und eilt auf den Drakon zu. Ich zappele in ihren Armen, weil ich lieber Abstand zu ihm halten will, doch sie achtet gar nicht mehr auf mich. In einer schlangenartigen Bewegung neigt er seinen Kopf zu uns hinab und bläst mit seinen Nüstern warmen Atem in unsere Gesichter.

»Flame«, sagt Mommy mit aufgeregter Stimme. »Das ist mein guter Freund Lemos. Lemos, das ist Flame.« Sie drückt mich noch ein wenig fester an sich. »Lemos wird uns heute sein Zuhause zeigen.«

Und so kam es, dass ich zum ersten Mal auf einem Drakon ritt.

14 Jahre zuvor

»Denk daran, dass du niemals jemandem von diesem Ort erzählen darfst«, hat Mommy mir heute Morgen zugeflüstert.

Das sagt sie jedes Mal, wenn Vater nicht im Palast ist, sondern wegen seiner Regierungsgeschäfte innerhalb der Unterwelt unterwegs ist. Und statt auf ihn zu warten, schleichen wir uns davon. Es ist immer ein kleiner Nervenkitzel, ob wir es wirklich vor ihm zurückschaffen.

An manchen Tagen macht Mommy mir aber auch Angst. Sie ist wie besessen von den Drakon, von denen ich erfahren habe, dass sie ihre Gestalt verändern können, sodass sie – wenn sie wollen – aussehen können wie wir. Am meisten Zeit verbringt sie mit dem, der Lemos heißt und ihr Anführer zu sein scheint. Jedes Mal, wenn sie sich von ihm verabschiedet, weint sie bitterlich. Ich glaube nicht, dass Mommy Vater jemals so angeschaut hat wie den Drakon. Voller Hoffnung und Freude und unendlich viel Zuversicht. Ich bezweifle außerdem, dass sie Vater jemals lieben könnte. Und ganz oft weiß ich auch nicht, mit wem ich deshalb mehr Mitleid haben soll.

Seufzend wackele ich mit meinen Zehen und lehne mich gegen den Stamm des mächtigen Baumes, dessen schwarze Blätter ich nicht pflücken darf. Im sicheren Schatten – direkt vor dem gefährlichen Blutsee – ist mein Zufluchtsort. Das Zuhause der Drakon ist noch viel größer, als es den Anschein macht. Es ist unendlich hoch, sodass einige von ihnen stets durch die Lüfte fliegen. Und vom Boden aus führen Gänge in das Vulkangestein, wo sie in ihrer menschlichen Gestalt leben. Auch ich habe ein eigenes Zimmer, das ich mit Mommy teile, die aber nie bei mir schläft, wenn wir hier unten sind.

Nach all den Gesprächen, die ich zwischen ihr und Vater belauscht habe, hätte ich nicht gedacht, dass ich mich hier so wohlfühlen könnte. Doch immer, wenn ich die Drakon beim Fliegen beobachte, dann fühle ich mich furchtbar leicht, fast so, als würde ich wie die toten Seelen in Thanatos' Reich schweben, weil es keine Palastmauern gibt, die mich je hier einsperren könnten. Sie behandeln mich nicht wie die Prinzessin, die ich eigentlich bin, stellen keine Erwartungen an mich oder werfen mir verstohlene Blicke zu, als wäre ich ein Exot. Nein, manchmal kommt es mir fast so vor, als wäre ich eine von ihnen. Trotzdem bevorzuge ich es, für mich zu bleiben. Um ehrlich zu sein, wüsste ich auch nicht, über was ich mit ihnen sprechen sollte.

Ich zucke zusammen, als plötzlich ein Paar lederne Stiefel in meinem Sichtfeld erscheint und kurz darauf jemand vor mir in die Hocke geht. Es ist einer der Drakonjungen, die ich schon öfter aus der Ferne beobachtet habe. Wenn er sich verwandelt und in die Lüfte erhebt, haben seine Schwingen die Farbe von Feuerachat. In seiner menschlichen Gestalt sind seine Haare hingegen von einem satten Braun und seine Augen sehen aus wie grüner Turmalin.

»Hallo, Raupe«, lauten die ersten Worte, die er an mich richtet. Mit hochgezogenen Brauen mustere ich ihn, während ich fieberhaft darüber nachdenke, ob das eine Beleidigung ist. »Immer wenn ich dich sehe, frage ich mich, ob heute der Tag ist, an dem du mit mir sprechen wirst.«

Ich antworte ihm nicht.

»Also kannst du es nicht«, überlegt er laut. »Sprechen, meine ich.« Ich bin nicht dumm. Natürlich höre ich den neckenden Unterton aus seiner Stimme heraus. »Wie alt bist du, Raupe?«, fragt er schließlich.

»Sechs«, flüstere ich zurück, als würde ich ihm ein Geheimnis anvertrauen.

Abwartend schaue ich ihn an. »Und du?«

»Älter als sechs.«

Meine Augen verengen sich zu Schlitzen. Es können höchstens zwei Jahre sein. Ich glaube, dass ich ihn nicht leiden kann.

»Weißt du, warum wir hier sind, Raupe?«

»Ihr versteckt euch vor jemandem, der euch Böses will«, erwidere ich prompt.

»Das stimmt. Und wirst du dem König verraten, dass deine Mutter dich hierhergebracht hat, obwohl eigentlich niemand außer ihr, Hades und Tartaros von diesem Ort wissen darf?«

Ich lege den Kopf schräg, als würde ich es in Erwägung ziehen. »Vielleicht«, trällere ich schließlich, nur um ihn zu ärgern. Allein wegen Mommy würde ich auf ewig schweigen.

»Nun«, sagt er und erhebt sich. »Dann kann ich dir wohl doch nicht meine Freundschaft anbieten.«

Ich stehe ebenfalls auf, weil ich mich nicht so winzig klein neben ihm fühlen will. »Vater sagt, dass ihr götterfeindliche Ungeheuer seid. Dass ihr deswegen am tiefsten Punkt der Erde leben müsst.«

»Wir haben niemanden zu unserem Feind erklärt«, erwidert der Drakonjunge ruhig.

»Vater sagt außerdem, dass ein wesentlicher Charakterzug von euch Falschheit sei, mit der es euch gelingt, andere zu verführen.« Leider weiß ich nicht einmal so genau, was das bedeuten soll. »Ich würde überhaupt nicht mit jemandem wie dir befreundet sein wollen.« Ehe er etwas erwidern kann, schnappe ich mir meine Schuhe und renne davon. In diesem Moment wünschte ich mir, dass ich ebenfalls fliegen könnte.

13 Jahre zuvor

»Wieso Raupe?«, frage ich, während ich nach der Hand des Drakonjungen greife, der mir hilft, über einen der Steine zu klettern. Wir haben uns tief in einen der Gänge gewagt, wo weitere Höhlen aus dem vulkanartigen Gestein zu finden sind. »Ich denke nicht, dass ich Raupen besonders gerne mag.« Die in Mommys Garten sind unförmig und glibberig und manchmal sogar am ganzen Körper haarig.

»Weil du eines Tages zu einem Schmetterling heranwachsen wirst«, erwidert er und zieht mich unermüdlich weiter.

Mittlerweile tun mir meine Füße nicht mehr so schnell weh. »Und was passiert dann?«, hake ich nach.

»Dann wirst du fliegen.«

»So wie ihr?« Bei dem Gedanken daran verspüre ich ein Kribbeln im Magen und eine vollkommen neue Form von Vorfreude.

Er begnügt sich mit einem schiefen Grinsen. »Man kann auf viele Arten frei sein, Raupe.« Diese Art von Antwort gibt er mir oft. Eine, die mich ganz und gar nicht zufriedenstellt. Manchmal glaube ich, dass das vielleicht Verführung ist. Meine Neugierde niemals gänzlich zu stillen – damit ich ihn immer wieder sehen will.

»Und wie wird es sich anfühlen, ein Schmetterling zu sein?«, bohre ich weiter.

»Es wird sich anfühlen, wie du selbst zu sein.«

»Aber das bin ich doch jetzt auch schon«, murre ich, während ich an seiner Hand von einem Stein zum nächsten springe. Eine Weile müssen wir uns konzentrieren, sonst kann es passieren, dass man allzu schnell auf dem losen Geröll abrutscht. Trotzdem würde er niemals zulassen, dass ich falle. »Wann sagst du mir endlich deinen Namen?«

»Du hast mir noch nicht einmal deinen verraten.«

Ich verdrehe die Augen. Natürlich weiß er, wie ich heiße. Jeder in der Unterwelt kennt mich, obwohl es mir anders lieber wäre. »Ich bin Raupe«, gebe ich trotzig zurück und hebe seinen Arm in die Luft, um mich einmal darunter hindurchzudrehen. »Ich könnte dir allerdings auch einen Spitznamen geben, wenn dir das lieber ist.« Ich quietsche vergnügt, als er mich von einem der Felsen herunterhebt und wir an einem kornblumenblauen Fluss zum Stehen kommen. »Können wir darin baden?« Aufgeregt will ich weiterlaufen, doch er hält mich zurück.

»Das ist das lockende Wasser des Lethe. Sobald du daraus trinkst, wirst du alles vergessen.« Erschrocken weiche ich einen Schritt zurück. »Manchmal denke ich, dass ich mehr über dein Zuhause weiß als du selbst.«

Ich runzele die Stirn und schaue zu ihm auf. »Ich würde dich nicht vergessen wollen«, gebe ich zu.

»Ich dich auch nicht, Raupe.«

Wir beobachten noch eine Weile das faszinierende Wasser, bis ich seine Hand wieder in meiner spüre. »Wir müssen jetzt wirklich umkehren.«

»Tut mir leid, dass wir wegen mir andauernd laufen müssen.« Ich denke eine Weile über seine Worte von vorhin nach. »Es wäre so viel besser, wenn ich jetzt schon meine Flügel hätte.«

Er lächelt zu mir hinab. »Ich kann doch für uns beide fliegen.«

12 Jahre zuvor

Ich liege auf meinem Strohlager und habe beide Hände unter meiner Wange gefaltet. Heute ist Mommy schrecklich böse auf mich gewesen, weil der Drakonjunge und ich uns erneut in den Gängen herumgetrieben haben. Es ist das erste Mal, dass wir uns dabei verirrt haben und versehentlich im Reich der Schatten gelandet sind. Tartaros war derjenige, der uns zurückgeholt hat. Es ärgert mich, weil sie sich sonst nie um mich kümmert, sobald wir hier unten sind. Sie hat kein Recht darauf, mir Vorschriften zu machen, wenn sie selbst nie da ist, um aufzupassen, weil sie viel zu sehr mit Lemos beschäftigt ist. Ich mag es, dass es hier unten für mich keine Regeln gibt. Es ist so unbeschwert und neu und aufregend.

Eine Gestalt erscheint im Eingang meines Höhlenzimmers und ich weiß, dass es nur Hunter sein kann. Er hätte mir seinen Namen wohl nie verraten, aber ich habe mitgekriegt, wie einer seiner Freunde ihn so gerufen hat. »Wenn sie uns erwischen, dürfen wir uns bestimmt nie wiedersehen«, flüstere ich ihm zu und rücke beiseite, um ihm Platz zu machen.

»Du hast ja eine dramatische Ader, Raupe«, gibt er ebenfalls im Flüsterton zurück. Das Stroh raschelt, als er sich neben mich legt.

»Mommy war stinksauer.«

Er zuckt mit den Schultern. »Morgen wird sie es wieder vergessen haben, wenn Lemos sie ausreichend beglückt hat.«

Meine Wangen erröten und ich bin froh, dass er es in der Dunkelheit nicht erkennen kann. »Darüber spricht man nicht«, rüge ich ihn.

»Das stimmt. Schon gar nicht mit einer kleinen Raupe.«

»Nenn mich nicht so.« Er grinst mich frech an und ich drehe ihm den Rücken zu. »An ganz vielen Tagen kann ich dich überhaupt nicht leiden«, lasse ich ihn sicherheitshalber noch wissen.

»Du bist eine schlechte Lügnerin, Raupe.«

Ich seufze schwer und ziehe die kratzige Decke bis nach oben zu meinem Hals, sodass bloß noch mein Gesicht frei ist. »Es ist mir unerklärlich, wie ihr in solch unbequemen Betten schlafen könnt.«

Hunter beginnt meinen Kopf zu kraulen, weil er weiß, dass ich dann rascher einschlafe. »Nicht jeder kann ein großes Zimmer haben mit einem eigenen Balkon und Blick über den gesamten Hades«, erwidert er, wobei die Worte aus seinem Mund nicht vorwurfsvoll klingen.

Ich gähne herzhaft. »An den Tagen, an denen ich dich gerne mag, würde ich dich am liebsten mit nach oben nehmen und dir alles zeigen.«

11 Jahre zuvor

Meine Lunge brennt und ich renne so schnell, wie ich es noch nie zuvor in meinem Leben getan habe. Der Fluss aus Blut und niemals erlöschenden Flammen zischt und züngelt neben mir, begleitet meinen Weg. Es ist das erste Mal, dass ich allein hergekommen bin. Ich hatte überlegt, Kerberos mitzunehmen, mich in letzter Minute jedoch dagegen entschieden. Bestimmt wird Vater außer sich sein, wenn ich heimkehre. Er und Mommy hatten Streit. Und alles, was ich herausgehört habe, bedeutet nichts Gutes.

Ich schluchze auf und beschleunige meine Schritte ein weiteres Mal, als ich Hunter am Eingang der Schlucht entdecke. »Ich habe dich erwartet, Raupe«, sagt er und wirbelt mich einmal im Kreis, als ich in seine Arme springe.

»Ist es wahr, was Mommy sagt? Dass ihr die Unterwelt verlassen werdet?«

Ich umklammere ihn mit beiden Armen, nicht bereit, den Drakonjungen zu verlieren, der mein Freund geworden ist, obwohl ich es eigentlich gar nicht wollte. Ich spüre, wie er nickt und schließe meine Augen. Die Stunden, die wir zusammen verbracht haben: das Klettern und Erforschen der Höhlen, die neckenden Gespräche – selbst die Übernachtungen auf dem unbequemen Strohlager sind immer ein Lichtblick in meinem farblosen Alltag gewesen, der nur aus Dämmerung besteht.

Schließlich fasst er mich vorsichtig bei den Schultern und schiebt mich ein Stück zurück. Dann greift er in seine Hosentasche und holt eine Kette hervor.

An ihr baumelt ein Medaillon, welches die Farbe seiner Augen hat – grüner Turmalin.

»Darf ich?«, fragt er und klingt beinahe schüchtern. Ich nicke und drehe mich um, damit er mir die Kette anlegen kann. Neugierig schaue ich hinab auf das Medaillon und öffne es vorsichtig, ehe ich nach Luft schnappe. Auf jeder Seite ist der geschwungene Flügel eines Schmetterlings eingraviert. Der eine ist aschgrau – der andere bernsteingold. Ich wende mich Hunter zu und dränge die Tränen zurück, die sich ihren Weg an die Oberfläche bahnen wollen. Ich will nicht, dass er mich als Heulsuse in Erinnerung behält. »Sie ist wunderschön.«

»Ich habe sie selbst gebrannt.«

Ich schließe eine Hand um den kühlen Anhänger. »Ich werde sie stets tragen, an dich denken«, versichere ich ihm. »Und dabei wird es sein, als würden wir einander in die Augen sehen.«

»Jeden Tag?«

»Jeden Tag in jedem Jahr.«

Von unten ertönt ein Ruf und ich kann nicht verhindern, dass ich zusammenzucke. Hunters Pupillen beginnen ihre Form zu verändern, bis sie nicht länger rund, sondern reptilienartig sind. »Deine Mutter will dich jetzt noch nicht gehen lassen. Und ich kann dich ihr nicht entreißen. Ihr müsst die gemeinsame Zeit nutzen, die euch bleibt«, sagt er eindringlich. »Aber trotzdem bist du ein Teil von uns. Und deswegen wirst du nie lange an einem Ort bleiben können. Wir sind verflucht, auf ewig Jäger und Gejagte zugleich.«

»Was willst du mir damit sagen?«

»Irgendwann wirst du fliehen müssen, ebenso wie wir. Deshalb will ich, dass du mir gut zuhörst, Raupe.« Ich nicke mechanisch, während ich seine Hände in meine nehme. »Für das Leben auf der Flucht gibt es nur eine Regel: Wer sich umdreht, wird gefangen. Du bist schneller, wenn du nicht zurückblickst.«

Gegenwart

Meine Vergangenheit ist ein Puzzle und ich kenne jedes einzelne Teil davon. Meine eigene Geschichte – ist nicht länger ein Geheimnis für mich. Alles ist an seinen richtigen Platz gerückt, befindet sich nun dort, wo es schon immer hingehört hat. Noch bevor ich die Augen aufschlage, schmecke ich das Salz des Meeres auf meiner Zunge, höre das Rauschen der sich überschlagenden Wellen, rieche den intensiven Duft von wilden Rosen, zarten Magnolien und unzähmbaren Rhododendren, fühle den feinen Sand, der zwischen meinen Fingerspitzen hindurchgleitet. Meine Lider flattern und ich taste nach dem Medaillon, das kühl und zuverlässig an meinem Hals liegt. Ohne zu zögern, öffne ich es und fahre über die goldene und graue feingliedrige Membran. Heute ist der Tag gekommen, an dem ich endlich erfahre, wie es ist, ich selbst und niemand anderes zu sein. Beinahe kann ich spüren, wie meine Flügel sich langsam entfalten. Wie bei einem Schmetterling.

Figurenverzeichnis

Adeon – Drakon, Ladons Sohn

Agnes – Priesterin

Alecto – Rachegöttin, die Unerbittliche, Thanatos' »Allie«

Amanda – Halbgöttin und Tochter der Nike

Amycus – Avas Bruder

Apate – Daimonin der Täuschung und des Betrugs

Aphrodite – Göttin der Liebe und Schönheit

Apollo – Gott der Heilkunde

Ares – Gott des Krieges

Artemis – Göttin der Jagd

Athene – Göttin der Weisheit

Atlas – Prometheus' Bruder und ehemaliger Träger des
Himmelsgewölbes

Atropos – eine der drei Moiren, »die Unabwendbare«

Ava von Delphi – Seherin und Catos Versuchung

Candela – Teilnehmerin des Turniers, Losts Auserwählte

Cato – Herzensbrecher und der letzte Halbgott, der das
Meer beherrscht

Cashel – heißer Unterweltkrieger aus dem Reich des
grausamen Todes, Tartaros' rechte Hand

Charon – wurde vom Fährmann der Toten zum Herrscher
über das Reich der Schatten befördert

Chaos – wird gemeinsam mit Zeus seit dem heißen Krieg
im Unterwasserverlies gefangen gehalten

Dark – Gott der Angst und der Finsternis

Dionysos – Gott des Weines und ein richtiger Trunkenbold

Elaia – Priesterin, die mit Amycus durchgebrannt ist

Eleyna – Flames Zofe während des Turniers

Emmett – Donati und Flames Wächter während des
Turniers

Epimetheus – laut Prom »der danach Denkende« und sein
 Bruder

Erebos – Urgott der Lichtlosigkeit, Herrscher über das Reich
 des Nebels und der Nacht

Eros – Gott der Liebe, Sohn von Aphrodite und Ares

Fayna – Drakon, Ladons Gefährtin

Fergus – Hales Berater

Flame – Mädchen aus der Prophezeiung, das in der Lage ist,
 die Erde von der Hitze zu befreien

Flora – Hales Verlobte zu Zeiten Viridis

Hades – König der Unterwelt

Hale – Gott der Hoffnung und des Lichts

Hekate – Göttin der Zauberei

Helene – Priesterin und Avas Freundin

Heron – Donati und Flames Wächter während des Turniers

Hunter – Drakon, Flames Freund aus Kindheitstagen

Hypnos – Gott und Daimon des ewigen Schlafes

Ionna – ältere Dame, die Ava als Kind unter ihre Obhut
 genommen hat, betreibt einen Teeladen

Jules – Apollos Sohn, bewandert im Umgang mit
 Heilkräutern

Kiana – Zivas Alter Ego

Klotho – eine der drei Moiren, »die Spinnerin«,

Lachesis – eine der drei Moiren, »die Zuteilerin«

Ladon – Drakon, der den Garten der Hesperiden bewacht
 hat

Lavea – Teilnehmerin des Turniers, Halbgöttin, Tochter von
 Phoibe, Dreams Auserwählte

Lemos – König der Drakon

Lost – Gott der Vergangenheit und des Vergessens

Megaira – Rachegöttin, die Zornige

Menoitios – Proms unbeliebter Bruder, der Atlas' Platz
 unter dem Felsen einnimmt

Miriam – Apollos Tochter und begnadete Jägerin

Nike – Göttin des Sieges

Nyx – Urgöttin der Nacht, Herrscherin über das Reich des Nebels und der Nacht

Pandora – Epimetheus' Frau, öffnete die Büchse, aus der Übel und Grauen in die Welt gelangten

Pars – Zivas Leibwächter auf Viridi

Persephone – ehemalige Königin der Unterwelt, Göttin des Frühlings, auch genannt »Kore«, Flames Mutter

Phoibe – Titanin der Morgenröte und des hellen Verstandes

Prometheus »Prom« – Titan und frecher Vagabund (jedenfalls bis Apate ihn gezähmt hat)

Saphira »Phia« – Teilnehmerin des Turniers, Hales Auserwählte

Tartaros – Herrscher über das Reich des grausamen Todes

Thanatos – Gott und Daimon des friedlichen Todes

Theia – Titanin der Edelmetalle und Edelsteine

Thetis – Meeresnymphe und Anführerin der Nereiden

Tisiphone – Rachegöttin, die Vergeltende

True – Gott der Wahrheit und der Wirklichkeit

Xena – Priesterin und Avas Freundin

Yasar – Gott der Zukunft und des Lebens

Zeus – ehemaliger König der Götter

Ziva – Yasars Schwester und Darks ehemalige Verlobte, die den neuen Göttern (uneingeladen) auf die Erde gefolgt ist und sich als Kiana in das Turnier zur Jahrtausendwende eingeschlichen hat

Wesen

Antaios – Riese, der die Mutantenspinnen bewacht

Arachne – junge Weberin, die von Athene in eine Spinne verwandelt wurde

Dschinn – aus Feuer geschaffene Rauchwesen, die jeden Wunsch erfüllen können

Harpyien – Mischwesen aus Mensch und Vogel, leben in
der Unterwelt
Hippokampen – etwas zu groß geratene Seepferdchen
Kentauren – Mischwesen aus Mensch und Pferd
Kerberos »Kerbi« – der Höllenhund, frisst heimlich
Schokoladenerdbeeren
Mantikor – Mischwesen aus Löwe und Skorpion
Minotauros – Mischwesen aus Mensch und Stier
Pegalux – geflügeltes Lichtpferd, das zwischen den Planeten
reisen kann
Stymphalische Vögel – menschenfressende Vogelungeheuer,
denen man lieber nicht begegnen möchte
Tityos – Riese, der Leto (Mutter von Artemis und Apollo)
nachgestellt hat

Glossar

Acheron – der schwarze Fluss
Der Alte Olymp – Palast in den Wolken
Chalcedon – Edelstein der Kommunikation
Custodi – Bezeichnung der Mitglieder der Garde von Trues
Vater auf Viridi
Delphi – Mittelpunkt der Welt, Ort, an dem die Hitze am
schlimmsten ist
Donati – Menschenkrieger, die während des heißen Krieges
die Unsterblichkeit erlangten
Gefängnis von Zeus und Chaos – verborgen in der Tiefsee
des Atlantiks
Kokytos – Fluss des Wehklagens
Lethe – Fluss des Vergessens
Elysion – das Paradies, die Insel der Seligen
Die Erinnyen – Rachegöttinnen
Die Moiren – Göttinnen des Schicksals
Nereiden – Nymphen, Töchter des Nereus

Der Neue Olymp – gläserner Unterwasserpalast im
    Pazifik
Omphalos »Nabel der Welt« – Stein in Delphi, der den
    genauen Mittelpunkt der Erde markiert
Pyriphlegethon – Fluss der Unterwelt, der mit niemals
    erlöschenden Flammen und kochendem Blut gefüllt ist
Styx – Fluss der Unterwelt und Wasser des Grauens
Tartaros – der dunkelste und gefürchtetste Ort der
    Unterwelt, der im Reich des grausamen Todes liegt
Viridi – Heimatplanet der neuen Götter

Geografie der Oberwelt

Land der Angst und der Finsternis – im Nordosten der
    Erde, Herrscher: Dark
Land der Fantasie und der Träume – im Südwesten der
    Erde, Herrscher: Dream
Land der Hoffnung und des Lichts – im Südosten der Erde,
    Herrscher: Hale
Land der Vergangenheit und des Vergessens – im Osten der
    Erde, Herrscher: Lost
Land der Wahrheit und der Wirklichkeit – im Nordwesten
    der Welt, Herrscher: True
Land der Zukunft und des Lebens – im Zentrum aller
    Länder, Herrscher: Yasar

Geografie der Unterwelt

Reich des ewigen Schlafes – im Süden der Unterwelt,
    Herrscher: Hypnos
Reich des friedlichen Todes – im Nordwesten der Unterwelt,
    Herrscher: Thanatos
Reich des grausamen Todes – im Südwesten der Unterwelt,
    Herrscher: Tartaros

Reich des Nebels und der Nacht – im Nordosten der
Unterwelt, Herrscher: Nyx und Erebos
Reich der Schatten – im Südosten der Unterwelt, Herrscher:
Charon

Geografie von Viridi

Patriam Anxiet – Reich des dunklen Volkes, Herrscher:
Vitus und Amélie, Fähigkeit: Gabe der Finsternis und
Gestaltwandler

Patriam Lux – Reich des lichten Volkes, Herrscher: Valentin
und Serena, Fähigkeit: Beeinflussung des Gemüts und
der Jahreszeiten

Patriam Oculus – Reich des sehenden Volkes, Herrscher:
Anatolius und Nova, Fähigkeit: das dritte Auge,
Formwandler und Täuscher

Patriam Praeter – Reich des vergessenen Volkes, Herrscher:
Livia (und früher Evaris), Fähigkeit: Gabe der
Vergangenheit und des Vergessens

Patriam Somnium – Reich des träumenden Volkes,
Herrscher: Lucius und Valeria, Fähigkeit: durch Träume
wandeln

Patriam Veritas – Reich des ehrlichen Volkes, Herrscher:
Cassius und Erina, Gabe: Lüge und Wahrheit erkennen

Playlist

In Your Eyes – Robin Schulz feat. Alida
Bad Liar – Imagine Dragons
Natural – Imagine Dragons
Way Down We Go – KALEO
Not Afraid – Eminem
Silence – Marshmello feat. Khalid
Arabian Nights – Will Smith
Airplanes – B.o.B. feat. Hayley Williams
Fighter – Christina Aguilera
Fight For You – Pia Mia feat. Chance The Rapper
Beating Heart – Ellie Goulding
Into the Dark – Point North feat. Kellin Quinn
Scars to Your Beautiful – Alessia Cara
I'm Yours – Alessia Cara

Danksagung

Ich habe gerade das Ende unter Band drei gesetzt und frage mich, wo nur die Zeit geblieben ist. Vor genau zwölf Monaten habe ich den ersten Satz von »Flame – Feuermond und Aschenacht« aufgeschrieben. Zu diesem Zeitpunkt hatte ich absolut keine Ahnung, wie sehr ich dieser Welt verfallen würde, die längst zu meinem Zuhause geworden ist. Ich hätte niemals erwartet, dass ich mich so sehr und so oft verlieben könnte...

... in Flame, weil sie immer wieder aufsteht und alles schaffen kann, nur wegen ihrer Leidenschaft.

... in Dark, weil er Flames Anker ist und ihr gezeigt hat, dass sie nicht zerbrochen, sondern stark und mutig ist.

... in Hunter, weil er schon die ganze Zeit – wenn auch im Verborgenen – Teil dieser Reise gewesen ist, die ich niemals in meinem ganzen Leben vergessen werde.

... in Prom, weil er mich jeden Tag zum Lachen bringt. (Auch wenn es eigentlich nichts zu lachen gibt und ich mich wirklich so fühle, als hätte ein Zyklop in mein Gehirn gekackt.)

... in Apate, weil sie endlich ihr Glück gefunden hat und mir niemand einfällt, der es mehr verdient als sie.

... in Lost, weil er so viele Seiten an sich hat, die ich noch lange nicht alle entdeckt habe.

... in Candela, weil sie mich daran erinnert hat, dass alles endlich ist.

... in Lavea, weil in ihr mehr als bloß Sanftmut steckt.

... in Dream, weil allein der Gedanke an seine amethystfarbenen Augen eine hypnotische Wirkung auf mich ausübt.

... in Phoibe und Apollo, weil sie so vernünftig und erwachsen geworden sind und über sie zu schreiben einem Wellnessurlaub ziemlich nahekommt.

... in True, weil er immer für seine große Liebe gekämpft hat und seine Gefühle nie verbergen wollte.

... in Yasar, weil er für fast jedes Problem eine Lösung findet und weil True ihm alles bedeutet, auch wenn er es manchmal nicht richtig zeigen kann.

... in Phia, weil sie bei Weitem nicht perfekt – aber dennoch die treueste Freundin ist, die man sich nur vorstellen kann.

... in Hale, weil er stets die Ruhe bewahrt, selbst wenn ein gewisser Jemand seinen Kopf in einen Beutel mit stinkendem Käse stecken will.

... in Ladon, weil ich das Gewicht seiner Schuld auf meinen Schultern spüren kann und ich mir wünsche, dass er die Dunkelheit und den Schmerz eines Tages abstreifen kann.

... in Ava, weil sie mein Herz im Sturm erobert hat und ihr nun ein fester Platz darin gehört.

... und in Cato, weil seine Entwicklung vielleicht sogar die größte Überraschung für mich ist. Und obwohl er immer noch viel zu oft in die falsche Richtung rennt und furchtbar störrisch sein kann, wissen wir doch alle, dass er einen weichen Kern besitzt, der nur darauf wartet, von uns ausgepackt und vernascht zu werden. (Na ja – so in etwa hätte er das vermutlich gerne.)

Oktober 2020

Nachtrag

Diese Leute sind also der Grund, warum ich jeden Morgen aufstehe, in die Tasten haue und dabei mindestens so aufgeregt bin wie Apate, die versehentlich ihren halben Fingernagel verspeist hat, weil sie die Spannung nicht mehr ertragen konnte. Und ich hoffe, dass ihr es – genauso wie ich – kaum noch erwarten könnt, bis es endlich weiter geht. Fühlt euch ganz fest gedrückt.

Dzeik, Henriette
Flame
Flammengold und Silberblut
ISBN 978 3 522 50770 7

Umschlaggestaltung: Giessel Design
unter Verwendung von Bildern von Shutterstock.com: Ironika/COLOA
Studio/letovsegda/tomertu/Angelatriks/Natalia Bakulina
Druck und Bindung: CPI buchbücher.de GmbH
© 2022 Loomlight
in der Thienemann-Esslinger Verlag GmbH, Stuttgart